Pia Engström
Blaubeerzeit

Misch. +G

Das Herz von Småland

Das Hotel am einsamen See

Schicksalsstern über den Schären

MIRA® TASCHENBUCH
Band 25756
1. Auflage: Juni 2014

MIRA® TASCHENBÜCHER
erscheinen in der Harlequin Enterprises GmbH,
Valentinskamp 24, 20354 Hamburg
Geschäftsführer: Thomas Beckmann

Originalausgabe

Konzeption/Reihengestaltung: fredebold&partner GmbH, Köln
Umschlaggestaltung: pecher und soiron, Köln
Redaktion: Bettina Lahrs
Titelabbildung: Thinkstock
Satz: GGP Media GmbH, Pößneck
Druck und Bindearbeiten: CPI – Ebner & Spiegel, Ulm
Printed in Germany
Dieses Buch wurde auf FSC®-zertifiziertem Papier gedruckt.
ISBN 978-3-95649-023-1

www.mira-taschenbuch.de

Werden Sie Fan von MIRA Taschenbuch auf Facebook!

Pia Engström

Das Herz von Småland

Roman

rei Umschläge waren dem Testament von Ingrid Södergren beigefügt. Auf jedem stand ein Name. *Mattias.*
Lars.
Patrik.
Es waren die Namen von Ingrids Neffen, den Söhnen ihrer drei Brüder. Sie waren alle zwischen dreißig und siebenunddreißig Jahre alt, beruflich im Familienunternehmen erfolgreich, gut aussehend und als vermögende Junggesellen bei den Frauen begehrt. Doch eine eigene Familie hatte bisher keiner von ihnen gegründet.

Sehr zu Ingrids Leidwesen.

Die drei Jungs hatten das Herz am rechten Fleck, und sie wünschte ihnen alles Glück der Welt. Doch wie es schien, brauchten die drei ein wenig Nachhilfe, wenn es um ihr Liebesleben ging.

Ingrid hatte lange darüber nachgedacht, was sie für die Cousins tun konnte. Und war zu dem Schluss gekommen, dass es nur einen Weg gab: Sie musste die drei zu ihrem Glück zwingen.

Da sie wusste, dass sie wegen ihrer schweren Krankheit nur noch wenige Monate zu leben hatte, hatte sie ihren Notar aufgesucht und jene drei Schriftstücke aufsetzen lassen.

Eines stand fest: Mattias, Patrik und Lars würden nicht erfreut sein, wenn sie davon erfuhren. Ingrid konnte nur hoffen, dass sie schließlich einsehen würden, dass es nur zu ihrem Besten geschah.

Sie nahm den ersten der drei Briefe noch einmal zur Hand, ehe sie ihn in den Umschlag steckte.

Liebster Mattias,
wenn du dies hier liest, werde ich bereits in einer besseren Welt sein …

1. KAPITEL

chattige, sattgrüne Wälder säumten die Straße zu beiden Seiten. Die Kronen der Buchen waren so üppig, dass sie ein Dach bildeten, durch das das rotgoldene Licht der Abenddämmerung schien.

„Sind wir bald da, Emma?"

Im Rückspiegel erhaschte Emma Pålsson einen Blick auf ihren kleinen Bruder Lucas, der zusammen mit seiner Zwillingsschwester hinten im Wagen saß. Die Stimme des Neunjährigen klang schläfrig, sein Kopf, den er gegen die Rückbank gelehnt hatte, ruckelte bei jeder Straßenunebenheit hin und her. Seine fünf Minuten jüngere Schwester Marie hatte den Kampf gegen die Müdigkeit bereits verloren. Ihre Augen waren geschlossen, und ihr Gesicht drückte diesen vollkommenen Frieden aus, den man nur im Schlaf erlangte. Den Kopf hatte sie gegen die Schulter ihres Bruders gelegt.

„Es ist nicht mehr weit", antwortete Emma.

Zwar zeigte das Navigationsgerät des Leihwagens, den sie am Flughafen von Stockholm gemietet hatte, weil sie nicht wie vereinbart abgeholt worden waren, noch über fünfzig Kilometer an, doch im Vergleich zu der Reise, die bereits hinter ihnen lag, war dies kaum mehr als ein Katzensprung.

Vor über zehn Stunden waren sie in Pontevecchio, einem kleinen Dorf in Kalabrien, am Fuße der Apenninen, aufgebrochen. Jenem Ort, in dem die Zwillinge geboren und aufgewachsen waren und der in den vergangenen dreizehn ihrer insgesamt vierundzwanzig Jahre auch zu Emmas Heimat geworden war. Wo all ihre Freunde und Bekannten lebten.

Und wo ihre Eltern begraben waren.

Der Gedanke an Jasper und Ann-Katrin Pålsson trieb Emma die Tränen in die Augen, die sie hastig fortwischte. Jetzt war nicht der richtige Moment, um sich ihrer Trauer zu ergeben. Sie musste stark sein – den Kindern zuliebe.

Wenn es schon ihr schwerfiel, ihr Leben in Italien hinter sich zu lassen, wie musste es da erst Marie und Lucas gehen? Wenigstens waren die beiden zweisprachig erzogen worden, sodass zumindest die Verständigung kein Problem darstellte. Dennoch würde es für die Zwillinge eine große Umstellung werden, schließlich kannten sie Schweden nur aus den Erzählungen ihrer Eltern und ihrer älteren Schwester.

Eine fremde Umgebung, fremde Menschen, ein neues Haus, eine neue Schule … Emma hätte sich gewünscht, die beiden alldem nicht aussetzen zu müssen. Doch hatte sie eine andere Wahl? Auf lange Sicht war es die einzig richtige Entscheidung gewesen, ihre Zelte in Pontevecchio abzubrechen – das zumindest hoffte sie.

Aber ein leiser Zweifel blieb, denn immerhin hatte sie ihren sicheren Job in der Bäckerei aufgegeben, und Schweden war für sie kaum mehr als eine ferne Erinnerung. Und es war auch nicht sonderlich beruhigend, dass man offensichtlich vergessen hatte, sie vom Flughafen abzuholen. Schließlich hatte sie mit ihrem Entschluss, mit den Kindern nach Schweden zu gehen, alles auf eine Karte gesetzt. Wenn jetzt irgendetwas schiefging …

Es darf ganz einfach nichts schiefgehen! Und das wird es auch nicht – wenn du endlich damit aufhörst, den Teufel an die Wand zu malen!

Unwillkürlich musste sie wieder an jenen verhängnisvollen Anruf denken, der ihr Leben vor etwas mehr als drei Monaten mit einem Schlag auf den Kopf gestellt hatte. Es war schon sehr spät gewesen – kurz vor Mitternacht –, als das Telefon klingelte. Emma erinnerte sich noch, wie überrascht sie gewesen war. Doch diese Überraschung war schnell in eisiges Entsetzen umgeschlagen, als ihr eine fremde Stimme am anderen Ende der Leitung verkündete, dass ihre Eltern bei einem Autounfall nahe Castrovillari ums Leben gekommen waren.

Tot. Einfach so.

Von einem Moment auf den anderen.

Und ebenso von einem Moment auf den anderen hatte Emma plötzlich die erdrückende Last der Verantwortung auf ihren Schultern gespürt.

Sie war gerade vierundzwanzig geworden und hatte sich mit der neuen Situation zunächst vollkommen überfordert gefühlt. Es den Zwillingen zu sagen, war eine der schwersten Aufgaben, die sie je zu erfüllen gehabt hatte. Und dann hatte sie sich auch um die Beerdigung ihrer Eltern kümmern müssen und um all den Papierkram und die Formalitäten.

Wie sie feststellen musste, hatten Jasper und Ann-Katrin ein finanzielles Desaster hinterlassen. Das Haus in Pontevecchio war nicht einmal zur Hälfte abgezahlt und bereits mit einer hohen Hypothek belastet, mit deren Rückzahlung sie schon über Monate im Rückstand gewesen waren. Mit der Bäckerei, die sie für eine ältere Dame im Ort führte, die selbst aus gesundheitlichen Gründen dazu nicht mehr in der Lage war, verdiente sie zwar nicht schlecht – aber bei Weitem nicht genug, um für die Schulden ihrer Eltern aufzukommen.

Doch die größte Schreckensbotschaft erwartete sie bei der Testamentseröffnung.

Noch immer konnte Emma kaum glauben, was sie dort erfahren hatte. Und doch stützten sich alle Entscheidungen, die sie in den vergangenen Wochen getroffen hatte, allein auf diese Nachricht.

War es ein Fehler gewesen, so impulsiv zu handeln? Was, wenn die Kinder und sie am Ende vom sprichwörtlichen Regen in die Traufe gerieten?

Hör auf! Jetzt ist es ohnehin zu spät, um einen Rückzieher zu machen. Also Augen zu und durch!

Der Wald lichtete sich, und vor Emma lag das Panorama einer weiten, sanft abfallenden Landschaft aus Feldern und Wiesen. Ein munterer Bach zog sich wie ein silbernes Band durch das Tal. Er durchschnitt die kleine Ortschaft, die im Schoß der Talsohle lag und auf einer Seite von dichten Wäldern umgeben war, fast genau in zwei Hälften.

Källadal.

Emmas Herz begann heftig zu klopfen.

Sie war elf Jahre alt gewesen, als ihre Eltern sich entschlossen, Källadal zu verlassen und nach Kalabrien zu gehen. Damals war für Emma eine Welt zusammengebrochen. Sie hatte ihre Freunde zurücklassen müssen – all die Menschen, die bis zu diesem Tag wie selbstverständlich zu ihrem Leben dazugehört hatten. Heute wusste sie, dass Jasper und Ann-Katrin im kleinen Småland, wo sich Fuchs und Hase Gute Nacht sagten, niemals glücklich geworden wären. Mit ihrer unangepassten Art und dem heißblütigen Temperament passten sie einfach viel besser nach Italien als in das etwas unterkühlte Schweden.

Ganz im Gegensatz zu Emma, die überhaupt nicht nach ihren Eltern kam.

Seufzend bog sie von der Landstraße ab auf den Kungsvägen, der durch Källadal und auf einer alten Steinbrücke bei der alten Kirche über den Snabbvatten führte.

Dort in der Nähe hatte Emma früher mit ihrer Familie gewohnt, direkt am Ufer des Snabbvatten. Im Sommer, wenn sie bei offenem Fenster schlief, hatte sie das Gurgeln und Sprudeln des Baches in den Schlaf gewiegt.

Das Haus von Rolf Lindberg befand sich am anderen Ende des Ortes, in der Nähe der Sägemühle, in der fast alle Männer von Källadal arbeiteten. Emma erinnerte sich nur noch dunkel an ein riesiges, längliches Gebäude. Der ohrenbetäubende Lärm und die hektische Betriebsamkeit hingegen, die dort herrschten, hatten sich unauslöschlich in ihre kindliche Erinnerung eingebrannt.

„Ist es das?"

Maries Stimme riss Emma aus ihren Gedanken. „Ja", erklärte sie lächelnd. „Das ist Källadal – unser neues Zuhause."

Sie bemühte sich, ruhig und zuversichtlich zu klingen, dabei wuchs ihre innere Anspannung mit jedem Meter, den sie sich ihrem Ziel näherten. Sie verließ den Kungsvägen an einer Abzweigung und folgte einem schmalen, holprigen Privatweg, der in ein lichtes Birkenwäldchen führte. Kurze Zeit später erreichten sie ein hübsches, in zartem Lindgrün getünchtes Haus mit weißen Fensterrahmen und einer großen Veranda, auf der ein verwaister Schaukelstuhl im Wind vor und zurück wiegte.

Emma schluckte hart.

Das *Björkahus*.

„Sie haben Ihr Ziel erreicht", zerriss die Computerstimme des Navigationsgeräts die Stille, und Emma lächelte humorlos. Das Ziel ihrer Reise hatten sie erreicht, ja. Ob Källadal für sie aber auch die Endstation ihrer verzweifelten Odyssee war, würde sich sehr bald herausstellen.

„*Förbannat!*"

Schnell ließ Mattias die Gardine sinken und trat vom Fenster weg. Er hatte genug gesehen. Das Knirschen von Kies auf der Zufahrt hatte ihr Eintreffen bereits angekündigt, und nun wusste er es mit Sicherheit.

Emma Pålsson und die beiden Kinder …

Grimmig schüttelte er den Kopf. Er hatte gehofft, dass seine Nachricht sie wider Erwarten noch rechtzeitig erreichen und sie von der törichten Idee abbringen würde, nach Källadal zu kommen. Nun hatte er die drei am Hals und konnte zusehen, was er mit ihnen anfing.

Aber dass sie da sind, ändert nichts an den Tatsachen!

Es gab, weiß Gott, wichtigere Dinge, um die er sich zu kümmern hatte. Zum Beispiel das Erbe seiner kürzlich verstorbenen Tante Ingrid – und diese lächerliche Klausel, die darin vorkam …

Er ging zur Haustür. Seine Hand lag bereits auf dem Knauf, als er die Stimmen der Ankömmlinge vernahm und unwillkürlich innehielt. Das kleine Mädchen sagte etwas auf Italienisch. Mattias hatte schon immer eine Schwäche für diese Sprache gehabt, weil sie so melodisch klang, beinahe wie Musik.

„Wir sind jetzt in Schweden, Marie", tadelte Emma Pålsson. „Und wir werden von jetzt an Schwedisch sprechen, Liebes. Dies hier ist unsere neue Heimat – je eher wir uns eingewöhnen, desto besser."

Sie verhielt sich ganz so, wie Mattias es erwartet hatte. Beim Durchsehen von Rolfs Unterlagen war er auf einen kleinen Stapel Briefe gestoßen. Er hatte nur wenige Zeilen lesen müssen, um sie zu durchschauen, obwohl sie es geradezu meisterlich verstand, ihre wahren Absichten mit schönen Worten zu verschleiern. Pech für sie, dass Mattias Frauen wie sie mit verbundenen Augen erkannte. Noch einmal atmete er tief durch, dann setzte er eine neutrale Miene auf, öffnete die Tür und trat hinaus auf die Veranda.

Für den Bruchteil einer Sekunde war er wie erstarrt. Damit, dass sie so schön war, hatte er nicht gerechnet.

Sie stieg gerade die Stufen zur Veranda hinauf. An der rechten Hand hielt sie das kleine Mädchen, in der linken einen Koffer, der kaum groß genug war, die Habseligkeiten einer einzelnen Person zu fassen – geschweige denn die einer Frau in Begleitung von zwei Kindern.

Ihr langes Haar hatte die Farbe von reifem Weizen. Wie gesponnenes Gold fiel es über ihre schmalen Schultern. Unter ihrer eher unvorteilhaften Kleidung – sie trug eine verwaschene, formlose Jeans, dazu ein weites schwarzes Shirt und reichlich zerschlissene Sneakers – zeichneten sich deutlich ihre überaus weiblichen Formen ab. Unwillkürlich fragte Mattias sich, ob sie diese absichtlich verbarg oder ob sie sich ihrer Wirkung einfach nicht bewusst war.

Sie besaß ein leicht herzförmiges Gesicht mit einem Teint, der so blass war, dass er fast durchscheinend wirkte. Soweit Mattias es erkennen konnte, hatte sie auf Make-up verzichtet. Trotzdem fielen ihm sofort die vollen, fein geschwungenen Lippen auf sowie die langen Wimpern, die ihre in einem ungewöhnlich intensiven Blau leuchtenden Augen beschatteten.

Reiß dich zusammen, Mattias Södergren! Und lass dich um Himmels willen nicht von ihrem verlockenden Äußeren täuschen!

Es ärgerte ihn, dass er sich von ihr angezogen fühlte, obwohl er es gar nicht wollte.

„*Hej*", begrüßte sie ihn, und ihr schüchternes Lächeln brachte sein Blut noch zusätzlich in Wallung. „Mein Name ist …"

„Du bist Emma Pålsson", unterbrach er sie barsch und nickte. „Ich weiß."

Fragend schaute sie ihn an. „Und wer …?"

Als er nicht sofort antwortete, stellte sie den Koffer auf den polierten Holzboden der Veranda. Dann zog sie den Jungen an ihre linke Seite und legte ihm in einer beschützenden Geste den Arm um die Schulter.

Es war das erste Mal, dass Mattias den Kleinen wirklich bewusst sah, und er blinzelte irritiert.

Unglaublich!

Für einen Moment war ihm, als würde er einer Miniaturausgabe von Rolf gegenüberstehen. Dieselben grünbraunen Augen, dasselbe haselnussbraune Haar. Er war seinem Vater wirklich wie aus dem Gesicht geschnitten. An der Legitimität der Kinder konnte absolut kein Zweifel bestehen.

Was man von ihrer Begleiterin nicht behaupten kann!

„Mein Name ist Mattias Södergren", erklärte er, ohne sie eines weiteren Blickes zu würdigen – für seinen Geschmack hatte er ihr ohnehin bereits mehr Aufmerksamkeit geschenkt, als sie verdiente. Stattdessen beugte er sich zu den Zwillingen hinunter, die ihn ängstlich und neugierig zugleich musterten. „Erinnerst du dich nicht mehr, Emma? Wir sind zusammen zur Schule gegangen." Er nickte. „Lucas, Marie – *hjärtligt välkomna* im *Björkahus*."

Emma war nicht entgangen, dass seine Begrüßung ausschließlich den Kindern gegolten hatte. Ihr selbst vermittelte er keineswegs das Gefühl, willkommen zu sein. Aber was kümmerte sie das? Mattias Södergren war nicht der Mensch, auf den es ankam. Sie hatte die lange, strapaziöse Reise mit den Zwillingen nicht auf sich genommen, um ihn zu treffen, sondern seinen Stiefvater: Rolf Lindberg.

„Es war eigentlich vereinbart, dass dein Stiefvater uns vom Flughafen abholt", sagte sie. „Würdest du mich bitte zu ihm bringen?"

„Wenn es ihm möglich gewesen wäre, hätte Rolf euch sicher abgeholt", entgegnete Mattias knapp. „Und, nein, er ist … nicht zu sprechen."

Irritiert schaute Emma ihn an. Sie verstand nicht, womit sie dieses herablassende Verhalten verdient hatte. Warum verhielt dieser Mann sich ihr gegenüber so unfreundlich?

Er hatte recht – sie hatten dieselbe Schule besucht. Obwohl Emma erst elf gewesen war, als ihre Familie Källadal verließ, glaubte sie, sich noch an Mattias zu erinnern. Vor ihrem inneren Auge sah sie das Gesicht eines sehr ernsthaften, gut aussehenden Jungen. Er war vier Klassen über ihr gewesen, daher hatten sie nichts miteinander zu tun gehabt. Sie wusste natürlich, dass er ein Södergren war – also ein Spross jener Familie, der das Sägewerk am Ortsrand gehörte. Doch das hatte Emma damals ebenso wenig bedeutet wie heute.

Nun, er sah noch immer verflixt gut aus – auf eine unglaublich männliche Art. Er trug Jeans und schwere Arbeitsstiefel, dazu ein kariertes Flanellhemd über einem schwarzen T-Shirt, unter dem sich deutlich seine von körperlicher Tätigkeit gestählten Muskeln abzeichneten. Sein Gesicht war kantig, wirkte aber trotzdem nicht grob. Und er besaß die eindrucksvollsten grünen Augen, die Emma je gesehen hatte. Sie erinnerten sie an den kleinen See in der Nähe von Pontevecchio, an dessen Ufer sie mit siebzehn zum ersten Mal von einem Jungen geküsst worden war.

Mit einem energischen Blinzeln verscheuchte sie diesen Erinnerungsblitz. Solche Gedanken waren angesichts ihrer Situation mehr als unangebracht. Sie räusperte sich. „Und wie soll es nun weitergehen?"

Er zuckte mit den Schultern. „Wie ich schon sagte: Die Kinder sind in diesem Haus herzlich willkommen – und was dich betrifft …"

Ehe er den Satz beenden konnte, kam eine ältere Frau aus dem Haus und trat zu ihnen auf die Veranda. Beim Anblick der Zwillinge stieß sie ein entzücktes Jauchzen aus. „*Nej*, wie schön! Ihr müsst Lucas und Marie sein", rief sie. „Ich habe schon so viel von euch gehört, wisst ihr?"

„Wer sind Sie?", wollte Emma wissen, da Mattias keine Anstalten machte, die Frau vorzustellen.

„Das ist Astrid, meine Haushälterin", erklärte er. „Astrid, sei doch so lieb und zeige unseren Gästen ihre Unterkünfte."

„Natürlich." Astrid strahlte. „Kommt, *barnen*, ich zeige euch das Haus. Es ist schon ziemlich alt und hat ein paar tolle Geheimverstecke. Ich bin sicher, dass es euch gefallen wird hier bei uns."

Die Kinder schauten Emma fragend an, und erst als sie zustimmend nickte, folgten sie Astrid ins Haus. Doch Lucas und Marie war anzusehen, dass sie die freundliche Frau auf Anhieb mochten. Mit ihrer rundlichen Figur, den roten Wangen und dem von grauen Strähnen durchsetzten Haar, das sie zu einem losen Zopf im Nacken zusammengebunden trug, besaß sie eine ungemein mütterliche Ausstrahlung. Und vielleicht war es genau das, was die Zwillinge nach all den Schicksalsschlägen in der letzten Zeit brauchten.

Vergiss nicht den Schlag, der ihnen noch bevorsteht …

Sie atmete tief durch und wandte sich an Mattias, kaum dass Astrid mit Marie und Lucas im Schlepptau im Haus verschwunden war. Doch er ergriff das Wort, ehe sie etwas sagen konnte.

„Wie lange hast du vor, in Schweden zu bleiben?"

Verständnislos schaute Emma ihn an. „Wie bitte?"

„*Förlåt*, aber was ist daran nicht zu verstehen? Ich wüsste gern, wie lange du deinen Aufenthalt hier bei uns auszudehnen gedenkst."

„Mein Platz ist dort, wo die Zwillinge sind", entgegnete Emma kühl. Sie konnte nicht fassen, wie unsensibel er war. Konnte er sich nicht vorstellen, wie schwer es für die Kinder sein musste, sich in einem ihnen vollkommen fremden Land zurechtzufinden? Erwartete er tatsächlich, dass Emma die Kleinen im Stich ließ? Sie war immerhin ihre Schwester – oder vielmehr ihre Halbschwester, aber an diese Bezeichnung konnte sie sich noch immer nicht so recht gewöhnen.

Er nickte, so als hätte er keine andere Antwort erwartet. „Das klingt nach einer recht praktischen Lösung für dich."

Emma spürte, wie ihr Blut vor Wut zu kochen begann. Was bildete sich dieser unverschämte Kerl eigentlich ein? „Hör zu, ich weiß nicht, warum du glaubst, dir ein Urteil über mich erlauben zu können, aber ich versichere dir, dass mir ausschließlich das Wohl der Zwillinge am Herzen liegt." Sie machte eine kurze Pause und bemühte sich, ihren Zorn im Zaum zu halten. „Ich habe einiges aufgegeben, indem ich mich entschieden habe, mit den Kindern Italien zu verlassen."

„Du hast mein vollstes Mitgefühl", entgegnete er mit einer Stimme, die vor Sarkasmus troff.

Unglaublich, wie unfreundlich dieser Mann sich ihr gegenüber verhielt!

Die Strapazen des Tages zeigten Wirkung, und Emma spürte, wie ihr Tränen in die Augen stiegen. Brüsk wandte sie sich ab, denn vor Mattias Södergren wollte sie sich auf keinen Fall eine Blöße geben. Also trat sie ohne ein weiteres Wort über die Türschwelle ins Innere des Hauses.

Emma folgte den aufgeregten Stimmen der Kinder ins Obergeschoss des *Björkahus*. Auf dem Treppenabsatz verharrte sie kurz, um sich zu sammeln. Das kurze Gespräch mit Mattias hatte sie mehr aufgewühlt, als sie es für möglich gehalten hatte. Aber das war angesichts der offenkundigen Feindseligkeit, mit der er ihr begegnete, im Grunde nicht sonderlich überraschend.

Was hatte sie verbrochen, dass sie eine solche Behandlung verdiente? Auch sie hatte Mutter und Vater verloren. Und dadurch, dass sie die Verantwortung für ihre jüngeren Geschwister übernommen hatte, war die Beziehung zu ihrem Verlobten Adriano in die Brüche gegangen.

Hinzu kam, dass sie immer noch nicht recht wusste, wie sie Lucas und Marie die Wahrheit über ihre Herkunft erklären sollte. Sie konnte ja selbst noch immer nicht richtig begreifen, was sie bei der Eröffnung des Testaments ihrer Eltern erfahren hatte.

Sie atmete noch einmal tief durch, setzte ein, wie sie hoffte, fröhliches Lächeln auf und stieg die Treppe weiter hinauf.

Die Zwillinge begrüßten sie begeistert.

„Schau nur, Emma!", rief Marie und nahm ihre rechte Hand, während ihr Bruder die linke ergriff. „Jeder von uns bekommt ein eigenes Zimmer. Meins ist am Ende des Flurs, und das von

Lucas liegt direkt daneben. Und du, hat Astrid gesagt, sollst dieses hier bekommen."

Als sie den Raum betrat, spürte Emma erneut, wie ihr die Tränen kamen. Normalerweise hatte sie nicht so nah am Wasser gebaut, doch im Moment hatte sie ihre Gefühle einfach nicht richtig im Griff. Möglichst unauffällig fuhr sie sich mit dem Handrücken über die Augen.

Das Zimmer war so herrlich gemütlich eingerichtet, dass man sich einfach sofort zu Hause fühlen musste. Ein prächtiges Himmelbett stand mit dem Kopfende an der rechten Wand, während ein weiß getünchter, mit allerlei Zierwerk versehener Bauernschrank fast die gesamte gegenüberliegende Seite einnahm. Außerdem gab es eine Kommode mit zahllosen Schubläden, einen Tisch samt Stuhl und einen Spiegel mit kunstvoll geschnitztem Rahmen.

Auf den Holzbohlen des Fußbodens lag ein großer flauschiger Teppich, und die Wände waren mit Bildern dekoriert, die Birkenwälder im Abendlicht und die Schären an einem strahlenden Sommertag zeigten.

Durch die Butzenscheiben der Fenster konnte man in den Garten hinausblicken, dessen üppiger Blumenschmuck dem schwindenden Licht des Tages mit seiner Farbenpracht trotzte.

Unwillkürlich fühlte Emma sich an ihr Zimmer aus Kinderzeiten erinnert. Es war ganz ähnlich eingerichtet gewesen, von den spitzenbesetzten Gardinen bis hin zu der handgemachten Flickendecke, die auf dem Bett lag.

„Ist das nicht wunderschön?", fragte Marie und hüpfte auf das Bett, wo sie sich lang ausstreckte. „Also, mir gefällt's hier total gut! Ich kann mir vorstellen, hierzubleiben."

Ich auch, dachte Emma versonnen. Ich auch. Doch sie hatte das Gefühl, dass es nicht so einfach werden würde. Mattias Södergren jedenfalls schien sich nicht vorgenommen zu haben, ihr den Start in ihr neues Leben in Schweden möglichst leicht zu machen. Ganz im Gegenteil. Es war offensichtlich, dass er keine besonders hohe Meinung von ihr hatte und sie lieber heute als morgen loswerden wollte.

„Aber wenn er glaubt, dass ich das so einfach zulassen werde, hat er sich geschnitten", murmelte sie und merkte erst, dass sie ihren Gedanken laut ausgesprochen hatte, als Lucas sie fragend anschaute.

Erneut zwang sie ein Lächeln auf ihre Lippen. „Es ist nichts, *tresoro mio*. Ich habe nur laut gedacht. Kein Grund, sich Sorgen zu machen. Und? Gefällt dir dein Zimmer auch?"

Der Junge nickte eifrig. „Astrid sagt, dass zum Haus auch ein Hund gehört." Seine Augen leuchteten. „Ich wollte schon immer einen Hund, Emma. Schon immer!"

Wie aufs Stichwort erklang im nächsten Moment ein heiseres Bellen, und kurz darauf war das Trappeln von Pfoten auf der Treppe zu hören. Das Geräusch ließ Emmas innere Anspannung unwillkürlich ansteigen. Sie gab es nicht gern zu, aber große Hunde bereiteten ihr ein wenig Angst. Doch beim Anblick des Cockerspaniels, der im nächsten Augenblick schwanzwedelnd ins Zimmer stürmte und begeistert zwischen den Neuankömmlingen hin und her lief, beruhigte sie sich gleich wieder.

„Was bist du denn für ein süßer Kerl?", fragte sie und beugte sich hinunter, um das karamellfarbene Fell des Tieres zu streicheln.

„Sein Name ist Moses", erklärte Astrid, die mit einer Hundeleine in der Hand auftauchte. „Das war Mattias' Idee, weil er ihn als Welpen in einem Korb am Ufer des Snabbvatten gefunden hat. Aber eigentlich nennen ihn alle Mo." Sie hob die Leine hoch. „Jetzt ist übrigens Zeit für Mos Abendspaziergang. Hat hier vielleicht jemand Lust, mich zu begleiten?"

Die Kinder waren sofort Feuer und Flamme.

„Dürfen wir?", bettelte Marie. „Bitte, Emma! Bitte, bitte!"

„Klar dürft ihr", entgegnete Emma lächelnd. „Aber nur, wenn ihr mir versprecht, dass ihr brav seid und schön auf das hört, was Astrid euch sagt."

„Jaaa!", erklang es im Duett.

„Kommen Sie erst einmal an", sagte Astrid, „und richten Sie sich in Ruhe ein. Ich kümmere mich schon um die beiden."

„Wird Ihnen das auch nicht zu viel?"

„Ach was." Astrid lachte. „Ich habe selbst zwei Enkel im selben Alter. Glauben Sie mir, ich weiß genau, worauf ich mich einlasse!"

Als sie allein war, ließ Emma sich seufzend auf den Rand der Matratze sinken. Ihr Blick schweifte noch einmal durch den Raum, der mit seiner vielleicht etwas altmodischen, aber ausnehmend hübschen Blümchentapete und den Butzenfenstern pure Behaglichkeit ausstrahlte. Trotzdem fühlte sie sich unwohl.

Bisher waren einfach noch zu viele Dinge ungeklärt. Sie musste mit Rolf Lindberg darüber sprechen, wie es mit ihr und den Kindern weitergehen sollte. Immerhin war er der leibliche Vater der Zwillinge – auch wenn er rein rechtlich gesehen weder die Verantwortung für noch irgendwelche Ansprüche an Marie und Lucas besaß, so bestand doch so etwas wie eine moralische Verpflichtung.

Zwar hatten sie dieses Thema in den wenigen Briefen, die sie vor ihrer Abreise aus Italien miteinander gewechselt hatten, schon mehrfach angerissen, doch Papier war geduldig … Hier ging es um die Zukunft der Zwillinge. *Und um deine ebenfalls, schon vergessen?*

Aber er hat uns eingeladen, sagte sie zu sich selbst. Es gibt keinen Grund, sich Sorgen zu machen.

Hastig schob sie alle störenden Gedanken beiseite, die ihr jedes Mal ein bohrendes Gefühl von Unsicherheit bereiteten. Denn im Gegensatz zu den Kindern gehörte sie nicht zur Familie …

Unwillkürlich musste sie wieder an den Tag der Testamentseröffnung zurückdenken. Jenen Tag, der ihr Leben mit einem Schlag zum zweiten Mal innerhalb kürzester Zeit aus den Fugen hatte geraten lassen.

Emma hatte es bisher nicht übers Herz gebracht, den Zwillingen die Wahrheit über ihre Herkunft zu sagen. Vielleicht, weil sie selbst diese Wahrheit noch immer nicht wirklich akzeptieren konnte.

Sie fuhr sich mit der Hand über die Augen. *Oh Mamma, wie konntest du nur?*

Dass ihre Familie nicht unbedingt dem Klischee einer Bilderbuchfamilie entsprach, war Emma schon früh klar geworden. Ihre Eltern waren anders. Sie legten keinen Wert auf gutbürgerliche Statussymbole. Besitz und Geld waren ihnen gleichgültig. Sie hatten kein Auto gehabt wie andere Familien, keinen Fernseher oder gar einen Computer. Und bei der Kindererziehung hatte die einzige Regel darin bestanden, dass keine Regeln existierten.

Ihre Lebensweise mochte in vielerlei Hinsicht unkonventionell und unangepasst gewesen sein. Aber mit ihrer unerschütterlichen Liebe zu ihren Kindern und zueinander hatten sie für Emma stets ein leuchtendes Beispiel dargestellt. Nie wäre sie auf den Gedanken gekommen, dass irgendetwas dieses Idealbild, das sie von ihren Eltern besaß, würde erschüttern können.

Und doch war es geschehen.

Denn Jasper Pålsson war nicht der leibliche Vater der Zwillinge. Lucas und Marie waren das Ergebnis eines Seitensprungs, zu dem es gekommen war, als Ann-Katrin zur Beerdigung ihrer Mutter nach Källadal gereist war. Das Leben, das sie alle in den vergangenen neun Jahren gelebt hatten, war im Grunde nichts weiter als eine Lüge gewesen. Eine fromme Lüge zwar, in die Welt gesetzt, um zwei unschuldige Kinder zu schützen, aber dennoch nichts anderes als das.

Eine Lüge.

Wie sollte Emma den Zwillingen beibringen, dass ihr Pappa in Wahrheit gar nicht ihr Vater und sie selbst nur ihre Halbschwester war? Waren ihre zarten Seelen nicht noch viel zu zerbrechlich, um eine solche Nachricht verarbeiten zu können?

Auf der anderen Seite wusste Emma aber auch, dass es immer schwieriger werden würde, je länger sie es herauszögerte. Und früher oder später würden sie die Wahrheit ohnehin erfahren. Es war nur eine Frage der Zeit, jetzt, wo sie in Källadal waren.

Im Haus ihres Vaters.

Emma unterdrückte ein Seufzen. Sie musste unbedingt mit Rolf Lindberg sprechen, bevor er und die Kinder zum ersten Mal aufeinandertrafen. Sie fragte sich, wo er sich wohl aufhalten mochte. Er hatte doch genau gewusst, dass sie heute ankommen würden. Warum hatte er sie nicht, wie besprochen, vom Flughafen abgeholt?

Sie wurde das Gefühl nicht los, dass Mattias ihr etwas Wichtiges verschwieg. Nicht nur, dass er sich ihr gegenüber reichlich abweisend verhielt – er war ihren Fragen nach seinem Stiefvater, dem zweiten Mann seiner Mutter, auch konsequent ausgewichen.

Warum?

Nun, das würde sie wohl nur dann erfahren, wenn sie ihn danach fragte!

Kurzentschlossen stand sie auf, straffte die Schultern und atmete noch einmal tief durch, ehe sie ihr Zimmer verließ und sich auf die Suche nach Mattias Södergren machte. Da sich im Obergeschoss anscheinend lediglich Schlafzimmer befanden, ging sie nach unten, klopfte an die erstbeste Tür und trat ein.

Bei dem Raum handelte es sich um eine Art Arbeitszimmer oder Büro. Vor der Fensterfront stand ein großer Schreibtisch, auf dem ein aufgeklappter Laptop, ein Drucker, ein Telefon und mehrere Ablagekörbe standen. Eines der Fenster stand offen, und ein paar Papiere, die auf dem Tisch lagen, raschelten im Wind.

„Mattias?"

Sie erhielt keine Antwort, doch es gab eine weitere Tür, die zu einem angrenzenden Zimmer führte. Vielleicht war Mattias dort. Es sah jedenfalls so aus, als würde er jeden Moment zurückkehren, also beschloss Emma, hier auf ihn zu warten.

Um sich von ihrer Nervosität abzulenken, schaute sie sich weiter um. Das Arbeitszimmer war im selben Stil eingerichtet wie der Rest des Hauses, mit dem Unterschied, dass hier auf alles Überflüssige verzichtet worden war. Die Bilder, die an den Wänden hingen, zeigten ebenfalls regionale Motive, jedoch waren sie eher in ruhigen, gedeckten Farben gehalten.

Ein Windstoß bauschte die Gardine auf und wehte einige Blätter vom Schreibtisch. Emma eilte zum Fenster und schloss es. Dann sammelte sie die Unterlagen auf – und stutzte, als ihr

Blick auf eines der Blätter fiel. Es handelte sich offenbar um einen ersten Entwurf für einen Nachruf. Rasch überflog sie die Zeilen und riss entsetzt die Augen auf, als sie erkannte, für wen er verfasst worden war:

> ... überraschend aus unserer Mitte gerissen wurde. Rolf Lindberg war ein Mann, den wir alle für seine Integrität und Loyalität geschätzt haben. Er war ...

Emma hatte genug gelesen. Die Hand, in der sie das Blatt hielt, sank kraftlos herab. Das Papier entglitt ihren Fingern, die sich plötzlich ganz klamm und taub anfühlten.

Nein, das durfte nicht wahr sein! Es musste sich einfach um einen Irrtum handeln. Etwas, das ...

„Was, zum Teufel, hast du in meinem Arbeitszimmer zu suchen?"

*E*rschrocken zuckte Emma zusammen, als Mattias' Stimme wie ein Donnergrollen hinter ihr erklang. Einen kurzen Moment lang fühlte sie sich ertappt, doch sogleich gewannen Wut und Entsetzen wieder die Oberhand, und sie wirbelte herum.

„Könntest du mir vielleicht erklären, was das hier zu bedeuten hat?" Sie hielt ihm den Nachruf hin, sodass er erkennen konnte, um was es sich handelte.

Seine Miene blieb vollkommen ungerührt. Dieser Mann besaß wirklich Nerven wie Drahtseile! Doch das machte Emma, wenn überhaupt möglich, noch wütender.

„Findest du nicht, dass du mir eine Erklärung schuldest, Mattias?" Energisch schüttelte sie den Kopf. „Er ist nicht zu sprechen, wie? Nun, wenn das hier wirklich der Wahrheit entspricht, dann finde ich dein Verhalten reichlich geschmacklos!"

Er verschränkte die Arme vor der Brust. „Ja, es stimmt. Mein Stiefvater ist vor drei Tagen einem schweren Herzinfarkt erlegen. Unglücklicherweise hat er niemandem davon erzählt, dass er dich und die Kinder eingeladen hat, sodass ich erst davon erfahren habe, als ich gestern beim Durchsehen seiner Unterlagen deine Briefe entdeckt habe. Ich habe noch versucht, dich zu erreichen, aber es war bereits zu spät."

„Deshalb hat uns also niemand vom Flughafen abgeholt", folgerte Emma, schloss kurz die Augen und atmete tief durch. „Du wusstest nicht, wann und wo wir miteinander verabredet waren …"

Ihre Wut verpuffte ebenso schnell, wie sie gekommen war, und ein Gefühl unendlicher Müdigkeit trat an ihre Stelle.

Rolf Lindberg war tot.

Nun waren die Zwillinge wirklich Waisen.

Aber was bedeutete das für die Zukunft aller Beteiligten? Emma hatte alles riskiert, indem sie mit den Kindern Italien verlassen hatte. Alles, was sie besaßen, befand sich in dem Koffer und der Reisetasche, die noch im Kofferraum des Mietwagens lagen.

In Italien gab es nichts, wohin Emma, Marie und Lucas zurückkehren konnten – ganz davon abgesehen, dass ihre Geldmittel längst nicht mehr ausreichten, um eine Rückreise zu finanzieren.

Emma hatte darauf gehofft, dass Rolf Lindberg seiner moralischen Verpflichtung gerecht werden und für seine Kinder sorgen würde. Doch mit seinem Tod musste sie nun auch diese Hoffnung begraben.

Es war einfach niederschmetternd.

„Tut mir leid, dass du es so erfahren musstest", sagte Mattias und holte Emma damit wieder ins Hier und Jetzt zurück.

„Spar dir die hohlen Floskeln", entgegnete sie scharf. „Ich weiß, dass du mich nicht magst. Diesbezüglich hast du dich mehr als deutlich ausgedrückt. Aber Lucas und Marie sind immer noch Rolf Lindbergs leibliche Kinder – und daran ändert auch die Tatsache nichts, dass er gestorben ist."

Es gefiel ihr nicht, gleich mit der Tür ins Haus fallen zu müssen. Andererseits war Mattias Södergren bislang auch nicht gerade besonders sanft mit ihr umgesprungen. Und außerdem ging es hier schließlich nicht nur um sie, sondern vor allem um das Wohl der Zwillinge. Emma musste wissen, woran sie war. „Als Inhaber des Södergren-Sägewerks war Rolf doch sicherlich sehr vermögend. Ich möchte gern schnellstmöglich feststellen lassen, wie hoch der Anteil der Kinder an seinem Erbe ausfallen wird. Sie haben doch geerbt, oder?"

„Nun, das kann man so nicht sagen."

Ärgerlich begegnete Mattias ihrem fordernden Blick. Für einen kurzen Augenblick hätte er vorhin tatsächlich beinahe Mitgefühl für sie empfunden. Die Nachricht von Rolfs Tod hatte Emma anscheinend wirklich erschüttert – jedoch nur aus eigennützigen Gründen, wie sich nun herausstellte.

„Wie meinst du das?" Sie runzelte die Stirn. „Als seine leiblichen Kinder werden sie doch sicher erbberechtigt sein."

„Ich bin kein Jurist", entgegnete Mattias kühl, „deshalb kann ich das nicht so ohne Weiteres beurteilen. Eines weiß ich allerdings mit Sicherheit: Rolf war zum Zeitpunkt seines Todes arm wie eine Kirchenmaus."

Eigentlich hatte er vorgehabt, ihr diese Tatsache ein wenig schonender beizubringen. Doch nach ihrem Auftritt soeben war er nicht mehr unbedingt in der Stimmung, sanfter mit ihr umzuspringen als unbedingt notwendig. Sie war genau so, wie er vermutet hatte. Eine berechnende Person, die nur eines im Sinn hatte: Profit.

Im Grunde hatte er es von Anfang an geahnt. Schon als er ihre Briefe in Rolfs Nachttischschublade entdeckt hatte. Warum sonst sollte sie nach all den Jahren an seinen Stiefvater herantreten? Das konnte doch nur bedeuten, dass sie es auf Geld abgesehen hatte!

Sofort musste er an das mehr als unschöne Gespräch denken, das er am vergangenen Abend mit seiner Mutter geführt hatte. Viola Södergren-Lindberg war nie eine besonders herzliche Person gewesen, doch als Mattias die Sprache auf Ann-Katrin Pålsson lenkte, hatte sie sich vor seinen Augen in einen Eisklotz verwandelt.

„Wage es nicht, in meiner Gegenwart je wieder den Namen dieser Person zu nennen", waren ihre exakten Worte gewesen – wobei die Betonung der Worte „dieser Person" mehr als deutlich machte, was sie von Emmas Mutter hielt.

Details hatte er ihr nicht entlocken können, und Mattias kannte seine Mutter zu gut, um sie diesbezüglich zu bedrängen. Früher oder später würde er erfahren, was sich zugetragen hatte – vermutlich eher früher als später.

„Aber ..." Irritiert schüttelte Emma den Kopf. „Hat ihm denn das Sägewerk nicht gehört?"

„*Nej*", antwortete Mattias. „Es stimmt, dass Rolf ein paar Jahre lang die Geschäfte geleitet hat – mehr schlecht als recht, wie ich hinzufügen möchte. Und als die Erträge sich unter seiner Führung rückläufig entwickelten, hat meine Mutter mich zu seinem Nachfolger ernannt. Das Unternehmen selbst ist stets in Familienhand geblieben."

Das stimmte, auch wenn diese Tradition nun gefährdet war – und zwar ausgerechnet durch seine eigene Tante.

Der Gedanke an Ingrid ließ erneut den Ärger in ihm hochkochen. Er hatte die Schwester seines Vaters stets für eine vernünftige, nüchtern denkende Frau gehalten. Eigentlich passte es gar nicht zu ihr, dass sie ihm und seinen beiden Cousins Lars und Patrik nun posthum solche Schwierigkeiten bereitete.

Mit einer Testamentsklausel, die besagte, dass sie alle drei innerhalb eines Jahres vor den Traualtar treten mussten, wenn sie nicht Gefahr laufen wollten, ein Viertel der Anteile am Familienunternehmen zu verlieren. Lächerlich!

Einen Moment lang schaute Emma ihn ungläubig an, dann wurde ihre Miene eisig. „Wenn das ein Versuch sein soll, Lucas und Marie um ihr Erbe zu betrügen …"

„Keineswegs", entgegnete er kühl. „Es gibt schlicht und ergreifend kein Erbe, damit wirst du dich abfinden müssen. Wenn du mir nicht glaubst, können wir gern mit Rolfs Anwalt sprechen. Seine Kanzlei ist in Stockholm, aber ich muss sehr bald zu einem Treffen mit meinen Cousins dorthin – wenn du es wünschst, kannst du mich gerne begleiten." Als sie zögerte, schenkte er ihr ein herablassendes Lächeln. „Keine Sorge, die Kosten für Anfahrt und Unterkunft übernehme ich für dich."

Sie blinzelte. „Warum solltest du das für mich tun?"

„Vielleicht einfach in der Hoffnung, dass sich diese Diskussion dann ein für alle Mal erledigt haben wird. Und jetzt …" Er wies zur Tür. „Würdest du mich bitte entschuldigen? Ich habe zu arbeiten."

Ohne sie eines weiteren Blickes zu würdigen, trat er hinter seinen Schreibtisch und setzte sich. Doch aus den Augenwinkeln verfolgte er, wie sie das Zimmer verließ. Als sie die Tür hinter sich geschlossen hatte, lehnte er sich in seinem Stuhl zurück und fuhr sich durchs Haar.

Diese Frau war wirklich unglaublich. Aber sie brauchte gar nicht zu denken, dass sie sich hier einfach so ins gemachte Nest setzen konnte. Nicht, solange er diesbezüglich noch ein Wörtchen mitzureden hatte!

Eine Stunde später saß Emma am Fenster ihres Zimmers und wusste nicht, ob sie wütend, traurig, entsetzt oder schockiert sein sollte. So vieles war innerhalb der letzten Stunden auf sie eingestürmt. Viel mehr, als sie in so kurzer Zeit wirklich verarbeiten konnte.

Rolf Lindberg war tot – und wenn sie Mattias' Aussage Glauben schenken durfte, dann war er mehr oder minder mittellos gestorben. Die Kinder und sie standen also weiterhin vor dem Nichts, so wie vor ihrer Abreise nach Schweden.

Sie spürte, dass ihr die Tränen übers Gesicht rannen, und wischte sich mit dem Handrücken über die Wangen. Das war so schrecklich unfair! Sie hatte doch nur alles richtig machen wollen. Die Zwillinge sollten eine unbeschwerte Kindheit erleben können, unbelastet von den Sorgen und Problemen der Erwachsenen. War das denn wirklich zu viel verlangt?

Aber vielleicht hat Mattias ja gelogen, versuchte sie, sich selbst zu beruhigen. Dass er dich nicht mag, hat er ja ziemlich deutlich durchblicken lassen. Womöglich wollte er dir nur einen Schrecken einjagen!

Doch so recht daran glauben konnte Emma nicht. Hätte er sie sonst so freimütig eingeladen, ihn nach Stockholm zu begleiten, wo sie mit Rolf Lindbergs Anwalt sprechen konnte?

Wohl kaum …

Gedankenverloren beobachtete sie, wie die Sonne am Horizont versank und den Himmel in ein feuriges Rot tauchte, als ihr Handy klingelte, das sie auf dem Nachttisch abgelegt hatte.

Sie erkannte die Nummer auf dem Display sofort, und ihr Magen zog sich schmerzhaft zusammen.

Adriano …

Emma schluckte schwer, während ihr Daumen zögernd über der Rufannahme-Taste verharrte. Es war Tage her, dass sie zuletzt mit ihrem Verlobten gesprochen hatte.

Meinem Exverlobten, korrigierte sie sich sofort und drückte den Anruf weg. Mit ihm zu sprechen, war nun wirklich das Letzte, was sie im Augenblick wollte. Ihr Leben war auch ohne

Adrianos ständige Vorwürfe und seine Missbilligung ihres Handelns im Moment schon kompliziert genug.

Doch es vergingen keine sechzig Sekunden, bis eine Kurznachricht einging, die Emma ebenfalls ignorierte. Sie wusste auch so, was er wollte. Bei ihrem letzten Treffen hatte er ihr die Pistole auf die Brust gesetzt: er oder die Kinder. Wie hatte er auch nur eine Sekunde lang glauben können, dass sie Lucas und Marie im Stich lassen würde? Sie hatte die Konsequenzen gezogen und sich von ihm getrennt.

Mit einem lauten frustrierten Seufzen warf sie das Handy aufs Bett und barg das Gesicht in den Händen. Wie sollte es denn jetzt nur weitergehen?

Einmal mehr fragte sie sich, ob es ein Fehler gewesen war, so überstürzt nach Schweden abzureisen. Aber sie hatte ja keine Wahl gehabt. Ihre Eltern hatten ihr nur Schulden hinterlassen, und allein war sie kaum in der Lage, für die Zwillinge zu sorgen. Allein, ohne Adrianos Hilfe …

Emma dachte an die mahnenden Worte ihrer Freunde und Bekannten in Pontevecchio, die sie allesamt davor gewarnt hatten, einfach so der Einladung eines im Grunde wildfremden Menschen zu folgen. Wie es schien, sollten sie tatsächlich recht behalten.

Sie stand auf und holte aus der Handtasche ihr Portemonnaie, in dem sich alles Geld befand, das sie noch besaß. Das Ergebnis des Kassensturzes war mehr als ernüchternd. Ihr Barvermögen reichte allenfalls, um die Rechnung für den Mietwagen zu bezahlen – und selbst das nur, wenn sie ihn in den nächsten Tagen wieder zur Autovermietung zurückbrachte.

Im Nebenraum konnte sie Lucas und Marie hören, die miteinander spielten und lachten. Schweden hatte für die Kinder und sie ein Neuanfang werden sollen. Alles, was sie noch besaß, befand sich in dem Koffer, der ungeöffnet neben dem Bett stand. Wenn sie jetzt gehen mussten, dann wusste sie nicht, wie es weitergehen sollte.

Sie betrat das angrenzende Badezimmer, drehte den Wasserhahn auf und ließ sich kaltes Wasser über die Handgelenke laufen. Das Gesicht, das ihr aus dem Spiegel entgegenblickte, war bleich. Hatte dunkle Ringe unter den Augen. Sie sah aus wie ein Schatten ihrer selbst. Aber war das verwunderlich angesichts der verfahrenen Situation, in der sie sich befand?

Doch schon im nächsten Moment ballte sie die Hände zu Fäusten. Was war bloß mit ihr los? Sie ließ sich doch sonst nicht so leicht entmutigen. Sie war eine Kämpferin! Und sie würde auch diesmal wieder kämpfen – schon allein um der Kinder willen.

Wenn sie gezwungen waren, nach Italien zurückzukehren, würde man ihr die Zwillinge wegnehmen. Sie hatte zwar ihr Einkommen aus der Bäckerei – aber das reichte vorne und hinten nicht, um sich auf Dauer über Wasser zu halten. Nicht wenn es darum ging, drei Personen zu ernähren und gleichzeitig die Schulden ihrer Eltern abzubezahlen.

Dass Adriano nicht bereit war, zwei kleine Kinder mit durchzufüttern, hatte er ihr ja mehr als deutlich zu verstehen gegeben. In der Konsequenz würden Lucas und Marie bei Pflegefamilien untergebracht werden – womöglich sogar getrennt voneinander …

Rolf Lindberg hatte sich in seinen Briefen bereit erklärt, für den Unterhalt der Zwillinge aufzukommen. Und Emma hatte er angeboten, dass sie vorerst alle zusammen bei ihm wohnen konnten. Natürlich war ihr klar gewesen, dass sie über kurz oder lang einen Job und eine eigene Wohnung für sich und die Kinder suchen musste. Doch zumindest für den Anfang wären sie allesamt versorgt gewesen.

Die Welt um sie herum verschwamm, und Emma merkte, dass ihr wieder Tränen übers Gesicht liefen. Ungeduldig wischte sie sie weg, fing etwas Wasser mit der hohlen Hand auf und wusch sich damit; dann atmete sie tief durch und glättete ihr Haar mit den Fingern.

Seit ihrer Ankunft hatte sie sich vom Strom der Ereignisse davontragen lassen, ohne selbst aktiv zu werden. Damit musste jetzt Schluss sein. Sie durfte sich nicht länger von Mattias Södergren herumschubsen lassen!

Mit gestrafften Schultern und hocherhobenen Hauptes trat sie kurz darauf auf den nur schwach beleuchteten Korridor hinaus. Sie konnte hören, dass die Zwillinge noch immer in einem der Zimmer miteinander spielten. Die beiden klangen so fröhlich, so ausgelassen, wie sie es schon sehr lange nicht mehr erlebt hatte. Und das, obwohl sie sich in einer völlig fremden Umgebung befanden.

Emma blieb nichts anderes übrig – sie musste herausfinden, ob sie recht daran getan hatte, Rolf Lindberg zu vertrauen. Sie konnte nur hoffen, dass er irgendwie für die Kinder vorgesorgt hatte, von deren Existenz er erst vor Kurzem erfahren hatte. Und der einzige Mensch, der ihr im Augenblick etwas zu diesem Thema sagen konnte, war Mattias.

Nach außen hin versuchte Emma, stark und entschlossen zu wirken, doch in Wahrheit fühlte sie sich hilflos und schwach. Das Herz flatterte ihr in der Brust wie ein kleiner Vogel, der seinem Käfig zu entkommen versuchte.

Reiß dich zusammen! ermahnte sie sich selbst. Du hast Mattias schon als Jungen gekannt – es gibt keinen Grund, sich vor ihm zu fürchten.

Abgesehen davon, dass er die Entscheidung über dein Schicksal und das der Kinder in der Hand hat …

„Kann ich Ihnen behilflich sein?"

Irgendwie schaffte Emma es, ein Lächeln auf ihre Lippen zu zaubern, als sie Astrids Stimme hinter sich vernahm. Sie drehte sich um. „Ich würde gern noch einmal mit Mattias sprechen. Ist er in seinem Arbeitszimmer?"

„Es tut mir leid, aber er ist vor ein paar Minuten weggefahren und wird wohl erst spät in der Nacht zurückkehren. Eine dringende geschäftliche Angelegenheit." Sie musterte Emma forschend. „Stimmt etwas nicht?"

Emmas Lächeln fing an zu flackern. „*Nej*", antwortete sie und blinzelte heftig, als sie spürte, dass sie erneut gegen die Tränen ankämpfen musste. „Überhaupt nichts ist in Ordnung. Aber das ist mein Problem, und ich muss allein damit fertig werden …"

Tröstend legte Astrid ihr eine Hand auf die Schulter. „Was halten Sie davon, wenn wir beide jetzt erst einmal eine schöne Tasse Kräutertee zusammen trinken?" Sie zwinkerte Emma zu. „Meine Mutter pflegte zu sagen, dass nach einer Tasse Tee die Welt schon wieder ganz anders aussieht."

Obwohl Emma nicht daran glaubte, dass sich ihre Probleme so einfach lösen ließen, nickte sie. „Sehr gerne."

Wie der Rest des Hauses war die Küche hell, freundlich und behaglich eingerichtet. Ein Herd, auf den Astrid jetzt einen mit Wasser gefüllten Kessel stellte, ein Apothekerschrank mit zahlreichen Fächern und einer Anrichte. Das Herzstück des Raumes war ein großer Tisch, an dem gut und gerne ein Dutzend Menschen Platz fanden. Für einen kurzen Moment erschien vor Emmas innerem Auge das Bild einer glücklichen Familie. Erwachsene und Kinder, die gemeinsam aßen, lachten und redeten. Doch im Moment kam ihr das ganze Haus eher vor wie ein Mausoleum.

„Es ist schön, endlich einmal wieder ein bisschen Leben in diesen alten Mauern zu haben", sagte Astrid, als habe sie Emmas Gedanken gelesen.

„Wohnt Mattias denn allein hier?", hakte diese nach.

Die ältere Frau nickte. „Bis zu seinem Tod hat sein Stiefvater im Gartenhaus, dem früheren Dienstbotenquartier, gelebt. Nachdem dessen Frau schon ein paar Jahre zuvor in den Ort gezogen war. Die Ehe der beiden bestand wohl nur noch auf dem Papier."

Der Kessel fing an zu pfeifen. Astrid nahm ihn vom Herd, holte zwei große Tassen aus einem der Hängeschränke, hängte Teebeutel hinein und übergoss sie mit kochendem Wasser. Dann wandte sie sich wieder Emma zu. „Wie ich hörte, war Rolf Lindberg der Vater von Marie und Lucas. Das Ergebnis eines Seitensprungs?"

Emma nickte. „Ja, das stimmt. Meine Mutter hatte wohl vor neun Jahren eine kurze Affäre mit ihm." Seufzend fuhr sie sich mit dem Handrücken über die Stirn. „Hören Sie, ich wäre Ihnen sehr dankbar, wenn Sie den Zwillingen gegenüber nichts dergleichen erwähnen würden. Ich … Ich habe noch nicht den rechten Zeitpunkt gefunden, ihnen die Wahrheit zu sagen. Und offen gestanden weiß ich wirklich nicht, wie ich sie ihnen beibringen soll."

Tröstend legte ihr Astrid eine Hand auf die Schulter. „Ich kann verstehen, dass Ihnen dieser Schritt schwerfällt. Aber Lucas und Marie haben ein Recht darauf, zu erfahren, wo sie herkommen."

„Das stimmt natürlich", entgegnete Emma mit einem traurigen Lächeln. „Wenn ich doch nur die richtigen Worte dafür finden könnte …"

Sie wusste, dass sie den Augenblick der Wahrheit nicht mehr ewig hinauszögern konnte. Eigentlich hatte sie schon viel zu lange gewartet. Und zumindest in einem Punkt war sie sich absolut sicher: Die Kinder sollten es von ihr erfahren. Sie wollte nicht, dass sie es am Ende womöglich aus dem Munde eines vollkommen Fremden hörten.

„Glauben Sie mir, die richtigen Worte für eine solche Nachricht gibt es nicht. Aber ich habe die Erfahrung gemacht, dass Kinder oft scheinbar mühelos in der Lage sind, mit Dingen umzugehen, die uns Erwachsene völlig überfordern."

„Meinen Sie wirklich?"

Astrid nickte aufmunternd. „Ganz bestimmt. Und jetzt machen Sie sich deswegen nicht mehr allzu viele Gedanken. Kommen Sie erst einmal in Ruhe an – alles Weitere ergibt sich ganz von allein."

Wie sehr wünschte Emma sich, davon ebenso überzeugt sein zu können. Doch sie war viel zu sehr Realistin, um die Augen vor den Tatsachen zu verschließen.

Als Mattias früh am nächsten Morgen nach Källadal zurückkehrte, ging gerade die Sonne über der Ortschaft auf. Das Wasser des Snabbvatten funkelte im Licht, von den umliegenden Wiesen stieg der Frühnebel auf.

Es kam durchaus ab und zu vor, dass Mattias sich nach der Großstadt mit ihrem Trubel und den vielen Menschen sehnte.

Doch immer, wenn er Källadal verließ, wünschte er sich schon nach kürzester Zeit wieder hierher zurück. Soweit es ihn betraf, gab es auf der ganzen Welt keinen Ort, an dem es sich besser leben ließ.

Zumindest unter normalen Umständen.

Doch zurzeit waren die Umstände alles andere als normal. Und schuld daran war einzig und allein *diese Frau*.

Seufzend wischte er sich mit der Hand über die Stirn. Die geschäftliche Verabredung, die ihn gestern Abend so spät noch in die nächstgelegene größere Stadt geführt hatte, war nichts als ein Vorwand gewesen. Der lächerliche Versuch, einer Situation zu entkommen, in der er sich unbehaglich fühlte, der er letzten Endes aber doch nicht zu entfliehen vermochte.

Er wusste selbst nicht recht, woran es lag. Emma Pålsson war ganz offensichtlich eine geldgierige Person, die ihre angebliche Sorge für zwei unschuldige Kinder vorschob, um sich ein bequemes Leben zu machen. Er kannte Frauen wie sie, war ihnen schon zu häufig begegnet. Doch sie alle hatten bald einsehen müssen, dass die vermeintlich gute Partie bereits verheiratet war – und zwar mit ihrer Arbeit.

Eine feste Beziehung kam für ihn nicht infrage. Er hatte mit ansehen müssen, was das Zusammenleben aus seinen Eltern gemacht hatte. Gottfrid und Viola Södergren waren nicht unbedingt ein Aushängeschild für die Institution Ehe gewesen. Irgendwann im Laufe der Jahre musste sämtliche Zuneigung, die vielleicht einmal zwischen ihnen bestanden hatte, verloren gegangen sein. Bis zum Tod seines Vaters hatten die beiden alles getan, um sich gegenseitig wehzutun.

Für Mattias war die Ehe seiner Eltern eine überaus wirksame Abschreckung gewesen. Auch die Beziehung von Viola und ihrem zweiten Mann – Rolf Lindberg – war nicht sehr viel besser gelaufen. Umso mehr sträubte sich alles in Mattias gegen den Gedanken, selbst vor den Traualtar zu treten – doch genau das war es, was seine Tante in ihrem Testament von ihm und seinen Cousins verlangte.

Das war doch absurd!

Zwischen seiner Mutter und seinem Stiefvater hatte zuletzt eisige Funkstille geherrscht.

Also warum sollte sich Mattias so etwas freiwillig antun wollen? Manch einer mochte ihn für verschroben halten, aber eines war er ganz sicher nicht: verrückt.

Schon gar nicht so verrückt, sich zu einer Frau wie Emma Pålsson hingezogen zu fühlen.

Und warum kreisen deine Gedanken dann ständig um sie?

Verärgert brachte er die vorlaute innere Stimme zum Schweigen. Er fühlte sich keineswegs zu Emma hingezogen. Zugegeben – sie verstand es geradezu meisterhaft, den Beschützerinstinkt des Mannes zu wecken, mit den großen strahlend blauen Augen, die unter langen, dichten Wimpern hervorblickten. Doch er war nicht so dumm, auf diese Masche hereinzufallen.

Er nicht!

Oder?

Als er das *Björkahus* erreichte, blickte er sofort hinauf zum Obergeschoss – genauer gesagt zu dem Fenster, hinter dem sich *ihr* Zimmer befand.

Fängst du jetzt schon wieder an?

Wütend ballte er die Hände zu Fäusten. So ging das nicht weiter. Wenn er mit Emma unter einem Dach leben wollte, und sei es nur vorübergehend, dann musste er einen Weg finden, seine Hormone in den Griff zu bekommen.

Genau das war jedoch die Crux an der ganzen Geschichte – er *wollte* nicht mit ihr unter einem Dach leben. Wollte es ganz und gar nicht! Aber er konnte sie auch nicht einfach so vor die Tür setzen. Schon allein nicht wegen der Zwillinge. Lucas und Marie waren immerhin Rolfs Kinder, und damit gehörten sie irgendwie zur Familie.

Nun, was das anbetraf, würde seine Mutter ihm ganz bestimmt widersprechen. Sicher, die beiden waren ganz augenscheinlich das Produkt eines Seitensprungs ihres zweiten Ehemannes. Für Mattias machte das indes keinen Unterschied. Er war gut mit Rolf ausgekommen, und er würde seine Kinder nicht für das bestrafen, was ihr leiblicher Vater in seinem Leben falsch gemacht hatte. Darüber mochte Viola Södergren-Lindberg denken, was auch immer sie mochte.

Er hatte den vergangenen Abend und die Nacht bei Josefin Larssen verbracht, mit der er aktuell eine sehr lockere Affäre hatte. Josefin war frisch geschieden und hatte nicht das geringste Interesse daran, sich wieder auf eine feste Beziehung einzulassen. Damit war sie eine Frau ganz nach Mattias' Geschmack. Er war schließlich auch nur ein Mann und hatte seine Bedürfnisse. Und normalerweise fühlte er sich nach einem Treffen mit Josefin immer sehr entspannt und locker.

Nicht so heute.

Sie hatte gleich bemerkt, dass er nicht recht bei der Sache war. „Warum hast du mich angerufen, wenn du mit den Gedanken ganz woanders bist?", hatte sie schmollend gefragt und sich wieder angezogen.

Und er konnte sie ja verstehen. Das bedeutete allerdings nicht, dass er etwas daran ändern konnte. Es war ihm eigentlich nur während des gemeinsamen Abendessens für eine Weile gelungen, den Gedanken an Emma Pålsson zu verdrängen. Doch als sie dann in Josefins Wohnung ankamen …

Vermutlich wäre es besser, Emma irgendwo unterzubringen, wo er sie nicht ständig vor Augen hatte. Ihre weibliche Figur, das mädchenhafte Lächeln und …

Förbannat, du tust es ja schon wieder!

Er wünschte sich wirklich, er könnte sie loswerden. Für seinen Seelenfrieden war sie alles andere als förderlich. Doch er konnte es den Kindern nicht antun, sie von der einzigen Bezugsperson zu trennen, die sie auf der Welt noch besaßen.

Zumindest nicht so früh nach dem Tod ihrer Eltern.

Als er die Zufahrt zum Haus hinunterfuhr und dabei das Gartenhaus passierte, kam ihm plötzlich eine geniale Idee. Rolf hatte bis zu seinem Tod in dem Bungalow gewohnt, der früher als Dienstbotenquartier genutzt worden war. Jetzt stand er leer, und Mattias war bisher nicht dazu gekommen, sich Gedanken darüber zu machen, was damit geschehen sollte.

Nun war er froh darüber, denn das Gartenhaus stellte die ideale Lösung für all seine Probleme dar. Emma konnte dort einziehen und würde somit aus seinem direkten Blickfeld verschwinden. Gleichzeitig war sie aber immer noch nah genug, um für die Zwillinge da zu sein, wenn sie sie brauchten.

Mattias lächelte zufrieden.

3. KAPITEL

*E*mma war schon wach, als sie durch das geöffnete Fenster auf dem Kies der Einfahrt das Knirschen von Autoreifen hörte. Oder besser gesagt – sie hatte gar nicht erst richtig geschlafen.

Sie konnte einfach keine Ruhe finden, jetzt, wo sowohl ihre eigene als auch die Zukunft der Kinder auf dem Spiel stand. Die Verantwortung, die sie übernommen hatte, lastete schwer auf ihren Schultern. Doch sie wusste auch, dass es außer ihr niemanden gab, der sie übernehmen könnte. Und sie wollte es auch gar nicht. Was Lucas und Marie betraf, würde sie keine halben Sachen zulassen. Die beiden verließen sich auf sie, und sie würde ihr Vertrauen nicht enttäuschen.

Das hatten ihre Eltern bereits zur Genüge getan.

Emma trat ans Fenster und blickte hinaus. Gerade rechtzeitig, um zu sehen, wie Mattias aus seinem Wagen stieg. Die Erschöpfung, die sie nach einer so gut wie schlaflosen Nacht empfand, wich grenzenloser Wut, als sie das zufriedene Lächeln sah, das auf seinen Lippen lag.

Er sah aus, als könnte nichts seine gute Laune trüben.

Im Gegensatz zu dir scheint er ja eine ziemlich angenehme Nacht gehabt zu haben ...

Rasch verdrängte sie den störenden Gedanken. Es ging sie überhaupt nichts an, wo und mit wem er sich die Nächte um die Ohren schlug. Und es interessierte sie auch überhaupt nicht. Dieser Mann mochte sich für Gottes Geschenk an die Weiblichkeit halten, doch im Grunde war er doch nichts weiter als ein unverschämter und unfreundlicher Macho.

Ein verflixt gut aussehender unverschämter und unfreundlicher Macho!

Emma unterdrückte einen Fluch. Es stimmte ja, er sah gut aus. Aber musste sie ihn deshalb anhimmeln wie ein pubertierender Teenager seinen Schwarm?

Sie schüttelte den Kopf über sich selbst. Eher sollte sie ihm die Augen auskratzen. Nach dem Empfang, den er ihr bereitet hatte ...

Rasch schlüpfte sie in ihre Jeans und das Shirt, das sie gestern schon getragen hatte. Im Aufstehen zog sie noch schnell ihre Schuhe an, dann eilte sie aus dem Zimmer und die Treppe hinunter.

Auf der untersten Stufe geriet sie ins Stolpern – gerade in dem Moment, in dem Mattias zur Tür hineinkam.

„Hoppla!", rief er, als sie ihm geradewegs in die Arme fiel.

Einen Moment lang stockte Emma der Atem. So nah war sie ihm bisher noch nicht gewesen. Ihr Herz hämmerte plötzlich wie verrückt, und als sie zu ihm aufschaute und ihre Blicke sich begegneten, spürte sie, wie ihre Knie schwach wurden.

„Du hast mich anscheinend sehr vermisst …"

Seine Worte ließen sie gleich wieder auf den Boden der Tatsachen zurückkehren.

Hastig machte sie sich von ihm los und stolperte einen Schritt zurück. „Was bildest du dir eigentlich ein?" Wütend funkelte sie ihn an. „Aber trotzdem ist es gut, dass du da bist – ich wollte nämlich mit dir reden!"

Er hob eine Braue – eine Geste, die ihr Blut nur noch mehr in Wallung brachte. „Und was genau hast du auf dem Herzen?"

„Müssen wir das unbedingt zwischen Tür und Angel besprechen?"

Wieder wirkte seine Reaktion eher amüsiert. Verdammt, nahm er sie denn überhaupt nicht ernst? Doch schließlich nickte er. „Also schön, lass uns in die Küche gehen. Ich koche uns eine Tasse Kaffee, dann reden wir."

Was war das jetzt wieder? Dass er sich plötzlich so zuvorkommend verhielt, irritierte sie. Zwar empfand sie sein Verhalten noch immer als anmaßend, und er schaffte es wie niemand sonst, sie auf die Palme zu bringen. Aber ganz offensichtlich hatte sich seine Laune seit ihrer Ankunft am Vortag deutlich gebessert. Was hatte das zu bedeuten?

Nichts Gutes, vermutete sie. Hinzu kam, dass es ihr deutlich leichter gefallen war, wütend auf ihn zu sein, als er noch den Unnahbaren gegeben hatte.

Sie folgte ihm in die Küche, wo er eine Blechdose mit Kaffeepulver aus dem Schrank holte. Nachdem er die Kaffeemaschine, die auf der Anrichte stand, mit Wasser und ein paar Löffeln des Pulvers befüllt hatte, wandte er seine Aufmerksamkeit wieder Emma zu.

„Also?", fragte er, wobei er sich mit den Ellbogen auf die Rückenlehne eines Stuhls stützte. Dabei sah er sie so intensiv an, dass sie froh war, sich bereits gesetzt zu haben und sich nicht auf die Standfestigkeit ihrer Beine verlassen zu müssen. „Was wolltest du mit mir besprechen?"

„Na, liegt das denn nicht auf der Hand?" Herausfordernd sah sie ihn an.

Er erwiderte ihren Blick gleichmütig – und es war nicht der Duft des frisch aufgebrühten Kaffees, der ihr Herz unwillkürlich schneller klopfen ließ. „Würde ich fragen, wenn es so wäre?"

Seufzend fuhr sie sich durchs Haar. „Es geht um die Kinder. Ich möchte gern wissen, was du dir vorstellst, wie es weitergehen soll? Ich meine ..." Hilflos zuckte sie mit den Schultern. „Ich weiß es selbst nicht so genau."

„Wie gut, dass ich mir zu diesem Thema bereits Gedanken gemacht habe", entgegnete er.

Emma blinzelte überrascht. „Ach, tatsächlich?"

„Ja", sagte er. „Und es wird dich sicher freuen zu hören, dass ich eine Lösung gefunden habe, mit der alle Parteien zufrieden sein dürften."

Diese Bemerkung ließ Emma argwöhnisch werden. „Und wie genau soll diese Lösung aussehen?" Sie verschränkte die Arme vor der Brust. „Ich werde auf keinen Fall ohne die Kinder von hier fortgehen", stellte sie energisch klar. „Solltest du also vorhaben, uns voneinander zu trennen, kannst du ..."

Sie verstummte, als er beschwichtigend die Hände hob. „Du hältst mich wohl für einen ausgemachten Schuft, wie? Glaubst du wirklich, dass ich den Zwillingen so etwas antun würde?"

Überrascht schaute sie ihn an, bevor sie beschämt den Blick senkte. Wenn sie ehrlich war, gab es nicht viel, was sie ihm nicht zugetraut hätte.

„Genau so hast du schon früher immer geguckt, wenn dich auf dem Schulhof einer der älteren Jungs angesprochen hat", sagte er plötzlich – und ein Lächeln entspannte seine Gesichtszüge.

„Mir war nicht klar, dass du mich überhaupt jemals bemerkt hast." Verwundert schüttelte Emma den Kopf. „Ich war doch bloß das schüchterne kleine Mädchen, das niemand beachtet hat. Du hingegen, als Sportstar der Schule ..."

„Ich war ein schlaksiger, hochgeschossener Junge, der mit sich selbst ebenso wenig im Reinen war wie mit dem Rest der Welt. Der Sport war das Einzige, was mich meine Unzulänglichkeiten eine Weile lang vergessen ließ. Darin war ich gut, während mich alles andere hoffnungslos überforderte."

Mit einem solchen Geständnis hatte Emma nun wirklich nicht gerechnet. Und es erstaunte sie mehr, als sie in Worte fassen konnte. Für sie war er immer der erfolgreiche Athlet gewesen, für den alle Mädchen schwärmten und den die anderen Jungs beneideten. Dass auch er sein Päckchen zu tragen gehabt hatte, überraschte sie wirklich.

Doch ihre gemeinsame Vergangenheit war jetzt nicht das Thema, mit dem sie sich zu beschäftigen hatte. Wahrlich nicht!

Sie räusperte sich angestrengt. „Was genau hast du dir denn für mich einfallen lassen?", fragte sie.

„Das Gartenhaus", erwiderte er lapidar.

„Das Gartenhaus?" Sie runzelte die Stirn, bis ihr einfiel, dass Astrid davon erzählt hatte. „Du meinst das Haus, in dem Rolf Lindberg bis ... bis vor Kurzem gewohnt hat?"

Mattias nickte. „Könntest du dir vorstellen, dort einzuziehen? Du wärst ganz in der Nähe der Kinder, würdest aber in gewisser Weise ein bisschen von deiner Eigenständigkeit bewahren. Was hältst du davon?"

Nachdenklich kaute Emma auf ihrer Unterlippe und suchte nach einem Haar in der Suppe, doch sie fand keines. Es schien tatsächlich eine ideale Lösung für sie alle zu sein. Mit ihren neun Jahren waren die Zwillinge alt genug, dass sie nicht unbedingt ständig um sie herum sein musste. Außerdem würde sie sich ohnehin bald einen Job suchen müssen und hätte dann nicht mehr so viel Zeit für sie.

Und wenn sie ehrlich war, gefiel ihr die Aussicht auf ein bisschen Privatsphäre. Davon war ihr nach dem Tod ihrer Eltern nicht mehr viel geblieben.

Kurz musste sie wieder an Adriano denken – doch sie merkte, dass es nicht mehr so wehtat. Und es machte sie auch nicht mehr so wütend. Drei Jahre waren sie ein Paar gewesen und hatten heiraten wollen. Hätte ihr noch vor ein paar Monaten jemand gesagt, dass es so zu Ende gehen würde …

„Nun?" Erwartungsvoll schaute Mattias sie an. „Wie entscheidest du dich?"

Plötzlich gewann der Argwohn wieder die Oberhand. „Du willst mich loswerden", stellte sie fest.

Mattias runzelte die Stirn. „Du leidest wirklich unter Verfolgungswahn, weißt du das? Was ist eigentlich dein Problem? Du hast doch, wenn ich es richtig verstanden habe, das Sorgerecht für deine Geschwister – ich könnte dir die Zwillinge also gar nicht wegnehmen, selbst wenn ich es wollte. Was nicht der Fall ist, wie ich noch einmal betonen möchte." Er schüttelte den Kopf. „Du erwartest, dass ich mich vernünftig mit dir über deine Zukunft und die der Kinder hier in Källadal unterhalte – aber wie soll ich das, wenn du hinter jedem meiner Vorschläge immer nur einen Versuch vermutest, dir schaden zu wollen?"

„Verwundert dich das wirklich?" Ärgerlich funkelte sie ihn an. „Du hast mich nicht unbedingt mit offenen Armen empfangen, schon vergessen?"

„Entschuldige bitte, aber was hast du erwartet? Ich …" Er verstummte, als die Kaffeemaschine sich meldete, drehte sich um und goss das dampfende tiefschwarze Getränk in zwei große Becher. Einen davon reichte er Emma. „Sieh mal, die Zwillinge sind jetzt neun Jahre alt. Soll ich es nicht merkwürdig finden, dass du ausgerechnet jetzt mit ihnen hier auftauchst?"

Emma war empört. „Was willst du damit andeuten? Eines sage ich dir: Hätte ich gewusst, dass Rolf Lindberg gestorben ist, wäre ich ganz bestimmt nicht Hals über Kopf mit den Kindern nach Schweden gereist."

„Gar nichts will ich andeuten." Mattias zuckte mit den Schultern. „Aber du wärst nicht die erste Person, die versucht, aus einer solchen Situation Profit zu schlagen. Immerhin bist du ja anscheinend davon ausgegangen, dass Rolf ein wohlhabender Mann war."

„Und ich bin, ehrlich gesagt, auch noch immer nicht wirklich davon überzeugt, dass er es nicht war", konterte sie verärgert.

Er schaute sie über den Rand seiner Tasse hinweg an. „Nun, was das betrifft, kannst du dich gern auf unserer gemeinsamen Fahrt nach Stockholm davon überzeugen."

Sie runzelte die Stirn. „Also schön, ich nehme dich beim Wort. Wann können wir los?"

Zwei Stunden später war Emma gerade dabei, ihren Koffer wieder zu packen, als ihr Handy klingelte. Es war ihre Freundin Claudia, daheim in Pontevecchio. Mit einem Anflug von schlechtem Gewissen fiel Emma ein, dass sie vergessen hatte, sich wie versprochen gleich nach ihrer Ankunft bei ihr zu melden.

Sie ließ die Bluse, die sie gerade in der Hand hielt, aufs Bett fallen und nahm das Telefon vom Nachttisch. „Claudia, es tut mir leid! Hier ging es so drunter und drüber, dass ich nicht daran gedacht habe, dich anzurufen."

Ihre Freundin lachte leise. „Warum überrascht mich das bloß nicht? Verzeih, aber Organisation war noch nie deine Stärke. Aber lassen wir das – wie geht es dir?"

Emma zögerte. Was sollte sie erwidern? Sollte sie ihre Freundin anlügen oder konnte sie ihr die Wahrheit anvertrauen?

„Dein Schweigen spricht Bände", sagte Claudia, bevor sie sich entschieden hatte. „Es geht um einen Mann, oder?"

„Was?", stieß Emma völlig überrascht hervor. „Du spinnst ja!"

„Sieht er gut aus?"

„Hör auf mit dem Blödsinn!" Sie runzelte ärgerlich die Stirn. „Du weißt genau, was hier für die Kinder und mich auf dem

Spiel steht. Es ist nicht besonders nett von dir, dass du dich über mich lustig machst!"

„Das tu ich doch gar nicht", verteidigte Claudia sich. „Aber ich kenne dich nun einmal, Emma. Um mir etwas vorzumachen, musst du dich schon ein bisschen mehr anstrengen. Also? Wer ist es?"

Nur mühsam unterdrückte Emma ein Seufzen – es wäre einfach zu verräterisch gewesen. Doch im Grunde war ihr klar, dass Claudia sie ohnehin nicht davonkommen lassen würde. Es stimmte, sie kannte sie einfach viel zu gut.

„Na schön", lenkte sie schließlich ein. „Es gibt tatsächlich einen Mann. Sein Name ist Mattias Södergren, und er war, als ich noch hier zur Schule gegangen bin, ein paar Klassen über mir."

„Wie aufregend! Und er sieht gut aus, ja?"

„Mag schon sein – aber ehrlich gesagt, ist das im Augenblick eher nebensächlich. Er will mich loswerden, Claudia, und er führt irgendetwas im Schilde, davon bin ich überzeugt."

„Aber wie sollte er? Ihr seid doch zu Gast bei dem Vater der Zwillinge, oder nicht? Er wird ja wohl kaum zulassen, dass dieser Mattias euch Scherereien macht."

„Vermutlich würde er das nicht – wenn er noch am Leben wäre."

„Was?" Nun schienen Claudia tatsächlich einmal die Worte zu fehlen. „*Dio!*", stieß sie entsetzt hervor. „Oh, Emma, das darf doch nicht wahr sein, es tut mir so leid. Wie soll es denn jetzt weitergehen?"

Emma wünschte, dass sie auf diese Frage eine passende Antwort parat hätte – doch von einer Lösung ihres Problems war sie noch weit entfernt.

Mattias' Angebot, sie erst mal im Gartenhaus unterzubringen, klang erst mal nicht schlecht. Aber war es für ihn am Ende nur ein Mittel zum Zweck, um sie nicht ständig um sich zu haben? Sie konnte sich dessen nicht sicher sein – und das machte sie schier verrückt.

Sie schüttete Claudia noch ein paar Minuten lang ihr Herz aus, dann versprach sie ihrer Freundin, sich bald wieder bei ihr zu melden, ehe sie das Gespräch beendete und sich wieder ihrem Koffer zuwandte.

Als es an der Tür klopfte, schrak sie zusammen. „Bist du so weit?", erklang Mattias' Stimme vom Korridor her.

Warum nur reichte allein der Klang seiner Stimme aus, um ihr wohlige Schauer über den Rücken rieseln zu lassen? Sie wollte das nicht! Es machte die Dinge nur noch komplizierter, als sie es ohnehin bereits waren. Und zusätzliche Komplikationen waren das Allerletzte, was sie im Augenblick gebrauchen konnte.

„Ja", antwortete sie hastig. „Ich komme sofort."

Einen Moment lang hörte sie nichts, dann sagte er: „Gut, ich warte unten im Wagen auf dich. Aber beeil dich bitte, okay?"

Als sich seine Schritte wieder entfernten, atmete Emma erleichtert auf. Ob es wirklich so eine gute Idee gewesen war, mit ihm nach Stockholm zu fahren? Die Kinder gewöhnten sich gerade erst ein. Vielleicht brauchten sie ihre große Schwester jetzt und …

Unsinn! Hör auf, die Zwillinge vorzuschieben! Du hast doch bloß Angst, dass du deine Hormone nicht länger unter Kontrolle halten kannst, wenn du mit ihm allein bist!

Dummerweise musste sie sich eingestehen, dass dies nicht allzu weit von der Wahrheit entfernt war. Dieser Mann brachte ihr inneres Gleichgewicht aus der Balance. In seiner Nähe konnte sie einfach nicht klar denken. Wie sollte sie es ohne einen kühlen Kopf bloß schaffen, ihm Paroli zu bieten?

Jetzt war es auf jeden Fall zu spät, noch einen Rückzieher zu machen. Außerdem wollte sie unbedingt mit Rolf Lindbergs Anwalt sprechen. Vielleicht würde sich aus diesem Gespräch ein Weg ergeben, wie sie sich und die Kinder über Wasser halten konnte, ohne auf Mattias' Unterstützung angewiesen zu sein. Für den Augenblick mochte ihr nichts anderes übrig bleiben, als sich mit den Gegebenheiten zu arrangieren. Doch sie wollte so schnell wie möglich wieder auf eigenen Füßen stehen.

Entschlossen legte sie eine Bluse zusammen und verstaute sie im Koffer, ehe sie diesen schloss, vom Bett nahm und an die Tür stellte.

Sie war eine erwachsene Frau – und von nun an würde sie sich auch wie eine benehmen.

Mein Anwalt hat sich gemeldet – die Klausel in Tante Ingrids Testament ist ungewöhnlich, aber zulässig. Es scheint tatsächlich keinen Weg zu geben, dagegen vorzugehen. Das bedeutet, dass wir wohl oder übel auf ihre Forderungen eingehen müssen, wenn die Firma zu hundert Prozent im Familienbesitz bleiben soll.
Lars

Mattias unterdrückte einen Fluch. Die Kurznachricht seines Cousins war eingegangen, als er draußen vor dem Haus auf Emma wartete – und sie zerstörte die letzten Illusionen, die er sich bis dahin gemacht hatte.
Wütend tippte er eine Antwort:

Das kann ich so nicht akzeptieren. Es muss einen Weg geben!

Er versendete die Nachricht sowohl an Lars als auch an seinen zweiten Cousin Patrik. Kurz darauf meldete sich sein Handy erneut.

Finde dich besser damit ab – und bestell schon mal das Aufgebot.
Lars

Dieses Mal gelang es Mattias nicht, den Fluch, der ihm auf der Zunge lag, herunterzuschlucken. Er konnte nicht fassen, dass diese absurde Klausel im Nachlass seiner Tante wirklich rechtens sein sollte. Als er bei der Testamentseröffnung zum ersten Mal davon gehört hatte, war er zunächst von einem dummen Scherz ausgegangen. Doch wie er inzwischen wusste, verhielt es sich vollkommen anders.
Die Geschichte war ernst – und über den Tod hinaus ge-

lang es Tante Ingrid noch, ihnen die Pistole auf die Brust zu setzen.

Aber Mattias würde den Teufel tun, dieser verrückten Forderung nachzukommen! Fragte sich nur, was ihm anderes übrig blieb ...

Patrik und Lars hatten alles mehrfach überprüfen lassen. Allen Erwartungen zum Trotz schien es keine Möglichkeit zu geben, die Klausel anzufechten, die sein ganzes Leben ins Chaos zu stürzen drohte.

Bestell schon mal das Aufgebot ... Wirklich witzig, Lars!

Im Grunde lief es jedoch genau darauf hinaus. Tante Ingrid forderte in ihrem Testament von ihren drei Neffen, vor Ablauf eines Jahres nach ihrem Tod zu heiraten – oder die Firmenanteile, von denen sie rund ein Viertel besaß, würden einer wohltätigen Stiftung zufallen.

Das allein würde Lars, Patrik und ihn zwar nicht handlungsunfähig machen, doch es würde sie in ihren Entscheidungen sehr viel stärker einschränken, als es ihnen gefallen konnte. Ganz davon abgesehen, war es schon seit Generationen Firmenpolitik, dass nur der engste Familienkreis Anteile besitzen durfte.

Aber trotzdem ... Mattias durfte es auf keinen Fall zulassen, dass die Firma in fremde Hände fiel. Aber – *förbannat!* – er wollte nicht heiraten! Ganz davon abgesehen, dass er von Kindesbeinen an gezwungen gewesen war, mit anzusehen, wie seine Eltern sich das Leben gegenseitig zur Hölle machten, mit wem sollte er vor den Traualtar treten? Mit Josefin etwa?

„Wohl kaum", knurrte er und schüttelte den Kopf.

Als Emma aus dem Haus trat, blitzte ganz kurz ein ganz abwegiger und verrückter Gedanke in seinem Kopf auf, den er eilig beiseitescheuchte. *Nej*, eine Kapitulation kam nicht infrage. Nicht, solange er nicht absolut sicher war, dass es keine andere Lösung gab.

„Was ist los?", fragte Emma, als sie auf der Beifahrerseite eingestiegen war. Sie musterte ihn eindringlich. „Du siehst aus, als hättest du in eine Zitrone gebissen. Schlechte Nachrichten?"

Er winkte ab. Emma Pålsson war nun wirklich die letzte Person, der er seine Sorgen und Probleme anvertrauen wollte. „Zerbrich dir bitte nicht meinen Kopf", entgegnete er schroff.

Dann zündete er den Motor und fuhr so schnell an, dass der Kies unter den Reifen seines Volvos aufspritzte.

Die Fahrt nach Stockholm kam Emma unerträglich lang vor. Das lag wohl vor allem daran, dass sie in Mattias' Nähe einfach nicht in der Lage war, sich zu entspannen.

Stocksteif saß sie auf dem Beifahrersitz und starrte aus dem Seitenfenster, an dem die wunderschöne, grüne Landschaft geradezu vorüberflog. Irgendwie war es ein gutes Gefühl, wieder in Schweden zu sein. Wären Mattias und die Verantwortung für die Kinder nicht gewesen, sie hätte es vielleicht sogar wirklich genossen. Doch unter den gegebenen Umständen ...

Ihr letzter Aufenthalt in Stockholm lag schon über fünfzehn Jahre zurück. Damals hatte sie ihren Vater begleitet und war fasziniert gewesen von der Größe und Schönheit der Stadt, die zwischen dem Mälarsee und der Ostsee lag. Und auch heute noch schlug Stockholms Zauber sie wieder in ihren Bann.

Wahrscheinlich hatte es etwas mit dem besonderen nordischen Licht zu tun, das über der Metropole lag und alles noch klarer und schärfer erscheinen ließ. Das Wasser zwischen den Inseln, auf denen Teile der Stadt errichtet waren, glitzerte im hellen Sonnenschein.

„Wann werden wir uns mit diesem Anwalt treffen?", fragte Emma. Es war das erste Mal seit Stunden, dass sie das Wort an Mattias richtete.

Der nahm kurz den Blick von der Straße und schaute sie an. „Du hast es aber wirklich sehr eilig. Glaubst du immer noch, dass ich dich und die Kinder über den Tisch ziehen will?"

Emma zog es vor, darauf nicht zu antworten. Sie wusste einfach nicht, was sie von Mattias halten sollte. Es gab Momente, in denen sie absolut sicher war, dass er etwas gegen sie im Schilde führte. Dann wieder zeigte er sich besorgt, ja, beinahe freundlich, und ihre Überzeugung geriet ins Wanken.

Und vergiss nicht, dass du ihn unglaublich sexy findest!

Sie atmete tief durch. „Ich würde es einfach nur gern wissen, das ist alles", sagte sie. „Hast du ein Problem damit?"

„*Nej.*" Er schüttelte den Kopf. „Natürlich nicht. Dr. Johansson hat sich bereit erklärt, uns gleich morgen Vormittag zu empfangen."

„Morgen erst?" Emma gab sich keine Mühe, ihre Enttäuschung zu verbergen. Sie hatte gehofft, das alles noch heute hinter sich bringen zu können. Je schneller sie wieder zu den Zwillingen zurückkehren konnte, desto besser. Auch wenn sie sich keine Sorgen um die beiden machen musste, weil Astrid sich ganz wunderbar um sie kümmerte. Außerdem schienen sie ihre große Schwester ganz und gar nicht zu vermissen – diesen Eindruck hatte sie zumindest gewonnen, als sie vorhin kurz mit ihnen telefoniert hatte.

Das Hotel, in dem Mattias für sie reserviert hatte, lag in *Gamla Stan*, der Altstadt Stockholms, in einem prächtigen Altbau mit eidottergelber Fassade und weißen Fenster- und Türrahmen. Ein Hotelangestellter in Livree öffnete zuerst die Beifahrer- und anschließend die Fahrertür und nahm dann den Autoschlüssel entgegen, den Mattias ihm reichte.

Als sie die Eingangshalle des Hotels betraten, stockte Emma kurz der Atem. Der Fußboden bestand aus cremefarbenem Marmor, und über ihr wölbte sich eine hohe Kuppel, die seitlich von mächtigen, stuckverzierten Säulen getragen wurde. Clubsessel und kleine Tische verteilten sich in der Lobby, und Grünpflanzen sorgten für eine behagliche Atmosphäre.

Gegenüber vom Haupteingang befand sich die Rezeption, auf die Mattias nun zielstrebig zuhielt. „*God dag*", begrüßte er die Empfangsdame. „Ich habe zwei Einzelzimmer auf den Namen Södergren reserviert."

Die junge Frau schenkte ihm ein professionelles Lächeln, doch Emma entging nicht, dass sie ihn aufmerksam musterte. Ebenso wenig entging ihr allerdings, dass sie es bemerkte und dass es ihr nicht gefiel.

Erst als Mattias ihr ihre Schlüsselkarte reichte, wurde ihr bewusst, dass sie ihn die ganze Zeit angestarrt hatte.

Peinlich berührt senkte sie den Blick.

„*Tack*", bedankte sie sich. „Ich werde dir das Geld für die Übernachtung zurückzahlen, sobald ich kann."

Lächelnd winkte er ab. „Vergiss es – das stürzt mich nicht in den Ruin. Und wenn es am Ende dazu führt, dass du mir nicht ständig argwöhnische Blicke zuwirfst, hat es sich für mich definitiv gelohnt."

Keine zwei Minuten später befanden sie sich im Aufzug auf dem Weg nach oben. Emma war heilfroh, dass ein weiterer Hotelgast, ein Geschäftsmann, mit ihnen zusammen eingestiegen war, denn die Luft zwischen Mattias und ihr schien plötzlich elektrisch aufgeladen zu sein.

Doch ihre Erleichterung währte nicht lange, denn schon im zweiten Stockwerk stieg der andere Mann aus, während sie noch bis in die sechste Etage weiterfahren mussten. Die Türen hatten sich kaum wieder geschlossen, da spürte Emma auch schon, wie ihr Herz anfing, heftiger zu klopfen. Schweiß trat ihr auf die Stirn, und ihr Atem beschleunigte sich.

Unauffällig musterte sie Mattias aus den Augenwinkeln, doch er wirkte völlig ruhig und gelassen. Wie war das möglich? Warum wirkte seine Nähe auf sie so verwirrend und irritierend, während sie ihn völlig kaltzulassen schien?

Nachdem die Türen des Lifts sich geöffnet hatten, flüchtete Emma beinahe panisch aus der engen Kabine und eilte den Korridor hinunter. Aber Mattias hielt mühelos mit ihr Schritt. Ihre Finger zitterten leicht, als sie die Schlüsselkarte in den entsprechenden Schlitz an ihrer Zimmertür einführte.

Ein rotes Licht leuchtete auf. „Verdammt!"

Sie versuchte es noch einmal – mit demselben Ergebnis.

„Gib mal her", sagte Mattias, der neben ihr ohne jede Mühe die Tür zu seinem Zimmer geöffnet hatte. Ehe Emma sich's versah, stand er so dicht hinter ihr, dass sie seine Körperwärme überdeutlich fühlte.

Ihr Kehle war plötzlich wie ausgetrocknet.

Als sie ihm die Karte reichte, streifte er mit den Fingern ihre Hand und sie atmete scharf ein. Es war, als würde ein Blitz ihren Körper durchzucken. Sie schloss die Augen, froh darüber, dass sie ihm den Rücken zuwandte, sodass er ihr nicht ansehen konnte, in welches Gefühlschaos er sie stürzte.

Ihre Knie wurden weich und sie lehnte sich unauffällig gegen den Türrahmen, um sie ein bisschen zu entlasten. Und sie war so damit beschäftigt, sich auf den Beinen zu halten, dass sie es zuerst nicht bemerkte, wie die Tür aufschwang.

„Mach dich ein bisschen frisch – ich hole dich um zwölf Uhr zum Mittagessen ab."

Sie zuckte zusammen, als sie seine Stimme so nah an ihrem Ohr hörte. Dann war er verschwunden, und Emma stolperte mit zittrigen Beinen ins Zimmer.

*E*mma wusste nicht, was sie erwartet hatte. Nach dem elegant, ja, beinahe schon luxuriös eingerichteten Hotelzimmer, das größer war als das Haus ihrer Eltern in Pontevecchio, vermutlich ein teures Feinschmeckerrestaurant. Doch das kleine Lokal in einer Seitenstraße von *Gamla Stan*, das sie ein paar Stunden später betraten, war bodenständig und gemütlich.

„Mattias, was für eine Überraschung! Sie haben sich ja schon eine Ewigkeit nicht mehr hier blicken lassen!" Ein untersetzter Mann mit lichtem Haar und einem strahlenden Lächeln eilte auf Mattias zu und schüttelte begeistert seine Hand. „Und wer ist Ihre bezaubernde Begleiterin?"

„Emma Pålsson", stellte Mattias sie vor. „Emma, das ist Göran, Inhaber und zugleich Chefkoch des *Hårdtenn*. Du solltest unbedingt seine *Köttbullar* probieren – ich versichere dir, dass du nirgendwo in ganz Stockholm und Umgebung bessere bekommen wirst." Lächelnd wandte er sich wieder an den älteren Mann. „Ich habe leider nicht reserviert, aber ich hoffe, dass Sie vielleicht trotzdem in irgendeiner Ecke noch ein Plätzchen für uns frei haben?"

Göran klopfte ihm jovial auf die Schulter. „Aber sicher, für Sie doch immer! Kommen Sie. Für Sie beide habe ich sogar einen ganz besonderen Tisch."

Emma und Mattias folgten ihm durch das Lokal. Sie war ein bisschen irritiert, als sie durch eine Schwingtür in die Küche und dann durch eine weitere Tür unvermittelt ins Freie traten.

Der Hinterhof des Lokals war klein, aber ein wahres Juwel. Wer immer hierfür verantwortlich zeichnete, besaß wirklich den sprichwörtlichen grünen Daumen. Blumen in allen Farben des Regenbogens blühten in Töpfen, Schalen, Eimern und Fässern, ergossen sich in verschwenderischer Pracht aus Pflanzkästen und Blumenampeln.

Es war eine Oase der Natur, inmitten der pulsierenden Großstadt. Fasziniert blickte Emma sich um. „Das ist …"

„Meine Frau kommt vom Land", erklärte Göran, „und sie konnte sich nie damit abfinden, dass wir keinen eigenen Garten haben. Tja, und irgendwann bin ich auf die Idee gekommen, ihr einfach hier im Hinterhof freie Hand zu lassen."

Während er sprach, brachte einer seiner Angestellten wie auf ein unausgesprochenes Kommando hin einen Tisch und zwei Stühle zu ihnen nach draußen. Innerhalb weniger Minuten war alles perfekt eingedeckt.

„Sie sollten sich überlegen, dieses Schmuckstück im Sommer als Terrasse zu nutzen", merkte Mattias augenzwinkernd an. „Sie könnten ein Vermögen damit machen!"

Göran rückte Emma den Stuhl zurecht, sodass sie sich setzen konnte, und winkte dann ab. „Geld ist nicht alles. Dieser Ort hier gehört einzig und allein mir und meiner Frau – und ein paar besonders geschätzten Gästen, so wie Ihnen."

Nachdem Mattias eine Flasche Wein bestellt hatte, verschwand Göran wieder in der Küche. Bis dahin war Emma erstaunlich gelassen geblieben. Doch als sie plötzlich allein waren, stieg ihre Nervosität sprungartig an.

„Und? Gefällt es dir?", erkundigte sich Mattias.

Sie räusperte sich angestrengt, da sie nicht sicher war, ob sie überhaupt einen Ton über die Lippen bekommen würde. Aber wider Erwarten klang ihre Stimme vollkommen normal, als sie sagte: „Es ist einfach wunderschön. Ich hätte nie geglaubt, dass es so etwas im Herzen von *Gamla Stan* außerhalb von Parkanlagen überhaupt geben könnte. Ein echter kleiner Garten Eden."

Der Restaurantbesitzer kam zurück und reichte zuerst Emma und dann Mattias die Speisekarte.

„*Elgstek?*" Emma konnte nicht verhindern, dass ihr Magen zu knurren anfing. „Grundgütiger, es ist schon ewig her, dass ich zum letzten Mal *Elgstek* gegessen habe!"

„Dann wird es aber Zeit", verkündete Mattias, klappte die Karte zu und winkte Göran herbei. „Wir nehmen beide das *Elgstek*. Und dazu hätte ich gern eine Limonade. Für mich bitte *Mer Apelsin*. Und was möchtest du?"

All das erinnerte Emma an ihre Kindheit. Sie nickte lächelnd. „Ja. Für mich bitte auch."

Einen Moment lang vergaß sie all ihre Sorgen und Probleme und genoss einfach nur den Augenblick. Es war lange her, dass sie sich so entspannt und gelöst gefühlt hatte. Sie konnte nicht verstehen, dass ihr das nun ausgerechnet in Mattias' Gegenwart gelang.

„So, da wären wir", rief der Restaurantbesitzer, als er kurz darauf das Essen servierte, während ein Kellner die Getränke brachte. „Benötigen Sie noch etwas?"

„*Nej*, vielen Dank, wir sind rundum versorgt."

„Dann wünsche ich Ihnen guten Appetit."

„Hm, das duftet ja köstlich", schwärmte Emma, als sie wieder allein waren. Der Geruch des *Elgsteks* ließ ihr das Wasser im Mund zusammenlaufen.

Mattias lachte, als sie mit großem Appetit zu essen begann. „Es ist schön, einmal mit einer Frau am Tisch zu sitzen, die nicht stundenlang auf einem einzelnen Salatblatt herumkaut."

Ein wenig beschämt ließ Emma die Gabel sinken. Sie war sich schmerzlich der Tatsache bewusst, dass sie nicht unbedingt Modelmaße besaß. Doch sie liebte nun einmal gutes Essen und konnte einfach nicht widerstehen, wenn eines ihrer Leibgerichte aufgetischt wurde.

„Um Himmels willen, nun schau doch nicht so betroffen. Ich habe das keineswegs als Vorwurf gemeint, Emma. Um ehrlich zu sein, ich finde diese ewige Kalorienzählerei bei Frauen ziemlich nervtötend."

Es war das erste Mal, dass Emma so etwas von einem Mann hörte. Wie oft hatte Adriano sie missbilligend angeschaut, wenn sie sich beim Essen nachnehmen wollte? Von Frauen erwartete dieser Macho, dass sie wie die Spätzchen aßen und sich ihr Leben lang eine mädchenhafte Figur bewahrten. Dass er selbst durchaus einen Bauchansatz besaß, schien ihn dabei keineswegs zu stören.

Ganz ähnliche Erfahrungen hatte sie auch schon vor Adriano gemacht. Umso mehr verwunderte es sie, dass Mattias anders darüber dachte – oder es zumindest von sich behauptete.

„Die Kinder fühlen sich wirklich wohl im *Björkahus*", wechselte sie ziemlich abrupt das Thema und trank einen Schluck Limonade. „Ich habe vorhin mit ihnen telefoniert. Die arme Astrid hat sicher alle Hände voll zu tun mit den beiden."

Mattias lachte. „Glaub mir, das macht ihr nichts aus. Sie beschwert sich schon seit Jahren darüber, dass es im Haus viel zu still geworden ist. Astrid findet, dass ich heiraten und eine Familie gründen sollte, aber ..."

Als er verstummte, musterte Emma ihn eindringlich. „Aber?"

Seine Miene verdunkelte sich. „Ich glaube nicht, dass ich dazu verpflichtet bin, mein Privatleben mit dir zu diskutieren", entgegnete er grimmig.

Mit einem Mal war die gelöste Stimmung wie weggeblasen, und Emma fragt sich, was an ihrer Frage so schlimm gewesen sein mochte. Zugegeben, sein Privatleben ging sie nicht das Geringste an. Doch immerhin hatte er damit angefangen, und nicht sie.

Zu diesem Schluss schien nun auch Mattias zu kommen, denn er atmete seufzend aus und schüttelte den Kopf. „Tut mir leid, ich hätte dich nicht so anfahren sollen. Es ist nur so, dass ich zurzeit ein bisschen überempfindlich auf dieses Thema reagiere. Verzeihst du mir?"

Sie nickte – was blieb ihr auch anderes übrig? Nüchtern betrachtet, waren die Zwillinge und sie von seinem guten Willen abhängig. Immerhin lebten sie zurzeit in *seinem* Haus. Und es sah nicht so aus, als würde sich daran in absehbarer Zeit etwas ändern.

Selbst wenn sie sein Angebot annahm und ins Gartenhaus zog – sie war im Augenblick nicht in der Lage, ihm eine Miete oder auch nur Kostgeld zu zahlen. Nicht, solange sie keinen Job in Källadal gefunden hatte.

Und genau das würde sich, wie sie von Astrid erfahren hatte, gar nicht so einfach gestalten. Die meisten Leute im Ort arbeiteten im Sägewerk, und was das betraf, verfügte Emma über keinerlei Kenntnisse. Zu Hause in Pontevecchio hatte sie eine Bäckerei geführt. Ansonsten konnte sie allenfalls noch als Bedienung oder als Bürokraft arbeiten – doch solche Stellen wuchsen in dieser Gegend nicht gerade auf Bäumen.

Aber wie auch immer ihre berufliche Zukunft aussehen mochte – sie würde niemals genug verdienen, um sich *und* die Kinder finanziell über Wasser halten zu können.

Im Weiteren verlief das Essen schweigend. Obwohl das *Elgstek* köstlich war, gelang es Emma einfach nicht mehr abzuschalten. Immerzu musste sie daran denken, was wohl bei dem Gespräch mit Rolfs Anwalt herauskommen würde. Wenn Mattias die Wahrheit gesagt hatte, dann würden die Zwillinge leer ausgehen. Und das bedeutete im Umkehrschluss, dass sie ihm weiterhin auf der Tasche liegen mussten. Eine Vorstellung, die Emma ganz und gar nicht behagte.

Noch immer klammerte sie sich an die Hoffnung, dass er sich geirrt oder sie schlichtweg angelogen hatte. Zwar waren die Zwillinge nicht gesetzlich erbberechtigt, da Rolf sie niemals als seine Kinder anerkannt hatte. Trotzdem hätte er ihnen einen Teil seines Vermögens vermachen können.

Sofern es denn ein Vermögen gab – was laut Mattias nicht der Fall war.

„Du siehst müde aus", stellte Mattias fest. „Möchtest du lieber zurück ins Hotel?"

Sie schüttelte den Kopf. „Nein, ich … Um ehrlich zu sein, ich weiß nicht genau, was ich möchte. Seit dem Tod meiner Eltern ist so viel passiert, dass ich überhaupt nicht mehr zum Atemholen gekommen bin. Zuerst die Nachricht, dass dein Stiefvater der leibliche Vater der Zwillinge ist. Das hat mir ziemlich den Boden unter den Füßen weggerissen. Dann hat mein Verlobter mich vor die Wahl gestellt: entweder er oder die Kinder. Mit Rolf Kontakt aufzunehmen, erschien mir als die einzige Chance, dass sich die Dinge für uns doch noch zum Guten wenden. Als er uns hierher einlud, zögerte ich nicht. Unsere Eltern haben uns nichts als Schulden hinterlassen, und ich fürchtete, dass man mir die Kinder wegnehmen könnte, wenn ich mit ihnen in Italien bleibe."

„Warum das?"

„Weil ich nicht in der Lage war, angemessen für sie zu sorgen. Mit meinem Job – ich führte für eine ältere Dame deren Bäckerei weiter, als sie aus gesundheitlichen Gründen aufhören musste – verdiente ich gerade genug, um selbst über die Runden zu kommen. Rolf Lindbergs Angebot, uns bei sich aufzunehmen und für die Kinder zu sorgen, erschien mir wie ein Geschenk des Himmels. Also kündigte ich meinen Job in Pontevecchio, packte unsere Sachen und buchte mit dem letzten Geld, das ich noch besaß, die Flugtickets, um in Schweden ein neues Leben zu beginnen. Und nun …"

Mattias musterte sie forschend. Emma wirkte abwesend, so als wäre sie sich der Tatsache gar nicht wirklich bewusst, dass sie ihre Gedanken laut aussprach. Und vermutlich war es auch so.

Ihm verschaffte es faszinierende Einblicke in ihr Seelenleben. Einblicke, die ihn überraschten und irritierten – und die so gar nicht zu seiner Einschätzung von ihr passten. Einen Moment lang empfand er tatsächlich so etwas wie Mitgefühl für sie. Sollte er sich tatsächlich in ihr getäuscht haben?

Doch dann besann er sich wieder. Er war sonst auch nicht so leicht zu beeindrucken. Wollte er ihr diese rührselige Geschichte wirklich einfach abkaufen, ohne sie zu hinterfragen? Es war überhaupt nicht seine Art, so vertrauensselig zu sein.

Und außerdem kannte er von seiner Mutter einen Teil der Geschichte, den Emma ausgelassen hatte. Denn vor etwas mehr als sechs Jahren war ihre Mutter Ann-Katrin Pålsson in Källadal aufgetaucht – und hatte Schweden kurz darauf mit einem deutlich praller gefüllten Geldbeutel wieder verlassen.

„Wie die Mutter so die Tochter." So hatte Viola Södergren-Lindbergs Urteil gelautet – und ihr Gesichtsausdruck hatte mehr als deutlich gemacht, was sie von der Frau hielt, mit der ihr verstorbener Mann fremdgegangen war. „Wenn sie tatsächlich die Frechheit besitzt, hier aufzutauchen, solltest du sie vor die Tür setzen! Ich will diese Person nicht sehen, hörst du? Ebenso wenig wie diese Bälger!"

Doch das hätte Mattias niemals übers Herz gebracht. Wenn

er mit den Kindern auch nicht blutsverwandt sein mochte – irgendwie gehörten sie zur Familie. Und selbst, wenn es sich nicht so verhalten hätte. Es waren Kinder, um Himmels willen! Und sie hatten soeben ihre Eltern verloren!

Aber bei Emma lagen die Dinge anders. Sie war eine erwachsene Frau – und woher sollte er wissen, dass Viola nicht tatsächlich recht hatte? Vielleicht war sie ebenso wie ihre Mutter nur auf Geld aus.

Er schüttelte den Kopf. „Tut mir leid, dass es in letzter Zeit so schlecht für dich gelaufen ist. Trotzdem solltest du dich nicht darauf verlassen, dass dich Rolfs Erbe irgendwie weiterbringt. Ich sagte dir ja schon, dass bei ihm nichts zu holen ist. Das bisschen Vermögen, das er besaß, hat er in irgendwelche windigen Immobiliengeschäfte investiert."

„Dann gibt es doch vielleicht Häuser oder Grundstücke."

Mattias zuckte mit den Schultern. „Darüber solltest du dich mit Dr. Johansson unterhalten – er ist der Experte. Aber erwarte lieber nicht zu viel." Er blickte auf seine Armbanduhr. „Wir sollten jetzt langsam aufbrechen. In einer halben Stunde treffe ich mich mit meinen Cousins im Hotel."

Zu seiner Überraschung warteten Lars und Patrik bereits in der Lobby auf ihn, als er gemeinsam mit Emma dort eintraf. Innerlich zuckte Mattias zusammen, ließ sich aber nichts anmerken. Er kannte seine Cousins – sie würden nur noch hellhöriger werden, wenn er zeigte, wie sehr es ihm missfiel, dass sie ihn zusammen mit Emma sahen.

Wie nicht anders zu erwarten gewesen war, grinsten die beiden breit, als sie auf ihn zukamen. „Na, wen haben wir denn da?", fragte Patrik und klopfte Mattias auf die Schulter. „Dich zusammen mit einer Frau zu sehen – das ist nun wahrlich kein alltäglicher Anblick. Willst du uns deine attraktive Begleiterin nicht vorstellen?"

Widerwillig tat Mattias seinem Cousin diesen Gefallen. Er musste gestehen, dass Patriks Bemerkung nicht aus der Luft gegriffen war. Zwar konnte man ihn kaum als Kind von Traurigkeit bezeichnen, doch es kam so gut wie nie vor, dass er sich mit seinen Bettgefährtinnen in der Öffentlichkeit sehen ließ.

„Patrik, Lars, das ist Emma Pålsson. Sie … wohnt vorübergehend bei mir." Natürlich entgingen ihm die Blicke nicht, die sich die beiden Männer zuwarfen. „Zusammen mit ihren Halbgeschwistern, die aus einer kurzen Liaison zwischen Rolf und ihrer Mutter entstanden sind."

Die erhoffte Reaktion auf diese Erklärung blieb aus – sehr zu seinem Ärger wirkten Lars und Patrik noch immer amüsiert. Er wandte sich an Emma. „Du entschuldigst uns?"

Sie nickte und schenkte seinen Cousins zum Abschied noch ein kurzes, warmes Lächeln, das in Mattias für einen kurzen Augenblick Eifersucht aufflackern ließ. Wie konnte das sein?

„Es hat mich sehr gefreut, euch kennenzulernen", sagte sie.

„Das Vergnügen war ganz auf unserer Seite", entgegnete Lars charmant, nahm Emmas Hand und hauchte ihr einen Kuss auf den Handrücken.

Mattias war sich absolut im Klaren darüber, dass sein Cousin ihn lediglich aufziehen wollte. Lars war ein Charmeur und sich seiner Wirkung auf Frauen durchaus bewusst. Doch er amüsierte sich viel zu gern, als dass er bereit wäre, sich auf Dauer an eine Partnerin zu binden. Daher beschränkte sich sein Beuteschema in der Regel auf sehr junge Frauen, die leicht zu haben waren und ihm keine Probleme bereiteten.

„Unkompliziert" und „leicht zu haben" waren zwei Attribute, die auf Emma Pålsson wohl kaum zutreffen durften.

Und woher weißt du das? Du kennst sie doch im Grunde überhaupt nicht! Das letzte Mal, als ihr euch begegnet seid, war sie noch ein kleines Mädchen und du ein Teenager.

Trotzdem – Emma passte einfach nicht zu Lars.

Und Lars besaß genug Menschenkenntnis, um das zu wissen.

„Was, zum Teufel, sollte das?", fauchte Mattias, als Emma außer Hörweite war.

Patrik, der nicht nur der älteste, sondern auch der besonnenste der drei Cousins war, legte ihm beruhigend eine Hand auf die

Schulter. „Lass dich doch nicht von ihm provozieren. Das ist doch nur eines von Lars' kleinen Spielchen."

„*Nej*, überhaupt nicht", protestierte Lars sofort. „Die Kleine ist wirklich nicht übel. Wenn ich am Ende tatsächlich gezwungen sein sollte, auf die Bedingungen der alten Nebelkrähe einzugehen, dann mit einer Frau wie deiner Emma."

Mattias kniff die Augen zusammen. „Sie ist nicht *meine* Emma", stellte er klar. „Und offen gestanden, bin ich mir noch immer nicht sicher, ob sie nicht nur eine Goldgräberin ist, die es auf Rolfs vermeintliches Vermögen abgesehen hat. Davon abgesehen, solltest du nicht so abfällig von Tante Ingrid sprechen. Wenn ich mir unsere Verwandtschaft so ansehe, war sie mit Abstand die einzige Person, mit der man es aushalten konnte."

„Und doch hat sie uns mit dieser Klausel in ihrem Testament nun diese Schwierigkeiten aufgehalst."

Patrik zuckte mit den Schultern. „Es ist, wie es ist – wir sollten uns jetzt lieber überlegen, wie wir die Situation retten können, anstatt uns gegenseitig an die Gurgel zu gehen. Wollen wir uns nicht irgendwo hinsetzen und in Ruhe reden?"

In einer abgeschiedenen Ecke des Foyers rückten sie sich drei Clubsessel zurecht und nahmen Platz.

„Es steht nun also wirklich fest, dass wir nicht gegen Tante Ingrids Bedingung vorgehen können?", fragte Mattias.

Patrik schüttelte den Kopf. „Keine Chance. Die Anwälte der Firma haben das Testament auf Herz und Nieren geprüft. Es mag ungewöhnlich sein, ein Erbe an solche Bedingungen zu knüpfen, aber es geht. Allerdings besteht vom Gesetz her unsererseits kein direkter Anspruch auf Tante Ingrids Anteile. Wenn wir also nicht tun, was sie verlangt, werden wir ihre fünfundzwanzig Prozent der Firma verlieren."

Mattias fluchte. „Wir müssen also tatsächlich heiraten, um das zu verhindern? *Förbannat*, das kann doch nicht wahr sein!"

„Glaub mir, die Sache gefällt mir ebenso wenig wie dir", erklärte sein älterer Cousin. „Aber zumindest ein Schlupfloch haben die Rechtsverdreher in dem Testament finden können."

Mattias und Lars horchten sofort auf. „Ach ja? Lass hören!"

„Wir werden nicht darum herumkommen, innerhalb des geforderten Zeitraums von zwölf Monaten zu heiraten – aber Tante Ingrid hat nirgendwo festgelegt, wie lange wir verheiratet bleiben müssen."

Mattias lehnte sich in seinem Sessel zurück und kaute nachdenklich auf der Unterlippe. „Du meinst, wir könnten einfach nur pro forma heiraten und uns dann gleich wieder scheiden lassen?"

„Ganz so einfach ist es nicht. Die Anwälte meinen, dass die Ehe sicherheitshalber mindestens sechs Monate bestehen sollte und dass wir in diesem Zeitraum tatsächlich wie ein verheiratetes Paar mit unserer jeweiligen Ehefrau zusammenleben sollten. Doch das sind nur Formalitäten, damit im Nachhinein keine Einsprüche seitens des Testamentsverwalters angemeldet werden können." Er grinste breit. „Im Großen und Ganzen hast du also recht, ja."

„Und wo soll ich auf die Schnelle eine Frau auftreiben, mit der ich es sechs Monate am Stück aushalten kann?", stöhnte Lars. Dann wandte er sich grinsend an Mattias. „Du hast wirklich Glück, weißt du das eigentlich? Dir wurde die passende Kandidatin praktisch auf dem Silbertablett serviert."

Mattias blinzelte irritiert. „Wie meinst du das?"

„Hör nicht auf ihn", mischte Patrik sich ein. „Unser lieber Cousin redet mal wieder Unsinn."

„Wieso?", entgegnete Lars. „Es ist doch die ideale Lösung. Wenn sie tatsächlich eine Goldgräberin ist – umso besser. Dann ist sie nach der Pleite, die das nicht vorhandene Erbe deines Stiefvaters für sie bedeutet haben dürfte, sicher an einem Arrangement interessiert, wie du es ihr anbieten kannst. Überleg doch mal! Was könnte dir Besseres passieren, als eine Frau zu heiraten, die nur auf dein Geld scharf ist? Ihr macht einfach einen Ehevertrag, der alle Details regelt – und schon bist du aus dem Schneider."

Mattias dachte über den Vorschlag nach. Lars hatte recht – so dumm war die Idee gar nicht. Emma brauchte dringend Geld, um wieder auf eigenen Beinen stehen zu können, die Kinder benötigten Emma als ihre Bezugsperson, und er brauchte eine Ehefrau auf Zeit.

Eine klassische Win-Win-Situation.

Warum sträubte sich trotzdem alles in ihm gegen den Gedanken, ausgerechnet mit Emma Pålsson vor den Traualtar zu treten?

„Ich werde eine andere Lösung finden", erklärte er. Emma zu heiraten – und sei es nur zum Schein – kam für ihn nicht infrage. Dazu wirkte sich ihre Gegenwart viel zu stark auf seine innere Stabilität aus.

Vielleicht könnte er Josefin fragen. Sie war im Augenblick ungebunden, und wenn er ihr seine Beweggründe erklärte, würden sie sich sicher einigen können. Josefin war schließlich eine vernünftige Frau – und was noch viel wichtiger war: Bei ihr lief er nicht ständig Gefahr, die Kontrolle zu verlieren.

Patrick und Lars besprachen noch eine Weile ihr weiteres Vorgehen, doch Mattias hörte gar nicht mehr richtig zu. Er war mit den Gedanken ganz woanders. Trotz allem, was dagegen sprach, wollte ihm die mögliche Hochzeit mit Emma einfach nicht aus dem Kopf gehen.

War es im Grunde nicht doch die ideale Lösung?

Es war bereits früher Abend, als Mattias schließlich in sein Zimmer zurückkehrte. Als er an Emmas Tür vorbeiging, blieb er kurz stehen. Er hob die Hand, um zu klopfen, hielt aber inne, ließ sie wieder sinken und ging schließlich weiter zu seinem eigenen Zimmer.

„Schön, dass es euch in Källadal gefällt, Marie." Ein wehmütiges Lächeln umspielte Emmas Lippen. „Sag deinem Bruder bitte, dass ich ihn lieb habe – tust du das für mich?"

„Mach ich", erwiderte ihre kleine Schwester. „Kann ich jetzt wieder spielen gehen?"

„Aber klar. Gibst du mir Astrid wieder?"

Emma hatte eine unruhige Nacht hinter sich. Immer wieder war Mattias in ihren Träumen aufgetaucht, und sie wusste einfach nicht, wie sie damit umgehen sollte. Hinzu kam, dass sie aufgeregt war wegen des bevorstehenden Termins beim Notar von Rolf Lindberg. Um sich ein bisschen abzulenken, hatte sie im *Björkahus* angerufen.

„Ich hoffe, die Kinder tanzen Ihnen nicht allzu sehr auf der Nase herum", sagte sie, als Astrid wieder an den Apparat kam. „Wenn sie Ihnen zu anstrengend werden, rufen Sie mich an, *okej*?"

Mattias' Haushälterin lachte. „Keine Sorge, es wird mir nicht zu anstrengend. Ganz im Gegenteil – ich habe mich schon lange nicht mehr so wunderbar amüsiert."

Emma lächelte. „Das freut mich wirklich zu hören. Ich melde mich wieder, sobald unser Termin beim Notar vorüber ist."

Sie beendete das Gespräch und warf einen Blick auf die edle Uhr, die über dem Schreibtisch hing. Noch nie hatte sie in einem so luxuriösen Hotel übernachtet. Die Einrichtung war elegant und geschmackvoll – und vermutlich war das Zimmer so teuer, dass Emma sich und die Zwillinge mit dem Geld, das Mattias für die Übernachtung gezahlt hatte, mehrere Wochen lang über Wasser hätte halten können.

Es war schon kurz vor neun. Mattias hatte sie am Vorabend noch in ihrem Zimmer angerufen, um ihr mitzuteilen, dass er sie um neun zum Frühstück im Speisesaal des Hotels erwartete, damit sie danach zur Kanzlei von Dr. Johansson aufbrechen konnten.

Warum er ihr das per Telefon mitgeteilt hatte, obwohl er direkt nebenan wohnte, wusste sie nicht. Aber im Grunde sollte sie froh darüber sein. So war ihr eine weitere irritierende Begegnung mit Mattias erspart geblieben, auf die sie gut verzichten konnte.

Sie atmete tief durch, schlüpfte in ihre Pumps und zog den Blazer über. Dann straffte sie die Schultern und begab sich nach unten in den Speisesaal.

Mattias erwartete sie bereits. Und es erschreckte Emma, wie sehr das Lächeln, mit dem er sie begrüßte, ihr Herz zum Flattern brachte.

Sie schüttelte das Gefühl ab und zwang nun ihrerseits ein Lächeln auf ihre Lippen.

„*God morgon.*" Er stand auf und rückte ihr einen Stuhl zurecht. „Setz dich doch – das Frühstück hier ist ganz exzellent."

Doch Emma verspürte nicht einmal den Anflug von Appetit. Trotzdem setzte sie sich und kaute wenige Minuten später gedankenverloren auf einer Scheibe Toast herum.

„Was ist los? Liegt dir das Gespräch mit Dr. Johansson auf der Seele?"

Sie zögerte, seufzte dann aber und nickte. „Für die Kinder und mich hängt immerhin ziemlich viel davon ab, wie der Termin ausgeht."

Mattias musterte sie stirnrunzelnd. Schließlich sagte er: „Möglich, dass ich noch eine Alternative für dich habe, wenn du mit dem Ergebnis nicht zufrieden sein solltest."

Überrascht schaute sie ihn an. „Eine Alternative? Wie meinst du das?"

„Darüber können wir uns nach dem Treffen mit Johansson unterhalten." Er warf einen Blick auf seine Armbanduhr. „Wir sollten uns dann jetzt auch auf den Weg machen. Du möchtest wirklich nichts mehr essen?"

Emma schüttelte den Kopf. „Nein, wirklich nicht. Ich will es einfach nur hinter mich bringen, *okej*?"

*D*as Haus des Notars lag in einer ruhigen Seitenstraße in der Nähe des *Stortorget*. Emma klopfte das Herz bis zum Hals, als Mattias den Wagen am Straßenrand abstellte, ausstieg und um den Wagen herumging, um ihr die Tür zu öffnen.

Er streckte Emma die Hand entgegen und half ihr beim Aussteigen. Die eigentlich ganz harmlose Berührung ließ ihre Haut am ganzen Körper kribbeln. Rasch machte sie sich von ihm los – wobei ihr nicht entging, dass er sie stirnrunzelnd musterte, doch wie sollte sie etwas erklären, was sie selbst nicht verstand?

Dr. Johanssons Haushälterin, eine ältere Dame mit silbergrauem Haar, hieß sie willkommen und führte sie in einen lichtdurchfluteten Salon mit Blick auf einen weitläufigen Garten. Mit seinen gemütlichen Sesseln, den Blümchentapeten und den Spitzengardinen wirkte der Raum überhaupt nicht wie die Kanzlei eines Notars. Er erinnerte Emma vielmehr an das Wohnzimmer ihrer Großmutter.

Plötzlich wurde sie argwöhnisch. Woher wusste sie denn eigentlich, dass dieser Mann wirklich ein Notar war? Am Hauseingang hatte sie jedenfalls kein Schild gesehen, und normalerweise gab es in einer Anwaltskanzlei auch eher eine Assistentin oder eine Bürokraft als eine Haushälterin – oder?

„Lass dich vom Ambiente nicht irritieren", sagte Mattias, als hätte er ihre Gedanken gelesen. „Dies hier ist das Privathaus von Dr. Johansson. Er vertritt schon seit ein paar Jahren nur noch ein paar handverlesene Klienten, zu denen auch Rolf gehörte."

Emma runzelte die Stirn, sagte aber nichts. Und dann öffnete sich auch schon die Tür des Salons, und ein Mann Ende sechzig, Anfang siebzig betrat den Raum. Sein weißes Haar trug er akkurat zurückgekämmt, und auf seinem von Falten zerfurchten Gesicht lag ein freundliches Lächeln.

„Mattias – wie lange ist es her, dass wir uns zuletzt gesehen haben? Drei Jahre? Vier?"

Mattias stand auf, trat auf den älteren Herrn zu und schüttelte ihm die Hand. „Eher fünf Jahre, würde ich sagen. Wie geht es Ihnen? Immer noch Probleme mit dem Knie?"

Dr. Johansson lachte. „Mit dem Thema fangen wir wohl besser gar nicht erst an. Setzen Sie sich, mein Junge." Dann wandte er sich Emma zu. „Und Sie müssen Emma Pålsson sein, der Vormund der Zwillinge. Bitte, behalten Sie Platz, meine Liebe. Es freut mich sehr, Sie kennenzulernen." Er setzte sich ebenfalls. „Mattias sagte mir bereits, dass Sie sich bei mir nach dem Testament des verstorbenen Rolf Lindberg erkundigen möchten."

„Allerdings", entgegnete Emma. „Und zwar geht es um das Erbe der Zwillinge. Marie und Lucas sind immerhin die leiblichen Kinder von Rolf Lindberg. Es kann ja wohl nicht sein, dass die beiden nun leer ausgehen sollen."

Johansson seufzte. „Nun, zuallererst einmal ist Rolf Lindberg nie als Vater Ihrer Halbgeschwister eingetragen worden, daher sind sie genau genommen nur dann erbberechtigt, wenn die Vaterschaft posthum festgestellt werden kann."

Empört schnappte Emma nach Luft und setzte schon zu einem wütenden Protest an – doch Mattias legte ihr beruhigend eine Hand aufs Knie. „Nun lass ihn doch erst einmal ausreden, Emma."

Sofort geriet ihr Blut in Wallung – Mattias' Berührung wirkte alles andere als beruhigend – und sie nickte nur, weil sie nicht sicher war, ob sie überhaupt einen Laut über die Lippen gebracht hätte.

Dr. Johansson fuhr fort: „Verstehen Sie mich nicht falsch, ich will mich hier nicht zum Advocatus Diaboli aufschwingen, aber Sie sollten sich doch über die rechtliche Sachlage im Klaren sein." Er lächelte bedauernd. „Allerdings fürchte ich, dass diese Spitzfindigkeiten in diesem speziellen Fall nicht wirklich relevant sind."

„Und warum nicht, wenn ich fragen darf?"

„Weil es so gut wie nichts zu erben gibt", erklärte der ältere Mann. „Unglücklicherweise hat Rolf Lindberg sein gesamtes Vermögen bei einem windigen Investmentgeschäft verloren."

Emma schüttelte den Kopf. Mattias hatte beinahe genau die-selben Worte benutzt, um ihr die Situation zu erklären, doch deshalb fiel es ihr nicht leichter, die Tatsachen zu akzeptieren.

Ganz im Gegenteil.

„Und es ist wirklich gar nichts übrig geblieben?", hakte sie nach. „Er hat alles verloren?"

„Nun …" Dr. Johansson zögerte kurz und warf Mattias einen flüchtigen Blick zu, der Emma nicht entging. Ebenso wenig wie dessen knappes Nicken. „Eine Kleinigkeit gibt es da doch. Rolf Lindberg besaß zum Zeitpunkt seines Todes ein kleines Grund-stück, das an das Gelände des Sägewerks grenzt. Aber es handelt sich dabei lediglich um ein wertloses Stück Brachland. Es tut mir wirklich leid, dass ich keine besseren Neuigkeiten für Sie habe."

Wie betäubt saß Emma da. Sie hatte solche Hoffnung in die-sen Termin gesetzt – und nun das.

Die Realität war niederschmetternd. Ein Stück Brachland? Abgesehen davon, dass zunächst einmal Rolfs Vaterschaft fest-gestellt werden musste, damit die Zwillinge erben konnten – was sollten sie damit anfangen? Natürlich, sie konnte es verkaufen – sofern sich überhaupt ein Interessent dafür fand. Aber was dann? Wie sollten sie auf Dauer davon leben? Selbst wenn sie einen Job fand, würde sie wohl kaum genug verdienen, um sie alle drei durchzubringen. Oder es würde gerade eben so reichen, um über die Runden zu kommen.

Sie hatte Italien doch den Rücken gekehrt, um den Kindern eine bessere Zukunft bieten zu können. Und nun saßen sie in Schweden fest, und alles würde nur noch schlimmer werden, als es in Pontevecchio jemals hätte werden können! Dort hatte sie wenigstens ein paar Freunde gehabt. Menschen, die im Notfall für sie da gewesen wären. Aber hier …

„Und dieses Grundstück? Sie sagten, dass Marie und Lucas nur erben können, wenn die Verwandtschaft eindeutig geklärt ist. Sie sprechen da von einem Vaterschaftstest, nicht wahr? Ist das jetzt überhaupt noch möglich? Ich meine, nachdem …"

„Theoretisch schon – allerdings benötigen Sie hierfür die Zu-stimmung von Viola."

„Die sie dir unter Garantie nicht erteilen wird", ergänzte Mattias die Aussage des Notars.

„Rein rechtlich würde das Grundstück somit zunächst einmal an Mattias' Mutter fallen, allerdings glaube ich nicht, dass Viola sonderlich daran interessiert sein dürfte – was meinst du, Mattias?"

„Nein, sie interessiert sich ganz gewiss nicht für das Grundstück." Seufzend fuhr er sich durchs Haar. „Allerdings fürchte ich, dass sie sich lieber querstellen wird, als es dir und den Zwillingen zu überlassen. Sie ist verständlicherweise nicht besonders gut auf deine Mutter zu sprechen, und sie überträgt ihren Groll offenbar auf euch."

„Aber wir sind doch nicht für die Fehler unserer Mutter verantwortlich!" Emma war empört. „Die Kinder sind neun Jahre alt. Deine Mutter kann nicht so herzlos sein, sie völlig mittellos zurückzulassen!"

Verzweifelt schaute sie zwischen Dr. Johansson und Mattias hin und her – doch die finsteren Mienen der Männer ließen ihre letzten Hoffnungen wie Seifenblasen zerplatzen.

Somit stand sie wieder mit vollkommen leeren Händen da.

Tränen standen Emma in den Augen, als sie kurze Zeit später das Haus des Notars verließen.

„Ich kann nicht …", stieß sie heiser hervor, als Mattias die Beifahrertür für sie öffnete.

„Was meinst du?", fragte er. „Was kannst du nicht?"

„Ich brauche ein bisschen frische Luft und Bewegung, um wieder einen klaren Kopf zu bekommen", erklärte sie. „Ich bin furchtbar durcheinander, Mattias. Einfach nur furchtbar durcheinander."

Tröstend legte er ihr einen Arm um die Schulter. „Ich weiß. Und es tut mir leid, dass die Dinge so sind, wie sie nun mal sind. Aber jetzt, wo alle Karten auf dem Tisch liegen, kannst du dir endlich wirklich Gedanken darüber machen, wie es weitergehen soll."

Emma lachte bitter auf. „Ach ja? Dann erkläre mir doch bitte, welche Optionen mir offenstehen. Ich …" Seufzend schüttelte sie den Kopf. „Bitte entschuldige, es ist schließlich nicht deine Schuld. Und wenn es hier nur um mich gehen würde, wäre es mir noch egal. Aber die Kinder …"

„… werden bei mir immer ein Dach über dem Kopf finden", erklärte Mattias energisch. „Wir mögen zwar nicht blutsverwandt sein, aber ich habe die beiden schon längst ins Herz geschlossen. Selbst wenn ich es wollte – ich könnte sie gar nicht einfach so ihrem Schicksal überlassen." Er schenkte ihr ein Lächeln. „Was ist – wollen wir ein paar Schritte gehen? Hier in der Nähe gibt es ein paar hübsche kleine Geschäfte – wir sollten den Zwillingen eine Kleinigkeit mitbringen."

Emma nickte. „Ja, das ist wirklich eine schöne Idee."

Sie wanderten durch die engen, kopfsteingepflasterten Gassen von *Gamla Stan*, und zu Emmas Überraschung übte die altertümliche, anheimelnde Atmosphäre der Stockholmer Altstadt eine beruhigende Wirkung auf sie aus. All die kleinen Cafés, Boutiquen und kleinen Läden, vor denen Kübel mit Blumen in allen Farben des Regenbogens standen, die Fassaden der Häuser, die mit ihren Pastellfarben an das Angebot eines italienischen Eiscafés erinnerten …

„Weißt du, es ist seltsam. Angesichts all der Katastrophen, die geschehen sind, seit wir Italien verlassen haben, sollte ich vermutlich bereuen, jemals die Reise nach Schweden angetreten zu haben. Doch sosehr ich es auch versuche, es gelingt mir einfach nicht. Ich kann es nicht bereuen – schon deshalb nicht, weil ich mich schon lange nirgendwo mehr so zu Hause gefühlt habe wie hier."

„Es freut mich, dass du es inzwischen so siehst", erwiderte er und blieb vor einem Geschäft stehen, in dem handgefertigte Spielzeuge verkauft wurden. In der Auslage entdeckte er eine Puppe, die Marie bestimmt gefallen würde, und für Lucas gab es ein knallrotes Blechauto mit Rückzugantrieb. „Was meinst du? Sind sie mit neun Jahren schon zu alt für solche Dinge?"

„*Nej*", antwortete Emma. „Außerdem bin ich mir sicher, dass sie vor Freude außer sich sein werden, ganz gleich, was wir ihnen mitbringen."

Sie betraten den Laden, der ein wahres Paradies für Kinder sein musste, wenn schon Emma aus dem Staunen kaum mehr herauskam. Als sie schließlich wieder in den hellen Sonnenschein hinaustraten, hatten sie sehr viel mehr gekauft als ursprünglich geplant.

„Du solltest die beiden nicht so verwöhnen", sagte Emma mit einem leisen Anflug von Schuldbewusstsein. „Es ist nicht richtig, dass du so viel Geld für uns ausgibst."

„Lass mich doch", entgegnete er schmunzelnd. „Wenn es mir doch Freude bereitet. Ich habe mir als Junge immer einen Bruder oder eine Schwester gewünscht, weißt du? Und es macht mir einfach Spaß, so zu tun, als wären Lucas und Marie meine Geschwister, auch wenn ich natürlich weiß, dass wir genau genommen nicht einmal miteinander verwandt sind."

Emma blinzelte erstaunt. Je besser sie Mattias kennenlernte, umso mehr überraschte er sie. Es schien fast so, als würde sie mit jeder Stunde, die sie in seiner Gegenwart verbrachte, eine neue Facette von ihm entdecken.

Unter der Oberfläche verbarg sich mehr als der unfreundliche, misstrauische Flegel, als der er ihr zunächst begegnet war. Viel mehr.

Und als er ihre Hand nahm, um sie zum Schaufenster des nächsten Geschäfts zu führen, ließ sie ihn gewähren.

Es fühlte sich einfach gut und richtig sein. Und wenn sich etwas so anfühlte, konnte es doch unmöglich falsch sein, oder?

Auf der Rückfahrt nach Källadal saß Emma schweigend auf dem Beifahrersitz und blickte gedankenverloren zum Fenster hinaus. Mattias beobachtete sie aus den Augenwinkeln. Sie schien ihren Schock darüber, dass die Zwillinge aus dem Nachlass ihres leiblichen Vaters tatsächlich nichts zu erwarten hatten, zumindest teilweise überwunden zu haben. Zumindest so weit, wie es unter den gegebenen Umständen möglich war. Vermutlich würde sie aber noch eine Weile brauchen, um die Neuigkeiten zu verdauen. Doch ihm brannte etwas auf der Seele, und er konnte nicht länger damit warten, sie darauf anzusprechen.

„Erinnerst du dich noch, was ich vor unserem Besuch bei Dr. Johansson gesagt habe?"

Sie blinzelte. Es hatte den Anschein, als habe er sie aus dem Schlaf gerissen, doch ihre Augen waren die ganze Zeit geöffnet gewesen – das hatte er in der Reflexion der Fensterscheibe deutlich gesehen.

„Du meintest irgendetwas von einem Vorschlag, den du mir machen wolltest. Eine Alternative, falls der Termin wegen des Erbes nicht so läuft, wie ich es mir vorgestellt habe."

Mattias nickte. „Und? Interessiert?"

„Ich glaube kaum, dass ich eine echte Wahl habe, oder?" Sie seufzte tief.

Er hob eine Braue. „Natürlich – es gibt immer eine Wahl. Du könntest die Kinder nehmen und mit ihnen nach Italien zurückkehren. Oder – wenn du dir die zusätzliche Last nicht zumuten willst – lass die Zwillinge einfach bei mir. Ich versichere dir, dass Astrid und ich gut für sie sorgen werden."

„Bist du verrückt geworden?" Emma warf ihm einen ungläubigen Blick zu. „Du glaubst doch nicht allen Ernstes, dass ich mich auf so einen Kuhhandel einlassen würde. Ich habe die *Verantwortung* für die Kinder übernommen. Ist dir dieser Ausdruck ein Begriff: Verantwortung?"

„Um ehrlich zu sein, habe ich gehofft, dass du so reagieren würdest", entgegnete er mit einem milden Lächeln. „Ich wollte einfach nur auf Nummer sicher gehen – aber im Grunde habe ich nie daran gezweifelt, dass dir die Zwillinge wirklich am Herzen liegen."

„Oh, vielen Dank!", fauchte sie ärgerlich. „Wirklich zu gütig! Aber vielleicht ist es wahr, und eine Rückkehr nach Italien wäre tatsächlich die sinnvollste Lösung für alle Beteiligten." Sie bedachte ihn mit einem finsteren Blick. „Auf die Gefahr hin, dass du mich für berechnend und geldgierig hältst: Würdest du mir wohl das Geld für die Reisekosten vorstrecken? Ich verspreche dir auch, dass wir dir dann nicht länger zur Last fallen werden."

Mattias seufzte. Ihre Stimmung war gekippt, und dafür trug allein er die Verantwortung. Er hätte sie niemals so ungeschickt auf die Probe stellen dürfen. Jetzt galt es, diplomatischer vorzugehen.

„Ich möchte aber nicht, dass ihr geht", sagte er, nahm für einen kurzen Moment den Blick von der Straße und schaute sie an. „Die Kinder nicht – und du auch nicht."

„Ach nein?" Sie runzelte die Stirn. „Das klang vor Kurzem aber noch ganz anders."

„Mag sein", gab er zu. „Aber es wird ja wohl noch erlaubt sein, seine Meinung zu ändern, oder? Ich möchte, dass ihr bleibt."

„Das ist mein voller Ernst", fügte er hinzu, als er ihren skeptischen Blick bemerkte. „Aber mir ist auch klar, dass es so nicht weitergehen kann. Ich glaube, ich habe dich von Anfang an völlig falsch eingeschätzt. Du bist nicht die Frau, die sich von einem Mann aushalten lässt. Du brauchst eine Aufgabe, musst auf eigenen Beinen stehen. Und deshalb würde ich dir gern ein Angebot machen."

Sie blinzelte überrascht. „Und das wäre?"

„Was würdest du sagen, wenn ich meine Mutter dazu überreden würde, dir und den Kindern das Grundstück zu überschreiben, das sie von Rolf geerbt hat?"

„Und dann? Sagtest du nicht, dass es wertlos ist?"

„Nun, so würde ich es nicht ausdrücken. Sicher, für die landwirtschaftliche Nutzung ist es ungeeignet, und dass sich dort Bodenschätze finden, ist ebenfalls unwahrscheinlich. Aber es liegt direkt an der Straße, die zum Sägewerk führt, und es befindet sich ein kleiner Bungalow darauf. Du könntest ihn renovieren und dir darin eine Bäckerei einrichten – was meinst du?"

Sie schaute ihn an, und mit einem Mal wirkte sie nicht mehr ärgerlich, sondern vielmehr wehmütig. „Ein hübscher Traum. Schade nur, dass er nicht realisierbar ist."

„Ach nein? Und warum nicht?"

„Weil ich kein Geld habe, um ihn zu verwirklichen – darum."

„Und wenn ich dich finanziell unterstütze? Ich würde sämtliche Kosten für den Umbau übernehmen, und du könntest natürlich weiterhin im Gartenhaus wohnen. Und wenn du darauf bestehst, kannst du mir auch Miete zahlen, sobald der Laden läuft. Nun?"

Sie zögerte kurz, dann schüttelte sie den Kopf. „Nein, das kann ich unmöglich annehmen. Die Kinder und ich, wir stehen auch so schon tief in deiner Schuld. Ich … *Nej*, Mattias. Vielen Dank für dein Angebot, aber das geht wirklich nicht."

Er lächelte. „Versteh mich nicht falsch – es ist nicht als Geschenk gedacht."

„Sondern?"

„Du sollst dafür etwas für mich tun."

„Etwas für dich tun?" Misstrauisch runzelte Emma die Stirn. „Was willst du, Mattias?"

„Och, nichts Dramatisches", entgegnete er lapidar. „Alles, was du tun musst, ist zu heiraten. Und zwar mich."

*J*m ersten Moment glaubte Emma, sich verhört zu haben. Heiraten? Ihn? Das konnte er doch unmöglich ernst meinen!

Sie schnaubte. „Bitte, hör endlich auf, deine kleinen Spielchen mit mir zu treiben, Mattias."

„Das ist kein Spiel", entgegnete er – und der Klang seiner Stimme ließ sie fürchten, dass es ihm tatsächlich ernst war. „Mein Angebot steht, Emma: Heirate mich, und ich werde dir das Grundstück beschaffen und dir im Bungalow eine eigene Bäckerei einrichten. Oder ein Café oder ein Restaurant. Was du willst. Also, was sagst du?"

Emma fühlte sich völlig vor den Kopf geschlagen. Mit allem hatte sie gerechnet, aber ganz gewiss nicht damit, dass Mattias ihr einen Heiratsantrag machen würde. Die Situation war einfach nur vollkommen absurd! Und um es noch absurder zu machen, klopfte ihr Herz wie verrückt, und in ihrem Bauch schien ein ganzer Schwarm Schmetterlinge wild durcheinanderzuflattern.

Reiß dich zusammen, Emma Pålsson!

„Das ist doch verrückt!" Sie schüttelte den Kopf. „Warum solltest du mich heiraten wollen? Du hast mir mehr als einmal deutlich klargemacht, wie du über mich denkst. Außerdem kennen wir uns doch erst seit ein paar Tagen."

„Wir sind schon zusammen zur Schule gegangen", hielt Mattias dagegen. „Sicher werden die Leute sich wundern, aber wenn wir sagen, dass wir uns nach dreizehn Jahren zufällig wieder über den Weg gelaufen sind und es auf den ersten Blick gefunkt hat, werden sie die Lüge schlucken."

Es klang gar nicht einmal so unvernünftig – wenn man davon absah, wie aberwitzig der ganze Plan war. „Aber warum? Ich verstehe nicht, wieso du überhaupt heiraten willst. Noch dazu mich!"

„Ich *will* überhaupt nicht heiraten", erklärte er. Diese Antwort verwirrte sie nur noch mehr. Was hatte das jetzt wieder zu bedeuten? „Das Problem ist", fuhr er fort, „dass mir wohl nichts anderes übrig bleiben wird, als in den sauren Apfel zu beißen. Genauer gesagt, Patrik, Lars und mir."

„Deinen Cousins?" Sie hob eine Braue. „Was haben die denn damit zu tun?"

Er seufzte. „Es geht um das Erbe unserer Tante Ingrid. Sie ist vor Kurzem gestorben und hat ein Testament mit einer Klausel hinterlassen, die wir alle drei zunächst für einen dummen Scherz gehalten haben."

„Aber das war sie nicht?"

„Nein, bedauerlicherweise nicht." Mattias schüttelte den Kopf. „Die Klausel besagt, dass wir alle drei innerhalb eines Jahres nach Ingrids Tod geheiratet haben müssen – ansonsten gehen ihre Anteile an der Firma, immerhin stolze fünfundzwanzig Prozent, an eine wohltätige Einrichtung."

Ungläubig schaute Emma ihn an. Diese Geschichte klang so blödsinnig, dass sie schon fast wieder wahr sein konnte. Und warum sollte Mattias lügen? Was hätte er davon? Nein, es gab keinen Grund, sie an der Nase herumzuführen.

„Du hast dich also entschieden, auf die Bedingung im Testament deiner Tante einzugehen?"

„Mir wird wohl nichts anderes übrig bleiben, wenn ich nicht möchte, dass ein Viertel der Firma wildfremden Menschen in die Hände fällt."

„Und warum ausgerechnet ich? Ich meine, wie kommst du auf die Idee, mich zu heiraten?"

„Warum nicht dich?", entgegnete er leicht amüsiert. „Sieh es doch einfach so: Eine Hand wäscht die andere. Wir beide können von diesem Arrangement nur profitieren. Und außerdem muss ich mir bei dir keine Sorgen machen, dass du am Ende noch Gefühle in diese Vernunftehe investierst."

Nur mit Mühe gelang es Emma, ein bitteres Lachen zu unterdrücken. Dass er so etwas ausgerechnet zu ihr sagte, zeigte, wie wenig er sie tatsächlich kannte.

Aber zumindest in einem Punkt hatte er recht: Wenn sie sich auf sein Angebot einließ, konnte sie im Grunde nur gewinnen. Sie – und vor allem die Kinder. Die Zwillinge würden ein Leben ohne finanzielle Sorgen und Probleme führen können. Konnte sie es sich leisten, auf diese Chance zu verzichten und den Kindern diese Chance vorzuenthalten?

Ihr erster Impuls war es, Nein zu sagen. Nein zu einem Vorschlag, der sie an einen Mann binden würde, der sie weder mochte noch respektierte. Wie sollte sie ihrem eigenen Spiegelbild jemals wieder in die Augen blicken können, wenn sie sich darauf einließ?

Doch je länger sie darüber nachdachte, desto größter wurden ihre Zweifel. Emma fühlte sich hin und her gerissen zwischen Pflichtbewusstsein und dem verzweifelten Gefühl, einen schrecklichen Fehler zu begehen.

„Ich brauche ein bisschen Zeit, um darüber nachzudenken", sagte sie.

Er nickte. „In Ordnung – aber denk nicht zu lange nach, *okej*? Wenn du mir absagst, muss ich mich nach einer anderen Kandidatin umschauen. Spätestens Ende nächster Woche muss ich Bescheid wissen. Ist das in Ordnung für dich?"

„So bald schon?" Emma senkte den Blick. Wie sollte sie sich bloß entscheiden?

„Emma! Emma!"

Marie und Lucas stürmten aus dem Haus, als der Wagen auf dem Hof ausrollte. Kaum war sie ausgestiegen, schlangen die Zwillinge strahlend die Arme um Emmas Hüften. Sie lachten und jauchzten, und ihre gute Laune wirkte ansteckend. Trotz der Situation und der drängenden Frage, die über ihr schwebte wie ein Damoklesschwert, lachte auch Emma.

„Na, ihr zwei? Habt ihr mich vermisst?"

„Jaaaa!"

Auch Mattias war inzwischen ausgestiegen, und die Kinder begrüßten ihn beinahe ebenso enthusiastisch wie zuvor Emma, was diese überraschte. In den vergangenen Wochen seit dem Tod ihrer Eltern hatten die beiden sich sehr in sich zurückgezogen. Dass sie nun ausgerechnet zu einem fremden Mann so schnell Vertrauen fassten, führte Emma vor Augen, dass es die richtige

Entscheidung gewesen war, mit ihnen nach Schweden zu gehen. Zumindest, was Marie und Lucas betraf ...

Astrid trat aus dem Haus, ein strahlendes Lächeln auf den Lippen. Auch ihr schien der zusätzliche Trubel gutzutun. Ihre Wangen waren gerötet, und ihre blauen Augen blitzten fröhlich. „Ihr kommt gerade richtig", verkündete sie. „Ich habe frischen Blåbärkuchen gebacken, und der Kaffee ist auch bereits aufgesetzt."

„Blaubeerkuchen?" Emma seufzte genießerisch. „Den hat meine Großmutter immer gebacken. Zu Hause in Pontevecchio habe ich mich auch einmal daran versucht, aber die Blaubeeren, die man dort kaufen kann, sind nicht so wie die schwedischen."

„Diese hier sind aus dem Garten hinterm Haus", erklärte Astrid stolz. „Bessere finden Sie nirgendwo. Die ganze Gegend ist berühmt dafür. Wenn Sie möchten, zeige ich Ihnen, wo sie wachsen – aber jetzt kommen Sie erst einmal herein. Warm schmeckt der Kuchen am besten."

„Geh schon vor in die Küche", sagte Mattias. „Ich bringe deine Tasche nach oben."

Emma folgte Astrid und den Kindern. Sie hatte sich schon mit ihnen an den Tisch gesetzt, als ihr einfiel, dass sich auch die Tüte mit den Spielsachen aus dem kleinen Laden in Stockholm bei ihren Sachen befand. „Ich bin gleich wieder zurück, *okej*? Fangt ruhig schon mal ohne mich an."

Sie stieg die Stufen ins Obergeschoss hinauf und ging in ihr Zimmer – gerade in dem Moment, als Mattias hinaustrat. Plötzlich standen sie sich dicht gegenüber, es war kaum mehr als eine Handbreit Platz zwischen ihnen.

Scharf sog Emma die Luft ein. Sein männlicher Duft umhüllte sie wie ein Mantel, und sie spürte deutlich die Körperwärme, die von ihm ausging. Zögernd blickte sie zu ihm auf. Ihr Herz flatterte, und für einen Moment war sie wie erstarrt. Ihre Knie gaben nach, ein Zittern durchrieselte sie.

„Tut mir leid, ich wollte nicht ..." Sie brach ab, ihr versagte die Stimme.

Er lächelte. „Kein Grund, sich zu entschuldigen", sagte Mattias leise, und der sanfte Klang seiner Stimme ließ sie alles um sich herum vergessen. Für einen winzigen Augenblick war ihr die Welt gleichgültig. Sie schaute ihn an, ihr Puls raste – und plötzlich ertappte sie sich dabei, wie sie sich auf die Zehenspitzen stellte und ihn auf die Lippen küsste.

Es war nur ein winziger, harmloser Kuss, ihre Lippen berührten sich kaum. Und doch war Emma, als würde der Boden unter ihren Füßen beben.

Gleichzeitig fragte sich der Teil ihres Verstands, der noch nicht abgeschaltet hatte, ob sie vollkommen verrückt geworden war. Wie kam sie dazu, ihn zu küssen?

Ausgerechnet ihn, Mattias Södergren?

Hastig rückte sie wieder von ihm ab. Sie fühlte sich, als wäre sie frontal mit einem fahrenden Zug zusammengeprallt. Was war bloß in sie gefahren?

Doch dann, ehe sie überhaupt begriff, was geschah, fand sie sich plötzlich in Mattias' Armen wieder. Er verschloss ihren Mund mit seinen Lippen, und für einen Moment war es, als würde außer ihnen beiden nichts mehr existieren.

Wie von selbst schlangen sich ihre Arme um seinen Nacken. Sie zog ihn näher zu sich heran. Jeder Millimeter zwischen ihnen war ihr unerträglich. Sie brauchte ihn so dringend wie die Luft zum Atmen.

Es war, als würde sie brennen. Ihr Puls raste, jede einzelne Synapse schien in Flammen zu stehen. Ihre Brust hob und senkte sich stoßweise. Sie musste sich an Mattias festklammern, um nicht kraftlos zu Boden zu sinken.

Und dann war es vorbei, noch ehe sie wirklich begriffen hatte, was zwischen ihnen vorgefallen war.

Sanft, aber bestimmt löste Mattias sich von ihr und trat zurück. Seine Wangen waren ein wenig gerötet, ansonsten wirkte er vollkommen ruhig und gefasst. Wie war das möglich? Emma selbst musste sich gegen den Türrahmen stützen, da sich ihre Beine weigerten, sie zu tragen.

„Das ... Ich glaube nicht, dass das eine gute Idee ist", sagte er schließlich, und sein Lächeln ließ ihr Herz unwillkürlich wieder schneller schlagen, ohne dass sie auch nur das Geringste dagegen unternehmen konnte.

Sie zwang sich dazu, sich ihren inneren Aufruhr nicht anmerken zu lassen – leicht fiel es ihr nicht. Ein Teil von ihr war wie in Trance. Sie konnte nicht klar denken, ihr schwirrte der Kopf. Um sich zu beruhigen, schloss sie die Augen und atmete tief durch. Als sie sie wieder öffnete, fühlte sie sich wieder ein wenig besser.

Aber wirklich nur ein wenig.

„Du hast natürlich recht." Ihre Stimme klang dünn. „Ich weiß selbst nicht, was über mich gekommen ist, ich …"

„Dazu gehören immer zwei", unterbrach er sie. „Es gibt also keinen Grund, sich zu entschuldigen. Und jetzt komm, lass uns nach unten gehen. Astrid und die Kinder warten sicher schon auf uns."

Mit zittrigen Knien folgte sie ihm. Sie musste sich am Geländer festhalten, als sie die Stufen ins Erdgeschoss hinunterstieg. Ehe sie die Küche betrat, zwang sie ein Lächeln auf ihre Lippen, denn die Zwillinge sollten auf keinen Fall mitbekommen, wie aufgewühlt sie war.

Doch Astrid konnte sie nichts vormachen, das merkte sie, als ihre Blicke sich begegneten. Sie sah, dass die Haushälterin kurz die Stirn runzelte, sie sagte jedoch nichts – und dafür war Emma ihr überaus dankbar.

Sie wollte wirklich nicht über das sprechen, was da gerade geschehen war. Am liebsten wollte sie vergessen, dass überhaupt etwas passiert war. Doch sie bezweifelte, dass ihr das gelingen würde. Schon jetzt sah sie Mattias' Gesicht vor Augen, wenn sie die Lider schloss. Und sie sehnte sich danach, wieder in seinen starken Armen zu liegen.

„Jetzt ist der Blaubeerkuchen zwar nicht mehr warm", sagte Astrid und reichte Emma einen Teller, „aber ganz bestimmt trotzdem lecker. Schlagsahne?"

Emma zögerte, doch an ihrer Stelle antwortete Mattias für sie. „Ja – und zwar eine ordentliche Portion." Er zwinkerte Emma zu. „Ich will schließlich nicht, dass du mir hier noch vom Fleisch fällst."

„Ich fürchte, da besteht keine Gefahr", entgegnete sie und klopfte sich mit der flachen Hand auf den Bauch. „Du weißt ja, ich gehöre nicht zu den Frauen, die für ihre Figur hungern würden."

„Und das ist auch richtig so", erklärte Astrid vehement und gab einen riesigen Schlag Sahne auf Emmas Kuchen. „Es gibt doch nichts Schlimmeres als diese Hungerhaken, die man in den Modezeitschriften präsentiert bekommt. Ich meine, wer will denn so etwas sehen?"

„Ich jedenfalls nicht." Mattias grinste. „Es geht nichts über eine Frau mit reizvollen Kurven."

Emma wusste nicht, ob sie es als Kompliment oder als Frechheit auffassen sollte. Der Einfachheit halber entschied sie sich für Ersteres und errötete leicht. Im nächsten Moment wunderte sie sich schon wieder über sich selbst. Jetzt kokettierte sie, weil er ihre Figur reizvoll fand, dabei lag es gerade einmal ein paar Minuten zurück, dass sie ihn sogar geküsst hatte.

Ja, sie hatte ihn zuerst geküsst. Alles, was geschehen war, hatte sie selbst zu verantworten.

Sie dachte an seinen Vorschlag, und es überlief sie heiß und kalt. Wenn sie sich tatsächlich auf dieses Spielchen einließ und seine Frau wurde – erwartete er dann auch von ihr, dass sie …

Allein der Gedanke vertiefte die Röte auf ihren Wangen. Was war bloß los mit ihr? Sie ließ sich doch sonst nicht so leicht von einem Mann beeindrucken. Und nach der Enttäuschung mit Adriano sollte sie es auch eigentlich besser wissen, als sich Hals über Kopf in ein Abenteuer zu stürzen, dessen mögliche Konsequenzen sie im Moment noch gar nicht überblicken konnte.

Es war verrückt! Und doch erschien es ihr mehr und mehr wie die Lösung für all ihre Probleme. Die einzige Lösung womöglich.

Und wäre es denn wirklich so schlimm? Nicht, wenn sie die Alternative bedachte. Wenn sie blieb, wäre sie Mattias für alle Zeiten zu Dank verpflichtet, weil er für sie und ihre Halbgeschwister sorgte. Oder aber sie ging zurück nach Italien, wo man ihr die Kinder womöglich wegnehmen würde, weil sie allein nicht in der Lage war, sie zu versorgen.

„Schmeckt es Ihnen nicht?", fragte Astrid besorgt.

Erst jetzt merkte Emma, dass sie den Rest ihres Kuchenstücks die ganze Zeit mit der Gabel auf dem Teller hin und her geschoben hatte.

„Doch, doch", sagte sie mit einem entschuldigenden Lächeln. „Der Kuchen ist ganz wunderbar – ich war nur mit meinen Gedanken gerade woanders." Sie wandte sich an Mattias. „Entschuldige bitte, aber könnten wir uns vielleicht noch einmal kurz unterhalten?"

Er wirkte überrascht, nickte jedoch. „Natürlich. Astrid, Kinder, ihr entschuldigt uns?"

Sie traten durch die Hintertür hinaus in den Garten. Die Luft war lau und der Duft der Blumen vermischte sich mit dem würzigen Geruch von frisch geschnittenem Holz, den der Wind vom Sägewerk herüberwehte.

„Was hast du auf dem Herzen?", fragte Mattias. „Wenn es wegen vorhin ist, ich …"

Sie schüttelte den Kopf. „*Nej*, es ist nicht wegen … wegen dieses Kusses." Sie sah ihn an. „Du würdest also wirklich dafür sorgen, dass die Kinder dieses Stück Land bekommen? Und du würdest mir auch beim Umbau des Hauses helfen?"

„Wenn du dich auf meinen Vorschlag einlässt – natürlich, ich stehe immer zu meinem Wort." Lächelnd trat er auf sie zu – und verursachte dabei wieder dieses Kribbeln in ihrem Bauch, das sie so irritierte. „Hör zu, Emma, mir ist klar, dass das für dich alles ziemlich merkwürdig klingen muss. Aber im Grunde ist es nichts anderes als ein Geschäft, und wir beide wären demnach eher Geschäftspartner als Ehepartner."

„Wie überzeugend müssten wir unsere Rollen denn spielen?" Unbehaglich trat sie von einem Bein aufs andere. „Ich meine, ich müsste schon bei dir wohnen, solange wir verheiratet sind, nehme ich an."

„Ja", antwortete er ehrlich. „Und du solltest dich auch mit dem Gedanken vertraut machen, mit mir in einem Raum zu schlafen, wenn es notwendig ist. Aber keine Sorge, ich werde dich nicht anrühren – es sei denn, du forderst mich dazu auf."

„Das wird ganz bestimmt nicht passieren", stellte Emma energisch klar – während sie sich ihrer Sache tief in ihrem Herzen gar nicht so sicher war. Aber das musste Mattias ja nicht unbedingt wissen.

„Unter keinen Umständen", fügte sie deshalb noch hinzu.

Das Schmunzeln, das seine Lippen umspielte, ließ sie jedoch ahnen, dass er zumindest eine leise Ahnung davon hatte, was in diesem Moment wirklich in ihr vorging.

„Du kannst dir sicher sein, dass ich mich wie ein perfekter Gentleman benehmen werde. Unsere Ehe wird lediglich auf dem Papier bestehen. Und wenn die Anwälte nicht irren, können wir den ganzen Spuk nach sechs Monaten wieder beenden."

Emma atmete tief durch.

„Du musst dich nicht jetzt gleich entscheiden", sagte Mattias. „Ich habe dir bis nächste Woche Zeit gegeben – du solltest sie nutzen, um in Ruhe über alles nachzudenken."

„*Nej.*" Sie schüttelte den Kopf. „Im Grunde gibt es nichts mehr nachzudenken. Ich werde es machen. Für die Zwillinge. Ich habe die Verantwortung für die beiden übernommen, und dafür muss ich nun auch geradestehen."

Er nickte. „Gut. Ich bin froh, dass du dich so entschieden hast. Es vereinfacht die Dinge erheblich – für dich und für mich."

Emma fragte sich, ob er das wirklich glaubte oder es sich lediglich einredete.

twas später am Nachmittag rief Emma die Zwillinge zu sich, die gerade draußen im Garten spielten. Sie hatte den Augenblick der Wahrheit schon viel zu lange hinausgezögert. Es war an der Zeit, endlich alle Karten auf den Tisch zu legen und darauf zu hoffen, dass Marie und Lucas Verständnis für ihr langes Schweigen aufbringen würden.

„Erinnert ihr euch noch, dass ihr mich vor einer Weile einmal gefragt habt, warum ich mit euch aus Pontevecchio fort und nach Schweden gehen will?"

Lucas nickte eifrig. „Du hast hier gewohnt, als du so alt warst wie wir. Und du hast gesagt, dass *Mamma* und *Pappa* noch Freunde hier haben, die uns helfen würden, nachdem …" Er senkte den Blick. „Du weißt schon."

„Ich wollte ja zuerst nicht so gern von zu Hause weg", sagte Marie. „Aber inzwischen bin ich froh, dass wir hier sind. Mattias und Astrid sind so nett, und das Haus ist toll."

Es fiel Emma nicht leicht, ein Lächeln auf ihre Lippen zu bringen. „Ich kann gar nicht in Worte fassen, wie sehr ich mich freue, das zu hören. Aber … es gibt da noch etwas, das ich euch nicht gesagt habe. Es geht um *Pappa* …"

„Er ist nicht unser richtiger *Pappa*, stimmt's?" Lucas' Frage verschlug Emma die Sprache.

„Ich … Aber … Woher weißt du das?"

„Adriano hat's gesagt", entgegnete Marie, und ihre blauen Augen füllten sich mit Tränen. „Er hat gesagt, dass wir *bastardi* sind und dass er uns wegschicken wird, wenn ihr erst mal verheiratet seid."

„Was hat er gesagt?" Emma spürte, wie heiße Wut in ihr aufstieg. Adriano, dieser Mistkerl! Wie war es möglich, dass sie nicht schon viel früher erkannt hatte, was für ein gemeiner und rücksichtsloser Mensch ihr Exverlobter war? Eines stand jedenfalls fest: Sich von ihm zu trennen, war die beste Entscheidung, die sie in der letzten Zeit getroffen hatte.

Emma kniete sich hin und umarmte die Zwillinge. „Warum

habt ihr mir denn nicht gesagt, dass er so gemein zu euch war?"

„Du warst so traurig wegen *Mamma* und *Pappa*."

Nur mit Mühe unterdrückte Emma ein Schluchzen. Wie unfassbar tapfer waren diese beiden Kinder gewesen!

„Hört mal zu", sagte sie mit tränenerstickter Stimme. „Ich hätte niemals zugelassen, dass jemand uns drei trennt, hört ihr? Niemals! Und wenn Adriano so etwas behauptet hat, dann ist er der *bastardo*, und niemand sonst!" Nun kicherten die beiden, und auch Emma bewerkstelligte ein schwaches Lächeln. „Aber in einem Punkt hatte er leider recht, und darüber wollte ich mit euch sprechen. *Pappa* war von eurer Geburt an stets an eurer Seite, er hat für euch gesorgt und euch geliebt, das dürft ihr niemals vergessen. Und daran ändert auch die Tatsache nichts, dass es da einen Mann gibt, der biologisch gesehen euer Vater ist."

„Es ist Mattias, stimmt's?"

Emma sah die Hoffnung in den Augen der Kinder, und sie bedauerte sehr, sie gleich wieder zerstören zu müssen. Doch mit einer weiteren gut gemeinten Lüge würde sie Lucas und Marie nicht helfen.

„Nein", sagte sie und schüttelte den Kopf. „Aber er hat euren leiblichen Vater gut gekannt. Rolf Lindberg war sein Stiefvater. Er ist ... leider vor ein paar Tagen ebenfalls gestorben, sodass ihr ihn nicht mehr kennenlernen könnt. Aber Mattias zeigt euch bestimmt gern Bilder von ihm, wenn ihr ihn fragt."

„Trotzdem schade, dass Mattias nicht unser echter Vater ist. Er ist so nett, findest du nicht auch?"

„Apropos Mattias", begann sie zögernd. „Er hat uns angeboten, fürs Erste weiterhin bei ihm zu wohnen. Später ..."

„Oh jaaa!", riefen die Kinder begeistert. Marie fiel Emma um den Hals, und auch ihr gleichaltriger Bruder war sich nicht zu fein, seine Schwestern in die Arme zu schließen.

„Dann sind wir eine richtige Familie", sagte Marie schließlich. „Mattias, du und wir beide."

Ihre Worte trafen Emma wie ein Schlag ins Gesicht.

„Ja", entgegnete sie mit erstickter Stimme. „So ungefähr."

Wirklich wohl fühlte sich Emma nicht dabei, dass sie den Zwillingen nicht die ganze Wahrheit gesagt hatte. Aber wie hätte sie ihnen dieses seltsame Arrangement mit Mattias erklären sollen? Nein, das konnte sie immer noch tun, wenn es so weit war. Außerdem hatten Marie und Lucas die Ankündigung, dass sie vorerst alle weiterhin im *Björkahus* wohnen würden, schon fast ein wenig *zu* positiv aufgenommen. Wie sehr Maries Augen geleuchtet hatten, als sie davon sprach, dass sie fortan eine Familie wären.

Es machte mehr als deutlich, was die beiden sich wirklich wünschten.

Etwas, das auch Emma sich insgeheim immer wieder ausmalte. Doch sie rief sich jedes Mal sofort zur Ordnung, wenn ihr bewusst wurde, was sie da dachte.

Das zwischen Mattias und ihr würde eine rein geschäftliche Beziehung sein. Und deshalb musste sie auch damit aufhören, ständig solch unsinnigen Träumen nachzuhängen. Und damit ihr Arrangement funktionieren konnte, durfte so etwas wie vorhin nie wieder passieren. Dieser Kuss hatte ihr deutlich vor Augen geführt, wie gefährlich es war, in Mattias' Gegenwart die Kontrolle zu verlieren.

Emma rief ihre Freundin in Pontevecchio an. Außer Claudia gab es niemanden, mit dem sie über all die Dinge sprechen konnte, die ihr auf der Seele lagen.

„Es ist gut, dass du den Zwillingen endlich die Wahrheit gesagt hast", sagte Claudia, nachdem Emma ihr von dem Gespräch mit den Kindern berichtet hatte. „Dir muss ein Stein vom Herzen gefallen sein, aber – verzeih mir meine Offenheit – so richtig glücklich wirkst du nicht. Gibt es Probleme?"

„Ich …" Emma seufzte schwer. „Um ehrlich zu sein, ich bin total durcheinander. Du musst mir helfen, Claudia. Ich brauche jemanden, der mir sagt, ob ich das Richtige tue."

„Oje, und da denkst du ausgerechnet an mich? Schon vergessen, dass in meinem Leben bisher noch nie etwas so gelaufen ist, wie ich es mir vorgestellt habe?"

Dieser Einwand war nicht ganz unberechtigt, wie Emma wusste, denn Claudia hatte bei der Wahl ihrer Männer bislang kein besonders glückliches Händchen bewiesen. Doch im Moment gab es niemanden sonst, den sie um Rat fragen konnte – und außerdem bedeutete ihr Claudias Meinung sehr viel.

„Ja", erwiderte sie deshalb. „Natürlich denke ich an dich. Du bist meine beste Freundin, Claudia. Kaum ein Mensch auf der Welt kennt mich besser als du."

„Also schön, Liebes, was hast du auf dem Herzen? Hat es mit dem gut aussehenden Mann zu tun, von dem du mir bei unserem letzten Telefonat erzählt hast? Diesem Mattias? Oh, Emma, du hast dich in ihn verliebt, stimmt's?"

„Nein!", protestierte sie sofort energisch. „Aber es hat trotzdem mit ihm zu tun. Er hat mir ein Angebot gemacht, das uns dabei helfen könnte, hier in Källadal Fuß zu fassen."

„Ach – und ich dachte, er will dich loswerden. Um was geht's genau?"

„Es gibt da ein Stück Land, das dem leiblichen Vater der Zwillinge gehörte und das direkt an das Grundstück des Södergren-Sägewerks grenzt. Mattias hat versprochen, dafür zu sorgen, dass wir es bekommen. Und er will mir in dem kleinen Haus, das daraufsteht, eine Bäckerei oder ein Café einrichten."

„Aber das klingt doch fantastisch! Du hast die Arbeit in der Bäckerei immer geliebt. Ich verstehe nicht, warum du auch nur eine Sekunde zögerst!"

„Ich habe bereits zugesagt", stellte Emma klar. „Ich weiß nur nicht, ob ich damit im Begriff stehe, eine Riesendummheit zu begehen."

„Wieso?", fragte Claudia, und plötzlich schwang Argwohn in ihrer Stimme mit. „Was verlangt er denn als Gegenleistung von dir?"

„Im Grunde nur eine Formalität."

„Nämlich?"

Emma atmete tief durch. „Ich soll ihn heiraten."

Für einen Moment herrschte Stille am anderen Ende der Leitung – dann fing Claudia an zu lachen. „Wirklich, Emma, um ein Haar hättest du mich gekriegt. Ich …" Sie verstummte. „Das ist doch nur ein Scherz, oder?"

„Nein, ist es nicht." Emma seufzte. „Hör zu, es ist so: Es hat mit einer Erbschaft zu tun, die er und seine Cousins nur dann erhalten, wenn sie alle vor Ablauf eines Jahres heiraten. Es wird also keine richtige Ehe sein. Sie wird im Großen und Ganzen nur auf dem Papier bestehen."

„Aber trotzdem, Emma – heiraten?"

„Ich weiß." Sie fuhr sich durchs Haar. „Meinst du, mir gefällt das alles? Aber es wäre nur für ein halbes Jahr. Dann wäre den Bedingungen des Testaments Genüge getan, wir könnten uns scheiden lassen und unser Leben einfach weiterleben."

„Wenn das alles so schrecklich einfach ist – warum bist du dir deiner Sache dann so unsicher?"

Emma schüttelte den Kopf. „Ich weiß es ja auch nicht. Wirklich nicht."

„Aber ich, Liebes: Du empfindest etwas für diesen Mattias."

Genau das war es, was Emma nicht von ihrer Freundin hatte hören wollen. Unwillkürlich musste sie wieder an diesen verflixten Kuss denken. Warum nur konnte sie sich nicht einfach ein bisschen zusammenreißen? Dieser Kuss hatte die ganze Sache nur noch komplizierter gemacht, als sie ohnehin schon war.

„Unsinn", entgegnete sie lahm – doch sie merkte selbst, wie unaufrichtig ihre Worte klangen. „Mattias ist einer der ruppigsten und unfreundlichsten Männer, die mir jemals begegnet sind."

„Das ist nun wirklich kein Argument", hielt Claudia dagegen. „Schau dir doch die Kerle an, an die ich immerzu gerate."

Doch Emma wollte nicht länger darüber diskutieren. Wenn sie zu lange darüber nachdachte, würde sie am Ende noch zu dem Schluss kommen, dass Claudia recht hatte.

Und das durfte auf keinen Fall geschehen!

„Ich muss jetzt Schluss machen", sagte sie unvermittelt. „Tut mir leid, ich melde mich wieder bei dir, sobald ich es einrichten kann."

„Aber, Emma, ich …"

„Bis dann, Claudia."

Sie beendete das Gespräch, drückte das Handy an ihre Brust, schloss die Augen und atmete tief durch. Sie wusste, dass sie sich ihrer Freundin gegenüber nicht besonders fair verhalten hatte. Claudia war lediglich offen zu ihr gewesen, und wie dankte sie es ihr?

Sie musste endlich lernen, sich unter Kontrolle zu haben – ansonsten würde es noch ein böses Ende mit ihr nehmen.

Zwei Wochen später veranstaltete Mattias eine große Party. So lange hatte es gedauert, alle Formalitäten und Verträge unter Dach und Fach zu bringen.

Die Feier, die vorgeblich veranstaltet wurde, um Emma und die Kinder im *Björkahus* willkommen zu heißen, hatte eigentlich nur einen Zweck: Gerüchte zu streuen. Alles sollte so echt wie möglich aussehen. Die Leute würden sich weniger über die plötzliche Ankündigung einer bevorstehenden Hochzeit wundern, wenn sie Mattias und Emma im Vorfeld bereits einige Male gemeinsam in der Öffentlichkeit gesehen hätten.

Für Emma war die Zeit bis zum großen Tag wie im Flug vergangen. Sie hatte Astrid geholfen, alles zu organisieren. Wenn sie sich beschäftigte, fiel es ihr leichter, mit der Situation umzugehen. Auf diese Weise konnte sie sich einreden, lediglich eine Darstellerin in einem reichlich absurden Theaterstück zu sein.

Es kam ihr völlig unwirklich vor, als sie sich in dem Kleid, das Mattias für sie besorgt hatte, vor dem Spiegel in ihrem Zimmer hin und her drehte.

„Du siehst aus wie eine Prinzessin", schwärmte Marie und berührte zaghaft den zarten Spitzenstoff des bauschigen Unterrocks. „Wenn ich groß bin, möchte ich auch einmal so schön sein wie du."

Ein wehmütiges Lächeln glitt über Emmas Gesicht. Die Worte ihrer Halbschwester riefen ihr in Erinnerung, wie sie selbst als kleines Mädchen ihre Mutter und deren Freundinnen beneidet hatte, weil sie hübsche Kleider, hohe Schuhe und Make-up tragen durften. Bei Hochzeiten hatte sie immer die

Braut in ihrem weißen Kleid mit dem Schleier sein wollen. Und nun würde sie tatsächlich bald heiraten – aber unter welchen Umständen?

So, wie es zwischen Mattias und ihr war, hatte sie es sich jedenfalls nicht ausgemalt. Und es stimmte sie ein bisschen traurig, dass dieser einzigartige Augenblick, mit einem Mann den Bund der Ehe zu schließen, für sie nicht so sein würde, wie er eigentlich sein sollte.

Es ist nur ein Geschäft, versuchte sie, sich selbst zu überzeugen. Eines Tages wirst du den Richtigen finden – und dann wird dieser Tag genau so sein, wie du ihn dir immer vorgestellt hast.

Die Feier fand im Garten des Hauses statt. Mattias' Cousins waren da, ebenso wie ein paar andere Verwandte und Bekannte. Seine Mutter hatte demonstrativ abgesagt. Der Gedanke, dass ihr Sohn für die Kinder der Frau ein Fest veranstalten würde, mit der ihr zweiter Ehemann sie betrogen hatte, war für sie unerträglich. Sie konnte sich mit der Situation nicht arrangieren – unabhängig davon, aus welchen Gründen Mattias so handelte. Denn natürlich war sie in die Pläne ihres Sohnes eingeweiht.

Im Grunde war Emma nicht unglücklich darüber. Eine Konfrontation mit Viola Södergren-Lindberg war das Letzte, was sie im Augenblick gebrauchen konnte. Ihr fiel es auch so schon schwer genug, mit der Situation umzugehen.

„Vielen Dank, Kleines", sagte sie und ging vor Marie in die Hocke. „Eines Tages wirst du ganz bestimmt eine ganz wunderschöne junge Frau sein – aber bis dahin darfst du noch eine ganze Weile ein hinreißendes kleines Mädchen sein." Sie kitzelte ihre kleine Schwester, bis diese vor Vergnügen quietschte. Doch der Augenblick der Ausgelassenheit währte nicht lange, denn schon klopfte es an der Tür, und Astrid trat ein.

„Sind Sie so weit? Die Gäste sind bereits eingetroffen und ..." Als sie Emma erblickte, schlug die Haushälterin eine Hand vor den Mund. „Du meine Güte, Sie sehen einfach hinreißend aus! Das Kleid steht Ihnen, als wäre es Ihnen auf den Leib geschneidert worden."

Und genau das war es auch. Mattias hatte weder Kosten noch Mühen gescheut, um eine perfekte Illusion zu erzeugen. Die Illusion einer Frau, die in der Lage wäre, einen Mann wie Mattias Södergren vor den Traualtar zu locken.

„Wir sollten jetzt wirklich nach unten gehen, die Leute warten bereits ungeduldig." Astrid lächelte. „Sie brennen alle darauf, Sie und die Kinder kennenzulernen – auch wenn die meisten von ihnen gar nicht wissen, warum Mattias diesen ganzen Zauber überhaupt veranstaltet." Sie seufzte. „Wissen Sie, ich hätte nicht erwartet, dass der Tag, an dem der Junge heiratet, tatsächlich einmal kommen würde. Äußerst bedauerlich, dass es sich um eine arrangierte Ehe handelt. Ich hätte Ihnen beiden wirklich gewünscht, dass Sie zusammen glücklich werden."

Sie hatten Astrid ebenfalls in die Pläne einweihen müssen, denn es wäre kaum möglich gewesen, sie zu täuschen – ganz davon abgesehen, dass es nicht notwendig war. Solange der Testamentsverwalter von Ingrid Södergren nicht von dem Arrangement erfuhr, war alles in bester Ordnung. Trotzdem hatte Mattias den Kreis der Mitwisser so klein wie möglich gehalten, um jegliches Risiko auszuschließen.

Seine Cousins wussten natürlich Bescheid – und sie nutzten jede sich bietende Gelegenheit, um Mattias aufzuziehen. Insgeheim vermutete Emma jedoch, dass sie ihn für sein entschlossenes Handeln bewunderten. Und am Ende würde auch ihnen nichts anderes übrig bleiben, als innerhalb der nächsten Monate zu heiraten, wenn das Erbe ihrer Tante nicht in fremde Hände fallen sollte.

„Ich habe mir das alles auch ein wenig anders vorgestellt", entgegnete Emma. Sie atmete noch einmal tief durch, dann nickte sie. „Na, dann los."

Mattias erwartete sie bereits im Kreise seiner Cousins und Freunde. Als Emma in den Garten hinaustrat, streckte er mit einer geradezu besitzergreifenden Geste die Hand nach ihr aus.

„Das ist sie", stellte er sie einigen Leuten vor, die sie neugierig musterten. „Darf ich vorstellen? Emma Pålsson, die Schwester der Zwillinge."

Es war wie auf einer richtigen Willkommensparty. Emma schüttelte Hände und begrüßte Leute, deren Namen sie in dem Moment schon wieder vergaß, in dem sie ihnen den Rücken zukehrte.

Sie plauderte, lachte und scherzte mit den Gästen, und irgendwann fühlte sich das Lächeln auf ihren Lippen an wie festgefroren. Das alles war so falsch, so verlogen, und einen Moment lang musste Emma der Versuchung widerstehen, einfach auf dem Absatz umzudrehen und davonzulaufen.

Aber wohin?

Es gab keinen Ort, wohin sie gehen, niemanden, an den sie sich wenden konnte.

Das hier war ihre Realität – und es würde noch schlimmer kommen, wenn sie erst einmal mit Mattias vor den Traualtar getreten war.

Irgendwann hatte sie das Gefühl, es einfach nicht länger auszuhalten. Keine Minute mehr! Ja, nicht einmal eine Sekunde!

Plötzlich bekam sie keine Luft mehr, und ihre Knie waren so weich, dass sie fürchtete, zu Boden zu sinken. Doch dazu kam es nicht – weil Mattias die Hände um ihre Hüften legte und sie stützte.

„Ist alles okay?", raunte er ihr zu.

Sie konnte seinen warmen Atem fühlen, der ihr Ohr streifte, und sofort flammte die Sehnsucht erneut in ihr auf. Verflixt, was war denn los mit ihr?

Reiß dich zusammen, Emma Pålsson!

Doch sosehr sie sich auch bemühte – sie konnte es nicht. Um keinen Preis der Welt.

Ihre Knie gaben endgültig unter ihr nach, und sie sackte gegen Mattias.

„Es war wohl ein bisschen viel für sie", hörte sie ihn sagen. Seine Stimme klang weit, weit entfernt. „Ich bringe sie wohl besser nach oben, damit sie sich ein bisschen ausruhen kann. Ihr amüsiert euch bitte – es ist für alles gesorgt. Wir stoßen dann wieder zu euch, sobald es Emma wieder besser geht."

Emma hatte das Gefühl, sich durch einen dichten Nebel zu bewegen. Ihre Sicht war verschwommen, und als sie merkte, dass es Tränen waren, die ihren Blick verschleierten, war sie überrascht, denn sie hatte gar nicht gemerkt, dass sie weinte.

Mattias führte sie ins Haus und dann hinauf ins Schlafzimmer. Erleichtert seufzend ließ sich Emma aufs Bett sinken und rollte sich wie ein kleines Kind darauf zusammen. Sie schloss die Augen und versuchte, an gar nichts zu denken.

An der Bewegung der Matratze bemerkte sie, dass Mattias sich neben sie gesetzt hatte. Als sie seine Hand auf ihrem Arm spürte, wich die eisige Kälte ein wenig, die von ihr Besitz ergriffen hatte.

Emma schluchzte auf.

„Was ist los mit dir?", fragte er. „Soll ich einen Arzt rufen?"

Stumm schüttelte sie den Kopf. Wie sollte sie ihm erklären, was in ihr vorging? Sie verstand es ja selbst nicht einmal richtig!

„Es geht gleich wieder", stieß sie mit erstickter Stimme hervor. „Gib mir nur ein paar Minuten, ja?"

Er entgegnete nichts, fing aber an, ihr Haar zu streicheln. Es war eine so beruhigende, behütende Geste, dass Emma sich unwillkürlich entspannte. Ganz gleich, was auch zwischen ihnen sein mochte – ein Teil von ihr vertraute ihm offenbar instinktiv.

Nachdem ein paar Minuten verstrichen waren – oder auch Stunden, so genau konnte Emma es nicht sagen, denn ihr Zeitgefühl schien ihr abhandengekommen zu sein –, atmete sie tief durch und setzte sich auf.

Ihr war noch immer ein wenig schwindelig, aber es war längst nicht mehr so schlimm. Sie wischte sich mit dem Handrücken über die Augen und lächelte tapfer. *„Förlät!* Tut mir wirklich leid – ich weiß nicht, was in mich gefahren ist."

Tröstend legte Mattias ihr einen Arm um die Schulter. „Dir sind einfach ein wenig die Nerven durchgegangen", sagte er. „Mach dir keine Gedanken deswegen. So etwas passiert. Der Kreislauf … Ich bin sicher, dass niemand etwas bemerkt hat."

Der Kreislauf …

Sie schluckte hart, um den Kloß zu vertreiben, der sich in ihrer Kehle gebildet hatte. Es ging ihm gar nicht um sie, sondern nur um den Eindruck, den ihr Auftritt nach außen gemacht hatte. Natürlich. Was hatte sie auch erwartet?

„Du hast selbstverständlich recht", entgegnete sie, wobei sie sich bemühte, ihre Stimme neutral zu halten. „Keiner wird sich etwas dabei gedacht haben. Zumindest nicht die Wahrheit ..."

„Die Wahrheit?" Fragend schaute er sie an. „Was ist denn die Wahrheit?"

Emma machte eine alles umfassende Geste. „All das hier. Diese Farce, die wir veranstalten, damit das Erbe deiner Tante nicht an eine wohltätige Organisation fällt. Diese Party. Unsere bevorstehende Hochzeit."

Einen Moment lang wirkte er überrascht, dann nickte er. „So ist das also. Bist du deshalb beinahe zusammengeklappt? Weil unser kleiner Deal dir über den Kopf gewachsen ist?"

Sie zögerte kurz, dann seufzte sie. „Ich glaube, mir ist vorhin erst die Tragweite meiner Entscheidung so richtig bewusst geworden", gestand sie ihm, aber vor allem auch sich selbst gegenüber ein. „Ich habe immer davon geträumt, eines Tages mit dem Mann, den ich liebe, vor den Altar zu treten. Mir wäre niemals eingefallen, dass es so ausgehen könnte ..." Sie blickte zu Boden.

„Hör zu, Emma, es tut mir leid, dass ich dir nicht ganz das bieten kann, was du dir wünschst. Aber ich werde versuchen, dir die Sache so angenehm zu machen wie irgend möglich. Das verspreche ich dir."

Er schaute ihr tief in die Augen, und sie sah darin ehrliche Besorgnis – und noch etwas anderes, das sie nicht auf Anhieb identifizieren konnte. Zuneigung? Sehnsucht?

Das Herz klopfte ihr bis zum Hals.

Nein, nicht schon wieder!

Und dann legte er ihr einen Finger unter das Kinn und hob ihr Gesicht an. Emma wusste nicht, wie ihr geschah. Sie konnte den Blick nicht von ihm abwenden, selbst wenn sie es gewollt hätte. Aber sie wollte es gar nicht.

Nein, wirklich nicht.

Unwillkürlich beschleunigte sich ihre Atmung.

Langsam, ganz langsam, kam Mattias' Gesicht näher. Sie schloss die Augen und erwartete den Moment, in dem sich ihre Lippen berührten. Und als es dann endlich so weit war, blieb für den Bruchteil einer Sekunde die Zeit stehen.

So etwas hatte sie noch nie zuvor erlebt.

Bei keinem anderen Mann. Auch nicht bei Adriano.

Mattias' Kuss wurde fordernder, hungriger, und zu ihrer eigenen Überraschung erwiderte sie ihn leidenschaftlich. Sie vergrub die Hände in seinem dichten Haar und drängte sich an ihn.

Mit bebenden Fingern schob sie ihm das Jackett seines Smokings über die Schultern und öffnete dann die Knöpfe des blütenweißen Hemds, das er daruntertrug, bis sie endlich seine Haut unter ihren Fingern spürte, glatt und kühl. Deutlich nahm sie das Spiel seiner Muskeln wahr, fühlte seinen Herzschlag, der gegen seine bloße Brust hämmerte. Sie umfasste seine starken, breiten Schultern und vertiefte den Kuss noch weiter, sodass Mattias überrascht aufstöhnte.

Noch nie in ihrem Leben hatte sie sich so mächtig gefühlt, so voller Selbstbewusstsein. Und sie wusste, dass es an ihm lag. Er sorgte dafür, dass sie sich so fühlte.

Er allein.

Ihr künftiger Ehemann.

Der Gedanke verschwamm, als er seine Lippen ihren Hals hinunterwandern ließ. Ihr Atem kam in hastigen kurzen Zügen. Sie konnte nicht mehr klar denken, aber das war auch nicht notwendig. Denn ihr Körper hatte die Kontrolle übernommen, und der wusste genau, was er wollte.

Mattias!

Kurz blitzte der letzte Funken Vernunft auf, den sie sich noch bewahrt hatte, und sie fragte sich, ob sie vollkommen den Verstand verloren hatte. Doch schon im nächsten Augenblick wurde dieser störende Gedanke mitgerissen in einem Sog der Leidenschaft.

Mattias bedeckte ihr Dekolleté mit Küssen, die auf ihrer Haut zu brennen schienen wie pures Feuer. Und während er sie küsste, öffnete er geschickt die Schnüre der Korsage ihres Kleides.

Raschelnd fiel der Stoff schließlich zu Boden, sodass sie nun nur noch im Unterrock vor ihm saß. Ihr Brustkorb hob und senkte sich heftig.

Sein Blick ruhte auf ihr. Bewundernd, verzaubert, entrückt. Wie kein Mann vor ihm gab er ihr das Gefühl, schön und begehrenswert zu sein. Ausgerechnet er! Sie konnte es noch immer nicht fassen.

Zärtlich zeichnete er mit den Fingerkuppen die Konturen ihrer Schlüsselbeine nach. Jede seiner Berührungen ließ ihre Haut prickeln und verstärkte das Verlangen, das heiß zwischen ihren Schenkeln pulsierte. Sie war nie eine besonders leidenschaftliche Frau gewesen. Adriano hatte sich nicht selten darüber beklagt, dass sie in etwa so heißblütig sei wie ein Eisberg – und sie damit tief verletzt. Jetzt erkannte sie, dass nicht sie allein die Verantwortung dafür trug, dass die Dinge zwischen ihnen nicht gut gelaufen waren.

Ihre Gedanken zerfaserten zu Staub, als Mattias ihre aufgerichteten Brustwarzen mit den Lippen umschloss. Ein Stöhnen entrang sich ihrer Kehle, ehe sie es unterdrücken konnte. Sie legte den Kopf in den Nacken. „Oh Gott, Mattias …"

Er schaute ihr tief in die Augen, und die Leidenschaft, die sie in seinem Blick sah, raubte ihr den Atem. Dann setzte Mattias, ohne ein Wort zu sagen, seine süße Folter wieder fort, und Emma war froh, dass draußen die Musik zu spielen begonnen hatte. Denn sosehr sie sich auch bemühte, es gelang ihr einfach nicht, still zu bleiben.

Dafür sorgte Mattias. Mit seinen Händen, seiner Zunge, seiner Stimme, seinen Lippen brachte er ihren letzten Rest von Selbstbeherrschung, den sie sich bis dahin noch bewahrt hatte, zum Einsturz. Und er legte es darauf an, dass sie so hemmungslos reagierte, wie sie es selbst nicht für möglich gehalten hätte.

Ihr ganzer Körper schien in Flammen zu stehen, und mit jeder Liebkosung steigerte er das Verlangen, das in ihr tobte, wie eine Feuerbrunst. Sie wollte mehr. Sehr viel mehr. Und sie war längst über den Punkt hinaus, sich dafür zu schämen. Wenn Mattias sie nur erhörte, war ihr alles recht.

Und er erhörte sie.

Beinahe hastig befreite er sie von ihrem Unterrock, trat einen Schritt zurück und ließ bewundernd seinen Blick über ihren Körper wandern, als sie nur noch Seidenstrümpfe und einen knappen Slip trug.

„Mein Gott, du bist so wunderschön", raunte er heiser – und Emma stellte zu ihrer eigenen Überraschung fest, dass sie ihm glaubte.

Er kam wieder zu ihr und strich mit der flachen Hand über das Tal zwischen ihren Brüsten, über ihren Bauch und hinunter bis zu dem Dreieck zwischen ihren Schenkeln, das sie seinen Berührungen instinktiv entgegenwölbte.

Emma hatte längst alle Grenzen der Scham hinter sich gelassen. Mit jeder Faser ihres Körpers sehnte sie sich nach ihm. Und ein Schauer der Erregung ließ sie erbeben, als er sie durch den Stoff ihres Slips küsste und sie seinen warmen Atem an ihrer intimsten Stelle spürte.

„Mattias", stieß sie keuchend hervor, und erschauerte erneut, als sie das Lächeln sah, das seine Lippen umspielte. Er wusste genau, was er tat – und plötzlich ahnte sie, dass er sie an den Rand des Wahnsinns treiben würde, ehe er ihr die Erfüllung brachte.

Bald schon wand sie sich unter ihm, während er die süße Qual immer länger ausdehnte, bis sie glaubte, jeden Moment den Verstand zu verlieren. Ihr Herz hämmerte wie verrückt, ihre Brust hob und senkte sich hastig und ihr Kopf fühlte sich so unglaublich leicht an.

Als Mattias schließlich – endlich! – zu ihr kam, stöhnte sie auf vor Lust. Plötzlich war er über ihr, in ihr, und die Welt schien sich aufzulösen in einem Strudel aus Lust und Begierde.

Verlangend bog Emma sich Mattias entgegen. Sie schlang die Arme um seinen Nacken und passte sich wie von selbst seinem harten, fordernden Rhythmus an.

Die ganze Zeit sah er sie an, hielt mit seinen unglaublichen grünen Augen ihren Blick gefangen. Sie verlor sich in ihm, und es schien, als würde sich tief in ihrem Inneren etwas öffnen, dem Kelch einer Blume im Sonnenlicht gleich.

Sie keuchte atemlos, flüsterte immer wieder seinen Namen, ehe sie schließlich einem Höhepunkt entgegentaumelte, wie sie ihn noch nie zuvor in ihrem Leben erlebt hatte.

Nun gab es auch für Mattias kein Halten mehr. Mit einem erstickten Stöhnen warf er den Kopf zurück, seine Finger krallten sich ins Laken.

Dann, plötzlich, wich alle Spannung aus seinem Gesicht, er ließ sich auf sie sinken und hielt sie in seinen Armen.

*M*attias stand unter der Dusche. Das Wasser war eiskalt, doch das nahm er kaum wahr.

Natürlich wusste er, dass er zu den Partygästen zurückkehren musste, doch er brauchte noch ein wenig Zeit. Er fühlte sich wie in einem seltsamen Traum, aus dem er jeden Moment aufwachen würde.

Doch das passierte nicht.

Er wollte nicht darüber nachdenken, was soeben zwischen Emma und ihm vorgefallen war. Aber auch das war unmöglich. Wie sollte es ihm gelingen, seine Gedanken in eine andere Richtung zu lenken, wenn die Grundfesten seiner selbst soeben bis ins Fundament erschüttert worden waren?

Es war nur Sex, Herrgott! Sei nicht so furchtbar melodramatisch!

Er fuhr sich mit beiden Händen durch sein nasses Haar und schloss die Augen. Ein Fehler, wie er gleich darauf feststellte, denn sofort sah er Emma wieder vor sich. *Nackt.*

Unwillkürlich stöhnte er auf – doch dieses Mal entsprang der Laut nicht seiner Lust, sondern gab vielmehr seiner Frustration Ausdruck.

Hatte er vollkommen den Verstand verloren?

Emma mochte nicht die geldgierige Goldgräberin sein, für die er sie zunächst gehalten hatte. Ihre Besorgnis um Marie und Lucas sowie ihr Interesse an den Kindern schienen echt zu sein, ebenso wie ihr Wunsch, sich um die beiden zu kümmern. Aber sie waren jetzt praktisch so etwas wie Geschäftspartner – und es war prinzipiell keine gute Idee, Privates und Geschäftliches zu vermischen.

Red keinen Unsinn – Emma ist nicht deine Geschäftspartnerin, sie ist schon bald deine Frau!

Er kniff die Augen heftig zusammen, ballte die rechte Hand zur Faust und schlug sie gegen die zartblauen Fliesen der Duschkabine. Es stimmte, sie würden in naher Zukunft vor dem Gesetz Mann und Frau sein. Doch sosehr er sich wünschte, seine ehelichen Rechte bei ihr geltend zu machen – er hatte ihr versprochen, dass er es nicht tun würde.

Mit ihr zu schlafen, war ein Fehler gewesen. In mehr als einer Hinsicht.

Es ließ sich nicht leugnen, dass er sich zu ihr hingezogen fühlte. Bisher hatte er das jedoch als die ganz normale Reaktion eines Mannes auf eine attraktive Frau abgetan. Nun wurde ihm klar, dass es sich nicht allein darauf beschränkte.

Warum sonst verspürte er den unbändigen Drang, sie glücklich zu sehen, sie all ihre Probleme und Sorgen vergessen zu lassen?

Genau deshalb war es vorhin doch überhaupt erst so weit gekommen. Sie hatte so schrecklich traurig ausgesehen. So traurig, dass es ihm im Herzen wehtat. Eigentlich hatte er sie nur trösten wollen …

Ob er dafür wirklich den richtigen Weg gewählt hatte, bezweifelte er inzwischen allerdings. Doch was geschehen war, war geschehen und ließ sich nicht mehr ändern. Was sprach dagegen, dass sie einander ein wenig Zärtlichkeit geschenkt hatten? Konnte das wirklich so falsch sein?

Nein.

Im Grunde war Mattias klar, dass er sich nur selbst belog – dennoch fühlte er sich erheblich besser, nachdem er zu dieser Erkenntnis gelangt war.

Er drehte das kalte Wasser ab und stieg aus der Dusche.

Emma wischte eine Träne fort, die sich aus ihrem Augenwinkel gelöst hatte, und atmete tief durch.

Das Prasseln des Wassers im angrenzenden Badezimmer war inzwischen verstummt. Während Mattias geduscht hatte, hatte sie die einzelnen Bestandteile ihres Kleides zusammengesammelt und wieder angezogen. Um die Schnüre der Korsage zu schließen, würde sie seine Hilfe brauchen.

Schon jetzt fürchtete sie sich vor dem Moment, in dem sie sich wieder gegenüberstehen würden. Wie sollte sie ihm bloß in die Augen zu sehen?

Wie willst du damit umgehen, schon bald als seine Ehefrau mit ihm unter einem Dach zu leben?

Draußen hörte sie die Musik und das Lachen der Partygäste. Sie würden sich nicht ewig hier oben verstecken können, so gern sie das auch getan hätte.

Mattias' Haar war noch feucht, als er vollständig bekleidet aus dem Badezimmer trat. Sie konnte nichts dagegen tun, dass ihr Herz bei seinem Anblick unwillkürlich schneller schlug. Beinahe hastig stand sie auf. „Ich kann mein Oberteil nicht allein zumachen", sagte sie und drehte ihm den Rücken zu, froh darüber, den Blick abwenden zu können. „Hilfst du mir bitte?"

Schweigend trat er hinter sie und tat, worum sie ihn gebeten hatte. Sie atmete scharf ein, als seine Finger ihre Haut streiften, schloss die Augen und versuchte verzweifelt, ihren inneren Gefühlstumult unter Kontrolle zu bringen.

„Wegen gerade ...", ergriff er zum ersten Mal, seit er das Bett verlassen hatte, das Wort. „Ich finde, wir sollten darüber reden ..."

„Da gibt es nichts zu reden", entgegnete sie, und ihre Stimme klang für sie selbst eigenartig fremd und distanziert. „Es war Sex, nichts weiter. Wir sind erwachsen und haben getan, was Millionen Menschen Tag für Tag tun. Was ist schon dabei?"

Diese Worte über die Lippen zu bringen, fiel ihr alles andere als leicht. Weil sie gelogen waren. Nicht grundsätzlich, aber in ihrem besonderen Fall.

Sie konnte es nicht so lockernehmen, wie sie es gern täte. Claudia hatte sich stets über sie lustig gemacht, wenn sie behauptete, dass Liebe und Sex für sie untrennbar zusammengehörten. Doch das konnte Mattias ja nicht wissen.

„Ich bin sehr froh darüber, dass du es so siehst", sagte er – und der nüchterne Klang seiner Stimme brach ihr schier das Herz. „Was meinst du, sollen wir uns langsam wieder unten auf der Feier sehen lassen?"

Emma nickte. „Ja", sagte sie, drehte sich zu ihm um und schaffte es dabei sogar, ein Lächeln auf ihre Lippen zu zaubern.

„Du hast recht. Am besten gehst du vor, ich frische mein Make-up auf und komme dann nach."

Er musterte sie einen Moment lang forschend, dann nickte er. „Also schön. Bis gleich."

Erst als die Tür hinter ihm ins Schloss gefallen war, erlaubte Emma sich, die Maske fallen zu lassen, die sie für ihn aufrechterhalten hatte. Aufschluchzend barg sie das Gesicht in den Händen.

Großer Gott, was war nur in sie gefahren? Wie hatte sie sich dazu hinreißen lassen können, mit ihm zu schlafen? Ausgerechnet mit ihm, von allen Männern auf der Welt? Was mochte er jetzt von ihr denken?

Vermutlich hielt er sie nach wie vor für eine Opportunistin, der jedes Mittel recht war, um sich einen Vorteil zu erschleichen. Das hatte er schon geglaubt, als sie mit den Kindern in Schweden eingetroffen war, und es gab keinen Grund, warum sich seine Meinung über sie geändert haben sollte. Ganz im Gegenteil. Immerhin hatte sie sich nun auf diese Scheinehe mit ihm eingelassen.

Vermutlich hatte er deshalb mit ihr geschlafen.

Wenn er sie schon dafür bezahlte, seine Frau zu werden, dann konnte er ebenso gut auch das Beste aus der Situation herausholen.

„Emma, Emma, schau mal, was ich gefunden habe!"

Strahlend kam Marie zwei Wochen später auf Emma zugelaufen, die auf der Veranda des Hauses saß. Aufgeregt und atemlos kletterte die Kleine die Stufen empor. In ihrer hohlen Hand hielt sie gute zwei Dutzend Blaubeeren, die sie ihrer großen Schwester stolz präsentierte.

„Astrid hat mir gezeigt, wo sie wachsen. Probier mal eine!"

Lächelnd nahm sich Emma eine der prallen, schwarzblauen Beeren und steckte sie sich in den Mund. „Mmmmh", schwärmte sie, als der köstlich-süße Geschmack auf ihrer Zunge explodierte. „So gute Blaubeeren habe ich noch nie gegessen!"

Maries Strahlen wurde noch begeisterter. „Ja, echt lecker, was?

Astrid hat mir versprochen, dass sie mir zeigt, wie man daraus Blaubeerkuchen backt."

„Na, dann lauf mal schnell zu ihr in die Küche", sagte Emma. „Ich kann es kaum erwarten, deinen ersten Kuchen zu probieren."

Der Enthusiasmus, mit dem ihre kleine Schwester bei der Sache war, hatte Emma für einen Moment vergessen lassen, was ihr schon den ganzen Tag im Kopf herumspukte. Jetzt, wo die Neunjährige, gefolgt von einem schwanzwedelnden Mo, im Haus verschwand und lautstark nach Astrid rief, kehrte es wieder zurück.

Fast zwei Wochen lag die Feier nun zurück. Vierzehn Tage, in denen es Emma immer wieder beinahe gelungen war zu verdrängen, was am Nachmittag der Willkommensparty geschehen war.

Irgendwie hatte sie es geschafft, das Fest mit Anstand hinter sich zu bringen, das bis in die späten Abendstunden angedauert hatte. Doch seitdem gingen Mattias und sie sich so weit wie möglich aus dem Weg.

Immerhin, Mattias hatte sein Versprechen gehalten und dafür gesorgt, dass seine Mutter Marie und Lucas das Grundstück an der Zufahrtsstraße zum Sägewerk überließ. Emma war dort gewesen und hatte sich den Bungalow angesehen, den Mattias für sie umbauen lassen wollte.

Es war ein hübsches kleines Gebäude, das sich wunderbar dazu eignete, ein Café darin zu betreiben. Wenn Emma die Augen schloss, konnte sie es beinahe schon vor sich sehen. Eine gläserne Theke, in der Kuchen und Torten präsentiert wurden. Der Duft von frisch gemahlenem Kaffee, der sich mit dem der süßen Köstlichkeiten vermischte, die sie in der Küche zubereitete, die sich im hinteren Bereich des Bungalows befand …

Doch jetzt, wo die Realisierung des Vorhabens unmittelbar bevorstand, fragte sie sich, ob sie damit nicht einen folgenschweren Fehler beging. Wenn sie dieses Café tatsächlich mit Mattias' Hilfe eröffnete, dann war sie zumindest für die nächste Zukunft an Källadal gebunden – was bedeutete, dass sie nicht mehr einfach mit den Kindern irgendwo anders hingehen konnte, wenn sie es nicht mehr aushielt, Mattias jeden Tag über den Weg zu laufen.

Aber im Grunde ihres Herzens wusste sie bereits, dass es auch jetzt schon nicht mehr möglich war, einfach von hier zu verschwinden.

Marie hatte ihr gerade eben einmal mehr vor Augen geführt, wie gut die Kinder sich bereits im *Björkahus* eingelebt hatten. Sie liebten Astrid und vergötterten Mattias, der mit den Zwillingen – das musste Emma zugeben – wunderbar umgehen konnte. Es schien ihr fast unglaublich, dass er tatsächlich keine eigenen Kinder hatte. Doch soweit sie inzwischen wusste, hatte er bislang keine wirklich ernstzunehmende Beziehung geführt. Warum das so war, darüber hatte sich seine Haushälterin allerdings diskret ausgeschwiegen.

Nachdem die Zwillinge bereits ihr Leben in Italien zurücklassen mussten, wäre es nicht fair, sie ein weiteres Mal aus einer vertrauten Umgebung zu reißen. Und außerdem verfügte Emma nach wie vor nicht über genug Geld, um woanders noch einmal neu anzufangen.

Natürlich hätte sie Mattias bitten können, den Kindern das Grundstück abzukaufen, das sie geerbt hatten. Doch wie lange würden sie von dem Erlös über die Runden kommen?

Seufzend fuhr sie sich durchs Haar. Aber war es nicht vielleicht doch besser so?

„Was würde ich dafür geben, deine Gedanken lesen zu können …"

Emma hatte nicht bemerkt, dass Mattias hinter sie getreten war. Als sie jetzt seine Stimme hörte, zuckte sie erschrocken zusammen, hatte sich aber gleich darauf wieder im Griff. „Ach was, du wärst nur enttäuscht", entgegnete sie schlagfertig und drehte sich zu ihm um.

„Das glaube ich kaum." Er lächelte breit und streckte ihr die Hand entgegen. „Komm, ich möchte dir etwas zeigen."

Stirnrunzelnd stand sie auf und ließ sich von ihm zu seinem Wagen führen. „Was hast du vor? Wohin willst du mit mir?"

„Lass dich einfach überraschen", entgegnete er.

„Ich hasse Überraschungen", murmelte sie missmutig, stieg aber in seinen Wagen, dessen Beifahrertür er für sie aufhielt.

Sie folgten der gewundenen Zufahrtsstraße, an deren Ende sie auf die Hauptstraße gelangten, die in der einen Richtung zum Sägewerk und in der anderen in die Ortschaft führte. Als er nach links abbog, ahnte sie, was das Ziel ihres kleinen Ausflugs sein würde.

„Ich habe mir den Bungalow bereits angesehen. Vor ziemlich genau zehn Tagen. Er ist hübsch, und man kann sicherlich etwas daraus machen, aber …"

„Aber?" Mattias hob eine Braue. „Du fängst doch jetzt nicht etwa an zu zweifeln, oder? Ich dachte, wir wären uns einig gewesen, dass es die beste Lösung für alle Beteiligten ist."

Emma zuckte mit den Schultern. „Du warst dir einig – was nicht zwingend bedeutet, dass ich ebenfalls dieser Meinung sein muss." Als er sie irritiert ansah, seufzte sie. „Entschuldige, das war unangebracht. Du hast recht, ich war einverstanden, auf deinen Vorschlag einzugehen. Das Problem ist nur …"

„Ja?"

„Ich bin mir inzwischen einfach nicht mehr so sicher, ob es wirklich eine so gute Idee ist." Sie seufzte.

„Was bringt deine Entschlossenheit denn ins Wanken?"

Emma zögerte. Was sollte sie ihm sagen? Dass sie nicht wusste, ob sie in der Lage war, sich zu beherrschen, wenn er in ihrer Nähe war?

Nein, das konnte sie nicht tun – es ließ viel zu tief in ihre Seele blicken. Wenn Mattias wusste, wie es um sie stand, würde sie ihm nie wieder in die Augen blicken können.

„Lassen wir das Thema", sagte sie. „Ich weiß, dass mir ohnehin nichts anderes übrig bleiben wird, als die Angelegenheit durchzuziehen. Du kannst also unbesorgt sein – ich werde dich nicht im Stich lassen."

„Damit habe ich auch nicht gerechnet", entgegnete er, setzte den Blinker und fuhr auf das Grundstück, auf dem der Bungalow stand. „Dazu bist du eine viel zu ehrliche Haut."

Das aus seinem Munde zu hören, überraschte Emma über alle Maßen. Sie schaute ihn an – und bemerkte deshalb erst auf den zweiten Blick die Lieferwagen, die vor dem zukünftigen Café standen.

„Was ist denn hier los?" Emma blinzelte irritiert. „Habe ich etwas verpasst?"

Ein zufriedenes Lächeln umspielte seine Lippen. „So könnte man es sagen." Er stellte den Wagen unmittelbar vor der Tür ab, stieg aus und umrundete es einmal, um Emma die Beifahrertür zu öffnen. „Kommst du?"

Auf dem Weg zum Eingang kamen ihnen einige Arbeiter entgegen, die ihnen zunickten und freundlich grüßten.

„Was geht hier vor?"

„Warum wartest du es nicht einfach ab?", fragte Mattias schmunzelnd. „Nur noch ein paar Augenblicke, dann wird deine Neugier befriedigt, *okej*?"

Sie trat durch die Eingangstür und schnappte nach Luft. „Das …" Ihr fehlten die Worte. „Aber wie ist das möglich? Vor zehn Tagen war das hier noch eine halbe Ruine. Ich …"

Fassungslos blickte sie sich um, doch sie konnte einfach nicht fassen, was sie da sah. Der Bungalow war wie ausgewechselt. Die gelbfleckigen, löchrigen Tapeten, der vergammelte Dielenboden und die vor Schmutz und Staub blinden Fenster waren verschwunden. Stattdessen zierten nun dezent gemusterte Tapeten die Wände, die Dielen waren abgeschliffen und auf Hochglanz poliert worden, und vor den blitzsauberen Fenstern hingen hübsche Spitzengardinen.

Das Herz des Raumes bildete nun eine riesige, L-förmige Theke mit Kühlung und großen Glasauslagen. Dahinter thronte auf einer Granitarbeitsplatte eine Kaffee- und Espressomaschine, so groß und modern, wie Emma sie nur aus den exklusiven Cafés in Florenz und Rom kannte.

Entlang der Fensterfront gab es Plätze für alle, die ihren Kaffee und ihr Gebäck im Sitzen genießen wollten, während im Eingangsbereich einige Stehtische aufgestellt worden waren. Die gesamte Einrichtung strahlte klassischen Chic und Eleganz aus, ebenso wie die unzähligen Dekorationselemente, die den Gesamteindruck harmonisch abrundeten.

„Nun? Gefällt es dir?"

„Ob es mir gefällt?" Noch immer völlig überwältigt, starrte Emma ihn an. „Wie kannst du das noch fragen? Ich … Das ist wirklich unglaublich! Ich kann nicht begreifen, wie du das alles in so kurzer Zeit bewerkstelligen konntest!"

„Nun, ich hatte schon ein wenig Hilfe, wie du siehst. Und der Bonus, den ich den Männern in Aussicht gestellt habe, wenn sie die Arbeiten innerhalb kürzester Zeit erledigen, war sicherlich auch nicht hinderlich. Und die Innenausstatterin, die ich engagiert habe, hat sich trotz des engen Zeitrahmens selbst übertroffen, wie ich finde." Er nahm ihre Hand und drückte sie sanft. „Aber im Grunde haben sie es alle nur für dich getan. Ich habe ihnen gesagt, wie sehr sich die junge Frau, die das hier einmal leiten wird, darüber freuen würde, wenn alles schnell fertig ist."

Entgegen ihrem festen Willen war Emma gerührt. Mattias hatte sich so bemüht, ihr eine Freude zu machen. Aber warum? Sie war so sicher gewesen, dass er sie für eine geldgierige Erbschleicherin hielt, die es nur darauf abgesehen hatte, so viel Profit wie nur irgend möglich herauszuschlagen. Wann hatte sich seine Meinung über sie geändert?

Sie blinzelte die Tränen weg, die ihre Augen füllten. „Es ist fantastisch", flüsterte sie mit erstickter Stimme. „Einfach atemberaubend. Es sieht fast genauso aus wie die Bäckerei, die ich in Pontevecchio geführt habe."

Er lächelte wieder. „Ich weiß. Marie und Lucas waren so lieb, mir ein bisschen unter die Arme zu greifen. Sie haben mir alles bis ins Detail beschrieben und mir geholfen, die richtige Dekoration auszusuchen."

Emma konnte nichts mehr sagen, denn ihre Kehle war vor Ergriffenheit wie zugeschnürt. Und so drehte sie sich zu Mattias um, schlang die Arme um ihn und drückte ihn.

Eigentlich eine völlig harmlose und freundschaftliche Geste – doch schon nach wenigen Sekunden merkte sie, wie die Atmosphäre sich schlagartig änderte. Ihr Herz fing an zu hämmern, und ihre Knie wurden weich. Hastig machte sie sich wieder von ihm los und trat zurück. Nervös fuhr sie sich übers Haar, nur um ihre Hände zu beschäftigen.

„*Tack*", bedankte sie sich. „*Tack så mycket.* Ich finde es wirklich ganz herrlich."

„Dann war die Überraschung also gar nicht so schlecht?"

„*Nej*", gestand sie lächelnd. „Um ehrlich zu sein, diese Überraschung hat mir sogar ausnehmend gut gefallen. Wie kann ich dir dafür danken?"

„Das ist überhaupt nicht nötig. Du hast mir mit der Bereitschaft, mir mit dem Erbe meiner Tante zu helfen, wirklich einen riesigen Gefallen getan. Ich bin sicher, dass Patrik und Lars mit Freude mit mir tauschen würden – aber es kann ja schließlich nicht jeder so viel Glück haben wie ich." Er zwinkerte ihr zu. „Und ich würde dich auch nicht hergeben, ganz gleich, was sie mir bieten."

Es war ein seltsames Gefühl, ihn so reden zu hören. Vor allem, da in seiner Stimme nicht der kleinste Hauch von Ironie mitschwang. Sie glaubte ihm das, was er sagte. Jedes einzelne Wort davon.

„Dann kann ich also bald schon die ersten Gäste bewirten?", wechselte sie abrupt das Thema.

Er nickte. „Ja. Hast du dir denn schon Gedanken darüber gemacht, wie du das Café nennen möchtest?"

„Nein, ehrlich gesagt, habe ich darüber noch gar nicht nachgedacht. Ich wusste ja auch nicht, dass ich so bald eine Entscheidung würde treffen müssen. Hast du vielleicht eine Idee?"

„Nun, was hältst du von *Emma's*? Ich finde, das klingt nett, und außerdem hat es noch eine persönliche Note."

Emma hob eine Braue. „Hm … Gar nicht mal so schlecht. Warum soll ich noch lange herumgrübeln? Das *Emma's* – abgemacht."

„Wirklich?" Er wirkte ehrlich erfreut, als sie nickte. „Dann setze ich mich mit dem Schildermacher in Verbindung, damit er für das Café eine richtig schöne Reklame anfertigt."

Gemeinsam machten sie noch einen Rundgang durch die Küche und die Backstube, die ebenfalls bereits Form angenommen hatten. Alles war sehr viel weiter fortgeschritten, als Emma es sich in ihren kühnsten Träumen vorgestellt hätte. Ein paar Tage, und sie würde mit der Arbeit beginnen können.

Vielleicht fiel es ihr dann leichter, sich damit zu arrangieren, dass sie Mattias jederzeit und überall begegnen konnte.

Sie glaubte es zwar nicht – aber was blieb ihr anderes übrig, als es zumindest zu versuchen?

9. KAPITEL

Einige Wochen später

*K*ann ich dir noch etwas bringen, Anders?" Lächelnd wandte sich Emma an den jungen Mann, der seit der Eröffnung ihre Cafés vor etwas mehr als einer Woche schnell zu einem Stammgast geworden war – ebenso wie viele andere Arbeiter im Sägewerk.

„Einen Kaffee hätte ich schon gerne noch", antwortete Anders. „Und ein Stück von deinem fantastischen Blaubeerkuchen."

Sie zwinkerte ihm zu. „Mit einer Extraportion Sahne, wie immer?"

„Meine Frau beklagt sich zwar darüber, dass ich langsam einen Bauchansatz bekomme, aber dein Kuchen ist so gut, dass ich einfach nicht widerstehen kann. Er erinnert mich an den, den meine Großtante sonntags immer backt."

„*Tack*, es freut mich, dass er dir schmeckt." Zwar hörte Emma dergleichen in letzter Zeit nicht gerade selten, dennoch zauberten ihr Komplimente noch immer eine leichte Röte auf die Wangen. „Das Rezept ist von Astrid, der Haushälterin von Mattias. Sie hat mir auch die Stelle gezeigt, wo ich diese wunderbaren Blaubeeren finde."

Anders lachte. „Nun, das erklärt einiges", sagte er, als Emma ihn fragend anschaute. „Die Haushälterin vom Chef ist niemand anderes als meine Tante."

„Oh, tatsächlich? Was für ein Zufall!"

„Nicht wirklich. Källadal ist nun mal ein Dorf – die meisten Leute sind über viele Ecken irgendwie miteinander verwandt." Er winkte Emma näher und senkte die Stimme. „Aber ich verrate dir jetzt ein Geheimnis, das du unbedingt für dich behalten musst, *okej*?" Als sie nickte, fuhr er fort: „Dein Blaubeerkuchen ist sogar noch besser als der von Tante Astrid."

„Vielen Dank für die Blumen, du Schmeichler", entgegnete sie lachend, nahm das Tablett mit dem schmutzigen Geschirr und trug es nach hinten in die Küche, wo noch ein halber Blaubeer-kuchen im Kühlfach stand.

Das Geschäft lief gut. Sehr gut sogar. Emma hatte erwartet, dass es eine Weile dauern würde, ehe die Arbeiter und die Leute aus dem Ort ihr Café bemerken und annehmen würden. Doch das war nicht der Fall. Seit dem Tag der Eröffnung waren fast immer alle Sitzplätze besetzt, und es gab auch viel Laufkund-schaft, die auf dem Weg zur Arbeit und auf dem Heimweg noch rasch etwas mitnahm. Da es ein reges Interesse an herzhaften Mittagssnacks gab, spielte Emma sogar schon mit dem Gedan-ken, ihr Sortiment um ein paar einfache Nudelgerichte und Sa-late zu erweitern.

„Wie mir scheint, laufen die Geschäfte recht gut."

Emma zuckte zusammen, als sie Mattias' Stimme hörte. Er war von ihr unbemerkt durch die Hintertür in die Backstube getreten.

„Ich kann mich nicht beklagen", erwiderte sie, wobei sie sich bemühte, ihrer Stimme einen beiläufigen Klang zu verleihen. Doch das leise Klappern des Geschirrs auf dem Tablett verriet, dass sie sich nicht halb so gut unter Kontrolle hatte, wie sie hoffte, denn ihre Hände zitterten.

Verdammt, Emma, hör auf damit! Kannst du nicht endlich deine Gefühle in den Griff bekommen?

Aber genau da lag ja das Problem: Sie fühlte etwas für Mattias. Sie war sich nur nicht schlüssig darüber, um was für Gefühle es sich genau handelte.

Auf jeden Fall keine, mit denen du dich beschäftigen solltest!

„Die Arbeiter im Sägewerk sind ganz begeistert von deinen Kuchen und Torten", riss Mattias sie aus ihren Gedanken. „Ich würde mich gern selbst davon überzeugen, aber vorn im Café ist kein Platz mehr frei."

„Es ist immer recht voll um diese Zeit", entgegnete Emma ausweichend.

„Kein Problem, ich werde einfach hierbleiben und warten."

„*Nej!*", stieß Emma entsetzt hervor – dann räusperte sie sich. „Ich meine, ich kann nicht sagen, wie lange es dauern wird, und du bist ein viel beschäftigter Mann. Wenn du einverstanden bist, werde ich Astrid nachher ein paar Stücke von meinem Blaubeerkuchen für dich mitgeben, wenn sie mit den Kindern vorbeikommt."

Er schmunzelte. „Du willst mich wohl loswerden."

Sein Lächeln brachte ihre Gefühle sehr viel mehr in Aufruhr, als ihr recht sein konnte. „Nein, ganz und gar nicht", behauptete sie. „Wie kommst du darauf?"

Mattias zuckte mit den Schultern. „Nennen wir es männliche Intuition."

Sie wandte sich ab und fing an, einige der schmutzigen Teller zu spülen, was absolut unnötig war, da Mattias ihr eine sehr gute Spülmaschine beschafft hatte. Sie tat es trotzdem – vor allem, um ihre Hände zu beschäftigen und sich gleichzeitig von seiner irritierenden Gegenwart abzulenken.

Ein gekünsteltes Lachen kam über ihre Lippen. „Männlich und Intuition sind zwei Worte, die schlichtweg nicht zueinanderpassen", versuchte sie zu witzeln. Doch sie fand es selbst nicht sonderlich amüsant. Nein, ganz und gar nicht.

Noch weniger amüsierte sie jedoch, dass er plötzlich so dicht hinter ihr stand, dass sie seine Körperwärme deutlich fühlen konnte. Sein männlicher Geruch hüllte sie ein, raubte ihr den Atem. Sie war dankbar dafür, sich an der Arbeitsplatte festhalten zu können, denn sie wusste nicht, ob ihre Beine sie noch ohne fremde Hilfe tragen würden.

„Was ist los mit dir? Du wirkst so verspannt."

Er legt seine Hände auf ihre Schultern und massierte sie sanft. Emma konnte nicht verhindern, dass ihr ein leises Seufzen entschlüpfte und sich ein Teil ihres Verstandes bei seiner Berührung automatisch abschaltete. Es war, als hätte Mattias einen geheimen Schalter entdeckt, der nur bei ihm funktionierte.

Nej! Emma kniff die Augen zusammen. Sie musste vorsichtig sein. Es war gefährlich, ihn so nah an sich heranzulassen. Einmal hatte sie mit ihm geschlafen und sich geschworen, dass es nie wieder dazu kommen würde. Doch wenn sie so weitermachte, würde sie ihr Versprechen früher oder später brechen.

Sie musste unbedingt lernen, sich besser unter Kontrolle zu haben!

„Vermutlich bin ich tatsächlich ein bisschen verspannt", antwortete sie, wobei sie sich bemühte, ihrer Stimme den Aufruhr nicht anmerken zu lassen, der in ihrem Inneren tobte. „Ich bin es wohl einfach nicht mehr gewöhnt, acht Stunden am Tag zu arbeiten. Aber es macht mir Spaß. Ich liebe es, viele Menschen um mich zu haben."

„Aber du liebst es nicht gerade, *mich* um dich zu haben, oder?"

Sie fühlte seinen forschenden Blick auf sich ruhen, und ihr Puls raste. Verdammt, er hatte ja keine Ahnung, wie richtig er damit lag – und im selben Augenblick so unglaublich falsch. Wenn es nur um sie gegangen wäre, sie hätte sich vermutlich einfach in seine Arme geworfen, ohne auch nur einen Gedanken an die möglichen Konsequenzen zu verschwenden. Doch sie musste auch an die Kinder denken.

Wenn sie sich auf Mattias einließ, konnte es nur in einer Katastrophe enden. Und Marie und Lucas vergötterten ihn. Sie konnte den beiden nicht zumuten, schon wieder eine Bezugsperson zu verlieren. Nicht, nach allem, was sie in der letzten Zeit durchgemacht hatten.

Wenn sie zuließ, dass Mattias und sie sich näherkamen, und am Ende alles in die Brüche ging, wären es die Zwillinge, die am meisten darunter zu leiden hätten. Und das wollte sie auf keinen Fall.

„Unsinn", sagte sie daher und trat demonstrativ zur Seite, sodass er seine Hände von ihren Schultern nehmen musste. „Wir kommen doch gut miteinander aus, so wie es ist. Lass uns zusehen, dass es auch so bleibt."

Mit diesen Worten nahm sie das Tablett mit dem Blaubeerkuchen aus der Kühlung und kehrte damit in den Gastraum zurück, wo sie bereits ungeduldig erwartet wurde. Sie war froh über die Ablenkung, die ihr die Arbeit bot.

Das änderte jedoch nichts daran, dass sie in jeder freien Sekunde an Mattias denken musste.

Nachdem Emma ihn praktisch vor die Tür gesetzt hatte, war Mattias heimgefahren. Unschlüssig saß er nun vor seinem Haus im Auto.

Er war irritiert.

Nein, irritiert beschrieb es nur äußerst unzulänglich. Was er empfand, ging tiefer. Sehr viel tiefer. Und das versetzte ihn in große Sorge.

Natürlich hatte Emma recht – es war keine gute Idee, sich auf irgendetwas einzulassen, dessen Auswirkungen auf die Zukunft sie beide nicht überblicken konnten. Er wusste, dass es gefährlich war. Dass er einen Fehler machte, wenn er sich emotional zu sehr auf Emma einließ.

Sie war nicht wie all die anderen Frauen, mit denen er sich bisher umgeben hatte. Sie hatte feste moralische Grundsätze, ein mitfühlendes Herz, und ihre Loyalität für die Zwillinge grenzte schon beinahe an Selbstaufgabe.

Alles hatte sie zurückgelassen, um den beiden eine bessere Zukunft bieten zu können. Alles. Wenn er ehrlich war, traute er keiner seiner Verflossenen ein solches Verhalten zu. Keiner einzigen.

Im Grunde war Emma die perfekte Frau zum Heiraten.

Und genau das wirst du tun, schon vergessen?

Er fuhr sich mit der Hand durchs Haar. Ja, er würde Emma heiraten – aber es war eine rein geschäftliche Angelegenheit.

Ach ja, tatsächlich?

Sosehr er sich auch bemühte, die leise, aber beharrliche Stimme in seinem Kopf zum Schweigen zu bringen – sie wollte einfach nicht verstummen. Und wenn er wirklich ehrlich zu sich sein wollte, dann musste er sich eingestehen, dass sie recht hatte.

Das zwischen Emma und ihm war längst außer Kontrolle geraten. Die Dinge liefen aus dem Ruder, spätestens seitdem sie miteinander geschlafen hatten. Er mochte versuchen, die Augen vor der Realität zu verschließen – doch das änderte nichts an den Tatsachen: Er empfand etwas für Emma. Etwas, das weit über alles hinausging, was er je für eine der Frauen empfunden hatte, die wie kurze Lichtblitze in seinem Leben aufgetaucht und ebenso schnell wieder verschwunden waren.

Sein Herz hämmerte wie verrückt, wenn sie vor ihm stand. Und alles, woran er denken konnte, wenn er ihr in die Augen blickte, war, sie an sich zu ziehen und zu küssen.

Du fühlst dich körperlich zu ihr hingezogen, versuchte er, seine Gefühle herunterzuspielen. Emma ist weiß Gott nicht die erste Frau, bei der es dir so ergeht.

Das mochte zutreffen – doch sie war eindeutig die erste, bei der er das geradezu unbändige Bedürfnis verspürte, sie zu beschützen. War es das, was man im Allgemeinen als Liebe bezeichnete? Dieser inbrünstige Wunsch, für einen anderen Menschen da zu sein? Die Sorge um sein Wohlergehen?

„Förbannat!"

Mattias ließ den Motor seines Wagens wieder an, wendete in der Zufahrt und fuhr zurück zum Café.

Er musste unbedingt noch einmal mit Emma sprechen – und dieses Mal würde er sich nicht so einfach von ihr abweisen lassen!

Astrid spielte mit den Kindern draußen im Garten, als Mattias sich wieder auf den Weg machte. Sie hatte ihn beobachtet – und was sie sah, gefiel ihr nicht.

Seufzend schüttelte sie den Kopf. Vermutlich kannte sie Mattias besser als irgendjemand sonst. Er war ein kleiner Junge von sechs Jahren gewesen, als sie zu seiner Familie kam. Ein sehr einsamer kleiner Junge, dessen Eltern vorrangig damit beschäftigt gewesen waren, sich gegenseitig die Hölle auf Erden zu bereiten.

Für lange Zeit war Astrid die einzige Person gewesen, zu der er Zutrauen gehabt hatte. Sie spürte, wenn ihm etwas Kopfzerbrechen bereitete.

So wie jetzt.

Und sie hatte das unbestimmte Gefühl, dass sie den Grund hierfür kannte.

Emma.

Natürlich, es hatte mit Emma zu tun. Seit sie mit den Kindern im *Björkahus* eingezogen war, verhielt Mattias sich mehr als ungewöhnlich. Dass er sich der jungen Frau gegenüber zu Anfang so schroff und unfreundlich gegeben hatte, machte es für Astrid nur noch offensichtlicher. Er empfand etwas für sie. Etwas, das er sich selbst gegenüber nicht eingestehen wollte. Warum das so war, darüber brauchte Astrid nicht lange nachzudenken.

Wegen seiner Eltern.

Wer unter solchen Umständen aufgewachsen war wie Mattias Södergren, für den waren Begriffe wie Ehe und Partnerschaft nicht gleichbedeutend mit Liebe und Vertrauen. War es verwunderlich, dass ein Mann, der solche Erfahrungen gemacht hatte, davor zurückschreckte, sich fest an eine andere Person zu binden?

Nein, wohl eher nicht, beantwortete sich Astrid ihre Frage selbst. Doch das bedeutete im Umkehrschluss nicht, dass es auch gut für ihn war, wenn er sämtliche emotionalen Verwicklungen konsequent umging.

Astrid wusste nur zu gut, dass aus dem einsamen kleinen Jungen ein einsamer Mann geworden war. Natürlich hatte es immer wieder Frauen in seinem Leben gegeben. Kurze, hell aufflackernde Flämmchen, denen jedes Mal eine noch tiefere Schwärze gefolgt war. Frauen wie Josefin, die selbst nicht an einer festen Partnerschaft interessiert waren und bei denen er nicht fürchten musste, sich in sie zu verlieben.

Doch Emma war anders.

Wenn es nach Mattias gegangen wäre, dann hätte sie das *Björkahus* vermutlich niemals betreten. Aber die Ereignisse waren einfach über ihn hinweggerollt wie eine gigantische Flutwelle – und nun war sie da, und er sah sich gezwungen, irgendwie mit der neuen Situation zurechtzukommen.

Irgendwie war Emma Pålsson etwas gelungen, was vor ihr keine andere Frau geschafft hatte: den Panzer zu durchbrechen, den Mattias zu seinem Schutz um sein Herz gelegt hatte.

Und auch wenn sie beide noch nicht in der Lage waren, sich ihre wahren Gefühle füreinander einzugestehen, so konnten sie Astrid doch nichts vormachen.

„Kommst du, Astrid?", rief Marie und riss sie aus ihren Grübeleien. „Du bist dran mit Verstecken!"

„Sofort", antwortete die alte Haushälterin, und ein Lächeln umspielte ihre Lippen.

Es war ein gutes Gefühl, das Haus wieder von Kinderlachen erfüllt zu erleben. Nach einer langen Zeit der Stille herrschte im *Björkahus* endlich wieder Leben.

Und Astrid sollte verdammt sein, wenn sie zuließ, dass es wieder zu dem traurigen Ort wurde, der es schon viel zu lange gewesen war …

„Kein Zweifel: Du hast dich in ihn verliebt."

Emma zuckte zusammen, als Claudia so nüchtern und bestimmt die Worte aussprach, die ihr ganzes Leben auf den Kopf zu stellen drohten.

„Was? Ich … Nein!"

Sie hatte ihre Freundin angerufen, nachdem sie am Abend aus dem *Emma's* zurückgekehrt war. Um Claudia ihr Herz auszuschütten – aber ganz gewiss nicht, um sich solche absurden Theorien von ihr anzuhören!

„Ich bin ganz sicher nicht in Mattias verliebt", behauptete sie im Brustton der Überzeugung. „Wir haben miteinander geschlafen, ja. Aber ich bin weiß Gott ganz sicher nicht die erste Frau, die mit einem Mann ins Bett gegangen ist, ohne dass Gefühle dabei im Spiel waren."

„Das mag schon sein", entgegnete Claudia. „Aber diese Frauen sind nicht du. Ich kenne dich, Emma. Du bist nicht der Typ für spontane Abenteuer. Seit ich dich kenne, warst du mit genau zwei Männern zusammen. Einer davon war Adriano, dieser Mistkerl, und ihn hättest du um ein Haar sogar geheiratet!"

Der Gedanke daran ließ Emma erschaudern. „Erinnere mich nicht daran", stöhnte sie. „Er hat seit meiner Ankunft in Källadal immer wieder versucht, mich zu erreichen. Aber ich habe seine Anrufe ignoriert und seine Kurznachrichten ungelesen gelöscht. Was bildet er sich eigentlich ein? Ich könnte ihm niemals verzeihen, dass er mir so brutal die Pistole auf die Brust gesetzt hat!"

„Daran sieht man doch, dass er dich wirklich nicht besonders gut gekannt haben kann. Ansonsten hätte er gewusst, dass du seinetwegen niemals die Kinder im Stich gelassen hättest, dieser *bastardo!*" Claudia klang wirklich wütend, und Emma konnte sich vorstellen, dass Adriano so manchen bitterbösen Blick über sich ergehen lassen musste, wenn die beiden sich in der Stadt begegneten. „Aber es passt zu ihm, einfach so zur Tagesordnung zurückkehren zu wollen. Vor allem, nachdem er von dem Erbe der Zwillinge erfahren hat."

Emma runzelte die Stirn. „Was für ein Erbe?"

Claudia seufzte. „Sei mir bitte nicht böse, aber ich habe ihm weisgemacht, dass Marie und Lucas von ihrem leiblichen Vater ein kleines Vermögen geerbt haben und dass ihr drei jetzt in Schweden im reinsten Luxus lebt. Ich wollte einfach nur sein dummes Gesicht sehen, nachdem er dich so mies behandelt hat."

„Deshalb ist er also so hartnäckig", murmelte Emma und schüttelte den Kopf. „Das war wirklich keine besonders gute Idee von dir, aber ich verstehe, warum du es getan hast." Ihre Lippen verzogen sich zu einem Schmunzeln. „Und es geschieht ihm ja im Grunde auch nur recht. Ich wette, er ärgert sich schwarz darüber, dass er mich vor die Wahl gestellt hat."

„Darauf kannst du dich verlassen", entgegnete ihre Freundin. „Aber wir sind vom eigentlichen Thema abgekommen. Also, mal ehrlich: Was ist jetzt wirklich mit deinem Mattias und dir? Da läuft doch mehr, als du zugeben willst, oder?"

„Da darf überhaupt nichts laufen", stellte Emma energisch klar. „Es würde nicht funktionieren, Claudia. Und außerdem habe ich mir vorgenommen, mich in nächster Zeit ausschließlich auf die Kinder zu konzentrieren."

„Aber du musst doch nicht den Rest deines Lebens wie eine Nonne verbringen, bloß weil du dich um deine Geschwister kümmerst", wandte Claudia ein. „Ich weiß nicht, ob du meinen Rat hören willst, aber ich werde mit meiner Meinung nicht hinterm Berg halten: Wenn dieser Mattias dir gefällt, dann tu dir den Gefallen und schnapp ihn dir, ganz gleich, was auch dagegenzusprechen scheint."

„Ich werde es mir durch den Kopf gehen lassen", versprach Emma – doch in Wahrheit wusste sie, dass sie nichts dergleichen tun würde.

Ihre Freundin meinte es sicher nur gut, doch eine zwanglose Affäre, das war einfach nichts für sie. Dummerweise schienen die Dinge, die ihr bei einer Partnerschaft wichtig waren, für die meisten Männer heutzutage Fremdworte zu sein.

Treue, Loyalität, bedingungslose Zuverlässigkeit.

Wohin sie auch blickte, überall sah sie Beziehungen, die genau an diesen Faktoren gescheitert waren. Selbst die Ehe ihrer Eltern, die sie bis vor Kurzem noch für perfekt gehalten hatte.

Und wenn Emma eines mit absoluter Sicherheit wusste, dann, dass halbe Sachen für sie nicht infrage kamen.

Obwohl es schon spät war, zog Emma nach dem Telefonat mit Claudia ihre Trainingssachen und ihre Laufschuhe an. Allein in ihrem Zimmer fiel ihr einfach die Decke auf den Kopf, und Joggen hatte ihr schon immer dabei geholfen, ihre Gedanken zu sortieren.

Und zu sortieren gab es im Augenblick wirklich reichlich.

Es war schon dunkel, doch der fast volle Mond tauchte die Landschaft in sein samtenes Licht. Wie Silberstaub sickerte es durch die Zweige der Bäume und ließ Emma den Weg zu ihren Füßen zumindest erahnen.

Bald hatte sie einen Rhythmus gefunden, der ihr erlaubte, ihre Gedanken einfach schweifen zu lassen. Und es überraschte sie nicht einmal besonders, dass sich diese Gedanken beinahe ausschließlich um Mattias drehten.

Mattias, Mattias, immer wieder Mattias!

Hätte sie doch nur nicht mit ihm geschlafen! Es machte die Dinge so viel komplizierter, als sie es ohnehin schon waren. Dabei konnte sie keineswegs behaupten, dass es ihr nicht gefallen hatte. Aber das war ja das Problem! Es hatte ihr so gut gefallen, dass sie es am liebsten wieder tun wollte.

Doch dazu durfte es nicht kommen!

Kurz geriet sie aus dem Tritt, stolperte und stöhnte erstickt auf, als ein scharfer Schmerz ihren rechten Knöchel durchzuckte.

„*Förbannat!*"

„Alles in Ordnung?"

Emma schloss die Augen und zwang sich, einen erneuten Fluch zu unterdrücken. Wie war es möglich, dass er immer auftauchte, wenn sie auch nur an ihn dachte?

Seine tiefe, sonore Stimme sandte wohlige Schauer über ihren Rücken. Sie beugte sich vor und betastete vorsichtig ihren Knöchel, der zwar noch ein wenig pochte, ansonsten aber in Ordnung zu sein schien.

„Alles okay", antwortete sie. „Ich bin nur falsch aufgetreten, es geht schon wieder." Zum ersten Mal, seit er sie angesprochen hatte, schaute sie ihn an. Sein Gesicht wirkte im Mondlicht unglaublich jung und – ja, verletzlich.

Was für ein absurder Gedanke! Auf Mattias Södergren mochte so manches Attribut zutreffen, eines jedoch ganz gewiss nicht: verletzlich.

„Was machst du hier draußen?", fragte sie. „Verfolgst du mich jetzt schon?"

Er lächelte – doch es schwang ein Hauch von Traurigkeit darin mit. „Warum sollte ich das tun? Es ist ja nicht so, als würdest du mir aus dem Weg gehen, oder?"

Sie hörte die leise Ironie in seiner Stimme, hielt es aber für besser, nicht darauf einzugehen. „Hör zu, Mattias, mir ist klar, dass wir beide einen Deal haben, aber ..."

„Ja?"

„Ich halte es für besser, wenn wir nicht mehr Zeit miteinander verbringen als unbedingt notwendig. Versteh mich nicht falsch, ich bin froh, dass wir uns inzwischen besser verstehen – allein schon wegen der Kinder, aber ... Nun, wir haben uns in letzter Zeit vielleicht ein bisschen *zu gut* verstanden."

„Ah ..." Sein Lächeln wirkte jetzt ein wenig verkrampft. „Wir sind erwachsene Menschen. Denkst du nicht, dass wir damit umgehen können?"

„Doch", entgegnete Emma. „Und für mich ist der beste Weg, damit umzugehen, nicht zu riskieren, dass es jemals wieder geschieht."

Er runzelte die Stirn. „Ich gebe dir insofern recht, als auch ich unser kleines ... Intermezzo für einen Fehler halte. Es war schön, keine Frage. Aber es hatte nichts zu bedeuten – und deshalb sollten wir auch nicht krampfhaft etwas hineininterpretieren."

„Nun, dann sind wir ja schon einmal der gleichen Meinung", erwiderte Emma – und im gleichen Augenblick wurde ihr klar, dass sie nicht die Wahrheit sagte.

Es war schön gewesen, ja. Und auch sie hielt das, was geschehen war, für einen Fehler. Aber bedeutungslos? Nein, das war es für sie ganz gewiss nicht. Und sie belog sich selbst, wenn sie versuchte, sich das einzureden.

Oh Gott, dachte sie entsetzt. Claudia hatte recht! Ich bin tatsächlich auf dem besten Wege, mich in ihn zu verlieben!

„Dann sind wir uns ja einig", sagte er. „Was hältst du davon, unsere Übereinkunft mit einem schönen Glas Wein zu besiegeln?"

Beinahe hastig schüttelte sie den Kopf. „Ich bin ziemlich müde", meinte sie ausweichend. „Ein anderes Mal vielleicht."

Sie wollte an ihm vorbeigehen, doch er hielt sie am Arm zurück. „Warum hast du es plötzlich so eilig?"

Ärgerlich funkelte sie ihn an. Warum musste er es ihr immer noch schwerer machen, als es ohnehin schon war? „Ich halte das offen gestanden für keine besonders gute Idee. Und jetzt wäre ich dir sehr verbunden, wenn du …"

Sie kam nicht dazu, den Satz zu vollenden, denn plötzlich fand sie sich in seinen Armen wieder.

Und dann spürte sie seine Lippen auf ihrem Mund.

Es war ein sanfter, bittersüßer Kuss. Ein Kuss, der alles versprach, aber – wie Emma sicher wusste – nichts halten würde.

So schwer es ihr fiel, sie konnte das nicht zulassen.

Sie legte ihm die Hand auf die Brust und schob ihn von sich. „Wir sollten das nicht tun", stieß sie atemlos hervor.

Dann wandte sie sich ab und lief, so schnell sie konnte, zurück zum Haus.

Sie zweifelte nicht daran, dass sie das Richtige getan hatte. So wenig war nötig, um das Feuer zwischen ihnen zu entfachen. Vielleicht würde sie eines Tages wieder bereit sein, sich einem Mann zu öffnen. Aber wenn, dann musste es jemand sein, bei dem sie nicht ständig Gefahr lief, dass er ihr das Herz brechen würde.

Also ganz gewiss nicht so jemand wie Mattias Södergren.

Zufrieden blickte Adriano Lombardi sich um, als er am nächsten Morgen seinen Mietwagen auf dem Hügel über Källadal abstellte. Er stieg aus und blickte hinunter ins Tal, in dem sich eine kleine Ortschaft an die Ufer eines Flusses schmiegte. Im Grunde war es kaum mehr als eine Ansammlung von Häusern, die sich um eine alte Steinkirche drängten. Für seinen Geschmack hatte das Kaff eine viel zu große Ähnlichkeit mit Pontevecchio, seinem italienischen Heimatdorf.

Doch es war ohnehin nicht die Schönheit der Landschaft oder die pittoreske kleine Stadt, die ihn hergelockt hatte. Nein, für solche Dinge interessierte sich Adriano nicht. Für ihn zählte bei allem, was er tat, nur eines: ob und wie sehr er persönlich davon profitieren konnte.

Genau aus diesem Grunde ließ der Anblick des Sägewerks und der angrenzenden Wälder, die sich am nördlichen Ende des Tals befanden, sein Herz höher schlagen. Seit er von Claudia erfahren hatte, dass Emmas Geschwister – ihre *Halb*geschwister – all das hier geerbt hatten, war es ihm einfach nicht mehr aus dem Kopf gegangen.

Es musste doch einen Weg geben, daraus einen Vorteil zu ziehen.

Dass Emma ihm verzeihen würde, daran zweifelte er keine Sekunde. Und an dieser Sicherheit änderte auch die Tatsache nichts, dass sie bisher all seine Versuche, mit ihr in Kontakt zu treten, abgeblockt hatte. Wenn er ihr erst einmal gegenüberstand und tief in die Augen sah, würde sie ihm nicht mehr widerstehen können.

Sie war eine kluge Frau – aber eben nun einmal eine Frau. Und damit sozusagen Adrianos Spezialgebiet. Niemand kannte die kleinen Eigenheiten, die Bedürfnisse und Wünsche des weiblichen Geschlechts besser als er.

Und niemand verstand es so meisterlich, das Verhalten von Frauen zu steuern und zu manipulieren.

Emma würde ihm aus der Hand fressen, wenn er es nur richtig anstellte.

Mit einem selbstzufriedenen Lächeln kehrte er zu seinem Wagen zurück und brachte das letzte Stück Wegstrecke hinter sich. Zu seiner Überraschung schickte man ihn zu einem kleinen Café, als er sich im Ort nach Emma erkundigte. Doch als er ein paar Minuten später vor diesem vorfuhr, wusste er sofort, dass er an der richtigen Adresse war.

Emma's.

So ein fantasieloser Name konnte auch nur einer Frau wie Emma einfallen.

Bevor er aus dem Wagen stieg, warf er noch einmal einen prüfenden Blick in den Rückspiegel. Glättend fuhr er sich über sein wie poliert schimmerndes, streng zurückgekämmtes Haar und lächelte versuchsweise.

Ja, genau mit diesem Lächeln schaffte er es immer wieder, dass die Frauen genau das taten, was er von ihnen wollte. Und auch bei Emma würde er damit an sein Ziel gelangen – so viel stand fest.

Mit Sicherheit war sie noch immer wütend auf ihn. Er hatte inzwischen eingesehen, dass er mit seinem Ultimatum bezüglich der Kinder ein bisschen zu weit vorgeprescht war. Aber dieser Fehler würde ihm nicht noch einmal unterlaufen. Er wusste jetzt, wie er Emma anpacken musste – und für die Zwillinge hatte er auch bereits vorgesorgt.

Nach wie vor plante er nicht, sich von diesen kleinen Kröten auf der Nase herumtanzen zu lassen. Das wäre ja noch schöner!

Er hatte sich im Internet informiert und herausgefunden, dass es gar nicht allzu weit entfernt ein recht akzeptables Internat gab. In seinen Augen die perfekte Lösung. Und er war davon überzeugt, dass auch Emma es so sehen würde – früher oder später.

Ein kleines Glöckchen bimmelte, als er das Café betrat. Adriano musste zugeben, dass es recht hübsch eingerichtet war, wenn es auch nicht ganz seinem persönlichen Geschmack entsprach. Aber das konnte man ja jederzeit ändern. Und außerdem gedachte er ohnehin nicht, mehr Zeit als unbedingt nötig hier zu verbringen.

Wenn Emma das Gefühl brauchte, etwas Sinnvolles zu tun – bitte sehr. Er selbst besaß keine derartigen Ambitionen. Der Gedanke, den ganzen Tag auf der faulen Haut zu liegen und den lieben Gott einen guten Mann sein zu lassen, bereitete ihm keinerlei Schwierigkeiten.

Er blickte sich im Gastraum um. Abgesehen von einem älteren Mann, der an einem der Stehtische stand und gedankenverloren in seinem Kaffee rührte, hatte er das Café für sich allein.

Da erklang Emmas Stimme von irgendwo aus dem Hinterzimmer. Er erkannte sie sofort, wenn er auch nicht verstand, was sie sagte, da sie Schwedisch sprach. Wenige Augenblicke später betrat sie das Ladenlokal – und erstarrte, als sie ihn erblickte.

„Adriano?"

Sie schien fassungslos zu sein. Jedoch hatte er aus irgendeinem Grund das Gefühl, dass es sich dabei nicht um eine vorbehaltlos positive Empfindung handelte.

Ein Eindruck, der sich noch verstärkte, als ihre Miene sich verfinsterte und sie ihn aus schmalen Augen zornig anfunkelte. „Was, zum Teufel, hast du hier verloren?"

Er war irritiert.

Nein, nicht nur irritiert – schockiert.

Noch nie war er von einer Frau auf diese Weise angesehen worden. Schon gar nicht von einer, mit der er einmal zusammen gewesen war.

Er blinzelte, fing sich aber rasch wieder. „Du bist verstimmt", sagte er. „Doch nicht immer noch wegen unseres Streits wegen der Kinder?" Er seufzte. „Ich gebe es ja zu, ich habe ein bisschen vorschnell reagiert. Lass uns doch noch mal darüber reden."

„Ich wüsste, ehrlich gesagt, nicht, was es zwischen uns noch zu besprechen gäbe. Du hättest nicht herkommen sollen."

Ungläubig hob Adriano eine Braue.

War das wirklich ihr Ernst?

Unmöglich!

Er setzte sein unwiderstehlichstes Lächeln auf. „Ach, komm schon, *carissima*, nun sei doch nicht so nachtragend. Ich habe mich doch entschuldigt!"

10. KAPITEL

*E*mma konnte es nicht glauben.

Wie dreist war Adriano eigentlich? Bildete er sich wirklich ein, dass sie zu ihm zurückkehren würde, bloß weil er mit den Fingern schnippte? Aber da hatte er sich geschnitten. Das würde niemals passieren!

Auf keinen Fall!

Mit energischen Schritten ging sie um die Theke herum und baute sich vor ihm zu voller Größe auf – wobei er sie immer noch um gut anderthalb Köpfe überragte.

„Hör mir gut zu, Adriano, denn ich werde dir das nur ein einziges Mal sagen: Ich will, dass du aus meinem Leben verschwindest. Ein für alle Mal. Lass es dir nicht einfallen, dich jemals wieder hier blicken zu lassen!"

Adriano starrte sie an. In seinem Blick spiegelte sich Fassungslosigkeit wider.

Vermutlich hatte er es bisher noch nie erlebt, dass ihm eine Frau derart unverhohlen die Meinung sagte.

Doch für Emma gab es keinen Grund, in irgendeiner Form Rücksicht auf seine Gefühle zu nehmen. In dem Moment, in dem er sie vor die Wahl gestellt hatte, sich entweder für ihn oder für die Kinder zu entscheiden, war alle Zuneigung verpufft, die sie vielleicht einmal für ihn empfunden hatte.

Alles, was sie jetzt noch für ihn empfand, war Verachtung. Verachtung und vielleicht ein bisschen Mitleid.

„*Allora*, Emma, das meinst du doch nicht so. Lass uns eine Tasse Kaffee zusammen trinken und alles in Ruhe besprechen. Ich versichere dir, dass …"

„Genug!", fiel sie ihm ins Wort. „Du brauchst mir gar nichts zu versichern, Adriano. Verschwinde einfach, ehe ich mich vergesse!"

Einen Moment lang blieb Adriano noch wie angewurzelt stehen und starrte Emma einfach nur an.

„Das wirst du noch bereuen", fauchte er schließlich und verengte die Augen zu Schlitzen, aus denen er sie wütend anblitzte.

Dann wirbelte er auf dem Absatz herum und stürmte ohne ein weiteres Wort aus dem Laden.

Kopfschüttelnd blickte Emma ihm nach. Was für ein Auftritt!

Natürlich war ihr klar, welchem Umstand sie Adrianos Besuch zu verdanken hatte. Claudias Gerede von einer großen Erbschaft war der Grund, warum er sich auf den weiten Weg von Italien nach Schweden gemacht hatte. Allerdings musste sie zugeben, dass sie ihm in letzter Konsequenz nicht zugetraut hätte, dass er irgendwann tatsächlich vor ihrer Tür stehen würde.

Eine Erfahrung, auf die sie liebend gern verzichtet hätte.

Sie konnte nur hoffen, dass er tatsächlich verschwinden und sie nicht weiter belästigen würde. Sie wollte ihn niemals wiedersehen.

„Was, zum Teufel …?"

Mattias war gerade auf dem Weg zum *Emma's*, als ihm ein silberner Volvo mit überhöhtem Tempo entgegenkam, der auf der kurvigen Fahrbahn beinahe die Kontrolle verlor. Mit quietschenden Bremsen und qualmenden Reifen blieb das andere Fahrzeug am Straßenrand stehen.

Langsam ließ Mattias seinen Wagen ausrollen, dann stieg er aus und ging zu dem anderen Wagen hinüber, um nachzusehen, ob der Fahrer vielleicht Hilfe brauchte. Dieser bemerkte ihn erst, als er an die Seitenscheibe klopfte.

„Ja, was denn?", knurrte der Fremde auf Englisch mit starkem Akzent. Wahrscheinlich italienisch.

„Entschuldigen Sie, aber brauchen Sie vielleicht Hilfe?"

Der Mann hob eine Braue. „Das hängt stark davon ab, wer Sie sind."

„Mein Name ist Mattias Södergren. Mir gehört das Sägewerk am Stadtrand. Und Sie sind …?"

„Adriano Lombardi. Sie kennen mich nicht, aber ich habe schon sehr viel von Ihnen gehört."

„So?" Mattias runzelte die Stirn. „Und in welchem Zusammenhang, wenn ich fragen darf?"

„Oh, keine Sorge, meine Verlobte hat ausschließlich positiv von Ihnen gesprochen. Sie ist übrigens auch der Grund für mein unangekündigtes Erscheinen. Ich habe Emma ganz schrecklich vermisst."

Es kostete Mattias einige Mühe, sich seine Verblüffung nicht anmerken zu lassen. „Emma? Sie meinen Emma Pålsson?"

Der andere Mann grinste. „Ja, natürlich – hat sie denn nie von mir erzählt?"

„Doch, doch", erwiderte Mattias hastig, während er gegen das Gefühl ankämpfte, den Boden unter den Füßen zu verlieren. „Natürlich hat Sie von Ihnen erzählt. Immerhin sind Sie ja ihr Verlobter. Sie … sind also hergekommen, um Emma zu besuchen?"

„Allerdings." Lombardi seufzte. „Ich hatte jedoch nicht das Gefühl, dass sie über meinen Besuch sonderlich erfreut ist. Vermutlich wird es am besten sein, wenn ich in den nächsten Flieger zurück nach Italien steige. Aber …"

Er griff in seine Jackentasche und holte einen Prospekt daraus hervor, den er Mattias reichte. „Bei unserem letzten Telefonat bat Emma mich darum, nach einer geeigneten Schule für die Zwillinge Ausschau zu halten. Würden Sie ihr das hier wohl bitte geben? Ich habe es vorhin völlig vergessen."

Mattias nahm den Prospekt und musterte ihn. Dann runzelte er die Stirn. „Das ist die Broschüre eines schwedischen Internats. Was will Emma denn damit?"

Der Italiener zuckte mit den Schultern. „Nun, ich vermute, dass sie keine große Lust verspürt, für ein paar kleine Kinder zu sorgen. Emma ist nun einmal nicht so der mütterliche Typ – aber das haben Sie ja sicher bereits selbst festgestellt, nicht wahr?"

„Wenn Sie das sagen …" Mattias war verwirrt. Emma wollte die Kinder auf ein Internat abschieben? Das passte so überhaupt nicht zu ihr. Warum tat sie das? War es schon von Anfang an ihr Plan gewesen? Hatte sie ihm die ganze Zeit über nur etwas vorgemacht?

„Geben Sie ihr die Broschüre?", fragte der andere Mann und riss Mattias damit aus seinen Grübeleien.

„Ja", erwiderte er. „Ja, natürlich. Ich wünsche Ihnen eine gute Heimreise."

Adriano Lombardi lächelte. „Die werde ich ganz sicher haben, darauf können Sie sich verlassen."

Nach seinem Gespräch mit Emmas italienischem Verlobten war Mattias von seinem Vorhaben abgekommen, sie im Café aufzusuchen.

Was hatte das noch für einen Sinn?

Ganz gleich, was er auch für Emma empfinden mochte – sie verdiente seine Zuneigung nicht. Denn die Frau, für die er sie gehalten hatte, existierte ganz offensichtlich nicht.

Er war zum *Björkahus* zurückgefahren und ging nun hinauf in sein Arbeitszimmer. Die Broschüre des Internats legte er auf seinen Schreibtisch, und er konnte nicht aufhören, sie anzustarren.

Sie war der eindeutige Beweis dafür, was für ein falsches Spiel Emma spielte. Sie interessierte sich für niemanden außer für sich selbst. Sogar ihre rührende Besorgnis um ihre jüngeren Halbgeschwister war nur vorgetäuscht gewesen. In Wahrheit war es ihr von Anfang an immer nur um eines gegangen: sich auf Rolfs Kosten ein angenehmes Leben zu machen.

Und da Rolf tot war, hatte sie sich kurzerhand einen anderen Idioten für ihren Plan gesucht.

Ein Idiot, ja, in der Tat, das war er. Wie sonst sollte man einen Mann bezeichnen, der sich so leicht hinters Licht führen ließ?

Dabei hätte er, gerade *er*, es doch besser wissen müssen. Nach allem, was er in seinem Elternhaus erlebt hatte, glaubte er schon lange nicht mehr daran, dass so etwas wie Liebe und Loyalität wirklich existierte.

Und Emma hatte ihm einmal mehr vor Augen geführt, wie richtig er mit dieser Einschätzung lag.

Sie war verlobt.

Verlobt!

Herrgott, was war er nur für ein elender Narr gewesen?

Er nahm das Telefon zur Hand und wählte eine Nummer, die er schon lange nicht mehr angerufen hatte. Schon nach dem zweiten Klingeln meldete sich eine weibliche Stimme.

„Josefin? Hör zu, ich würde mich gern mit dir treffen, um dir einen Vorschlag zu machen. Wann hast du Zeit?"

Als Emma am Abend mit ihrem Wagen vor dem Haus vorfuhr, fühlte sie sich wie zerschlagen. Doch der Grund dafür war nicht, dass es heute im Café drunter und drüber gegangen war.

Nein, der wahre Grund war Adriano.

Nicht etwa, weil sie ihn so brüsk vor die Tür gesetzt hatte. Dieser Schuft verdiente nichts Besseres, und sie würde jederzeit wieder so reagieren, wenn er es wagte, ihr noch einmal unter die Augen zu treten.

Es ging ihr um Mattias.

Die ganze Zeit hatte sie immer nur an ihn denken können. Daran, dass er hoffentlich nicht glaubte, zwischen Adriano und ihr liefe noch irgendetwas.

Aber warum?

Sie war schließlich nicht an einer tiefer gehenden Beziehung mit Mattias interessiert – oder? Es gab also nicht den geringsten Anlass für sie, sich deswegen Gedanken zu machen.

Oh Gott …

Doch – es gab einen Anlass. Einen sehr stichhaltigen sogar.

Du hast dir die ganze Zeit über nur etwas vorgemacht, Emma. Du hast gestrampelt und um dich getreten, um zu verhindern, dass du Gefühle für diesen Mann entwickelst – dabei ist es doch schon längst geschehen …

Sich auf Mattias einzulassen, war keine sonderlich gute Idee. Er war nicht der Richtige für sie. Nein, er war sogar der grundlegend Falsche.

Und doch war genau er es, an den sie ihr Herz verloren hatte.

Im Grunde wusste sie es schon seit einer ganzen Weile, doch erst jetzt, nach der Begegnung mit Adriano, war sie in der Lage, sich die Wahrheit einzugestehen.

Und die Wahrheit war, dass sie Mattias liebte.

Genau deshalb musste sie jetzt mit ihm über die Hochzeit sprechen. Denn mit dem, was sie über sich selbst erfahren hatte, konnte sie ihn nicht mehr heiraten, konnte dieses Geschäft nicht mehr abschließen. Es ging ganz einfach nicht. Unmöglich!

Emma stieg aus dem Wagen und eilte ins Haus. Die Kinder waren in der Küche, sie konnte hören, dass sie sich mit Astrid unterhielten und mit ihr lachten.

Kurz hielt sie inne, dann atmete sie tief durch und stieg die Treppe ins Obergeschoss hinauf. Es hatte keinen Sinn, das Unvermeidliche länger als unbedingt nötig hinauszuzögern.

Dadurch würden die Dinge nicht leichter werden.

Ganz im Gegenteil.

Sie lief über den Korridor zu Mattias' Arbeitszimmer, in dem er sich abends vor dem Esen meistens aufhielt. Ihre Hand lag auf der Türklinke, als sie Stimmen vernahm, die aus dem Raum drangen.

Stirnrunzelnd hielt sie inne.

Bei einer der Personen handelte es sich zweifellos um Mattias – bei der anderen ganz eindeutig um eine Frau.

Eine Frau?

Unwillkürlich flackerte Eifersucht in Emma auf, und es gab nichts, was sie dagegen unternehmen konnte. Absolut gar nichts.

Sie schloss die Augen. *Bleib ruhig, Emma Pålsson! Reiß dich einmal in deinem Leben zusammen!*

Mit einem Klopfen kündigte sie sich an, wartete aber nicht darauf, dass sie ins Zimmer gebeten wurde, sondern trat gleich ein.

Wie sie geahnt hatte, war Mattias mit einer Frau im Zimmer. Sie saß ihm gegenüber am Schreibtisch. Als sie Emma bemerkte, wandte sie sich zu ihr um und schenkte ihr ein strahlendes Lächeln.

Sie war attraktiv.

Nein, umwerfend schön traf es wohl besser.

Emma holte tief Luft. „Mattias, ich muss mit dir reden. Es ist dringend."

„Du siehst doch, dass ich zu tun habe", entgegnete er kühl. „Es muss warten."

„Es kann aber nicht warten", gab sie stur zurück. Sie wusste, dass ihr Verhalten nicht nur extrem unhöflich war, sondern auch tief blicken ließ. Aber sie konnte nicht anders.

Ein herablassendes Lächeln umspielte seine Lippen. „Nun, da du schon einmal hier bist – darf ich dir meine Verlobte vorstellen? Josefin Larsson. Josefin, das ist Emma Pålsson, die Schwester der Zwillinge. Eine gute alte Freundin und deine Vorgängerin."

Emma riss die Augen auf. „Deine …?"

„Ja, meine Verlobte, du hast schon richtig verstanden. Wir haben soeben den Hochzeitstermin festgelegt." Er neigte den Kopf ein Stück zur Seite. „Willst du uns nicht gratulieren?"

Emma hatte das Gefühl, sich im freien Fall zu befinden. Was hatte das alles zu bedeuten? Wieso wollte Mattias nun plötzlich diese Frau heiraten, und warum verhielt er sich ihr gegenüber unterschwellig so feindselig?

„Bitte, Mattias, nur ein paar Minuten."

Er schüttelte den Kopf. „Ich wüsste nicht, was wir noch zu besprechen hätten", entgegnete er brüsk. „Ach, und ehe ich es vergesse – ich würde es sehr begrüßen, wenn du noch heute Abend ins Gartenhaus ziehst." Er zuckte mit den Schultern. „Natürlich kannst du die Kinder sehen, wann immer dir danach ist. Ich bitte nur darum, dass du kurz Bescheid gibst, ehe du herkommst, damit ich Vorsorge treffen kann. Denn ich lege keinen gesteigerten Wert darauf, dir öfter zu begegnen als unbedingt nötig."

Fassungslos starrte Emma ihn an. Sie konnte nicht glauben, was er da sagte.

„Was habe ich dir getan?", stieß sie mit erstickter Stimme hervor, während sie die Tränen zurückkämpfte, die ihr in die Augen traten. „Warum behandelst du mich so?"

Anstatt ihr zu antworten, nahm er etwas vom Tisch und reichte es ihr. Die Hochglanzbroschüre eines schwedischen Internats.

Irritiert schaute sie ihn an. „Was soll ich damit?"

„Dein Verlobter bat mich, dir dies zu geben." Mattias verzog seine Lippen zu einem dünnen, humorlosen Lächeln. „Und nun: Gute Nacht."

Er wandte sich wieder dieser anderen Frau zu – Josefin Larsson. Es war, als hätte Emma mit einem Mal aufgehört zu existieren.

Sie konnte vor Tränen nicht mehr klar sehen, als sie aus dem Raum stürmte und in ihr Zimmer am anderen Ende des Korridors eilte. Sie nahm den Koffer, den sie auf dem Schrank deponiert hatte, schleuderte ihn aufs Bett und stopfte achtlos all ihre Besitztümer hinein.

„Emma? Emma, was machst du denn da?"

Es war Marie.

Emma atmete tief durch und wischte sich die Tränen aus dem Gesicht, ehe sie sich zu ihrer kleinen Schwester umdrehte. „Sei mir nicht böse, aber ich ziehe ins Gartenhaus. Es ist ja nicht weit weg, und ihr könnt mich jederzeit besuchen."

Die Neunjährige legte die Stirn in Falten. „Aber warum? Gefällt es dir hier nicht mehr?"

„Doch, natürlich, Schätzchen", entgegnete Emma, trat auf Marie zu und streichelte ihr übers Haar. „Aber dort habe ich einfach viel mehr Platz, weißt du?"

Die Kleine schien nicht überzeugt zu sein, und das konnte Emma ihr auch nicht verübeln. Doch was war ihr anderes übrig geblieben, als auf die Schnelle eine Notlüge zu erfinden? Die Wahrheit konnte sie ihrer kleinen Schwester ja wohl kaum sagen.

Nachdem Marie gegangen war, packte Emma zu Ende. Als sie fertig war, ließ sie sich auf die Matratze sinken und barg das Gesicht in den Händen.

Sie hatte es ja geahnt – jede emotionale Verwicklung konnte nur in einer Katastrophe enden. So war es immer gewesen, und so würde es immer sein. Adrianos Erscheinen hatte die Sache nur beschleunigt. Vermutlich sollte sie ihm dafür dankbar sein – doch sie war es nicht.

Es brach ihr das Herz.

„Mattias?"

Josefin war vor über einer Stunde gegangen. Seitdem saß Mattias in seinem abgedunkelten Arbeitszimmer und starrte ins Leere. Ihm war nicht nach Gesellschaft zumute – ebenso wenig wie nach Unterhaltung. Doch er war so in Gedanken versunken, dass er Astrid gar nicht bemerkt hatte, die in sein Zimmer gekommen war. Und er kannte sie gut genug, um zu wissen, dass sie sich nicht einfach wieder fortschicken lassen würde.

Sie hatte die Tür hinter sich geschlossen und trat auf seinen Schreibtisch zu, vor dem sie stehen blieb.

Er blickte auf. „Ja?"

„Was ist geschehen?" Ohne Umschweife kam Astrid darauf zu sprechen, was ihr auf dem Herzen lag. „Versuch gar nicht erst, mir etwas vorzumachen. Ich sehe, dass es dir nicht gut geht. Und Marie hat mir erzählt, dass Emma ins Gartenhaus zieht. Da besteht doch ein Zusammenhang."

„Was?" Mattias runzelte die Stirn. „Wie kommst du denn auf diesen unsinnigen Gedanken?"

„Weil ich bemerkt habe, wie du sie ansiehst."

Er unterdrückte einen Fluch. „Wie sehe ich sie denn an?"

„So, als würdest du mehr für sie empfinden."

„So ein Blödsinn!"

„Ach wirklich?" Ein Lächeln umspielte ihre Lippen. „Mattias, ich kenne dich nun schon, seit du ein kleiner Junge warst. Ich weiß, was in dir vorgeht – manchmal vielleicht sogar besser als du selbst. Du glaubst, dass jede Beziehung unwillkürlich in einer Katastrophe enden muss, weil es genau das ist, was dir deine Eltern, und speziell deine Mutter, vorgelebt haben." Sie stützte sich mit den flachen Händen auf die Tischplatte und fixierte ihn eindringlich. „Aber es muss nicht zwangsläufig so enden. Und selbst wenn es so wäre …"

„Es ist so!", entgegnete er energisch. „Ich weiß, dass du eine hoffnungslose Romantikerin bist, Astrid. Aber ich bin Realist. Und ich sehe überall um mich herum, wie Ehen scheitern und Beziehungen auseinanderbrechen." Er runzelte die Stirn. „Aber das ist es nicht, was zwischen Emma und mir steht, falls du das glaubst."

„*Nej?*"

Er schüttelte den Kopf. „Sie ist verlobt", sagte er. „Wusstest du das?"

Für einen Moment wirkte Astrid überrumpelt, doch sie fing sich rasch wieder. „Deshalb geht sie also. Du hast sie vor die Tür gesetzt, oder?"

„Und wenn? Sie hat es nicht besser verdient, glaub mir."

„Bist du da wirklich so sicher? Willst du ihr nicht wenigstens die Chance geben, alles zu erklären?"

Als er nicht antwortete, seufzte sie. „Also schön, es ist deine Entscheidung. Aber ich kann nur hoffen, dass du die richtige Wahl getroffen hast – für dich, aber auch für Emma und die Kinder."

Sie verließ den Raum und ließ Mattias allein zurück.

Allein mit seinen Gedanken.

Und diese kreisten um Emma, sosehr er sich auch wünschte, dass es nicht so wäre.

Hatte Astrid etwa recht, und er hatte Emma vorschnell verurteilt? Eines stand fest: Er hatte ihr keine Gelegenheit gegeben, sich zu erklären. So, wie seine Mutter und sein Vater auch niemals bereit gewesen waren, sich die Sichtweise des anderen anzuhören.

Stand er im Begriff, denselben Fehler zu machen, den schon seine Eltern begangen hatten?

Mattias vermochte es nicht mit Bestimmtheit zu sagen. Eines wusste er dafür aber plötzlich sehr genau: Er würde es nicht darauf ankommen lassen.

Entschlossen straffte er die Schultern, stand auf und ging zur Tür.

Emma saß im Wohnzimmer des Gartenhauses und starrte aus dem Fenster, ohne etwas zu sehen. Die Sonne stand bereits tief am Horizont und tauchte das Birkenwäldchen, das an das Grundstück grenzte, in einen warmen rotgoldenen Schein.

Vielleicht, überlegte sie, ist es das Beste, wenn ich mit den Kindern wieder nach Italien zurückkehre. Claudia wäre mit Sicherheit bereit, ihr ein bisschen Geld für den Rückflug zu überweisen und sie für die erste Zeit bei sich wohnen zu lassen.

Zwar war Emma alles andere als erpicht darauf, ständig Gefahr zu laufen, Adriano zu begegnen, aber das war immer noch besser, als Mattias so nah und zugleich doch so fern zu sein.

„Emma?"

Erschrocken zuckte sie zusammen, als sie Mattias' Stimme hinter sich vernahm. „Um Himmels willen, du hast mich zu Tode erschreckt! Was willst du? Und wie bist du überhaupt hereingekommen?"

Er hielt einen Schlüsselbund hoch, der an einem Karabinerhaken baumelte. „Ich habe immer noch die Ersatzschlüssel. Und um ehrlich zu sein: Ich fürchtete, dass du mich nicht hereinlassen würdest."

Schweigend wandte sie den Blick ab. Was sollte sie dazu auch sagen? Dass sie bereit gewesen wäre, alles für ihn zu tun? Dass er ihr das Herz gebrochen hatte? Und dass sie nicht wusste, wie ihr Leben weitergehen sollte, wenn er nun mit einer anderen Frau vor den Traualtar trat?

„Ich war vorhin nicht fair zu dir", fuhr er fort. „Es war nicht richtig, dir keine Chance zu geben, alles zu erklären."

„Du hattest deine Schlüsse bereits gezogen", entgegnete sie. „Und sie sind nicht zu meinen Gunsten ausgefallen."

„Nein", gab er zu, „das sind sie nicht. Aber wie ich schon sagte – das war ein Fehler. Und jetzt bin ich hier, um diesen zu korrigieren."

Emma stand von der Couch auf. Ihr Magen schien sich zu einem schmerzhaften Knoten zusammengezogen zu haben, und ihr Herz pochte wie verrückt. Sie hielt es nicht länger aus, einfach nur herumzusitzen.

„Du willst eine Erklärung? Bitte sehr: Ja, ich war mit Adriano Lombardi verlobt – aber ich habe die Sache beendet, noch bevor ich Italien verließ. Mit einem Mann, der Marie und Lucas nicht wollte, konnte ich mir einfach keine gemeinsame Zukunft vorstellen."

„Und die Broschüre?"

„Weißt du, das nehme ich dir wirklich übel! Dachtest du ernsthaft, ich würde meine Geschwister einfach so abschieben? So eine schlechte Meinung hast du nach all der Zeit immer noch von mir?"

Er trat auf sie zu und wollte sie in seine Arme schließen, doch sie schüttelte ihn ab. „*Nej*, das hat doch alles keinen Sinn. Du wirst eine andere heiraten. Ich wünsche dir und deiner Verlobten alles Glück auf Erden."

„Ich werde Josefin nicht heiraten."

Emma blickte auf. „Wie bitte?"

„Ich werde Josefin nicht heiraten", wiederholte er. „Ich kann es ganz einfach nicht – und willst du wissen, warum?"

„Warum?", hauchte sie atemlos.

„Weil ich eine andere Frau liebe."

Sie blinzelte. „Eine andere Frau?"

„Ja … dich!" Er legte ihr eine Hand unters Kinn und hob ihr Gesicht an, sodass sie gezwungen war, ihm in die Augen zu sehen. „Es hat eine Weile gedauert, bis ich bereit war, es mir selbst einzugestehen, aber es ist wirklich wahr. Ich liebe dich, Emma, und ich kann mir ein Leben ohne dich und die Kinder nicht mehr vorstellen."

Tränen traten ihr in die Augen. „Ist … das wirklich dein Ernst?"

„Mir war noch nie in meinem Leben etwas so ernst." Er schaute ihr tief in die Augen. „Emma Pålsson, willst du meine Frau werden? Mit allem, was dazugehört, Liebe inklusive?"

„Ja!", stieß sie hervor, außer sich vor Glück. „Ja, Mattias, ja! Ja!"

*E*s war ein herrlicher Tag Mitte Mai, als Emma am Arm von Mattias' Cousin Lars den Kirchgang entlangschritt.

Jeder einzelne Platz in der kleinen Kirche von Källadal war besetzt. Jeder wollte bei dem großen Ereignis dabei sein.

Sogar Mattias' Mutter.

Als ihr klar geworden war, dass ihr Sohn es wirklich ernst meinte und Emma heiraten würde, war sie nachdenklich geworden. Vielleicht sollte sie der jungen Frau eine Chance geben.

„Schließlich bin ich seine Mutter", hatte Viola Södergren-Lindberg gesagt und Emma umarmt, als sie überraschend im *Björkahus* erschienen war. „Wenn er dich ins Herz geschlossen hat, dann sollte ich dazu ebenfalls in der Lage sein."

Seitdem war die Beziehung zwischen Mutter und Sohn sehr viel besser geworden. Und so saß sie nun in der ersten Reihe der Dorfkirche und stand auf, als Emma mit Lars an ihr vorüberging.

Mattias hatte nur Augen für seine bezaubernde Braut.

Sie nur anzuschauen, machte ihn schon überglücklich. Jedes Mal, wenn er morgens aufwachte und sie neben sich liegen sah, ging für ihn erneut ein Traum in Erfüllung. Dass sie am Ende zueinandergefunden hatten, erschien ihm wie ein kleines Wunder. Aber vielleicht war es auch von Anfang an so vorherbestimmt gewesen.

Eines wusste Mattias auf jeden Fall: Er liebte Emma von ganzem Herzen und konnte nicht mehr ohne sie leben. Ebenso wenig wie ohne Marie und Lucas, die strahlend neben ihm am Altar standen.

In der kurzen Zeit, die Mattias mit ihnen zusammenlebte, waren sie für ihn wie eigene Geschwister geworden. Blut war eben nicht immer dicker als Wasser, vor allem wenn Gefühle im Spiel waren. Er konnte sich nicht vorstellen, jemals etwas anderes als Liebe für die drei wichtigsten Menschen in seinem Leben zu empfinden.

Als Lars und Emma den Altar erreichten, ergriff Mattias sofort die Hand der Frau, mit der er den Rest seines Lebens verbringen wollte.

Der Geistliche begann zu sprechen, doch Mattias bekam kaum etwas mit von dem, was er sagte. Er konnte den Blick einfach nicht abwenden von seiner wunderschönen Braut, die in ihrem elfenbeinfarbenen Kleid wie ein blonder Engel aussah. Und so kam es, dass er um ein Haar seinen Einsatz verpasst hätte, als der Pastor ihm die alles entscheidende Frage stellte.

„Ja", rief er aus tiefstem Herzen, nachdem Emma ihn mit einem sanften Händedruck darauf aufmerksam gemacht hatte, dass er etwas sagen sollte. „Ja, ich will."

Er konnte sein Glück kaum fassen, als der Geistliche ihm kurz darauf die offizielle Erlaubnis gab, seine Braut zu küssen.

Astrid, die neben seiner Mutter in der ersten Reihe stand, versuchte gar nicht erst, die Tränen zurückzuhalten. Sie hatte immer von dem Tag geträumt, an dem *ihr* Junge mit der Frau seines Lebens vor den Traualtar treten würde. Dass es am Ende ausgerechnet seiner Tante, Gott hab sie selig, zu verdanken war, hatte sie nicht erwartet. Diese verflixte Testamentsklausel – ein Wink des Himmels. Mehr hatte es nicht gebraucht, um die Dinge ins Lot zu bringen.

Und Emma? Die zweifelte inzwischen nicht mehr an ihrer Entscheidung, Italien für ein neues Leben in Schweden verlassen zu haben. Sie hatte endlich den Mann gefunden, den sie gesucht hatte, seit sie zurückdenken konnte. Mattias vereinte alles in sich, wonach sie sich so verzweifelt gesehnt hatte.

Er war verlässlich, großherzig, treu und zärtlich.

Und sie liebte ihn – so sehr, dass sie sicher war, nichts und niemand auf der Welt würde sie jemals wieder voneinander trennen können.

– ENDE –

Pia Engström

Das Hotel am einsamen See

Roman

*S*eufzend strich Ingrid mit den Fingern über die Umschläge, die vor ihr auf dem Tisch lagen – zusammen mit einem Schriftstück, das mit den Worten „Mein letzter Wille" überschrieben war.

Sie wusste, dass sie nicht mehr allzu lange zu leben hatte. Die Ärzte gaben ihr im besten Fall noch ein paar Monate. Doch Ingrid war weniger besorgt um sich selbst als über das Schicksal der drei jungen Männer, die sie wie ihre eigenen Söhne liebte, auch wenn es sich nur um ihre Neffen handelte.

Nichts wünschte sie sich sehnlicher, als dass die drei endlich ihr Glück fanden. Doch während sie beruflich überaus erfolgreich waren, blieben die Jungs, wie Ingrid sie stets nannte, auf privater Ebene furchtbar unterkühlt. Dabei bereitete ihr Mattias, der jüngste, noch am wenigsten Kopfzerbrechen. Er würde seinen Weg gehen, daran zweifelte sie nicht. Erst recht mit dem kleinen Schubs in die richtige Richtung, den sie den dreien zu versetzen gedachte.

Bei Lars, der mit seinen vierunddreißig Jahren der mittlere der drei Männer war, lagen die Dinge ein wenig anders. Im Gegensatz zu seinen Cousins hatte er schon einmal eine Frau geliebt und verloren. Das machte es ihm umso schwerer, der Liebe noch eine Chance zu geben.

Ingrid hoffte sehr, dass ihr Plan am Ende aufgehen würde. Es hieß, dass man niemanden zu seinem Glück zwingen konnte. Doch genau das wollte sie versuchen, indem sie ihrem Testament eine gewisse Klausel hinzufügte.

Ein trauriges Lächeln umspielte ihre Lippen.

Lebhaft konnte sie sich die erste Reaktion der Jungs vorstellen. Überraschung, Wut, Entsetzen. Doch am Ende würden sie hoffentlich einsehen, dass dies alles nur zu ihrem Besten geschah.

Auch Lars …

1. KAPITEL

*D*er Mann auf dem Foto besaß die eindrucksvollsten blauen Augen, die Laura Rodriguez je gesehen hatte. Umrahmt wurden sie von dunkelblonden Wimpern, so lang und dicht, dass ihn so manche Frau darum beneidet hätte. Doch wenn ein Attribut ansonsten überhaupt nicht auf ihn zutraf, dann war es „weiblich".

Nein, ganz und gar nicht.

Seine Gesichtszüge waren scharf und markant. Die Wangenknochen wirkten wie aus Marmor gemeißelt, ebenso wie die dominante Nase. Seine Lippen hingegen waren so sinnlich, als würden sie regelrecht zum Küssen einladen.

Zum Küssen einladen? Was für ein absurder Gedanke!

Laura klappte den Deckel der Aktenmappe zu, die auf ihrem Schoß lag, und schaute aus dem Fenster des Flugzeugs, das sich bereits im Sinkflug auf den Flughafen von Växjö befand. Unter ihr breitete sich die Landschaft wie ein bunter Flickenteppich aus. Weite Wiesen wechselten sich ab mit Weiden, goldenen Weizenfeldern, sattgrünen Wäldern und Seen, die wie Spiegel im hellen Sonnenlicht glitzerten.

Nein, diesen Mann zu küssen war das Letzte, was sie im Sinn hatte. Ihm seine umwerfenden Augen auszukratzen, schon viel eher. Denn nichts Besseres hatte er verdient, wenn man bedachte, wie er mit Lauras Freundin umgesprungen war.

Bei dem Gedanken an all die Tränen, die Sofia in den vergangenen Wochen und Monaten wegen dieses Schufts vergossen hatte, wurde Laura erneut wütend. Als gebürtige Andalusierin gehörte sie nicht zu den Menschen, die mit ihren Gefühlen hinter dem Berg hielten. Im Zorn konnte sie wie ein Vulkan sein, der Feuer spie – vor allem, wenn jemand die Menschen verletzte, die ihr am Herzen lagen.

Ein Fehler, den gemacht zu haben ein gewisser Jemand schon sehr bald bitter bereuen würde.

Ein Jemand namens Lars Södergren.

Im Grunde war es reiner Zufall gewesen, dass Laura sein Foto entdeckt hatte. Bei ihren Recherchen über das Hotel, das die Reisegesellschaft *Dream Holidays*, für die sie arbeitete, für eine künftige Zusammenarbeit in Betracht zog. Danach war für sie klar gewesen, dass sie selbst die abschließende Bewertung vornehmen wollte, die stets inkognito vor Ort durchgeführt wurde und als Grundlage diente für die endgültige Entscheidung für oder gegen eine Kooperation.

Der einzige Haken bestand darin, dass dies eigentlich nicht zu ihren Aufgaben gehörte. Als Sachbearbeiterin war sie unter anderem dafür zuständig, die Beurteilungen der Außendienstmitarbeiter in eine lesbare und nachvollziehbare Form zu bringen – aber keineswegs dafür, den Kollegen selbst Konkurrenz zu machen. Eigentlich hatte es nur einen einzigen Punkt gegeben, der für sie sprach, und das waren ihre Schwedischkenntnisse, die sie sich in ihrer Jugend erworben hatte, als ihr Vater von seiner Firma nach Stockholm versetzt worden war.

Gereicht hatte es am Ende nicht, sodass Laura gezwungen gewesen war, ihren gesamten Jahresurlaub für das Vorhaben zu opfern, den Mann an den Pranger zu stellen, der Sofia das Herz gebrochen hatte. Denn dummerweise war das, was sie hierzu benötigte, nicht so leicht zu bekommen: Beweise.

Sie war dem Mann, der sich Sofia unter falschem Namen als Viktor Martinsson vorgestellt hatte, niemals persönlich begegnet, da ihre Freundin zu dieser Zeit an einem Projekt ihrer Firma in Norwegen gearbeitet hatte. Doch sie hatte definitiv genügend Bilder von ihm gesehen, um ihn auf Anhieb wiederzuerkennen.

Die arme Sofia. Viktor Martinsson – oder Lars Södergren, sofern er wirklich so hieß und es sich nicht nur um eine weitere seiner zahlreichen Tarnidentitäten handelte – hatte sie um ihr gesamtes Vermögen gebracht, und zwar auf die gemeinste und hinterhältigste Art, die man sich nur vorstellen konnte. Zuerst hatte der Kerl sich in ihr Herz geschlichen und es ihr anschließend brutal gebrochen.

Unwillkürlich musste Laura an ihre Mutter denken. Auch Valentina Rodriguez hatte damals, nach dem Tod ihres Mannes, geglaubt, einen neuen Gefährten gefunden zu haben.

Als sie am Ende feststellen musste, dass sie nur belogen und betrogen worden war, hatte diese Erkenntnis sie so tief getroffen, dass sie daran zerbrochen war. Der Schuft, der ihrer Mutter das angetan hatte, war niemals erwischt worden. Und Laura würde nicht zulassen, dass ihrer liebsten und ältesten Freundin dasselbe Schicksal widerfuhr.

Eigentlich, dachte sie, sind die Männer doch alle gleich. Sie musste nur an ihren ehemaligen Verlobten Ramón denken, um das zu wissen!

Sie ballte die Hände zu Fäusten, als das Flugzeug auf der Rollbahn aufsetzte, scharf bremste und dann langsam ausrollte. Es musste einen Weg geben, diesen Verbrecher zur Rechenschaft zu ziehen. Es musste einfach!

Und sie, Laura, würde ihn finden – koste es, was es wolle!

„Es hat schon wieder einen gegeben." Lässig lehnte Mikael Jansson an der Tür zum Büro seines Chefs. „Und dieses Mal hat unser Langfinger im Sjöstranden-Hotel zugeschlagen." Er schüttelte den Kopf. „Wir müssen etwas unternehmen, Lars. Dringend."

Lars Södergren fuhr sich mit beiden Händen durch sein kurzes, dunkelblondes Haar. Seufzend lehnte er sich in seinem Stuhl zurück. „Du hast recht, so kann es nicht weitergehen. Bisher ist es mir noch gelungen, die Presse rauszuhalten. Aber wenn irgendein Reporter Wind davon bekommt, dass in unseren Häusern ein Dieb sein Unwesen treibt …"

Er brauchte den Satz nicht zu Ende zu führen – sowohl Mikael als auch er selbst waren sich vollkommen darüber im Klaren, was dies für den Ruf von *Södergren Hotellen* bedeuten würde. Die schlechte Publicity würde ihnen ewig nachhängen. In den Häusern der Hotelkette stieg eine vorrangig wohlhabende Klientel ab, die ihr Eigentum in Sicherheit wissen wollte. Und nun dies!

Ein Dieb, der anscheinend in den Zimmern der Gäste ein und aus zu gehen vermochte, wie es ihm beliebte. Eine Security, die mit der neuesten Technik und den besten Geräten ausgerüstet war und der Herausforderung dennoch völlig hilflos gegenüberstand. Ein Schaden in sechsstelliger Höhe, der bereits entstanden war. Wie sollte es weitergehen?

„Irgendwelche Vorschläge?", fragte Lars.

Mikael schüttelte den Kopf. Er war ein fähiger Mitarbeiter. Ein ehemaliger Polizist, der es leid war, für ein mickriges Gehalt tagtäglich sein Leben zu riskieren. Aber auch er wusste sich nicht mehr zu helfen. Und Lars fing an zu begreifen, was das alte Sprichwort bedeutete, dass guter Rat teuer sei.

Als hätte er nicht auch so schon genug um die Ohren!

„Aber wir stehen trotzdem nicht mit völlig leeren Händen da", sagte sein Sicherheitschef plötzlich.

Lars horchte auf. „Ach nein?"

„*Nej*", entgegnete Mikael. „Ich habe meine alten Kontakte spielen lassen und mich umgehört. Eine bekannte Diebin soll in der Umgebung gesehen worden sein. Vielleicht hast du schon mal von ihr gehört. Ihr Künstlername, wenn man das so sagen kann, lautet *schwarzer Engel*."

„*Schwarzer Engel?*", wiederholte Lars nachdenklich. „*Nej*, ich glaube nicht, dass mir das schon mal zu Ohren gekommen ist. Hat es mit dem Namen irgendeine Bewandtnis?"

„Nun, nur höchstens insofern, als niemand sie je gesehen hat." Mikael hob eine Braue. „Es heißt, sie verschmilzt mit den Schatten der Nacht – ganz schön poetisch, was?"

Für Poesie hatte Lars im Augenblick allerdings wirklich keinen Sinn. Ihn interessierte etwas ganz anderes. „Es gibt keine Beschreibung von ihr? Nichts?" Er runzelte die Stirn. „Und woher weiß man dann, dass sie angeblich in der Gegend sein soll?"

„Sehr gute Frage, Boss", erwiderte sein Angestellter. „Es gibt ein einziges Bild von ihr, reichlich grobkörnig und in Schwarz-Weiß. Wurde vor ein paar Jahren von einer Sicherheitskamera aufgenommen, die sie bei einem Raubzug übersehen haben muss."

„Na, dann ist doch alles klar. Besorg uns eine Kopie des Fotos und verteile Ausdrucke davon an all deine Leute."

Mikael schmunzelte. „Denkst du wirklich, das hätte ich nicht schon längst gemacht? Aber leicht wird es trotzdem nicht." Er zog ein zusammengefaltetes Blatt Papier aus der Innentasche seines Jacketts und reichte es Lars.

Der nahm es entgegen und betrachtete es mit wachsender Ernüchterung.

Mikael hatte recht, besonders viel war darauf tatsächlich nicht zu erkennen. Ein Gesicht, das vor dem dunklen Hintergrund so hell aussah, dass es fast zu leuchten schien. Wohlgeformte Züge, dunkle Augen und Haar, das entweder kurz geschnitten oder im Nacken zusammengebunden war. Eine schöne Frau, so viel stand fest. Schön und ganz offensichtlich brandgefährlich.

„*Förbannat!*"

„Sag ich doch", erwiderte Mikael. „Genau deshalb habe ich das Bild noch einmal mit einem Filter bearbeitet. Jetzt sieht es schon besser aus", sagte er und reichte seinem Chef erneut ein Foto, auf dem man schon wesentlich mehr Details erkennen konnte. „Wir sollten uns aber trotzdem noch etwas anderes überlegen. Ich ..."

Er redete noch weiter, doch Lars bekam es gar nicht mehr mit. Er starrte auf den Monitor, der auf seinem Schreibtisch stand und nacheinander die Bilder sämtlicher Überwachungskameras im Hotel anzeigte. Als die Anzeige plötzlich umsprang, kam wieder Bewegung in ihn. Mit einem Tastendruck wechselte er zurück zur vorherigen Kamera.

Sie sah aus wie ein Engel. Lange dunkle Wimpern, die ihre ebenfalls fast schwarz wirkenden Augen beschatteten. Ein herzförmiges Gesicht, umrahmt von schwarzen Locken, die über ihre Schultern fielen und ihr bis über den halben Rücken reichten. Sanft geschwungene Lippen, eine zierliche Nase ...

Ganz eindeutig eine Südländerin. Womöglich Italienerin oder Griechin, doch Lars tippte auf eine heißblütige Spanierin. Doch egal, woher sie kam – sie war definitiv eine der attraktivsten Frauen, denen er je begegnet war.

Mikael runzelte die Stirn. „Sag mal, hörst du mir überhaupt noch zu?"

„Schau!", rief Lars und deutete auf den Bildschirm, der im Moment den Empfangstresen des Hotels zeigte. „Siehst du es denn nicht?"

„Hübsches Ding", kommentierte Mikael und nickte anerkennend. Dann drehte die junge Frau, die gerade eincheckte, den Kopf so, dass ihr Gesicht von vorn zu erkennen war, und er unterdrückte einen Fluch. „Du meinst doch nicht …?"

„Sieh sie dir doch an!", forderte Lars ihn auf, dann nahm er den schwarz-weißen Ausdruck der Fotos und hielt ihn gleich daneben. „Ich fresse einen Besen, wenn das nicht ein und dieselbe Person ist!", sagte er. Instinktiv griff Mikael nach seinem Handy, doch Lars hielt ihn mit einer energischen Handbewegung davon ab. „Was machst du da?"

„Na, ich informiere die Polizei", entgegnete er energisch. „Ist doch wohl klar, oder? Wenn das wirklich unser *schwarzer Engel* ist, dann dürfen wir sie nicht entwischen lassen. Diese Frau hat über die Jahre Schäden in Millionenhöhe verursacht!"

„Nein, Mikael", sagte Lars leise, aber bestimmt.

„Nein?" Sein Sicherheitschef starrte ihn fassungslos an. „Wie meinst du das – nein?"

„Keine Polizei", entgegnete er. „Zumindest vorerst nicht. Ich werde die Sache selbst in die Hand nehmen."

„Hör mal, Lars, das ist keines dieser hirnlosen Püppchen, mit denen du dir üblicherweise die Zeit vertreibst. Wir haben es hier womöglich mit einer Verbrecherin zu tun. Sie könnte bewaffnet sein, um Himmels willen!"

Doch Lars ließ sich nicht umstimmen. Er hatte eine Entscheidung getroffen, und bei der würde er auch bleiben. Ganz gleich, was Mikael dazu sagte.

„Du bist verrückt." Sein Mitarbeiter schüttelte den Kopf. „Vollkommen verrückt."

„Mag schon sein", entgegnete Lars mit einem feinen Lächeln. „Aber davon abgesehen bin ich immer noch dein Boss." Er erhob sich. „Ich glaube, es ist an der Zeit, dass ich mich wieder ein wenig intensiver um unsere Gäste kümmere, was meinst du?"

Mikael schwieg, doch sein Blick sprach Bände.

Lars ging darüber hinweg. Er wusste selbst nicht so genau, warum er ihn davon abgehalten hatte, die Polizei zu informieren. Es ging hier immerhin um den Ruf und die Sicherheit von *Södergren Hotellen*, und für diesen Zweig des Familienunternehmens trug allein er die Verantwortung. Doch er hatte einfach nicht anders entscheiden können.

Irgendetwas an dieser Frau ließ ihn zögern, den üblichen Weg zu beschreiten. Die Routine, die man normalerweise in Gang setzte, wenn man eine kriminelle Person in seinem Haus zu entdecken glaubte.

Mikael hielt ihn für verrückt? Nun, vermutlich war er das. Wie ließ sich sein überaus seltsames Verhalten sonst erklären? Bei dieser Frau handelte es sich schließlich aller Wahrscheinlichkeit nach um eine gesuchte Verbrecherin. Und zwar um die Frau, die schon in mehreren Hotels der Södergren-Gruppe ihr Unwesen getrieben hatte und bisher unerkannt davongekommen war.

Du kannst nicht zulassen, dass sie damit weitermacht, sagte er zu sich selbst. Ganz gleich, wie hübsch sie auch sein mag – du kennst sie nicht. Du weißt nicht, warum sie das alles tut. Ob sie keinen anderen Ausweg sieht und verzweifelt ist, so wie …

Mit einem energischen Blinzeln drängte er die bösen Erinnerungen zurück, die ihn auch nach so vielen Jahren immer noch ohne jede Ankündigung überfielen.

Es war besser, sich auf die Gegenwart zu konzentrieren.

„Hören Sie, ich weiß, dass ich nicht reserviert habe", erklärte Laura der adretten Blondine hinter dem Empfangstresen. „Aber ich habe eine lange und ermüdende Anreise hinter mir. Gibt es denn wirklich keine Chance, noch ein Zimmer zu bekommen?" Sie legte ein – wie sie hoffte – gewinnendes Lächeln auf. „Ich bin auch mit einer Besenkammer zufrieden. Wirklich!"

Vom Flughafen aus hatte sie ein Taxi genommen. Ein kostspieliges Vergnügen, das ihre Kreditkartenabrechnung am Monatsende ein wenig höher als üblich ausfallen lassen würde. Doch wenn es ihr dabei half, den Mann zu überführen, der Sofia so übel mitgespielt hatte, dann war es jeden einzelnen Cent wert, den sie investieren musste.

„Es tut mir wirklich leid, aber …", setzte die Empfangsdame zu einer abschlägigen Antwort an, als plötzlich eine tiefe Männerstimme hinter Laura erklang.

„Ich übernehme die Angelegenheit, Jenny, *tack så mycket!*"

Die Blonde nickte und schenkte Laura noch ein höfliches Lächeln, ehe sie sich dem nächsten Gast zuwandte.

Laura drehte sich um – und erstarrte.

Für einen Augenblick stockte ihr regelrecht der Atem. Ihr Herz setzte einen Schlag aus, nur um dann umso heftiger gegen ihre Rippen zu hämmern.

Er war es.

„Lars Södergren", stellte er sich vor und streckte ihr eine Hand entgegen. „Und mit wem habe ich das Vergnügen?"

Lauras Gedanken rasten. Sein gewinnendes Lächeln ließ ihre Knie weich werden, und sie hatte das Gefühl, sich am Empfangstresen abstützen zu müssen. Noch immer hielt er ihr die Hand hin, und es wäre ziemlich unhöflich von ihr, sie nicht zu ergreifen. Doch im selben Moment fürchtete sie sich davor, was diese harmlose Berührung in ihr auslösen könnte. Doch was blieb ihr anderes übrig?

Sie wagte es.

„Lauredana Gonzales", nannte sie ihm den Namen einer engen Freundin, die sie schon aus Kindheitstagen kannte und deren Liebesromane auf allen Bestsellerlisten standen – eine vermögende Frau, die genau Södergrens Beuteschema entsprechen dürfte. „Aber die meisten nennen mich Laura."

„Die Autorin?", hakte er nach, und als sie nickte, wurde sein Lächeln noch breiter. „Sehr erfreut … Wirklich sehr erfreut."

Wie erwartet, war ihm der Name ein Begriff – und er erkannte, was für eine Chance ihm hier praktisch auf dem Silbertablett präsentiert wurde.

Wie lockt man einen hinterhältigen Heiratsschwindler am besten aus der Reserve? Lektion 1: Indem man ihm ein verlockendes Opfer direkt vor die Nase setzt.

Die Idee war ihr ganz spontan gekommen, und sie spürte, wie ihr vor Aufregung ganz schwindelig wurde. Sie war noch nie eine besonders gute Lügnerin gewesen und fürchtete nun, dass er ihr auf Anhieb ansehen würde, dass sie ihm nur etwas vormachte.

Doch sie konnte in seiner Miene weder Argwohn noch Zweifel ausmachen. Nur Interesse.

Professionelles Interesse?

Zum Glück gehörte Lauredana zu den prominenten Menschen, die streng abseits der Öffentlichkeit lebten, sodass es keinerlei Fotos von ihr gab, nicht mal auf ihren Buchcovern, geschweige denn in der Boulevardpresse. Es stand also kaum zu befürchten, dass Södergren ihre Lüge auf die Schnelle enttarnen würde. Und Lauredana würde ihr diesen kleinen Identitätsdiebstahl sicher nicht übel nehmen.

Und nun? Hatte er den Köder geschluckt?

„Wie kann ich Ihnen denn helfen, Laura? Gibt es Schwierigkeiten mit Ihrer Reservierung?"

Jetzt war es Laura, die ihm ein warmes Lächeln schenkte. „Ich fürchte, es gibt gar keine Reservierung. Ich bin heute Morgen in aller Frühe aufgebrochen, weil ich … nun, sagen wir, ich brauchte einfach einen Tapetenwechsel. Die Arbeit an meinem neuen Roman gestaltet sich, gelinde gesagt, ein bisschen schwieriger als erhofft."

„Ich bin sicher, dass Sie hier in Småland die notwendige Inspiration finden werden", sagte er. „Um das kleine Problem wegen der fehlenden Reservierung machen Sie sich bitte keine Sorgen – ich kümmere mich darum."

Sie klimperte mit den Wimpern und warf ihm einen Kleinmädchenaugenaufschlag zu. „Würden Sie das wirklich für mich tun?"

„Für meine Lieblingsschriftstellerin würde ich so ziemlich alles tun", gab er süffisant zurück.

„Würden Sie sie auch heute Abend zum Dinner begleiten?", nutzte Laura die Chance, die sich ihr so unverhofft bot. „Ich hasse es, allein zu essen. Nichts ist schlimmer, als in einem Raum voller Menschen zu sitzen und sich dabei vollkommen allein zu fühlen."

Erstaunt hob er eine Braue, wirkte aber erfreut. „Es wird mir ein Vergnügen sein", sagte er, ehe er sich wieder an die Empfangsdame wandte. „Suite 383 ist frei", erklärte er. „Bitte sorgen Sie dafür, dass sie für unseren Gast vorbereitet wird, Jenny. Ach, und würden Sie wohl einen Tisch für zwei im *Jörgen's* auf meinen Namen reservieren?"

Die Blondine wirkte ein wenig überrascht, fing sich aber rasch. „Selbstverständlich. In spätestens einer halben Stunde können Sie Ihre Suite beziehen, Señorita Gonzales."

„Darf ich Sie solange auf einen Drink an die Bar entführen?", fragte Lars und bot ihr seinen Arm.

Laura zögerte. Sie musste sich in Erinnerung rufen, wer er war und warum sie nach Schweden gereist war.

Dieser Schuft hatte Sofia die große Liebe vorgespielt und sie dann um ihr Vermögen gebracht. Ganz gleich, wie attraktiv er auch war, wie charmant und weltgewandt – sie durfte niemals vergessen, was sich hinter der Fassade verbarg.

Niemals!

Trotzdem klopfte ihr das Herz bis zum Hals, als sie sich bei ihm unterhakte und zur Bar führen ließ, die unmittelbar von der Lobby abging. Das Licht im Raum war gedimmt, und aus versteckten Lautsprechern erklang sanfte Pianomusik.

„Was möchten Sie trinken?", fragte er, nachdem sie in einer kleinen Nische Platz genommen hatten. „Ein Glas Champagner vielleicht?"

Laura winkte ab. Sie trank nur selten Alkohol, und Champagner war ihr in der Regel viel zu teuer, als dass sie ihr hart verdientes Geld dafür ausgeben wollte. Doch dann erinnerte sie sich daran, dass sie ja die Rolle einer vermögenden Frau spielte, die sich über Geld keine Gedanken machen musste, und sie erwiderte: „Oh nein, für mich keinen Champagner vor dem Dinner." Sie zwang ein süffisantes Lächeln auf ihre Lippen. „Davon von wird mir immer ganz schwindelig. Ich hätte gern einfach nur ein Glas Wasser, vielen Dank."

Erstaunt hob Lars eine Braue. „Wasser? Nun, warum eigentlich nicht?" Er hob die Hand, um den Barkeeper auf sich aufmerksam zu machen. „Zwei Gläser Wasser bitte, Carl-Erik."

Lars musterte sein Gegenüber aufmerksam.

Sie war anders, als er sie sich vorgestellt hatte. Auch wenn er selbst nicht so genau wusste, welche Vorstellung er von einer Frau gehabt hatte, die in Hotelzimmer einbrach und deren Bewohner um ihre Wertgegenstände erleichterte.

Diese jedenfalls nicht.

Er sah sie an, erstaunt darüber, dass sie eine derartige Reaktion in ihm auslöste. Kein Zweifel, sie war eine ungemein attraktive Frau, nach der sich die meisten Männer sicher die Köpfe verdrehten. Aber üblicherweise war er für solche Reize nicht sonderlich empfänglich.

Natürlich hatte auch er seine Bedürfnisse. Und er fand auch Gefallen an der Gesellschaft einer schönen Frau. Aber damit hatte es sich dann in der Regel auch. Er hatte Dates und amüsierte sich – aber er legte sich nie fest.

Niemals.

Nicht mehr seit der Sache mit Stina.

Wieder hatte sich der Gedanke in seinen Kopf gedrängt, ohne dass er etwas dagegen hatte unternehmen können. Normalerweise hielt er die Erinnerungen an Stina sorgsam verborgen, denn er wusste genau, was sie bei ihm anzurichten vermochten. Doch in schwachen Momenten oder wenn er nicht voll und ganz bei der Sache war, blitzten die Bilder jener Nacht wieder auf.

Bilder, die er am liebsten vergessen wollte …

„Stimmt etwas nicht?" Lauras Stimme holte ihn zurück in die Gegenwart. „Sie sehen plötzlich so nachdenklich aus."

Er zwang sich zu einem Lächeln, während er sich fragte, ob sie wirklich Laura hieß. Denn eines stand fest: Lauredana Gonzales war sie gewiss nicht, denn die hatte er vor ein paar Monaten bei der Verlobungsfeier eines guten Freundes in Paris persönlich kennengelernt.

Eine nette Frau, wirklich – aber in keiner Weise mit der Schönheit zu vergleichen, die ihm in diesem Augenblick gegenübersaß.

Die Tatsache, dass sie gelogen hatte, verstärkte seinen Verdacht – warum hätte sie ihn bezüglich ihres Namens und ihrer Identität belügen sollen, wenn sie nichts zu verbergen hatte?

„*Nej*, es ist nichts", winkte er ab. „Erzählen Sie mir doch ein bisschen von sich, Laura. Ich bin ein wenig überrascht – Sie sprechen wirklich hervorragend Schwedisch. Dabei haben Sie, sofern ich Ihre Biografie richtig im Kopf habe, nie außerhalb Spaniens gelebt."

Mit dieser Frage brachte er sie, wie beabsichtigt, ins Schwimmen – und es bereitete ihm ein geradezu diebisches Vergnügen, sie strampeln zu sehen.

Wenn er schon Kopf und Kragen dabei riskierte, eine potenzielle Gesetzesbrecherin zu decken, dann wollte er zumindest seinen Spaß dabei haben.

2. KAPITEL

*G*lücklicherweise trat just in diesem Moment die Empfangsdame an ihren Tisch, um mitzuteilen, dass Lauras Zimmer vorbereitet sei. Auf diese Weise kam Laura um eine Antwort herum, die sie möglicherweise noch tiefer in das Lügennetz verstrickt hätte, das sie um sich herumzuspinnen begonnen hatte.

Die Suite, zu der man sie führte, war fantastisch. Sie bestand aus insgesamt drei Räumen – einem Wohnzimmer, das auf sich über zwei Höhenebenen erstreckte, einem geräumigen Schlafzimmer und einem mit allem nur erdenklichen Luxus ausgestatteten Bad. Die Einrichtung war von einer schlichten Eleganz. Dunkles Holz, cremefarbenes Leder und schwere Teppiche, die jedes Schrittgeräusch dämpften. An den Wänden hingen gerahmte Fotografien, die typisch schwedische Szenen darstellten: die Schären in der Abenddämmerung, lichtdurchflutete Birkenwälder, die reißenden Gebirgsbäche Norrlands. Und von den großen Fenstern aus hatte man einen fantastischen Blick auf den See, an dessen Ufer das Hotel lag.

Laura drückte dem Kofferträger ein Trinkgeld in die Hand. Als sie endlich allein war, ließ sie sich stöhnend auf die Couch fallen und barg das Gesicht in den Händen.

Das war ganz schön knapp gewesen!

Wie sie nun merkte, bestand das Problem ihrer geliehenen Identität insbesondere darin, dass es immer wieder Punkte gab, die einfach nicht zusammenpassten. Lauredana Gonzales war eine wirklich erstaunlich kreative Person – nicht umsonst wurde sie von ihrer Leserschaft für ihre Romane so geliebt und verehrt –, doch sie sprach kein einziges Wort Schwedisch!

Laura musste sich unbedingt etwas einfallen lassen, denn es war nicht gesagt, dass Lars Södergren die Angelegenheit einfach so auf sich beruhen lassen würde. Und wenn er erst einmal Verdacht schöpfte, konnte sie ihren Plan vergessen, ihn in die Falle zu locken.

Sie atmete tief durch und zwang sich zur Ruhe. Niemandem

war damit geholfen, wenn sie jetzt in Panik geriet. Um diese Sache erfolgreich durchzuziehen, brauchte sie Nerven wie Drahtseile.

Es musste ihr gelingen, sich Lars so schmackhaft wie irgend möglich zu machen. Ihm durfte gar keine andere Wahl bleiben, er musste sie als sein nächstes Opfer wählen – und das ging nur, wenn sie ihre Rolle perfekt spielte.

Was nicht so einfach war, angesichts der Tatsache, dass sie ihn für das, was er Sofia angetan hatte, verabscheute.

Ach ja? Und warum bekommst du dann in seiner Nähe sofort weiche Knie?

Das war umso ungewöhnlicher, als sie selbst mit Männern bisher nur schlechte Erfahrungen gemacht hatte. Das beste Beispiel hierfür war Ramón Espinoza. Der Mann, den sie um ein Haar geheiratet hätte – wäre er nicht am Tag ihrer Hochzeit mit einer guten Freundin von ihr durchgebrannt!

Sie schob den unangenehmen Gedanken beiseite, stand auf und ließ ihren Blick noch einmal durch die Suite schweifen. Dabei wurde ihr ganz anders, wenn sie daran dachte, was das alles kosten würde. Laura nagte nicht am Hungertuch, keineswegs. Aber sie als vermögend zu bezeichnen wäre eine Übertreibung gewesen.

Nun konnte sie Lars aber schlecht bitten, ihr eine kostengünstigere Unterkunft zu verschaffen. Immerhin nahm er ja an, dass sie die berühmte und reiche Schriftstellerin Lauredana Gonzales war. Laura konnte nur darauf hoffen, dass es ihr möglichst schnell gelang, Lars zu überführen – sonst würde es am Ende noch ihren finanziellen Ruin bedeuten.

Ihr Handy klingelte – auf dem Display stand Sofias Name. Laura atmete erst tief durch, bevor sie das Gespräch annahm.

„Wo steckst du, Laura? Wir waren verabredet, schon vergessen?"

Das hatte Laura in der Tat. Als sie Lars Södergrens Foto entdeckt hatte, hatte sie sofort gehandelt, und seitdem war alles drunter und drüber gegangen. Ihr war kaum Zeit geblieben, einmal richtig durchzuatmen, geschweige denn in Ruhe darüber nachzudenken, was sie da eigentlich tat. Die Ereignisse waren über sie hinweggerollt wie eine gigantische Flutwelle.

„Ich …" Sie schüttelte den Kopf. „Es tut mir leid, Liebes, ich habe wirklich nicht daran gedacht. Ich musste kurzfristig für die Firma nach Schweden reisen."

„Du musstest – bitte *was*?" Die Überraschung war Sofia deutlich anzuhören. „Aber du bist doch gar nicht für Außeneinsätze zuständig, oder? Wie kommt es, dass sie ausgerechnet dich geschickt haben?"

„Wegen meiner schwedischen Sprachkenntnisse", log Laura. Sie fühlte sich alles andere als wohl dabei, ihre Freundin anzuschwindeln. Doch sie wollte auch keine Hoffnungen in Sofia wecken, die sich am Ende womöglich nicht erfüllen würden. „Du hast recht, es ist ziemlich ungewöhnlich – aber es ist auch eine wirklich gute Chance für mich, beruflich weiterzukommen. Verzeih, dass ich dir nicht Bescheid gesagt habe. Das war gedankenlos von mir."

„Schon gut." Sofia seufzte. „Ich hätte dir ohnehin nur wieder die Ohren vollgeheult mit meinen Problemen."

„Du weißt, dass du jederzeit mit mir darüber reden kannst", sagte Laura. „Du bist meine beste Freundin, Sofia. Wo kämen wir denn hin, wenn du mit deinen Sorgen nicht zu mir kommen könntest?"

Einen Moment lang herrschte Stille am anderen Ende der Leitung, und Laura konnte förmlich hören, wie Sofia um Fassung rang, bevor sie antwortete: „Womöglich sollte ich einfach versuchen, die Vergangenheit hinter mir zu lassen und nach vorn zu blicken, aber … das ist nicht so leicht, wie es sich vielleicht anhört."

Eine Woge des Mitgefühls erfasste Laura, und sie hätte ihre Freundin am liebsten in die Arme genommen und getröstet. Doch sie waren über dreitausend Kilometer voneinander entfernt, sodass sie sich mit wohlgemeinten Worten begnügen musste.

„Ich bin sicher, es kommt alles wieder in Ordnung. Dieser Mann …"

„Lass uns das Thema wechseln, ja? Wie ist das Hotel, in dem du abgestiegen bist? Ich hoffe, die Firma zahlt dir wenigstens eine schöne Unterkunft, wenn sie dich schon durch die halbe Welt schickt."

„Oh ja", entgegnete Laura gedehnt. „Die Suite ist wirklich wunderbar, und es ist schön, einmal wieder in Schweden zu sein."

„Und? Ist dir schon ein attraktiver Mann über den Weg gelaufen?"

Laura zögerte – einen Augenblick zu lang.

„Ernsthaft? Oh, wie aufregend! Du musst mir unbedingt alles erzählen, Liebes! Wie sieht er aus? Wo hast du ihn kennengelernt?"

Nur mit Mühe unterdrückte Laura ein Stöhnen. Da hatte sie sich ja ein hübsches Süppchen eingebrockt! „Nein, es ist nicht so, wie du denkst. Ich hatte bisher nicht gerade viel Zeit, überhaupt *irgendjemanden* kennenzulernen."

„Aber da ist jemand, das merke ich doch. Komm schon, Laura, mir kannst du nichts vormachen."

„Also schön, der Hoteldirektor sieht ganz passabel aus."

„Und?"

„Ich werde heute Abend mit ihm essen", erklärte sie widerstrebend – und fügte, als Sofia begeistert aufjauchzte, rasch hinzu: „Aber es ist ein rein geschäftliches Dinner."

„Natürlich", entgegnete ihre Freundin, doch man hörte ihr deutlich an, dass sie es nicht wirklich glaubte. „Du hältst mich auf dem Laufenden?"

Laura versprach es ihr. Sie war froh darüber, dass Sofia nicht weiter nachbohrte, denn es war wirklich kein besonders gutes Gefühl, ihre Freundin anlügen zu müssen. Ganz gleich, wie gut sie auch gemeint sein mochten: Lügen blieben nun einmal Lügen.

Als Lars um kurz vor sieben vor der Tür zu Suite 383 stand, fragte er sich nicht zum ersten Mal in den vergangenen Stunden, ob er vollkommen den Verstand verloren hatte.

Er stand im Begriff, mit einer Frau essen zu gehen, von der er annehmen musste, dass sie ins Sjöstranden-Hotel gekommen war, um seine Gäste um ihre Habseligkeiten zu erleichtern. Mikael hatte vollkommen recht, wenn er ihn einen Narren nannte. Doch seinem Sicherheitschef blieb nichts anders übrig, als seinen Anweisungen Folge zu leisten – denn schließlich war Lars der Direktor von *Södergren Hotellen*.

Fragt sich nur, wie lange noch! Ob man ein Hotelimperium aus einem Gefängnis heraus leiten kann? Denn genau dort wirst du am Ende noch landen, wenn herauskommt, dass du eine gesuchte Kriminelle gedeckt hast!

Er atmete tief durch. Besser, er brachte die ganze Angelegenheit noch heute Abend zu einem raschen Ende.

Nach dem Dinner.

Vielleicht.

Er verstand sich selbst nicht mehr. Diese Frau war nicht Stina. Er kannte sie nicht und wusste nicht das Geringste über sie. Warum nur verspürte er trotzdem den geradezu unwiderstehlichen Drang, sie zu beschützen?

Seine Hand hob sich wie von selbst und klopfte an ihre Tür. Die Suite, die er für sie hatte vorbereiten lassen, war eigentlich den Vorstandsmitgliedern der Södergren-Unternehmensgruppe vorbehalten und wurde deshalb nicht an Gäste vergeben. Dass Laura nun darin wohnte, war ein echtes Novum. Und unter den Angestellten würde es mit Sicherheit für eine Menge Gerede sorgen.

Im Grunde konnte es Lars egal sein, was die Leute dachten. Doch in seiner augenblicklichen Situation konnte es sich als äußerst hinderlich erweisen, wenn man ihn mit einer Frau in Verbindung brachte. Denn sofern kein Wunder geschah, würde er sich in nicht allzu ferner Zukunft nach einer geeigneten Frau umsehen müssen.

Und Schuld daran trug seine Tante Ingrid.

Verdammt, Ingrid, war das wirklich notwendig?

Noch einmal holte er tief Luft, dann klopfte er an. Es war besser, die Sache hinter sich zu bringen. Nach dem Dinner würde er sich überlegen, wie es weitergehen sollte. Dann konnte er Laura auch ein bisschen besser einschätzen.

Hoffentlich.

Als sie öffnete, stockte ihm der Atem.

Es war, als würde er sie in diesem Augenblick zum ersten Mal sehen. *Wirklich* sehen.

Sie trug ein schlichtes schwarzes Kleid, das ihr bis knapp über die Hälfte der Oberschenkel reichte und an den Schultern von dünnen Spaghettiträgern gehalten wurde. Dazu schwarze High Heels, die sie beinahe einen Kopf größer und ihre Beine endlos wirken ließen.

Um den Hals hing eine hauchzarte Goldkette mit Kreuzanhänger, ansonsten hatte sie auf Schmuck verzichtet. Ihr Make-up war dezent, ihr Haar im Nacken zu einem lockeren Knoten gebunden.

Sie ist die schönste Frau, die ich je im Leben gesehen habe ...

„Vielen Dank", entgegnete sie lächelnd, und erst da wurde ihm klar, dass er seinen Gedanken laut ausgesprochen hatte. „Mit Ihnen kann man sich aber auch durchaus sehen lassen."

Lars verfluchte sich innerlich dafür, dass er gut eine halbe Stunde vor dem Kleiderschrank gestanden hatte, um sich für ein Outfit zu entscheiden. Üblicherweise brauchte er dafür nicht annähernd so lange. Doch heute hatte er bei der Auswahl seiner Kleidung besondere Sorgfalt walten lassen – ohne sich einzugestehen, warum er dies tat.

Dabei lag es doch auf der Hand – oder?

Gar nichts liegt auf der Hand! Lass dich von dieser Frau, um Himmels willen, nicht so aus dem Konzept bringen!

„Wollen wir dann?", fragte er und reichte ihr seinen Arm.

Sie hakte sich bei ihm unter. „Aber selbstverständlich. Ich komme um vor Hunger."

Auf dem Weg zum Aufzug entging Lars nicht, dass die Überwachungskamera im Korridor jeden ihrer Schritte aufzeichnete.

Laura war nervös.

Und zu ihrem eigenen Unmut rührte diese Tatsache nicht daher, dass sie den Abend mit einem potenziellen Heiratsschwindler verbrachte. Oder in gewisser Weise doch – allerdings nicht ganz so, wie man es unter den gegebenen Umständen annehmen sollte.

Als sie in den Lift traten, dessen Rückwand verspiegelt war, kam sie nicht umhin festzustellen, dass sie zusammen ein hübsches Paar abgaben. Zum Glück hatte sie neben ihren üblichen, eher praktischen Sachen auch ihr kleines Schwarzes und die dazu passenden High Heels eingepackt, die zwar schrecklich unbequem waren, aber sehr sexy aussahen.

Da sie nicht an hohe Schuhe gewöhnt war, würde sie nicht lange darin laufen können. Doch das war auch nicht nötig. Schließlich wollten Lars und sie essen gehen und nicht gemeinsam an einem Marathon teilnehmen.

Und für das, was sie heute Abend ausstrahlen und darstellen wollte, war es genau das richtige Outfit.

Dabei entging ihr nicht, dass sich die Blicke sämtlicher Frauen Lars zuwandten, als sie wenige Minuten später das Hotelrestaurant betraten. Sie musterten ihn mit einer Mischung aus Neugier, Interesse, teils sogar unverhohlener Gier. Verdenken konnte Laura es ihnen nicht – selten war sie einem so unglaublich attraktiven Mann begegnet wie Lars.

Und er wusste sich gekonnt in Szene zu setzen, so viel stand fest. Der schwarze Anzug saß wie angegossen, und das zwischen Schwarz und einem dunklen Violett changierende Hemd erregte Aufmerksamkeit, ohne dabei aufdringlich zu wirken. Auf eine Krawatte hatte er verzichtet, die obersten Knöpfe des Hemds hatte er offen gelassen und dabei exakt das richtige Maß getroffen.

Eines war klar: Lars Södergren war sich seiner Wirkung auf andere Menschen, insbesondere auf Frauen, durchaus bewusst – und er verstand es geradezu meisterhaft, damit zu spielen.

Aber warte, was du kannst, kann ich schon lange!

Der Kellner begrüßte sie und führte sie zu einem Separee, in dem sie vor neugierigen Blicken geschützt waren. Einerseits war Laura froh darüber, nicht auf dem Präsentierteller zu sitzen – auf der anderen Seite beunruhigte sie die Vorstellung, Lars in den nächsten Stunden ihre volle Aufmerksamkeit schenken zu müssen.

Er übte auch so schon eine viel zu starke Wirkung auf sie aus – sie wollte das Schicksal lieber nicht unnötig herausfordern.

Denk an Sofia, ermahnte sie sich. Du kannst dich doch unmöglich zu einem Mann hingezogen fühlen, der deiner besten Freundin so übel mitgespielt hat!

Doch ganz gleich, was ihr Verstand auch sagte – ihr Herz wollte davon nichts wissen. Es pochte wie verrückt, wenn Lars auch nur in ihre Richtung blickte. Und bei jedem Lächeln schienen winzige elektrische Impulse durch ihren ganzen Körper zu rasen, die ihre Haut wie verrückt kribbeln und prickeln ließen.

Ehe Laura sich noch darüber klar werden konnte, ob sie dieses Gefühl als unangenehm empfand oder nicht, kam der Kellner mit den Speisekarten.

Als Aperitif bestellte Lars zwei Gläser Champagner.

„Frühestens zum Abendessen – so sagten Sie doch, oder?", sagte er und zwinkerte ihr zu.

Sie nahm einen der schlanken Kelche, die der Kellner brachte. Das geschliffene Kristallglas funkelte im Licht der Kerze, die auf dem Tisch stand.

„Auf Ihr Wohl", sagte Lars.

Laura nickte lediglich und setzte das Glas an ihre Lippen. Ohne darauf zu achten, leerte sie es in einem langen Zug. Das war nicht unbedingt die feine Art, Champagner zu trinken, doch sie brauchte einfach etwas, um ihre Nervosität zu betäuben.

Als sie das Glas absetzte, spürte sie seinen Blick auf sich ruhen. Dabei hatte sie das seltsame Gefühl, er könne durch sie hindurch bis auf den Grund ihrer Seele schauen.

Mach dich nicht lächerlich, Laura! Er ist kein Zauberer, nur ein Mann – und ein besonders heimtückisches Exemplar dieser Spezies noch dazu!

Um sich abzulenken, blätterte Laura die Speisekarte durch, ohne wirklich wahrzunehmen, was sie dort las. Als sie schließlich wieder aufblickte und Lars sie fragend anschaute, wurde ihr klar, dass sie noch immer keine Ahnung hatte, was sie bestellen sollte.

„Können Sie etwas besonders empfehlen?", fragte sie daher.

Er lächelte – und ihr Puls beschleunigte sich unwillkürlich. *„Biff à la Lindström* – unser Koch Jörgen ist berühmt dafür."

„Das nehme ich", sagte sie, klappte die Menükarte zu und nickte. „Ich habe schon eine Ewigkeit kein *Biff à la Lindström* mehr gegessen. Hackbeefsteaks mit Roter Bete und Kapern sind außerhalb Schwedens nicht leicht zu bekommen. Dabei war es meine absolute Leibspeise, als ich als junges Mädchen hier lebte."

Die Worte waren heraus, ehe sie sie zurückhalten konnte, und Laura zuckte innerlich zusammen. Wenn Lars die Biografie ihrer Freundin tatsächlich kannte, dann wusste er auch, dass sie nie auch nur einen Tag in Schweden gelebt hatte.

Das Herz klopfte ihr bis zum Hals, und für das leichte Schwindelgefühl, das von ihr Besitz ergriff, war nicht nur der Champagner verantwortlich.

Das war's! dachte sie entsetzt. Du hast dich verraten. Jetzt wird er hellhörig werden und anfangen, Fragen zu stellen.

Fragen, auf die du keine passenden Antworten hast.

Doch zu ihrer Überraschung und unendlichen Erleichterung ging Lars einfach darüber hinweg, so als habe er gar nicht mitbekommen, was sie gesagt hatte, und winkte den Kellner heran.

Innerlich atmete Laura auf. Sie hatte noch einmal Glück gehabt – aber von nun an musste sie wirklich besser aufpassen. Auf keinen Fall durfte sie zulassen, dass die Pferde noch einmal so mit ihr durchgingen.

Sie bestellten, und Laura nutzte endlich die Gelegenheit, sich ein bisschen in ihrem Separee umzusehen. Es war durch ein mit Efeu bewachsenes Pflanzenspalier vom Rest des Gastraumes abgetrennt. Durch ein großes Panoramafenster bot sich ein herrlicher Blick auf einen Rosengarten, der im Licht der untergehenden Sonne förmlich zu glühen schien. Laura sah Rosen in allen nur erdenklichen Farben: leuchtendes Karmesin, zartes Gelb, liebliches Rosé, tiefes Violett und feuriges Magenta.

„Gefällt Ihnen der Garten?", fragte Lars, dem ihr bewundernder Blick offenbar nicht entgangen war.

„Ich liebe Rosen", entgegnete sie versonnen lächelnd. „Für mich sind es die Königinnen der Blumen."

„Ja, das sind sie tatsächlich. Stolz und majestätisch recken sie sich der Sonne entgegen und streben danach, jede andere Blume mit ihrer Schönheit zu übertreffen."

Überrascht schaute sie ihn an. Von einem Mann wie ihm hatte sie keine so poetischen Worte erwartet. „Sie klingen wie ein echter Rosenliebhaber", stellte sie fest.

„Sie haben mich ertappt." Er lächelte. „Ich züchte diese prachtvollen Pflanzen selbst. Einige der Exemplare, die Sie dort draußen sehen, sind meine eigenen Kreationen."

Noch nie war Laura einem Mann mit solchem Feingeist begegnet. Bewundernd schaute sie ihn an – bis sie sich wieder vor Augen führte, mit wem sie es in Wahrheit zu tun hatte.

Na toll – er ist also ein gemeiner Heiratsschwindler mit einem Sinn für die schönen Dinge des Lebens! Sofia wird sich freuen, das zu hören.

Der Gedanke an Sofia ließ sie ziemlich abrupt wieder auf den Boden der Tatsachen zurückkehren. Was Lars ihrer Freundin angetan hatte, konnte man einfach nur als herzlos und grausam bezeichnen.

Nach ihrer überstürzten Rückkehr aus Norwegen hatte Sofia ihr alles erzählt. Wie Lars, alias Viktor Martinsson, sich zuerst in ihr Vertrauen und dann in ihr Herz geschlichen hatte. Sie waren sich scheinbar zufällig bei einem Empfang von Sofias Arbeitgeber über den Weg gelaufen. Inzwischen glaubte Laura aber vielmehr, dass von Zufall keine Rede sein konnte. Lars hatte an der Abendgesellschaft teilgenommen, um sich nach einem geeigneten Opfer umzusehen.

Reich, naiv, ungebunden.

In Sofia, die sich nach einer gescheiterten Ehe nach Liebe und Zuneigung sehnte, hatte er genau die richtige Kandidatin für sein Vorhaben gefunden.

Hals über Kopf hatte sie sich in ihn verliebt. Sogar von

Verlobung und Heirat war bereits die Rede gewesen. Doch so weit hatte Lars am Ende gar nicht gehen müssen. Ihm war schon vorher ein sehr viel leichterer Weg zu seinem Ziel geebnet worden, weil Sofia all ihre Bankunterlagen und vertraulichen Dokumente offen in ihrem Zimmer hatte herumliegen lassen.

Kurz darauf waren Sofias Bankkonten leer geräumt und sämtlicher Schmuck sowie andere, leicht zu veräußernde Wertgegenstände ebenso spurlos verschwunden gewesen. Wie Lars selbst, dieser Schuft!

Von Anfang an war es ihm nur darum gegangen, sich zu bereichern. Dabei konnte Sofia vermutlich von Glück reden, dass es nie tatsächlich zu einer Eheschließung gekommen war. Wenn man unter den gegebenen Umständen und angesichts der Tatsache, dass ihrer besten Freundin brutal das Herz gebrochen worden war, wirklich von Glück sprechen wollte …

„Laura?"

Sie zuckte zusammen, als sie merkte, dass sie minutenlang einfach nur dagesessen und schweigend vor sich hingestarrt hatte. Irgendwie gelang es ihr, ein Lächeln auf ihre Lippen zu zwingen. „Entschuldigung. Die Schönheit Ihrer Rosen hat mich regelrecht verzaubert."

Selbstverständlich entging Lars nicht, wie geistesabwesend Laura plötzlich wirkte. Es war ihm vorgekommen, als würde sie geradewegs durch ihn hindurchblicken – und er glaubte keine Sekunde daran, dass der Grund hierfür seine Rosenzüchtungen waren.

Erst recht nicht mehr, als er durch das Efeuspalier Lady Wintersley im Gastraum des Restaurants bemerkte, eine englische Aristokratin mit Verbindungen zum Königshaus, die stets so herausgeputzt war, als müsse sie die britischen Kronjuwelen präsentieren.

Ein Opfer wie geschaffen für eine Juwelendiebin wie den *schwarzen Engel*.

Er musste sich schon schwer täuschen, wenn Laura nicht

gerade in diesem Moment damit beschäftigt war, in Gedanken ihren nächsten Coup vorzubereiten.

Und ich werde den Teufel tun und es dazu kommen lassen!

„Kommen Sie", sagte er, stand auf und streckte Laura die Hand entgegen. „Ich zeige Ihnen die schönsten Exemplare meiner Rosen."

Sie blinzelte verblüfft. „Aber das Essen ..."

„Wie ich Jörgen kenne, wird es noch ein wenig dauern – er ist Perfektionist. Ein Menü verlässt erst dann seine Küche, wenn es hundertprozentig seinen Vorstellungen entspricht, und nicht eine Sekunde früher." Er winkte den Kellner heran. „Außerdem wird Petter uns sofort informieren, wenn es an der Zeit ist – nicht wahr?"

Lodernd wie Glut sank die Sonne dem Horizont entgegen. Sie schien den Himmel in Flammen zu setzen, ließ ihn in feurigem Purpur erglühen, das schließlich in sanftes Rosé überging und dann mit dem tiefen Schwarzblau des Nachthimmels verschmolz. Und dieses ganze Schauspiel wiederholte sich praktisch noch einmal, indem es von der spiegelglatten Oberfläche des Sees reflektiert wurde.

Den ganzen Tag über war es angenehm warm gewesen, doch nun, da die Sonne weg war, kühlte es rasch und merklich ab. Als er sah, dass Laura neben ihm fröstelte, zog Lars sein Jackett aus und legte es ihr um die Schultern. Es war eine rein instinktive Geste, über die er nicht einmal nachdachte. Doch als sie lächelnd zu ihm aufblickte, spürte er, wie ihm plötzlich warm ums Herz wurde.

Reiß dich zusammen, Lars! Denk daran, wer sie ist!

Gemeinsam spazierten sie durch den Garten. Versonnen ließ Laura ihre Finger über die Blüten der Rosen streichen und beugte sich vor, um den Duft der Blumen einzuatmen.

„Wunderbar", schwärmte sie. „Und die haben wirklich Sie gezüchtet?"

Lars nickte. „Man kann sich kaum vorstellen, wie entspannend es ist, ehe man es selbst versucht." Fragend schaute er sie an. „Haben Sie irgendwelche Hobbys?" Den restlichen Teil des

Satzes, der ihm unwillkürlich durch den Kopf schoss, ließ er lieber aus. Er konnte sich nicht vorstellen, dass „ich meine, außer Juwelen zu stehlen" bei ihr besonders gut angekommen wäre.

„Einige", entgegnete sie ausweichend. „Ich stelle zum Beispiel eigene Parfums her. Wetten, dass ich die Duftkomponenten, aus denen Ihr Aftershave zusammengesetzt ist, auf Anhieb erkenne?"

Er lächelte. „Da bin aber gespannt", sagte er. „Was muss ich tun?"

„Beugen Sie sich ein Stück zu mir hinunter", forderte sie ihn auf. Dann stellte sie sich auf die Zehenspitzen, kam mit der Nase ganz nah an seinen Hals und atmete tief ein.

Sie schloss die Augen, und für einen Moment war er nicht sicher, ob sie noch etwas sagen würde. Ihre Nähe war so intensiv, er spürte ihre Körperwärme. Und dieses Gefühl war überaus angenehm.

Die Luft zwischen ihnen prickelte vor aufgestauter Energie.

„Sandelholz", murmelte sie schließlich. „Mit einer leichten Zitrusnote." Blinzelnd schlug sie die Augen wieder auf, und erst jetzt schien ihr bewusst zu werden, wie nah sie ihm gekommen war.

Sie stolperte einen Schritt zurück. „Passt gut zu Ihnen", stieß sie nervös aus. „Wirklich. Die Kombination ist perfekt für Sie. Und was Ihre Rosen betrifft ..." Hastig wandte sie den Blick von ihm ab. „Diese hier finde ich besonders schön ..." Zielstrebig ging sie auf eine von Lars' eigenen Kreuzungen zu – eine Teerose mit weißen Blüten, die nach außen hin in ein leuchtendes Rubinrot übergingen. Er hatte für diese Züchtung sogar einen Preis erhalten, doch immer, wenn er sie sah, weckte der Anblick schmerzhafte Erinnerungen in ihm. Und dann sah er sie wieder vor sich: Stina – bleich, leblos, und im scharfen Kontrast zu ihrer Blässe das Blut, das aus ihrem Mundwinkel rann ...

Energisch schüttelte er das Bild ab, das sich in seinen Kopf eingebrannt zu haben schien. Jetzt war nicht der richtige Zeitpunkt, sich mit der Vergangenheit zu beschäftigen. Es war die Gegenwart, die seine volle Aufmerksamkeit erforderte.

Er war beinahe froh darüber, dass Petter erschien, um ihnen mitzuteilen, dass das Essen aufgetragen wurde. Mit Laura in den Garten zu gehen, war keine gute Idee gewesen, auch wenn er sie dadurch davon abgehalten hatte, ein neues Opfer auszuspähen.

Den Rest des Abends einigermaßen mit Anstand hinter sich zu bringen, fiel ihm alles andere als leicht. Immerzu glaubte er, Stina vor sich zu sehen. Es war Jahre her, dass er zum letzten Mal an sie gedacht hatte. Es musste an Laura liegen, dass die Erinnerungen aus dem hintersten Winkel seines Unterbewusstseins, in den er sie verbannt hatte, an die Oberfläche zurückgekehrt waren.

„*Förlåt*", entschuldigte er sich schließlich. „Ich fürchte, ich bin heute kein wirklich guter Gesellschafter. Aber ich möchte das gern wiedergutmachen. Haben Sie morgen schon etwas vor?"

Laura blinzelte überrascht. „Ob ich … *Nej*. Wieso?"

„Lassen Sie sich überraschen", sagte er. „Wir treffen uns um neun Uhr im Foyer, einverstanden?"

Eigentlich hatte er überhaupt keine Zeit dafür. Als Direktor von *Södergren Hotellen* war er verantwortlich für eine ganze Hundertschaft von Angestellten. Und in einem Unternehmen dieser Größenordnung gab es eigentlich immer etwas zu erledigen.

Hinzu kam die Sache mit der Klausel im Testament seiner verstorbenen Tante Ingrid, die ihm und seinen Cousins doch tatsächlich vorschrieb, dass sie innerhalb eines Jahres nach ihrem Tod heiraten mussten, wenn ihre Anteile an der Firma nicht an eine wohltätige Stiftung fallen sollten.

Doch allem voran wollte er Laura wiedersehen – und sei es nur, um sie vor sich selbst zu beschützen und dafür zu sorgen, dass sie nicht dasselbe Schicksal erlitt wie Stina.

Als Laura etwas mehr als eine Stunde später in ihrem Bett lag, fühlte sie sich zu Tode erschöpft und ausgelaugt. Doch der ersehnte Schlaf wollte einfach nicht kommen. Dafür schlich sich immer wieder Lars Södergren in ihre Gedanken.

Und das konnte sie auf gar keinen Fall gebrauchen, angesichts der seltsamen Gefühle, die er in ihr auslöste. Gefühle, die der Situation in keiner Weise angemessen waren und die sie schlicht und einfach nicht wollte.

Dabei lief im Grunde alles genau so, wie sie es sich ausgemalt hatte. Lars zeigte ein mehr als offensichtliches Interesse an ihr. Warum sonst sollte er darauf drängen, mehr Zeit mit ihr zu verbringen? Eine andere Erklärung dafür fiel ihr nicht ein.

Er hatte also tatsächlich angebissen. Jetzt war es nur noch eine Frage der Zeit, bis er ernsthaft anfangen würde, ihr Avancen zu machen. Bloß hatte sie nicht die leiseste Ahnung, wie sie damit umgehen sollte, wenn es so weit war.

Mit einem unterdrückten Stöhnen rollte sie sich im Bett herum, zog sich die Decke über den Kopf und versuchte, den Schlaf herbeizuzwingen. Doch das hatte nur zur Folge, dass sie sich noch mehr verkrampfte und erst recht keine Ruhe fand.

Sie wünschte, mit Sofia über alles sprechen zu können. Das würde ihr einmal mehr vor Augen führen, was für ein Mensch Lars Södergren in Wirklichkeit war. Und dann konnte sie sich endlich wieder auf ihr eigentliches Ziel konzentrieren und Lars vor aller Welt als den gemeinen Betrüger und Lügner entlarven, der er war.

Im Augenblick mochte sie noch nicht wissen, wie sie es anstellen sollte, aber früher oder später würde ihr schon eine Lösung einfallen. Vorerst musste sie nur eines tun: Lars bei Laune halten. Und das bedeutete zu ihrem Leidwesen auch, dass sie Zeit mit ihm verbringen musste.

Das Schlimmste daran war, dass das Zusammensein mit ihm ihr längst nicht so unangenehm war, wie es angesichts der Situation angemessen erscheinen mochte. Ganz im Gegenteil sogar. Sie hatte sich amüsiert und seine Gesellschaft genossen, und für einen kleinen Moment tatsächlich vergessen, wer dieser Mann war und was er Sofia angetan hatte.

Dabei wusste sie doch, dass sich unter der Fassade des freundlichen und zuvorkommenden Charmeurs einer der abscheulichsten und abstoßendsten Menschen verbarg, die sie jemals kennengelernt hatte.

Und das durfte sie auch niemals vergessen!

Wenn er nur nicht so unglaublich attraktiv wäre …

Sie hatte schon immer ein Händchen dafür besessen, ihr Herz an die falschen Männer zu hängen. Das durfte ihr bei Lars jedoch auf gar keinen Fall passieren. Sicher gab es dort draußen auch ein paar Exemplare der Spezies Mann, die keine selbstverliebten und eigensüchtigen Machos waren. Allerdings war Laura in ihrem ganzen Leben bisher noch keinem begegnet.

Und Lars bildete dabei ganz gewiss keine Ausnahme.

ls Laura am nächsten Morgen den Lift betrat, um ins Foyer hinunterzufahren, wurde sie sofort von einer älteren Dame mit violett getöntem Silberhaar in Beschlag genommen, die so mit Juwelen behängt war, dass es aussah, als hätte sie den Inhalt ihrer gesamten Schmuckkassette auf einmal angelegt.

„Ach, es ist so hübsch hier in Schweden, finden Sie nicht? Ich meine diese frische Luft und die bezaubernde Natur." Sie lachte hell auf – es klang so falsch und gekünstelt, dass sich alle zu ihr umdrehten. „Dieses Hotel hier ist wirklich exzellent, ganz exzellent. Und die wunderbare Lage, direkt am See."

Nur mühsam unterdrückte Laura ein Kichern. Diese Frau wirkte wie die Karikatur einer amerikanischen Ölmillionärin. Sie war laut, schrill und so übermäßig freundlich, dass es nie ganz echt wirkte. Aber vermutlich versuchte sie auf diese Weise nur, die Unsicherheit zu kaschieren, die sie tief in ihrem Herzen empfand.

„Ja, es ist wirklich sehr schön hier", entgegnete Laura daher höflich.

„Sie sollten sich unbedingt die Schärenküste ansehen", empfahl ihre Gesprächspartnerin. „Ich war ganz hin und weg, sage ich Ihnen. Wenn mein Alfred, Gott hab ihn selig, das noch hätte miterleben können …" Sie verstummte, und für einen kurzen Moment fiel alle aufgesetzte Fröhlichkeit von ihr ab, und man konnte die Traurigkeit in ihren Augen erkennen.

Doch sie hatte sich sofort wieder im Griff und setzte ihr strahlendstes Lächeln auf. „Lassen Sie mich Ihnen einen Rat geben, Kindchen", sagte sie und legte Laura eine Hand auf den Arm. „Lassen Sie sich die Schönheiten der Umgebung von einem attraktiven Mann zeigen, und genießen Sie den Zauber des Augenblicks. *Carpe diem*, Kindchen – nutzen Sie den Tag. Der alte Horaz wusste schon ganz genau, wovon er sprach."

Die Aufzugtüren öffneten sich, als sie das Erdgeschoss erreichten, und Laura stieg mit den anderen aus. Als sie Lars erblickte, der im Foyer stand, schien für einen winzigen Moment die Zeit stillzustehen.

Er wandte ihr den Rücken zu, doch sie erkannte ihn trotzdem auf Anhieb. Es war seine stolze, gerade Haltung und die Art, wie er die Arme anwinkelte. Er unterhielt sich mit einer attraktiven Blondine, was gegen Lauras Willen unwillkürlich Eifersucht in ihr hochkochen ließ. Sofort rief sie sich zur Ordnung. Sie hatte weder das Recht, so zu reagieren, noch war es in irgendeiner Weise angemessen.

„Ah, wie ich sehe, haben Sie den passenden Begleiter bereits gefunden …“, raunte ihr die Amerikanerin mit dem silbervioletten Haar zu, als sie an ihr vorüberging.

„Nein“, entgegnete Laura sofort. „Ich …“ Doch die ältere Dame war längst weitergegangen und bekam ihren Protest gar nicht mehr mit.

Verärgert über ihre eigene, heftige Reaktion auf Lars' Anblick, ballte sie die Hände zu Fäusten. Das musste aufhören – sofort! Sie durfte nicht vergessen, warum sie so überstürzt nach Schweden gereist war. Es ging darum, Sofia Gerechtigkeit widerfahren zu lassen. Und das würde nicht geschehen, wenn sie sich dem Schuft, der ihre Freundin so gemein hintergangen hatte, an den Hals warf.

Doch als Lars sich zu ihr umdrehte, war all ihre Entschlossenheit mit einem Schlag vergessen. Einfach verpufft. Und einen Augenblick später war ihr, als hätte es sie niemals gegeben.

Er lächelte.

Mehr war nicht nötig, um ihr das Gefühl zu geben, dass der Erdboden unter ihren Füßen bebte. Sie stand einfach nur da, unfähig, auch nur den kleinen Finger zu rühren, und starrte ihn an.

Lars kam auf sie zu. „Da sind Sie ja schon“, sagte er, beugte sich vor, legte sanft seine Hände auf ihre Schultern und begrüßte Laura mit einem Kuss auf die Wange.

Es war kaum mehr als der Hauch einer Berührung. Seine Lippen streiften ihre Haut bloß, so wie der zarte Flügelschlag eines Schmetterlings. Nichts, was das Gefühlschaos in ihr auch nur ansatzweise rechtfertigte.

Ihre Knie wurden schwach, das Herz klopfte ihr bis zum Hals, und sie blinzelte heftig, um sich wieder auf den Boden der Tatsachen zurückzuholen.

Was ihr schließlich auch gelang.

„*God morgon*", stieß sie heiser hervor. Sie spürte, wie sengende Hitze ihre Wangen glühen ließ. „Wenn Sie noch anderweitige Verpflichtungen haben …"

Er wirkte kurz irritiert, als wüsste er nicht, wovon sie eigentlich redete. Dann schien er sich plötzlich wieder an die Blondine zu erinnern, die noch immer dort stand, wo er sie zurückgelassen hatte. „Ach, Sie meinen wegen Greta." Er winkte die andere Frau heran. „Laura, darf ich vorstellen? Greta Sjöberg, Empfangschefin des Sjöstranden-Hotels."

Sie brauchte einen Moment, um das heftige Gefühl der Erleichterung abzuschütteln, das von ihr Besitz ergriff.

Es gibt nicht den geringsten Grund, auf diese Weise zu empfinden! wies sie sich selbst zurecht. Nicht den geringsten!

„Freut mich sehr, Ihre Bekanntschaft zu machen", erklärte Greta Sjöberg mit einem professionellen Lächeln.

Laura nickte nur – sie war nicht sicher, ob sie schon wieder in der Lage war, einen vernünftigen Satz hervorzubringen. Dabei half auch die Tatsache nicht, dass Lars sich plötzlich bei ihr unterhakte und mit einem fröhlichen, fast schon jungenhaften Grinsen fragte: „Wollen wir dann?"

„Was haben Sie eigentlich mit mir vor?", fragte Laura, als sie etwas später zusammen in Lars' Wagen saßen.

Es war das erste Mal, dass sie seit ihrer Begegnung im Foyer das Wort an ihn richtete. Lars hatte darauf geachtet – ebenso, wie er sie auch ansonsten im Auge behielt.

Inzwischen zweifelte er kaum noch daran, dass er es mit dem berüchtigten *schwarzen Engel* zu tun hatte, denn ihm war nicht entgangen, dass sie offenbar mit Mrs Wasserman Bekanntschaft geschlossen hatte – einer Millionärswitwe aus den Vereinigten Staaten, die aus ihrer Liebe zu Schmuck und Juwelen keinen Hehl machte. Sehr zu Lars' Missfallen.

Laura war also die gesuchte Diebin. Die Frage war, wie er nun mit diesem Wissen umgehen sollte.

„Du solltest die Polizei alarmieren", hatte sein Sicherheitschef ihm am Abend zuvor dringend empfohlen, als er nach dem Dinner mit Laura noch einmal bei ihm hereingeschaut hatte. „Wir kommen in Teufels Küche, wenn jemand herausfindet, dass wir eine gesuchte Kriminelle decken, ist dir das eigentlich klar?"

Natürlich war Lars sich der Gefahr bewusst. Und er wusste auch, dass es ihm im Grunde nicht zustand, eine solche Entscheidung auf eigene Faust zu treffen. Immerhin ging es hier um mehr als nur um seine Existenz oder um die seiner Familie. Wenn es durch seine Schuld tatsächlich zur großen Katastrophe kam, dann würden alle Angestellten von *Södergren Hotellen* darunter zu leiden haben.

Wollte er wirklich die Verantwortung dafür tragen, all diese Menschen ins Unglück gestürzt zu haben? War es das alles wirklich wert?

„Sie haben mir nicht geantwortet, Lars. Wohin fahren Sie mit mir?"

Ihre Worte rissen ihn aus seinen fruchtlosen Grübeleien. Er setzte ein geheimnisvolles Lächeln auf. „Lassen Sie sich einfach überraschen, Laura. Ich bin sicher, dass es Ihnen gefallen wird."

Sie verzog das Gesicht. „Ich mag keine Überraschungen."

„Vertrauen Sie mir – diese werden Sie lieben."

Als sie ein paar Minuten später ihr Ziel erreichten, was Laura lediglich daraus schließen konnte, dass Lars seinen Wagen an den Straßenrand lenkte und den Motor abstellte, blickte sie sich irritiert um.

Sie befanden sich auf einer Landstraße. Zu ihrer Linken erstreckten sich weite Wiesen und Weiden, auf denen Kühe friedlich grasten. Auf der rechten Seite erhob sich ein mit Gras bewachsener Hügel. Dieser Platz wirkte in keiner Weise interessanter oder besonderer als jene, an denen sie auf der Fahrt hierher vorbeigekommen waren.

„Was soll das werden?", fragte sie stirnrunzelnd.

Mit einem wissenden Lächeln, das Laura verrückt machte, stieg er aus, kam einmal um den Wagen herum und öffnete ihr die Beifahrertür. „Kommen Sie", sagte er. „Es ist nicht mehr weit."

Aus dem Kofferraum holte er eine Segeltuchtasche und schulterte sie. Dann reichte er Laura eine Hand und nickte einladend. „Wollen wir?"

Laura wollte so einiges. Unter anderem, sich nicht zu ihm hingezogen fühlen und ihre Gefühle endlich wieder unter Kontrolle haben. Mit Lars einen Spaziergang mit ungewissem Ziel zu machen, gehörte allerdings nicht unbedingt dazu.

Dummerweise war es ein notwendiger Bestandteil ihres Vorhabens, Lars in die Falle zu locken, dass sie möglichst viel Zeit gemeinsam mit ihm verbrachte. Und mehr und mehr stellte sich Laura die Frage, ob es sich am Ende nicht genau umgekehrt verhielt und sie ihm in die Falle tappte. Eine Falle, so süß und verlockend, dass es schwierig war, dem Köder zu widerstehen. Und das, obwohl sie wusste, dass es sich genau darum handelte: einen Köder.

Er spielt nur mit dir, rief sie sich selbst in Erinnerung. Es geht ihm lediglich darum, sich dein Vertrauen zu erschleichen. Du sollst dich in ihn verlieben und alle Vorsicht fahren lassen – und wenn er dann mit dir tun und lassen kann, was immer er will …

Laura mochte den Gedanken nicht zu Ende denken. Und vor allem wollte sie sich nicht eingestehen, dass sie immer wieder kurz davor war, auf seine miesen Tricks hereinzufallen.

Gemeinsam erklommen sie den Hügel. Immer, wenn Laura Mühe hatte, weiter voranzukommen, half Lars ihr.

„So", sagte er schließlich und streckte ihr wieder eine Hand entgegen. „Da wären wir."

Sie nahm seine Hilfe an und ließ sich von ihm das letzte Stück bis zur Kuppe des Hügels hinaufziehen. Dort angekommen, stockte ihr der Atem.

„Das ist ja …"

Ihr fehlten die Worte, um zu beschreiben, was in ihr vorging. Mit allem hatte sie gerechnet, aber ganz gewiss nicht mit diesem Ausblick.

Strahlend blau wölbte sich der Himmel über der Ostsee, deren Oberfläche im Sonnenlicht funkelte. Schäumend rollten die bleigrauen Wogen an die Küste, die aus zahllosen, vom Wasser glatt geschliffenen Steinen bestand. In weiter Ferne waren einige Boote zu sehen, deren weiße Segel sich im Wind blähten, der kräftig von der See her blies.

Über ihnen zogen Möwen ihre Kreise. Ihr Kreischen vermischte sich mit dem Tosen der Brandung und dem Brausen des Windes zu einer Symphonie, die es in ihrer Schönheit und Eleganz mit jedem Stück aus der Feder eines Mozart oder Beethoven aufnehmen konnte.

Laura atmete tief durch. Sie schmeckte einen Hauch von Salz auf ihrer Zunge und ihren Lippen. Die Seebrise spielte mit ihrem Haar und rötete ihre Wangen. Sie lächelte. Nein, sie strahlte. Sie konnte förmlich fühlen, wie unbändige Freude in ihr aufstieg. Etwas, das tief aus ihrem Inneren an die Oberfläche drang. Das sich seinen Weg suchte, wie das Wasser einer Quelle, und sich durch nichts aufhalten ließ, welcher Widerstand sich auch immer bot.

„Gefällt es Ihnen?"

Laura schloss die Augen und genoss es einen Moment lang einfach nur, die wärmenden Sonnenstrahlen auf ihrer Haut zu spüren.

„Es ist wundervoll." Sie hob die Lider und blickte ihn an. „Vielen Dank, dass Sie mich hierhergebracht haben."

„Dann ist mir die Überraschung also gelungen?"

Sie wünschte sich, dass es nicht so wäre. Doch wem wollte sie hier eigentlich etwas vormachen? Ihm? Sich selbst?

Ganz offensichtlich verstand Lars Södergren eine Menge von menschlicher Psychologie. Er hatte weniger als achtundvierzig Stunden gebraucht, um zu erkennen, wie er sie am besten packen konnte. Wo ihre Schwächen lagen, wo ihre Sehnsüchte.

Wie war das möglich? Er kannte sie doch gar nicht.

Dieser Gedanke ließ unwillkürlich wieder Ernüchterung einkehren. Doch sie zwang sich dazu, es sich nicht anmerken zu lassen. Sollte Lars ruhig glauben, dass er sie genau da hatte, wo er sie haben wollte. Er brauchte nicht zu wissen, dass sie ihn durchschaut hatte.

Doch als er dann ihre Hand nahm und sanft drückte, hatte sie plötzlich gar nicht mehr das Gefühl, Herrin der Lage zu sein. Ganz im Gegenteil. Ihr Herz fing an, heftig zu hämmern, ihr Puls raste, und ihre Atmung beschleunigte sich.

Eine rein körperliche Angelegenheit, versuchte sie, sich selbst zu beruhigen. Grundlegende biologische Abläufe, auf die man bewusst kaum Einfluss nehmen kann. Doch diese Erkenntnis half ihr auch nicht weiter, denn sie half ihr nicht dabei, gegen die Ursachen anzugehen. Nein, sie führte ihr nur einmal mehr vor Augen, dass es nichts gab, was sie gegen die Anziehungskraft tun konnte, die Lars auf sie ausübte.

Außer dich zusammenzureißen und nicht zuzulassen, dass du dich unüberlegt in irgendwelche Dummheiten stürzt – und das wäre doch für den Anfang schon mal recht hilfreich …

Lars führte sie einen schmalen, abschüssigen Weg zum Strand hinunter. An einer Stelle, an der der Boden mit feinem weißem Sand bedeckt war, stellte er seine Tasche ab und öffnete sie. Laura konnte einen überraschten Laut nicht unterdrücken, als er eine karierte Wolldecke daraus hervorholte und sie auf dem Untergrund ausbreitete.

Ein Picknick? Auf eine so nette Idee war vorher noch kein Mann gekommen. Gegen ihren eigenen Willen war sie beeindruckt, und es fiel ihr immer leichter zu verstehen, warum Sofia diesem Typ auf den Leim gegangen war. Er sah nicht nur verteufelt gut aus, er war auch charmant und aufmerksam. Ein perfekter Mann – wenn man von dem kleinen Schönheitsfehler absah, dass er dazu neigte, Frauen um ihr Vermögen zu betrügen.

Als der Wind drohte die Decke wegzuwehen, hielt Laura sie kurzerhand fest, sodass Lars mit seinen Vorbereitungen fortfahren konnte. Denn mit der Decke allein war es noch längst nicht getan. Aus seiner scheinbar bodenlosen Segeltuchtasche zauberte er allerhand verlockende Köstlichkeiten hervor – frisches Brot, einige Wurst- und Käsespezialitäten, Butter, Tomaten, Eier und Salz sowie leuchtend rote Erdbeeren mit Schlagsahne für den Nachtisch. Zum Schluss kam eine verschlossene Plastikbox zum Vorschein, deren Deckel zusätzlich noch mit zwei Gummiringen gesichert war.

„Vorsicht", warnte Lars sie, als sie die Box öffnen wollte. „Das ist *Surströmming*."

Behutsam stellte Laura den Behälter auf der Decke ab. Sie hatte schon von den berüchtigten Ostseeheringen gehört, die in Salzlake eingelegt gären und einen faulen Geruch verströmen, wenn sie zum Verzehr bereit sind. Sie war schon immer neugierig gewesen, wie *Surströmming* wohl schmeckte – nicht ohne Grund war er schließlich eine saisonale Spezialität, es musste also irgendetwas Gutes daran sein.

„Sie sehen skeptisch aus", stellte Lars grinsend fest. „Ich gebe zu, *Surströmming* ist eine Beleidigung für jede Nase – aber der Geschmack ist wirklich einzigartig. Ich bin sicher, dass Sie ihn lieben werden, wenn Sie sich erst einmal überwunden haben, ihn zu kosten."

Rasch packte er noch Getränke aus, dann setzten sie sich zusammen auf die Decke. Laura schaute auf die See hinaus, deren Oberfläche vom Wind aufgeraut war. Bauschige Wolken zogen am Himmel entlang. Früher, als junges Mädchen, hatte sie im Sommer häufig im Garten ihrer Eltern auf dem Rücken im Gras gelegen und zum Himmel hinaufgeblickt. In ihrer Fantasie waren aus den Wolkengebilden dann Schlösser, fantastische Zauberwesen und Ritter auf stolzen Schlachtrössern geworden.

Sie atmete tief durch, schloss die Augen und lauschte einfach nur den Geräuschen, die sie umgaben. Dem Wind, der Brandung, den Möwen – und dem Klopfen ihres eigenen Herzens.

Vermutlich bildete sie es sich nur ein, doch sie glaubte, die Wärme von Lars' Körper neben sich spüren zu können. Es war gleichzeitig ein sehr angenehmes, aber auch ein verwirrendes Gefühl, das auf jeden Fall viel stärker auf sie wirkte, als sie sich selbst eingestehen mochte.

„Möchten Sie etwas essen?", fragte Lars und holte sie damit wieder in die Realität zurück. „Zu trinken kann ich wahlweise

Kaffee oder Tee anbieten. Auf den Champagner habe ich verzichtet – ich weiß ja: für Sie frühestens zum Dinner."

Lächelnd schlug Laura die Lider auf. „Ein paar Erdbeeren wären jetzt schön", antwortete sie und stibitzte sich eine der köstlich aussehenden Früchte aus dem Körbchen. Sie seufzte, als der herrlich süße Geschmack förmlich auf ihrer Zunge explodierte. „Oh, mein Gott, das sind mit Abstand die besten Erdbeeren, die ich in meinem Leben je gegessen habe. Wo haben Sie bloß diese himmlischen Früchte aufgetrieben?"

„Sie stammen aus dem Garten hinter meinem Haus", antwortete Lars, wirkte dabei aber irgendwie abwesend. „Entschuldigung, aber Sie … darf ich kurz …?" Er hob die Hand und strich mit dem Daumen sanft über ihr Kinn.

Obwohl die Berührung im Grunde kaum der Rede wert war, fühlte sich Laura, als habe sie aus heiterem Himmel der Blitz getroffen. Heiße und kalte Schauer liefen ihr abwechselnd über den Rücken. So etwas hatte sie noch nie zuvor erlebt.

„Was … was tun Sie da?", stieß sie atemlos hervor.

Er wirkte mindestens ebenso überrascht, wie sie sich fühlte. „Sie … hatten da etwas Erdbeersaft am Kinn."

Lauras Herz klopfte schnell, ihr Puls pochte, und in ihren Ohren rauschte es heftig, doch dieses Mal waren es nicht der Wind oder die Brandung, sondern ihr eigenes, in Wallung geratenes Blut.

Sie zwang sich, tief durchzuatmen, doch das Gefühl von Entspannung, das sie so sehr herbeisehnte, wollte sich einfach nicht einstellen. Was war bloß mit ihr los? Sie wusste doch, was dieser Lars Södergren in Wahrheit für ein Mensch war. Wie konnte sie sich trotzdem von seiner schillernden Fassade blenden lassen?

„*Tack*", flüsterte sie heiser und wich seinem Blick aus. „*Tack så mycket.*"

Ein paar Sekunden lang saßen sie einfach nur da. Keiner von ihnen sprach ein Wort, ganz einfach, weil es nichts zu sagen gab. Um sich abzulenken, aß Laura. Die Speisen, die Lars mitgebracht hatte, waren einfach, aber köstlich. Trotzdem hatte sie das Gefühl, dass alles irgendwie gleich schmeckte – was vermutlich daran lag, dass es ihr einfach nicht gelang, sich darauf zu konzentrieren.

„Erzählen Sie mir etwas über sich", bat sie schließlich, um das drückende Schweigen, das sich wie ein schweres Tuch über sie gesenkt hatte, zu brechen. „Sie sind also der Direktor des Sjöstranden-Hotels. War es schon immer Ihr Traum, ein Hotel zu leiten?"

Er lachte leise. „*Nej.* So kann man das nicht unbedingt sagen. Aber es war mir schon immer vorherbestimmt."

Sie hob eine Braue. „Vorherbestimmt? Wie meinen Sie das?"

„Nun, man könnte sagen, dass ich meine Position einer Erbschaft verdanke", erklärte er. „Aber das ist alles eher uninteressant. Erzählen Sie mir lieber von sich. Das Leben einer Schriftstellerin ist doch sicher wahnsinnig aufregend."

Sie brauchte einen Moment, ehe sie sich wieder an ihre Tarngeschichte erinnerte. Rasch winkte sie ab. „Ach was, das stellt man sich immer nur so vor. Aber letzten Endes ist es doch ein Job wie jeder andere und bedeutet vor allem eines: harte Arbeit."

Er nickte. „Das kann ich mir denken. Wenn ich mir vorstelle, dass ich vor einem leeren Blatt Papier sitzen und irgendetwas darauf zustande bringen müsste ... Nein, ich glaube, dazu wäre ich nie und nimmer in der Lage."

„Nun, dafür verstehen Sie es umso besser, ein Hotel zu leiten – ein Metier, von dem ich wohl besser die Finger lassen sollte." Sie lächelte. „Das Sjöstranden-Hotel jedenfalls scheint ja zu florieren. Wenn man bedenkt, was man vor allem an Ihren weiblichen Gästen an kostbaren Juwelen und Geschmeiden zu bestaunen hat ..."

Sein Gesichtsausdruck veränderte sich, doch sie wusste nicht recht einzuordnen, warum. „Ja, die Geschäfte laufen recht gut", erwiderte er ausweichend. „Ich kann mich nicht beklagen. Aber es hat auch einiges an Zeit und Nerven gekostet, das Sjöstranden-Hotel zu dem zu machen, was es heute ist. Und schon ein winziger Eklat könnte all dies mit einem Schlag zunichtemachen."

Laura runzelte die Stirn. Das war es, worüber er sich Gedanken machte? Der Ruf seines Hotels? Über die Frauen, denen er die große Liebe vorgegaukelt hatte, nur um sie dann um ihr Vermögen zu betrügen, schien er sich hingegen nicht den Kopf zu zerbrechen.

Unwillkürlich fragte Laura sich, wie sie sich auch nur im Entferntesten zu ihm hingezogen gefühlt haben konnte – und es noch immer tat. Sie verstand sich selbst nicht mehr. Ehrlichkeit, Loyalität, Zuverlässigkeit – das waren Eigenschaften, auf die sie üblicherweise größten Wert legte. Wie war es möglich, dass sie einen Mann, auf den kein einziges dieser Attribute zutraf, auch nur ansatzweise anziehend fand?

Begreifen konnte sie es nicht. Fest stand nur, dass es sich genau so verhielt. Dabei war er doch ein solcher – „Schuft!"

„Wie bitte?"

Sie blinzelte, erschrocken darüber, dass sie ihren letzten Gedanken offensichtlich laut ausgesprochen hatte. Mit einem gezwungenen Lächeln schüttelte sie den Kopf. „Ach, ich muss nur gerade an eine gute Freundin von mir denken", log sie. „Sie hatte eine kleine Pension, die durch üble Nachrede in Schwierigkeiten geriet. Ich weiß also, was Sie damit meinen, dass oft schon Kleinigkeiten genügen können, um ganze Existenzen zu zerstören."

„Was geschah mit der Pension Ihrer Freundin? Konnte sie die Sache aus der Welt schaffen?"

Besagte Freundin hatte nie existiert, doch Laura sah nicht ein, warum sie sich wegen dieser kleinen Notlüge schämen sollte. Gerade gegenüber einem Schwindler par excellence wie Lars Södergren.

„Nein", antwortete sie deshalb. „Meine Freundin musste die Pension schließen und ihren großen Traum begraben. Sie hat sich nie wirklich von diesem Schlag erholt. Ich glaube, das war es, woran sie schließlich auch gestorben ist. Sie hat sich einfach aufgegeben, verstehen Sie?"

Natürlich hatte Laura gehofft, ihn mit dieser kleinen Geschichte, die lose an die ihrer Mutter angelehnt war, deren Existenz von einem Mann wie ihm zerstört worden war, ein wenig aus der Reserve locken zu können. Doch mit einem so durchschlagenden Erfolg hatte sie nicht gerechnet.

Lars war kreidebleich geworden.

Er räusperte sich mühsam. „Sie ist gestorben, sagen Sie?"

Laura nickte. Fast tat er ihr leid – aber nur fast. „Ja, sie … *Förlåt*, habe ich etwas Falsches gesagt? Sie sehen aus, als hätten Sie ein Gespenst gesehen."

Er schüttelte den Kopf und lächelte, doch es wirkte nicht echt. „Es ist schon gut. Wir sollten diesen wunderschönen Tag nicht mit düsteren Erinnerungen verderben. Lassen Sie uns das Thema wechseln, Laura."

Sein Lächeln wirkte jetzt schon viel freier. „Ich habe mir heute extra für Sie freigenommen – was möchten Sie gern unternehmen?"

„Sie sind doch für die Suiten im oberen Stockwerk zuständig, nicht wahr, Inga?"

Das blonde Zimmermädchen zuckte erschrocken zusammen, als Mikael es überraschend ansprach. Es nickte eifrig. „Ja, die obere Etage gehört zu meinem Bereich. Warum? Hat sich einer der Gäste beschwert?"

„Wo denken Sie hin?", entgegnete Mikael mit einem gewinnenden Lächeln. „Ich bin Sicherheitschef des Hotels – Gästebeschwerden landen ganz woanders, meine Liebe. Ich möchte Sie einfach nur bitten, dies hier", er zückte einen braunen Umschlag und reichte ihn der jungen Frau, „in Suite 383 zu deponieren."

Inga wirkte verunsichert. „Ich weiß nicht, ich bin doch erst seit etwas mehr als zwei Wochen hier und …"

„Meine Liebe", sagte Mikael und umfasste ihre Schultern. „Wie ich schon sagte – ich bin der Sicherheitschef hier. Es gibt nun wirklich keinen Anlass zu der Befürchtung, dass ich irgendetwas unternehmen würde, um dem Hotel zu schaden."

Das Zimmermädchen entspannte sich ein wenig. Schließlich lächelte sie sogar. „Sie haben natürlich recht, wie dumm von mir. Suite 383, sagten Sie?"

Mikael nickte. „Ganz genau. Legen Sie den Umschlag einfach auf einen der Beistelltische."

Nachdem er sich bei Inga bedankt hatte, ging er wieder zurück in Richtung Sicherheitsraum. Er war zufrieden mit sich selbst. Wenn alles so lief, wie er es sich vorstellte, würde der Chef schon bald keine andere Wahl mehr haben, als die Polizei hinzuzuziehen. In Mikaels Augen war es ein unverzeihlicher Fehler, dass dies nicht schon längst geschehen war. Es ging hier immerhin um eine Juwelendiebin, die in ganz Europa für ihre Dreistigkeit berühmt war.

Lars Södergren war ein guter Mann, und Mikael arbeitete gern mit ihm zusammen. Doch in diesem speziellen Fall ließ sein Boss sich von Beweggründen leiten, die man nur als äußerst ungesund und unvernünftig bezeichnen konnte.

Zugegeben, diese Frau war eine echte Augenweide. Doch das war keine Entschuldigung dafür, unverantwortlich zu handeln. Genau das war es nämlich, was Lars im Moment tat – und Mikael würde verhindern, dass er sich und all jene, die unmittelbar von seinen Entscheidungen betroffen waren, ins Unglück stürzte.

Lars mochte sein Chef sein. Er mochte ein guter Freund sein. Doch das gab ihm nicht das Recht, ihn in irgendwelche kriminellen Machenschaften hineinzuziehen.

Deshalb hatte Mikael eine Falle ausgelegt, der diese kleine Kriminelle ganz sicher nicht würde widerstehen können. Und sobald sie hineingetappt war, würde er sie den Behörden ausliefern.

Ganz gleich, was Lars auch davon halten mochte.

*E*s tut mir leid, dass der Anruf meines Cousins dazwischengekommen ist", entschuldigte sich Lars, als sie etwa eine Stunde später die Eingangshalle des Sjöstranden-Hotels betraten. Kurz nach ihrem gemeinsamen Essen hatte Mattias angerufen und ihm mitgeteilt, dass er und Patrick ihn im Hotel erwarteten. Da seine Cousins nur ein paar Stunden in der Stadt waren, war ihm nichts anderes übrig geblieben, als den Ausflug mit Laura vorzeitig zu beenden. „Treffen wir uns morgen wieder im Foyer? Um dieselbe Zeit?"

Laura lachte. „Sagen Sie, haben Sie eigentlich keine anderen Aufgaben? Seit ich angekommen bin, kümmern Sie sich geradezu aufopfernd um mein Wohlergehen. Man könnte fast glauben, dass ich der einzige Gast dieses Hotels bin. Wenn ich mich hier aber so umsehe …"

Die Halle war voller Menschen, die miteinander redeten, lachten oder einfach nur in einem der bequemen Loungesessel saßen und in einer Zeitung blätterten.

„Ich verbringe einfach gerne Zeit mit Ihnen", antwortete Lars und wirkte dabei so unglaublich offen und ehrlich, dass Laura ihm beinahe glaubte.

Aber wirklich nur beinahe.

„Also?", hakte er nach. „Ich möchte nur sehr ungern zulassen, dass dieser Tag, der so wunderschön begonnen hat, auf diese Weise endet. Bitte, tun Sie mir den Gefallen, Laura. Lassen Sie uns morgen noch einmal gemeinsam etwas unternehmen."

Sie wusste selbst nicht, warum sie zögerte. Genau genommen war es doch das, was sie wollte. Es war ganz offensichtlich, dass er an ihr interessiert war. Kein Wunder, schließlich war Lauredana Gonzales eine Frau, bei der es sich lohnte, ein bisschen mehr Mühe zu investieren. Sie hatte mit ihren Büchern immerhin schon Millionen verdient.

Millionen, die auf einen Mann wie Lars unglaublich verlockend wirken mussten.

Vergiss niemals, dass die Aufmerksamkeit, die er dir schenkt, in Wahrheit gar nicht dir gilt, Laura, sondern deinem angeblichen Vermögen!

Sie lächelte bemüht. „Nun, warum eigentlich nicht?", sagte sie schließlich. „Morgen um dieselbe Zeit, hier im Foyer."

Wirklich aufatmen konnte Laura aber erst, als sie im Fahrstuhl stand und sich die Türen hinter ihr schlossen. Zum Glück war sie allein, sodass sie sich gehen lassen konnte, ohne dabei Aufmerksamkeit zu erregen.

Sie lehnte sich mit dem Rücken gegen die verspiegelte Wand des Lifts, schloss die Augen und holte tief Luft. Was für ein Jammer, dass ausgerechnet dieser Mann der größte Frauenverächter unter der Sonne zu sein schien. Davon einmal abgesehen, wirkte er nämlich ziemlich perfekt.

Um sich daran zu erinnern, mit wem sie es zu tun hatte, griff sie, kaum dass sie den Lift verlassen hatte, nach ihrem Handy und wählte Sofias Nummer. Doch ihre Freundin hatte ihr Telefon ausgeschaltet, sodass gleich auf die Mailbox umgeleitet wurde.

Laura hinterließ eine kurze Nachricht und ließ sich, in ihrem Zimmer angekommen, aufs Bett fallen. Einen Moment lang lag sie einfach nur da, mit geschlossenen Augen. Doch als die ersten Bilder von Lars vor ihrem geistigen Auge auftauchten, öffnete sie die Lider gleich wieder.

Das durfte einfach nicht wahr sein!

Hör auf zu träumen, wies sie sich scharf zurecht. Er mag dir gegenüber charmant und zuvorkommend tun, doch du weißt genau, was für ein Mann Lars in Wirklichkeit ist. Hinter seiner aufgesetzten Maske verbirgt sich ein eiskalter Mensch. Er ist gefährlicher als jede andere Person, mit der du es in deinem Leben bisher zu tun bekommen hast. Denn er spielt mit den Herzen anderer Menschen und zögert keine Sekunde, sie zu zerstören, wenn er sich einen Vorteil davon verspricht.

Hast du schon vergessen, was aus deiner Mutter geworden ist, nachdem sie von einem Mann wie Lars ausgenutzt und fallen gelassen worden war? Sie hat sich einfach aufgegeben, Laura.

Wenn dieser Schuft nicht gewesen wäre, könnte sie heute noch leben!

Und wenn du etwas unternommen hättest, um ihn dingfest zu machen …

Auf keinen Fall wollte Laura, dass Sofia ein ähnliches Schicksal erlitt. Natürlich konnte sie nicht ungeschehen machen, was passiert war. Lars hatte ihre Freundin belogen und betrogen, damit würde sie sich abfinden müssen.

Aber wenigstens konnte sie dafür sorgen, dass er bestraft wurde für das, was er Sofia angetan hatte. Und vielleicht – aber nur vielleicht – würde Sofia am Ende zumindest in materieller Hinsicht entschädigt werden.

Es war das Mindeste, was Laura für sie tun konnte.

Für sie, aber auch für ihre Mutter.

Mit einem Mal erschien ihr die Luft in der Suite regelrecht drückend, und sie stand rasch auf, um eines der Fenster zu öffnen. Auf dem Weg dorthin stutzte sie, als sie einen Umschlag auf einem der Beistelltische neben der Couch liegen sah. Sie blieb stehen, nahm das Kuvert auf und betrachtete es von allen Seiten.

Es war ein ganz normaler, handelsüblicher Standardumschlag. Gelbbraun, selbstklebend. Nirgendwo stand ein Name oder ein Absender. Ob er wohl von Lars stammte?

Sofort fing ihr Herz an, heftiger zu schlagen, und sie runzelte die Stirn. Warum, um Himmels willen, musste sie auf diesen Mann so heftig reagieren? Das passte so gar nicht zu ihr, und sie wollte auch nicht so für ihn empfinden, wie sie es nun einmal tat.

Unter gewöhnlichen Umständen wäre sie ihm wohl einfach aus dem Weg gegangen. Doch dies waren keine gewöhnlichen Umstände. Ganz im Gegenteil. Und wenn sie ihren Plan erfolgreich in die Tat umsetzen wollte, dann blieb ihr nichts anderes übrig, als möglichst viel Zeit mit Lars zu verbringen.

Sie befand sich in einer Zwickmühle, aus der es keinen einfachen Ausweg gab.

Begleitet von einem leicht gereizten Seufzen riss sie den Umschlag auf und zog ein einzelnes Blatt Papier daraus hervor. Als sie es auseinanderfaltete, runzelte sie die Stirn.

Was, in drei Teufels Namen …?

Es handelte sich ganz offensichtlich um den Grundriss eines Gebäudes mit mehreren Zimmern. Der Bezeichnung nach handelte es sich um Suiten und …

Laura stutzte. Das war nicht irgendein Plan von irgendeinem x-beliebigen Gebäude. Es handelte sich um den Grundriss des Hotels, in dem sie sich befand – genauer gesagt, von den Suiten im obersten Stockwerk.

Es gab Symbole für alle möglichen Dinge in den Zimmern. Die genaue Position der Fernseher war ebenso eingezeichnet wie die der Betten und der anderen Einrichtungsgegenstände.

Aus einem Symbol wurde Laura zunächst nicht schlau – bis sie schließlich erkannte, worum es sich handelte: Das waren die Safes! Auf diesem Plan war die exakte Position jedes einzelnen Safes im obersten Stockwerk des Sjöstranden-Hotels eingezeichnet.

Ungläubig schüttelte Laura den Kopf. Sie verstand nicht, was das zu bedeuten hatte. Sicher hatten nicht viele Menschen Zugriff auf diese Pläne, die einem potenziellen Einbrecher die Arbeit um einiges erleichtern würden. Es war bodenloser Leichtsinn, so sicherheitsrelevante Dokumente einfach so herumliegen zu lassen.

Und wie waren sie überhaupt in *ihr* Zimmer gekommen?

„Tut mir leid, Jungs, aber ich kann mich heute irgendwie nicht richtig konzentrieren", sagte Lars und zuckte mit den Schultern. „Wenn ich es recht verstanden habe, hat sich ohnehin keine gravierende Veränderung ergeben. Patrik und ich müssen uns nach einer Frau zum Heiraten umsehen – du, mein lieber Mattias, bist ja inzwischen aus dem Schneider."

Sein Cousin grinste breit. „Glaub mir, ich hätte es nie für möglich gehalten, wie wunderbar das Eheleben ist. Inzwischen bin ich Tante Ingrid sogar richtig dankbar für ihre seltsame Idee."

Mattias hatte auch jeden Grund, glücklich und zufrieden zu sein, schließlich schwebten seine Emma und er im siebten Himmel. Dabei war aller Anfang wahrlich schwer gewesen, denn der jüngste der drei Cousins hatte die junge Frau, die vor vielen Jahren mit ihren Eltern nach Italien ausgewandert war, zunächst für eine Goldgräberin gehalten. Ihre beiden kleinen Stiefgeschwister waren leibliche Kinder von Mattias' Stiefvater – und Mattias hatte angenommen, dass Emma nach dem Tod ihrer Eltern nach Schweden zurückgekehrt war, um aus dieser Tatsache Profit zu schlagen.

Am Ende hatten die beiden sich jedoch zusammengerauft – und zwar so sehr, dass daraus die große Liebe geworden war.

Etwas, das sich weder Lars noch Patrik wirklich für sich vorstellen konnten. Schon gar nicht unter Zwang. Denn nichts anderes versuchte ihre Tante noch aus dem Grab heraus auf sie auszuüben.

Patriks verärgerter Blick ließ Mattias auch umgehend verstummen. „Schön für dich, mein Lieber. Aber ich bin nicht scharf darauf, irgendeiner Frau in die Falle zu tappen. Das siehst du doch auch so, Lars?"

Er zögerte. Kurz nur, doch Mattias entging so schnell nichts. „Na, so was! Hast du etwa deine potenzielle Heiratskandidatin schon gefunden?"

„*Nej!*", widersprach Lars energisch, doch im nächsten Moment fragte er sich, ob er insgeheim nicht auch schon daran gedacht hatte.

Er brauchte eine Frau, um die Bedingungen im Testament seiner Tante zu erfüllen, und Laura brauchte anscheinend vor allem eines: sehr viel Geld. Würde eine Zusammenarbeit auf dieser Ebene – befristet selbstverständlich – nicht ihnen beiden helfen? Auf diese Weise konnte er Laura möglicherweise davon abbringen, weiterhin ihren kriminellen Machenschaften nachzugehen, ohne dass die Polizei ins Spiel kam.

Er war nicht dumm: Auf lange Sicht war es nicht möglich, immerzu Zeit mit Laura zu verbringen, um sie davon abzuhalten, eine Dummheit zu begehen. Er musste eine Möglichkeit finden, sie wieder auf den rechten Weg zurückzuführen. Vielleicht konnte er dann gemeinsam mit ihr all ihre bisherigen Opfer entschädigen und durfte darauf hoffen, dass die Ermittlungen der Behörden eines Tages im Sande verliefen.

So wie bisher konnte es jedoch nicht weitergehen. Schon jetzt vernachlässigte er seine geschäftlichen Verpflichtungen. Das musste aufhören, ansonsten würde am Ende nicht mehr viel zu erben übrig bleiben.

„Entschuldigt", sagte er und stand auf, „aber wir müssen dieses Gespräch ein anderes Mal fortsetzen."

„Aber …" Patrik sah überrascht auf. „Wir sind doch extra hergekommen, um …"

„Lass ihn", unterbrach ihn Mattias. Ein Grinsen umspielte seine Lippen. „Ich glaube, unser lieber Cousin hat gerade andere Dinge im Kopf. Nicht wahr, Lars, so ist es doch?"

Lars runzelte die Stirn, entgegnete aber nichts. „Bleibt hier, solange ihr wollt, und lasst alles auf meine Rechnung schreiben." Mit diesen Worten wandte er sich um und durchquerte die Eingangshalle in Richtung Aufzug.

Er wusste selbst nicht, warum – aber er konnte es kaum abwarten, zu Laura zu gehen. Mattias hatte ihn da auf eine Idee gebracht. Eine absolut absurde und haarsträubende Idee, die er auf gar keinen Fall in die Tat umsetzen durfte. Vermutlich. Aber es war immerhin besser, als überhaupt nichts zu tun.

Kurze Zeit später stand er vor der Tür zu Suite 383. Er zögerte kurz, schüttelte dann aber über sich selbst den Kopf und klopfte an.

Nur Sekunden später wurde die Tür geöffnet, und er blickte in Lauras erstauntes Gesicht.

„Hatten wir nicht gesagt, morgen Vormittag im Foyer?", fragte sie und wirkte aus irgendeinem Grund nervös. Sofort regte sich wieder leises Misstrauen in ihm.

„So lange halte ich es auf keinen Fall aus", entgegnete er mit einem schiefen Lächeln, und als sie leise lachte, fuhr er fort: „Die Besprechung mit meinen Cousins war etwas früher zu Ende als erwartet. Haben Sie schon etwas vor?"

„Man kann nicht unbedingt behaupten, dass ich besonders viel Gelegenheit dazu hatte, irgendwelche Pläne zu schmieden", entgegnete sie schmunzelnd. „Kommen Sie herein, ich möchte mich nur kurz noch etwas frisch machen. Setzen Sie sich, ich bin gleich bei Ihnen."

Er folgte ihrer Einladung. Während Laura im Bad verschwand, schaute er sich in der Suite um. Als sein Vater noch die Geschäfte von *Södergren Hotellen* geführt hatte, hatte er selbst hin und wieder in diesem Zimmer gewohnt. An der Einrichtung hatte sich seitdem natürlich einiges geändert. Wenn ein Hotel konkurrenzfähig bleiben sollte, dann musste man dafür sorgen, dass es stets den neuesten Qualitäts- und Geschmacksstandards entsprach.

In diesem besonderen Fall bedeutete das, dass die Möbel regelmäßig überprüft und im Zweifelsfall ausgetauscht wurden. Dasselbe galt natürlich auch für Dinge wie Teppiche, Gardinen und Tapeten.

Es passierte wie von selbst, dass Lars ebendiese Dinge stets kritisch in Augenschein nahm, wenn er ein Zimmer oder eine Suite betrat. Und so war es nicht seine Absicht gewesen, in Lauras Sachen herumzuschnüffeln, doch der ockerfarbene Umschlag und die Blaupause, die darauf lag, erregten seine Aufmerksamkeit sofort.

Lars runzelte die Stirn. Handelte es sich um das, für was er es hielt?

Er nahm das Papier auf und betrachtete es im sanften Schein der Deckenbeleuchtung. Seine Miene verfinsterte sich noch weiter. Es handelte sich ganz offensichtlich um den Grundriss eines Stockwerks seines Hotels. Alle wichtigen Informationen waren darin eingezeichnet, darunter die genaue Position der Minibars, sämtlicher Elektrogeräte – und der Safes, in denen die Gäste ihre persönlichen Wertgegenstände aufbewahren konnten.

Aus Sicherheitsgründen war die Anordnung dieser Einrichtungen in jedem Zimmer geringfügig anders. Besonders bei den Tresoren war darauf geachtet worden, es etwaigen Einbrechern nicht zu leicht zu machen. Deshalb befanden sie sich nicht, wie in vielen anderen Hotels üblich, in den Kleiderschränken, sondern an verschiedenen Stellen, die auf den ersten Blick nicht auszumachen waren.

Es gab keine öffentlich zugänglichen Aufzeichnungen, aus denen die genaue Lage der Safes in den Gästezimmern hervorging. Natürlich konnte ein Gast jederzeit selbst eine solche Skizze anfertigen, doch bei diesem speziellen Plan handelte es sich ganz eindeutig um ein offizielles Dokument, das ausschließlich zu dem Zweck in seinem Büro aufbewahrt wurde, den Ansprüchen der Versicherung zu genügen.

Wie es in die Hände eines Gastes – noch dazu speziell *dieses* Gastes – gefallen sein mochte, war Lars ein Rätsel. Ein Schriftstück wie dieses hatte absolut nichts in unbefugten Händen verloren.

Und schon gar nicht in den Händen einer Frau, die er verdächtigte, eine gesuchte Juwelendiebin zu sein!

„Ach, wie ich sehe, haben Sie es bereits gefunden."

Lars drehte sich um, als Lauras Stimme hinter ihm erklang. Er bemühte sich, eine nicht allzu misstrauische Miene aufzusetzen. „Dieses Dokument hier?" Fragend schaute er sie an. „Wo haben Sie das her?"

Sie zuckte mit den Schultern. „Es lag vorhin hier auf dem Tisch, als ich ins Zimmer kam. Keine Ahnung, wer es dahingelegt hat."

Irritiert hob Lars eine Braue. War es wirklich möglich, dass sie die Wahrheit sagte? Sie wirkte jedenfalls kein bisschen schuldbewusst, was bedeutete, dass sie entweder tatsächlich so unschuldig war, wie sie behauptete, oder dass sie eine furchtbar gerissene Lügnerin war.

„Nun, dann haben Sie sicher nichts dagegen, wenn ich den Plan an mich nehme", sagte er.

Laura schüttelte den Kopf. „Nein, ganz und gar nicht. Ich bitte sogar darum. Solche Dinge sollten wirklich nicht einfach irgendwo in Gästezimmern herumliegen. Ich meine, da sind ja sogar die Safes eingezeichnet! Sie können wirklich froh sein, dass ich es war, die das Papier gefunden hat."

Ja, dachte er. Nicht auszudenken, wenn es jemand entdeckt hätte, der seinen Lebensunterhalt nicht mit Stehlen verdient …

Dass sie ihm den Plan einfach so zurückgab, verwirrte ihn zunächst – bis ihm klar wurde, dass sie sich vermutlich längst eine Kopie davon erstellt hatte. Auf diese Weise konnte sie ihm das Original problemlos zurückgeben. Die Informationen, die sie benötigte, besaß sie schließlich bereits.

„Ich werde mit meinem Sicherheitschef über diesen Vorfall sprechen", sagte er, faltete den Plan zusammen und steckte ihn in die Innentasche seines Jacketts. „So etwas darf sich auf keinen Fall noch einmal wiederholen!"

„Da bin ich ganz Ihrer Ansicht", stimmte sie ihm zu.

Wie scheinheilig sie doch war! Sie schaffte es, völlig unschuldig und arglos zu wirken, so als hätte sie tatsächlich nichts mit alldem zu schaffen. Wie stellte sie das bloß an?

„Also, was unternehmen wir nun?"

Er blinzelte verwirrt. Für einen Moment hatte er vollkommen vergessen, warum er eigentlich gekommen war. Das Klingeln seines Handys rettete ihn.

„Tut mir leid", sagte er. „Ein dringender Anruf aus den Staaten – Sie verzeihen?"

„Aber natürlich", entgegnete sie lächelnd. „Dann sehen wir uns also morgen früh."

„Was soll das heißen, Sie haben keine Suite mit Blick auf den Park frei?" Die aufgebrachte Stimme hallte durch das ganze Foyer, als Laura am nächsten Morgen aus dem Aufzug trat. „Ich habe bei meiner Reservierung extra angegeben, dass ich unbedingt mit Blick auf den Garten wohnen will."

Ein eisiger Schauer durchfuhr Laura. Nein, dachte sie entsetzt, das darf nicht wahr sein!

Sie wollte sich gerade hinter einer der Säulen in der Eingangshalle verstecken – doch es war bereits zu spät. Die Person, die an der Rezeption stand und lautstark mit der Empfangsdame diskutierte, hatte sie bereits entdeckt.

„Laura? Bist du das? Ach, du liebe Güte, was für ein Zufall!"

Es war Ramón Espinoza.

Natürlich hatte Laura gewusst, dass die Firma jemanden zur Bewertung des Sjöstranden-Hotels schicken würde. Aber dass es ausgerechnet Ramón sein musste …

Was für eine bittere Laune des Schicksals.

Sie zwang sich, gute Miene zum bösen Spiel zu machen, und setzte ein Lächeln auf. „Ramón, wie nett. Was machst du denn hier?"

„Urlaub – so wie du, nehme ich an", entgegnete er – und die Lüge kam ihm völlig flüssig über die Lippen. „Wir haben uns ja eine Ewigkeit nicht mehr gesehen."

Das stimmte – und zwar, weil Laura ihr Möglichstes getan hatte, um Ramón aus dem Weg zu gehen.

Es war jetzt knapp vier Jahre her, dass sie sich auf einer Firmenfeier nähergekommen waren. Heute fragte sich Laura ernsthaft, wie sie sich in einen Mann wie Ramón überhaupt hatte verlieben können, doch damals war er ihr wie der Traumprinz in glänzender Rüstung vorgekommen.

Das war er nicht, wie sie inzwischen wusste. Ganz und gar nicht.

Im Grunde war er nicht einmal sehr viel besser als Lars – auch wenn man ihm zugute halten musste, dass er nicht aus purer Berechnung, sondern aus Feigheit gehandelt hatte. Aber war das wirklich so viel besser?

„Wo hast du Juana gelassen?", fragte sie und legte damit den Finger in eine offene Wunde, wie sie an seinem verbissenen Gesichtsausdruck deutlich ablesen konnte.

„Juana und ich ... Wir haben uns getrennt. Es hat einfach nicht funktioniert. Wir waren zu unterschiedlich."

Laura hob eine Braue. „Ja, so was kommt schon mal vor", entgegnete sie, wobei sie sorgsam darauf achtete, dass ihre Worte keinen Vorwurf ausdrückten – doch der schwebte auch so unausgesprochen im Raum.

Juana war eine gute Freundin von Laura gewesen. Sie und Ramón waren sich auf seiner und Lauras Verlobungsfeier begegnet. Am Tag der geplanten Hochzeit waren die beiden dann ohne ein Wort der Erklärung zusammen nach Südamerika abgereist.

Ramón hatte Laura einfach so vor dem Traualtar stehen gelassen. Das Gefühl von Demütigung nagte noch heute an ihr, nach über anderthalb Jahren. Und sie glaubte nicht, dass sie ihm diesen Verrat jemals würde verzeihen können.

Dabei war sie ihm rückblickend betrachtet sogar dankbar für sein Verhalten. Es hatte sie erkennen lassen, dass sie sich nur in einen Schatten verliebt hatte. Denn die Person, für die sie Ramón hielt – den Fels in der Brandung, ihre starke Schulter –, hatte es in Wahrheit niemals gegeben.

Du kannst froh sein, dass du ihn noch rechtzeitig losgeworden bist ...

Auf den Schmerz, den Ramón ihr zugefügt hatte, hätte sie jedoch gerne verzichtet. Trotz allem, was er ihr angetan hatte, war es nicht leicht gewesen, ihn sich aus dem Herzen zu reißen.

„Vielleicht können wir zur Feier unseres Wiedersehens ja etwas zusammen unternehmen", schlug er nun vor. Sein Lächeln wirkte ein wenig schüchtern, aber ehrlich.

Vielleicht tat sie ihm unrecht, und er bereute inzwischen wirklich, was er getan hatte. Doch das machte die Dinge nicht ungeschehen. Und ein Mann, der sie einmal, ohne mit der Wimper zu zucken, im Stich gelassen hatte, würde es wieder tun, früher oder später.

Sie schüttelte den Kopf. „Tut mir leid, aber ich bin bereits verabredet. Und du hast doch sicher auch alle Hände voll zu tun."

„Na, komm schon", drängte er. „Ein gemeinsames Abendessen, um der alten Zeiten willen."

Es war Laura wirklich unbegreiflich, wie Ramón auch nur annehmen konnte, dass sie daran interessiert war, ihre gemeinsame Vergangenheit wieder aufleben zu lassen. „Ich sagte es ja schon – ich bin bereits verabredet."

„Und zwar mit mir", erklang Lars' volltönende Stimme hinter ihr.

Sie wollte es nicht, aber allein der Klang ließ wohlige Schauer über ihren Rücken rieseln. Ohne sich umzudrehen, wusste sie, dass er in unmittelbarer Nähe stand. Sie konnte seine Körperwärme spüren, und sein unverwechselbar männlicher Duft umgab sie wie eine Aura.

Ramón wirkte plötzlich sehr angespannt. Er hatte offenbar nicht mit ernsthafter Konkurrenz gerechnet. „Und Sie sind?"

„Lars Södergren", entgegnete er. „Ich leite dieses Hotel."

Sofort erschien wieder das professionelle Lächeln auf Ramóns Gesicht. Er war von *Dream Holidays* hergeschickt worden, um das Sjöstranden-Hotel unter die Lupe zu nehmen, und er war Profi genug, um seine persönlichen Interessen hintanzustellen.

„Einen netten Laden haben Sie hier", kommentierte er trocken. „Wirklich hübsch."

Laura drehte sich so, dass sie beide Männer ansehen konnte. Lars hatte die Arme vor der Brust verschränkt und musterte Ramón mit neutraler Miene. „Freut mich, dass es Ihnen gefällt."

Die Anspannung zwischen ihm und Ramón war überdeutlich spürbar. Fast wunderte Laura sich darüber, dass es nicht hörbar knisterte, so aufgeladen wirkte die Atmosphäre.

„Du hast also einen neuen Freund", wandte Ramón sich wieder an Laura, doch es war Lars, der an ihrer Stelle antwortete.

„Es sieht ganz so aus, nicht wahr?" Dann reichte er Laura seinen Arm und schenkte Ramón ein breites Lächeln. „Es hat mich sehr gefreut, Ihre Bekanntschaft zu machen. Sicher sieht man sich noch einmal."

„Worauf Sie sich verlassen können", hörte Laura Ramón knurren, nachdem Lars und sie sich abgewandt hatten und auf die Ausgangstür zustrebten.

„Ein Bekannter von Ihnen?", fragte er, als sie in den strahlenden Sonnenschein hinaustraten.

„So kann man das nicht unbedingt bezeichnen", entgegnete Laura, bemüht darum, nicht zu viele verräterische Informationen preiszugeben. „Wir waren einmal für kurze Zeit liiert – bis er beschloss, sich zu anderen Ufern aufzumachen."

„Ein Mann, der eine so schöne Frau wie Sie gehen lässt, muss verrückt sein."

Obwohl sie genau wusste, welche Absichten Lars wirklich verfolgte, ging sein Kompliment runter wie Öl. Es hatte damals sehr wehgetan, von Ramón einfach so abserviert zu werden. Sie hatte sich wie eine Frau zweiter Klasse gefühlt. Ungeliebt. Missachtet. Zurückgesetzt.

Von einem Mann mit Lob und Komplimenten bedacht zu werden, gehörte für sie nicht gerade zum Standard. Und so reagierte sie darauf, ganz gleich, ob sie nun genau wusste, dass er es nur tat, um sie um den Finger zu wickeln.

„Vielen Dank, dass Sie mich da rausgeholt haben", sagte sie. „Es war eine wirklich unangenehme Situation."

„Nun, mir blieb nichts anderes übrig", entgegnete er lächelnd, während er den Wagenjungen anwies, ihm sein Auto zu bringen. „Ich will Sie schließlich allein für mich haben. Und ich kann nur sehr schlecht mit Konkurrenz umgehen."

Sie lachte, und als der Wagen vorgefahren wurde, stieg sie auf der Beifahrerseite ein. Ohne darüber nachzudenken. Es fühlte sich ganz natürlich an, mit Lars zusammen zu sein. Kein bisschen verkrampft. So als wären sie schon immer füreinander bestimmt gewesen – was natürlich absoluter Unsinn war.

Er legte es schließlich nur darauf an, ihr dieses Gefühl zu geben. Damit sie ihm leichter vertraute. Damit sie auf seine Lügen hereinfiel und kein Misstrauen schöpfte, wenn es darum ging, die Sache zu Ende zu bringen.

Sie fragte sich, wann er weitergehen und den nächsten Schritt tun würde. Doch noch gab es für ihn keinen Anlass zur Eile – ihr Aufenthalt in Schweden hatte gerade erst begonnen, und je mehr Zeit er ihr ließ, sich in ihn zu verlieben, umso sicherer würde sein Plan aufgehen.

„Wohin fahren wir denn eigentlich?", fragte sie, vor allem, um sich selbst abzulenken.

„Normalerweise würde ich jetzt sagen: Lassen Sie sich einfach überraschen. Aber da ich ja weiß, dass Sie kein großer Freund von Überraschungen sind …" Er lächelte. „Einem Freund von mir gehört ein kleines Segelboot. Ich dachte mir, es wäre doch nett, wenn wir unser kleines Picknick auf irgendeiner verschwiegenen Schäreninsel fortsetzen."

Die Vorstellung, allein mit ihm auf einer einsamen Insel in der Ostsee zu sein, hatte zwar etwas Verlockendes, zugleich aber auch ungemein Beängstigendes. Es fiel ihr ja schon unter norma- len Umständen schwer genug, in seiner Gegenwart die Nerven zu behalten. Eine romantische Umgebung wäre dem sicherlich nicht unbedingt zuträglich.

Auf der anderen Seite war es geradezu *die* ideale Gelegenheit, die Dinge ein wenig voranzutreiben. Lars mochte alle Zeit der Welt haben – sie selbst wollte die ganze Angelegenheit nicht länger hinauszögern als unbedingt notwendig. Und wenn sie die Sache wirklich durchziehen wollte, dann musste sie auch zulassen, dass er ihr näherkam.

Ob es ihr nun gefiel oder nicht.

Und sehr zu ihrem Leidwesen gefiel es ihr sogar sehr gut.

*W*ährend er das Auto über die kurvenreiche Landstraße lenkte, fragte sich Lars, wer der Mann von vorhin gewesen sein mochte.

Ein Verflossener, wie Laura behauptete? Möglich. Die Spannungen zwischen ihnen waren mehr als deutlich zu spüren gewesen. Aber er glaubte nicht daran, dass das schon alles war.

Ein Komplize also?

Oder vielleicht ein Konkurrent?

Nun, welche Annahme auch zutreffen mochte – Lars würde dafür sorgen, dass Mikael den Mann im Auge behielt. Und sehr zu seinem Verdruss waren es nicht nur rein professionelle Gründe, die ihn zu diesem Entschluss veranlassten.

Das Erste, was er in dem Moment gefühlt hatte, in dem er Laura und ihn zusammen sah, war Eifersucht.

Stechende, nagende Eifersucht.

Was im Umkehrschluss bedeutete, dass er mehr für sie empfand, als er sich selbst gegenüber eingestehen wollte.

Du bist ja verrückt! Willst du dich allen Ernstes in eine gesuchte Kriminelle verlieben? Hat dich die Geschichte mit Stina denn kein bisschen Vernunft gelehrt?

Er unterdrückte ein Seufzen. Das mit Stina lag nun schon mehr als acht Jahre zurück, und doch erinnerte er sich an jedes einzelne Detail, als sei es erst gestern gewesen. Er hatte sie damals an der Uni kennengelernt und sich sofort Hals über Kopf in sie verliebt.

Ohne zu zögern, wäre Lars bereit gewesen, alles für sie zu tun. Doch Stina blieb stets auf Abstand, zeigte ihm die kalte Schulter. Und das, obwohl ihm nicht entgangen war, wie sie ihn anschaute, wenn sie glaubte, er würde es nicht bemerken.

Doch er hatte es sehr wohl bemerkt. Und er ließ nicht locker, so lange, bis er Stina so weit hatte, dass sie bereit war, mit ihm auszugehen.

Hätte er damals bereits geahnt, auf was er sich einließ, er hätte sich vielleicht nicht so ins Zeug gelegt.

Vermutlich aber schon …

Stina hatte Probleme gehabt. Schwerwiegende Probleme. Ihr jüngerer Bruder litt an einer Krankheit, die von der Schulmedizin bisher kaum erforscht war. Und um genug Geld für eine neue, experimentelle Therapie zusammenzubekommen, hatte Stina sich auf ein paar wirklich finstere Gesellen eingelassen. Kriminelle, die sie dazu zwangen zu stehlen, um ihre Schulden bei ihnen abzuarbeiten.

Leider war Lars viel zu spät hinter die ganze Wahrheit gekommen.

Zu spät, um Stina noch retten zu können.

Zu spät für ihre Liebe.

Er schüttelte den Kopf, um den Gedanken an sie zu vertreiben. Doch den Anblick, wie Stina leblos vor ihm am Boden lag, würde er wohl niemals in seinem Leben vergessen. Er hatte sich in sein Gehirn eingebrannt und würde für immer ein Teil von ihm bleiben.

Aber Laura war nicht Stina. Weder wirkte sie verzweifelt, noch schien sie zu bereuen, was sie tat. Ganz im Gegenteil. Wenn man von kurzen Momenten absah, in denen sie in Gedanken war, schien sie keineswegs in sich zurückgezogen oder gar schüchtern zu sein.

Wenn sie tatsächlich die war, für die Mikael und er sie hielten, dann ging sie dieser sehr speziellen Tätigkeit ganz gewiss nicht aus Verzweiflung nach. Und inzwischen zweifelte Lars kaum noch daran, dass es sich tatsächlich so verhielt. Es gab einfach zu viele Dinge, die gegen Laura sprachen. Die Ähnlichkeit mit dem *schwarzen Engel* auf dem Foto der Überwachungskamera, die unauffälligen Blicke, mit denen sie den Schmuck anderer Frauen abschätzte, und nicht zuletzt den Lageplan, den er in ihrem Zimmer entdeckt hatte.

Er wusste inzwischen, dass in einer der betreffenden Suiten Mrs Wasserman logierte, die amerikanische Millionärswitwe mit dem Faible für kostbare Juwelen.

Konnte das wirklich ein Zufall sein?

Lars glaubte nicht daran.

Er stellte das Radio an, um von seiner Schweigsamkeit abzulenken. Aus den Lautsprechern drang ein alter Song von Elton John. Stinas Song. Rasch schaltete er das Gerät wieder ab.

„Mögen Sie das Lied nicht?", fragte Laura. „Ich finde es eigentlich sehr schön."

„Doch", entgegnete er ausweichend. „Das Lied ist auch schön. Aber ich wollte einfach nur hören, ob der aktuelle Wetterbericht läuft."

Sie hob die Brauen, sagte aber nichts, und sie setzten ihre Fahrt schweigend fort. Bald schon lag ein leichter Salzgeruch in der Luft, doch noch konnten sie das Meer nicht sehen. Als sich hinter einer scharfen Kurve endlich der Blick auf die Ostsee eröffnete, war es umso atemberaubender.

Laura kannte die Schärenküste von früheren Aufenthalten in Schweden, und sie wusste um deren einzigartige und besondere Schönheit. Dennoch erfüllte sie der Anblick jedes Mal aufs Neue mit Ehrfurcht.

Das Wasser war von einem tiefen Blaugrau, das einen scharfen Kontrast zum strahlenden Azur des Himmels bildete. Ebenso standen die weißen, bauschigen Wolken im perfekten Gegensatz zu den glatt geschliffenen Inseln, von denen einige kaum mehr waren als kleine Felsen im Meer. Andere wiederum waren richtige Eilande, teils mit dünner Vegetation bewachsen, teils mit richtigen Wäldern.

Viele Bewohner der Küstengebiete besaßen auf den Schären Hütten mit eigenen Bootsanlegern, wo sie im Sommer ruhige und erholsame Ferien verbrachten. Einige wenige der Inseln waren sogar groß genug, dass sich permanente Siedlungen darauf gebildet hatten, die in regelmäßigen Abständen von Fähren angefahren wurden.

Die Fahrt dauerte nur noch ein paar Minuten, dann erreichten sie einen beschaulichen Sporthafen, in dem vornehmlich kleine Segel- und Motorboote lagen. Lars stellte den Wagen auf einem angrenzenden Parkplatz ab, holte einen Korb aus dem Kofferraum und führte Laura zu einer prachtvollen Segeljolle, deren weißer Anstrich sie im hellen Sonnenlicht wie eine Perle schimmern ließ.

„Das ist die *Julia*", erklärte Lars. „Sie ist wie geschaffen für einen Segeltörn zu zweit. Sind Sie schon einmal gesegelt?"

„Ein- oder zweimal", entgegnete Laura ein wenig unruhig. „Aber es war jedes Mal eine Mannschaft mit an Bord, die die meiste Arbeit erledigt hat. Ich ... bin nicht sicher, ob ich mir das zutraue."

Er schenkte ihr ein Lächeln, das ihr Herz hüpfen ließ. „Eigentlich ist es so einfach wie Fahrradfahren. Wenn Sie erst einmal die grundlegenden Dinge begriffen haben, läuft es wie von selbst."

Das bezweifelte Laura zwar, doch was blieb ihr anderes übrig, als gute Miene zum bösen Spiel zu machen? Wenn sie wollte, dass Lars endlich den nächsten Schritt machte, musste sie die Zähne zusammenbeißen und bei dieser kleinen Scharade mitmachen. Sie musste es dazu kommen lassen – dann würde das alles vielleicht schon bald endlich ein Ende finden.

„Ich verlasse mich ganz auf Sie", sagte sie und setzte ihr strahlendstes Lächeln auf. Und sie versuchte das seltsame Flattern in ihrem Bauch zu ignorieren, das sich einstellte, als er dieses Lächeln erwiderte.

Er kletterte an Bord und streckte ihr die Hand entgegen, um ihr beim Betreten der *Julia* zu helfen, doch sie ignorierte sein Angebot. Es war ein komisches Gefühl, wie sich das Boot unter ihren Füßen in der sanften Dünung hob und senkte. Doch es dauerte nicht lange, bis sie sich daran gewöhnt hatte.

Lars bewegte sich sicher und voller Selbstvertrauen an Deck. Es war mehr als offensichtlich, dass er sich nicht zum ersten Mal an Bord eines Segelschiffes befand und sich hier zu Hause fühlte. Er traf sämtliche Vorbereitungen zum Auslaufen, und Laura schaute ihm fasziniert dabei zu.

Jeder Handgriff, jeder Schritt wirkte effizient. Sie zweifelte nicht daran, dass er die Jolle im Notfall auch allein steuern konnte. Doch sie wollte nicht nutzlos herumstehen – also stellte sie den Picknickkorb mit den Lebensmitteln an einen schattigen Ort und machte sich daran, Lars zur Hand zu gehen.

Er wirkte gleichermaßen überrascht und erfreut, und band sie gleich in die anfallenden Arbeiten mit ein. Sie half ihm, die Segel klarzumachen – und kurz darauf machte Lars das Boot vom Anlegesteg los, und sie schipperten mithilfe des Außenbordmotors ins Hafenbecken hinaus.

Zunächst ging es nur sehr langsam voran, da sie aufpassen mussten, dass sie keines der anderen Boote rammten, die im Hafen lagen. Als sie aufs offene Meer gelangten und der Wind aufzufrischen begann, stellte Lars den Motor aus und setzte die Segel.

Laura stand am Bug der *Julia*, genoss die wärmenden Strahlen der Sonne auf ihrer Haut und den Wind in ihrem Haar. Sie hatte ganz vergessen, was für ein herrliches, befreiendes Gefühl es war, an Bord eines Segelbootes zu sein. Der Rest der Welt schien plötzlich ganz weit weg zu sein – und mit ihm all ihre Probleme und Sorgen.

Für einen Moment dachte sie nicht mehr an Sofia oder ihre Mutter, oder daran, welches Schicksal die beiden miteinander teilten. Sie vergaß sogar, dass Lars der Mann war, der für das Unglück ihrer Freundin verantwortlich war, und gab sich einfach nur der Schönheit des Augenblicks hin.

Die *Julia* war nicht das einzige Boot, das unterwegs war. Viele Menschen nutzten das herrliche Wetter aus und verbrachten einen schönen Urlaubstag an der See. Doch je weiter sie hinausfuhren, umso ruhiger wurde es.

Vereinzelt entdeckte Laura noch ein paar kleinere Boote, die um die einzelnen Inseln herumschipperten. Ansonsten schienen sie den Schärengarten vor der Küste für sich zu haben.

„Es ist herrlich", schwärmte sie. „Einfach einzigartig."

„Ja, nicht wahr?" Lars wirkte wie ein fröhlicher, ausgelassener Schuljunge. In seinen Bluejeans, dem hellblauen Poloshirt und den Segelschuhen wirkte er sehr viel jünger als in seiner Business-Kleidung. Das dunkelblonde Haar hatte er ausnahmsweise einmal nicht streng zurückgekämmt. Es war vom Wind zerzaust.

Er wirkt nicht nur jünger – auch sehr viel unbeschwerter.

„Dort drüben", rief er und deutete auf eine kleine Insel, die ein paar Hundert Meter östlich vor ihnen lag. „Sieht das nicht aus wie der ideale Ort für ein kleines Picknick?"

Laura nickte.

„Dann lassen Sie uns dort anlegen und …" Er seufzte. „Ich weiß, wir kennen uns noch nicht sehr lang, aber … Nun, mir kommt dieses dumme Sie langsam komisch vor – Ihnen nicht?"

Der nächste Schritt, dachte Laura aufgeregt. Unwillkürlich klopfte ihr Herz schneller.

„Hm, ja", erwiderte sie, bemüht, sich ihre Nervosität nicht anmerken zu lassen. „Mir auch. Wir sollten uns endlich duzen."

Sie konnten nicht ganz an die Insel heransegeln, sodass Lars in einigem Abstand den Anker setzte und das kleine Ruderboot klarmachte, mit dem sie dann ans Ufer paddelten.

Die Insel war nicht sehr groß – alles in allem hatte sie etwa die Ausmaße von Lauras Suite im Hotel. Ihrer Schönheit tat dies indes keinen Abbruch. Überall blühten wilde Blumen, erstrahlten in pinkfarbener, violetter, sonnengelber und sattroter Pracht. Einige hohe, schlanke Birken spendeten Schatten. In der Mitte stand sogar ein kleiner, halb verfallener Pavillon, an dem sich wilde Rosen emporrankten.

„Wie bezaubernd!" Laura war begeistert. „Warum er wohl nicht mehr benutzt wird?"

Lars zuckte mit den Schultern. „Vermutlich hat der Besitzer einfach nicht die Zeit, allzu oft hier herauszufahren. Oder er ist zu Geld gekommen und verbringt seine Sommer jetzt lieber in seiner Finca auf Mallorca."

„Pah", machte Laura abfällig. „Auf Mallorca ist es auch nicht schöner als hier."

„Und wer sollte das besser beurteilen können als du?", entgegnete Lars. „Immerhin hast du ziemlich lange dort gelebt, nicht wahr?"

„Was?" Entgeistert starrte Laura ihn an – bis ihr wieder einfiel, dass sie ja die Rolle ihrer Freundin Lauredana spielte. Und die hatte tatsächlich mehrere Jahre auf Mallorca gelebt, zurückgezogen auf einer einsam gelegenen Finca an der Küste. „Ach so, ja, stimmt. Entschuldige, ich bin heute ein wenig geistesabwesend."

Er nickte, doch sein skeptischer Blick entging ihr nicht. Sie musste unbedingt achtsamer sein. Auf keinen Fall wollte sie, dass er Verdacht schöpfte. Das durfte einfach nicht geschehen – nicht so kurz vor dem Ziel!

„Mallorca ist wirklich schön", sagte sie, um ihren Fehler so gut wie möglich zu kaschieren. „Vor allem im Frühjahr, wenn die Orangenbäume blühen." Sie plauderte ein wenig aus dem Nähkästchen – oder gab es zumindest vor, denn selbst war sie nur zweimal kurz auf der Baleareninsel gewesen. Alles andere wusste sie lediglich aus Lauredanas Schilderungen. Sie konnte nur hoffen, dass Lars nicht allzu genau hinhörte.

Doch zumindest seine misstrauische Miene war interessierter Neugier gewichen. Er kaufte ihr die Lüge ab – zumindest hoffte sie das. Was blieb ihr auch anderes übrig?

Um von ihrem Fauxpas abzulenken, machte sie sich daran, das gemeinsame Picknick vorzubereiten. Sie breitete die karierte Decke auf dem mit weichem Moos bedeckten Boden vor dem Pavillon aus, kniete sich darauf und packte aus, was Lars mitgebracht hatte. Die Auswahl reichte von *Gravad Lax* über *Gubbröra* – was wörtlich „Alte-Männer-Mischung" bedeutete, aber nichts anderes war als ein Salat aus Eiern und eingelegten Anchovis – dazu *Kavring* und *Knäckebröd* – Pumpernickel und Knäckebrot.

„Champagner?", fragte sie und hob überrascht eine Braue.

„Ja, ich weiß", entgegnete er mit einem charmanten Lächeln. „Eigentlich erst zum Dinner – aber ich dachte, du könntest heute vielleicht einmal eine Ausnahme machen. Ich würde gern mit dir anstoßen."

„Worauf?"

„Auf dich", antwortete er. „Und darauf, dass ich das große Glück hatte, dir zu begegnen."

Es klang, als würde er es tatsächlich ehrlich meinen. Verflixt, er war wirklich ein guter Lügner. Wie machte er das bloß? Sie hatte das Gefühl, dass ihr selbst jede Unwahrheit immer direkt auf der Stirn geschrieben stand.

„Woher willst du wissen, ob das wirklich so ein Glück ist?", fragte sie. „Im Grunde weißt du doch überhaupt nichts über mich."

„*Nej*", gab er zu. „Aber ich weiß, dass du nicht nur eine ungemein anziehende Frau bist, sondern dass ich mit dir lachen und diskutieren kann."

Sie schmunzelte. „Und das ist es, was du von einer perfekten Frau erwartest?"

„Um ehrlich zu sein: ja." Er neigte den Kopf. „Was hast du denn gedacht?"

Sie zuckte mit den Schultern. „Keine Ahnung. Vielleicht ein Supermodel, mit dem man vor aller Welt prahlen kann."

„Du hältst mich also für einen Angeber, so, so", entgegnete er und zwinkerte ihr zu. „Na, wenn das nicht die besten Voraussetzungen sind?"

„Wofür?"

Er nahm ihr die Flasche ab, die er in einem Kühlbehälter gelagert hatte, öffnete den Drahtverschluss und ließ den Korken knallen. Dann füllte er die fein perlende, goldene Flüssigkeit in zwei Champagnerkelche und reichte Laura einen davon. „Das verrate ich dir, nachdem du mit mir angestoßen hast."

Sie nahm das Glas, stieß mit Lars an und nahm nach kurzem Zögern zuerst einen kleinen Schluck, dann einen größeren. Kühl und prickelnd rann der Champagner ihre Kehle hinunter. Beinahe augenblicklich spürte sie, dass eine angenehme, wohlige Wärme Besitz von ihr ergriff.

„Nun?", fragte sie.

„Einen Moment Geduld noch", bat er und holte etwas aus dem Korb, das unter einer weiteren Decke verborgen gewesen war.

Laura hob eine Braue. „Ein Radio?"

„Ein batteriebetriebenes Kofferradio, um genau zu sein", entgegnete er grinsend und streckte seine Hand nach ihr aus. „Na, Lust auf ein kleines Tänzchen?"

Sie zögerte kurz, dann lachte sie. „Ich weiß nicht, ob das wirklich eine so gute Idee ist. Es ist ewig her, dass ich das letzte

Mal getanzt habe. Ich werde dir vermutlich ständig auf die Füße treten."

„Das ist ein Risiko, das ich mit Freuden eingehen werde", entgegnete er schmunzelnd. „Also?"

Sie ließ sich von ihm aufhelfen.

Aus den winzigen Lautsprechern des alten Radios drangen inzwischen die Klänge eines Swing-Klassikers. Laura spürte, wie ein erwartungsvoller Schauer durch ihren Körper rieselte, als Lars seinen Arm um sie legte. Seine Hand auf ihrer Hüfte zu spüren, war etwas, auf das sie in keiner Weise vorbereitet war. Von der Stelle aus, an der er sie berührte, schienen Wellen sengender Hitze durch ihre Adern zu pulsieren.

Oh Gott, reiß dich zusammen! rief sie sich zur Ordnung. Doch die Stimme der Vernunft verhallte ungehört angesichts des heftigen Hämmerns ihres Pulses, das alles andere übertönte.

Sie schaute Lars an. Ein Fehler – denn sofort hatte sie das Gefühl, in den unendlichen Tiefen seiner blauen Augen zu versinken. Ob er ebenso empfand wie sie? Fühlte auch er das Prickeln in der Luft, die Spannung, die zwischen ihnen lag, wann immer sie einander nahe kamen?

Sie fingen an zu tanzen, und es war, als wären sie dafür geschaffen, sich miteinander im Takt der Musik zu wiegen. Laura war erstaunt darüber, wie sicher und leichtfüßig sie sich bewegte. Doch sie wusste auch, dass es nicht ihr eigenes Können war, dem sie dies verdankte. Nein, Lars verstand es einfach hervorragend, sie zu führen. In seinen Armen fühlte sie sich gut aufgehoben. Instinktiv schien er jeden ihrer Schritte vorauszuahnen. Er tanzte, als hätte er nie im Leben etwas anderes getan.

Es war berauschend schön und beängstigend zugleich. So hatte sie beim Tanzen noch nie empfunden. Normalerweise war es immer ein wenig verkrampft und peinlich gewesen. Doch davon konnte bei Lars nicht die Rede sein. Er gab ihr das Gefühl, eine Königin zu sein. Und auch, wenn niemand sie sehen konnte, war es eine wunderbare Erfahrung, die sie um nichts auf der Welt missen wollte. Sie fühlte sich, als würde sie auf Wolken schweben.

Der Champagner. Ja, es musste am Champagner liegen. Unmöglich, dass Lars der Grund für diesen verwirrenden Aufruhr ihrer Gefühle sein sollte. Das würde nur dann einen Sinn ergeben, wenn ihre Empfindungen für ihn sehr viel tiefer gingen, als sie es sich bisher selbst eingestanden hatte.

Aber das durfte nicht sein!

Lars war der Mann, der Sofia betrogen hatte. Der sie hintergangen, ihr die große Liebe vorgegaukelt und sich dann mitsamt ihrem Vermögen aus dem Staub gemacht hatte.

So wie der Schuft, der ihre Mutter zunächst in die Depression und dann in den Tod getrieben hatte.

Sich auf ihn einzulassen, käme einem echten Himmelfahrtskommando gleich. Ein Spiel mit dem Feuer, das sie am Ende nur verlieren konnte.

Eine leise, aber beharrliche innere Stimme warnte sie davor, sich emotional zu stark zu engagieren. Doch die Versuchung, gegen die sie anzukämpfen hatte, war groß. Laura musste sich dazu zwingen, nicht noch einmal in Lars' Augen zu blicken, denn das würde auch die letzten Grenzen ihrer Besonnenheit niederreißen – und wehe ihr, was dann geschah.

Und dann blieb er plötzlich stehen, legte ihr einen Finger unters Kinn und hob ihr Gesicht an, sodass sie nicht anders konnte, als ihn anzusehen.

Sie schluckte.

Es war, als würde jemand die Zeiger der Uhr festhalten. Die Welt schien den Atem anzuhalten und zu warten. Bloß worauf?

Auf einmal wusste Laura es. Sie hatte es schon die ganze Zeit gewusst.

Im Grunde war es schon vom Augenblick ihrer ersten Begegnung zielstrebig darauf hinausgelaufen. Es war Schicksal, und nichts und niemand konnte etwas dagegen unternehmen. Wie hatte sie sich nur einbilden können, dass sie dazu in der Lage war?

Mit dem Daumen strich Lars über ihre Lippen.

Es war eine sanfte, sehr zärtliche, aber auch sinnliche Geste, die dafür sorgte, dass Laura heiße Wogen der Erregung durchliefen. Die Sehnsucht, seine Lippen auf ihren zu spüren, wurde plötzlich schier übermächtig. Sie wünschte es sich so sehr, dass es schon fast wehtat. Und als er ihr kurz darauf mit der anderen Hand übers Haar strich, war es endgültig um sie geschehen.

Ehe sie sich's versah, hatte sie sich auf die Zehenspitzen gestellt, die Arme um seinen Nacken geschlungen und ihm einen Kuss auf die Lippen gehaucht.

Sie sah, dass sich seine Augen überrascht weiteten. Doch schon im nächsten Moment erwiderte er ihren Kuss voller Feuer und Leidenschaft.

Es war, als stünde Laura in Flammen. Jede einzelne Faser ihres Körpers schien zu brennen. Noch nie hatte sie etwas Derartiges für einen Mann empfunden. Dass ausgerechnet Lars dazu in der Lage war, solche Gefühle in ihr zu wecken, erschreckte und erschütterte sie zutiefst.

Wenn sie nicht Gefahr laufen wollte, tatsächlich ihr Herz an ihn zu verlieren, dann musste sie dies beenden. Jetzt! Auf der Stelle!

Doch es war nicht sie, die den Kuss beendete, sondern Lars.

Sanft, aber bestimmt machte er sich von ihr los und schob sie von sich. Zwar verschleierte mühsam in Zaum gehaltene Leidenschaft seinen Blick, doch er schien sich – ganz im Gegensatz zu ihr – noch einen letzten Funken gesunden Menschenverstand bewahrt zu haben.

„Ich weiß nicht, ob du das wirklich willst", sagte er, und insgeheim musste Laura ihm zustimmen.

Sie wusste selbst nicht mehr, was sie eigentlich wollte. Sie wusste nicht mehr, wann sie das letzte Mal in der Lage gewesen war, klar zu denken. Es schien eine Ewigkeit her zu sein.

Doch obwohl sie wusste, dass er recht hatte, fühlte sie sich plötzlich schrecklich einsam und leer. Und als sie spürte, dass ihr Tränen in die Augen traten, die sich auch durch heftiges Blinzeln nicht zurückdrängen ließen, wurde ihr klar, dass die schlimmste aller möglichen Katastrophen eingetreten war: Sie hatte sich in Lars verliebt.

Hastig wandte sie sich ab.

6. KAPITEL

*L*ars wusste nicht, wie ihm geschah. Welcher Teufel hatte ihn geritten, Laura zu küssen? Hatte er vollkommen den Verstand verloren, sich auf dieses Spielchen einzulassen?

Er nahm sein Champagnerglas vom Boden auf und leerte es in einem Zug. Doch das süßlich-prickelnde Getränk war nicht unbedingt das, wonach ihm im Moment der Sinn stand. Ein doppelter Scotch wäre ihm sehr viel gelegener gekommen.

Mit einiger Anstrengung unterdrückte er den Fluch, der ihm auf der Zunge lag. Er fuhr sich mit der Hand durchs Haar und spürte dabei, dass seine Finger leicht zitterten.

Förbannat!

Was war los mit ihm? Er hatte Zeit mit Laura verbringen wollen, um sie davon abzuhalten, auf Beutezug zu gehen, und ihr eventuell dabei zu helfen, den Absprung aus der Kriminalität zu schaffen. Und was tat er stattdessen?

Wem versuchst du hier eigentlich etwas vorzumachen? Das zwischen euch ist für dich doch schon längst mehr als nur eine Rettungsaktion. Du bist nicht der gütige Samariter, der alles unternimmt, um eine junge Frau vor dem Ruin zu beschützen. Schau dich doch an!

Wenn er ehrlich zu sich selbst war, war er sich von Anfang an darüber im Klaren gewesen, dass die Anziehungskraft, die Laura auf ihn ausübte, nicht auf Dauer ohne Folgen bleiben konnte. Jetzt wünschte er sich, er hätte dieses eine Mal nicht recht behalten.

Grundgütiger, sie ist aller Wahrscheinlichkeit nach eine gesuchte Juwelendiebin! Bist du verrückt geworden, dich ausgerechnet in sie zu vergucken?

Doch eigentlich hatte er schon die ganze Zeit gewusst, worauf das alles hinauslief. Seine Motive, sie davor zu schützen, ein ähnliches Schicksal wie Stina zu erleiden, mochten noch so ehrenvoll sein – sie waren immer nur ein Vorwand für seine wahren Beweggründe: Er genoss es, mit ihr zusammen zu sein.

In ihrer Gegenwart fühlte er sich so jung und ausgelassen wie schon lange nicht mehr.

Ja, er vergaß sogar all seine anderen drängenden Probleme – wie die Sache mit Tante Ingrid und der lächerlichen Klausel in ihrem Testament.

Mit einem Anflug von schlechtem Gewissen dachte er daran, dass er sich um diese Angelegenheit schon recht lange nicht mehr gekümmert hatte. Aber was gab es da auch zu kümmern? So wie die Dinge lagen, gab es nur einen einzigen Ausweg: Er musste heiraten und mindestens für ein halbes Jahr mit der betreffenden Frau zusammenleben.

Eine Vorstellung, vor der es ihm grauste. Nach der Sache mit Stina …

Das Klingeln seines Handys riss ihn aus seinen Gedanken. Überrascht, dass er so weit draußen überhaupt noch Empfang hatte, entfernte er sich noch ein Stück von Laura und nahm das Gespräch an.

Es war Mikael – und er hatte schlechte Nachrichten.

„Es gab einen Einbruch", erklärte er ohne lange Vorrede. „Gestern Nacht, irgendwann zwischen eins und sechs. Ein wertvolles Collier ist abhandengekommen."

„Wer wurde geschädigt?"

„Mrs Wasserman, die amerikanische Millionärin."

Lars nickte. Mrs Wasserman, ausgerechnet!

Er spürte, wie ihm vor Anspannung regelrecht übel wurde. Sein Magen zog sich schmerzhaft zusammen, und er hörte sein Blut in den Ohren rauschen. Es war unter anderem Mrs Wassermans Suite gewesen, die er auf der Zeichnung in Lauras Zimmer gesehen hatte. Und er hatte Laura mindestens einmal zusammen mit der älteren Dame gesehen – sie wusste also, dass bei Mrs Wasserman etwas zu holen war. Die Millionärin ging ja auch nicht gerade besonders diskret vor, indem sie sich ihr halbes Vermögen in Form von Diamanten und Rubinen um den Hals hängte.

Doch es war ihr gutes Recht, so zu handeln. Ebenso, wie es ihr gutes Recht war, von Lars zu erwarten, dass er für die Sicherheit ihrer Wertgegenstände Sorge trug. Was das betraf, hatte er auf ganzer Linie versagt.

Und was noch schlimmer war – es würde ihm auf Dauer nicht gelingen, Laura zu schützen. Früher oder später würde Mikael mit der Polizei Kontakt aufnehmen. Er konnte es ihm nicht einmal verübeln. Es war allein Lars' Entscheidung gewesen, die Behörden aus dem Spiel zu lassen. Mikael hatte damit nicht das Geringste zu tun. Und wenn es nun Ärger gab …

Seufzend fuhr Lars sich durchs Haar. „Ich nehme an, die Polizei ist bereits verständigt?"

Sein Sicherheitschef zögerte kurz. „*Nej*, noch nicht. Ich konnte Mrs Wasserman überreden, uns ein wenig Zeit zu geben. Wenn es uns gelingt, das Collier im Laufe der Woche wiederzubeschaffen, sieht sie davon ab, Anzeige bei der Polizei zu erstatten."

„Wie hast du das denn fertiggebracht?"

„Indem ich ihr klargemacht habe, dass wir alles in unserer Macht Stehende unternehmen werden, um unseren guten Ruf zu wahren. Das hat sie überzeugt." Er machte eine kurze Pause, ehe er weitersprach. „Ich habe mir die Videobänder angesehen."

Lars wappnete sich innerlich gegen die Nachricht, dass auf den Bändern Laura dabei zu beobachten war, wie sie in Mrs Wassermans Suite eindrang. Doch Mikael überraschte ihn erneut.

„Es ist nichts drauf. Zumindest nichts, was für uns auch nur ansatzweise von Nutzen wäre."

„Was sagst du da? Wie kann das möglich sein?"

„Rasierschaum", erklärte Mikael. „Die Linsen der Kameras wurden damit eingesprüht. Ich habe den Wachmann, der gestern Nacht Dienst hatte, bereits gefeuert. Er hätte mitbekommen müssen, dass etwas nicht stimmt. Stattdessen hat er sich die Zeit mit Kreuzworträtseln vertrieben."

„Wir wissen also nicht mit Sicherheit, wer für den Diebstahl verantwortlich ist …"

„Lars, bitte! Glaubst du wirklich, dass sich zur selben Zeit gleich zwei Juwelendiebe in unserem Haus aufhalten?"

Mikael hatte recht – die Wahrscheinlichkeit ging gegen null. Und doch gab Lars sich der winzigen Hoffnung hin, dass Laura unschuldig war. Dass sie nichts mit dem Einbruch bei Mrs Wasserman zu tun hatte. Wobei genau dies seine Lage eigentlich nur verschlimmern würde. Wenn Laura das Collier hatte, dann würde es ihm irgendwie gelingen, es wiederzubekommen. Wenn nicht …

Er atmete tief durch. „Okay, Laura ist hier bei mir. Es wird sicher noch ein paar Stunden dauern, ehe wir zum Hotel zurückkehren. Sieh dich in ihrem Zimmer um – aber tu es, in Gottes Namen, unauffällig! Sie darf nicht merken, dass du dort warst. Sorge also dafür, dass du keine Spuren hinterlässt."

Sie beendeten das Gespräch, und Lars kehrte zu Laura zurück, die auf der Picknickdecke saß und auf das endlose Meer hinausblickte. Sie wirkte noch immer ein bisschen mitgenommen, hatte sich aber wieder recht gut im Griff.

Unwillkürlich fragte sich Lars, ob eine Frau wie sie wirklich mit ausreichend dicken Nerven ausgestattet war, in Hotelsuiten einzubrechen und Juwelen zu stehlen. Je länger er sie kannte, umso unwahrscheinlicher erschien ihm diese Möglichkeit. Und doch sprach alles dafür. Und somit gegen Laura.

Er setzte sich neben sie. „Tut mir leid, aber das war ein wichtiger Anruf aus dem Hotel, der leider nicht warten konnte."

Ihr Lächeln flackerte. „Schon gut. Die Arbeit geht vor, das ist mir klar. Vielleicht wäre es besser, wenn wir uns wieder auf den Rückweg machen. Ich meine …"

„Gefällt es dir hier denn nicht?"

„Doch", entgegnete sie und sah ihm in die Augen. Die Traurigkeit und Verzweiflung in ihrem Blick brachten tief in Lars' Innerem eine Saite zum Klingen. Sofort verspürte er wieder diesen unbändigen Drang, Laura zu beschützen und zu trösten. Er wollte sie in seine Arme schließen und einfach vergessen, wer sie war.

Doch es gab zu viele Menschen, für die er verantwortlich war. Er durfte nicht zulassen, dass er seine persönlichen Wünsche und Sehnsüchte über das Wohl seiner Mitarbeiter und Gäste stellte.

„Du hast recht", sagte er und straffte die Schultern. „Lass uns zusammenpacken. Es ziehen Wolken auf – vermutlich wird es ohnehin bald anfangen zu regnen."

Die Wolken, von denen Lars gesprochen hatte, verzogen sich, kaum dass sie in See gestochen waren, und die Sonne schien wieder strahlend vom Himmel. Zu Lauras Stimmung hätte eine drohende schwarzgraue Gewitterfront allerdings sehr viel besser gepasst.

Sie wusste nicht, was in sie gefahren war, Lars einfach zu küssen. Ausgerechnet ihn!

Gedankenverloren saß sie am Bug der *Julia* und starrte hinaus aufs Wasser, ohne wirklich etwas wahrzunehmen. Sie konnte nicht sagen, wie lange sie schon unterwegs waren. Vielleicht waren sie gerade erst aufgebrochen, vielleicht hatten sie ihr Ziel aber auch schon fast erreicht.

Unbewusst stöhnte Laura leise. Hatte sie denn aus dem Schicksal ihrer Mutter und ihrer besten Freundin nichts gelernt? Nach allem, was sie über Lars zu wissen glaubte, hätte sie es niemals zu diesem Kuss kommen lassen dürfen.

Es war verrückt!

Wahnsinn!

Doch diese Suppe hatte sie sich selbst eingebrockt.

Sie war so sicher gewesen, dass sie niemals auf Lars' Charme und sein attraktives Äußeres hereinfallen würde. Sie hatte sich für immun gehalten, weil sie ja wusste, was für ein mieser Schuft sich hinter der schönen Fassade verbarg.

Immun! Von wegen! Sie war eine naive Idiotin, die ihr Herz nun ausgerechnet an den Mann verloren hatte, der nicht davor zurückschrecken würde, es ihr bei lebendigem Leib herauszureißen.

Ihre Überheblichkeit war ihr teuer zu stehen gekommen. Und bezahlen musste sie dafür den höchsten Preis, den es gab. Denn so unglaublich, so irrsinnig und verrückt es sich auch anhören mochte: Sie hatte sich in Lars verliebt. Rettungslos. Und ganz gleich, was ihr Verstand sagte und wie oft er sie auch warnte, dass sie möglicherweise den Fehler ihres Lebens beging – es änderte nichts an ihren Gefühlen für Lars.

Und nun?

Das war die Frage, die Laura im Augenblick am meisten beschäftigte. Wie sollte es weitergehen, jetzt, wo sie sich über ihre Gefühle im Klaren war?

Vermutlich wäre es am besten, wenn sie einfach ihre Koffer packte, sobald sie wieder im Hotel war, und nach Spanien zurückreiste. Dort konnte sie versuchen, sich Lars aus dem Herzen zu reißen – ein Unterfangen, an dessen Erfolg sie nicht wirklich glaubte.

Und dann war da ja auch noch Sofia. Laura war mit dem festen Vorsatz nach Schweden gekommen, dem Mann, der ihre Freundin so hinterhältig betrogen hatte, das Handwerk zu legen. Wenn sie jetzt ging, wäre alle Mühe umsonst gewesen. Sofias Vermögen wäre verloren und jede Chance dahin, es zurückzubekommen.

Dabei brauchte sie doch lediglich ein paar Beweise dafür, dass Lars in Wirklichkeit ein Heiratsschwindler war, der sich alles, was er besaß, erschlichen hatte, indem er einsame und unglückliche Frauen um ihre Ersparnisse brachte.

So wie die Dinge im Augenblick standen, hatte sie nichts gegen ihn in der Hand. Dass er zufällig dem Mann wie aus dem Gesicht geschnitten war, der Sofia betrogen hatte – nun, damit würde sie die Polizei wohl kaum überzeugen können. Für sie selbst hingegen war die Sache klar. Man brauchte ja nur die Fotos, die Sofia ihr gezeigt hatte, neben die aus der Werbemappe von *Södergren Hotellen* zu legen. Nein, ihrer Ansicht nach konnte an seiner Schuld nicht der geringste Zweifel bestehen.

Wenn sie ihrer Freundin also helfen wollte, dann musste sie bleiben.

Von neuer Entschlossenheit erfüllt, ballte Laura die Hände zu Fäusten. Sie würde ihn mit dieser Masche nicht durchkommen lassen. Auf gar keinen Fall!

Zieh dich warm an, Lars Södergren, oder wie immer du auch heißen magst! Du wirst es noch bereuen, dich mit mir angelegt zu haben!

Etwas mehr als zwei Stunden später trafen Laura und Lars wieder im Hotel ein. Sowohl die Rückfahrt mit der *Julia* als auch die folgende Autofahrt waren schweigend vonstattengegangen. Laura hatte das Gefühl, dass Lars ebenso über etwas nachgrübelte wie sie selbst. Nur über was, das blieb ihr verborgen, bis sie kurz darauf Ramón in der Lobby begegnete.

„Hast du's schon gehört?", fragte er. „Man munkelt, dass es hier im Hotel einen Diebstahl gegeben hat. Eine richtig große Sache, wie es scheint. Juwelen oder so. Jedenfalls ist die Security ganz schön in Aufruhr."

Laura zuckte mit den Schultern. Ein Juwelendiebstahl war das Letzte, für das sie sich im Augenblick interessierte. Doch dann wurde ihr plötzlich klar, warum Lars so still gewesen war. Er hatte sicher schon längst davon erfahren – und für ihn als Inhaber des Hotels musste ein solcher Vorfall eine Katastrophe bedeuten.

Durch ihren Job kannte sich Laura in der Tourismusbranche gut genug aus, um zu wissen, dass so etwas den Ruf eines Hotels dauerhaft zerstören konnte. Wenn der Diebstahl in die Schlagzeilen geriet, dann sah die Zukunft des Sjöstranden-Hotels alles andere als rosig aus. Wenn es Lars und seinen Mitarbeitern nicht gelang, den Dieb schnell und in aller Stille aus dem Verkehr zu ziehen, dann standen ihnen einige Schwierigkeiten bevor. Die Schönen und Reichen der Welt überlegten es sich ganz sicher zweimal, ehe sie in einem Hotel abstiegen, das für seine laxen Sicherheitsstandards bekannt war.

Obwohl Lars es im Grunde nicht verdiente, empfand sie, sehr zu ihrer eigenen Irritation, fast so etwas wie Mitgefühl für ihn. Sie blickte sich um und sah ihn zusammen mit einem anderen Mann, vermutlich einem Angestellten, in der gegenüberliegenden Ecke des Foyers stehen. Sie unterhielten sich aufgeregt miteinander. Vermutlich besprachen sie ihr weiteres Vorgehen angesichts des drohenden Desasters.

„Geh mit mir essen, und ich erzähle dir alles, was ich weiß", bot Ramón an. „Komm schon, ich kann dir auch ein paar Details über deinen neuen Freund erzählen, die dich interessieren dürften."

Laura horchte auf, zwang sich aber, sich ihr plötzlich entfachtes Interesse nicht allzu deutlich anmerken zu lassen. „Woher solltest du etwas über Lars Södergren wissen, was mir nicht schon längst bekannt ist?"

Grinsend zuckte Ramón mit den Schultern. „Wenn du nicht mit mir essen gehst, wirst du es wohl nie herausfinden. Um Himmels willen, es muss ja kein festliches Dinner sein. Wir könnten zusammen zu Mittag essen. Ein Lunch unter Kollegen. Was wäre dagegen einzuwenden?"

Nichts, dachte Laura – abgesehen von der Tatsache, dass es nur wenige Menschen auf der Welt gab, mit denen sie noch weniger gern Zeit verbringen wollte als mit Ramón. Wenn sie ihn ansah, erinnerte sie sich stets an seinen Verrat. Und, was noch viel schlimmer war, an Juana.

Nie hätte sie ihrer Freundin zugetraut, dass sie sie derart hintergehen würde – bis sie am Tag ihrer Hochzeit vor vollendete Tatsachen gestellt worden war.

Vor dem Altar sitzen gelassen zu werden, war wahrlich keine schöne Erfahrung. Und selbst wenn Ramón sein Verhalten inzwischen zu bereuen schien – er glaubte doch nicht ernsthaft, dass sie jemals wieder in der Lage sein würde, ihm zu vertrauen?

Er deutete ihr Schweigen als Ablehnung. „Eine Tasse Kaffee wenigstens? Bitte, Laura, es gibt da ein paar Dinge zwischen uns, die nie ausgesprochen worden sind. Gib mir eine Chance, dir alles zu erklären. Danach kannst du mich meinetwegen zum Teufel jagen."

Das Glitzern in seinen Augen machte allerdings mehr als deutlich, dass er mit einem solchen Ausgang des Gespräches keinesfalls rechnete. Nun, wenn dem so war, dann täuschte er sich. Allerdings musste man ihm zugutehalten, dass er nur die alte Laura kannte, und die wäre vermutlich bereit gewesen, ihm alles zu verzeihen. Die neue Laura hingegen …

„Also schön, eine Tasse Kaffee", entgegnete sie. „Aber ich zahle meine Rechnung selbst."

Ramón lachte. „Ganz wie du willst. Ich hätte es ohnehin der Firma in Rechnung gestellt."

Noch einmal drehte sie sich nach Lars um, doch der war noch immer in das Gespräch mit seinem Angestellten vertieft und blickte nicht einmal in ihre Richtung.

Das Sjöstranden-Hotel verfügte über eine eigene kleine Kaffeebar, die im gemütlichen Loungestil eingerichtet war. Laura wäre es lieber gewesen, im vorderen Bereich zu bleiben, wo viele Leute saßen. Ramón hingegen schien andere Pläne zu haben und lief bis zum hintersten Ende des Raumes, wo sich einige verschwiegene Nischen befanden.

Laura fühlte sich alles andere als wohl. Es war eine dumme Idee gewesen, sich auf Ramóns Angebot einzulassen. Eine überaus dumme Idee. Doch wenn er tatsächlich Informationen über Lars besaß, von denen sie nichts wusste – womöglich solche, die ihr dabei helfen würden, ihn zu überführen …

Für einen kurzen Moment sah sie es beinahe vor sich: wie die Polizei das Hotel betrat, dem völlig überrumpelten Lars Handschellen anlegte und ihn abführte.

Doch irgendetwas an diesem Bild, das ihr noch vor Kurzem diebische Freude bereitet hätte, behagte ihr ganz und gar nicht mehr. Sollte sie nicht triumphieren bei dem Gedanken, ihm das Handwerk zu legen? Oder zumindest ein gewisses Maß an Zufriedenheit empfinden?

Mit schlechtem Gewissen dachte sie an Sofia und an ihre Mutter. War sie es den beiden nicht schuldig, alles in ihrer Macht Stehende zu unternehmen, um ihr Vorhaben in die Tat umzusetzen? Wenn sie schon sonst nichts mehr für ihre Mutter tun konnte, so sollte sie doch wenigstens diese Chance ergreifen, um das Unrecht, das sie erlitten hatte, zumindest ein bisschen auszugleichen. Und für Sofia war es möglicherweise die einzige Gelegenheit, wenigstens einen Teil ihrer Ersparnisse zurückzubekommen.

„Hörst du mir überhaupt zu?"

Laura blinzelte, verärgert und irritiert über sich selbst. Es war normalerweise nicht ihre Art, so geistesabwesend und in Gedanken zu sein, dass sie die Welt um sich herum vergaß. Und es missfiel ihr, mehr als sie in Worte zu fassen vermochte, dass ausgerechnet Lars einen solchen Einfluss auf sie hatte.

„Ja, natürlich", log sie. Doch dann schüttelte sie den Kopf. „Ach was, warum erzähle ich dir das – ich war gerade nicht ganz bei der Sache. Was hast du gesagt?"

„Dass Lars Södergren einer der Erben des Södergren-Konzerns ist und damit einer der begehrtesten Junggesellen des ganzen Landes", wiederholte Ramón. „Bisher ist es nur noch nie einer Frau gelungen, ihn länger als ein paar Wochen an sich zu binden. Ich fand, das solltest du wissen, bevor du dich auf ihn einlässt."

„Du machst dir wohl Sorgen, dass er mir das Herz brechen könnte", erwiderte Laura mit beißendem Sarkasmus, der für sie so gar nicht typisch war. „Aber was das betrifft, ist Lars wohl zu spät dran – das hat bereits ein anderer vor ihm mit durchschlagendem Erfolg erledigt."

Ramón verzog das Gesicht – es war offensichtlich, dass er ihren Seitenhieb verstanden hatte. Und noch offensichtlicher war, dass er ihm nicht gefiel. „Ja, ich weiß. Ich habe mich damals wie ein ziemlicher Mistkerl benommen, das ist mir jetzt klar. Aber du kannst mir glauben, wenn ich dir sage, dass ich mein Verhalten inzwischen ehrlich bereue. Ich weiß selbst nicht mehr, was in mich gefahren ist. Vermutlich habe ich einfach nur kalte Füße bekommen – wie so mancher Bräutigam, bevor er vor den Traualtar geht."

„Mag schon sein. Aber nicht jeder Bräutigam lässt seine Braut einfach so im Regen stehen und brennt mit ihrer Freundin durch." Sie schüttelte den Kopf. „Tut mir leid, mein Lieber, aber ich kann nicht einfach so vergessen, was du getan hast. Wenn du das gehofft haben solltest, dann muss ich dich leider enttäuschen."

Er nickte. „Um ehrlich zu sein, habe ich durchaus gehofft, dass du inzwischen vielleicht bereit sein würdest, mir zu verzeihen. Aber wie ich sehe, ist es dafür wohl noch ein wenig zu früh." Er winkte den Kellner heran. „Trotzdem solltest du dich vor Lars Södergren in Acht nehmen. Der Mann ist ein Weiberheld, aber er hält es nie lange bei einer Frau aus."

Laura bestellte einen Espresso und bat auch direkt um die Rechnung. Je schneller sie diese Situation beendete, umso besser.

Doch dann fiel ihr auf, dass sie einen wichtigen Punkt bisher nicht berücksichtigt hatte. „Du sagtest, er ist ein reicher Erbe?"

„Allerdings", entgegnete ihr Exverlobter. „Wusstest du das etwa nicht? Der Södergren-Konzern hat in allen möglichen Industriezweigen seine Finger im Spiel. Es gibt ein großes Sägewerk, Glasbläsereien und eben die Hotelkette hier. Der Name Södergren ist hier in der Gegend ein Synonym für Reichtum."

Davon hatte Laura allerdings wirklich nichts gewusst. Und darüber grübelte sie nach, während der Kellner die Getränke brachte. Sie war bisher davon ausgegangen, dass Lars die Hotels lediglich als angestellter Geschäftsführer leitete. Dass ihm die Hotelkette, zumindest zum Teil, gehörte, war ihr nicht klar gewesen. Und diese Tatsache zog die Frage nach sich, warum Lars sich überhaupt die Mühe machte, unter falschem Namen durch die Lande zu reisen und arglose Frauen um ihr Vermögen zu erleichtern.

Zum ersten Mal fragte Laura sich, ob sie wirklich der richtigen Spur nachging – oder ob sie sich einfach nur in etwas verrannt hatte, das sie für die Wahrheit halten wollte. Oder besser: hatte halten wollen. Denn inzwischen hegte sie keineswegs mehr den Wunsch, Lars in Handschellen zu sehen. Und zwar aus vollkommen eigennützigen Gründen …

Hatte sie sich in ihm getäuscht? Oder hoffte sie das nur, weil sie sich in Lars verliebt hatte?

„Danke für die Informationen", sagte sie, nippte kurz an ihrem Espresso und zückte ihre Geldbörse. „Sie waren in der Tat sehr interessant – aber ich würde jetzt lieber gehen."

„Warte!" Ramón umfasste ihr Handgelenk und hielt sie zurück. „Bleib doch noch ein bisschen."

Laura zögerte. Es lag etwas in seinem Blick, das sie von früher nicht kannte. Etwas Bedrohliches.

„Lass mich los", forderte sie ihn auf.

„Ich will doch nur, dass wir uns noch ein bisschen unterhalten", sagte er. Seine Stimme klang jetzt fast weinerlich, doch er hielt ihre Hand weiterhin fest. „Ist das denn wirklich zu viel verlangt? Wir waren doch einmal glücklich miteinander!"

„Ja, richtig", stellte Laura mit fester Stimme klar. „*Waren*. Das ist vorbei, ein für alle Mal. Und nichts, was du tun oder sagen könntest, wird daran etwas ändern, Ramón. Und jetzt lass mich gehen!"

„Macht der Herr dir Schwierigkeiten?"

Lars' Stimme, die plötzlich hinter ihnen erklang, war kalt und schneidend wie Eis. Laura sah, dass Ramón erbleichte. Fast augenblicklich ließ er ihr Handgelenk los, so als habe er sich daran verbrannt.

„*Nej*, ist schon in Ordnung", sagte sie.

„Gar nichts ist in Ordnung", widersprach Ramón, dessen Kampfgeist auf einmal neu erwacht zu sein schien. „Ich verbitte mir diesen Ton. Immerhin bin ich ein Gast dieses Hauses, und wenn ich mich mit meiner Verlobten unterhalten möchte, werde ich das doch wohl tun dürfen."

„Exverlobten", verbesserte Laura.

Erneut setzte Ramón zum Protest an, doch wieder wurde dieser im Keim erstickt – allerdings auf eine völlig andere Art und Weise, als Laura sich das vorgestellt hatte – denn Lars zog sie einfach in seine Arme und küsste sie.

Ihr erster Impuls war es, ihn von sich zu stoßen. Wie konnte er es wagen?

Doch ihr Widerstand erlahmte in dem Moment, in dem seine Zunge sanft wie der Flügelschlag eines Schmetterlings über ihre Lippen fuhr.

Sie konnte ein Stöhnen nicht unterdrücken. Flüssiges Feuer schien mit einem Mal durch ihre Adern zu fließen, und sie spürte ein verlangendes Pochen zwischen ihren Schenkeln, so intensiv, wie sie es noch nie zuvor erlebt hatte.

Und das alles nur wegen eines Kusses?

Ihre Knie drohten einzuknicken, und Halt suchend schlang sie die Arme um Lars' Nacken. Die Welt um sie herum – das Café, die anderen Gäste, ja sogar Ramón – versank in einem Nebel der Bedeutungslosigkeit.

Es gab nur noch Lars und sie.

Wie hatte sie auch nur eine Sekunde daran zweifeln können, dass da mehr war zwischen ihnen.

Sehr viel mehr.

Dann räusperte Ramón sich plötzlich, und Laura wurde klar, was sie da gerade eigentlich tat.

Hastig machte sie sich los und stolperte einen Schritt zurück. „Das ist ... Nein!"

Sie wirbelte herum und stürmte aus dem Café, ohne auf die neugierigen Blicke zu achten, die sie verfolgten.

Sie musste raus hier, einfach nur raus!

*B*estürzt schaute Lars ihr hinterher, wie sie durchs Foyer zu den Aufzügen eilte.

Er hatte sich gerade mit Mikael unterhalten, als er sah, dass Laura zusammen mit diesem Ramón Espinoza die Kaffeebar des Hotels betrat.

Wie von einem inneren Zwang geleitet, war er ihr gefolgt und hatte sie beobachtet. Er wusste, dass es nicht richtig war, doch er konnte einfach nicht anders. Etwas trieb ihn dazu an, ihr nachzugehen. Und als er sah, wie Espinoza sie bedrängte, hatte es für ihn kein Halten mehr gegeben.

Vermutlich war es nicht besonders schlau von ihm gewesen, sich einzumischen. Und ganz sicher war es ein Fehler gewesen, sie zu küssen.

Aber wie hätte er ahnen sollen, dass es so sein würde?

Sie hatten sich auf der Schäreninsel schon einmal kurz geküsst, und auch wenn es wunderschön gewesen war, so ließ es sich doch nicht mit dem vergleichen, was gerade zwischen ihnen geschehen war.

Lars fühlte sich, als wäre er geradewegs in einen fahrenden Güterzug hineingelaufen. Er war einfach überrollt worden. Was dazu gedacht gewesen war, Espinoza klarzumachen, dass er in fremdem Revier wilderte, hatte sich vollkommen verselbstständigt.

Und nun stand Lars da, unfähig, auch nur einen klaren Gedanken zu fassen, und sehnte sich danach, sie wieder in seine Arme zu schließen und zu küssen.

„Na, das haben Sie ja prima hingekriegt", knurrte Lauras spanischer Exverlobter und holte Lars damit abrupt wieder zurück auf den Boden der Tatsachen. „Behandeln Sie Ihre Gäste immer so?"

Er bedachte den anderen Mann mit einem kühlen Blick. „Nur, wenn sie es verdient haben."

„Nur dass Sie es wissen, Södergren: Laura gehört mir. Sie hat mir einmal ihr Jawort gegeben, und sie wird es wieder tun."

Lars lächelte. „Ach ja, sind Sie da wirklich so sicher?"

223

Mit diesen Worten ließ er Espinoza einfach stehen und verließ das Café. Laura war längst verschwunden, doch das wunderte ihn nicht weiter. Sicher wollte sie allein sein, um in Ruhe über alles nachzudenken. Doch die Zeit konnte er ihr nicht geben. Nicht, solange die Frage nach dem Verbleib von Mrs Wassermans Collier im Raum stand.

Mikael hatte sich in Lauras Suite umgesehen, war jedoch nicht fündig geworden. Es gab weder Hinweise auf das Collier selbst noch auf sein Versteck. Genau genommen, existierten nicht einmal stichhaltige Beweise dafür, dass Laura etwas mit dem Diebstahl zu tun hatte. Nichts, bis auf dieses verpixelte Überwachungskamerafoto und die Tatsache, dass er in ihrem Zimmer einen Etagenplan gefunden hatte.

Es blieb ihm nichts anderes übrig, als sie zur Rede zu stellen. Seufzend ging er zu den Lifts. Er war froh darüber, die Aufzugkabine für sich allein zu haben. Nach Gesellschaft stand ihm im Augenblick wirklich nicht der Sinn.

Den Weg zu ihrer Suite hätte er auch blind gefunden, immerhin war er selbst früher oft genug hier abgestiegen. Da er einen Generalschlüssel besaß, hätte er die Tür auch einfach so öffnen können, doch er entschied sich für die höfliche Variante und klopfte an.

Es dauerte nicht lange, da öffnete Laura auch schon. Ihr Gesicht war noch immer erhitzt, und ihre Lippen leicht geschwollen von dem Kuss.

Sofort flammte die Leidenschaft wieder in Lars auf, doch er drängte sie zurück. Dies war nicht der richtige Moment dafür.

Falls so etwas wie der richtige Moment für Laura und ihn überhaupt existierte.

Mit einer fahrigen Geste strich sie sich durchs Haar. „Verfolgst du mich jetzt etwa?"

„Ich würde gern kurz mit dir sprechen, Laura."

„Muss das jetzt sein? Ich …" Sie schloss die Augen, und als sie sie wieder öffnete, las Lars so etwas wie Verzweiflung darin. „Mir passt es jetzt gerade eher schlecht. Können wir das vielleicht verschieben?"

„Mir wäre es lieber, wenn wir die Sache jetzt hinter uns bringen würden. Darf ich?" Er trat ein, ohne auf eine Antwort zu warten.

„Was willst du?", fragte Laura, nachdem sie die Tür wieder geschlossen hatte. „Wenn es wegen vorhin ist, ich …"

Lars schüttelte den Kopf. „Nein … Darum geht es nicht."

Er zögerte. Warum war das so verteufelt schwer? Er brauchte sie doch nur zu fragen, dann würde sich zeigen, aus welchem Holz sie geschnitzt war. Entweder sie log ihm dreist ins Gesicht – und dann war sie es nicht wert, dass er überhaupt darüber nachdachte, ihr zu helfen. Oder sie sagte ihm die Wahrheit.

Und dann? fragte er sich. Was willst du dann unternehmen? Du kannst sie nicht dauerhaft vor den Behörden in Schutz nehmen, das weißt du genau. Wie also sieht dein Plan aus?

Das Problem an seinem Plan war, dass er eben gar keinen besaß. Und nie einen gehabt hatte. Sein Verhalten war von Beginn an instinktiv und gefühlsgesteuert gewesen. Er wusste lediglich, dass er nicht zulassen wollte, dass Laura ins Gefängnis kam. Doch wie er das anstellen sollte, konnte er auch nicht sagen.

Umso genauer wusste er dafür, dass er sich so stark zu ihr hingezogen fühlte, dass ihm immer wieder kurz die Sicherungen durchbrannten. Er wollte es nicht, versuchte verzweifelt, ein bisschen emotionalen Abstand von ihr zu halten, doch er hätte ebenso gut gegen einen wütenden Tornado ankämpfen können.

Und auch jetzt, wo er in ihre dunklen Augen blickte, war ihm wieder, als würde eine stärkere Macht ihn einfach mit sich ziehen. Ein reißender Strom, dem er nichts entgegenzusetzen hatte.

All die guten Vorsätze waren dahin. Er vergaß, warum er eigentlich hergekommen war. Seine Gedanken schienen wie irrlichternde Kerzenflammen um ihn herumzutanzen, ohne dass er in der Lage war, einen von ihnen festzuhalten. Wie von selbst hob sich seine Hand und fuhr durch Lauras weiches schwarzes Haar. Er sah, wie ihre Pupillen sich weiteten und ihr Atem sich unwillkürlich beschleunigte.

Das gab den Ausschlag.

Er zog sie an sich und küsste sie – und dieses Mal hatte sein Kuss nichts Zärtliches oder Sanftes. Er war hart und fordernd, und Laura erwiderte ihn ihrerseits mit einem Hunger, der ihm für einen Augenblick den Atem raubte.

Beinahe grob vergrub sie die Hände in seinen Haaren. Der leichte Schmerz war aufregend und brachte sein ohnehin bereits erhitztes Blut noch mehr in Wallung.

Er wollte diese Frau.

Jetzt sofort.

Und wenn es ihn alles kostete, was er im Leben erreicht hatte.

Hastig und mit zitternden Fingern knöpfte er ihre Bluse auf, ohne dabei den Kuss auch nur eine Sekunde zu unterbrechen. Dann schob er den störenden Stoff über ihre Schultern und sie schüttelte ihn ab, sodass er zu Boden fiel, wo er unbeachtet liegen blieb.

Kurz darauf wurde seinem Hemd dasselbe Schicksal zuteil.

Erst jetzt löste er sich von ihr und betrachtete sie eingehend.

Lauras Brust hob und senkte sich nun heftig. Ihre Brüste füllten die champagnerfarbene Spitze ihres BHs prall aus, deutlich zeichneten sich die Brustwarzen ab. Er sehnte sich danach, sie zu berühren, doch er wollte den Augenblick auskosten, solange es ging. Und er war sich sicher, dass er sofort über sie herfallen würde, wenn er seinem inneren Drang jetzt nachgab.

„Du bist wunderschön", stieß er hervor, überrascht darüber, wie rau seine Stimme klang.

Ihre Wangen glühten – ob vor Verlegenheit oder Leidenschaft, vermochte er nicht zu sagen. Doch der verhangene Blick ihrer Augen ließ Letzteres vermuten.

Lauras Körper schien förmlich in Flammen zu stehen, und es war ihr, als würde flüssige Lava statt Blut durch ihre Adern pulsieren. Sie konnte nicht wirklich begreifen, was mit ihr geschah. Alles, was sie wusste, war, dass sie Lars wollte. Mehr als jemals einen anderen Mann vor ihm.

Schwer atmend stand sie da und begegnete seinem Blick. Ihr Herz raste, und das Blut rauschte ihr in den Ohren. Sie sehnte sich danach, dass er sie berührte, doch er zögerte. Nein, zögern war nicht das richtige Wort. Er spielte mit ihr. Dehnte die Zeit aus, bis ihr Verlangen so groß wurde, dass sie um Erlösung flehte.

Doch er war nicht der Einzige, der dieses Spiel beherrschte.

Sie trat auf ihn zu und zeichnete mit den Fingerspitzen die Konturen seiner Brustmuskeln nach, die sich deutlich unter der leicht gebräunten Haut abzeichneten.

Als ihre Finger noch tiefer glitten, erschauerte er verlangend.

Unter gesenkten Augenlidern hervor schaute sie zu ihm auf. Sie wusste, dass ihr Blick ein Versprechen war, das mehr verhieß. Und sie sah, dass er die Mauern seiner Selbstbeherrschung zum Einsturz brachte.

Mit einem entschlossenen Schritt kam er nun zu ihr und bedeckte ihren Hals, ihre Kehle und die empfindsame Stelle oberhalb ihres Schlüsselbeins mit heißen Küssen.

Laura war, als würde sie den Boden unter den Füßen verlieren. Sie wurde erfasst von einem Taumel unbändiger Verzückung. Sie schloss die Augen, legte den Kopf in den Nacken und gab sich ganz den köstlichen Gefühlen hin, die seine Lippen auf ihrer Haut auslösten. Sie hinterließen kleine brennende Spuren, von denen jede einzelne ihr den Verstand rauben sollte.

Unwillkürlich keuchte sie heiser, ohne dass sie in der Lage gewesen wäre, diesen Laut zu unterdrücken. Aber sie wollte es auch gar nicht. Der Punkt, an dem Scham noch eine Rolle gespielt hätte, war längst überschritten. Es gab kein Zurück mehr – selbst wenn sie es darauf angelegt hätte.

Es war, als hätte ein anderer Teil von ihr die Kontrolle übernommen. Eine andere Laura, die sehr viel wilder, zügelloser und freier war, als sie es sich je hätte vorstellen können.

Lars gab ihr das Gefühl, dass sie alle Fesseln abstreifen durfte, die ihr in der Vergangenheit auferlegt worden waren. Das enge Korsett aus Konventionen, das sie, ohne es zu merken, all die Jahre getragen hatte, fiel von ihr ab. Und zum ersten Mal seit langer, langer Zeit konnte sie wieder frei atmen.

Wie im Rausch krallte sie ihre Finger in sein dichtes dunkelblondes Haar und zog seinen Kopf noch dichter zu sich heran. Sie wollte ihm so nah sein wie nur irgend möglich.

Nur ein bisschen reichte ihr nicht. Sie wollte alles.

Und zwar sofort.

Das Herz klopfte ihr bis zum Hals, als sie Lars mit sich in Richtung Couch zog, ohne dabei von ihm zu lassen. Sie fielen mehr, als dass sie sich setzten. Laura zuerst, Lars über ihr. Doch weder die unbequeme Position noch die Tatsache, dass die Armlehne des Sofas sich in ihren Rücken presste, konnte sie davon abhalten, seine Nähe auf eine beinahe schon schmerzhafte Art und Weise zu genießen.

Er küsste sie.

Hungrig.

Leidenschaftlich.

Viel leidenschaftlicher, als sie es jemals für möglich gehalten hätte.

Und ihre Reaktion fiel kaum weniger enthusiastisch aus. Sie schlang die Arme um ihn – eine Hand auf seinem Rücken, mit der anderen hielt sie sich an seiner starken Schulter fest.

Er stieß einen Laut hervor, der irgendwo zwischen verzücktem Seufzen und leidenschaftlichem Stöhnen lag und Lauras Verlangen noch weiter anfachte. Das Pulsieren zwischen ihren Schenkeln wurde immer drängender, und sie war nicht sicher, wie lange sie es noch aushalten würde.

Wann sie tatsächlich beginnen würde, ihn anzuflehen, sie zu erlösen.

Sie ließ ihre Hände über seinen Rücken nach unten wandern und umfasste seinen muskulösen Hintern. Dabei stellte sie fest, dass er leider noch immer seine Hose trug. Doch selbst durch den Stoff konnte sie das, was sich darunter verbarg, deutlich spüren. Und es machte Appetit auf mehr.

Sie rührte sich unter ihm, schaffte ein wenig Platz zwischen ihnen, sodass sie seinen Gürtel mit den Fingern erreichen konnte. Mit einem beinahe erleichtert klingenden Laut schnappte die Schnalle auf – Einbildung vermutlich, doch ihr kam es so vor.

Er keuchte, als sie den Gürtel aufreizend langsam aus den Schlaufen zog und sich zuerst am Knopf und dann am Reißverschluss seiner Hose zu schaffen machte.

„Du bringst mich um den Verstand", sagte er mit heiserer Stimme, wobei er ihr intensiv in die Augen blickte. „Auch wenn es mich vermutlich umbringen wird – wenn du dir nicht sicher bist, dann hör lieber jetzt auf. Ich weiß nicht, wie lange ich noch Herr der Lage sein kann."

Sie küsste ihn – oder knabberte vielmehr an seiner Unterlippe und flüsterte: „Wer hat dir gesagt, dass du das je gewesen bist?"

Ihre Worte, sanft und herausfordernd wie das Schnurren einer zufriedenen Katze, ließen ihn offenbar die letzten Reste seiner Bedenken abstreifen. Er verschloss ihre Lippen mit seinen und eroberte mit seiner Zunge ihren Mund.

Sie wusste nicht, wie lange dieser Kuss andauerte. Es kam ihr vor wie eine kleine Ewigkeit, doch vermutlich waren nur wenige Minuten vergangen, als er ihren Mund freigab und sie gierig nach Atem schnappte. Völlig überwältigt von der Erkenntnis, dass es so mit einem Mann sein konnte.

Dass es nicht nur darum ging, dass er von ihr bekam, was er sich wünschte. Dass sie ihre Pflichten erfüllte und ihre eigenen Ansprüche in Bezug auf Lust und Leidenschaft zurückstellte.

Dies hier glich in absolut keiner Weise dem, was sie mit Ramón erlebt hatte. Ramón, der so von sich überzeugt gewesen war und sich für Gottes Geschenk an die Frauen gehalten hatte. Der glaubte, ein wunderbarer Liebhaber zu sein, doch nicht einmal ansatzweise die Gefühle in ihr geweckt hatte, die Lars nur mit einem einzigen Kuss in ihr hervorrufen konnte.

Erstaunlich, dass sie erst ein knappes Vierteljahrhundert hatte alt werden müssen, um zu erkennen, dass sie sich getäuscht hatte. Dass der Fehler nicht bei ihr lag. Sie hatte sich völlig umsonst schuldig gefühlt, wenn sie Ramón wieder einmal zurückgewiesen hatte. Welchen Grund hätte sie haben sollen, sich um seine Bedürfnisse zu kümmern, wenn er sich doch nie auch nur einen Deut um ihre scherte?

Was für eine Ironie des Schicksals, das ausgerechnet Lars ihr nun bewies, dass die Liebe – ob nun körperlicher oder geistiger Natur – ein gegenseitiges Geben und Nehmen bedeutete. Und dass, wenn immer nur ein Partner Zugeständnisse machte, etwas Grundlegendes falschlaufen musste.

Vermutlich sollte sie Juana sogar dankbar dafür sein, dass sie sie davor bewahrt hatte, einen kaum wiedergutzumachenden Fehler zu begehen. Doch der Gedanke war so flüchtig wie der Schimmer eines Kerzenlichtes, und er verblasste sofort, als Lars mit beiden Händen ihre Brüste umfasste.

Sie keuchte auf.

Es war, als würde sich tief in ihrem Inneren ein Knoten lösen, von dessen Existenz sie bislang nichts geahnt hatte. Sie fühlte sich frei von allem, was sie ihr Leben lang davor zurückgehalten hatte, sich fallen zu lassen. Jetzt tat sie es, und es war ein wunderbares Gefühl.

Wieder küssten sie sich.

Konnte man nach den Küssen eines Menschen süchtig werden? Wenn dem so war, dann war sie jetzt schon abhängig von Lars. Wie sollte sie, jetzt, wo sie zum ersten Mal wahre körperliche Nähe erfuhr, jemals wieder von ihm loskommen?

Sie wusste es nicht – aber es war ihr im Augenblick auch völlig gleichgültig. Über die Konsequenzen ihres Handelns konnte sie sich auch morgen noch Gedanken machen. Was zählte, war das Hier und Jetzt.

Irgendwie schaffte Lars es, sich in eine andere Position zu bringen, sodass er sie jetzt mit Händen und Lippen liebkosen konnte. Er streifte ihr die Hose ab, sodass sie nun fast nackt vor ihm auf der Couch lag. Doch zum ersten Mal empfand sie keinerlei Hemmungen. Sie genoss es, seinen Blick auf sich zu spüren, denn er war bewundernd und schwärmerisch und nicht auf ständiger Suche nach irgendwelchen Makeln.

Lars begehrte sie so, wie sie war.

Falsch! Er begehrt Lauredana Gonzales! Oder zumindest die Frau, die er für Lauredana Gonzales hält!

Ein schmerzhafter Stich durchzuckte Laura, doch Lars' Küsse vertrieben das Unbehagen, und der störende Gedanke verflüchtigte sich in einem Nebel aus Lust und Leidenschaft.

Und als auch er sich von seiner restlichen Kleidung befreite, war jeder Zweifel vergessen.

Ihr Blick wanderte unwillkürlich zum Beweis seiner Erregung. Wie von einer unsichtbaren Macht angezogen, berührte sie ihn dort und sah, wie er die Augen schloss und den Kopf in den Nacken legte.

Gleich darauf spürte sie seine Hand zwischen ihren Schenkeln. Er streichelte sie sanft und ließ seinen Daumen kreisen, bis ihr Stöhnen ihm sagte, dass er gefunden hatte, was er suchte. Laura war so erregt und so elektrisiert, dass sie bei dieser Berührung fast sogleich die Erfüllung erlebte. Sie stöhnte auf und war überrascht von dem intensiven Gefühl, das sie erlebte.

Und auch Lars schien das, was zwischen ihnen geschah, nicht erwartet zu haben. Seine Augen waren dunkel vor Lust, er schien sich nicht sattsehen zu können an ihr.

Als sie einladend ihre langen Beine öffnete und ihre Hüften anhob, konnte er sich schließlich nicht mehr zurückhalten, und er schob sich zwischen ihre Schenkel. Schon im nächsten Augenblick wurden sie endlich eins miteinander.

Er hielt einen kurzen Moment inne, so als wolle er würdigen, worauf sie beide so lange gewartet hatten. Dann begann er, sich langsam in ihr zu bewegen, und Laura hatte das Gefühl, völlig die Kontrolle zu verlieren – aber auf eine gute, auf eine berauschende Art und Weise.

Dabei passte sie sich seinem Rhythmus an. Sie schlang die Arme um ihn, bog sich ihm entgegen, ohne dabei je seinen Blick freizugeben. Die Welt um sie herum schien davonzuwirbeln in einem Sog aus purer Lust und Leidenschaft. Bebend presste Laura sich an ihn, flüsterte seinen Namen, während sie dem süßen Ziel immer näher und näher kam.

Lars' Stöße wurden härter, wilder, schneller, bis ...

„Lars ...!"

Laura stöhnte auf, als unglaubliche Wogen der Leidenschaft

sie mitrissen. Sie klammerte sich an Lars, der seinen Rhythmus sogar noch beschleunigte, bis er mit einem kraftvollen Stoß noch einmal tief in sie drang, um selbst den Gipfel der Lust zu erklimmen.

Oh Gott, dachte Laura, entsetzt über ihr eigenes Verhalten, als sie ein paar Minuten später dalag und dem Rauschen der Dusche im Badezimmer ihrer Suite lauschte.

Ein seltsames Gefühlschaos herrschte in ihr. Mit Lars zu schlafen war ohne Zweifel eines der aufwühlendsten und berauschendsten Erlebnisse gewesen, die sie je gehabt hatte.

Auf der anderen Seite war sie davon überzeugt, den größten Fehler ihres Lebens begangen zu haben. Denn ganz gleich, wie schön es auch gewesen sein mochte – für Lars und sie gab es einfach keine gemeinsame Zukunft.

Und ob es ihr nun gefiel oder nicht – genau das war es, was sie sich am allermeisten wünschte.

Ihre Augen füllten sich mit Tränen.

Was war sie doch für ein naives Dummchen gewesen anzunehmen, sie könnte einfach herkommen, Lars Honig ums Maul streichen und ihn überführen. Sie musste verrückt gewesen sein, das zu glauben. Vollkommen verrückt!

Doch diese Erkenntnis half ihr jetzt leider auch nicht mehr weiter. Was geschehen war, war geschehen. Nichts auf der Welt konnte es wieder rückgängig machen. Und tief in ihrem Herzen wusste Laura, dass sie es auch gar nicht wollte.

Aber was sollte sie jetzt tun? Wie sollte sie weiter vorgehen? War es unter den gegebenen Umständen nicht besser, ihre Koffer zu packen und dieses ganze sinnlose Unterfangen aufzugeben, um zu verhindern, dass sie endgültig ihr Herz an ihn verlor, bevor es zu spät war?

Mit tränenverhangenem Blick stand sie auf, sammelte ihre verstreuten Kleidungsstücke auf und zog sich an. Dann eilte sie ins Schlafzimmer, nahm ihren Koffer und legte ihn offen aufs Bett. Achtlos warf sie ihre Sachen aus dem Kleiderschrank hinein und klappte den Deckel heiser schluchzend zu.

Sie musste fort. Es würde ihr sicherlich das Herz brechen, doch sie durfte Lars nicht wiedersehen. Niemals! Sie …

Das Vibrieren ihres Handys auf dem Nachttisch riss sie aus ihren selbstquälerischen Gedanken. Sie fuhr sich mit dem Handrücken über die Augen und nahm es auf.

Eine Nachricht von Sofia.

Mein Anwalt hat sich gemeldet. Er sagt, es besteht kaum eine Chance, dass ich etwas von dem Geld wiedersehe, um das Viktor Martinsson mich betrogen hat. Was soll ich denn jetzt bloß machen? Sofia

Verzweifelt ließ Laura das Handy sinken und setzte sich auf den Rand der Matratze. Sie konnte nicht gehen.

Jetzt nicht mehr.

Denn sie würde es sich niemals verzeihen, ihre beste Freundin in der Not im Stich gelassen zu haben.

*L*ange hatte Lars unter der Dusche gestanden, das heiße Wasser auf sich niederprasseln lassen und versucht, einen klaren Kopf zu bekommen. Doch das war gar nicht so leicht, angesichts der Tatsache, was soeben zwischen Laura und ihm geschehen war.

Als er nun aus der Glaskabine trat und nach einem Frotteehandtuch griff, schüttelte er den Kopf über seine eigene Schwäche. Was war bloß in ihn gefahren, mit Laura zu schlafen? Er hatte in ihrer Nähe bleiben und sie auf Schritt und Tritt beobachten wollen, ja. Aber das bedeutete nicht, dass er ihr so nah hätte kommen sollen.

Mit einer Hand fuhr er sich durch sein nasses Haar und unterdrückte ein Aufstöhnen. Er hätte von Anfang an vernünftig sein und auf Mikael hören sollen. Wäre er gleich mit seinem Verdacht, dass Laura die berüchtigte Juwelendiebin *schwarzer Engel* war, zur Polizei gegangen – er befände sich jetzt, weiß Gott, ganz sicher nicht in dieser Zwickmühle.

Doch daran ließ sich nun nichts mehr ändern.

Er musste die Tatsachen so akzeptieren, wie sie waren – ob es ihm nun gefiel oder nicht.

Und was nun, du Genie?

Einmal mehr wurde ihm bewusst, dass es eigentlich nur einen richtigen Weg geben konnte, die Sache zu Ende zu bringen. Richtig – aber zugleich auch so unglaublich schwer. Allein der Gedanke, Laura der Polizei auszuliefern, die Frau, die er gerade noch in den Armen gehalten und leidenschaftlich geküsst hatte, erschien ihm völlig absurd. Er konnte es nicht tun. Aber hatte er eine Wahl?

Mrs Wasserman würde nicht ewig Stillschweigen bewahren. Es ging hier immerhin um ein kostbares Schmuckstück, das in seinem Hotel verschwunden war. Und das, wo er wissentlich eine Juwelendiebin unter seinem Dach beherbergte.

Er zog seine Hose und das Hemd über, die er mit ins Badezimmer genommen hatte. Dann atmete er noch einmal tief durch und trat hinaus in den Wohnraum der Suite.

Laura war nirgendwo zu sehen, und Lars überlegte kurz, ob er sich einfach heimlich aus dem Staub machen sollte. Es wäre feige, und es würde allem widersprechen, auf das er im Leben Wert legte. Aber wenn er ihr jetzt in die Augen sah, könnte er dem Drang, sie zu küssen, nicht widerstehen.

Und er hatte soeben eindrucksvoll gezeigt, was daraus entstehen konnte.

Die Entscheidung wurde ihm abgenommen, als sich die Schlafzimmertür öffnete und Laura zu ihm ins Zimmer trat. Sie hielt den Blick gesenkt, so als wüsste sie nicht recht, wie sie mit der Situation umgehen sollte. Vorhin, als sie sich geliebt hatten, war sie voller Feuer, ja, beinahe zügellos gewesen.

Jetzt wirkte sie wie ein schüchternes Mädchen, und Lars verspürte unwillkürlich den Drang, sie an sich zu drücken und vor der Welt zu beschützen.

Du bist verrückt! Das ist doch nur eines ihrer Spielchen, Lars! Der schwarze Engel ist, wie es scheint, nicht nur eine mit allen Wassern gewaschene Juwelendiebin, sondern auch eine brillante Schauspielerin!

„Ich denke, es ist besser, wenn ich jetzt gehe." Er deutete in Richtung Tür.

Sie nickte schweigend, doch ehe er das Zimmer verlassen konnte, sagte sie: „Sehen wir uns wieder, oder war es das jetzt mit uns?"

Die Frage klang beinahe beiläufig, so als würde sie die Antwort nicht wirklich interessieren. Doch ihm entging nicht, dass ihre Stimme leicht zitterte.

„Ich weiß nicht", sagte er und drehte sich halb zu ihr um. „Möchtest du mich denn wiedersehen?"

Sie zögerte. Ein trauriges Lächeln umspielte ihre Mundwinkel. „Um ehrlich zu sein, ich bin mir nicht sicher. Es war … wunderschön, aber … ich glaube nicht, dass es eine gute Idee wäre, es zu wiederholen."

So lauteten ihre Worte – doch das Flackern in ihren Augen sagte etwas anderes. Es stand ganz ohne Zweifel, dass sie sich ebenso nach ihm sehnte wie er sich nach ihr. Sie zogen sich mit einer Heftigkeit an, die den entgegengesetzten Polen von Magneten in nichts nachstand.

Beinahe kam es Lars so vor, als wären sie füreinander geschaffen. In einem Liebesfilm, so überlegte er, würden wir einander jetzt in die Arme fallen und uns blindlings in ein Leben voller Liebe und Glück stürzen. Doch dummerweise war es im wirklichen Leben nicht ganz so leicht.

„Ich hole dich heute Abend um sieben ab", hörte er sich trotzdem sagen und verfluchte sich im nächsten Augenblick schon wieder für seine Voreiligkeit. „Such dir auf meine Rechnung in der Hotelboutique etwas Schickes aus – wir gehen zusammen auf einen Ball."

Mikael Jansson haderte mit sich. In gewisser Weise fühlte er sich Lars Södergren moralisch verpflichtet. Immerhin verdankte er allein ihm, dass er den Job als Sicherheitschef des Sjöstranden-Hotels überhaupt bekommen hatte. Nach einem Zwischenfall vor ein paar Jahren, bei dem eine alte Freundin seinen Namen für dubiose Geschäfte missbraucht hatte, war sein Ruf ziemlich angekratzt gewesen. Die meisten Personalchefs hatten ihm seine Bewerbung zurückgeschickt, ohne sie auch nur richtig angesehen zu haben.

Lars hatte ihm die Chance gegeben, seinen Namen wieder reinzuwaschen. Und genau hier lag das Problem, denn er wollte auf keinen Fall zunichtemachen, was er sich im Verlauf der vergangenen Jahre aufgebaut hatte. Aber wenn Lars nicht sehr bald Vernunft annahm, dann würde genau das geschehen.

Durfte er deshalb hinter Lars' Rücken die Polizei informieren?

Er beobachtete seinen Chef auf dem Überwachungsmonitor, als dieser die Suite des *schwarzen Engels* verließ.

Ein bisschen Zeit würde er ihm noch lassen. Aber er fürchtete, dass das nicht viel bringen würde. Diese Frau hatte Lars verhext – und daran würde alle Zeit der Welt nichts ändern.

Nervös drehte Laura sich vor dem Spiegel hin und her. Es ließ sich nicht leugnen – das knöchellange Kleid, zu dem die Verkäuferin in der Boutique des Sjöstranden-Hotels ihr geraten hatte, stand ihr wirklich hervorragend. Bei einem Blick auf die Zahl, die auf dem Preisschild stand, wurde sie jedoch wieder unsicher, ob es wirklich die richtige Wahl gewesen war.

Es war Lars, der das Kleid bezahlte, ja. Und er verdiente es sicherlich, dass ihm ausnahmsweise mal das Geld aus der Tasche gezogen wurde. Von einer Frau. Aber Laura hatte ein schlechtes Gewissen, wenn sie daran dachte, dass es womöglich das Geld war, das er Sofia und vielleicht noch weiteren Opfern abgenommen hatte.

Seufzend fuhr sie sich durchs Haar. Es war eine dumme Idee gewesen, sich überhaupt auf dieses erneute Treffen einzulassen. Nein, es praktisch herauszufordern! Denn hätte sie Lars nicht zurückgehalten, wäre es vermutlich gar nicht erst dazu gekommen.

Hatten die vergangenen Stunden nicht mehr als deutlich gezeigt, wohin ihr wunderbarer Plan führte? Sie war dem Beweis, dass Lars ein heimtückischer Heiratsschwindler war, keinen Schritt näher gekommen. Stattdessen hatte sie sich bis über beide Ohren in den Halunken verliebt.

Wieder seufzte sie – es schien der einzige Laut zu sein, zu dem sie im Augenblick fähig war. Dann wandte sie den Blick vom Spiegel ab und straffte die Schultern. Es war beinahe sieben, Lars würde jeden Moment kommen, um sie abzuholen.

Da musst du jetzt durch, sagte sie zu sich selbst. Du hast dir die Suppe eingebrockt – jetzt löffle sie auch aus!

Obwohl sie Lars bereits erwartet hatte, zuckte sie zusammen, als es kurz darauf an der Tür klopfte. Sie schlüpfte in ihre metallicvioletten, schwindelerregend hohen und sündhaft teuren Riemchensandaletten, die perfekt zur Farbe ihres Kleids passten, nahm ihre Handtasche und eilte zur Tür.

Bevor sie öffnete, atmete sie noch einmal tief durch.

Lars hatte versucht, sich innerlich zu wappnen. Doch als die Tür der Suite aufschwang und er Laura in diesem atemberaubenden Traum aus schimmernder amethystfarbener Rohseide erblickte, war es für einen Moment einfach um ihn geschehen.

Es dauerte ein paar Sekunden, ehe sich sein Gehirn wieder so weit in Betriebsbereitschaft befand, dass es dem Rest seines Körpers befehlen konnte, damit aufzuhören, sie ungläubig anzustarren. Irgendwie gelang es ihm sogar, ein Lächeln auf sein Gesicht zu zaubern. Er fürchtete nur, dass es nicht unbedingt eines seiner gewinnendsten war.

„Du siehst wunderschön aus", sagte er – überrascht darüber, dass er in der Lage war, überhaupt einen zusammenhängenden Satz hervorzubringen.

Es kostete ihn erstaunlich viel Mühe, nicht immerzu seinen Blick über ihren Körper wandern zu lassen, dessen weibliche Rundungen sich unter dem weichen Stoff deutlich abzeichneten. *Darn!*

Dieses Kleid gehörte verboten! Es war eine Gefahr für Sitte und Anstand. Und die Tatsache, dass Laura es trug, machte es noch schlimmer.

Ihr Lächeln ließ seinen Puls rasen. „Vielen Dank", sagte sie. „Du siehst aber auch nicht schlecht aus. Der Smoking steht dir – du solltest ihn häufiger tragen."

Er schluckte hart. Krampfhaft bemüht, sich seinen inneren Aufruhr nicht anmerken zu lassen, reichte er ihr einen Arm. „Genug der gegenseitigen Komplimente. Wollen wir?"

Sie zogen neugierige Blicke auf sich, als sie in ihrer festlichen Galakleidung das Foyer durchquerten. Zwar gehörte das Sjöstranden-Hotel zu den ersten Adressen in der weiteren Umgebung, dennoch war ein solcher Anblick auch hier nicht alltäglich.

Draußen in der Einfahrt wartete die Limousine samt Chauffeur, die sonst VIP-Gäste vom Flughafen zum Hotel beförderte. Lars hatte sie für diesen Abend für seine eigenen Zwecke reserviert. Und wie er Lauras erstauntem Gesichtsausdruck entnehmen konnte, ging sein Plan schon auf.

„Was, in Gottes Namen …?“

„Wie ich schon sagte – wir beide werden heute Abend gemeinsam einen Ball besuchen. Und eine Limousine erscheint mir für diesen Anlass angemessen. Findest du nicht?“

Der Chauffeur war inzwischen ausgestiegen und hatte die Tür zum Fahrgastraum für sie geöffnet. Lars ließ Laura den Vortritt, ehe er selbst einstieg. Der Innenraum der Limousine war luxuriös ausgestattet, mit weichen Ledersitzen, Wurzelholzintarsien und indirekter Beleuchtung im offenen Barfach, das teure Spirituosen bereithielt.

„Das ist … eindrucksvoll“, sagte sie, nachdem sie sich von ihrer ersten Überraschung erholt hatte. „Aber für mich wäre es nicht notwendig gewesen.“

„Wie ich dir bereits sagte – es geht um den Ball, den wir besuchen. Es ist die jährliche Gala der Unternehmer. Eine Menge wichtiger Leute werden dort sein, übrigens auch meine Cousins. Und als Manager des Sjöstranden-Hotels sollte mein Auftritt dort stilecht sein.“

Laura nickte, doch wirklich überzeugt wirkte sie nicht. Und sie schien sich ein wenig unbehaglich zu fühlen, als sie auf der bequemen Sitzbank Platz nahm, die genug Platz für ein halbes Dutzend Personen bot.

„Wo findet der Ball denn eigentlich statt?“, fragte sie, nachdem sie gut zehn Minuten schweigend gefahren waren. Durch die dunkel getönten Seitenfenster war draußen kaum etwas zu erkennen, da die Sonne inzwischen auch schon am Horizont versank.

„Wir sind in ein paar Minuten da“, erwiderte er. „Kannst du deine Neugier so lange noch zügeln?“

Sie bedachte ihn mit einem kühlen Blick, den er mit einem leisen Lachen quittierte. Kurz darauf fuhr die Limousine an ihrem Bestimmungsort vor. Der Chauffeur öffnete ihnen die Tür, sodass sie aussteigen konnten.

Laura blinzelte irritiert. Dann runzelte sie die Stirn. „Willst du mich auf den Arm nehmen?“, fragte sie. „Das ist das Sjöstranden-Hotel!“

„Sehr scharfsinnig von dir", entgegnete er schmunzelnd. „Es handelt sich immerhin um das Ereignis der Saison hier in der Region – dachtest du wirklich, ich würde mir die Ausrichtung eines solchen Events entgehen lassen?"

Sie funkelte ihn an. „Und wozu dann der ganze Aufwand mit der Limousine?"

„Weil ich finde, dass es irgendwie dazugehört", entgegnete er und reichte ihr seinen Arm. „Die ersten Gäste sind inzwischen sicher bereits eingetroffen. Wollen wir dann?"

Riesige Kronleuchter tauchten den großen Ballsaal des Hotels in festliches Licht. Ihre funkelnden, in allen Farben des Regenbogens erstrahlenden Kristalle spiegelten sich in dem auf Hochglanz polierten Marmorboden und verliehen der Szenerie einen unwirklichen, beinahe schon märchenhaften Anstrich.

Auf der Galerie, die den Saal auf halber Höhe umspannte, saß ein Streichquartett, das eine Mischung aus Klassik und Tanzmusik spielte. Obwohl laut gelacht, geredet und geflirtet wurde, war die Musik, dank der hervorragenden Akustik des Raumes, überall gut zu hören, blieb aber im Hintergrund.

Staunend blickte Laura sich um. Sie hatte von den Vorbereitungen für diese Veranstaltung nichts mitbekommen. Da dies sicher einiges an Planung und Organisation bedeutete, wunderte es sie umso mehr, dass Lars sich in den vergangenen Tagen so häufig hatte Zeit für sie nehmen können.

Nach und nach trafen die Gäste ein, die den Saal durch einen separaten Eingang auf der Ostseite des Hotels betraten. Dieser war, ganz wie es sich für ein solches Ereignis gehörte, mit einem roten Teppich ausgelegt. Laura entdeckte unter den Anwesenden einige Gesichter, die sie aus dem Fernsehen und aus Zeitungen kannte. Erfolgreiche Unternehmer, Hoteliers, Reiseveranstalter und auch ein paar Musiker und Schauspieler bildeten das illustre Publikum der Gala. Und sie, Laura, war mitten unter ihnen.

Eigentlich sollte es sie nicht so sehr beeindrucken. Durch Lauredana hatte sie bereits ein paar Prominente kennengelernt. Und sie wusste, dass es im Grunde ganz normale Menschen waren, die aufgrund ihres Berufs oder ihrer Begabung im Rampenlicht standen. Dennoch wirkte die Glamouratmosphäre aufregend, ja, elektrisierend auf sie.

„Möchtest du einen Drink?", fragte Lars.

Sie nickte. „Ein Champagner wäre schön."

„Ach ja, richtig", entgegnete er. „Nach dem Dinner …"

Er nickte ihr noch einmal lächelnd zu, dann verschwand er in Richtung Bar. Sofort fühlte Laura sich fast ein wenig verlassen. Es war absurd, sie gehörte keineswegs zu der Sorte von Frauen, die immerzu einen männlichen Begleiter an ihrer Seite brauchten, um sich wohlzufühlen.

Sie versuchte sich abzulenken und ließ ihren Blick durch den Saal schweifen. Als ihr plötzlich jemand von hinten eine Hand auf die Schulter legte, wirbelte sie mit einem erschrockenen Aufschrei herum und unterdrückte den wütenden Fluch, der ihr auf der Zunge lag, als sie Ramón erblickte.

„Hast du den Verstand verloren, mich so zu erschrecken?", fauchte sie.

Er kniff die Augen zusammen. „Ich wette, bei deinem neuen Freund würdest du dich nicht so anstellen."

„Selbst wenn", gab sie energisch zurück und reckte kämpferisch das Kinn nach vorn. „Ich glaube nicht, dass dich das noch irgendetwas anginge, Ramón!"

Schlagartig veränderte sich seine Miene. Jetzt wirkte sie beinahe weinerlich. „Warum bist du so furchtbar nachtragend? Ich bereue doch längst, was damals passiert ist. Ich hätte nicht einfach so abhauen dürfen, ich weiß. Das war unfair von mir und …"

„… feige", vollendete Laura den Satz für ihn. „Es war einfach nur feige. Weißt du, Ramón, hättest du wenigstens den Schneid aufgebracht, mir ins Gesicht zu sehen, als du mit mir Schluss gemacht hast – ich wäre todunglücklich gewesen, aber ich hätte deine Entscheidung respektiert." Sie verschränkte die Arme vor der Brust. „Aber was du getan hast …"

Er trat auf sie zu, packte sie am Arm und zog sie mit sich in Richtung Terrasse, die auf der Südseite des Saales lag.

„Lass mich los", zischte sie.

„Ich will das jetzt mit dir klären, Laura – ein für alle Mal!"

„Da gibt es nichts mehr zu klären", entgegnete sie brüsk und blieb stehen. Sie ignoriert den Schmerz, der durch ihren Oberarm zuckte, als seine Finger sich in die empfindsame Haut gruben. „Und was du willst, interessiert mich schon lange nicht mehr."

„Lassen Sie sie auf der Stelle los!"

Lars' Stimme klang schneidend wie eine Messerklinge. Ramón zuckte sichtlich zusammen. Für einen kurzen Moment lockerte er den Griff um Lauras Arm, und sie konnte sich von ihm losmachen.

„Das geht Sie überhaupt nichts an", polterte Ramón so laut, dass auch wirklich jeder der Umstehenden ihn deutlich hören konnte. „Ich lasse mir von einem Kerl wie Ihnen doch nicht meine Verlobte ausspannen."

„Das bin ich schon lange nicht mehr", protestierte Laura. „Und das werde ich ganz gewiss auch nie wieder sein!"

„Laura, bitte, lass uns …"

„Komm", sagte Lars und nahm ihre Hand. „Lass uns tanzen."

Sie wusste nicht, wie ihr geschah, doch plötzlich fand sie sich mitten auf der Tanzfläche in Lars' Armen wieder. Ihr war, als könnte sie Ramóns wütenden Blick wie einen brennenden Pfeil in ihrem Rücken spüren, doch es kümmerte sie nicht. Denn Lars' Nähe drängte alles andere in den Hintergrund. Und als die Musik einsetzte und sie zu tanzen begannen, war Laura, als würde sie schweben.

Es war nicht das erste Mal in ihrem Leben, dass sie mit einem attraktiven Mann tanzte. Doch so wie jetzt in Lars' Armen hatte sie bei keinem anderen empfunden.

Ihr Herz hämmerte wie verrückt, ihr war heiß und kalt zugleich, und ihre Knie schienen ihren Dienst zu versagen, sodass sie nicht sicher war, ob sie sich noch lange aus eigener Kraft aufrecht halten konnte.

Der Champagner! Es musste am Champagner liegen!

Doch dann fiel ihr ein, dass sie ja noch gar keinen getrunken hatte. Es lag also doch an Lars. Und im Grunde hatte sie es auch ganz genau gewusst. Es fiel ihr nur noch immer nicht leicht, sich ihre Gefühle für ihn einzugestehen.

Er war ein gewissenloser, rücksichtsloser Schurke, der Frauen zuerst verführte und dann eiskalt ausnutzte. Wie konnte sie sich in einen solchen Mann verlieben?

Sie hatte sich selbst für klüger gehalten. Nun musste sie feststellen, dass sie sich bitter in sich selbst getäuscht hatte.

Sie war dumm. So dumm. Und sie wusste, dass sie ihr Herz endgültig an ihn verlieren würde, wenn sie jetzt nicht endlich die Notbremse zog. Sie musste ihn von sich stoßen und davonlaufen, so weit und so schnell sie ihre Beine trugen.

Doch sie konnte es nicht.

Er war wie ein Magnet, der sie unwiderstehlich anzog – und es gab nichts, was sie dagegen tun konnte.

Wie in Trance blickte sie zu ihm auf, und der Blick seiner blauen Augen hielt sie gefangen. Sie vergaß die Welt und die Menschen um sich herum. Wenn es nach ihr gegangen wäre, hätten sie sich auf einer einsamen Schäre draußen im Meer befinden können.

Sie hielt inne, stellte sich auf die Zehenspitzen und küsste ihn.

Seine Augen weiteten sich kurz vor Überraschung, ehe er sich zu ihr hinabbeugte und den Kuss erwiderte.

Leidenschaftlich.

Sinnlich.

Ihr stockte der Atem. Sie konnte nicht mehr klar denken und ihr Puls raste. Es dauerte Sekunden – oder doch Stunden? –, bis sie sich ihrer Umwelt wieder bewusst wurde. Jetzt erst bemerkte sie, dass alle Blicke auf sie gerichtet waren.

Sie atmete scharf ein und holte damit auch Lars wieder in die Realität zurück. Er löste sich von ihr, legte dann aber seinen Arm um sie und führte sie durch die hohen, mit Sprossenfenstern versehenen Türen hinaus auf die Terrasse.

Kühle Luft schlug ihnen entgegen, als sie nach draußen traten, doch die Hitze, die Laura tief in ihrem Inneren empfand, konnte die Abendbrise nicht vertreiben. Über ihnen funkelten die Sterne am nachtschwarzen Himmel, und der Mond leuchtete hell und tauchte den Garten des Hotels in seinen silbrigen Schein.

Da das Fest jetzt im vollen Gange war, hielten sich nur wenige Gäste draußen auf – Laura waren es jedoch immer noch zu viele.

„Können wir vielleicht ein Stückchen gehen?", fragte sie.

Er nickte. „Natürlich. Bist du in Ordnung? Du siehst ein bisschen mitgenommen aus."

Sie schüttelte den Kopf. Er sollte nicht wissen, wie sehr dieser erneute Kuss sie aufgewühlt hatte – und wie sehr sie sich nach mehr sehnte.

Ganz gleich, wie stark sie es sich auch wünschen mochte, es durfte nicht geschehen. Sie hatte ihn schon viel zu nah an sich herangelassen. So nah, dass es ihr mit Sicherheit das Herz brechen würde. Wenn sie zuließ, dass er ihr noch näherkam, würde es sie umbringen …

„Ich …" Sie wagte nicht, ihn anzusehen, aus Angst, dann die Worte nicht über die Lippen zu bringen, die sie sich zurechtgelegt hatte. „Vielleicht wäre es besser für uns beide, wenn ich morgen in aller Früh abreiste …"

Abrupt blieb er stehen und hielt sie dabei am Arm fest. „Du willst fort?"

Als sie nichts sagte, legte er ihr einen Finger unters Kinn und hob ihr Gesicht an. „Schau mir in die Augen und sag mir, dass du wirklich gehen willst."

„Ich …" Sie kämpfte gegen den Ansturm der Gefühle an, der über sie hinwegbrandete – vergeblich. „Ich will nicht wirklich gehen, aber … Verstehst du es denn nicht?" Verzweifelt schaute sie ihn an. „Lars, wenn ich bleibe, dann …"

„Was dann? Was könnte denn so Schlimmes geschehen?"

Einen winzigen Moment lang war sie kurz versucht, ihm die Wahrheit zu sagen. Doch der Augenblick verstrich, ehe sie der Versuchung nachgeben konnte.

Seufzend fuhr sie sich durchs Haar. „Nichts", antwortete sie ausweichend. „Gar nichts. Was sollte passieren? Wir sind immerhin zwei erwachsene Menschen."

Er lächelte. „So gefällst du mir schon viel besser." Sie waren jetzt ein ganzes Stück vom Hotel entfernt, doch der laue Abendwind trug die Musik aus dem Ballsaal zu ihnen hinüber. Lars reichte ihr die Hand. „Was meinst du – wollen wir noch ein Tänzchen wagen? Dieses Mal mit ein bisschen weniger Publikum."

Sie wusste, dass es ein Fehler war, sich darauf einzulassen. Mit ihm zu tanzen, hatte sie erst vor ein paar Minuten an den Rand des Abgrunds gebracht. Aber die Verlockung war zu groß, um ihr zu widerstehen. Es hatte sich einfach zu herrlich angefühlt, in seinen Armen zu liegen und die Welt um sich herum zu vergessen.

Es war gefährlich – aber auch unvergleichlich reizvoll. Und sie wollte es so sehr, dass sie ihre Zweifel schließlich beiseiteschob und auf ihn zutrat. „Warum eigentlich nicht?", entgegnete sie mit einem unsicheren Lächeln.

Laura hatte damit gerechnet, dass er die klassische Tanzhaltung einnehmen würde. Doch stattdessen umfasste er mit beiden Händen ihre Hüften – und die Berührung sandte glühende Hitzewellen durch ihren Körper.

„Was soll das werden, wenn es fertig ist?", stieß sie mit rauer Stimme hervor.

„Wir tanzen", erwiderte er, als wäre es das Normalste auf der Welt, mitten in einem einsamen Park im Sternenglanz miteinander zu tanzen. Und seltsamerweise kam es Laura auch genauso vor. So als wären sie füreinander bestimmt. So als hätte das Schicksal sie dazu auserkoren, genau dies zu tun.

Heute Nacht.

Sie legte die Arme auf seine Schultern und wiegte sich mit ihm im Takt der Musik. Es war vollkommen anders als vorhin im Ballsaal – die Atmosphäre besaß nicht mehr dieselbe aufgeladene Qualität, in der die Leidenschaft zwischen ihnen beinahe schmerzhaft fühlbar gewesen war. Dies fühlte sich leichter, süßer an.

Bittersüß.

Einem inneren Drängen nachgebend, lehnte Laura ihren Kopf gegen seine Schulter, sodass sie durch den Stoff seines Smokings das Klopfen seines Herzens hören konnte. Es schlug im selben Rhythmus wie ihr eigenes.

Sie seufzte leise. Und als sie schließlich aufblickte und in seine Augen sah, wusste sie, dass es nun endgültig um sie geschehen war.

Sein Kuss war zärtlich, nicht hart oder fordernd. Seine Lippen berührten ihre kaum. Und die ganze Zeit über hielt sein Blick sie gefangen, und sie spürte, wie ihre Knie schwach wurden und ihr Herzschlag sich beschleunigte.

Laura vergrub die Hände in seinem Haar, zog ihn näher zu sich heran und vertiefte den Kuss. So sehr war sie in ihre eigene Welt versunken, dass sie zuerst gar nicht bemerkte, wie es plötzlich zu regnen anfing. Erst das ohrenbetäubende Grollen eines Donners und ein paar dicke Tropfen, die sie trafen, holten sie in die Realität zurück.

„Ein Gewitter", stieß Lars atemlos hervor und nahm ihre Hand. „Komm."

Sie liefen ein Stück, bis sie einen kleinen weißen Pavillon erreichten, der von Bäumen und Büschen umgeben war. Lars führte sie hinein und küsste sie sofort wieder, während draußen die Welt unterzugehen schien.

Laura war es egal. Wären dies die letzten Augenblicke ihres Lebens, sie könnte mit Überzeugung behaupten, dass sie glücklich starb.

Als ihre Knie sie schließlich wirklich nicht mehr tragen wollten, bettete Lars sie sanft auf einigen weichen Matten, die im Pavillon für die Hotelgäste bereitlagen.

Von seinem Haar, das vom Regen durchnässt war, fielen einige Tropfen auf ihr Gesicht, doch sie spürte es kaum. Alles, was sie wahrnahm, waren seine Augen über ihr. Sein Blick war voller Leidenschaft.

Sie fühlte sich wie in einem Traum. Und einmal mehr empfand sie keine Scham, als Lars ihr die Träger des teuren Kleids über die Schultern streifte und ihre Brüste entblößte.

Ein Schauer der Erregung durchlief sie, als er zuerst die eine, dann die andere Brust umfasste und ihre Brustwarzen zärtlich mit den Fingerspitzen reizte. Aufstöhnend bog sie sich ihm entgegen, wand sich voller Verlangen.

Zärtlich ließ Lars seine Hände über ihren flachen Bauch und zu ihrer schmalen Taille gleiten. Dann begann er, ihr das Kleid vollends abzustreifen.

Laura hob die Hüften an, um ihm zu helfen. Ihr stockte der Atem und das Herz schlug ihr bis zum Hals, als Lars ihr nun den knappen Spitzenslip auszog.

Tief schauten sie sich in die Augen, während Lars die zarte Haut ihrer Schenkel streichelte, bis er schließlich ihre empfindsamste Stelle fand.

Es war, als stünde sie in Flammen. Die Lustgefühle, die er ihr bereitete, waren so unglaublich intensiv, dass sie sich darin verlor. Es ließ sie alles andere vergessen, und das Donnern und Blitzen vermischte sich mit der ungestümen Leidenschaft, die durch ihre Adern pulsierte.

Endlich kam Lars ganz zu ihr und begann, sich in ihr zu bewegen. Behutsam und vorsichtig zunächst, so als wolle er diesen kostbaren Augenblick so lange wie möglich bewahren.

Dann beschleunigte er das Tempo, und Laura überließ sich nur zu gern den unvergleichlichen Gefühlen, die dieser Mann in ihr weckte. Mit beiden Händen klammerte sie sich an ihn, bog sich ihm entgegen, um ihn so tief wie möglich in sich aufzunehmen. Und als sie spürte, dass nur noch wenige Momente sie vom Gipfel der Ekstase trennten, suchte sie seinen Blick und hielt ihn fest.

Schon im nächsten Augenblick durchströmte eine Welle unbeschreiblicher Lust ihren Körper, und alles um sie herum verschwand in einem Funkenregen purer Leidenschaft.

Der Regen prasselte auf das Dach der Laube, in der Lars und Laura lagen. Sie hatte den Kopf in seine Armbeuge geschmiegt, und er lauschte versonnen ihren ruhigen, gleichmäßigen Atemzügen.

Es war wieder genau das geschehen, was er eigentlich hatte vermeiden wollen. Oder besser, was er hätte vermeiden *sollen* – denn nichts von dem, was soeben zwischen Laura und ihm vorgefallen war, hatte sich gegen seinen Willen abgespielt.

Ganz im Gegenteil.

Mit dem Daumen strich er zärtlich über die samtweiche Haut ihrer Schulter. Sein Herzschlag beruhigte sich langsam wieder, und die wilde Leidenschaft, die er für Laura empfunden hatte, ging über in etwas anderes. Tieferes.

Leise aufstöhnend rieb er sich die Nasenwurzel. Er hatte diese Entwicklung vorausgesehen, und sie nicht aufgehalten. Nicht, weil er es nicht gekonnt hätte, sondern weil er es nicht gewollt hatte. Wie es schien, setzte Laura jeden Funken Menschenverstand, den er besaß, außer Kraft.

Und diese Erkenntnis war ebenso beängstigend wie erregend.

Eigentlich hatte er sie heute Abend mit auf die Gala genommen, um Mikael eine weitere Gelegenheit zu verschaffen, ihr Zimmer auf den Kopf zu stellen. Irgendwo musste sich das gestohlene Schmuckstück schließlich befinden. Und wenn es ihm gelang, es aus ihrer Suite zu holen und Mrs Wasserman auszuhändigen, dann würde es ihm vielleicht gelingen, die Polizei aus der Sache herauszuhalten.

Und damit zu verhindern, dass die Sicherheitsstandards des Sjöstranden-Hotels in Verruf gerieten. Nicht zu vergessen, dass er damit auch seinen eigenen Kopf aus der Schlinge ziehen würde.

Und Lauras.

Er gab es nicht gerne zu, aber vor allem der letzte Punkt war es, der ihn antrieb. Laura mochte in der Vergangenheit kriminelle Dinge getan haben, aber das bedeutete nicht, dass sie ein schlechter Mensch war.

In den letzten Tagen hatte er sie seiner Meinung nach gut genug kennengelernt, um beurteilen zu können, dass sich hinter dem *schwarzen Engel*, der berüchtigten Juwelendiebin, eine sensible, sehr verletzliche Frau verbarg. Und er würde alle Hebel in Bewegung setzen, um sie wieder auf den rechten Pfad zu bringen.

Nicht um Stinas willen.

Nicht einmal um seiner selbst willen.

Nein, es ging ihm einzig und allein um Laura selbst.

Ob sie die Chance nun verdiente oder nicht – sie würde sie auf jeden Fall bekommen.

*W*o hast du dich denn die ganze Zeit herumgetrieben?", begrüßte Mattias seinen Cousin mit einem schwungvollen Schulterklopfer, als er zusammen mit Laura in den Ballsaal zurückkehrte.

Laura und er hatten nicht viel geredet. Das war auch gar nicht nötig gewesen, denn sie beide spürten instinktiv, dass sich etwas verändert hatte. Etwas Grundlegendes.

Nur widerwillig ließ er ihre Hand los, die er auf dem ganzen Weg gehalten hatte. „Entschuldigst du mich bitte einen Moment?"

„Natürlich", murmelte Laura. „Ich warte an der Bar, wenn du mich suchst."

Er konnte den Blick nicht von ihr wenden, als sie den Saal durchquerte. Wie wunderschön sie war. Es war, als würde sie von innen leuchten.

„Um Himmels willen, dich hat's aber ganz schön erwischt", kommentierte Mattias. „Ich kann mich noch an Zeiten erinnern, da wolltest du von Frauen überhaupt nichts wissen. Und bei Tante Ingrids Testamentseröffnung bist du beinahe an die Decke gegangen."

Lars winkte ab – dies war nichts, was er mit seinen Cousins diskutieren wollte. „Das zwischen Laura und mir ist anders", sagte er ausweichend. „Und wenn ich nicht irre, warst du vor gar nicht allzu langer Zeit auch noch ein eingefleischter Junggeselle. Und schau dich jetzt an: glücklich verheiratet, und das erste Kind ist schon unterwegs."

Mattias strahlte. Er und seine Emma waren erst seit ein paar Monaten verheiratet, aber das Eheleben tat ihm sichtlich gut. Lars konnte sich nicht erinnern, seinen jüngeren Cousin jemals so gelassen und entspannt erlebt zu haben. Sein Leben lang hatte er versucht, sich von der Liebe fernzuhalten. Doch schließlich hatte sie ihn eingeholt.

Und nun musste Lars erkennen, dass es ihm ebenso erging. Wie bei Mattias' Eltern war auch die Ehe seiner Mutter und seines Vaters eine Katastrophe gewesen. Und er hatte sich schon als kleiner Junge geschworen, dass er selbst niemals heiraten würde. Aber jetzt ...

„Du solltest sie fragen, Junge", sagte Mattias und riss ihn damit aus seinen Gedanken. „Worauf wartest du noch?"

Lars blinzelte verwirrt. „Fragen? Was?"

Sein Cousin lachte. „Bist du wirklich so schwer von Begriff? Du solltest sie fragen, ob sie dich heiratet – ehe sie dir am Ende noch jemand vor der Nase wegschnappt!"

Unwillkürlich musste Lars an Ramón Espinoza denken. Und bei der Vorstellung, dass er Laura beinahe schon verloren hätte, noch ehe sie einander begegnet waren, überlief ihn ein eisiger Schauer.

Mattias hatte recht – mit Laura konnte er sich ein gemeinsames Leben vorstellen. Und er war beinahe sicher, dass auch sie etwas für ihn empfand. Vielleicht würde eine Heirat sie dazu bringen, wieder auf den Pfad der Tugend zurückzukehren. Er würde nichts von ihr verlangen, wenn sie seine Frau würde, gar nichts – nur, dass sie Mrs Wasserman ihren Schmuck zurückgab und fortan ein ehrliches Leben führte.

Lars atmete tief durch.

Der Gedanke, ihr einen Antrag zu machen, bereitete ihm zittrige Knie und ließ sein Herz wie verrückt hämmern. Es war verrückt. Vollkommen verrückt. Doch in diesem Moment wurde ihm klar, dass es die Lösung für all seine Probleme war.

Und dass er es wollte.

Wirklich wollte.

„Ihr entschuldigt mich?"

„Na, hab ich's nicht gesagt?", hörte er Mattias hinter sich Patrik zurufen. „Ich wusste doch, dass zwischen den beiden etwas läuft ..."

Lars ignorierte ihn – ebenso wie er all die anderen Menschen um sich herum ignorierte. Zielstrebig bewegte er sich auf die Bar zu. Jetzt, wo er einen Entschluss gefasst hatte, konnte er nicht mehr länger warten.

Nicht eine Sekunde.

Als er Laura erblickte, war ihm, als würde die Welt plötzlich stillstehen. Es gab nur noch sie beide. Nichts anderes war mehr von Bedeutung.

Sie sah ihn erstaunt an, als sie ihn bemerkte. „Ist alles in Ordnung?", fragte sie, stellte ihren Drink ab und erhob sich von ihrem Barhocker. „Du bist plötzlich so blass …"

Das wunderte ihn nicht. Alles Blut schien ihm aus dem Gesicht gewichen zu sein, und er fühlte sich ein bisschen schwindlig vor Aufregung, als er ihre Hand ergriff.

„Laura, es gibt da etwas, das ich dich gern fragen möchte. Es wird für dich vermutlich ein bisschen überraschend kommen, aber …"

„Um Himmels willen, Lars, was ist denn los?" Aus großen Augen blickte sie ihn an und lachte nervös. „Du jagst mir Angst ein, wenn du so bist."

„Tut mir leid, das will ich wirklich nicht. Ich …" Er atmete tief durch, dann ging er vor Laura auf die Knie und sagte: „Mir ist soeben klar geworden, dass du die Frau bist, auf die ich mein ganzes Leben gewartet habe. Und daher frage ich dich nun: Willst du meine Frau werden?"

Laura fühlte sich wie versteinert.

Fassungslos starrte sie Lars an, der vor ihr auf dem hellen Marmorboden des Ballsaals kniete und erwartungsvoll zu ihr aufschaute.

Überhaupt schien jeder im Saal sie anzusehen. Sie merkte, dass die Gespräche um sie herum verstummt waren. Ja, sogar die Band hatte mitten in einem Song aufgehört zu spielen. Es war so still, dass man eine Stecknadel hätte fallen hören können. Und gleichzeitig hämmerte Lauras Herz so heftig, dass sie glaubte, es müsse bis ins ferne Stockholm zu vernehmen sein.

„Ich …" Sie schluckte hart. „Hör auf damit, Lars", flüsterte sie dann. „Ich bitte dich, spiel nicht mit mir …"

Er stand auf. „Aber ich meine es ernst, Laura. Ich liebe dich. Und ich will den Rest meines Lebens mit dir verbringen …"

Sie spürte, wie sie innerlich zu Eis gefror. Unwillkürlich sah sie Sofia vor sich. War es bei ihr genauso gewesen? Hatte er sich auch vor sie hingekniet und ihr gesagt, dass er sie liebte? Hatte er das bei jeder Frau getan, die er um ihr Vermögen betrogen und dann schmählich im Stich gelassen hatte?

Als sie die Blicke nicht mehr länger aushielt, schüttelte sie den Kopf, wirbelte auf dem Absatz herum und stürmte aus dem Ballsaal. Sie hörte Lars ihren Namen rufen, doch sie blieb nicht stehen. Denn sie wusste, wenn sie jetzt zurückblickte, würde es ihr endgültig das Herz brechen. Und das konnte sie nicht riskieren.

Niemals.

Völlig überrumpelt starrte Lars ihr hinterher. Er brauchte ein paar Sekunden, um sich wieder zu berappeln.

„Laura! Laura, warte!"

Die Blicke der Leute – teils neugierig, teils mitleidig – bemerkte er kaum. Und sie kümmerten ihn auch nicht. Alles, was zählte, war Laura.

Er lief ihr nach, doch als er die Eingangshalle erreichte, schlossen sich gerade die Türen des Lifts hinter ihr. Lars fluchte. Was sollte er jetzt tun? Ihr nachrennen wie ein verliebter Schuljunge, dem man einen Korb gegeben hatte?

Warum, zum Teufel, hatte sie so reagiert? Er hatte Überraschung erwartet, sicher. Aber ganz gewiss nicht dieses Entsetzen, das sich in ihren Augen widergespiegelt hatte.

So, als bäte der Leibhaftige höchstpersönlich sie darum, seine Frau zu werden …

Lars ballte die Hände zu Fäusten. Er musste mit ihr reden. Was auch immer ihre Beweggründe sein mochten, er musste sie erfahren. So schnell war er nicht bereit aufzugeben.

So schnell nicht.

Er wollte gerade den Aufzug betreten, als Mikael auf ihn zukam.

„Genau zu dir wollte ich", sagte der Sicherheitschef des Sjöstranden-Hotels. „Ich muss unbedingt mit dir über Mrs Wasserman sprechen."

Lars winkte ab. Er konnte sich jetzt nicht um solche Nichtigkeiten kümmern. Was bedeutete ihm der Ruf des Hotels, was alle gestohlenen Juwelen angesichts der Tatsache, dass er im Begriff stand, den wichtigsten Menschen in seinem Leben zu verlieren?

Die Frau, die er liebte.

„Wir unterhalten uns später", versuchte er, Mikael abzuwimmeln, doch der schüttelte den Kopf.

„*Nej*", entgegnete er energisch. „Tut mir leid, Boss – aber du wirst dir *jetzt* ein paar Minuten Zeit für mich nehmen. Denn tust du es nicht, werde ich mich direkt an die Polizei wenden."

Lars zögerte. Er schaute seinen Angestellten an, und ihm wurde klar, dass es Mikael ernst war mit dem, was er sagte.

„Ich schulde dir etwas", sprach dieser nun weiter. „Nur deshalb habe ich so lange meinen Mund gehalten. Aber ich kann dich und diese Frau nicht ewig decken. Mrs Wasserman droht, sich an die Behörden zu wenden, Lars. Ist dir klar, was das für uns bedeutet?"

Lars atmete tief durch. Sein Instinkt sagte ihm, dass er einfach weiterlaufen und Mikael ignorieren sollte. Doch der letzte Funken Verstand, den er sich noch bewahrt hatte, riet ihm davon ab.

Um Lauras willen.

Wenn die Polizei ins Spiel kam, war alles aus. Dann konnte er wirklich nichts mehr unternehmen, um sie zu beschützen. Die Dinge würden unweigerlich ihren Lauf nehmen. Wenn er etwas für sie tun wollte, dann musste es jetzt sein.

„Du musst mit Mrs Wasserman sprechen", drängte Mikael. „Auf dich hört sie vielleicht. Ich habe mit Engelszungen auf sie eingeredet, aber sie ist nicht bereit, auch nur noch eine einzige weitere Stunde zu warten. Vielleicht kannst du sie ja dazu bewegen, ihre Meinung zu ändern. Ich habe wirklich alles versucht."

Aufseufzend fuhr Lars sich durchs Haar. Er wollte mit Laura sprechen – aber das hier musste zuerst erledigt werden.

„Gut", sagte er. „Bring mich zu Mrs Wasserman."

Unter Tränen warf Laura ihre Kleidungsstücke in den Koffer, den sie gerade erst wieder ausgepackt hatte und der nun offen vor ihr auf dem Boden lag. In ihrem ganzen Leben hatte sie sich noch nie so grauenhaft gefühlt. Ihre Welt war wie ein Kartenhaus in sich zusammengestürzt.

Und das Schlimmste von allem war, dass sie sich ihr Unglück selbst zuzuschreiben hatte.

Als sie nach Schweden gekommen war, hatte sie gewusst, um was für einen Menschen es sich bei Lars Södergren in Wirklichkeit handelte. Sie war darüber informiert gewesen, dass man ihm nicht über den Weg trauen durfte. Dass sie sich trotzdem in ihn verliebt hatte, musste sie ihrem eigenen Leichtsinn zuschreiben.

Sie war verrückt gewesen, sich auf ihn einzulassen. Verrückt, diesen ganzen irrwitzigen Plan überhaupt in die Tat umzusetzen.

Und das hatte sie nun davon.

Ihr Herz lag zerstört und in tausend winzige Splitter zerbrochen auf dem Boden – und nichts und niemand würde es je wieder zusammensetzen können.

Nichts und niemand.

Als er vorhin unten im Ballsaal plötzlich vor ihr in die Knie gegangen und um ihre Hand angehalten hatte, wäre sie beinahe auf der Stelle in Ohnmacht gefallen.

Damit hatte sie nicht gerechnet.

Mit allem – aber damit ganz gewiss nicht.

Dabei lag es im Grunde auf der Hand. Sie wusste doch, dass Lars auf diese Weise schon einmal ein Vermögen gemacht hatte. Indem er Sofia gebeten hatte, ihn zu heiraten, und dann mit ihren Ersparnissen durchgebrannt war.

Hatte er von Anfang den Plan, dasselbe mit ihr zu tun? Aber wie sollte das funktionieren, ohne das Hotel aufzugeben? Versprach er sich von dem Coup, die steinreiche Schriftstellerin Lauredana Gonzales über den Tisch zu ziehen, einen solchen Profit, dass es ihm nichts ausmachte, seine Existenz dafür aufzugeben?

So musste es sein – anders konnte sich Laura sein Verhalten beim besten Willen nicht erklären.

Doch warum kümmerte sie das jetzt eigentlich noch? Die Sache zwischen Lars und ihr war vorbei. Wenn sie ihren Koffer fertig gepackt hatte, würde sie bei der Rezeption anrufen und sich ein Taxi zum Flughafen bestellen.

Sie würde mit leeren Händen nach Spanien zurückkehren.

Und mit gebrochenem Herzen.

Ein Schluchzen stieg in ihrer Kehle auf, das Laura mit der Faust zu ersticken versuchte. Erfolglos.

Als die letzten Sachen im Koffer lagen, schloss sie den Deckel und zog den Reißverschluss zu.

Es war Zeit, ihre Zelte hier abzubrechen.

Ein für alle Mal.

„Bitte, Mrs Wasserman, geben Sie uns noch ein wenig Zeit. Ich versichere Ihnen, dass wir alles unternehmen, um Ihren gestohlenen Schmuck wiederzubeschaffen."

Die ältere Amerikanerin mit dem violett gefärbten Haar runzelte die Stirn. „Das bezweifle ich ja gar nicht", entgegnete sie. „Aber wenn die Juwelen verschwunden bleiben, muss ich den Schaden der Versicherung melden. Und die wird sich fragen, warum ich so lange damit gewartet habe, den Diebstahl bei der Polizei anzuzeigen. Daran habe ich gar nicht gedacht, als Ihr Sicherheitschef mich bat, noch ein wenig zu warten. Aber jetzt muss ich handeln – es bleibt mir gar nichts anderes übrig."

„Aber Ihre Versicherung muss davon doch gar nichts erfahren", versuchte Lars, sie zu beschwichtigen.

„Papperlapapp!" Die Millionärin machte eine unwirsche Handbewegung. „Die Spatzen pfeifen es doch bereits von den Dächern." Sie schüttelte den Kopf. „Nein, tut mir leid. Ich habe die Angelegenheit hinausgezögert, solange es mir irgend möglich war – aber damit ist jetzt Schluss."

Lars erkannte, dass es sinnlos war, weiter auf Mrs Wasserman einwirken zu wollen, und verließ ihre Suite. Die ältere Dame hatte eine Entscheidung getroffen und würde sich davon nicht mehr abbringen lassen.

Jetzt galt es, die Zeit, die ihm noch verblieb, möglichst sinnvoll zu nutzen. Und das bedeutete, dass er zu Laura gehen und sie zur Rede stellen musste.

Wenn sie ihm das Collier jetzt aushändigte, konnte er vielleicht noch das Schlimmste verhindern. Doch er musste sofort handeln.

Da der Aufzug auf sich warten ließ, nahm Lars die Treppe, um in Lauras Etage zu gelangen. Immer zwei Stufen auf einmal nehmend, eilte er nach oben.

Kurz darauf stand er vor Lauras Suite und klopfte an. Einmal. Noch einmal.

Im Zimmer blieb es still.

Lars' Miene verfinsterte sich. „Laura?", rief er und klopfte erneut. „Ich muss mit dir sprechen – es ist wichtig! Mach endlich die Tür auf!"

Ein Zimmermädchen kam mit seinem Wäschewagen den Gang entlang und musterte Lars neugierig. „Entschuldigen Sie, aber wollen Sie zu der hübschen jungen Frau, die hier gewohnt hat? Da kommen Sie zu spät – sie ist gerade vor ein paar Minuten mit ihren Koffern in den Aufzug gestiegen."

Lars schluckte einen Fluch herunter.

Wenn Laura das Sjöstranden-Hotel verließ, ohne dass er zuvor mit ihr reden konnte, würde er auf keinen Fall mehr verhindern können, dass sie strafrechtlich verfolgt wurde. Er zweifelte nicht daran, dass sie das Collier, das sie aus Mrs Wassermans Suite entwendet hatte, bei sich trug.

Durchs Treppenhaus eilte er wieder nach unten ins Erdgeschoss und trat nur wenige Augenblicke später hinaus in die Lobby – die menschenleer war.

Bis auf die Angestellte hinter dem Empfangsschalter, die gerade etwas in ihren Computer tippte.

„Gerade müsste eine Dame ausgecheckt haben. Lauredana Gonzales", wandte Lars sich an sie.

„Die berühmte Schriftstellerin?" Sie hob eine Braue. „*Nej*, das wäre mir ganz sicher aufgefallen. Der einzige Gast, der innerhalb der vergangenen halben Stunde das Haus verlassen hat, war eine junge Frau namens …" Sie rief einen Datensatz im Computer auf. „Ja, hier haben wir sie. Ihr Name war Rodriguez. Laura Rodriguez."

Lars nickte. Er hatte ja gewusst, dass Laura nicht die war, für die sie sich ihm gegenüber ausgegeben hatte.

„Hat sie eine Adresse angegeben?"

Die Empfangsdame nickte. „Ja, eine Anschrift in Spanien. Soll ich sie Ihnen aufschreiben?"

Lars konnte sich nicht vorstellen, dass Laura so dumm war, ihre richtige Anschrift an der Rezeption zu hinterlassen, also schüttelte er den Kopf. „*Nej*. Aber rufen Sie doch bitte in der Garage an – jemand soll meinen Wagen vorfahren."

Wie ein Häufchen Elend hockte Laura in der Wartehalle des Flughafens. Sie hatte nur noch einen Platz in einer sehr späten Maschine nach Sevilla bekommen können, doch das war besser als gar nichts.

Noch eine Nacht in Schweden zu verbringen – in irgendeinem billigen Hotel am Airport –, wäre für sie wesentlich schlimmer gewesen. Sie wollte so viel räumliche Distanz wie möglich zwischen Lars und sich bringen.

Trotzdem fühlte sie sich schrecklich, als sie dasaß und darauf wartete, dass ihr Flug aufgerufen wurde. All die glücklichen, strahlenden Gesichter der Menschen um sie herum führten ihr vor Augen, wie finster es um ihr eigenes Dasein bestellt war.

In gewissem Sinne mochte sie gerade noch rechtzeitig den Absprung gefunden haben. Immerhin war sie nicht so dumm gewesen, auf Lars' Liebesbeteuerung hereinzufallen.

Aber das war auch wirklich alles, was sie bei ihrer Reise nach Schweden als positiv verbuchen konnte. Alles andere, was sie sich vorgenommen hatte, war gründlich danebengegangen. Und wenn sie jetzt nach Hause zurückkehrte, hatte sie nichts erreicht.

Gar nichts.

Als sie plötzlich Lars' Stimme über die Lautsprecher in der Wartehalle hörte, meinte sie, ihren Ohren nicht zu trauen. Sofort begann ihr Herz, schneller zu schlagen, und ihr wurde heiß und kalt zugleich.

„Laura – wenn du das hier hörst, melde dich bitte an der Information. Wir müssen reden."

Ein Teil von ihr wollte aufstehen und tun, worum er sie bat. Doch die Stimme der Vernunft sagte ihr, dass es ein Fehler wäre, ihm noch einmal gegenüberzutreten.

Hastig nahm sie ihre Handtasche – den Koffer hatte sie bereits aufgegeben –, durchquerte die Halle und betrat den Waschraum der Damen-Toilette, in dem sich zum Glück außer ihr niemand aufhielt. Sie wusste nicht, ob sie in der Lage gewesen wäre, ihre Gefühle unter Kontrolle zu halten.

Aufschluchzend schlug sie die Hände vor das Gesicht. Sie wollte nicht weinen. Wollte ihm nicht den Triumph gönnen, sie am Boden zerstört zu sehen, selbst wenn er nicht anwesend war, um es mitzuerleben. Doch die Tränen quollen hinter ihren zusammengepressten Lidern hervor, ohne dass sie etwas dagegen unternehmen konnte.

Hastig zog sie einige Papierhandtücher aus dem Spender neben dem Waschbecken und tupfte sich die Augen ab. Sie erschrak, als sie sich dabei im Spiegel erblickte.

War diese zutiefst unglücklich aussehende Frau mit dem verschmierten Make-up, den dunklen Ringen unter den Augen und dem zerzausten Haar wirklich sie? Laura erkannte sich selbst kaum wieder.

Nun, wenigstens konnte sie sich im Waschraum ein wenig frisch machen. Sie musste nur hier warten, bis ihr Flug zum Boarding freigegeben wurde, und sich dann zur Sicherheitskontrolle schleichen.

Wenn sie das alles erst hinter sich hatte, musste sie Lars Södergren niemals wiedersehen.

Das Problem war nur, dass ein Teil von ihr genau das wollte: Lars wiedersehen. In seine Arme fallen und von ihm gehalten werden. Den Rest ihres Lebens mit ihm verbringen.

Wieder spürte sie, wie ihr die Tränen kamen. Das war einfach nicht fair! Sie liebte ihn, und doch würde sie nie mit ihm zusammen sein können. Ganz einfach, weil er der Mensch war, der er nun einmal war. Wie konnte sie auch nur daran denken, mit einem Mann glücklich zu werden, der das Glück anderer skrupellos zerstörte?

Als es endlich an der Zeit war, ihr Flugzeug zu besteigen, straffte sie die Schultern und trat aus dem Waschraum. Die Flughafenhalle hatte sich merklich geleert. Nur noch wenige Menschen warteten darauf, dass ihre Maschinen aufgerufen wurden. Ungehindert erreichte sie ihr Gate. Zwanzig Minuten später bestieg sie schweren Herzens die Maschine nach Sevilla.

*L*ars stand auf dem Aussichtsdeck des Flughafens, als die letzte Maschine nach Sevilla abhob. Er hatte bis zur letzten Minute gewartet, um Laura vielleicht doch noch abzufangen. Doch sie war weder am Informationsschalter aufgetaucht, noch hatte er sie in Richtung Security-Check gehen sehen.

Verdammt! Die Sache war ganz schön nach hinten losgegangen. Wie er es jetzt noch schaffen sollte, seinen eigenen Hals aus der Schlinge zu ziehen, war ihm schleierhaft.

Aber zumindest war Laura selbst außer Gefahr – zumindest sofern sie schlau genug gewesen war, bei der Flugbuchung falsche Papiere zu benutzen. Doch ihre Tarnung war ansonsten perfekt gewesen – es gab für ihn keinen Grund, daran zu zweifeln, dass sich daran etwas geändert haben sollte.

Er begriff noch immer nicht, warum sie so überstürzt aufgebrochen war. Hatte sein Heiratsantrag sie dazu gebracht? War sie panisch geworden, weil sie ihre falsche Identität gefährdet sah?

Nun, mit Mrs Wassermans Collier hatte sie jedenfalls eine Beute im Gepäck, die jeglichen Aufwand rechtfertigte, den sie betrieben hatte. Die Juwelen waren, wie er von der amerikanischen Millionärswitwe persönlich erfahren hatte, mehrere Hunderttausend Dollar wert. Ein Betrag, für den man durchaus ein gewisses Risiko eingehen konnte.

Für ihn war das Spiel an dieser Stelle jedenfalls endgültig vorbei. Ihm blieb keine andere Wahl mehr, als die Polizei einzuschalten – und die Verantwortung auf sich zu nehmen.

Doch seltsamerweise war es weder das vermutliche Ende seiner Karriere noch die Tatsache, dass er dem Ruf der Södergren-Hotelgruppe erheblichen Schaden zufügte, was ihn wirklich traf.

Nein, es war die Vorstellung, Laura für immer verloren zu haben.

Lars war noch eine ganze Weile ziellos in der Gegend herumgefahren, ehe er zum Sjöstranden-Hotel zurückkehrte. Sein

Handy hatte in der Zwischenzeit gleich mehrfach Sturm geklingelt, doch er war nicht in der Stimmung gewesen, mit irgendjemandem zu sprechen.

Das war er auch jetzt nicht – doch gleichzeitig wusste er, dass er den Moment der Wahrheit nicht ewig vor sich herschieben konnte.

Trotzdem war er überrascht, als er in der Nähe des Personaleingangs Mikael mit einem uniformierten Polizisten reden sah.

Seine Miene verfinsterte sich unwillkürlich, doch er ging zielstrebig auf die beiden Männer zu. Zwar hatte er gehofft, die Konfrontation noch ein wenig hinauszögern zu können, aber im Grunde konnte er es seinem Sicherheitschef nicht verdenken, dass er die Initiative ergriffen hatte.

„Lars, endlich!", stieß Mikael erleichtert aus, als er ihn erblickte. „Ich habe mindestens ein Dutzend Mal versucht, dich zu erreichen. Wo hast du bloß gesteckt?"

„Wie ich sehe, hast du die Polizei bereits eingeschaltet", entgegnete Lars, ohne auf die Frage seines Angestellten einzugehen. „Nun, das wäre wohl vermutlich meine Aufgabe gewesen – ich muss dir wirklich danken, dass du so lange mitgespielt hast. Du kannst dir sicher sein, dass ich alle Schuld auf mich nehmen werde."

Er wandte sich an den Polizeibeamten. „Sie haben sicher unzählige Fragen an mich."

„Allerdings", entgegnete der junge Uniformierte. „Ich muss sagen, dass ich mich schon ein wenig über Ihre Entscheidung gewundert habe, uns nicht gleich nach dem Bekanntwerden des Diebstahls hinzuzuziehen. Aber Ihr Sicherheitschef hat mir bereits erklärt, dass Sie den guten Ruf Ihres Hauses wahren wollten, und das kann ich selbstverständlich nachvollziehen."

Tadelnd hob der Mann eine Braue. „Lassen Sie sich diese Vorgehensweise aber bitte nicht zur Gewohnheit werden. Es ist unsere Aufgabe, Verbrecher aufzuspüren und dingfest zu machen. Und auch wenn es Ihrer internen Sicherheitsabteilung auf geradezu vorbildliche Weise gelungen ist, die Juwelendiebin festzunehmen, die wir unter dem Namen *schwarzer Engel* kennen ..."

Irritiert runzelte Lars die Stirn. „Was soll das heißen – Sie haben Laura?"

„*Nej*, nicht Laura", korrigierte Mikael sofort. „Lucia."

Nun verstand Lars wirklich überhaupt nichts mehr. „Lucia? Wer, zum Teufel, ist das?"

„Eines Ihrer Zimmermädchen", erwiderte der Polizist an Mikaels Stelle. „Ihr Sicherheitschef hat sie auf frischer Tat ertappt, als sie einen weiteren Raub begehen wollte." Er nickte Lars und seinem Angestellten zu. „Sie entschuldigen mich kurz?"

Lars wartete, bis der Mann gegangen war. Dann fragte er: „Soll das heißen, Laura ist gar nicht ...?"

Mikael schüttelte den Kopf. „Wir haben uns geirrt", sagte er leise. „Bei der Durchsicht der Aufnahmen der Überwachungskameras bin ich rein zufällig auf dieses Zimmermädchen gestoßen. Sie hatte auf einer anderen Etage Dienst, als Mrs Wassermans Collier gestohlen wurde, deshalb hatten wir sie nicht in Verdacht."

Lars konnte kaum glauben, was er da hörte. Wenn dieses Zimmermädchen – dieses *vorgebliche* Zimmermädchen – tatsächlich der *schwarze Engel* war, bedeutete das im Umkehrschluss, dass Laura unschuldig war.

Und dass er sie die ganze Zeit zu Unrecht verdächtigt hatte.

Für einen Moment drohten ihm angesichts der Tragweite dieser Erkenntnis die Knie nachzugeben.

Wie blind war er gewesen?

Und wie verbohrt?

Aber warum war Laura davongelaufen, wenn sie nichts mit dem verschwundenen Collier zu tun hatte? So angestrengt er auch nachdachte, ihm fiel einfach keine Erklärung dafür ein. Er hatte doch gespürt, dass sie etwas für ihn empfand. Er konnte sich das doch nicht nur eingebildet haben!

Aber hatte er sich nicht, was alles andere betraf, ebenfalls geirrt?

Er ließ Mikael einfach stehen, trat an den Empfangstresen und sprach den jungen Mann an, der dahinter Dienst tat. „Ich brauche die Anschrift einer gewissen Laura Gonzales, die heute ausgecheckt hat", sagte er. „Und dann buchen Sie mir bitte einen Flug zum nächstgelegenen spanischen Flughafen. Würden Sie das für mich tun?"

„Selbstverständlich, Herr Södergren. Ich sage Ihnen Bescheid, sobald ich die genauen Reisedaten für Sie habe", antwortete der Mitarbeiter. „Sind Sie oben in Ihren Räumen?"

Lars nickte. „Sie erreichen mich übers Haustelefon."

Ohne Mikael oder der Polizei noch irgendwelche Beachtung zu schenken, eilte er zu den Aufzügen und fuhr direkt in die oberste Etage. Er wollte nur rasch packen und dann so bald wie möglich zum Flughafen fahren. Was auch immer zwischen Laura und ihm stehen mochte – er war bereit, alles zu tun, um es aus dem Weg zu räumen.

Alles!

Er öffnete die Tür zu seiner Suite und schaltete das Licht ein. Fast wäre er auf einen schlichten weißen Umschlag getreten, den jemand unter der Tür hindurchgeschoben haben musste.

„Lars", stand darauf.

Stirnrunzelnd riss er das Kuvert auf und holte den Brief heraus, der darin steckte. Sein Herz blieb fast stehen, als er ganz unten Lauras Namen erblickte.

Als du vorhin um meine Hand angehalten hast, wurde mir klar, dass ich nicht die Augen vor der Realität verschließen kann.
Ich liebe dich, aber ich kann einfach nicht mit einem Menschen zusammenleben, der so eiskalt und skrupellos sein kann wie du.
Es tut mir leid, aber sosehr ich es mir auch wünsche – es gibt keine gemeinsame Zukunft für uns.
Ich kann nicht einfach so vergessen, was du meiner besten Freundin Sofia angetan hast. Wie du ihr das Herz gebrochen und sie um ihr Vermögen betrogen hast …

Es ging noch weiter – und mit jeder Zeile, die er las, steigerte sich Lars' Fassungslosigkeit. Er hatte nicht die leiseste Ahnung, wovon Laura da eigentlich schrieb. Aber es war mehr als offensichtlich, dass ihrer Freundin von einem Mann übel mitgespielt worden war. Und ganz offensichtlich glaubte Laura, dass er dieser Mann war.

Wie sie darauf kam, war ihm vollkommen rätselhaft. Er hatte nie eine Sofia Perez gekannt – und er hatte ihr ganz sicher auch niemals das Herz gebrochen.

Doch schon mit dem nächsten Absatz ergab das alles plötzlich einen Sinn.

Beinahe wäre es dir gelungen, auch mich zu täuschen. Fast wäre ich auf deine Masche hereingefallen. So wie es vor mir Sofia ergangen ist. Und auch vor vielen Jahren meiner Mutter – mit einem anderen Mann.

Hättest du mich nicht gebeten, deine Frau zu werden ... Ich glaube, erst in diesem Moment ist mir wirklich klar geworden, wie schwerwiegend dein Verbrechen tatsächlich ist. Denn während ein gewöhnlicher Dieb den Menschen nur ihr Eigentum nimmt, zerstört ein Heiratsschwindler das Leben seiner arglosen Opfer. Ich ...

Lars konnte kaum glauben, was er da erfahren musste. Laura hielt ihn für den Heiratsschwindler, der ihre Freundin betrogen hatte?

Die Tatsache, dass sie eine so schlechte Meinung von ihm hatte, versetzte ihm einen schmerzhaften Stich. Er las den Brief zu Ende und konnte nur immer wieder den Kopf schütteln.

Laura hatte das alles von A bis Z geplant. Sie war nach Schweden gereist, um ihn zu treffen. Sie hatte mit ihm geflirtet und ihm schöne Augen gemacht, um ihn als den zu entlarven, für den sie ihn hielt – einen Heiratsschwindler. Dafür war sie sogar bereit gewesen, mit ihm zu schlafen.

Alles nur, um ihn in ihre Falle zu locken.

Er fühlte sich wie betäubt, als er seine Suite durchquerte und nach dem Telefonhörer griff. Er wählte die Nummer des Empfangs, wo sich schon nach dem ersten Klingeln sein Angestellter meldete.

„Das Flugticket, das Sie für mich besorgen sollten …", sagte Lars. „Ich benötige es nicht mehr – stornieren Sie es bitte."

Laura fühlte sich so niedergeschlagen wie noch nie zuvor in ihrem Leben. Und was war es doch für eine Ironie des Schicksals, dass ausgerechnet Lars dafür verantwortlich war?

Lars – oder vielmehr sie selbst …

Niemand hatte sie dazu gezwungen, sich in ihn zu verlieben. Es war einfach so passiert, ohne dass sie in der Lage gewesen wäre, etwas dagegen zu unternehmen. Mit der Konsequenz, dass sie nun den Scherbenhaufen ihres Herzens zusammenkehren musste.

Nach ihrer Rückkehr aus Schweden war sie bei Sofia untergekrochen. Vorgeblich, um ihrer Freundin zur Seite zu stehen. Doch in Wahrheit erschien ihr der Gedanke, allein zu sein, unerträglich. Und so machte sie, seit sie Lars verlassen hatte, jeden Tag gute Miene zum bösen Spiel, während sie sich nachts in den Schlaf weinte.

„Laura?"

Sie blickte auf, als sie die Stimme ihrer Freundin hörte. Sofia stand im Türrahmen zum Gästezimmer, in dem sie Laura untergebracht hatte, und musterte sie forschend.

„Komm schon, rede mit mir. Irgendetwas stimmt doch nicht mit dir." Sie runzelte die Stirn. „Seit du von deiner Geschäftsreise zurück bist, erkenne ich dich kaum wieder. Was ist in Schweden vorgefallen? Hat es etwas mit dem Mann zu tun, von dem du mir erzählt hast?"

Laura zögerte. Sie hatte ihre Freundin bisher nicht über die wahren Beweggründe ihrer Schwedenreise aufgeklärt. Und sie war sich nicht sicher, ob es eine gute Idee war, dies jetzt nachzuholen.

Auf der anderen Seite brauchte sie dringend jemanden, dem sie ihr Herz ausschütten konnte. Und Sofia war nicht nur ihre beste Freundin, sondern auch so etwas wie ihre Seelengefährtin. Wenn jemand ihr durch diese dunklen Stunden helfen konnte, dann Sofia.

Sie nickte also. „Ach …" Unwillkürlich kamen ihr die Tränen. „Ich weiß wirklich nicht mehr, was ich tun soll. Ich …" In den nächsten zehn Minuten war es ihr nicht möglich, auch nur einen zusammenhängenden Satz hervorzubringen – und ihre Freundin drängte sie nicht, sondern setzte sich neben sie und schloss sie in die Arme.

Es tat gut, Sofias Nähe zu spüren, auch wenn es kein Ersatz für das sein konnte, wonach sie sich tief in ihrem Herzen wirklich sehnte.

Doch diese Sehnsucht galt einem Mann, den sie aus ihrem Gedächtnis streichen musste.

Nach und nach erzählte sie Sofia alles, was sich in Schweden zugetragen hatte. Und sie ließ auch nicht aus, warum sie die Reise überhaupt angetreten hatte.

„Du glaubst, dein Lars ist der Mann, der mich betrogen hat?"

„Ja", entgegnete Laura traurig. „Als ich die Fotos gesehen habe, wusste ich es sofort."

„Kann ich diese Bilder mal sehen?"

Laura war erstaunt darüber, dass Sofia danach fragte, nickte jedoch. „Ja, natürlich, aber … Bist du sicher, dass du dir das antun willst?"

Als Sofia darauf bestand, holte sie die Fotos aus der Werbemappe des Sjöstranden-Hotels, auf denen sie Lars auf der Stelle und ohne jeden Zweifel als Viktor Martinsson erkannt hatte.

Doch als ihre Freundin die Bilder in den Händen hielt, runzelte sie die Stirn. „Eine gewisse Ähnlichkeit ist vorhanden, ja, aber …" Sie schaute Laura an. „Das hier ist ganz sicher nicht der Mann, der mich vor dem Altar sitzen gelassen hat."

Laura riss die Augen auf. „Er ist nicht …?"

„Nein, auf gar keinen Fall. Viktor Martinsson hatte dieses kleine Muttermal unterhalb des linken Auges – davon kann ich auf den Bildern hier nichts erkennen."

Sofort schöpfte Laura wieder Hoffnung. Nein, ein Muttermal

an einer solch prominenten Stelle war ihr bei Lars nicht aufgefallen. Bedeutete das etwa …?

„Du musst dich getäuscht haben", sprach Sofia den Gedanken aus, der sie beschäftigte. „Ach, Laura, hättest du doch mit mir gesprochen, ehe du Hals über Kopf nach Schweden gereist bist, um die Heldin zu spielen. Ich hätte dir gleich sagen können, dass du einer falschen Fährte nachjagst."

Laura wusste nicht, ob sie das wirklich bedauern konnte und wollte. Immerhin hätte sie ohne ihr vorschnelles Handeln Lars niemals kennengelernt.

Du hättest ihn nie kennengelernt – und ihn auch nie verloren.

Sie dachte an den Brief, den sie ihm bei ihrer Abreise hinterlassen hatte, und dieser Gedanke verursachte ihr Übelkeit. All die Vorwürfe, die sie ihm darin gemacht hatte! Vollkommen haltlose Vorwürfe, wie sie nun wusste.

Was musste Lars jetzt von ihr denken? Eines stand fest: Er würde furchtbar enttäuscht darüber sein, dass sie ihm so etwas zutraute. Und wenn er niemals wieder ein Wort mit ihr sprechen wollte, verdiente sie es vermutlich nicht besser.

Und dennoch – es gab noch eine verschwindend geringe Chance, dass er womöglich doch bereit war, ihr zuzuhören. Und die konnte sie nicht verstreichen lassen.

„Ich muss zurück nach Schweden", verkündete sie und wischte sich die Tränen von den Wangen.

Sofia lächelte. „Na endlich – ich dachte schon, du kommst gar nicht mehr zur Vernunft! Und jetzt komm – pack deine Sachen, ich rufe dir ein Taxi zum Flughafen."

Das Herz klopfte Laura bis zum Hals, als sie am selben Abend mit ihrem Mietwagen vor dem Sjöstranden-Hotel vorfuhr. Es dunkelte bereits, und aus vielen Fenstern des Hotels drang heller Lampenschein, sodass es aus der Entfernung aussah wie ein Palast aus Licht. Und über allem spannte sich der nachtschwarze Sternenhimmel, an dem der Mond als schmale Sichel zu sehen war. Doch Laura hatte kein Auge für die Schönheit ihrer Umgebung.

Ihr Denken war auf ein einziges Ziel ausgerichtet: Lars davon zu überzeugen, ihr eine Chance zu geben, sich zu erklären.

Ihre innere Anspannung verstärkte sich noch, als sie kurze Zeit später ins Foyer kam und an den Empfangstresen trat.

„Wie kann ich Ihnen behilflich sein?", fragte die junge Frau, die dahinter Dienst tat, freundlich lächelnd.

„Ich würde gern mit Lars Södergren sprechen", erklärte Laura mit vor Nervosität zittriger Stimme. „Mein Name ist Laura Rodriguez – aber er kennt mich unter dem Namen Gonzales."

Falls Lars' Angestellte sich wunderte, so ließ sie es sich zumindest nicht anmerken. „Einen Moment", bat sie und griff zum Hörer ihrer Telefonanlage. Schließlich, nachdem sie mit der Person am anderen Ende der Leitung ein paar Worte gewechselt hatte, legte sie auf und wandte sich wieder Laura zu. „Es tut mir leid, aber Herr Södergren lässt ausrichten, dass er heute Abend nicht zu sprechen ist."

Laura schluckte. „Bitte, könnte ich vielleicht kurz mit ihm telefonieren? Ich bin sicher, dass er …"

Bedauernd schüttelte die junge Frau den Kopf. „*Förlåt*, aber das kann ich nicht tun." Als sie bemerkte, wie verzweifelt Laura war, fasste sie sich aber offenbar doch ein Herz und sprach mit gesenkter Stimme weiter: „Ich an Ihrer Stelle würde hier unten in der Lobby warten. Es könnte gut sein, dass er heute Abend noch ausgeht, und wenn Sie dann rein zufällig hier sind …" Sie zwinkerte Laura verschwörerisch zu.

„*Tack*", bedankte die sich überschwänglich. „*Tack så mycket.*"

In einer ruhigen Ecke des Foyers ließ sie sich in einem Loungesessel nieder und wartete. Sie wusste nicht, wie lange es dauern würde, aber zur Not war sie bereit, die ganze Nacht zu warten. Solange Lars nur bereit war, ihr eine Chance zu geben.

Doch so lange brauchte sie sich gar nicht zu gedulden – nur ein paar Minuten später öffneten sich die Lifttüren am anderen Ende der Halle, und Lars trat hinaus.

Lauras Herz machte einen Satz, als sie ihn erblickte. Sie spürte, wie ihre Augen sich mit Tränen füllten, kämpfte sie jedoch zurück und stand auf, um ihm entgegenzugehen.

Seine Miene verfinsterte sich, als er sie sah. „Laura", sagte er kühl. „Was für eine Überraschung, dich wiederzusehen."

„Ich muss mit dir sprechen, Lars." Sie stellte sich ihm in den Weg. „Bitte, gib mir nur fünf Minuten. Es gibt da ein paar Dinge, die ich dir gern erklären würde."

„Da gibt es nicht mehr viel zu erklären – dein Brief war in dieser Hinsicht ziemlich aufschlussreich." Er lächelte bitter. „Du hältst mich also für einen Heiratsschwindler, ja?" Ärgerlich schüttelte er den Kopf. „Ehrlich gesagt, hatte ich geglaubt, dass du mich besser kennst. Aber da habe ich mich offenbar getäuscht. Aber, nun ja, immerhin habe ich dich auch für eine Juwelendiebin gehalten."

„Was?"

„Das Collier von Mrs Wasserman, du erinnerst dich?" Sein Lächeln wirkte jetzt schon sehr viel weniger verkrampft. „Ich dachte, du hättest es gestohlen. Aber anstatt dich der Polizei zu übergeben, wollte ich dich retten." Seufzend fuhr er sich durchs Haar. „Weißt du, ich kannte einmal eine Frau, die … ich geliebt habe. Sie steckte in finanziellen Schwierigkeiten, wollte sich von mir aber nicht helfen lassen. Stattdessen wandte sie sich an ein paar ziemlich finstere Typen, die bereit waren, ihr das Geld zu geben – wenn sie im Gegenzug Diebstähle für sie beging."

„Was ist mit ihr passiert?"

„Sie starb", entgegnete Lars mit erstickter Stimme. „Bei einem ihrer Beutezüge ging etwas schief. Sie stürzte von einer Fassade ab und brach sich das Genick. Ich habe versucht, sie vor sich selbst zu beschützen – aber das ist mir nicht gelungen. Und ich vermute, bei dir wollte ich einfach meine zweite Chance nutzen." Sein Lächeln flackerte. „Es wäre vermutlich nicht besonders fair von mir, dir irgendwelche Vorwürfe zu machen. Schließlich habe ich dir auch ein paar Dinge zugetraut, für die du nicht verantwortlich bist, wie ich jetzt weiß. Wir waren beide furchtbar dumm."

„Ja", entgegnete Laura seufzend. „Wirklich furchtbar dumm – und es tut mir schrecklich leid, dass ich dich zu Unrecht verdächtigt habe, aber …"

„Schon gut – viel wichtiger ist, ob es dir damit ernst war, was du in deinem Abschiedsbrief geschrieben hast … Liebst du mich wirklich, Laura? Ist das wahr?"

„Ja!", stieß Laura hervor, überwältigt von dem Gefühlschaos, das in ihr herrschte. „Oh Gott, Lars, ich liebe dich so sehr, dass es schon fast wehtut."

Nun war es Lars, der sichtlich um Fassung bemüht war. Lars, den sonst nichts so leicht aus der Ruhe bringen konnte. „Nun, dann würde ich die Frage, die ich dir vor ein paar Tagen gestellt habe, gern noch einmal wiederholen."

„Frage?" Laura blinzelte. „Welche Frage?"

Mitten in der Eingangshalle des Sjöstranden-Hotels ging Lars auf die Knie und ergriff ihre Hand. „Laura Rodriguez, willst du meine Frau werden?"

Laura schluchzte auf vor lauter Glück. „Ja", rief sie und zog ihn wieder auf die Füße, sodass sie ihm in die Arme sinken konnte. „Ja, Lars. Meine Antwort lautet: Ja, ja, ja!"

*D*ie Sonne stand strahlend am makellos blauen Sommerhimmel, als Laura in ihrem cremefarbenen Hochzeitskleid in den Garten des Sjöstranden-Hotels trat.

Lars konnte sich gar nicht sattsehen an ihr. Sie war so wunderschön, dass es ihm schier das Herz zerriss. Und die Vorstellung, dass sie schon in wenigen Minuten Mann und Frau sein würden, erschien ihm immer noch wie ein wunderbarer Traum.

Ein Traum, der jetzt Wirklichkeit werden und sein ganzes Leben verändern würde.

Niemals hätte er es für möglich gehalten, dass dieser Tag einmal kommen würde. Er und heiraten? Noch vor wenigen Monaten hätte er diesen Gedanken kategorisch von sich gewiesen.

Patrik, sein ältester Cousin, war der Brautführer. Wie immer, wenn es um Hochzeiten ging, schien er sich nicht besonders wohlzufühlen. Vermutlich trug dazu auch die Tatsache bei, dass er der letzte der drei Södergren-Cousins war, der seine Frau fürs Leben noch nicht gefunden hatte.

Mattias und seine Emma führten ganz offensichtlich eine mehr als glückliche Ehe, und nun würde auch Lars heiraten.

Nur Patrik fehlte noch in ihrem Dreiergespann. Wenn er auch eine Frau fand, hätten sie die Bedingungen in Tante Ingrids Testament erfüllt.

Nicht dass Lars in diesem Moment an den Nachlass oder die Firma dachte. Nein, er heiratete Laura nur aus einem einzigen Grund: weil er sie liebte.

Aber nachdem mit Mattias und ihm nun schon zwei eingefleischte Junggesellen in den Hafen der Ehe einliefen, rechnete er auch mit guten Chancen für Patrik.

Lauras Herz klopfte wie verrückt, als sie neben Lars vor den Altar trat. Noch nie hatte sie für einen Menschen so viel empfunden wie für ihn. Er war der Mann, mit dem sie den Rest ihres Lebens verbringen, mit dem sie jede Laune des Schicksals meistern und sowohl Freude als auch Leid teilen wollte.

Noch vor kurzer Zeit hätte sie nicht daran geglaubt, dass sie jemals ein solches Glück erleben würde. Doch alles, wirklich alles, hatte sich zum Guten gewendet.

Sogar der Heiratsschwindler, der Sofia um ihr Vermögen betrogen hatte, war gefasst worden. Jetzt war es nur noch eine Frage der Zeit, bis ihre Freundin zurückerhielt, was ihr rechtmäßig gehörte.

Die Zeremonie war ergreifend, und die ganze Zeit kämpfte Laura gegen die Freudentränen an.

„Ja", sagte sie schließlich, als der Geistliche zur wichtigsten Frage des Tages gelangte. „Ich will."

„Dann", verkündete der Pastor lächelnd, „darf der Bräutigam die Braut jetzt küssen."

Das war der Moment, auf den Lars sehnsüchtig gewartet hatte. Nun war seine Verbindung zu Laura auch vor Gott und dem Gesetz besiegelt. Und als er ihre Lippen zärtlich mit seinen berührte, schwor er sich, dass sich daran niemals etwas ändern würde.

Gemeinsam würden sie alles meistern. Laura war seine große Liebe, seine beste Freundin und Seelengefährtin. Und sie glücklich zu machen, würde fortan der Sinn seines Lebens sein.

– ENDE –

Pia Engström

Schicksalsstern
über den Schären

Roman

PROLOG

Ingrid Södergren lächelte versonnen, als sie den Umschlag mit ihrem Testament und drei kleineren Briefkuverts ihrem Anwalt übergab.

„Und Sie sind sich wirklich sicher, dass es eine gute Idee ist, dem Glück Ihrer Neffen ausgerechnet auf diese Weise auf die Sprünge helfen zu wollen?", fragte dieser skeptisch.

Natürlich wusste Ingrid, dass es ein sehr drastischer Weg war, den zu beschreiten sie sich entschlossen hatte. Doch sie wusste einfach keine andere Lösung, um ihren drei Jungs endlich die Augen zu öffnen.

Die Art und Weise, wie sie ihr Leben lebten, konnte auf Dauer nur ins Unglück führen. Firma und Beruf waren nicht alles. Es gab noch andere wichtige Dinge, die Patrik, Mattias und Lars aber zu Ingrids Leidwesen konsequent ignorierten.

Sie hatte lange versucht, mit mahnenden Worten und Vernunft auf die drei einzuwirken – erfolglos. Nun blieb ihr keine Zeit mehr, weiter so zu verfahren.

Die Ärzte gaben ihr nur noch wenige Monate.

Aber wie sollte sie in Frieden gehen, solange sie nicht alles unternommen hatte, um ihre Jungs endlich auf den rechten Weg zu führen?

Die drei sollten endlich ihr Glück finden. Und wenn sie mit ihrer kleinen List dazu beitragen konnte, dann wollte sie es tun.

Ihre Neffen würden Augen machen, wenn sie erfuhren, welche Klausel sie ihrem Testament hinzugefügt hatte.

Vor allem Patrik, der Älteste …

1. KAPITEL

*E*s regnete in Strömen.

Die Scheibenwischer des silbernen Volvos arbeiteten auf Hochtouren. Dennoch schafften sie es kaum, der Wassermassen Herr zu werden, die vom Himmel herabstürzten. Obwohl es gerade einmal kurz nach drei war, also mitten am Tag, herrschte nur trübes Dämmerlicht. Die bedrohliche schwarze Wolkendecke hing so tief, dass sie die Wipfel der Buchen, die die Straße säumten, fast zu berühren schienen.

Lena Öberg kniff die Augen zu schmalen Schlitzen zusammen, doch sie nahm die Welt außerhalb des Wagens nur als verschwommenes Zerrbild wahr. Sie hielt das Lenkrad so fest umklammert, dass die Knöchel ihrer Finger weiß hervortraten. Und jedes Mal, wenn ein Blitz vom Himmel zuckte und die Landschaft um sie herum für den Bruchteil einer Sekunde in gleißende Helligkeit tauchte, schrak Lena zusammen.

Sie hasste Gewitter.

Sie hasste es, bei diesem Wetter hier draußen unterwegs zu sein.

Nein, sie hasste es, *überhaupt* hier sein zu müssen!

Schweden …

Es war Jahre her, seit sie zum letzten Mal ihre Heimat besucht hatte. Hier ganz in der Nähe, in der kleinen Stadt Mölleby, war sie aufgewachsen. Und als sie dieser vor neun Jahren, mit gerade einmal achtzehn, den Rücken gekehrt hatte, da war es für immer gewesen.

So zumindest der Plan.

Doch nun war sie wieder hier – und im Grunde entsprach das schlechte Wetter ziemlich genau ihrer augenblicklichen Stimmung. Kaum zu glauben, dachte sie, dass noch vor etwas mehr als vier Wochen der Himmel für mich voller Geigen hing. Was für ein naives Dummchen ich doch war …

Unwillkürlich musste sie an Ioannis denken, und ihre Augen füllten sich mit Tränen. Dabei ärgerte sie sich über sich selbst. Dieser Schuft war es nicht wert, dass sie seinetwegen auch nur eine einzige Träne vergoss.

Ebenso wenig wie Thalia …

Lena atmete tief durch und fuhr sich mit dem Handrücken über die Augen. Als sie wieder klar sehen konnte, bemerkte sie, dass sie, ohne es zu merken, auf die linke Fahrbahn geraten war. Sie wollte gerade gegenlenken, als plötzlich grelles Scheinwerferlicht sie blendete.

Erschrocken keuchte Lena auf.

Sie zögerte nur einen winzigen Augenblick – und doch lange genug, um die Katastrophe nicht mehr aufhalten zu können, die jetzt ihren Lauf nahm. Zwar schaffte sie es noch, dem Motorrad, das auf sie zugeschossen kam, auszuweichen, doch sie sah im Rückspiegel, wie der Fahrer der Maschine auf der regennassen Straße die Kontrolle verlor und ins Schleudern geriet.

Einen Moment lang schien er das schwere Motorrad noch aufrecht halten zu können – doch dann kippte die Maschine unter ihm weg, stürzte halb auf ihn und rutschte dann in Richtung Straßengraben, wo sie mit sich wild in der Luft drehenden Reifen liegen blieb.

„Oh Gott!"

Instinktiv trat Lena das Bremspedal durch, was zur Folge hatte, dass auch sie um ein Haar die Gewalt über den Volvo verloren hätte. Nur die Sicherheitstechnik des Fahrzeugs verhinderte, dass ihr ein ähnliches Schicksal widerfuhr wie dem Motorradfahrer – der mitten auf der Straße lag und sich nicht rührte.

Das Herz hämmerte Lena bis zum Hals. Ein ersticktes Stöhnen entrang sich ihrer Kehle. Oh nein! dachte sie entsetzt. Nein, nein, nein!

Mit zitternden Fingern öffnete sie die Fahrertür des Volvo und stieg aus. Ihre Knie waren so weich, dass sie im ersten Moment nicht sicher war, ob sie überhaupt einen Schritt vor den anderen würde setzen können.

Wider Erwarten schaffte sie es doch.

Innerhalb weniger Sekunden war sie bis auf die Haut durchnässt, denn der Regen hatte nicht nachgelassen.

Halb rannte, halb taumelte sie zu dem Motorradfahrer und ging neben ihm in die Knie. „*Hej!*", stieß sie mit erstickter

Stimme hervor. „Sind Sie in Ordnung? Es tut mir so leid! Ich wollte das nicht, ich …"

Doch sie erhielt keine Antwort. Ihr Unfallgegner lag regungslos da. Unter dem Motorradhelm mit dem geschlossenen Visier konnte sie sein Gesicht nicht erkennen. Offenbar aber war er bewusstlos. Oder gar … Schlimmeres? Panik keimte in Lena auf. Das durfte nicht sein!

Sie zwang sich, Ruhe zu bewahren.

Okej, Lena, was jetzt? Denk nach!

Es schien ihr unglaublich schwer, auch nur einen einzigen klaren Gedanken zu fassen. Sie hockte im strömenden Regen, das nasse Haar hing ihr wirr ins Gesicht, und sie war innerlich wie gelähmt. Das alles kam ihr so unwirklich vor. Fast, als wäre es nur ein böser Traum, aus dem sie jeden Moment erwachen würde.

Dann, endlich, wusste sie wieder, was sie zu tun hatte: Lena zückte ihr Handy und wählte die Notrufnummer.

„Bitte", stieß sie mit vor Kälte und Schock klappernden Zähnen hervor, als sich am anderen Ende der Leitung eine Frauenstimme meldete. „Sie müssen uns helfen. Es hat einen Unfall gegeben …"

„Wie viele Finger sehen Sie?", fragte die Ärztin, die ihre blonden Locken im Nacken zu einem Pferdeschwanz zusammengefasst trug, und hielt Lena ihre Hand in Victory-Pose vor die Nase.

„Zwei", antwortete Lena und fuhr sich seufzend übers Haar. „Ich bin in Ordnung", sagte sie dann. „Ehrlich. Keine Kopfschmerzen, kein Schwindelgefühl und somit auch keine Anzeichen eines Schädel-Hirn-Traumas." Ein schwaches Lächeln huschte über ihre Lippen, als sie den überraschten Blick ihres Gegenübers bemerkte. „Ich habe eine Ausbildung zur Krankenschwester gemacht – aber das ist schon eine kleine Ewigkeit her."

„Nun, wenn das so ist", entgegnete die Ärztin, die laut Namensschild an ihrem weißen Kittel den Namen Doktor Jacobsson trug, „wissen Sie ja auch, dass erste Symptome häufig erst Stunden nach einem Unfall auftreten können. Im Augenblick stehen Sie noch unter Schock, und es wäre mir wirklich lieber, wenn Sie heute Nacht zur Beobachtung bei uns bleiben würden – nur zur Sicherheit."

Lena seufzte. Sie befand sich in einem kleinen Untersuchungszimmer in der Notaufnahme des Krankenhauses, zu dem die Ambulanz den bewusstlosen Motorradfahrer und sie gebracht hatte. Eigentlich war sie nur mitgefahren, um in Erfahrung bringen zu können, wie es ihrem Unfallgegner ging. Doch als sie erst einmal eingetroffen war, hatten die Sanitäter darauf bestanden, dass sie sich ebenfalls untersuchen ließ.

„Wie geht es …?" Sie zuckte mit den Achseln, denn sie kannte den Namen des Motorradfahrers nicht. „Er wird die Sache doch überstehen, oder?"

Doktor Jacobsson lächelte. „Keine Sorge, er ist im Grunde relativ glimpflich davongekommen. Ein paar Prellungen, ein verstauchtes Bein – nichts, was sich nicht wieder richten ließe."

Lena atmete auf. Sie hatte gar nicht gemerkt, wie angespannt sie die ganze Zeit gewesen war. „Ist er denn inzwischen wieder bei Bewusstsein?"

„Ja, er ist schon kurz nach Ihrer gemeinsamen Ankunft im Krankenhaus wieder ansprechbar gewesen." Die Ärztin neigte den Kopf zur Seite. „Er wartet momentan im Nebenraum darauf, dass ihm eine Schiene angelegt wird. Wollen Sie vielleicht zu ihm?"

„Ginge das denn?"

„Kommen Sie."

Als Lena von der Untersuchungsliege kletterte, spürte sie dann doch ein leichtes Schwindelgefühl, sagte aber nichts. Vermutlich war es ohnehin nur der Schock. Einen solchen Unfall steckte niemand einfach so weg. Der Körper brauchte eine ganze Weile, um ein derartiges Erlebnis zu verarbeiten.

Sie folgte der Ärztin hinaus auf den Korridor und blieb zunächst draußen stehen, als diese die Schiebetür zum Nachbarzimmer öffnete. „Herr Södergren, hier ist Besuch für Sie."

Der Motorradfahrer saß, ein Bein angewinkelt, das andere ausgestreckt, auf einer Untersuchungsliege. Das schwarze Leder seiner Hose war auf der rechten Seite bis zur Mitte des Oberschenkels aufgetrennt worden, um das Bein besser untersuchen zu können. Er trug noch immer seine schwarz-rote Motorradjacke, doch der Helm lag jetzt neben ihm auf dem Tisch.

Es war das erste Mal, dass Lena ihn ohne Helm sah – und der Anblick ließ ihr Herz für einen Moment stocken.

Er besaß strenge, scharf geschnittene Züge mit markanten Wangenknochen und einer etwas zu großen Nase, was seiner Attraktivität jedoch keinen Abbruch tat.

Seine Augen waren die faszinierendsten, die Lena je im Leben gesehen hatte. Die Farbe war eine ungewöhnliche Mischung aus Blau, Grau und Grün und schien von Sekunde zu Sekunde die Nuance zu wechseln. Sie musste energisch blinzeln, um sich von dem Anblick loszureißen. Beschattet wurden diese unglaublichen Augen von Wimpern, die ebenso dunkel und dicht waren wie sein Haar. Die unbändigen Wellen schienen ihren eigenen Willen zu haben – jedenfalls sah es nicht so aus, als versuchte er auch nur, sie in irgendeine Form zu bringen. Doch das war auch nicht notwendig. Ihm stand es genau so, wie es war.

Forschend musterte er sie, und zunächst schien es, als würde er sich nicht an Lena erinnern. Doch dann fingen seine Augen, die im grellen Neonlicht der Deckenbeleuchtung nun ein helles Graublau besaßen, an zu blitzen.

„Ach, Sie sind das!"

Lena atmete tief durch und zwang ein Lächeln auf ihre Lippen. „Ja, ich bin es – und ich bin hier, um mich bei Ihnen zu entschuldigen. Hören Sie, dieser Unfall war allein meine Schuld, und …"

„Allerdings ist er das!", fiel er ihr barsch ins Wort. „Dank Ihnen werde ich die nächsten Wochen nur auf Krücken durch die Gegend humpeln können. Ist Ihnen eigentlich klar, was Sie angerichtet haben? Wo, um Himmels willen, haben Sie Ihren Führerschein gemacht?"

„Wie ich bereits sagte", setzte sie noch einmal neu an, wobei es ihr nicht leichtfiel, ruhig zu bleiben – achtzehn Jahre unter einem Dach mit ihrem Vater hatten sie gelehrt, nicht einfach alles widerspruchslos zu erdulden. „Es tut mir leid, dass ich Sie in diese Situation gebracht habe. Wenn es irgendetwas gibt, das ich für Sie tun kann …"

Ein Arzt betrat den Raum. „So", erklärte er, nachdem er offenbar zu dem Schluss gekommen war, dass Lena zu seinem Patienten gehörte. „Wir werden Ihnen jetzt die Schiene anlegen, Patrik. Haben Sie jemanden zu Hause, der Ihnen in den nächsten Wochen zur Hand gehen kann? Aus Erfahrung kann ich Ihnen sagen, dass sich selbst die alltäglichsten Dinge mit einem solchen Stützgerüst mitunter sehr schwierig gestalten."

Er winkte ab. „Ich komme allein zurecht!"

„Ich könnte durchaus …", setzte Lena an, doch Patrik fuhr ihr beinahe augenblicklich über den Mund.

„Wer sind Sie, dass Sie glauben, sich in meine Angelegenheiten mischen zu können?", knurrte er. „Ich kenne Sie nicht einmal. Und wenn Sie vorhaben, auf diese Weise Ihr schlechtes Gewissen zu beruhigen – vergessen Sie's!"

„Lena Öberg", stellte sie sich vor. „Und, nein, Ihre persönlichen Angelegenheiten gehen mich nicht das Geringste an. Ich weiß nicht, was in mich gefahren ist. Es ist wohl am besten, wenn ich jetzt gehe."

Sie wandte sich ab und ging zur Tür.

„*Nej!*"

Langsam drehte sie sich zu ihm um. „Was denn noch? Sie haben mir klar und deutlich zu verstehen gegeben, dass meine Hilfe nicht erwünscht ist."

„Dann habe ich es mir eben anders überlegt", entgegnete er, und ein feines Lächeln, das Lena nervös machte, umspielte seine Lippen. „Ich nehme Ihr freundliches Angebot an, Lena. Für die kommenden Wochen werden Sie meine persönliche Krankenschwester spielen."

Durch die Lamellen der Jalousien seines Krankenzimmers konnte Patrik sehen, dass sich der Himmel draußen rot zu färben begann. Der Morgen graute bereits, und er hatte die ganze Nacht wach gelegen. Nicht etwa, weil sein Bein oder eine der

Prellungen, die inzwischen in sattem Purpur erstrahlten, ihm Probleme bereiteten. Nein, es war seine Gedanken, die einfach nicht zur Ruhe kamen.

Lena Öberg.

Als er ihren Namen gehört hatte, war er für einen Moment wie erstarrt gewesen. Es hatte sich angefühlt, als wäre er mit voller Wucht gegen eine Wand gelaufen. Konnte es wirklich sein? War es möglich, dass …?

Er hatte nicht lange überlegt, sondern sofort gehandelt. Doch nun, ein paar Stunden später, wusste er nicht mehr, ob seine spontane Idee wirklich so gut gewesen war, wie er im ersten Augenblick geglaubt hatte.

Bisher konnte er ja nicht einmal mit Sicherheit sagen, ob sie die Lena Öberg war, für die er sie hielt.

Die Tochter von Johan Öberg.

Dem Mann, der Mads auf dem Gewissen hatte …

Der Gedanke an den Tod seines älteren Bruders ließ, wie immer, heiße Wut in ihm aufsteigen. Das Ganze lag nunmehr bereits fast zehn Jahre zurück – doch Patrik würde niemals vergessen, was damals geschehen war. Die Ereignisse hatten sich in seinem Kopf eingebrannt, und daran konnte nichts und niemand etwas ändern. Immer dann, wenn er an nichts Böses dachte, suchten sie ihn heim, die Geister der Vergangenheit. Und mit ihnen kamen die Bilder, die Patrik wohl für den Rest seines Lebens begleiten würden.

Mads, bleich und leblos, das dunkle Haar klebrig vom Blut.

Mads' Blut.

Patrik erschauderte. Er war kein Mensch, der sich so leicht aus der Fassung bringen ließ. Doch den Erinnerungen an jenen schicksalhaften Tag hatte er nichts entgegenzusetzen. Alles, was er empfinden konnte, war Entsetzen und Wut – und das unstillbare Verlangen, es dem Mann heimzuzahlen, der dafür die Verantwortung trug.

Johan Öberg!

Seit Jahren versuchte er nun schon, Öberg dranzukriegen. Dabei war es ihm völlig gleichgültig, wie und wo er den skrupellosen

Unternehmer erwischte. Es ging darum, seine Schwachstelle zu finden und diese auszunutzen.

Und genau diese Schwachstelle war möglicherweise Lena.

Natürlich hatte er gewusst, dass Öberg eine Tochter hatte. Doch abgesehen davon, dass sie nach Griechenland gegangen war und dort recht erfolgreich eine Modelagentur leitete, war bei den Recherchen über sie nicht sonderlich viel herausgekommen.

Ausgesprochen innig schien das Verhältnis zwischen Vater und Tochter allerdings nicht zu sein. Jedenfalls hatte Johan Öberg, wie Patrik seit Kurzem wusste, beim Gang an die Börse in den Statuten seines Unternehmens eines ganz klar festgelegt: Lena würde die Firma niemals leiten. Wäre sie zum Zeitpunkt seines Todes unverheiratet, so würde seine Aktienmehrheit an ihren nächsten männlichen Verwandten gehen. Anderenfalls fiel automatisch die Führung von Öberg Aktiebolaget ihrem Ehemann zu, der schon am Tag der Eheschließung ein beachtliches Aktienpaket erhalten würde.

Offenbar hielt Öberg nicht viel von Frauen in hohen Führungspositionen. Oder aber er hielt einfach nicht besonders viel von seiner Tochter.

Dass diese nun, nach all der Zeit, zurückkehrte, musste etwas zu bedeuten haben. Nun, Patrik würde herausfinden, um was es sich handelte – und es zu seinem Vorteil nutzen.

Es mochte nicht besonders fair sein, eine unbeteiligte Person mit in seinen Rachefeldzug einzubeziehen. Er kannte Lena nicht. Auch wenn sie Johan Öbergs Tochter war, bedeutete das nicht zwangsläufig, dass sie ein schlechter Mensch sein musste. Hinzu kam, dass sie nicht aussah wie die Frauen, mit denen ihr Vater sich üblicherweise umgab. Die schulterlange, fast schon brav wirkende Ponyfrisur, als die sie ihr hellblondes Haar trug. Das blasse, ungeschminkte Gesicht mit der niedlichen Stupsnase, den fein geschwungenen Lippen und großen braunen Augen, die ihn an ein Rehkitz erinnerten.

Unschuldig.

Ja, das Wort umschrieb den Eindruck, den sie auf ihn machte, ziemlich gut. Doch er wusste aus Erfahrung, dass der erste Eindruck oft täuschte. Ob dies auch bei Lena zutraf, würde er schon bald herausfinden.

Sehr bald.

Was tue ich eigentlich hier?

Diese Frage stellte Lena sich schon seit dem vergangenen Abend – und auch heute, am nächsten Tag, hatte sie noch keine zufriedenstellende Antwort gefunden. Entgegen Doktor Jacobssons dringender Empfehlung, wegen eines möglichen Schleudertraumas zur Beobachtung im Krankenhaus zu bleiben, hatte sie die vergangene Nacht in einem Hotel in der Nähe der Klinik verbracht. Seit ihre Mutter damals in einem Krankenhaus gestorben war, konnte sie die bedrückende Atmosphäre und den Geruch von Desinfektionsmittel, der über allem zu hängen schien, nicht mehr ertragen.

Dennoch würde sie heute noch einmal in die Klinik zurückkehren – und zwar, um Patrik Södergren abzuholen.

Du bist verrückt! schalt sie sich selbst. Vollkommen verrückt!

Heute Morgen hatte sie mit der Autovermietung telefoniert und den Unfall gemeldet. Ein Hotelangestellter war so freundlich gewesen, zu veranlassen, dass der Leihwagen von der Unfallstelle, wo Lena ihn zurückgelassen hatte, abgeholt und zum Hotel gebracht wurde. Technisch gesehen war es somit kein Problem, sich um Patrik zu kümmern. Aber – wollte sie das auch wirklich?

Etwas an diesem Mann irritierte sie. Nein, das stimmte so nicht. *Alles* an ihm irritierte sie. Und hinzu kam, dass sie sich auf eine geradezu verstörende Art und Weise von ihm angezogen fühlte.

Von einem Fremden, der sich ihr gegenüber bisher nicht gerade von seiner besten Seite gezeigt hatte. Zumindest nicht von seiner freundlichsten, so viel stand fest. Und normalerweise waren gerade gute Umgangsformen ihr bei Männern ausgesprochen wichtig. Andererseits: Besonders erfolgreich war sie damit in der Vergangenheit nicht unbedingt gewesen. Ioannis war nur das letzte Beispiel in einer langen Reihe von Fehlgriffen.

Sie atmete tief durch und ging ins Badezimmer, wo sie sich selbst prüfend im Spiegel betrachtete. Noch war es möglich, einen Rückzieher zu machen. Niemand konnte sie zwingen, für Patrik die Krankenschwester zu spielen. Wozu gab es schließlich so etwas wie eine Krankenversicherung? Niemand war gezwungen, in einer Situation wie dieser ohne Hilfe auszukommen. Es fand sich immer eine Lösung. Die Entscheidung, ob sie diese Verantwortung auf sich nehmen wollte, lag also ganz allein bei ihr.

Doch würde sie ihrem Spiegelbild je wieder in die Augen blicken können, wenn sie es nicht tat? Ihr Leben lang versuchte sie nun schon, aller Welt zu beweisen, dass sie anders war als ihr Vater.

Johan Öberg hätte sicher keine Sekunde gezögert, Patrik seinem Schicksal zu überlassen. Ebenso wie bei dem Unfall von Lenas Mutter Silvia, als er erst Stunden nach Lena in der Klinik eingetroffen war. Weil geschäftliche Termine ihm wichtiger gewesen waren als die eigene Familie. Er hatte seiner Frau in ihren schwersten Stunden ebenso wenig beigestanden wie seiner Tochter.

Lena war damals vierzehn Jahre alt gewesen. Und sie hatte sich am Totenbett ihrer Mutter geschworen, dass sie nicht so werden würde wie ihr Vater. So hartherzig, so berechnend und kalt.

Vermutlich war es das, was es ihr nun so schwer machte, die richtige Entscheidung zu treffen. Denn nach allem, was in den letzten Wochen vorgefallen war, konnte sie sich nicht vorstellen, dass es sonderlich klug war, bei einem wildfremden Mann einzuziehen.

Noch dazu einem wildfremden Mann, der so auf sie wirkte wie Patrik Södergren.

Die Geschichte mit Ioannis steckte ihr noch in den Knochen, und sie war nicht sicher, ob sie jemals darüber hinwegkommen würde. Es war ihr so schon nicht leichtgefallen, wirklich zu einem Mann Vertrauen zu fassen. Und nun, da sie wusste, wie er es ihr gedankt hatte, wünschte sie, sie hätte es niemals getan.

Nein, mit Männern hatte sie, angefangen bei ihrem Vater, bis zuletzt bei Ioannis, immer nur schlechte Erfahrungen gemacht.

Als sie Griechenland verließ, war sie fest entschlossen gewesen, vom anderen Geschlecht vorerst die Finger zu lassen und erst einmal zur Ruhe zu kommen.

Nun stand sie kurz davor, gleich mit dem Erstbesten unter ein Dach zu ziehen.

Lena Öberg, hast du vollkommen den Verstand verloren?

Schon möglich, beantwortete sie sich diese Frage selbst. Aber lieber bin ich verrückt, als so zu enden wie mein Vater!

Sie stellte das kalte Wasser an und wusch sich das Gesicht. Dann kämmte sie sich das Haar, ehe sie ihr Zimmer verließ, um zum Krankenhaus zu fahren.

„Hier wohnen Sie?" Überrascht schüttelte Lena den Kopf. „Ist das wirklich Ihr Ernst?"

„Es mag nicht ganz das standardmäßige Einfamilienhaus sein, das Sie vermutlich erwartet haben. Aber ich kann Ihnen versichern, ich wüsste keinen Ort, an dem ich lieber leben würde."

Nachdem sie das letzte Stück bis zum Leuchtturm hinaufgefahren war, der auf einer schmalen Landzunge stand, die ins Meer ragte, stellte Lena ihren Mietwagen neben dem Bauwerk ab. Da sie früher ganz in der Nähe gelebt hatte, kannte sie den Leuchtturm vom Sehen. Unzählige Male war sie an ihm vorbeigekommen, ohne ihn wirklich wahrzunehmen.

Jetzt tat sie es.

Stolz ragte er zum Himmel empor – so hoch, dass seine Spitze fast die gemächlich dahintreibenden Schäfchenwolken zu berühren schien. Er war ganz weiß getüncht, mit schmalen roten Streifen von mittlerer Höhe bis nach ganz oben.

„Waren die Fenster immer schon so groß?", fragte sie neugierig.

„*Nej*", erwiderte Patrik. „Sie sind nachträglich vergrößert worden – damals, als der Turm zum Wohnhaus umgebaut wurde." Er zuckte mit den Schultern. „Da er für seine ursprüngliche Funktion nicht mehr benötigt wurde, sollte das gute Stück abgerissen werden. Zum Glück machte ein Architekturliebhaber hier aus der Gegend den Plänen der Gemeinde einen Strich durch die Rechnung. Er renovierte den Leuchtturm von Grund auf und stattete ihn mit allem aus, was man auch in einem Einfamilienhaus findet."

„Nur die Aufteilung dürfte ein bisschen anders sein", murmelte Lena, während sie gedankenverloren an dem hohen Gebäude emporblickte.

„Das kann man wohl sagen!" Patrik lachte. „Aber dafür hat man vom Balkon des Leuchtturms einen einmaligen Blick über die ganze Küste."

„Wie viele Stufen sind es von unten bis oben?"

„Dreihundertzwanzig", bestätigte Patrik ihre düsteren Vorahnungen. „Aber seien Sie unbesorgt, man gewöhnt sich sehr schnell daran – und Sie werden überrascht sein, wie positiv es sich auf Ihre Kondition auswirkt."

„Oh, ich dachte dabei weniger an mich als an Sie. Wie wollen *Sie* das alles mit Ihrem Bein bewältigen?" Sie runzelte die Stirn. „Sie sagten, Ihr Name sei Södergren. Heißt das, Sie gehören zu *den* Södergrens?"

„Und wenn?"

„Nun, dann sollten wir vielleicht darüber nachdenken, Ihre Familie um Unterstützung zu bitten. Es muss doch eine Möglichkeit geben, Sie vorübergehend in einem Haus unterzubringen, das Ihren augenblicklichen Bedürfnissen besser gerecht wird. Außerdem ist eine professionelle Krankenschwester sicher besser geeignet, um Sie zu …"

„*Nej!*", fiel er ihr polternd ins Wort. Dann atmete er tief durch und sprach ruhiger weiter: „Es mag sein, dass meine Familie durchaus in der Lage wäre, mich zu unterstützen. Das bedeutet allerdings nicht, dass ich das auch will, *okej*?"

Lena nickte.

„Und außerdem wurden beim Umbau des Leuchtturms wirklich keine Kosten und Mühen gescheut, sodass er über einen kleinen Lift verfügt. Er führt zwar nicht in alle Stockwerke, aber zumindest doch in die Hauptwohnräume, sodass meine … nun, derzeit wohl etwas eingeschränkte Mobilität kein Problem darstellen sollte." Er nickte in Richtung Eingangstür. „Nun, was ist? Wollen wir?"

Lena hatte es nicht für möglich gehalten, dass man in einem ausgedienten Leuchtturm tatsächlich ein behagliches Heim gestalten konnte. Als sie das Gebäude nun betrat, musste sie sich korrigieren.

Es war sehr wohl möglich – ganz offensichtlich!

Die Einrichtung des Raumes, der einem Hausflur wohl am nächsten kam, bestand aus einer seltsamen Mischung aus Möbeln im schwedischen Landhausstil und einigen modernen Stücken. Der Aufzug befand sich im hinteren Teil des Raumes. Er war wirklich winzig, da hatte Patrik nicht übertrieben – und Lena wurde schon allein bei der Vorstellung, sich zusammen mit Patrik in diese Sardinenbüchse zu zwängen, ganz beklommen zumute.

„Was ist?", fragte er, nachdem er selbst vorangehumpelt war. „Kommen Sie, oder wollen Sie dort draußen Wurzeln schlagen?"

Lena atmete tief durch. Sie litt an einer leichten Form von Klaustrophobie, die Unbehagen und Schweißausbrüche zur Folge hatte, in der Regel jedoch keine Panikattacken. Sie hielt sich vor Augen, dass die Fahrt allerhöchstens ein paar Sekunden dauern konnte, und betrat mit weichen Knien die Kabine des Lifts.

Irgendwie schaffte sie es dabei sogar, ein Lächeln aufzusetzen – jedoch wirkte es offenbar nicht sonderlich überzeugend, denn Patrik runzelte die Stirn.

„Stimmt etwas nicht?"

Die Tür des Aufzugs hatte sich geschlossen, und mit einem Mal wurde das Gefühl, eingeschlossen, gefangen zu sein, schier unerträglich. Lenas Herz begann, wie wild zu hämmern, und sie musste sich gegen die Wand der Kabine lehnen, weil sie nicht sicher war, ob ihre Beine sie noch tragen würden.

Sie schloss die Augen und zählte langsam bis drei – etwas, das ihr oft geholfen hatte, in kritischen Situationen einen klaren Kopf zu behalten.

Eins …

Zwei …

Als der Aufzug sich in Bewegung setzte, stieß sie ein ersticktes Keuchen aus, das sie nicht unterdrücken konnte. Sie riss die Augen auf und sah unmittelbar in Patriks Gesicht.

Patrik, der sie besorgt musterte.

Er stellte seine Krücken an der Kabinenwand ab und umfasste Lenas Schultern mit beiden Händen. „Ganz ruhig", sagte er – und seine Stimme klang so einfühlsam, dass Lena ihre Panik tatsächlich für einen Moment vergaß. „Wir sind gleich oben. Nur noch ein paar Sekunden …"

Ein leises *Ping* verkündete, dass sie es geschafft hatten. Quälend langsam schob sich die Fahrstuhltür auf, und Lena quetschte sich hindurch, sobald sie eine Möglichkeit dazu fand. Dann blieb sie, das Gesicht in den Händen geborgen und stumm schluchzend, stehen.

Sie schämte sich.

So etwas war ihr schon seit vielen Jahren nicht mehr passiert. Vermutlich auch deshalb, weil sie es üblicherweise vermied, sich in Situationen zu begeben, die eine derartige Reaktion begünstigten. Dass sie diesen Fehler ausgerechnet in Patriks Gegenwart gemacht hatte, war ihr furchtbar unangenehm.

„Geht es wieder?", fragte er, nachdem er ihr ein paar Minuten gegeben hatte, um sich zu sammeln. Als sie nicht gleich antwortete, seufzte er. „Der Fahrstuhl ist aber auch wirklich schrecklich eng – ganz besonders für zwei Personen. Warum haben Sie mir denn nicht gesagt, dass Sie unter Platzangst leiden?"

Sie atmete tief durch und nahm die Hände vom Gesicht. „Ich habe nicht allzu oft Schwierigkeiten damit", erklärte sie und war überrascht darüber, wie dünn und schwach ihre Stimme klang. „Aber dieses Mal habe ich mich wohl einfach überschätzt. Ich dachte, dass ich ein paar Sekunden schon aushalten würde." Sie zuckte mit den Schultern. „Ein Trugschluss, wie ich nun feststellen musste."

„Setzen Sie sich", wies er sie an. „Sie sind immer noch kreidebleich – und ich bin ziemlich offensichtlich nicht in der richtigen körperlichen Verfassung, eine in Ohnmacht fallende Frau aufzufangen."

Sie tat, wie er ihr geheißen hatte. Erst jetzt bemerkte sie, dass sie sich in der Küche des Leuchtturms befanden. Im Grunde war sie genauso ausgestattet wie jede andere Küche. Es gab einen Ofen, einen Herd, Schränke, eine Arbeitsplatte und einen Tisch mit vier Stühlen – und auf einem davon nahm Lena jetzt Platz.

Der Unterschied zu einer Standardküche bestand im Großen und Ganzen darin, dass es keine geraden Wände gab, an die man die Einrichtungsgegenstände stellen konnte. Für den

Schreiner, der diese Spezialkonstruktionen errichtet hatte, war das mit Sicherheit eine Herausforderung gewesen, die er jedoch hervorragend gemeistert hatte. Alles wirkte sehr harmonisch, und durch die großen Fenster in den gewölbten Wänden drang viel Tageslicht ins Innere des Raumes.

„Und? Wie gefällt es Ihnen?"

„Es ist anders, als ich es mir vorgestellt hatte", gab Lena zu. Sie lächelte schwach. „Ich gestehe, dass ich mir nie Gedanken darüber gemacht habe, wie man einen runden Raum am besten einrichtet. Wer immer diese Schränke und Regale gebaut hat, ist ein echter Künstler."

Nun lächelte auch Patrik, der sich ihr gegenüber an den Tisch gesetzt hatte. „*Tack*", sagte er. „*Tack så mycket.*"

Lena blinzelte überrascht, als sie langsam begriff. „Moment mal, soll das heißen ... *Sie?*"

Er nickte. „Das hätten Sie mir wohl nicht zugetraut, wie? Aber es stimmt tatsächlich. Ich bin handwerklich nicht ungeschickt, obwohl mein Herz eher für die Glasbläserei schlägt."

„Die Glasbläserei?" Einmal mehr war Lena erstaunt. „Wirklich? Das ..."

„... hätten Sie mir gar nicht zugetraut", vollendete er den Satz für sie. „Aber keine Sorge, ich nehme es Ihnen nicht übel. Ich bin daran gewöhnt, dass man mich wegen meines Namens für einen verweichlichten Anzugträger hält. Doch das bin ich nicht."

„Zeigen Sie mir etwas, das Sie gemacht haben", bat sie einem spontanen Impuls folgend.

Er lachte. „Normalerweise zeige ich meine Kollektion zwar erst beim zweiten Date, aber für Sie werde ich eine Ausnahme machen."

Seine Worte ließen sie leicht zusammenzucken. Natürlich war ihr klar, dass er es nur scherzhaft gemeint hatte. Trotzdem bereitete es ihr Unbehagen, dass er von einem Date sprach. Und dass sie sich tatsächlich für ihn interessierte.

Und zwar nicht nur, was seine handwerklichen Fähigkeiten betraf.

Hastig schob sie den verstörenden Gedanken beiseite und folgte Patrik zu einer Vitrine, die auf der gegenüberliegenden Seite der Küche stand. Lena wusste nicht, was sie erwartet hatte – das, was Patrik ihr präsentierte, jedenfalls nicht.

Die Stücke in der Vitrine waren nicht die respektablen Ergebnisse eines begeisterten Amateurs. Nein, es handelte sich um wahre kleine Kunstwerke aus Glas. Trinkgefäße, so hauchzart wie die Flügel eines Schmetterlings, Schalen, Karaffen, Vasen – mit Mustern versehen, die sie wie Flechtwerk erscheinen ließen, verziert mit Blüten und Blattwerk aus Glas.

Und dann die Farben!

Die Palette reichte von zartem Pastellrosé bis hin zum kräftigen Schwarzblau des Nachthimmels. Leuchtendes Gelb und Rubinrot, gedecktes Beige und helle Cremetöne. Das Glas einer Vase changierte von Graublau zu Grün, je nachdem, in welchem Licht man es betrachtete.

Es erinnerte Lena an Patriks Augen.

Sie atmete tief durch.

„Das ist … wunderschön." Langsam drehte sie sich zu ihm um. „Ganz einzigartig. Wirklich, Patrik."

„Freut mich, dass es Ihnen gefällt", entgegnete er mit einem leicht verlegenen Lächeln, das gar nicht zu ihm zu passen schien. „Aber das hier sind im Grunde nur Gebrauchsgegenstände. Dinge, die ich täglich benutze. Wenn Sie ein paar wirklich schöne Arbeiten sehen wollen, dann sollte ich Sie einmal mit in meine Werkstatt nehmen."

Dieser Mann überraschte sie immer wieder. „Sie arbeiten als Glasbläser?"

„So könnte man sagen", entgegnete er – ausweichend, wie sie fand. „Jedenfalls muss ich morgen ohnehin dorthin, um ein paar organisatorische Dinge zu regeln. Wenn Sie Lust haben, mich zu begleiten …"

„Ja", stieß sie begeistert hervor, ohne auch nur eine Sekunde in Ruhe darüber nachgedacht zu haben. „Sehr gern."

„Also gut", sagte er. „Dann zeige ich Ihnen jetzt erst einmal, wo Sie in der nächsten Zeit wohnen werden."

Patrik hatte ihr den Zugang zum Treppenaufgang gezeigt, der sich wie ein Rückgrat aus Stein über den gesamten Leuchtturm zog. Doch Lena war fest entschlossen gewesen, ihren Ängsten nicht einfach nachzugeben, und so wartete sie, bis Patrik mit dem Fahrstuhl im fünften Stockwerk, wo sich ihr Zimmer befinden sollte, angelangt war, und drückte dann ihrerseits den Rufknopf für den Lift.

Ihr Herz klopfte wie verrückt, als sie in die enge Kabine trat, doch sie biss die Zähne zusammen. Wenn es eine Sache gab, die sie von ihrem Vater gelernt hatte, dann, gleich wieder aufzusteigen, wenn man vom Pferd gefallen war. Nur auf diese Weise konnte man Zweifel und Unsicherheit bekämpfen, noch ehe sie richtig aufkamen.

Vielleicht, so überlegte sie, war das der wahre Grund dafür, dass sie jetzt hier war. Nicht weil sie sich vor Patrik fürchtete, nein. Aber nach der Erfahrung mit Ioannis hatte sie sich am liebsten vor der ganzen Welt verkriechen wollen – ganz speziell vor Männern. Indem sie nun die Konfrontation suchte und sich ganz bewusst darauf einließ, einige Zeit mit einem ihr völlig fremden Mann zusammenzuleben, versuchte sie womöglich, ihre eigenen Ängste zu besiegen. Genauso wie sie es jetzt im Kleinen tat, indem sie den Fahrstuhl benutzte.

Lena war so in Gedanken versunken gewesen, dass sie erstaunt blinzelte, als die Lifttüren sich öffneten. Sie hatte von der Fahrt selbst kaum etwas mitbekommen – und sie war nicht in Panik verfallen. Doch der Grund hierfür wollte ihr nicht recht gefallen.

Es war wegen Patrik gewesen. Weil er sich in ihre Gedanken geschlichen hatte, war sie abgelenkt gewesen. Dummerweise erschien ihr das mindestens ebenso wenig erstrebenswert wie die Vorstellung, ihrer Klaustrophobie ins Auge blicken zu müssen.

Vermutlich war es eine ziemlich dumme Idee von ihr gewesen, sich überhaupt auf diese ganze Sache einzulassen. Zwar besaß sie als gelernte Krankenschwester durchaus die notwendigen Voraussetzungen, um Patrik zu versorgen. Doch für ihr seelisches Gleichgewicht, um das es ohnehin nicht sonderlich gut bestellt war, bedeutete es noch ein zusätzliches Durcheinander.

„Gefällt es Ihnen?"

Sie blinzelte irritiert und brauchte erst einmal einen Moment, um sich zu orientieren. Dann erinnerte sie sich daran, dass er ihr ihr Zimmer hatte zeigen wollen.

„Oh", stieß sie überrascht hervor und nahm ihre Umgebung zum ersten Mal bewusst wahr. „Ja, es … ist sehr hübsch. Gemütlich."

Es stimmte. Der Raum, in dem sie sich befand, war wirklich sehr behaglich eingerichtet, mit einem geräumigen Bett, einer mit Schnitzarbeiten versehenen Kommode und luftigen weißen Gardinen vor den Fenstern, die sich leicht in der Morgenbrise bauschten. Die abgerundeten Wände waren mit Blümchentapeten beklebt, in einer Vase stand ein Strauß mit Trockenblumen, und Lena entdeckte sogar ein paar kitschige Porzellanfiguren. Alles in allem trug das Zimmer eine eindeutig weibliche Handschrift.

Was unwillkürlich die Frage aufkommen ließ, wer für diesen Einrichtungsstil wohl verantwortlich sein mochte.

Eine Freundin? Womöglich sogar Ehefrau?

Warum interessiert dich das überhaupt? Du bist nur hier, um dein schlechtes Gewissen zu beruhigen – wegen nichts sonst!

Trotzdem verspürte sie bei dem Gedanken, dass er vielleicht liiert war, einen leichten Stich. Eifersucht? Wohl kaum, wies sie sich selbst zurecht. Um eifersüchtig zu sein, kannte sie ihn nun wirklich nicht gut genug. Im Grunde war er ein vollkommen fremder Mann für sie.

„Der Leuchtturm war früher das Refugium meiner Mutter", erklärte Patrik, so als hätte er ihr angesehen, was in ihr vorging – was Lena nicht hoffte. „Sie hat sich häufig hierher zurückgezogen, wenn sie ein bisschen Ruhe brauchte." Er zuckte mit den Schultern. „Mein Bruder und ich waren als Jungs wohl nicht gerade pflegeleicht."

„Sie haben einen Bruder?"

„Ich hatte", erwiderte er, und seine Augen nahmen einen traurigen Ausdruck an, der sie tief in ihrem Inneren berührte. „Mads war zwei Jahre älter als ich. Er hat … Er kam vor etwas mehr als vier Jahren ums Leben."

Lena senkte den Blick. „Das tut mir leid."

„Das muss es nicht", entgegnete er. „Sie können ja nichts dafür."

Ihr entging nicht, dass er das *Sie* stark betonte – so als gäbe es eine andere Person, die er für den Tod seines Bruders verantwortlich machte. Aber vermutlich bildete sie sich das nur ein. Normalerweise konnte sie sich auf ihre Menschenkenntnis und ihr Gespür, was feine Schwingungen betraf, verlassen. Doch seit sie Patrik begegnet war, verweigerten diese sensiblen Antennen hartnäckig ihren Dienst.

„Nun …" Sie räusperte sich angestrengt. „Ich werde mich dann ein wenig häuslich einrichten, wenn Sie nichts dagegen haben."

„*Nej*, ganz und gar nicht." Er hob seine Krücke an. „Ich hoffe, Sie verzeihen mir, dass ich Ihnen mit Ihrem Gepäck nicht behilflich sein kann …"

„Ich weiß nicht, Patrik. Hältst du das wirklich für eine gute Idee?"

Ärgerlich runzelte Patrik die Stirn, so als könnte sein Cousin Lars am anderen Ende der Leitung diese missbilligende Mimik sehen. „Ich habe dich angerufen, um dich um Hilfe zu bitten – nicht, um mir eine Gardinenpredigt über Moral und Anstand anzuhören!"

„Nun, ich fürchte, dass du das eine nicht ohne das andere bekommen wirst, mein Lieber", entgegnete Lars trocken. „Ich werde nicht so tun, als ob mir das, was du da vorhast, gefallen würde. Und ich gehe sogar noch weiter: Ich glaube, du weißt selbst, dass du im Begriff stehst, einen schweren Fehler zu machen."

„Erspar mir die Floskeln", knurrte Patrik. Doch insgeheim war ihm klar, dass sein Cousin nicht ganz unrecht hatte.

Seit dem Vormittag wohnte Lena Öberg bei ihm im Leuchtturm. Jetzt war es früher Abend, und er hatte die ganze Zeit an nichts anderes denken können als an sie. Und das, obwohl er ihr aus dem Weg gegangen war, wo immer es ging.

Keine Frage, sie war eine ungemein anziehende Frau. Und sie besaß ein überwältigendes Charisma, das jeden Raum, den sie betrat, erfüllte – genau wie ihr Vater.

Der Gedanke an Johan Öberg ließ seine Stimmung jäh umschlagen. Er war dem schwedischen Unternehmer bisher nur ein einziges Mal persönlich begegnet. Damals war er beeindruckt gewesen von der Macht und dem Selbstbewusstsein, das dieser Mann ausstrahlte. Ebenso wie Mads.

Nein, auf seinen älteren Bruder hatte Öberg wohl eine noch viel stärkere Wirkung ausgeübt. Erst im Nachhinein war Patrik klar geworden, wie sehr Mads in dem Netz, das Öberg um ihn herum gewoben hatte, verfangen gewesen war. Am Ende hatte er keinen anderen Weg mehr gesehen als …

Patrik schüttelte den Kopf. Darüber wollte er jetzt nicht nachdenken. Ebenso wenig wie er sich von Lars ein schlechtes Gewissen einreden lassen wollte.

„Lass Lena bitte meine Sorge sein", sagte er, dieses Mal ein bisschen versöhnlicher. „Ich brauche deine Hilfe, weil ich mir das Bein verstaucht habe und meinen Pflichten in der Firma nicht so nachkommen kann, wie es notwendig wäre. Ich bitte dich nicht, meine Pläne bezüglich Lena Öberg zu unterstützen."

Sein Cousin seufzte. „Also schön, ich sage hier ein paar Termine ab und rede mit Mattias. Er kann sicher auch einen Teil deiner Aufgaben übernehmen, bis du wieder auf den Beinen bist. Aber …"

„Ja, ich weiß – du findest es verrückt, dass ich mir ausgerechnet die Tochter meines Erzfeindes als Krankenschwester ins Haus geholt habe."

„Verrückt?" Lars lachte auf, dann wurde er schlagartig ernst. „*Nej*, ich finde es krank. Und ich kann ehrlich gesagt auch nicht verstehen, dass du dich auf ein solches Niveau herablässt. Du solltest dir vielleicht lieber mal Gedanken darüber machen, wie du die Klausel aus Tante Ingrids Testament erfüllen willst. Viel Zeit bleibt dir nämlich nicht mehr."

Damit brachte er ein Thema zur Sprache, das Patrik schon eine ganze Weile vor sich herschob, ohne einer möglichen Lösung dabei auch nur im Entferntesten näher zu kommen.

Es war jetzt knapp neun Monate her, dass Ingrid Södergren, die Schwester seines Vaters, gestorben war. Weder Patrik noch Lars oder Mattias hatten bei der Testamentseröffnung irgendwelche Überraschungen erwartet. Ein Fehler, wie die drei fassungslosen Cousins schließlich feststellen mussten.

Patrik erschien die Klausel, die ihre verstorbene Tante in ihren Letzten Willen aufgenommen hatte, noch immer wie ein schlechter Scherz. Sie alle drei hatten die Dokumente unabhängig voneinander von ihren Anwälten überprüfen lassen. Es gab keinen Zweifel daran, dass Tante Ingrids Bedingungen zwar ungewöhnlich, aber nichtsdestotrotz legal waren. Letztlich konnte sie mit ihrem Vermögen machen, was immer sie wollte. Niemand konnte sie dazu zwingen, die alte Tradition zu wahren, die Firmenanteile stets in Familienhand zu belassen. Patrik und seine Cousins hatten, da waren die Anwälte sich einig gewesen, keinerlei rechtliche Handhabe gegen das Testament.

Was bedeutete, dass ihm noch knapp drei Monate blieben, um eine Frau zum Heiraten zu finden.

Ja, zum Heiraten.

Ausgerechnet er, Patrik Södergren, eingeschworener Single und erklärter Gegner der Institution Ehe, sollte mit einer Frau vor den Traualtar treten. Denn nur, wenn sie alle drei – Lars, Mattias und er selbst – innerhalb eines Jahres nach der Testamentseröffnung verheiratet waren und dies auch für mindestens sechs Monate blieben, würden ihnen die fünfundzwanzig Prozent der Firmenanteile zufallen, die Tante Ingrid gehört hatten. Anderenfalls würden diese Anteile allesamt einer wohltätigen Stiftung zufallen, die Ingrid zeit ihres Lebens unterstützt hatte.

Neun Monate waren nun vergangen, und die ganze Zeit hatte Patrik gehofft, dass sich am Ende doch noch ein Schlupfloch finden würde. Ein formeller Fehler im Testament womöglich, oder eine Erklärung, dass dies tatsächlich alles nur ein schlechter Witz war. Aber nichts dergleichen war geschehen. Und seine beiden Cousins waren inzwischen, einer nach dem anderen, unter die Haube gekommen, sodass am Ende nur noch einer übrig blieb.

Er selbst.

Nun hing es an ihm, die Firma zusammenzuhalten. Wenn es ihm nicht gelang, die Bedingungen des Letzten Willens seiner Tante zu erfüllen, brachte es auch nichts, dass Lars und Mattias ihren Teil getan hatten. Es hieß, entweder alles oder nichts. Er musste dringend eine Frau finden, die bereit war, mit ihm vor den Traualtar zu treten. Das Problem war nur, dass sich alles in ihm sträubte, zu heiraten – und sei es auch nur zum Schein.

Die Männer in seiner Familie waren nicht unbedingt prädestiniert, eine glückliche Ehe zu führen, auch wenn Lars und Mattias mit ihren Liebsten tatsächlich ihr Glück gefunden zu haben schienen. Er war in seinem Leben bisher nur Frauen begegnet, die berechnend, kalt und selbstsüchtig waren – so wie seine eigene Mutter.

Emilia Södergren machte bis heute keinen Hehl daraus, dass sie ihren Mann nur geheiratet hatte, weil er der Erbe eines großen Unternehmens war. Und sie war nicht einmal davor zurückgeschreckt, ihm ein Kind unterzuschieben, um ihn zur Heirat zu zwingen. Sie versuchte erst gar nicht abzustreiten, dass Patrik nur deshalb zur Welt gekommen war, um ihren Mann noch enger an sich zu binden.

Von einem harmonischen und liebevollen Elternhaus konnte Patrik jedenfalls nur träumen. Seine Kindheit war eine Aneinanderreihung ständig wechselnder Kindermädchen, Privatschulen und Internate gewesen. So etwas wie menschliche Nähe oder Wärme hatten weder er noch sein älterer Bruder jemals erlebt. Aber immerhin waren Mads und er füreinander da gewesen. Nicht nur als Kinder, sondern auch später noch, als sie schon längst erwachsen waren.

Patrik hatte sich stets mit all seinen Sorgen und Problemen an Mads wenden können. Und auch sein Bruder war immer mit allem, was ihm auf der Seele lag, zu ihm gekommen.

Zumindest hatte Patrik das geglaubt.

Doch als es wirklich drauf ankam, hatte Mads versucht, allein zurechtzukommen. Und er war gescheitert.

„Patrik? Bist du noch dran?"

Lars' Stimme holte ihn in die Gegenwart zurück. „Ja, ja, ich bin noch da", sagte er. „Und ja, ich weiß, dass ich jetzt langsam etwas unternehmen muss. Aber – *Förbannat!* – das ist nicht so einfach!"

„Wem sagst du das?", entgegnete Lars, und jetzt klang deutlich ein Schmunzeln in seiner Stimme. „Du erinnerst dich vielleicht, dass ich auch so meine Schwierigkeiten mit der Vorstellung hatte, zu heiraten und sesshaft zu werden. Aber ich kann dir aus eigener Erfahrung sagen, dass es gar nicht so übel ist, wenn man sich erst einmal daran gewöhnt hat. Wirklich nicht. Du solltest es mal ausprobieren."

Patrik verzog das Gesicht. „Witzig. Wirklich, unglaublich witzig."

„So scherzhaft war's gar nicht gemeint, Patrik. Aber du wirst schon wissen, was du tust. Ich melde mich wieder bei dir, *okej*? Bis dahin – *adjö*. Ach, und grüß deine neue Mitbewohnerin. Vielleicht solltest du dir überlegen, ob du sie nicht lieber heiraten willst, anstatt sie als das Instrument deiner Rache zu missbrauchen."

Er beendete das Gespräch, ehe Patrik eine Chance hatte, etwas zu erwidern. Mit einem unterdrückten Fluch legte auch er auf und lehnte sich auf dem Drehstuhl hinter seinem Schreibtisch zurück.

Lars hatte ja gar keine Ahnung. Er war sein Cousin, doch nur der engste Kreis der Familie wusste, was wirklich mit Mads geschehen war.

Alle Welt glaubte an einen tragischen Unfall.

Kein Wunder, schließlich hatten seine Eltern alles darangesetzt, dass die Wahrheit über Mads nicht publik wurde. Auf keinen Fall durfte jemand erfahren, was ihr ältester Sohn getan hatte.

Dass er seinem Leben selbst ein Ende gesetzt hatte.

*A*ls Lena am nächsten Morgen erwachte, fand sie eine Kurznachricht von Ioannis auf ihrem Handy vor. Ihr erster Impuls war es, sie sofort zu löschen. Auf keinen Fall wollte sie je wieder etwas mit dem griechischen Frauenhelden zu tun haben. Sie bereute inzwischen zutiefst, dass sie tatsächlich so dumm gewesen war, ihm ihr Vertrauen zu schenken.

Seufzend rief sie die Nachricht schließlich doch auf – und war erschüttert über die Dreistigkeit, die Ioannis an den Tag legte.

Ich habe eingesehen, dass das mit Thalia ein Fehler war, und möchte dir noch eine Chance geben. Wann können wir uns sehen?

Angewidert verzog sie das Gesicht. Dieser Mann hatte tatsächlich weder Skrupel noch Mitgefühl. Beinahe tat Thalia ihr leid – aber nur beinahe. Denn den Verrat, den ihre ehemals beste Freundin an ihr begangen hatte, konnte sie nicht so einfach vergessen. Und irgendwie ahnte sie auch, dass Ioannis nicht ganz die Wahrheit sagte. Vermutlich war es genau umgekehrt, und Thalia hatte ihm den Laufpass gegeben.

Aber wenn er auf der Suche nach einem sicheren Hafen war, in den er einlaufen konnte, dann war er bei ihr an der falschen Adresse. Ioannis hatte auf jeder nur möglichen Ebene ihrer Beziehung versagt, doch besonders menschlich war sie enttäuscht von ihm.

Über ein Jahr lang hatte er ihr vorgemacht, dass er sie liebte. Doch in Wahrheit hatte er es die ganze Zeit nur darauf abgesehen, sich *Faces* unter den Nagel zu reißen – die Modelagentur, die sie gemeinsam mit Thalia gegründet hatte.

Nun, zumindest der Triumph war ihm nicht vergönnt gewesen. Offenbar hatte Thalia ihn benutzt, ebenso wie Ioannis sie, Lena, benutzt hatte. Es geschah ihm nur recht. So etwas wie Mitleid konnte er von ihr nicht erwarten. Ebenso wenig würde sie ihn als reuigen Sünder mit offenen Armen empfangen.

Nein, niemals!

Sie versuchte, den Gedanken an ihren nichtsnutzigen Ex zu verdrängen. Seufzend stand sie auf und zog ihren Morgenmantel über, ehe sie ins Badezimmer ging, das sich im Stockwerk direkt unter ihr befand.

Nach einer ausgiebigen heißen Dusche fühlte sie sich schon wieder um einiges besser. Jetzt noch eine Tasse Kaffee, und der Tag konnte beginnen.

Sie blinzelte überrascht, als sie, noch immer im Morgenmantel und mit einem Frotteehandtuch, das sie sich als Turban um den Kopf geschlungen hatte, die Küche betrat. Der Duft frisch aufgebrühten Kaffees wehte ihr entgegen – ebenso wie der von ofenwarmen Brötchen und Croissants. Noch erstaunter war sie, als sie Patrik erblickte, der, auf eine Krücke gestützt, einen Teller mit Aufschnitt zum Tisch jonglierte.

„Warten Sie", sagte sie und eilte ihm zu Hilfe. „Ich nehme Ihnen das ab."

„*Tack så mycket*", bedankte er sich und ließ sich mit einem vernehmlichen Ächzen auf einen der Küchenstühle sinken. „*Darn!* Das war um einiges anstrengender, als ich es mir vorgestellt hatte."

„Würden Sie mir wohl verraten, was das alles soll?" Ärgerlich funkelte Lena ihn an. Natürlich war ihr klar, dass sie – zumindest zum Teil – ihren Ärger und ihre Frustration wegen Ioannis an ihm ausließ. Doch sie konnte es nicht ändern. „Wenn Sie ohnehin vorhaben, alles selbst zu erledigen, kann ich ja auch wieder gehen."

„*Nej!*" Beschwichtigend hob er die Hände. „Bitte nicht. Ich hatte eigentlich nur gedacht, dass ich Ihnen ein angenehmes Willkommen bereite. Aber ich sehe ein, dass es eine ziemlich dumme Idee war. Können Sie mir noch einmal verzeihen?"

Lena atmete tief durch. Schließlich seufzte sie. „Also schön, vergessen Sie es. Ich schätze, ich bin mit dem falschen Fuß zuerst aufgestanden."

„Sind Sie trotzdem bereit, mich heute in die Glasbläserei zu begleiten?"

„Aber ja", sagte sie mit einem entschuldigenden Lächeln. „Natürlich."

„Nun, dann lassen Sie uns erst einmal in aller Ruhe frühstücken – danach können wir aufbrechen."

Es war erstaunlich nett, zusammen mit Patrik am Frühstückstisch zu sitzen. Gegen ihren Willen musste sie eingestehen, dass er durchaus ein charmanter und witziger Gesellschafter sein konnte. Er brachte sie mit witzigen Anekdoten zum Lachen, war überaus höflich und aufmerksam.

Sie fühlte sich wohl bei ihm. Und das, obwohl sie nach der Enttäuschung mit Ioannis eigentlich mit Männern nichts mehr hatte zu tun haben wollen.

Die Situation war einfach skurril. Einmal mehr fragte sie sich, ob es nicht ein Fehler gewesen war, sich auf dieses seltsame Arrangement einzulassen. Auf der anderen Seite gab es hier in Schweden nichts, was auf sie wartete. Ihr Vater war die einzige Person auf der Welt, die sie noch hatte. Und die Beziehung zwischen ihnen beiden war ziemlich kompliziert. So kompliziert sogar, dass Lena kein gesteigertes Bedürfnis verspürte, Johan Öberg zu sehen.

Überhaupt hatte sie sich nur hierher auf den Weg gemacht, weil sie nicht wusste, an wen sie sich sonst wenden sollte.

Sie fühlte sich wie eine entwurzelte Pflanze – abgeschnitten von allem, was ihr jemals im Leben wichtig gewesen war.

Aber konnte ausgerechnet Patrik Södergren diese Lücke füllen?

Wohl kaum, beantwortete sie sich ihre Frage selbst. Und er wollte es sicher auch gar nicht.

Nur – warum war sie dann hier?

„Ist alles in Ordnung? Sie sind plötzlich so schweigsam."

Lena seufzte, als sie Patriks forschenden Blick auf sich ruhen spürte. „*Nej*", sagte sie. „Im Augenblick ist bei mir ganz und gar nichts in Ordnung." Sie lächelte schwach. „Aber das ist mein Problem, und ich muss selbst damit zurechtkommen."

Patrik nickte knapp. „Schön – dann mache ich mich jetzt fertig. Treffen wir uns in einer halben Stunde unten?"

„Ja", erwiderte Lena, ein wenig irritiert über den abrupten Themenwechsel. Auf der anderen Seite sollte sie eigentlich froh darüber sein, dass er sie nicht bedrängte, ihr Innerstes vor ihm nach außen zu kehren.

Trotzdem fragte sie sich, warum er es plötzlich so eilig hatte, von ihr wegzukommen.

Patrik atmete erst auf, als er sich im Lift befand, der ihn nach oben zu seinem Schlafzimmer beförderte. Etwas Seltsames war in ihm vorgegangen, als er Lena so still und bedrückt gesehen hatte. Etwas, das er sich selbst nicht erklären konnte und das er in dieser Form noch nie erlebt hatte.

Denn er hatte das scheinbar unwiderstehliche Bedürfnis verspürt, Lena in seine Arme zu schließen und sie zu trösten.

Sei kein Idiot, Patrik Södergren! Sie ist die Tochter von Johan Öberg, und der Apfel fällt nicht weit vom Stamm! Hast du vergessen, was mit Mads passiert ist?

Die Tür des Fahrstuhls öffnete sich, und Patrik humpelte auf seinen Krücken in den Raum, der im Gegensatz zu den übrigen Zimmern im Leuchtturm sehr schlicht und nüchtern gehalten war. Ein Bett, ein Schrank, eine Kommode, mehr brauchte er nicht. In diesem Stil war auch sein Hauptwohnsitz gehalten, der sich ein paar Kilometer die Küste hinunter befand. Eine ebenerdige Villa mit fünfzehn Zimmern und Hauspersonal inklusive Haushälterin und Koch.

Von alldem wusste Lena natürlich nichts – und das war auch besser so. Es wäre ihm schwerlich gelungen, sie davon zu überzeugen, dass er ihre Hilfe benötigte, hätte sie gewusst, dass er einen ganzen Stab von Angestellten beschäftigte.

Der Leuchtturm war im Grunde mehr so etwas wie ein Hobby von ihm. Vor ein paar Jahren hatte er erfahren, dass das alte Bauwerk abgerissen werden sollte, weil sein Vater nicht einsah, Geld in eine Renovierung zu investieren. Für Patrik stand sofort fest, dass er das nicht zulassen wollte. Er kaufte seinem Vater den Turm ab, ließ ihn von Grund auf sanieren und nach seinen Vorstellungen umbauen. Hin und wieder war er mit einer seiner On-Off-Freundinnen hergekommen, aber dies war das erste Mal, dass er wirklich vorhatte, für längere Zeit hier zu wohnen.

Wegen Lena.

Weil er hoffte, auf diese Weise endlich das zu bekommen, wonach er sich schon seit Mad's Tod sehnte.

Rache.

Das Problem war nur, dass er, sobald er mit ihr zusammen war, gar nicht mehr das Verlangen verspürte, ihr irgendwie zu schaden. Ganz im Gegenteil. Er wollte sie in seinen Armen halten, sie beschützen und ...

Nej!

Was für ein absurder Gedanke. Er kannte Lena im Grunde überhaupt nicht. Und nur weil sie attraktiv war und weil er sich körperlich zu ihr hingezogen fühlte, durfte er seinen Plan nicht vergessen.

Aber was für einen Plan eigentlich? Bisher handelte es sich nicht um viel mehr als das sehr diffuse Vorhaben, Lena irgendwie für seine Rache an Johan Öberg zu benutzen. Wie er das bewerkstelligen wollte, wusste er selbst noch nicht so genau.

Unwillkürlich musste er daran denken, was sein Cousin Lars zu ihm gesagt hatte: „Vielleicht solltest du dir überlegen, ob du sie nicht lieber heiraten willst, anstatt sie als das Instrument deiner Rache zu missbrauchen."

Er hatte Lars' Worte zunächst als blanken Unsinn abgetan. Aber womöglich war die Idee gar nicht so dumm.

Ihm fiel wieder ein, was er über die Statuten von Öbergs Firma erfahren hatte. Wenn Lena heiratete, fiel ein großes Aktienpaket an ihren Ehemann. Nicht genug zwar, um Johan Öberg handlungsunfähig zu machen, nein, das nicht.

Um ihm das Leben schwer zu machen, genügte es aber sehr wohl.

Und besser noch – wenn er Lena dazu brachte, mit ihm verheiratet zu bleiben, dann würde ihm Öberg Aktiebolaget eines Tages gehören. Eine Vorstellung, die Johan Öberg ganz sicher nicht besonders gefallen würde.

Je länger Patrik darüber nachdachte, desto besser gefiel ihm die Idee. Auf diese Weise konnte er zwei Fliegen mit einer Klappe schlagen. Er erfüllte die Bedingungen aus dem Testament seiner Tante – und er bekam endlich seine Rache an dem verhassten Unternehmer.

Und was aus Lena wird, ist dir völlig egal? Es kümmert dich nicht, wenn du sie mit deinem Plan ins Unglück stürzt?

Mit einem Kopfschütteln versuchte er, den unbequemen Gedanken zu vertreiben.

Es gelang ihm nicht.

Die Glasbläserei befand sich in einem riesigen, lang gestreckten Backsteingebäude mit bodentiefen, halbrunden Sprossenfenstern und hohen Schornsteinen, aus denen weißer Dampf quoll.

Lena, die noch nie eine Glashütte aus der Nähe gesehen hatte, war beeindruckt. Alles war viel größer als in ihrer Vorstellung.

„Sie können da vorne parken, direkt neben dem Shop."

„Shop?" Für einen winzigen Augenblick nahm Lena den Blick von der Straße und schaute Patrik fragend an.

Der lächelte. „Ja, genau. Wir befinden uns mitten im berühmten *Glasriket* Schwedens. Nirgends sonst im Land hat die Glasherstellung eine so lange Tradition. Und das zieht Touristen ebenso an wie interessierte Einheimische."

„Das wusste ich nicht", musste Lena zugeben. „Ich bin zwar hier in der Gegend aufgewachsen, aber um ehrlich zu sein, habe ich mich nie besonders für die heimische Industrie interessiert."

„Wobei Industrie es in diesem Fall nicht wirklich gut trifft. Hier werden nämlich nicht in Fließbandarbeit Glasprodukte hergestellt", erklärte Patrik. „*Nej*, wir legen großen Wert darauf, alles in Handarbeit zu fertigen, und es ist sogar möglich, dass unsere Besucher uns bei der Arbeit über die Schultern schauen und, wenn sie es möchten, auch selbst versuchen, Glas zu blasen."

„Sie klingen so stolz, als würde all das hier Ihnen gehören", sagte Lena schmunzelnd. „Nicht, als würden Sie lediglich hier arbeiten."

Einen kurzen Augenblick schien Patrik zu zögern, dann wechselte er rasch das Thema. „Wollen wir hineingehen? Ich muss nur rasch ein paar Dinge erledigen, dann zeige ich Ihnen alles, wenn Sie wollen. Na? Interessiert?"

Lena nickte. „Ja, sehr sogar."

Inzwischen schien Patrik recht gut mit seinen Krücken zurechtzukommen. Geschickt wuchtete er sich aus dem Wagen und ging, auf die Krücken gestützt, zum Eingang der Glashütte.

Ein älterer Mann war gerade dabei, in ein langes Röhrchen zu blasen, an dessen Ende sich geschmolzenes Glas befand. Die zähflüssige Masse blähte sich, einem Luftballon ähnlich, auf, bis der Mann das Rohr schließlich absetzte und mit einem Werkzeug aus Metall das noch nicht erstarrte Glas weiter bearbeitete und es in Form brachte.

Fasziniert beobachtete Lena, wie aus einem formlosen Klumpen Quarz durch seine geschickten Hände eine Vase wurde, die er schließlich mit einer Art Zange von dem Blaserohr trennte und es zum Abkühlen beiseitestellte.

Erst jetzt bemerkte der Mann Patrik, und ein Lächeln glitt über sein Gesicht. „Da bist du ja endlich!" Als er die Krücken sah, runzelte er die Stirn. „Was ist denn mit dir passiert, Junge?"

„Ach, nur ein kleiner Motorradunfall, halb so wild."

Der Mann schüttelte tadelnd den Kopf. „Wie oft habe ich dir gesagt, dass du die Finger von diesen Höllenmaschinen lassen sollst, Patrik? Du kannst von Glück reden, dass du dir nicht den Hals gebrochen hast. Aber was rede ich – auf mich hörst du doch ohnehin nicht. In der Hinsicht bist du genau wie dein Vater; immer mit dem Kopf durch die Wand. Aber als mein Bo…"

„Lass gut sein, Gregor", fiel Patrik ihm ins Wort, ehe er seinen Satz zu Ende bringen konnte. „In den nächsten Monaten ist mit Motorradfahren ohnehin erst einmal nichts. Komm, ich möchte dir jemanden vorstellen. Gregor, das ist Lena. Lena, das ist Gregor. Gregor hat mir alles beigebracht, was ich über die Glasbläserei weiß."

„Freut mich sehr, Sie kennenzulernen", sagte Lena und streckte dem Mann die Hand entgegen. „Wirklich eindrucksvoll, was Sie da gerade gemacht haben. Ich wünschte, ich könnte so etwas."

„Oh, das können Sie bestimmt." Er zwinkerte Lena verschwörerisch zu. „Wir machen zwar immer ein großes Geheimnis um das, was wir tun, aber im Grunde ist es gar nicht so schwer. Kommen Sie, ich zeige Ihnen, wie es geht."

„Das würden sie tun?" Sie strahlte. „Das wäre wunderbar!"

Es gefiel Patrik, wie begeisterungsfähig Lena war. Wie ihre Augen strahlten, als sie zu Gregor an die Werkbank trat, und wie sie lachte, als ihr erster Versuch, Glas zu blasen, mit einem formlosen Glasklumpen endete.

„Übung macht den Meister", sagte Gregor zu ihr, so wie er es früher immer zu Patrik gesagt hatte, als dieser noch sein Lehrling gewesen war.

Es fiel Patrik nicht leicht, den Blick von den beiden abzuwenden – dass er es schließlich doch tat, lag daran, dass ihm plötzlich jemand von hinten die Hand auf die Schulter legte.

„Ist sie das?" Es war sein Cousin Lars, der lächelnd in Lenas Richtung nickte. Dann räusperte er sich. „Ich mag mich täuschen, und es geht mich ja im Grunde auch nichts an, aber so wie du sie anschaust, sieht es nicht gerade so aus, als würdest du Rachegefühle gegen sie hegen."

Patrik runzelte die Stirn. „Du hast recht, es geht dich tatsächlich nichts an. Können wir dann jetzt ins Büro gehen? Es gibt ein paar Dinge, die du noch wissen solltest, ehe du hier für die nächsten Wochen für mich übernimmst."

Mit einem nachsichtigen Lächeln nickte Lars. „Von mir aus kann's losgehen."

Er ließ Patrik den Vortritt.

Als dieser die Tür zum Büro erreichte, nahm er sich fest vor, nicht noch einmal zu Lena zurückzublicken.

Er tat es doch.

Es war schon eine ganze Weile her, dass Lena sich so gut amüsiert hatte. Erst jetzt wurde ihr klar, wie eingefahren ihr Leben in Griechenland in den vergangenen Jahren gewesen war. Im Grunde hatte ihr Dasein nur noch aus Arbeit, Arbeit und nochmals Arbeit bestanden. Vermutlich war es nicht einmal weiter verwunderlich, dass Ioannis sich sein Vergnügen woanders geholt hatte.

Sie blinzelte und zwang sich, sich wieder auf das zu konzentrieren, was Gregor ihr erklärt hatte.

„Gut so", sagte der ältere Mann, als sie das Blaseröhrchen an die Lippen setzte. „Und jetzt kräftig, aber trotzdem maßvoll zu pusten anfangen. Ja, ja, genau … So ist's genau richtig. Und jetzt absetzen, ja … Warten Sie, ich nehme Ihnen das ab."

Lena strahlte. „Das habe ich zustande gebracht?" Ungläubig schaute sie die zugegebenermaßen nicht ganz ebenmäßige Glasblase an, die Gregor nun vom Halteröhrchen trennte und zum Abkühlen neben seine Vase stellte.

„Aber …" Lena betrachtete ihr Werk aus der Nähe und runzelte die Stirn. „Was soll das werden, wenn es fertig ist? Ich meine, Ihre Vase ist ganz eindeutig und auf den ersten Blick als das zu erkennen, was sie ist. Aber mein … ähm … Kunstwerk?"

Lachend klopfte Gregor ihr auf die Schulter. „Sie werden überrascht sein, was wir daraus machen. Aber jetzt muss das Glas erst einmal abkühlen, damit wir es nachher schneiden und dann schleifen können. Ich versichere Ihnen, dass Sie am Ende ein schönes Souvenir mit nach Hause nehmen werden."

„Sie meinen, ich darf es mitnehmen? Wirklich?" Dann senkte sie leicht verschämt den Blick. „Nun, verkaufen können Sie es sicherlich kaum, von daher …"

„Wie ich sehe, amüsiert ihr zwei euch ja ganz prächtig", erklang Patriks Stimme hinter ihr. „Darf ich kurz stören, oder seid ihr noch beschäftigt?"

Gregor winkte ab. „Stör ruhig – Lenas Kunstwerk muss ohnehin erst einmal abkühlen. Warum zeigst du ihr nicht mal, was du so von mir gelernt hast?"

„Gute Idee", entgegnete Patrik lachend und wandte sich an Lena. „Interessiert?"

Sie nickte. „Natürlich. Ich kann es kaum abwarten."

„Na dann los."

Er führte sie in einen kleinen Raum, der mit Ausstellungs-
vitrinen bestückt war, in denen sich die schönsten Gebilde aus
Glas und Kristall befanden, die Lena je gesehen hatte. Elfen, die
in allen Farben des Regenbogens schillerten, schlanke, langstie-
lige Gläser, Karaffen, Kelche und Schalen, die so hauchzart wie
Seifenblasen waren.

Mit vor Staunen großen Augen ging sie von Vitrine zu Vitrine
und konnte kaum glauben, was sie da sah. Für sie waren Gläser
immer nur Gebrauchsgegenstände gewesen, die man sich kaufte,
ohne lange darüber nachzudenken.

„Und was davon haben Sie gemacht?", fragte sie.

Er ging zu einem der Schaukästen, öffnete ihn und holte eine
Vase daraus hervor, wobei er sich schwer auf seine rechte Krücke
stützte. Die Vase sah aus wie materialisierter Feenstaub, so unglaublich zart, verziert mit winzigen Rosenblüten und Blättern.

„Unfassbar", stieß sie begeistert hervor. „Ich hätte nie ... Ich
meine ..."

„Schon gut", half er ihr grinsend aus der Klemme. „Die meisten Menschen halten mich eher für einen Grobmotoriker. Da
sieht man, wie der erste Eindruck täuschen kann."

Er reichte Lena die Vase, die sie ehrfürchtig entgegennahm.
Ihr Herz klopfte wie verrückt. Es war schon eigentümlich, dass
sie wegen ein bisschen Glas so aufgeregt war. Doch die Tatsache,
dass Patrik es gemacht, dass er dieses kleine Kunstwerk erschaffen hatte, machte es für sie zu etwas ganz Besonderem.

„Wir stellen sie lieber wieder zurück", sagte sie, „ehe sie noch
kaputtgeht."

Patrik beugte sich vor, um ihr zu helfen, dabei entglitt ihm eine
seiner Krücken. Er geriet ins Straucheln und griff blind nach etwas,
an dem er sich festhalten konnte – und das war ausgerechnet Lena.

Für einen Moment war ihr, als wolle ihr das Herz in der Brust
stehen bleiben, nur um dann umso heftiger gegen ihre Rippen
zu hämmern. Ihr stockte der Atem, und sie klammerte sich an
die Vase, so als sei diese ihr Rettungsanker.

Patriks Gesicht war ihrem jetzt ganz nah. Sie konnte den
Blick nicht von seinen faszinierenden Augen wenden, und dort,

wo seine Hände sie berührten, schien ihre Haut in Flammen zu stehen.

Die Luft zwischen ihnen schien zu vibrieren vor aufgestauter Energie.

Und Patrik spürte es ebenfalls, das konnte sie deutlich sehen. Seine Pupillen waren geweitet, seine Brust hob und senkte sich ein wenig schneller als zuvor. Doch der Moment der Überraschung währte nur eine Sekunde.

„Danke, es … es geht schon wieder", stieß Patrik mit heiserer Stimme hervor, machte sich von ihr los und stützte sich schwer auf seine verbliebene Krücke.

Lena brauchte noch einen Augenblick, um wieder zur Besinnung zu kommen. Sie fühlte sich, als wäre sie geradewegs mit einem fahrenden Zug zusammengeprallt. Mit einem energischen Blinzeln zwang sie sich zurück in die Realität.

Hastig stellte sie die Vase zurück in die Vitrine, ehe sie sich bückte, um Patriks Gehhilfe aufzuheben. Ihre Hände zitterten leicht, als sie sie ihm reichte.

Was war bloß mit ihr los?

Sie war ausgebildete Krankenschwester. Es war nicht das erste Mal, dass sich ein Patient an ihr festhielt, um sich zu stützen. Und Patriks Berührung war nicht unbedingt besonders zärtlich gewesen. Ganz im Gegenteil sogar. Sie spürte noch immer, wo seine Finger sich in die Haut ihrer Schultern gegraben hatten.

Mach dir doch nichts vor, Lena! Das zwischen Patrik und dir mag alles sein, aber eine ganz gewöhnliche Krankenschwester-Patienten-Beziehung ganz gewiss nicht!

Geistesabwesend rieb sie über die Stelle, an der Patrik sie berührt hatte. Ein ersticktes Stöhnen entrang sich ihrer Kehle, ehe sie es verhindern konnte.

Fragend schaute Patrik sie an. „Habe ich Ihnen wehgetan?"

Er streckte die Hand nach ihr aus, doch sie wich zurück. Sie wusste einfach nicht, ob sie in der Lage war, weiteren Körperkontakt zu verkraften, ohne endgültig die Beherrschung zu verlieren.

„*Nej.*" Sie schüttelte den Kopf. Irgendwie schaffte sie es, ein Lächeln auf ihre Lippen zu zwingen. „Halb so schlimm. Bei meiner Ausbildung im Krankenhaus habe ich weiß Gott schon unsanftere Behandlungen erfahren."

Patrik runzelte die Stirn – ob wegen ihrer Antwort oder aufgrund der Tatsache, dass sie vor seiner Berührung zurückgeschreckt war, konnte sie nicht ermessen. Fest stand nur, dass seine außergewöhnlichen Augen jetzt weder blau noch grau, sondern tiefgrau waren. So tiefgrau wie der Himmel an der Küste, wenn sich über der Ostsee ein Sturm zusammenbraute.

Doch als er sprach, klang seine Stimme wie immer. „Ich habe noch ein paar Dinge zu erledigen", sagte er. „Warum gehen Sie nicht zurück zu Gregor und helfen ihm bei der Fertigstellung Ihres Werkstücks? Das Glas dürfte inzwischen ausreichend abgekühlt sein, um weiterverarbeitet zu werden."

Einen Moment lang schaute Lena ihn noch fragend an. Als er nichts weiter sagte, nickte sie. „Ja, natürlich. Sehr gern."

Patrik atmete auf, als sich die Tür hinter Lena schloss und er sich allein in der Galerie befand. Schwer lehnte er sich gegen die Wand, schloss die Augen und legte den Kopf in den Nacken.

Er verstand sich selbst nicht mehr. Was war bloß in ihn gefahren?

Hatte Lena ihn mit ihrer hinreißend natürlichen Art verhext?

Fest stand, dass er sich offenbar selbst nur noch mehr schlecht als recht im Griff hatte. Vorhin, als er ihr so nah gewesen war …

Scharf atmete Patrik aus, als eine Flut von Bildern über ihn hinwegrollte. Bilder von Dingen, die so nicht geschehen waren, die er aber so deutlich vor seinem inneren Auge sah, als wären sie Realität.

Lena, die in seinen Armen lag. Die sich von ihm küssen ließ und ihn leidenschaftlich zurückküsste. Die ihm zärtliche Worte ins Ohr flüsterte, sich an ihn schmiegte und …

Energisch schüttelte er den Kopf.

Das sah ihm ganz und gar nicht ähnlich. Dass er sich körperlich zu ihr hingezogen fühlte, schön und gut. Aber dies hier ging ganz eindeutig zu weit.

Viel zu weit!

Förbannat!

4. KAPITEL

*J*a, so … Und jetzt ganz vorsichtig. Vorsichtig …"
Mit einem Klirren zersprang das Glas, das Lena unter
Gregors Anleitung zu schleifen versucht hatte.

Sie unterdrückte einen Fluch und zog die Schutzbrille ab,
die dazu diente, sich vor Splittern zu schützen. Unwillkürlich
füllten sich ihre Augen mit Tränen, ehe sie sie zurückhalten
konnte.

„Oje, wer wird denn gleich weinen?" Tröstend legte Gregor
ihr eine Hand auf die Schulter. „Nehmen Sie's nicht so schwer,
Kindchen. So etwas passiert selbst mir als Profi immer wieder.
Wollen Sie's nicht einfach noch mal probieren?"

Lena winkte ab. „*Nej. Tack så mycket*, aber ich glaube nicht,
dass das etwas ändern würde. Ich kann mich einfach nicht konzentrieren. Tut mir leid, Gregor. Sie sind wirklich ein ganz her-
vorragender Lehrer, und ich danke Ihnen für Ihre Bemühun-
gen."

„Ist schon gut, Kindchen." Er lächelte verständnisvoll. „Sie
mögen ihn sehr, nicht wahr?"

„Was?" Lena blinzelte überrascht. „Wen?"

„Na, Patrik", erwiderte Gregor. Und als Lena protestieren
wollte, schüttelte er den Kopf. „Das muss Ihnen nicht unangenehm sein, Kindchen. Glauben Sie mir, Patrik Södergren hat
schon so mancher Frau den Kopf verdreht. Aber ich habe es bisher noch nicht oft erlebt, dass er so um jemanden bemüht ist."

Lena lachte auf. „Unsinn!" Sie wollte es sich nicht anmerken lassen, doch die Worte hatten etwas tief in ihr angerührt.
„Das mit Patrik und mir, das ist nicht so, wie Sie denken. Ich
bin schuld daran, dass es überhaupt zu dem Unfall gekommen
ist, bei dem er verletzt wurde. Es wäre nicht fair, wenn ich ihn
jetzt einfach sich selbst überlassen würde – noch dazu, wo er in
einem Leuchtturm lebt."

Irritiert schaute Gregor sie an. „Aber der Leuchtturm ist
doch nur …"

„Kann man sich das Kunstwerk schon ansehen?"

Lena hatte nicht gemerkt, dass Patrik zu ihnen gestoßen war. Als sie sich jetzt zu ihm umwandte, zuckte sie entschuldigend lächelnd die Achseln. „Ich fürchte, daraus wird nichts. Gregor hat sich wirklich alle Mühe mit mir gegeben, aber vermutlich bin ich einfach nicht zur Glasbläserin geboren."

„Blödsinn!" Gregor schnaubte empört. „Mit ein bisschen Geduld und Übung werden Sie schon bald die schönsten Vasen und Gläser herstellen, die man sich nur vorstellen kann." Er wandte sich an Patrik. „Könnte ich noch kurz unter vier Augen mit dir sprechen, ehe du gehst?"

„Natürlich", entgegnete Patrik. „Sie entschuldigen uns kurz?"

Lena nickte. „Ich warte draußen auf Sie, *okej*? Gregor, es hat mich wirklich sehr gefreut, Ihre Bekanntschaft zu machen."

„Mich ebenfalls, Kindchen. Mich ebenfalls."

Erst als Lena ins Freie hinaustrat, wurde ihr bewusst, wie warm es im Inneren der Glashütte gewesen war. Kein Wunder eigentlich, bei all den Feuern und dem geschmolzenen Quarz.

Sie atmete durch und sog die frische, klare Luft tief in ihre Lungen. Dann ging sie ein paar Schritte. Sie war nicht weit gekommen, als ihr Handy sich meldete.

Stirnrunzelnd betrachtete sie es, als sie die Nummer auf dem Display erkannte.

Es war ihr Vater.

Mit klopfendem Herzen nahm sie das Gespräch an. Obwohl sie und Johan Öberg nicht unbedingt auf gutem Fuß miteinander standen, konnte sie das tief in ihr verwurzelte Bedürfnis nicht abschütteln, ihn zu beeindrucken. Ganz gleich, was sie auch von ihm halten mochte. Egal, wie schlecht er ihre Mutter und sie auch behandelt haben mochte – er war und blieb ihr Vater.

Und es war ihr nicht egal, was er von ihr dachte.

Sie hasste sich selbst dafür, aber so lagen die Dinge nun einmal.

„Was ist los, *Pappa*? Es ist mindestens ein halbes Jahr her, dass wir zum letzten Mal telefoniert haben."

„Wo, zum Teufel, steckst du? Seit Tagen versuche ich nun schon, dich in deiner Wohnung in Athen und in deiner Agentur zu erreichen. Würdest du mir wohl freundlicherweise erklären, wo du dich herumtreibst?"

Lena schluckte die scharfe Erwiderung hinunter, die ihr auf der Zunge lag. Es machte nicht viel Sinn, sich auf eine solche Diskussion mit ihrem Vater einzulassen. Am Ende würde sie vermutlich ohnehin den Kürzeren ziehen.

Trotzdem – sie war nicht gerade erpicht darauf, ihm zu sagen, wo sie war. Er würde wissen wollen, warum sie nicht auf der Stelle zu ihm gekommen war, sobald sie in Schweden eingetroffen war. Und sie konnte sich nicht vorstellen, dass die Wahrheit ihm besonders gefallen würde.

Nein, dachte sie mit einem traurigen Lächeln. Wohl kaum.

„Ich … habe Griechenland verlassen", sagte sie schließlich.

„Das hat mir deine Geschäftspartnerin bereits mitgeteilt, als ich sie bei meinem letzten Versuch, dich zu erreichen, gesprochen habe."

Lena zuckte zusammen. „Du hast mit Thalia gesprochen?"

„Allerdings! Und Sie hat mir gesagt, dass du dich in einer Nacht-und-Nebel-Aktion aus dem Staub gemacht hast."

Die Missbilligung in seiner Stimme war nicht zu überhören. Er hatte nie einen Hehl daraus gemacht, dass er sich einen Sohn gewünscht hatte. Dass seine Frau nicht in der Lage gewesen war, ihm einen Erben zu schenken, hatte sie in seinen Augen vermutlich uninteressant werden lassen.

Ebenso wie seine Tochter für ihn uninteressant war.

Alles, was er je von Lena erwartet hatte, war, dass sie ihm einen Schwiegersohn präsentierte, der eines Tages das Familienunternehmen weiterführen konnte. Dass sie gar nicht daran dachte, ihm diesen Wunsch zu erfüllen, hatte oft zu Streit zwischen ihnen geführt. Und es war der Grund für Lena gewesen, Schweden schließlich den Rücken zu kehren.

„So, hat sie das gesagt, ja?"

„Hör zu, es interessiert mich nicht, warum du aus Griechenland weg bist. Wenn du mich fragst, war es ohnehin eine Schnapsidee, dir dein eigenes Geschäft aufbauen zu wollen, wo du es doch hier bei mir viel leichter haben könntest. Du müsstest lediglich einen der Männer heiraten, die ich dir vorgeschlagen habe, und dein Auskommen wäre für alle Zeiten gesichert …"

Lena runzelte die Stirn. Der Verlauf, den dieses Gespräch nahm, gefiel ihr ganz und gar nicht. „Du weißt genau, dass ich das nicht will", entgegnete sie scharf. „Ich will auf eigenen Beinen stehen und mich nicht von dir aushalten lassen, *Pappa*! Nicht von dir, und auch nicht von irgendeinem Ehemann. Ist das wirklich so schwer zu begreifen?"

„Ja, das ist es allerdings! Deine Halsstarrigkeit ist wirklich unglaublich. Aber du bist immer noch meine Tochter, und daher wirst du das tun, was ich von dir verlange, verstanden?" Er atmete tief durch. „Also, wo bist du? Egal, wo du dich auch herumtreiben magst, ich lasse dich von dort abholen und herbringen."

„*Nej, Pappa!*", entgegnete sie energisch. „Und das ist mein letztes Wort. *Adjö!*"

Sie beendete das Gespräch und steckte das Handy zurück in ihre Jackentasche. Doch es dauerte nur Sekunden, bis das Gerät erneut zu klingeln und zu vibrieren begann. Mit einem wütenden Schnauben holte Lena es erneut hervor und schaltete es ab.

„So!" Sie drehte sich um – und sah sich Patrik gegenüber, der sie fragend musterte.

„Schlechte Neuigkeiten?"

Sie schüttelte den Kopf. Es ärgerte sie, dass er die Auseinandersetzung mit ihrem Vater mitbekommen hatte, denn sie fand nicht, dass sie sich sonderlich gut geschlagen hatte. Außerdem war ihr die ganze Sache unangenehm. Niemand brauchte zu wissen, wie schlecht es wirklich um die Beziehung zu ihrem Vater stand.

„Es war nichts Wichtiges", entgegnete sie daher ausweichend. „Wollen wir?"

Er zuckte die Achseln, doch sie sah ihm deutlich an, dass er ihr die Gelassenheit, die sie ihm vorzuspielen versuchte, nicht abkaufte.

Sechs Tage später

„Um Himmels willen, Lena, du bist wirklich eine Leuteschinderin. Wer hätte gedacht, dass unter dieser sanftmütigen Fassade das Herz einer Sadistin schlägt?"

Erst als Lena ihn überrascht anblickte, schien Patrik klar zu werden, dass er wie von selbst zum vertraulicheren Du gewechselt war. Und irgendwie kam Lena das auch nur ganz natürlich vor, denn seit dem Besuch der Glashütte waren sie einander immer vertrauter geworden. Also ging sie kommentarlos darüber hinweg und nahm das unausgesprochene Angebot an.

„Wenn du so schnell wie möglich wieder auf die Beine kommen willst, dann wirst du wohl oder übel mitarbeiten müssen", erklärte sie unnachgiebig. „Doktor Jacobsson hat gesagt, dass wir nach der ersten Woche mit einer leichten Krankengymnastik beginnen sollen, um die Gelenke beweglich zu halten."

Er lag vor ihr auf seinem Bett, das gesunde Bein angewinkelt. Sie stand, leicht über ihn gebeugt, neben ihm, hielt das verletzte Bein am Fußknöchel und hob es mit sanftem Druck nach oben.

„*Förbannat!*"

Scharf schnappte Patrik nach Luft. Ihm stand der kalte Schweiß auf der Stirn, und sein Gesicht war schmerzverzerrt.

Lena wusste, dass es wehtat. Und es machte ihr keine Freude, ihm Schmerzen zu bereiten. Doch als ausgebildete Krankenschwester war sie in der Lage, das Notwendige zu tun. Selbst wenn es ihr schwerfiel.

„So, das reicht für heute", sagte sie und legte sein Bein vorsichtig wieder auf der Bettdecke ab. „Wir machen morgen mit den Übungen weiter."

„Ich kann's kaum abwarten", murmelte er mit kaum verhohlenem Sarkasmus. „Wenn du so mit all deinen Patienten umgegangen bist, kann ich mir gut vorstellen, warum du den Job am Ende aufgeben musstest."

Obwohl Lena klar war, dass er es scherzhaft meinte, traf sein Kommentar einen wunden Punkt bei ihr.

Sie hatte gern als Krankenschwester gearbeitet. Es war ein Beruf, der einem vieles abverlangte. Die Arbeitszeiten chaotisch, die Bezahlung nicht besonders gut, und es herrschte fast immer Hektik und Stress. Aber die Tatsache, dass man Menschen helfen konnte – wirklich helfen –, machte für sie all diese Nachteile wett. Es gab ihr ein gutes Gefühl, nach ihrer Schicht nach Hause zu gehen und zu wissen, dass sie etwas Sinnvolles geleistet hatte.

Ihr Vater hatte ihr Engagement und ihre Begeisterung für einen kindischen Spleen gehalten. Er war von Anfang an gegen die Ausbildung gewesen, doch er hatte sie gestattet, weil er ohnehin glaubte, dass Lena nach kurzer Zeit feststellen würde, dass sie dem Druck und den Erwartungen nicht gewachsen war.

Nun, er hatte sich getäuscht.

Und je deutlicher er sie hatte spüren lassen, dass er nicht an sie glaubte, desto härter hatte Lena gearbeitet. Um ihm zu beweisen, dass sie als Frau mehr sein konnte als das bloße Anhängsel eines Mannes, zu dem ihr Vater sie machen wollte. Dass sie in der Lage war, einen Beruf zu finden, der sie erfüllte und in dem sie aufgehen konnte – aus eigener Kraft.

Es war ihr gelungen – wenn auch, wie sie kurze Zeit später feststellen musste, ein wenig *zu* gut …

Sie absolvierte ihre Abschlussprüfungen mit Auszeichnung. Sicher, dass ihr nun sämtliche Möglichkeiten offenstehen würden, fing sie an, sich zu bewerben. Ja, sie erwog sogar, später, wenn sie ein wenig mehr Erfahrung gesammelt hatte, vielleicht noch ein Medizinstudium zu machen. Ihre Hoffnungen und Träume waren so groß und weit wie der Himmel gewesen. Doch sie hatte die Rechnung ohne ihren Vater gemacht.

Es dauerte eine Weile, bis Lena klar wurde, warum niemand ihr eine Chance geben wollte, ihre Fähigkeiten unter Beweis zu stellen. Sie erhielt eine Absage nach der anderen, mit fadenscheinigen Vorwänden, warum man sie nicht einstellen konnte. Währenddessen fanden selbst die Mädchen aus ihrer Abschlussklasse, die sehr viel schlechter abgeschnitten hatten als sie selbst, problemlos einen Job.

Schließlich stellte sie den Personalleiter einer Klink zur Rede, und der gestand ihr unter dem Siegel der Verschwiegenheit, dass ihr Vater es war, der ihr Steine in den Weg legte. Er hatte überall seine Beziehungen spielen lassen, um Lena sämtliche Chancen zu verbauen. Und das nur, weil er ihr nicht zugestehen wollte, ihr eigenes Leben zu führen und ihre eigenen Entscheidungen zu treffen.

Damals war in ihr der Entschluss herangereift, Schweden zu verlassen. Dass sie später in Griechenland einen vollkommen anderen Karriereweg einschlagen würde, hätte sie selbst nicht für möglich gehalten. Doch wie hieß es noch so schön: „Leben ist das, was geschieht, während man auf die Erfüllung seiner Träume wartet."

„Tut mir leid, ich wollte dir nicht zu nahe treten."

Der Klang von Patriks Stimme holte sie wieder in die Gegenwart zurück. Hastig blinzelte sie die Tränen fort, die ihr in die Augen gestiegen waren. „Ist schon gut", sagte sie. „Es ist nicht deine Schuld. Du konntest nicht wissen, dass ich, was das Thema betrifft, ein bisschen empfindlich reagiere. Es ist nur …" Sie schüttelte den Kopf. „*Nej*, vergiss es. Das ist alles schon lange her, und es bringt nichts, immerzu an der Vergangenheit rühren zu wollen."

Er setzte sich auf und legte ihr eine Hand auf den Unterarm – eine harmlose, tröstende Geste, die schlagartig Hitzewellen durch Lenas Körper sandte. Für einen Moment wurde ihr richtig schwindelig. Kurz schloss sie die Augen und rang um Fassung.

Was war bloß mit ihr los? Wie konnte es sein, dass sie sich so wenig unter Kontrolle hatte?

„Manchmal hilft es, die Dinge mit jemandem zu besprechen, der nicht unmittelbar verwickelt ist", sagte er. „Du sollst wissen, dass ich jederzeit für dich da bin, wenn du mich brauchst."

Sie senkte den Blick und wandte sich ab, doch Patrik stand auf, umfasste ihre Schulter mit einer Hand und drehte sie wieder zu sich um. Dann legte er ihr einen Finger unters Kinn und hob ihr Gesicht an, sodass sie ihm in die Augen sehen musste.

Seine faszinierenden Augen, die jetzt im tiefen Grün der Wälder Smålands schimmerten.

Wie hypnotisiert schaute sie ihn an. Die Zeit schien stillzustehen, während ihr Herz so heftig hämmerte, als wolle es jeden Moment zerspringen.

Sie konnte nicht mehr klar denken. Er war ihr so nah, dass sie seine Körperwärme spüren konnte und ihr sein männlicher Duft die Sinne vernebelte. Und als er zärtlich mit seinem Daumen über ihre Lippen strich, konnte sie das leise Stöhnen, das ihre Kehle emporkroch, nicht unterdrücken.

Im Nachhinein konnte sie nicht mehr sagen, ob sie es war, die alles ins Rollen brachte, oder er. Fest stand nur, dass ihre Lippen sich auf einmal berührten. Scheinbar wie von selbst hoben sich Lenas Hände, und sie vergrub die Finger in seinem dichten Haar. Er reagierte, indem er ihre Taille umfasste und sie noch dichter zu sich heranzog.

Der Kuss vertiefte sich.

Lena hatte so etwas noch nie zuvor erlebt. Ioannis' Küsse waren stets ein wenig grob und forsch gewesen, so als wolle er ihr zeigen, wer die Zügel in der Hand hielt. Patrik war anders. Er wusste ganz eindeutig, wie man küsste. Und ihm ging es dabei nicht darum, sie zu dominieren. Nein, es war ein gegenseitiges Nehmen und Geben, von dem sie beide profitierten.

Als ihre Knie weich wurden, ließ Lena sich auf den Rand der Matratze sinken, und er tat es ihr gleich. Sie fühlte sich wie in einem Traum. Alles erschien ihr so unwirklich, so fantastisch, dass sie jeden Moment damit rechnete, zu erwachen.

Doch nichts dergleichen passierte. Und sie konnte nicht sagen, wie die Dinge sich entwickelt hätten, wäre nicht plötzlich das Klingeln seines Handys dazwischengekommen.

„Förlåt", entschuldigte er sich, machte sich von ihr los und nahm das Telefon vom Nachttisch. „Tut mir leid, aber ich muss da rangehen."

Lena nickte. Sie fühlte sich wie betäubt. „Ich ... lasse dich dann jetzt besser allein."

Ihre Glieder fühlten sich seltsam steif und ungelenk an, als sie aufstand und zur Tür ging.

„Lena …“ Sie hielt inne, die Hand auf dem Türknauf.

„Ja?“

„Ach, nichts.“

Sie verließ das Zimmer.

Als Lena gegangen war, drückte Patrik den Anruf weg und legte das Telefon zurück auf den Nachttisch. Dann ließ er sich mit einem unterdrückten Stöhnen in die Kissen zurücksinken und fuhr sich mit beiden Händen durchs Haar.

Die Nummer auf dem Display war die von Mattias gewesen. Vermutlich wollte sein jüngster Cousin sich erkundigen, wie es ihm ging. Was auch immer jedoch der Grund für seinen Anruf gewesen sein mochte, er war genau im richtigen Augenblick gekommen.

Oder vielmehr im *letzten* Augenblick.

Irgendwie hatte dieser verflixte Kuss alles aus dem Ruder laufen lassen. Und Patrik konnte im Nachhinein nicht einmal sagen, von wem er ausgegangen war – von ihm oder von ihr. Aber wie auch immer es gewesen sein mochte, es erklärte nicht, wieso er so gründlich und vollkommen die Kontrolle über sich verloren hatte.

Es war doch nur ein Kuss, verdammt!

Lena war weiß Gott nicht die erste Frau, die er geküsst hatte. Doch noch nie war ihm so etwas passiert wie vorhin mit ihr.

Mit keiner Frau.

Es hatte sich angefühlt, als würde er fliegen. Als wäre alles andere, alle Sorgen und Probleme, die ihn sonst auf Schritt und Tritt begleiteten, plötzlich unbedeutend und klein. Ohne über die möglichen Konsequenzen nachzudenken, hatte er sich einfach mitreißen lassen vom Strudel der Leidenschaft. Ihm schwirrte jetzt noch der Kopf von der Macht der Gefühle, die sie in ihm ausgelöst hatte.

Darn!

Erneut fuhr er sich durchs Haar. Das passte einfach gar nicht zu ihm. Noch nie zuvor war es einer Frau gelungen, ihn so aus dem Gleichgewicht zu bringen. Ja, er hätte nicht einmal für möglich gehalten, dass dies überhaupt möglich war. Dabei war zuerst alles genau nach Plan gelaufen, der vorsah, dass er langsam Vertraulichkeit und Nähe zwischen ihnen aufbaute. Auch wenn er Lena noch nicht allzu lange kannte, so wusste er doch, dass es keinen Sinn machte, ihr Geld oder andere Privilegien anzubieten. Mit solchen Dingen war sie aufgewachsen, und sie wusste ebenso gut wie er selbst, dass man wahres Glück nicht erkaufen konnte.

Er war sich jedoch absolut sicher, dass sie für einen Freund durchs Feuer gehen würde. Wenn es ihm also gelang, ihr Vertrauen und ihre Freundschaft zu gewinnen, dann stand seinem Plan so gut wie nichts mehr im Wege. Dann brauchte er sie nur noch davon zu überzeugen, dass sie der einzige Mensch auf der Welt war, der ihm dabei helfen konnte, das Erbe seiner Familie zu bewahren.

Indem sie ihn heiratete.

Dass sie ihm damit auch das Werkzeug in die Hand gab, das er benötigte, um es ihrem Vater endlich heimzuzahlen, würde ihr erst bewusst werden, wenn es zu spät war.

Zu seiner eigenen Überraschung erweckte der Gedanke keinerlei Gefühl von Triumph in ihm. Stattdessen ließ er einen schalen Nachgeschmack zurück.

Er mochte Lena.

Mochte sie wirklich.

Noch nie war Patrik einem Menschen begegnet, der bereit war, die Folgen seines Handelns so konsequent zu tragen. Niemand hätte sie dazu zwingen können, die Privatpflegerin für ihn zu spielen, ganz gleich, ob sie nun die Schuld für seine Verletzungen trug oder nicht. Sie hatte es aus freien Stücken angeboten. Zum Teil sicher aus falsch verstandenem Pflichtbewusstsein. Vor allem aber, weil sie einfach ein herzlicher, hilfsbereiter Mensch war.

Sie verdiente es nicht, dass er sie für seine Zwecke missbrauchte. Sie mochte die Tochter des Mannes sein, den er aus tiefstem Herzen verabscheute. Aber gab ihm diese Tatsache allein das Recht, mit ihren Gefühlen zu spielen? Machte ihn das im Umkehrschluss nicht zu einem ebenso verachtenswerten Menschen wie Johan Öberg?

Patrik ballte die Hände zu Fäusten.

Was soll ich tun, Mads? Was würdest du mir raten?

In Momenten wie diesem vermisste er seinen Bruder mehr denn je. Doch Mads konnte ihm nicht mehr helfen. Und er tat gut daran, nicht zu vergessen, wem er den Tod seines Bruders zu verdanken hatte ...

*D*er Himmel, der sich über die bleigraue Ostsee spannte, war von einem durchdringenden Blau. Bauschige weiße Wolkenberge wanderten, vom Wind getrieben, daran entlang, wie bei einer Parade zum *Sveriges Nationaldag* – dem Nationalfeiertag.

Früher, als junges Mädchen, hatte Lena oft im Gras gelegen, zum Himmel hinaufgeblickt und geträumt. In ihrer Fantasie hatten sich die Gebilde aus Wasser und Luft in Märchenschlösser verwandelt, die man erforschen und erobern konnte.

Inzwischen war sie längst erwachsen geworden. Doch ein Teil von ihr war immer dieses junge Mädchen geblieben, das fest daran glaubte, dass ihr eines Tages der Ritter in glänzender Rüstung begegnen würde, um sie in das Land ihrer Träume zu entführen.

Vielleicht war das der Grund, warum sie sich immer wieder dabei ertappte, dass sie sich auf vollkommen verrückte Dinge einließ. Wie zum Beispiel partout auf eigenen Beinen stehen zu wollen, obwohl ihr Vater einer der wohlhabendsten Männer Schwedens war.

Oder bei einem wildfremden Mann einzuziehen.

Oder diesen zu küssen …

Lena erhob sich von der Bank, die hinter dem Leuchtturm stand, und fing an, rastlos auf und ab zu laufen.

Dieser Kuss war ein Fehler gewesen.

Ein schlimmer Fehler, den sie jedoch einfach nicht bereuen konnte.

Dazu hatte es sich zu schön, zu richtig angefühlt.

Trotzdem war sie froh, dass der Anruf auf Patriks Handy sie davor bewahrt hatte, womöglich einen noch sehr viel schwerwiegenderen Fehler zu begehen. Denn wenn sie ehrlich zu sich sein wollte, war sie sich nicht sicher, ob sie in der Lage gewesen wäre, die Dinge zu stoppen.

Oder ob sie es gewollt hätte.

Seufzend fuhr sie sich durchs Haar. Anstatt sich auf einen

Mann einzulassen, den sie kaum kannte, sollte sie sich lieber Gedanken darüber machen, wie es mit ihr weitergehen sollte.

Ihre gesamte Existenz lag in Trümmern.

Lena konnte sich nicht vorstellen, jemals wieder nach Athen zurückzukehren. Sie konnte den Schmerz und die Demütigung, die ihr dort widerfahren waren, nicht einfach so vergessen. Und eine weitere Zusammenarbeit mit Thalia war nach dem Verrat, den sie an ihr begangen hatte, ohnehin unmöglich.

Es würde ihr nichts anderes übrig bleiben, als ihre Anteile an der Modelagentur zu verkaufen, die sie gemeinsam mit ihrer Freundin gegründet hatte. *Faces* gehörte der Vergangenheit an – aber was würde die Zukunft ihr bringen?

Nichts, wenn es dir nicht gelingt, das, was geschehen ist, abzuschütteln, beantwortete sie sich ihre Frage selbst.

Sie durfte nicht länger dem nachtrauern, was gewesen war. Es war an der Zeit, nach vorne zu blicken. Sie konnte es schaffen, dem Schicksal zu trotzen und diese Niederlage in einen Triumph zu verwandeln.

Was war es, das sie schon immer hatte machen wollen? Welcher ihrer Träume war bisher unerfüllt geblieben?

Zu ihrer Überraschung war es nicht weiter schwer, die Antwort auf diese Fragen zu finden. Im Grunde hatte sie sich immer nur eines gewünscht: Krankenschwester zu werden. Und jetzt, wo sie sich um Patrik kümmerte, wurde ihr klar, dass diese alte Sehnsucht nie wirklich gestorben war, sondern unter der Oberfläche weiter existiert hatte.

Warum eigentlich nicht? Im Gegensatz zu damals würde es ihrem Vater heute nicht mehr so leichtfallen, ihr Steine in den Weg zu legen. Und selbst wenn er es versuchte … Lena hatte sich schon einmal in einem fremden Land etwas aufgebaut – es würde ihr wieder gelingen.

Die Welt stand ihr offen. Ihre Ausbildung wurde so gut wie überall anerkannt. Warum sollte sie nicht endlich das tun, was sie schon immer hatte machen wollen?

Und wenn sie schon einmal dabei war: Sie sehnte sich nach Ruhe und Frieden. Nach einem guten Mann, mit dem sie eine

Familie gründen konnte. Einem Haus mit weißem Gartenzaun.

Ein Zuhause.

Ein scharfer Schmerz durchzuckte Lena bei dem Gedanken, und erst jetzt wurde ihr klar, dass sie so etwas wie ein Zuhause niemals besessen hatte. Sicher, da war das Haus ihrer Eltern, in dem sie geboren und aufgewachsen war. Doch ein wirkliches, ein echtes Heim war es für sie nie gewesen. Ihre Mutter hatte alles versucht, um ihr die Kindheit so angenehm wie irgend möglich zu machen. Doch bei einem Vater, der so kalt und hart war wie Johan Öberg, war das nicht so einfach gewesen.

Lena wollte sich nicht beklagen. Materiell hatte es ihr nie an etwas gefehlt. Doch teures Spielzeug und schöne Kleider ersetzten nicht das Gefühl, einen Ort zu haben, an den man gehörte. Und das hatte sie niemals verspürt.

Nicht in ihrem Elternhaus oder der schicken Apartmentwohnung in Athen, und auch nicht in Ioannis' Strandvilla. Wenn sie so darüber nachdachte, hatte sie sich bisher eigentlich nirgends auf der Welt so wohl gefühlt wie hier, in Patriks Leuchtturm.

Aber lag dies am Gebäude selbst – oder womöglich an dem Mann, der darin lebte?

„Na, das sieht doch schon wieder sehr gut aus", lobte Doktor Jacobsson, als Patrik ein paar Tage später zur Nachsorgeuntersuchung im Krankenhaus war. Sie schenkte ihm ein strahlendes Lächeln. „Die Schwellung ist zurückgegangen, und die Bänder haben sich ebenfalls wieder erholt. Ich denke, Sie können die Krücken jetzt weglassen, sofern Sie es nicht übertreiben."

Patrik wusste, er sollte eigentlich froh über diese Nachricht sein. Auf anderer Leute Hilfe angewiesen zu sein, war ihm seit jeher ein Graus gewesen. Und wäre die Situation eine andere gewesen, er hätte sicher drei Kreuze geschlagen, endlich wieder ein normales Leben führen zu können. Doch leider barg die Tatsache, dass er jetzt wieder mobil war, einige Schwierigkeiten.

Er würde Lena nur schwer begreiflich machen können, dass er noch immer ihre Unterstützung benötigte, wenn er sich wieder ohne Krücken fortbewegen konnte. Und sein Plan war noch längst nicht so weit fortgeschritten, wie er gehofft hatte.

Bis er Lena so weit hatte, dass er sie in Bezug auf das Testament seiner Tante um Hilfe bitten konnte, würde noch eine Weile vergehen. Und es würde auch nur dann funktionieren, wenn sie weiterhin bei ihm wohnte.

„Was ist los, Patrik?", fragte die Ärztin mit einem leichten Stirnrunzeln. „Ich mag mich täuschen, aber diese durchweg positiven Neuigkeiten scheinen Sie nicht recht glücklich zu stimmen."

Er schüttelte den Kopf. „Doch, doch", beeilte er sich, ihr zu versichern. „Natürlich bin ich froh darüber. Auf fremde Hilfe angewiesen zu sein, gefällt mir ganz und gar nicht. Und diese Krücken …" Angewidert verzog er das Gesicht.

Doktor Jacobsson lachte. „So gefallen Sie mir schon besser. In zwei Wochen möchte ich Sie noch einmal sehen. Die Krücken können Sie mir aber ruhig schon hierlassen."

„*Nej!*"

Die Ärztin blinzelte. „Wie bitte?"

Patrik atmete tief durch, dann zwang er ein Lächeln auf seine Lippen. „Ich würde sie lieber noch eine Weile behalten – nur zur Sicherheit."

Überrascht hob Doktor Jacobsson eine Braue, zuckte aber schließlich mit den Achseln. „Also schön", sagte sie. „Ganz wie Sie wünschen."

Zum Glück wartete Lena nicht direkt vor dem Untersuchungszimmer auf ihn, sondern draußen in der weitläufigen Parkanlage der Klinik. Patrik verabschiedete sich von seiner Ärztin und durchquerte, ohne die Krücken zu benutzen, das Krankenhaus. Doktor Jacobsson hatte recht – das Bein schmerzte kaum noch. Wenn er ein bisschen aufpasste und nicht allzu schnell lief, dann konnte er wieder ganz normal gehen.

Trotzdem stützte er sich wieder auf die Krücken, als er in den Garten hinaustrat. Er fand Lena auf einer Bank bei einem Springbrunnen, dessen Wasserfontäne im hellen Sonnenschein glitzerte.

„Und? Was sagt deine Ärztin?"

„Dass es wohl noch eine Weile dauern wird, ehe ich wieder ohne Hilfsmittel zurechtkommen werde", entgegnete Patrik und verspürte bei dieser Lüge mehr als nur den Anflug eines schlechten Gewissens. Doch was blieb ihm für eine andere Wahl, wenn er verhindern wollte, dass Lena ging?

Und das tust du natürlich nur, um das Gelingen deines Plans nicht zu gefährden, richtig? Irgendwelche Gefühle, die du für Lena entwickelt hast, haben damit nicht das Geringste zu tun.

Er blinzelte, um die leise, aber beharrliche innere Stimme zum Schweigen zu bringen, die ihn unaufhörlich mit unbequemen Fragen bestürmte. Fragen, von denen einige, wie er sich selbst eingestehen musste, gar nicht so weit hergeholt waren.

Denn er empfand etwas für Lena, so viel stand fest. Nur um was genau es sich bei diesem Etwas handelte, hatte er bisher noch nicht zu erforschen gewagt. Und es erschien ihm besser, auch jetzt nicht daran zu rühren.

Mit einem unterdrückten Ächzen ließ er sich neben Lena auf die Bank sinken und stellte die Krücken beiseite.

„Lass den Kopf nicht hängen. Du wirst schon sehen: Lange bist du auf diese lästigen Dinger nicht mehr angewiesen." Tröstend legte Lena ihm eine Hand auf den Oberschenkel. Offenbar glaubte sie, dass er frustriert und enttäuscht darüber war, wie langsam die Dinge voranschritten. Sie hatte ja keine Ahnung, was sie mit dieser harmlosen Berührung in ihm auslöste.

Sengende Hitze pulsierte mit einem Mal durch seinen Körper – und ihr Ursprung war die Stelle, auf der ihre Hand lag. Lena redete weiter mit ihm. Er sah, dass ihre Lippen sich bewegten, doch die Worte, die in seinen Ohren summten, schienen keinen Sinn zu ergeben. Und alles, woran er denken konnte, war, sie in seine Arme zu ziehen und zu küssen.

Er merkte erst, dass er seinem inneren Drang nachgegeben hatte, als seine Lippen bereits auf ihren lagen.

Ihre Augen waren weit aufgerissen. Sie hatte offenbar nicht mit einem solchen Vorstoß seinerseits gerechnet, und zunächst schien sie sich sträuben zu wollen. Doch jeglicher Widerstand in ihr erlahmte nur Sekunden später, und sie begann, seinen Kuss voller Feuer zu erwidern.

Ein Stöhnen entrang sich seiner Kehle, verklang aber ungehört, getrunken von Lena, die die Hände in seinem Haar vergrub und seinen Kopf näher zu sich heranzog.

Die Welt schien zu verschwimmen in einem Nebel aus Leidenschaft. Patrik vergaß, wo er sich befand. Er vergaß all seine Pläne, seine Sorgen und Probleme und ließ sich einfach nur mitreißen von dem Strudel, der ihn erfasst hatte.

„… einfach unerhört! Sie sollten sich wirklich schämen, in aller Öffentlichkeit ein solches Verhalten an den Tag zu legen!"

Die empörten Worte einer älteren Dame ließen Patrik recht unsanft wieder in die Realität zurückkehren. Hastig lösten Lena und er sich voneinander. Unter den vorwurfsvollen Blicken der Frau errötete Lena tief. Noch nie in seinem Leben hatte Patrik etwas so Hinreißendes gesehen.

Während die alte Dame sich, noch immer schimpfend, von ihnen entfernte, konnte er nichts anderes tun, als Lena anzuschauen. Und ihm war, als würde er sie in diesem Moment zum ersten Mal wirklich sehen. Nicht nur die schöne Oberfläche, sondern den zauberhaften Menschen, der sich darunter verbarg.

Die Frauen, mit denen er bislang zusammen gewesen war, wären der Empörung der alten Dame vermutlich mit hämischem, beißendem Spott begegnet. Lenas Verlegenheit brachte eine Saite in ihm zum Klingen, von deren Existenz er bislang nicht einmal etwas geahnt hatte.

Diese Art zu Empfinden war ihm völlig neu – und sie machte ihm ein bisschen Angst. Dass er sich in rein körperlicher Hinsicht zu attraktiven Frauen hingezogen fühlte, war ihm nicht fremd. Er hatte es schon oft erlebt und mit so mancher langbeinigen Schönheit eine heiße Nacht verbracht. Doch keiner dieser Frauen war es jemals gelungen, sein Herz zu berühren.

Bis Lena kam.

War es das, worüber in schnulzigen Lovesongs gesungen wurde? Dieses Kribbeln im Bauch und der unbändige Wunsch, den anderen Menschen zu beschützen und ihn glücklich zu machen?

Fühlte sich so Verliebtsein an?

„Wir sollten jetzt vielleicht besser gehen", murmelte Lena und stand hastig auf.

„Ja", stimmte er ihr zu. „Du hast recht – ich möchte nicht mehr hier sein, wenn unsere gestrenge Wächterin von Anstand und Moral mit ihren Freundinnen zurückkehrt, um uns den Rest zu geben."

Einen Moment lang starrte sie ihn ungläubig an, dann warf sie den Kopf in den Nacken und lachte.

Sie lachte – und für Patrik war es das Schönste, was er in seinem ganzen Leben gesehen hatte. Wie konnte es sein, dass er die niedlichen Grübchen in ihren Wangen bisher noch nicht bemerkt hatte? Ihre Augen blitzten vor Begeisterung, ihre Schultern bebten, und ihre Lippen – diese vollkommenen, samtweichen Lippen – waren leicht geöffnet, sodass er das Schimmern ihrer perlweißen Zähne dahinter erkennen konnte.

Lena war perfekt. Einfach nur perfekt.

Und als sie schließlich an seiner Seite das Krankenhausgelände verließ, wurde ihm klar, dass er tatsächlich auf bestem Wege war, sich in Lena zu verlieben. Er konnte den genauen Moment nicht festmachen, an dem sich seine Gefühle für sie verändert hatten. Fest stand nur, dass es genau so war.

Und dass es all seine Pläne vollkommen durcheinanderbrachte!

Auf dem Rückweg zum Leuchtturm fühlte Lena eine ihr vollkommen unerklärliche Ausgelassenheit. Eigentlich gab es keinen Grund für sie, sich zu freuen. Die Sache mit Patriks Bein zog sich länger hin, als sie erwartet hatte, und ihr Vater hatte in den vergangenen Tagen noch mehrmals auf ihrem Handy angerufen – vermutlich weil ihm zugetragen worden war, dass seine Tochter sich erneut in den Krankenhäusern der Umgebung als Pflegekraft beworben hatte.

Lena war nämlich alles andere als untätig gewesen. Die Zeit, die sie nicht mit Patrik verbrachte – und das waren in der Regel die Stunden, bevor sie zu Bett ging –, hatte sie Stellenangebote recherchiert, ihren Lebenslauf aktualisiert und erste Bewerbungsschreiben verschickt.

Sie war fest entschlossen, sich nicht erneut von ihrem Vater daran hindern zu lassen, ihren Traum zu verwirklichen. Johan Öberg mochte ihren Wunsch, als Krankenschwester zu arbeiten, nicht verstehen – doch er hatte ihn gefälligst zu tolerieren.

Erst durch Patrik war ihr klar geworden, wie sehr sie sich danach sehnte, ihrem Leben eine neue Richtung zu geben. Die Arbeit bei *Faces* hatte ihr immer viel Spaß gemacht. In einer Modelagentur begegnete man unglaublich vielen interessanten Menschen, es wurde eigentlich nie langweilig, und sie konnte mit Fug und Recht von sich behaupten, schon so manchem hoffnungsvollen Talent zum Start einer großen Karriere verholfen zu haben.

Doch im Grunde ihres Herzens hatte sie immer gewusst, dass sie sich nach einer Tätigkeit mit mehr Tiefgang sehnte. Einem Job, in dem es um mehr ging als perfekte Maße und schöne Gesichter. Sie verspürte den tiefen Wunsch, ihr Leben in den Dienst anderer Menschen zu stellen. Sie wollte etwas Sinnvolles tun. Etwas, mit dem sie dazu beitragen konnte, diese Welt zu einem besseren Ort zu machen.

Inzwischen war sie Ioannis sogar fast dankbar, dass er sie gezwungen hatte, den Elfenbeinturm zu verlassen, in dem sie so viele Jahre gelebt hatte. Hätten Thalia und er sie nicht betrogen, dann wäre sie sich womöglich nie darüber klar geworden, dass sie etwas vermisste. Ioannis hatte sie gezwungen, ihr Leben objektiv zu betrachten und sich zu fragen, ob sie mit dem, was sie bisher erreicht hatte, zufrieden war.

Eine, wie sie nun zugeben musste, äußerst heilsame Erfahrung.

Ihrem Exverlobten selbst trauerte sie inzwischen überhaupt nicht mehr nach. Im Grunde hatten sie vermutlich nie besonders gut zusammengepasst. Ioannis war ihrem Vater viel zu ähnlich, was seine Einstellung – nicht aber seine Erfolge – betraf. Erst jetzt erkannte sie, dass sie all die Jahre, ohne es zu merken, immer nur versucht hatte, die Anerkennung von Johan Öberg zu gewinnen.

Ein hoffnungsloses Unterfangen.

„Hast du noch irgendwelche Pläne für den heutigen Tag?", fragte sie einer spontanen Eingebung folgend, als sie einen Küstenabschnitt passierten, an den Lena sich von früher erinnerte.

„*Nej*", antwortete Patrik und hob eine Braue. „Wieso? Was hast du vor?"

Sie schenkte ihm ein geheimnisvolles Lächeln. „Lass dich überraschen, *okej*?"

Als junges Mädchen war sie mit ihrer Mutter häufig in der Umgebung unterwegs gewesen. Sie hatten lange Ausflüge miteinander unternommen – natürlich ohne Vater Johan, für den Geschäfte immer vorgegangen waren. Nun glaubte sie sich zu erinnern, dass sich, nur einen Katzensprung entfernt, ein ganz besonders hübscher Strandabschnitt befand. Sie folgte einfach ihrer Eingebung und war fast ein bisschen überrascht, als sie ein paar Minuten später ihr Ziel tatsächlich erreichten.

Auf beiden Seiten umschlossen von schroffen Felsen, lag die kleine Bucht da. Das Wasser glitzerte im hellen Sonnenschein wie ein Meer aus Diamanten und Saphiren, und der Strand war von einem beinahe schon blendenden Weiß. Ein paar Möwen zogen am Himmel kreischend ihre Kreise. In der Ferne konnte man die Umrisse von Patriks Leuchtturm sehen, der sich stolz emporreckte, so als wolle er die Wolken berühren.

„Der Weg in die Bucht ist ziemlich steil und unwegsam", sagte sie und schaute Patrik fragend an. „Meinst du, dass du ihn mit deinem Bein bewältigen kannst?"

„Mach dir um mich keine Gedanken", entgegnete er. „Ich werde vielleicht ein bisschen länger brauchen, aber das macht ja nichts. Lauf ruhig schon vor, wenn du willst."

Die Bucht, zu der Lena mit ihm gefahren war, war wirklich bezaubernd. Doch keine Schönheit der Natur vermochte in Patrik dasselbe Gefühl von Wärme und Glück auszulösen, das ihn erfüllte, wenn er Lenas Augen vor Begeisterung leuchten sah.

Wie ein kleines Mädchen eilte sie den steilen Pfad zum Strand hinunter, wo sie sich sogleich die Schuhe auszog und barfuß weiterlief. Als sie die Wassergrenze erreichte, drehte sie sich lachend zu ihm um und schrie erschrocken auf, als das kalte Wasser der Brandung ihre Waden umspülte.

Patrik konnte einfach nicht aufhören zu lächeln.

Es wünschte, er könnte diesen Moment für immer festhalten, ihn in seinem Herzen einschließen und für alle Zeiten bewahren. Und für einen winzigen Augenblick fragte er sich, ob Lars womöglich tatsächlich recht hatte. Durch Lena erschien ihm der Gedanke, sein Leben an der Seite einer einzigen Frau zu verbringen, auf einmal gar nicht mehr so unvorstellbar. Vielleicht brauchte es auch nur den richtigen Menschen, um das große Glück zu finden.

Und vielleicht war Lena für ihn genau dieser eine Mensch.

Die Erkenntnis traf Patrik wie ein Blitzschlag. Das, was er für Lena empfand, ging schon lange weit über ein normales Maß an Sympathie hinaus.

Wann war er zum letzten Mal richtig glücklich gewesen, bevor er ihr begegnet war? Sicher, er war nie ein Kind von Traurigkeit gewesen, und Frauen hatten ihn stets umschwärmt wie die Motten das Licht – was sicher nicht zuletzt daran lag, dass er als einer von drei Erben der Södergren-Unternehmensgruppe eine mehr als gute Partie darstellte.

Er liebte seine Arbeit, und er liebte es, sich zu amüsieren und die schönen Seiten des Lebens zu genießen. Aber echtes Glück, nein, das hatte er nie kennengelernt. Und zu seinem Erstaunen waren es nun oftmals ganz einfache Dinge, die genau dieses Gefühl in ihm auslösten.

Lenas Lächeln.

Die Art und Weise, wie sie ihn ansah.

Wie sie von innen heraus strahlte.

Plötzlich wusste er, dass er dieses Gefühl nicht mehr missen wollte. Er wollte mit ihr zusammen sein. Auf einmal erschien es ihm gar nicht mehr vorstellbar, sie nicht um sich zu haben.

Doch dazu würde es früher oder später kommen. Es ging gar nicht anders.

Ihm wurde kalt.

Er hatte das, was zwischen ihnen war, auf einer Lüge aufgebaut. Lena kannte den wahren Patrik überhaupt nicht. Der Mann, den sie zu kennen glaubte, existierte ihn Wahrheit überhaupt nicht. Er war eine Erfindung. Erschaffen von Patrik selbst, um sie hinters Licht zu führen.

Um ihm die Rache an ihrem Vater zu ermöglichen.

Doch es war nicht Johan Öberg, an den er dachte, wenn er jetzt in Lenas Richtung blickte.

Was sollte er tun?

Im Grunde blieb ihm nur eine Wahl: Er musste endlich mit der Wahrheit herausrücken. Es war seine einzige Chance, wie er die Dinge vielleicht doch noch in Ordnung bringen konnte.

Aber nicht jetzt.

Er musste den passenden Zeitpunkt dafür abpassen.

*E*s dämmerte bereits, als sie den Strand verließen. Lena war erschöpft, aber glücklich. Es war schon lange her, dass sie so ausgelassene Stunden mit jemandem verbracht hatte. Dass dieser Jemand ausgerechnet Patrik war, erschien ihr inzwischen gar nicht mehr so erstaunlich.

Jeden Tag, den sie miteinander verbrachten, lernte sie eine neue Seite an ihm kennen. Er war nicht der unhöfliche, kalte Mann, für den sie ihn zunächst gehalten hatte. Ganz im Gegenteil sogar. Patrik Södergren war einer der warmherzigsten, liebenswertesten Menschen, denen sie je in ihrem Leben begegnet war.

Und sie fürchtete sich schon jetzt vor dem Tag, an dem sein Bein wieder so weit in Ordnung war, dass er allein zurechtkommen würde.

Was sollte sie tun, wenn es so weit war? Sie hatte in den vergangenen Wochen wie in einer Traumwelt gelebt. All die Dinge, mit denen sie sich eigentlich beschäftigen sollte, hatte sie hinten angestellt. Im Grunde genommen war sie obdachlos, hatte keinen Job und niemanden, an den sie sich wenden konnte. Der einzige Mensch, den sie auf der Welt noch hatte, war ihr Vater.

Und an den wollte sie sich weniger denn je wenden.

Johan Öberg würde triumphieren, wenn sie ihn um Hilfe bat. Für ihn wäre es der ultimative Beweis, dass er von Anfang an recht daran getan hatte, seiner Tochter nichts zuzutrauen.

Es wurde Zeit, dass sie sich über ihre Zukunft Gedanken machte. Wollte sie sie hier in Schweden verbringen oder woanders noch einmal neu anfangen? Als Krankenschwester konnte sie praktisch überall arbeiten. Aber wollte sie das?

Nej.

Zu ihrer eigenen Überraschung konnte sie sich nicht vorstellen, irgendwo anders zu sein als hier bei Patrik.

Der Gedanke erschreckte sie, überraschte sie aber nicht wirklich. Im Grunde war ihr längst klar gewesen, dass sie mehr für ihn empfand. Sehr viel mehr, als es angesichts ihrer aktuellen Situation ratsam erschien.

„Ich sterbe vor Hunger", stöhnte Patrik, der auf dem Beifahrersitz neben ihr saß, theatralisch. „Musst du eigentlich nie essen?"

„Doch", entgegnete sie lächelnd, ohne den Blick von der Straße zu nehmen. „Und wie der Zufall es will, kenne ich ein ganz hervorragendes Restaurant ganz in der Nähe. Sofern es noch existiert, natürlich nur."

„Du sprichst nicht zufällig vom *Grönsaksgryta*, oder?"

„Doch, genau das." Lenas Lächeln wurde breiter. „Ich war früher hin und wieder mit meiner Mutter dort. Es gab die beste *Fiskpastej*, die ich je gegessen habe."

„Und sie wird dort immer noch serviert", erklärte Patrik lachend. „Was meinst du, wäre es nicht nett, einen kleinen Abstecher in deine Kindheit zu machen?"

Lena nickte. „Ja", sagte sie. „Warum eigentlich nicht?"

Das *Grönsaksgryta* hatte sich in den vergangenen Jahren kaum verändert. Es handelte sich um eine ehemalige Fischerhütte direkt an der Küste. Das Dach und die Wände waren mit Wellblech verkleidet. Von außen wirkte das Restaurant unscheinbar und wenig einladend. Dennoch hatte es schon früher jeden Abend zahllose Hungrige aus der Umgebung angelockt. Das Geheimnis des Lokals war, dass der Koch den Fisch, den er verarbeitete, unmittelbar von den Fischern bezog, wenn diese mit ihrem Fang in den Hafen zurückkehrten.

Als sie das Restaurant betraten, erkannte Lena sofort, dass sich auch an seiner Beliebtheit nichts geändert hatte. Der Gastraum war bis auf den letzten Platz voll besetzt, und Stimmen und Lachen erfüllten die Luft.

„Da haben wir uns wohl einen schlechten Zeitpunkt ausgesucht", wandte Lena sich an Patrik, bemüht, sich ihre Enttäuschung nicht allzu deutlich anmerken zu lassen.

Er lächelte nur, ehe er einem rundlichen Mann zuwinkte, der sich einen Weg zwischen den dicht an dicht stehenden Tisch hindurch zu ihnen bahnte.

„Patrik!", rief der Unbekannte und wischte sich die Hände

an der weißen Schürze ab, die er über seiner schwarzen Hose und dem schlichten weißen Hemd trug. „Wie lange ist es her?"

„Ein paar Monate sind es sicher schon, Alfred. Wie ich sehe, läuft das Geschäft gut."

Der ältere Mann klopfte ihm lachend auf die Schultern. „Allerdings, mein Junge. Ich habe wirklich keinen Grund zu klagen, aber das siehst du ja." Er nickte in Lenas Richtung. „Aber wir wollen nicht übers Geschäft sprechen. Sag mir lieber, wer ist denn die bezaubernde junge Dame hier?"

„Mein Name ist Lena", sprach sie für sich selbst und streckte ihm die Hand entgegen. „Lena Öberg. Freut mich sehr."

„Alfred Richardsson", entgegnete er und schlug ein. „Öberg? Doch nicht etwa verwandt mit Johan Öberg, oder?"

„Doch, er ist mein Vater."

Täuschte sie sich, oder warf der Restaurantbesitzer Patrik einen kurzen, fragenden Blick zu?

„Was für ein erstaunlicher Zufall", sagte er nachdenklich, ehe er schließlich wieder lächelte. „Aber Sie sind sicher gekommen, weil Sie hungrig sind. Kommen Sie, ich bringe Sie zu einem freien Tisch."

„Einem freien Tisch?" Patrik hob eine Braue. „Sind denn nicht alle Plätze bereits belegt?"

Alfred Richardsson vollführte eine wegwerfende Handbewegung. „Für Stammgäste habe ich immer noch ein Plätzchen frei." Er winkte einladend. „Kommen Sie, nur keine falsche Bescheidenheit."

Er führte sie in einen hinteren Bereich des Lokals, der vom Rest des Gastraums abgetrennt war. Im ersten Moment wirkte es noch wie ein hässlicher kleiner Abstellraum, doch dann öffnete Alfred eine große Schiebetür, und sie hatten freien Blick aufs Meer, wo am Horizont gerade die Sonne versank.

Es war ein atemberaubender Anblick. Der Himmel glühte in einem intensiven Rot, während die Wolken tief purpurn leuchteten. Und über allem spannte sich das tiefschwarze Firmament, an dem unzählige Sterne funkelten, wie Diamanten auf einem Bett aus schwarzem Samt.

Alfred verschwand und kehrte kurz darauf mit einer Kerze und zwei Menükarten zu ihnen an den Tisch zurück. „Dieser Tisch ist stets reserviert für ganz besondere Gäste. Möchten Sie vorab schon etwas trinken? Wein vielleicht? Oder nein, nein! Sie bekommen ein Glas Champagner vom Weingut meines Schwagers in Frankreich. Er hat mir erst kürzlich eine ganze Kiste geschickt, doch ich kam bisher noch nicht dazu, ihn zu verkosten. Wollen Sie ihn für mich probieren und mir sagen, wie Sie ihn finden?"

Patrik nickte. „Sehr gern", sagte er. „Es wird uns eine Ehre sein, nicht wahr, Lena?"

Kaum dass sie wieder allein waren, fing die Luft zwischen ihnen zu knistern an. Vielleicht, überlegte Lena, war es doch keine so gute Idee gewesen, mit Patrik hierherzukommen. Vielleicht war es keine so gute Idee, überhaupt Zeit mit ihm zu verbringen.

Mit jedem Tag, den sie mit ihm unter einem Dach lebte, wurde die Verbundenheit, die sie zu ihm spürte, stärker. Und oft reichte schon ein Blick in seine außergewöhnlichen Augen, um sie alles um sich herum vergessen zu lassen.

Es war kein unangenehmes Gefühl. Ganz im Gegenteil sogar. Aber für jemanden, der versuchen musste, das eigene Leben wieder in den Griff zu bekommen, war es nicht unbedingt besonders förderlich, ständig die Kontrolle zu verlieren.

Sie atmete tief durch. „Es war ein wirklich schöner Tag", sagte sie, um das Schweigen zu überbrücken und weil sie hoffte, dass es ihr dabei helfen würde, sich zusammenzureißen, wenn sie mit ihm über Belanglosigkeiten plauderte.

Wie falsch diese Strategie war, wurde ihr sofort klar, als er ihr dieses unvergleichliche Lächeln schenkte, das ihr Herz sogleich schneller schlagen ließ.

Förbannat!

„Ja", sagte er. „Ich fand ihn auch sehr schön. Um ehrlich zu sein, ich kann mich nicht erinnern, wann ich mich das letzte Mal so gut amüsiert habe." Er schüttelte den Kopf. „Es ist schon komisch. Noch vor ein paar Wochen war ich sicher, dass ich niemals über längere Zeit mit einer Frau unter einem Dach zusammenleben könnte. Du hast mir das Gegenteil bewiesen."

„Aber du hast doch sicher schon mit anderen Frauen zusammengelebt, oder?"

Er schüttelte den Kopf. „Um ehrlich zu sein – nein." Als sie ihn erstaunt anschaute, lachte er leise. „Natürlich war ich schon mit Frauen zusammen, Lena. Ich bin sechsunddreißig! Aber was das Zusammen*leben* mit einer Frau betrifft, ist dies meine absolute Premiere."

„Und? Wie gefällt es dir bisher?", fragte sie schmunzelnd.

Er schaute ihr direkt in die Augen, die jetzt das tiefe Blaugrün eines Bergsees annahmen. „Ich könnte mich daran gewöhnen."

Die Geräusche des Restaurantbetriebs traten in den Hintergrund. Sie wurden übertönt vom ohrenbetäubenden Hämmern ihres Herzens.

Lena konnte Patrik einfach nur ansehen. Ihr war, als wäre die Zeit stehen geblieben.

Sie konnte nicht mehr klar denken.

„So, hier kommt der Champagner."

Alfred trat wieder zu ihnen an den Tisch, und der seltsame Zauber des Augenblicks verpuffte. Lena blinzelte. Sie fühlte sich, als wäre sie gerade aus einem tiefen Schlaf erwacht.

Beinahe hastig griff sie nach dem Glas, das Alfred vor ihr auf dem Tisch abgestellt hatte, und stürzte das prickelnde Getränk mit einem Schluck hinunter. Die Wärme, die ihre Kehle hinabrann, und das leichte Schwindelgefühl, das von ihr Besitz ergriff, ließen ein wenig von der inneren Anspannung von ihr abfallen.

Sie atmete tief durch. Dann merkte sie, dass Patrik sie schmunzelnd betrachtete.

„Was ist? Warum starrst du mich so an?"

„Du bist die erste Frau, die mir je begegnet ist, die Champagner wie Wasser hinunterkippt."

Lena spürte, wie sie errötete. Unwillkürlich fühlte sie sich zurückversetzt in ihre Kindheit. Wie oft hatte ihr Vater sie bei Tisch zurechtgewiesen, wenn sie sich seiner Meinung nach wieder nicht angemessen betragen hatte.

Ihre Wangen brannten, und sie senkte den Blick. „*Förlåt*, ich … Vielleicht sollten wir lieber wieder gehen.“

Überrascht hob er eine Braue. „Du willst schon wieder gehen? Aber warum denn? Hast du keinen Hunger mehr?“

„Doch, schon, aber …“

„Aber was?“ Stirnrunzelnd schaute er sie an. „Was ist denn los? Ist es wegen dem, was ich gesagt habe?“ Er lächelte aufmunternd. „Das war doch nicht so gemeint, Lena. Ich wollte dich bloß ein wenig aufziehen. Entschuldige bitte.“

Verunsichert schaute Lena ihn an. „Dann war es dir also nicht unangenehm?“

„Unangenehm? *Nej!* Wie kommst du denn darauf?“

Patrik konnte kaum glauben, was er da hörte. Dachte Lena wirklich, dass es ihm ernst gewesen war, als er sie wegen des Champagners aufzog? Hielt sie ihn wirklich für einen solchen Pedanten?

Dann sah er die Unsicherheit in ihren Augen, und ihm wurde klar, dass es vermutlich gar nichts mit ihm zu tun hatte.

Das, was sie bedrückte, schien tiefer zu gehen.

Sehr viel tiefer.

Und er verspürte das dringende Bedürfnis, ihr zu helfen.

Über den Tisch hinweg griff er nach ihrer Hand und drückte sie sanft. „Wer war es? Wer hat dich so verletzt, Lena?“

Sie blickte zu ihm auf. Ein trauriges Lächeln umspielte ihre Lippen. „Das ist eine lange und nicht besonders interessante Geschichte.“

„Ich würde sie trotzdem gern hören, wenn du nichts dagegen hast.“

Sie zuckte mit den Achseln. „Mein Vater“, sagte sie schließlich mit gesenkter Stimme und niedergeschlagenen Augen. „Als ich noch jung war, wollte ich unbedingt seine Anerkennung erringen. Ich wäre bereit gewesen, beinahe alles zu tun, nur damit er ein einziges Mal stolz auf mich ist. Aber egal, was ich auch machte – nichts war ihm je gut genug.“ Waren die Worte ihr anfangs noch stockend über die Lippen gekommen, so sprudelten sie nun förmlich aus ihr heraus. „Kannst du dir vorstellen, wie es sich anfühlt, immerzu auf dem Prüfstand zu stehen? Wohl wissend, dass es dir niemals gelingen wird, den gestrengen Anforderungen zu genügen, die an dich gestellt werden?"

„Das klingt nicht gerade, als hättest du eine besonders glückliche Jugend gehabt."

Sie seufzte. „Ich will mich nicht beklagen. Bei all den Schicksalen, von denen man tagtäglich hört und liest, komme ich mir richtig albern vor. Materiell hat es mir nie an etwas gefehlt, und als meine Mutter noch lebte, hat sie stets ihr Möglichstes getan, um mir eine unbeschwerte Kindheit zu ermöglichen. Doch nachdem sie gestorben war … Ich will es einmal so sagen: Johan Öberg war einfach nicht dafür geschaffen, sich um ein Kind zu kümmern. Auch nicht, wenn ihm für diese Aufgabe ein ganzer Stab von Mitarbeitern zur Verfügung stand."

Patrik nickte. Er konnte nachvollziehen, wovon Lena sprach. Seine eigene Kindheit war wegen der ständigen Streitereien und der Gleichgültigkeit seiner Eltern auch nicht besonders fröhlich gewesen. Zum Glück hatte er seinen Bruder gehabt. Mads war immer für ihn da gewesen, wenn er jemandem zum Reden brauchte.

Lena hatte niemanden gehabt.

Sie war vollkommen allein gewesen.

Patrik fühlte, wie Wut auf Johan Öberg in ihm hochkochte. Nicht, dass ihm dies irgendwie neu war. Seit dem Tod seines Bruders hasste er keinen Menschen mit solcher Leidenschaft wie Öberg – doch dass er es nun wegen einer anderen Person tat, das war tatsächlich ein Novum.

„Ich finde nicht, dass du dich wegen deiner Gefühle schämen solltest. Und dass Geld allein nicht glücklich macht, ist allgemein bekannt."

„Trotzdem." Sie schüttelte den Kopf. „Ich komme mir lächerlich vor, aber die Wahrheit ist, dass ich damit auch heute noch zu kämpfen habe. Mein Vater hat mir von Kindesbeinen an eingetrichtert, dass ich als Mädchen nichts wert bin. Er wollte einen Sohn haben, aber meine Mutter konnte nach meiner Geburt keine Kinder mehr bekommen. Er musste sich also irgendwie mit mir arrangieren – und das tat er, indem er sich darauf fixierte, dass ich ihm einen geeigneten Schwiegersohn präsentierte."

„Und was ist dann passiert? Wie kam es dazu, dass du Schweden verlassen hast?"

„Ich wollte bei seinem perfiden Spielchen nicht mehr mitspielen. Er hat mir bei allem, was mir wichtig war, Steine in den Weg gelegt. Ich musste nach seiner Pfeife tanzen, wenn ich keine Schwierigkeiten bekommen wollte. Es war nicht auszuhalten – und deshalb habe ich gleich an meinem achtzehnten Geburtstag die Koffer gepackt und mich auf den Weg nach Griechenland gemacht."

Das passte zu Öberg.

Er war ein egoistischer Mistkerl, der vor nichts und niemandem haltmachte, wenn es darum ging, seine Ziele zu erreichen. Dass er aber sogar seine eigene Tochter terrorisierte …

Dieser Mann war sogar noch schlimmer, als Patrik geglaubt hatte. Und er verdiente es definitiv, dass ihm jemand einmal die Konsequenzen für sein Handeln aufzeigte.

Aber nicht um jeden Preis.

Und Lenas Glück war ganz eindeutig ein viel zu hoher Preis, den zu zahlen er nicht länger bereit war.

Als Lena ein paar Stunden später allein auf ihrem Zimmer saß, fiel ihr auf, dass Patrik für den Rest des Abends ungewohnt schweigsam gewesen war. Die *Fiskpastej*, die Alfred in der Küche für sie vorbereitet hatte, war so köstlich gewesen wie eh und je, doch Lena wurde das Gefühl nicht los, dass Patrik davon nicht viel mitbekam. Er bedankte sich zwar bei dem Restaurantbesitzer und lobte seine Kochkünste in den Himmel. Doch man konnte merken, dass er nicht mehr richtig bei der Sache war.

Lena konnte sich schon denken, woran dies lag.

Sie hatte ihm einige Dinge aus ihrem Leben erzählt, über die sie bisher noch mit keinem Menschen gesprochen hatte. Sehr persönliche Dinge. Dinge, die ihr unangenehm waren, weil sie deutlich zeigten, was für eine jämmerliche, schwache Person sie in Wirklichkeit war.

Nicht ein einziges Mal war es ihr gelungen, sich wirklich gegen ihren Vater durchzusetzen. Stattdessen hatte sie einfach ihre Koffer gepackt und war davongelaufen. Und wenn sie ehrlich zu sich selbst war, musste sie zugeben, dass sie das auch heute noch tat.

Vielleicht war es an der Zeit, sich endlich einmal mit einigen unbequemen Wahrheiten auseinanderzusetzen.

Und mit einigen unbequemen Personen.

Seufzend fuhr Lena sich durchs Haar. Sie hatte es schon viel zu lange hinausgezögert. Ihr Vater würde ihr dieses ausweichende Verhalten vermutlich als Schwäche auslegen, und damit lag er, wie sie zugeben musste, nicht ganz falsch. Sie wollte ihn nicht sehen, wollte nicht erneut diese langen, zermürbenden Diskussionen mit ihm führen, die am Ende doch nichts brachten, außer dass Lena sich im Nachhinein schlecht fühlte.

Aber wenn sie mit alldem irgendwann einmal abschließen wollte, dann musste sie sich der Realität stellen.

Ein für alle Mal.

Lena wünschte, es jetzt gleich hinter sich bringen zu können, doch ein Blick auf die Uhr machte ihr klar, dass sie Johan Öberg unmöglich so spät noch anrufen konnte. Es würde bis morgen warten müssen.

In der Hoffnung, ein wenig zur Ruhe zu kommen, legte sie sich hin und löschte das Licht. Doch sie lag einfach nur da und starrte an die Decke. An Schlaf war überhaupt nicht zu denken.

Schließlich, nachdem sie sich eine ganze Weile unruhig von einer Seite auf die andere gerollt hatte, gab sie es auf und schaltete ihre Nachttischlampe wieder ein. So unruhig und angespannt, wie sie sich fühlte, würde es ihr nie gelingen, ein Auge zuzubekommen. Alles, was jetzt noch helfen konnte, war körperliche Betätigung.

Sie stand auf und holte ihre Laufkleidung, die sie seit ihrer Rückkehr nach Schweden noch nicht ein Mal gebraucht hatte, aus dem Kleiderschrank. Dann zog sie sich um und fuhr mit dem Fahrstuhl nach unten.

Kühle Nachtluft schlug ihr entgegen, als sie aus dem Leuchtturm trat. Vom Meer her wehte eine steife Brise, und sie schmeckte einen Hauch von Salz, als sie sich mit der Zunge über die Lippen fuhr.

Der Mond stand hoch am tiefschwarzen Firmament, und die Sterne glitzerten und funkelten um die Wette, sodass man sich trotz der späten Stunde auch ohne Lampe gut zurechtfinden konnte.

Wie von selbst fiel Lena in einen leichten Trab, kaum dass sie losgelaufen war. Der Weg, dem sie folgte, führte in nördlicher Richtung vom Leuchtturm weg. Links von ihr fiel die Landschaft mit ihren Wiesen und Wäldern sanft ab, während zu ihrer Rechten schroffe Felsklippen steil in die Tiefe ragten. Das Brausen der Brandung, die gegen die Felsen anrannte, bildete die Hintergrundmusik für das Geräusch ihrer Schritte auf dem kiesigen Untergrund und das Hämmern ihres Herzens.

Das Laufen war, gleich nachdem sie es zum ersten Mal probiert hatte, beinahe sofort zu einer Sucht für sie geworden. Bei nichts konnte sie sich so gut entspannen und ihre Gedanken sortieren wie bei dieser körperlichen Betätigung. Und keine Sportart half ihr so sehr dabei, einen klaren Kopf zu bekommen, wie das Joggen.

In Griechenland hatte sie immer bis in die späten Abendstunden gewartet, ehe sie ihre Laufschuhe überstreifte. Das Klima war viel zu heiß gewesen, um sich in der prallen Mittagssonne sportlich zu betätigen. Dennoch war kaum ein Tag vergangen, an dem sie nicht in den Wäldern in den Hängen der Akropolis gelaufen war.

Erst jetzt, als sie wieder unterwegs war, spürte sie, wie sehr ihr die körperliche Ertüchtigung gefehlt hatte. Wenn sie lief, wirkte alles so viel klarer, so viel deutlicher als sonst. So, als würde sie sonst alles wie durch einen dichten Schleier sehen, der sich erst hob, wenn sie nach den ersten paar hundert Metern ihr Tempo gefunden hatte.

Ihr Atem ging ruhig und gleichmäßig, ihr Puls war leicht erhöht, bewegte sich aber in einem für körperliche Tätigkeit normalen Rahmen. Der kühle Wind trocknete den feinen Schweißfilm, der sich auf ihrer Haut bildete.

Es war, als würde ihr Körper seinen eigenen Rhythmus finden und diesen konsequent beibehalten. Wie von selbst setzte sie einen Fuß vor den anderen, während sie ihre Gedanken einfach fliegen ließ.

Lena liebte dieses Gefühl, einfach loszulassen und sich treiben zu lassen. Es war fast so etwas wie eine außerkörperliche Erfahrung.

Sie wusste nicht, wie lange sie gelaufen war, als sie schließlich umdrehte und zum Leuchtturm zurückkehrte. Aber es musste eine ganze Weile gewesen sein, so erschöpft und müde, wie sie sich fühlte. Leider war dies kein Garant dafür, dass sie später, wenn sie in ihrem Bett lag, wirklich zur Ruhe finden würde. Aber die Chancen lagen ungleich höher als zuvor.

Als sie den Turm erreichte, schlüpfte sie aus ihren Schuhen, um möglichst geräuschlos in ihr Zimmer zu gelangen.

„Du konntest wohl auch nicht schlafen, was?"

Patriks Stimme ließ sie innehalten.

Langsam drehte sie sich zu ihm um. „*Hej*. Warum bist du noch wach?"

Er saß auf der Bank und schaute hinaus zu der Stelle, wo am Horizont die Ostsee mit dem Nachthimmel verschmolz. Jetzt wandte er den Blick ab und richtete ihn stattdessen auf Lena.

„Dasselbe könnte ich dich fragen", entgegnete er nüchtern. Dann fuhr er sich mit einem Seufzen durchs Haar. „Mein Bruder und ich waren früher häufig hier, wenn wir es zu Hause nicht länger aushielten. Damals war der Leuchtturm noch in Funktion, und manchmal haben wir uns nach oben in die Leuchtkammer geschlichen, wenn Gunnar, der alte Leuchtturmwächter, mal wieder einen über den Durst getrunken hatte."

„Ihr habt euch gut verstanden, du und dein Bruder."

Patrik nickte. „Wir waren immer füreinander da", sagte er. „Ich wusste, dass ich mit jedem Problem zu Mads gehen konnte, und umgekehrt war es genauso. Zumindest dachte ich das immer, bis …" Er schüttelte den Kopf. „Lassen wir das. Die Nacht ist viel zu schön, um sie mit alten Geschichten zu verderben. Komm, setz dich zu mir."

Kurz zögerte Lena. Sie wollte die Sache mit ihrem Vater hinter sich bringen, ehe sie ihren Gefühlen für Patrik auf den Grund ging. Instinktiv spürte sie, dass es niemals funktionieren konnte, wenn sie es nicht schaffte, den Ballast abzuschütteln, den sie nun schon so viele Jahre mit sich herumtrug.

All ihre bisherigen Beziehungen hatten in einer Katastrophe geendet. Immer wieder war sie an die falschen Männer geraten. Männer, die sie nicht respektierten und ernst nahmen.

Männer wie Johan Öberg.

Doch irgendwie hatte sie das Gefühl, dass es bei Patrik anders war. Er mochte eine harte Schale besitzen, doch sie war sicher, dass sich darunter ein weicher Kern verbarg.

Sie warf ihre Zweifel über Bord und nahm neben ihm auf der Bank Platz. Eine Weile saßen sie einfach nur da. Die Kühle der Nacht kroch in ihre dünne Laufkleidung und ließ sie leicht frösteln.

Patrik bemerkte es sofort und legte den Arm um sie. „Besser so?"

Sie nickte hastig, unsicher, ob sie auch nur einen einzigen zusammenhängenden Satz über die Lippen gebracht hätte.

Seine Nähe ließ ihr Herz heftiger klopfen. Deutlich konnte sie die Wärme spüren, die sein Körper ausstrahlte. Sein männlich-markanter Duft raubte ihr schier den Atem. Ihr Kopf fühlte sich seltsam leicht an, so als würde er schweben.

Sie blinzelte energisch, doch auch das half nicht.

Plötzlich sah sie ihm direkt in die Augen, die im silbernen Schein des Mondes schimmerten. Ihr Blick war wie gebannt. Sie hatte das Gefühl, in die blaugrauen Tiefen einzutauchen, in ihnen zu versinken und …

Der Gedanke zerfaserte zu Sternenstaub, als Patrik die Hand hob und sie unter ihr Gesicht legte. Die Berührung ließ sämtliche Selbstbeherrschung, die sie mühsam bewahrt hatte, in sich zusammenbrechen. Ein heiseres Stöhnen entrang sich ihrer Kehle, ohne dass sie es aufhalten konnte.

Mit dem Daumen strich er sanft über ihre Unterlippe, und sie schloss die Augen.

Hitze pulsierte durch ihren ganzen Körper, ausgehend von der Stelle, an der sich ihre Oberschenkel trafen. Ihr Atem ging jetzt schneller. Sie hatte sämtliche Kontrolle aus der Hand gegeben, ohne es auch nur zu merken. Erwartungsvoll und ungläubig schaute sie Patrik an.

Gott, wie sehr sie sich nach seinen Berührungen sehnte. Sie wollte ihm nah sein. Wollte ihn spüren. So sehr, dass die mahnende Stimme in ihrem Kopf, die sie zur Vernunft bringen wollte, ungehört verhallte.

Lena küsste ihn.

Es war nicht ihr erster Kuss, und doch unterschied er sich von allem, was ihm vorhergegangen war. Zuerst waren es nur ihre Lippen, die sich berührten. Beinahe scheu knabberte Lena an seiner Unterlippe und fuhr mit ihrer Zungenspitze darüber – mit dem Ergebnis, dass Patrik scharf einatmete, eine Hand auf ihren Hinterkopf legte und sie näher zu sich heranzog, um den Kuss zu vertiefen.

Sämtliches Zeitgefühl ging Lena verloren. Sie schmeckte und probierte, überließ Patrik die Führung, nur um dann die Zügel selbst wieder in die Hand zu nehmen. Waren Minuten vergangen? Stunden oder Tage? Unmöglich zu sagen. Es war, als würden sie sich in ihrem eigenen Universum befinden, mit seinen eigenen Regeln und seinem eigenen Zeitgefüge. Und nichts, was außerhalb dieses Universums geschah, konnte zu ihnen durchdringen.

Irgendwann löste Patrik seine Lippen von ihren und zog eine Spur brennender Küsse ihr Kinn und ihren Hals hinab. Mit einem leisen Stöhnen legte Lena den Kopf in den Nacken und gab sich ganz den köstlichen Gefühlen hin, die er in ihr auslöste.

Ihr Kopf schwirrte, ihr Herz raste. Sie konnte das Blut durch ihre Adern rauschen hören.

Als seine Lippen tiefer wanderten und ihr Dekolleté erforschten, vergrub sie die Hände in seinem Haar und zog ihn zu sich heran. Ihre Brust hob und senkte sich heftig. Ihr klares Denken war ausgelöscht worden von einem Strudel der Leidenschaft.

„För guds skull! Patrik!", stieß sie heiser hervor, als er ihr das Sporttop über den Kopf zog. Geschickt öffnete er den vorne lie-

genden Verschluss ihres BHs, sodass ihre Brüste nun freilagen. Einen Moment lang schaute er sie nur an, und die Bewunderung, die in seinem Blick lag, machte sie schwindelig vor Erregung. „Patrik, bitte …"

Ein ersticktes Stöhnen entrang sich ihrer Kehle, als er sich endlich vorbeugte und die aufgerichteten Spitzen ihrer Brüste nacheinander mit seinen Lippen liebkoste.

So etwas hatte sie noch nie zuvor erlebt. Das Wort *atemberaubend* konnte dem, was sie empfand, nicht genügen. Sie stand in Flammen. Jeder einzelne Nerv, jede Synapse schien zu brennen. Sie hatte das Gefühl, nicht mehr denken zu können. Ihr Herz hämmerte. Und sie wollte mehr.

Als habe er ihre Gedanken erraten, glitt Patrik von der Bank und zog Lena mit sich in das weiche Gras.

Patrik wölbte eine Hand über das weiche Dreieck zwischen ihren Schenkeln und liebkoste lockend ihre intimste Stelle durch den dünnen Stoff ihrer Hose. Lena stöhnte erschaudernd auf, als er seine Finger unter den Bund ihrer Leggings schob und sie hinunterzog. Dann umfasste er ihren Po, zog eine Spur prickelnder Küsse über ihren vor Erregung zitternden Bauch, tiefer und tiefer, bis sie glaubte, es keinen Augenblick länger mehr aushalten zu können.

„Patrik … bitte …"

Doch er ließ sie nicht so leicht davonkommen. Hingebungsvoll streichelte und küsste er sie. Er erkundete ihren Körper mit seinen Händen und dem Mund, bis Lena nicht mehr anders konnte, als unkontrolliert zu stöhnen und zu schluchzen.

Dann ließ er von ihr ab und zog sich hastig aus.

Lena schaute ihn an. Er war perfekt, einfach nur perfekt. Ein paar letzte Spuren des Unfalls waren noch zu sehen, doch davon abgesehen sah er aus, als wäre er geradewegs einem Hochglanzmagazin entstiegen. Seine Muskeln wirkten wie in Marmor gemeißelt, und sie konnte nicht anders, als ihn unverhohlen anzustarren.

Sie beugte sich vor, um seine breite, männliche Brust zu berühren. Seine Haut war glatt und samtig, und sie konnte deutlich das Spiel seiner Muskeln darunter fühlen.

Anbetungswürdig …

Er schob sich über sie, küsste sie hart und fordernd. Lena bog sich ihm entgegen. Sie wollte ihn ganz spüren. Und als er schließlich in sie hineinglitt, entfuhr ihr ein heiserer Aufschrei.

Endlich waren sie eins.

Sie stöhnte kehlig auf, als Patrik sich in ihr zu bewegen begann. Verlangend hob sie sich ihm entgegen, und er beschleunigte seinen Rhythmus.

So etwas hatte Lena noch nie empfunden. Sie hatte das Gefühl, jeden Moment explodieren zu müssen vor Lust. Patrik drang tiefer in sie ein. Er füllte sie ganz aus, nahm ihren Körper in Besitz, ihre Seele und ihr Herz.

Wie von selbst passte sie sich seinen Bewegungen an. Gemeinsam steuerten sie dem Punkt reinster Ekstase entgegen. Näher und näher kamen sie dem süßen Ziel. Sein Rhythmus wurde härter, wilder und schneller, bis …

Lena bäumte sich unter ihm auf, als ihre Lust sich entlud. Sie bebte am ganzen Körper und presste sich an ihn. Sterne explodierten vor ihren Augen, und sie stöhnte Patriks Namen, immer und immer wieder.

Dann drang er noch ein letztes Mal tief in sie ein, verharrte und stöhnte im nächsten Augenblick voller Befriedigung auf, ehe seine Schultern haltlos nach vorne sanken.

7. KAPITEL

*L*ena konnte nicht fassen, was geschehen war.

Sie hatte mit Patrik geschlafen. Nach allem, was sie sich vorgenommen hatte. Trotz all der guten Vorsätze!

Ein paar Minuten hatten sie einfach nur nebeneinander im feuchten Gras neben der Bank gelegen. Schwer atmend, ihr Kopf in seine Armbeuge gelehnt. Eingehüllt von seinem männlichen Duft. Dann war ihnen beiden klar geworden, was geschehen war – und in einer Art stummer Übereinkunft verloren sie beide kein einziges Wort darüber.

Jetzt war Lena wieder auf ihrem Zimmer. Und erneut lag sie in ihrem Bett und starrte Löcher in die Luft. An Schlaf war noch weniger zu denken als zuvor. Ihre Gedanken rasten wild durcheinander wie ein außer Kontrolle geratenes Jahrmarktskarussell. Doch bereuen, nein, bereuen konnte sie nicht, was zwischen ihnen vorgefallen war. Dazu war es viel zu schön gewesen.

Herzzerreißend schön …

Frustriert aufstöhnend setzte sie sich auf und boxte in ihr Kissen.

Schön oder nicht – mit Patrik zu schlafen war mit ziemlicher Sicherheit ein schwerer Fehler gewesen. Vor allem, da sie noch immer nicht mit sich selbst im Reinen war.

Sie barg das Gesicht in den Händen und rieb sich über die Augen, bis farbige Blitze auf ihren Netzhäuten explodierten. Wenn es nur Sex gewesen wäre. Etwas rein Körperliches, dem sie beide nachgegeben hatten, weil die Situation sich so ergeben hatte. Aber sie kannte sich. In ihrem Leben hatte sie noch nie mit einem Mann geschlafen, für den sie nicht auch etwas empfunden hatte.

Dass er ihr von seinem Bruder erzählt hatte, und davon, wie wichtig er ihm gewesen war, bedeutete Lena sehr viel. Es war ein Zeichen von Vertrauen. Von Zuneigung. Und beides war nichts, mit dem ein Mann wie Patrik sonderlich freigiebig umging.

Auch für Patrik war die vergangene Nacht schlaflos zu Ende gegangen. Seine rastlosen Gedanken hatten ihn einfach nicht zur Ruhe kommen lassen. Er realisierte immer noch nicht wirklich, was zwischen Lena und ihm vorgefallen war.

Er hatte mit Lena geschlafen!

Mit der Tochter seines Erzfeinds!

Hatte er vollkommen den Verstand verloren?

Trotzdem war es schön gewesen. Schöner als alles, was Patrik je zuvor mit einer Frau erlebt hatte. Schöner und intensiver.

Ihre Leidenschaft hatte ihn überwältigt und mit sich gerissen. Sie hatte etwas in seinem Herzen angerührt, von dessen Existenz er nicht einmal etwas geahnt hatte. In den vergangenen Wochen war sie ihm sehr viel nähergekommen, als ihm lieb sein konnte. Und nun hatte er auch die letzte Grenze überschritten.

Sein Herz sagte ihm, dass da mehr war. Doch sein Kopf beharrte darauf, dass es nicht sein durfte. Nicht so. Nicht unter diesen Umständen.

Es war erst kurz nach sechs, und die aufgehende Sonne färbte den Himmel gerade in ein zartes Rosé, als das Handy auf seinem Nachttisch zu klingeln begann.

Patrik runzelte die Stirn. Es war im Grunde nicht weiter ungewöhnlich, dass er aus geschäftlichen Gründen in aller Herrgottsfrühe angerufen wurde. Doch da im Augenblick Lars für ihn die Geschäfte führte, gab es nur einen logischen Grund: Etwas musste geschehen sein. Etwas, das sich nicht auf einen Zeitpunkt später am Tag verschieben ließ.

Die Nummer, die auf dem Display angezeigt wurde, gehörte Friedjof, seinem Anwalt.

Patrik nahm das Gespräch an.

„Ja, Friedjof, was ist los?", sagte er ohne lange Vorrede. „Was ist passiert?"

„Du hast mich doch gebeten, die geschäftlichen Aktivitäten von Johan Öberg im Auge zu behalten", erwiderte sein Anwalt. „Nun, es wäre möglich, dass sich da für uns eine Chance auftut."

Sofort horchte Patrik auf. „Eine Chance? Jetzt lass dir doch nicht alle Details aus der Nase ziehen, Mann!"

„Öberg war, wie wir ja wissen, schon immer ein Freund von gewagten Spekulationen. Bislang hat er das Glück dabei immer auf seiner Seite gehabt. Aber nun sieht es so aus, als habe er sich zu weit aus dem Fenster gelehnt."

„Er hat also bei einer Investition größere Verluste gemacht?"

„Das wäre noch geschönt ausgedrückt", entgegnete Friedjof. „Dieses Mal scheint Öberg sich wirklich übernommen zu haben. Seine finanzielle Lage ist mehr als prekär. Ein winziger Schubs könnte in dieser Situation genügen, um ihn endgültig ins Straucheln zu bringen."

Patriks Gedanken rasten. Dies war genau die Gelegenheit, auf die er schon so lange gewartet hatte. Wenn er jetzt handelte, dann konnte er Johan Öberg in die Knie zwingen und ihn vielleicht sogar vernichtend schlagen.

Doch der Gedanke, dass er nur wenige Stunden zuvor mit der Tochter seines Erzfeindes geschlafen hatte, verlieh der Aussicht auf den Triumph einen schalen Beigeschmack.

Wie sollte er das alles Lena erklären? Sie ahnte ja nicht, dass er sie hatte benutzen wollen, um ihrem Vater zu schaden.

„Was soll ich unternehmen, Patrik?", fragte Friedjof, als er nichts sagte. „Ich könnte die Nachricht von seinem bevorstehenden Bankrott auf dem Finanzmarkt durchsickern lassen."

„Was möglicherweise zur Folge hätte, dass der Wert der Aktien von Öberg Aktiebolaget ins Bodenlose fällt und zahllose Kleinanleger all ihr hart verdientes Geld verlieren." Patrik schüttelte den Kopf. „*Nej.* Es muss einen anderen Weg geben. Einen, der nicht gleich einen Erdrutsch auslöst."

Sein Anwalt am anderen Ende der Leitung zögerte kurz. „Ich finde es ja sehr anständig von dir, dass du dir Gedanken um all diese Menschen machst. Aber dir sollte auch klar sein, dass uns nicht allzu viel Zeit bleibt. Die Marktlage kann sich jederzeit ändern – und wenn das geschieht, bekommt Öberg womöglich wieder Oberwasser."

„Das Risiko muss ich eingehen", entgegnete Patrik energisch. „Du unternimmst nichts ohne meine ausdrückliche Zustimmung, verstanden? Ich melde mich heute im Laufe des Tages bei dir. Und bis dahin versuchst du alle Schuldverschreibungen zu beschaffen, die auf dem freien Markt verfügbar sind. Alles Weitere besprechen wir dann später."

Er beendete das Gespräch, ehe Friedjof noch etwas erwidern konnte.

Darn!

Mit einem unterdrückten Stöhnen fuhr er sich mit der Hand durchs Haar. Der Anwalt hatte recht: Dies war eine einmalige Chance, Öberg genau dort zu treffen, wo er am verwundbarsten war.

Seit Jahren arbeitete er nun schon darauf hin, sich an dem skrupellosen Unternehmer zu rächen, der seinen Bruder in den Tod getrieben hatte. Mads war auf Öbergs Schmeicheleien und seine schönen Worte hereingefallen. Er hatte dem älteren Mann vertraut. Doch Öberg hatte es die ganze Zeit nur darauf abgesehen gehabt, die Kontrolle über den damals von Mads geleiteten Zweig der Södergren Unternehmensgruppe zu gelangen.

Beinahe wäre es ihm gelungen. Patrik hatte es gerade noch geschafft, das Schlimmste zu verhindern.

Für Mads war es da bereits zu spät gewesen. Patriks älterer Bruder hatte mit der Scham, versagt zu haben, nicht leben können. Noch heute fragte sich Patrik Nacht für Nacht, warum Mads nicht zu ihm gekommen war und ihn ins Vertrauen gezogen hatte.

Gemeinsam hätten sie sicher eine andere Lösung gefunden. Sie waren doch sonst immer füreinander da gewesen!

Doch Mads hatte seine einsame Entscheidung getroffen und sich vom Dach des Penthauses, in dem er damals lebte, in den Tod gestürzt.

Und das alles nur, weil Johan Öberg ihn betrogen und über den Tisch gezogen hatte!

Das würde Patrik ihm niemals verzeihen.

Niemals.

Noch vor ein paar Wochen hätte er alles unternommen, um das tragische Ende seines Bruders zu rächen. Wirklich alles. Und auch jetzt war Patrik nicht bereit, Öberg einfach so ungeschoren davonkommen zu lassen. Doch etwas hatte sich geändert. Denn seit er Lena kannte, ging es ihm nicht mehr um Rache um jeden Preis.

Du musst dir endlich über eine Sache klar werden, sagte er zu sich selbst. Wie weit willst du gehen? Und kannst du mit den Konsequenzen deines Handelns leben?

Lena klopfte das Herz bis zum Hals, als sie früh um sieben die Nummer ihres Vaters wählte. Sie war nicht wenig überrascht gewesen, mehrere Anrufe in Abwesenheit von dessen Nummer auf ihrem Handy vorzufinden, und hatte aufs Frühstück verzichtet, um die Angelegenheit so schnell wie möglich hinter sich zu bringen. Mit der Aussicht auf das Gespräch, das nun vor ihr lag, hätte sie ohnehin keinen Bissen hinunterbekommen.

Sie war draußen – zum einen, weil sie vermeiden wollte, dass Patrik das Telefonat ungewollt mit anhörte, aber auch, weil die frische Luft ihr guttat und ihr dabei half, einen klaren Kopf zu bewahren. Es klingelte nur wenige Male, bis sich die schroffe Stimme ihres Vaters meldete.

„Wie nett, dass du auch mal wieder von dir hören lässt", knurrte er übellaunig. „Mir ist zu Ohren gekommen, dass du dich in Schweden befindest. Aber du hältst es ja offenkundig nicht für nötig, deinem alten Vater einen Besuch abzustatten."

„Mir war nicht klar, dass du gesteigerten Wert auf meine Gesellschaft legst, *Pappa*", erwiderte sie, halb herausfordernd, halb beschwichtigend. „Trotzdem möchte ich mich bei dir entschuldigen. Ich war in den vergangenen Wochen einfach sehr beschäftigt."

„Ja, das kann ich mir vorstellen …"

Lena runzelte die Stirn. „Wie genau meinst du das bitte?"

„Ich spreche von Patrik Södergren und davon, dass du praktisch bei ihm eingezogen bist. Hast du wirklich geglaubt, ich würde nicht erfahren, was du so treibst?"

Damit hatte ihr Vater sie kalt erwischt. „Ich … Es ist nicht so, wie es auf den ersten Blick aussehen mag", startete sie einen lahmen Erklärungsversuch. „Patrik und ich … Das ist nicht so einfach zu erklären."

„Oh doch, das ist es allerdings", fiel Johan Öberg ihr ins Wort. „Wusstest du, dass dein neuer Freund schon seit Jahren versucht, mir eine Grube zu graben?"

„Was? Wovon redest du?"

„Davon hat er dir nichts erzählt, was? Und sicher auch nicht, dass er seit heute Morgen versucht, sich meinen kurzen finanziellen Engpass zunutze zu machen, der sich aus einer Fehlinvestition ergeben hat, hm?"

Lena atmete tief durch. Was ihr Vater da andeutete, war einfach ungeheuerlich. „Wenn du damit sagen willst, dass Patrik mich nur benutzt, dann muss ich dich enttäuschen. Wir sind uns rein zufällig begegnet. Er wusste nicht, wer ich bin, als …" Sie verstummte, als ihr wieder einfiel, wie genau es damals im Krankenhaus abgelaufen war. Sie hatte Patrik angeboten, ihn zu unterstützen, doch der hatte davon nichts wissen wollen – bis zu dem Moment, in dem er erfuhr, wer sie war.

„Dämmert es dir langsam, ja?" Johan Öbergs Stimme klang gehässig, wie so oft, wenn er wieder einmal ein Indiz dafür gefunden zu haben glaubte, dass sie nichts taugte. „Wurde aber auch Zeit, dass dir endlich ein Licht aufgeht!"

„Ich verstehe das nicht …" Lena schüttelte den Kopf. „Warum sollte Patrik so etwas tun? Was hat er gegen dich, dass er versucht, dich aus dem Geschäft zu drängen?"

Ihr Vater schnaubte. „Sentimentaler Unsinn", entgegnete er abfällig. „Es hat etwas mit seinem Bruder zu tun. Als ob ich für dessen absolute Unfähigkeit, ein Unternehmen von der Größenordnung der Södergren Företagsgrupp zu leiten, verantwortlich wäre."

Lena überlief es kalt. „Was ist passiert, *Pappa*?"

„Als Mads Södergren die Firma nach dem Tod seines Vaters übernahm, habe ich gleich Morgenluft gewittert. Ich war schon lange scharf darauf gewesen, mir das Unternehmen unter den Nagel zu reißen, aber der alte Södergren war ein schlauer Fuchs und viel zu gewieft, als dass man ihn einfach so über den Tisch hätte ziehen können." Er lachte leise. „Glücklicherweise war sein ältester Sohn nicht aus demselben

Holz geschnitzt. Er fraß mir förmlich aus der Hand und ließ sich von mir sehenden Auges in sein Verderben führen. Es war beinahe schon lächerlich einfach. Als er endlich merkte, dass ich ein doppeltes Spiel mit ihm gespielt hatte, war es schon fast zu spät. Doch anstatt sich gegen meinen Übernahmestreich zur Wehr zu setzen, zog der Feigling es vor, sich von dem Hochhaus in Södermalm, in dem er lebte, in den Tod zu stürzen."

Erschrocken hob Lena eine Hand vor die Lippen, doch sie konnte ein schockiertes Keuchen nicht ganz unterdrücken.

Das war also mit Patriks Bruder passiert. Ihr Vater hatte ihn mit seinen Methoden in die Enge getrieben, sodass er keinen Ausweg mehr gesehen hatte.

Kein Wunder, dass Patrik ihren Vater hasste!

Das kurze Aufflackern von Mitgefühl für Patrik wurde jedoch im nächsten Augenblick aufgezehrt von Wut und Enttäuschung.

Zumindest in diesem einen Punkt musste sie Johan Öberg recht geben: Patrik hatte sie ganz offensichtlich für seine Rachepläne benutzen wollen. In welcher Art und Weise, vermochte sie nicht zu sagen. Fest stand nur, dass er sie von Anfang an hintergangen und belogen hatte. Und dass er selbst dann nicht mit der Wahrheit herausgerückt war, als sie sich schon nähergekommen waren.

„Ich merke schon, du bist dem Mistkerl auf den Leim gegangen, was?" Wieder lachte er, wurde dann aber schlagartig wieder ernst. „Aber ich will doch hoffen, dass du dir klar bist, auf welcher Seite du stehst. Du hast mich oft genug enttäuscht, Lena. Ein einziges Mal wäre es wirklich schön, wenn ich mich auf deine Loyalität verlassen könnte."

„Loyalität ist etwas, das man sich verdienen muss", entgegnete sie kühl.

Es hatte Zeiten gegeben, da hätte ihr Vater sie mit seinem Argument dazu gebracht, auch entgegen ihrer eigenen Überzeugung seine Meinung zu vertreten. Doch damit war spätestens seit dem Moment Schluss, in dem ihr klar geworden war, dass sie ihn niemals zufriedenstellen konnte, ganz gleich, was sie auch tat.

Den Mitarbeitern von Öberg Aktiebolaget gegenüber fühlte sie sich jedoch verantwortlich. Und wenn nun die Gefahr bestand, dass all die Menschen ihre Anstellung verloren, damit Patrik seine Rachegelüste gegenüber ihrem Vater befriedigen konnte, dann vermochte sie darüber nicht einfach so hinwegzugehen.

„Also?", fragte sie. „Was genau erwartest du jetzt von mir? Dass du mich ausgerechnet heute anrufst, wird ja wohl kein Zufall sein."

Sie merkte, wie ihr Vater am anderen Ende der Leitung kurz zögerte. Schließlich schnaubte er ärgerlich. „Was ich von dir erwarte, ist, dass du deine verdammte Pflicht deiner Familie gegenüber tust und Patrik Södergren davon abhältst, die Firma in den Ruin zu treiben. Denn genau das hat er im Sinn, so viel kann ich dir versichern."

„Woher willst du das so genau wissen?", hakte Lena nach, obwohl sie nicht daran zweifelte, dass Patrik genau das vorhatte.

„Weil er just heute Morgen damit angefangen hat, meine Schuldverschreibungen aufzukaufen", entgegnete ihr Vater nüchtern. „Und wenn es ihm gelingt, genug davon zusammenzutragen, und er dann eine sofortige Rückzahlung fordert, dann besteht eine realistische Chance, dass ihm die Firma wie eine reife Frucht in den Schoß fällt."

„Er wird sich wohl kaum von mir davon abhalten lassen."

„Da wäre ich nicht so sicher", gab Johan Öberg zurück. „Patrik Södergren ist recht sentimental, und du lebst ja immerhin schon ein paar Wochen mit ihm unter einem Dach, sodass du einen gewissen Einfluss auf ihn gewonnen haben dürftest." Er machte eine kurze Pause, ehe er weitersprach – und sie konnte hören, wie schwer ihm die folgenden Worte über die Lippen kamen: „Ich bitte dich, Lena. Ich habe einen Fehler gemacht, das weiß ich jetzt. Aber so wie es aussieht, stehst du als letzte Instanz zwischen Södergren und Öberg Aktiebolag. Denk an all die Menschen, die vom Fortbestand der Firma abhängig sind. Die Schicksale unserer Mitarbeiter, unserer Lieferanten und Zwischenhändler sind untrennbar damit verknüpft, wie es mit uns weitergeht. Lass nicht zu, dass sie alle ihre Existenzen verlieren."

Lena atmete tief durch. Es war nicht gerade häufig vorgekommen, dass ihr Vater anderen gegenüber einen Fehler eingestand. Und sie konnte sich nicht daran erinnern, dass er sie jemals um ihre Hilfe gebeten hatte.

Doch es war etwas anderes, das für sie den Ausschlag dafür gab, die Bitte ihres Vaters nicht kategorisch abzulehnen. Denn es hing nicht nur seine eigene Existenz damit zusammen, wie es in Zukunft mit Öberg Aktiebolaget weiterging.

„Ich werde sehen, was ich tun kann", versprach sie schweren Herzens. „Aber ich würde mich an deiner Stelle nicht darauf verlassen, dass ich wirklich etwas erreichen kann."

„*Tack*", bedankte ihr Vater sich ungewöhnlich kleinlaut. „*Tack så mycket*. Glaube mir, ich würde mich nicht an dich wenden, wenn es nicht wirklich unsere einzige Chance wäre."

Lena wusste nicht, was sie darauf erwidern sollte. „Ich melde mich bei dir, sobald ich mehr sagen kann", meinte sie daher und beendete das Gespräch.

Danach saß sie noch eine ganze Weile nachdenklich da, das Telefon in ihren Händen, die sie in den Schoß gelegt hatte. Das Gespräch hatte wirklich einen ungewohnten Verlauf genommen. Zuerst war ihr Vater genau so aufgetreten, wie sie ihn kannte. Doch als er merkte, dass er auf diese Weise bei ihr nicht weiterkam, hatte er die Strategie gewechselt und sich einsichtig gezeigt.

Inwieweit es ihm wirklich ernst damit war, stand auf einem anderen Blatt – doch für Lena war klar, dass sie etwas unternehmen musste.

Sie ging nach unten, um mit Patrik zu sprechen.

„… weitermachen wie besprochen. Was den Preis betrifft, lasse ich dir freie Hand. Niemand hat die Finanzen der Firma besser im Überblick als du. Ich verlasse mich voll auf dich und … Einen Moment, bitte." Patrik verstummte abrupt, als er Lena erblickte, die im Türrahmen zu seinem Arbeitszimmer lehnte und ihn aufmerksam beobachtete. Stirnrunzelnd legte er seine flache Hand über den Telefonhörer und schaute Lena fragend an.

„Kann ich irgendetwas für dich tun?"

Es war unüblich für Lena, ein fremdes Gespräch einfach so und ohne jegliche Scheu mit anzuhören. Ebenso wie ihr finsterer Gesichtsausdruck mehr als ungewöhnlich für sie war.

Er nahm das Telefon erneut ans Ohr und sagte: „Ich rufe dich später wieder an, Friedjof, *okej*?" Dann legte er auf und wandte sich erneut an Lena. „Was ist los mit dir? Warum die verkniffene Miene?"

„Ist es wahr?"

Irritiert blinzelte er. „Ist *was* war? Wovon redest du?"

„Stimmt es, dass du dabei bist, die feindliche Übernahme der Firma meines Vaters vorzubereiten?"

Ihre Worte trafen Patrik wie ein Blitz aus heiterem Himmel. Unwillkürlich fragte er sich, wie sie davon erfahren haben konnte. Doch es dauerte nur Sekunden, bis er eins und eins zusammenzählte.

Johan Öberg, natürlich.

Es war zu erwarten gewesen, dass der skrupellose Unternehmer die Gefahr früher oder später erkennen würde. Und dass er nicht einfach nur die Hände in den Schoß legen und abwarten würde, hatte Patrick ebenfalls bereits vorausgesehen. Was er indes nicht geahnt hatte, war, dass er so verzweifelt war, direkt seine letzte Trumpfkarte auszuspielen.

Lena.

„Und wenn dem so wäre?", entgegnete er ausweichend.

„Dann würde ich dich bitten, dir die ganze Angelegenheit noch einmal zu überlegen", sagte sie ruhig.

Wütend ballte Patrik die Hände zu Fäusten. Doch es war nicht Lena, dem sein Zorn galt – und ausnahmsweise auch nicht Johan Öberg. Nein, er war vor allem ärgerlich auf sich selbst. Weil er diese Entwicklung nicht vorausgesehen hatte.

„Du verstehst nicht, worum es hier geht."

Sie neigte den Kopf ein Stück zur Seite – es war eine Geste, die sie sehr jung, sehr schutzbedürftig wirken ließ. War sie sich dessen bewusst, oder wandte sie diesen Trick rein instinktiv an? Wie auch immer, es blieb nicht ohne Wirkung auf ihn.

Doch davon dufte er sich nicht beeinflussen lassen.

„Ich glaube, ich verstehe sogar recht gut", widersprach Lena ihm nun. „Mein Vater hat mir gesagt, was mit deinem Bruder passiert ist. Und ich verstehe gut, dass du ihm gegenüber Rachegelüste verspürst." Sie lächelte schwach, doch das Lächeln erreichte ihre Augen nicht. „Vermutlich würde ich nicht einmal versuchen, dir Einhalt zu gebieten, wenn es hierbei nur um meinen Vater ginge. Ich habe viel zu oft mit ansehen müssen, wie er mit den Gefühlen anderer Menschen spielt, so als wären sie nur Bauern in dem ganz persönlichen Schachspiel seines Lebens. Niemand weiß besser als ich, dass Johan Öberg absolut skrupellos sein kann, wenn es darum geht, seine Ziele zu verfolgen."

Verständnislos schüttelte Patrik den Kopf. „Und warum versuchst du dann, ihn zu beschützen?"

„Ich könnte jetzt sagen, weil er mein Vater ist, aber das entspräche nicht der Wahrheit. In Wirklichkeit geht es mir um all die anderen Menschen, die von ihm abhängig sind. All die Angestellten und ihre Familien. Schlimm genug, dass mein Vater so leichtsinnig war, ihre Existenzen aufs Spiel zu setzen, indem er sich auf riskante Spekulationsgeschäfte einließ. Aber daran kann ich jetzt nichts mehr ändern. Was geschehen ist, ist geschehen. Wenn du jedoch von mir erwartest, dass ich tatenlos zusehe, wie du Unschuldige über die Klinge springen lässt, um deine Rachsucht zu befriedigen, muss ich dich enttäuschen."

Ärgerlich funkelte Patrik sie an. „Es geht mir nicht darum, irgendwen – wie hast du es so schön ausgedrückt? – über die Klinge springen zu lassen!"

Lena trat jetzt direkt an seinen Schreibtisch heran und stützte sich mit beiden Händen auf die Tischplatte. Eindringlich schaute sie ihm in die Augen. „Aber genau das tust du, wenn du so weitermachst, siehst du das denn nicht?"

Jetzt nur nicht weich werden! Er wollte nicht nachgeben. Sein Kampf gegen Johan Öberg war gerecht, und sein Durst nach Rache gerechtfertigt. Was bildete Lena sich ein, sich in Dinge einzumischen, von denen sie keine Ahnung hatte?

Sie wusste nicht, was sein Bruder ihm bedeutet hatte. Und sie besaß nicht die geringste Vorstellung davon, wie tief der Schmerz noch immer war, den sein Tod in ihm hinterlassen hatte.

Mads hätte nicht sterben müssen!

Doch da war auch noch der andere Teil in ihm, der ihm sagte, dass Lena recht hatte. Dass seine Vergeltung es nicht rechtfertigte, dass er die Leben von zahllosen Menschen dafür auf den Kopf stellte. Menschen, die nichts verbrochen hatten und nicht einmal etwas von seiner persönlichen Fehde mit Johan Öberg wussten.

Durfte er einfach so über ihr Schicksal entscheiden? Oder machte er sich damit genau dessen schuldig, was er Öberg stets vorwarf – der Skrupellosigkeit?

„Bitte, Patrik", sagte Lena mit eindringlicher Stimme. „Es muss doch einen anderen Weg geben."

Er dachte darüber nach. Vielleicht gab es ja tatsächlich noch eine andere Lösung. Langsam nickte er und sagte: „Ja, ich glaube, du hast recht." Doch als sie erleichtert aufatmen wollte, hob er warnend die Hand. „Freu dich lieber nicht zu früh – ich glaube nicht, dass mein Vorschlag dir sonderlich gefallen wird. Ich erwarte nämlich eine kleine Gegenleistung von dir."

Aus argwöhnisch zusammengekniffenen Augen schaute sie ihn an. „Und was genau darf ich mir darunter vorstellen?"

„Oh, nichts Besonderes", entgegnete er gespielt gleichmütig. „Du sollst mich lediglich heiraten."

8. KAPITEL

*W*ie bitte?" Fassungslos starrte Lena Patrik an.

Das hatte er doch gerade nicht wirklich gesagt, oder? Er wollte, dass sie ihn heiratete, damit er im Gegenzug die Firma ihres Vaters in Ruhe ließ? Das konnte doch unmöglich sein Ernst sein!

Doch zu ihrem Entsetzen machte Patrik keineswegs den Eindruck, als würde er scherzen.

Verwirrt schüttelte sie den Kopf. „Warum?", fragte sie. „Ich verstehe das nicht. Was versprichst du dir davon?"

„Setz dich", sagte er und vollführte eine einladende Geste in Richtung Besucherstuhl.

Zuerst wollte Lena ablehnen, doch dann wurde ihr klar, dass Patrik erst weitersprechen würde, wenn sie seinem Angebot Folge geleistet hatte. „Also schön, ich höre."

„Wie du vermutlich inzwischen längst weißt, bin ich einer der drei Erben der Södergren Företagsgrupp." Als sie nickte, fuhr er fort: „Meine Tante Ingrid, die ebenfalls ein Viertel der Firmenanteile besaß, ist vor knapp einem Jahr gestorben. Da sie kinderlos war, rechneten meine Cousins und ich fest damit, dass ihr Vermögen – wie es in unserer Familie Tradition war – unter uns aufgeteilt würde."

„Aber das war nicht der Fall?"

„*Nej.*" Er schüttelte den Kopf. „Weiß der Himmel, was in sie gefahren ist, aber Tante Ingrid hat ihrem Testament eine Klausel hinzugefügt, die genau regelt, unter welchen Umständen meine Cousins und ich zum Antreten des Erbes berechtigt sind."

„Und diese Klausel verlangt, dass ihr heiratet?", schlussfolgerte Lena, die sofort eins und eins zusammengezählt hatte. „So etwas habe ich ja noch nie gehört. Ist das wirklich rechtsgültig?"

Patrik lachte bitter auf. „Ich wollte es zunächst auch nicht wahrhaben, das kannst du mir glauben. Ein ganzer Trupp von Anwälten hat das Dokument auf Herz und Nieren geprüft. Es ist statthaft." Er zuckte mit den Schultern. „Meine Cousins Mattias und Lars sind inzwischen verheiratet – glücklich, wie es scheint.

Jetzt hängt es nur noch an mir, die Bedingungen des Testaments unserer Tante zu erfüllen."

„Und in dem Zusammenhang hast du dann wohl an mich gedacht, wie?"

„Um ehrlich zu sein – ja."

Lena hatte das Gefühl, innerlich zu Eis zu erstarren. „Und das war dann wohl auch der einzige Grund, warum du dich überhaupt mit mir abgegeben hast?"

Patrik schüttelte den Kopf. „Ganz so war es nicht – wenn ich auch gestehen muss, dass die Tatsache, dass du Johan Öbergs Tochter bist, zunächst den Ausschlag für mich gegeben hat. Allerdings war er nicht der Grund, warum ich mit dir geschlafen habe."

„Das wäre auch ein echtes Armutszeugnis gewesen", entgegnete sie kühl, bemüht, sich ihre Erleichterung nicht anmerken zu lassen.

Sie war enttäuscht. Und sie fühlte sich gekränkt. Doch das änderte nichts an der Tatsache, dass sie davon einmal abgesehen etwas ganz anderes für Patrik empfand. Denn ganz gleich, wie seine Beweggründe auch ausgesehen haben mochten – sie hatte sich in ihn verliebt. Und wie sie nun feststellen musste, war es gar nicht so leicht, sich wieder zu *ent*lieben. Nicht einmal, wenn die Person, für die man Gefühle entwickelt hatte, diese gar nicht verdiente.

Und noch ein anderer Punkt stimmte sie traurig. Lena hatte immer davon geträumt, eines Tages dem Mann fürs Leben zu begegnen. Nicht umsonst hatte die Weigerung ihres Vaters, ihre Haltung zu akzeptieren, zu einem endgültigen Bruch zwischen ihnen geführt.

Wonach sie sich sehnte, das war eine echte Märchenhochzeit – keine arrangierte Vernunftehe. Was für eine Ironie des Schicksals, dass Patrik nun genau das von ihr zu erwarten schien; zum Wohle von Öberg Aktiebolaget.

Aber blieb ihr überhaupt eine andere Wahl, als sich auf diesen Handel einzulassen?

Nicht, wenn sie nicht wollte, dass all die Menschen, die für ihren Vater arbeiteten, ihre Existenzgrundlage verloren.

„Ich würde gern in Ruhe darüber nachdenken", sagte sie schließlich, doch Patrik schüttelte den Kopf.

„Mein Angebot verfällt in dem Moment, in dem du dieses Büro verlässt", entgegnete er. „Entscheide dich, Lena. Willst du meine Frau werden, ja oder nein?"

Noch nie zuvor in ihrem Leben hatte Lena sich so schlecht gefühlt wie am Tag ihrer Hochzeit.

Draußen stand die Sonne am strahlend blauen Himmel, den kein einziges Wölkchen trübte. Die Vögel vor ihrem Fenster zwitscherten fröhlich. Es war das Bild eines perfekten Sommertags an der schwedischen Ostseeküste. Doch als Lena aus dem Leuchtturm hinaus ins Freie trat, wäre sie am liebsten auf dem Absatz wieder umgekehrt und hätte sich irgendwo verkrochen.

Dass sie es nicht tat, war allein ihrem Pflichtbewusstsein all den Menschen gegenüber geschuldet, die sich – zu Recht! – darauf verließen, dass ihr Arbeitgeber verantwortungsvoll mit ihren Arbeitsplätzen umging.

Glättend strich sie sich über das schlichte cremefarbene Etuikleid, das Patrik ihr zu diesem Anlass gekauft hatte. Er wäre auch bereit gewesen, ihr eines dieser traumhaften weißen Brautkleider zu kaufen, von denen Lena insgeheim immer geschwärmt hatte – doch das wäre ihr unangemessen vorgekommen.

Dies war schließlich keine echte Hochzeit. Und Patrik heiratete sie nicht, weil er sie liebte, sondern weil er sich einen Vorteil davon versprach.

Sie konnte es ihm ja nicht einmal verübeln. Er hatte es ihr – ebenso wie sein Anwalt – bis ins Detail erklärt. Ihre Ehe musste lediglich für eine gewisse Dauer Bestand haben. Danach würden sie sich ohne großes Aufsehen wieder scheiden lassen und jeder seiner Wege gehen können.

Das Traurige war, dass Lena in den vergangenen Nächten immer wieder davon geträumt hatte, Patrik zu heiraten.

Aber aus Liebe – und nicht, um die Firmenanteile seiner Tante in der Familie zu halten.

Es würde keine große Zeremonie geben, und auch auf ein nachfolgendes Fest hatte Lena lieber verzichten wollen. Was gab es auch schon zu feiern? Mit dieser Hochzeit verriet sie alles, was ihr ihr ganzes Leben lang heilig gewesen war.

Sie verriet ihren Glauben an Ehe und Familie. Daran, dass es auch anders sein konnte als das, was sie selbst erlebt hatte. Kinder, ein Haus mit weißem Gartenzaun. Eine glückliche Zukunft mit einem Mann, der sie wirklich liebte und der sie nicht nur heiraten wollte, um das Erbe seiner Familie zusammenzuhalten. Doch trotz aller Vorbehalte klopfte ihr Herz heftig, als sie nun auf Patrik zutrat.

Er sah einfach unverschämt gut aus in seinem schwarzen Smoking. Und das Lächeln, mit dem er ihr entgegenblickte, bereitete ihr weiche Knie.

Hör auf damit, Lena! Vergiss nicht, dass all dies hier nur eine Schmierenkomödie ist, und nichts anderes!

Sie atmete tief durch.

Zum Glück hatte Patrik nicht darauf bestanden, eine riesige Party mit Hunderten von Gästen zu veranstalten. Anwesend waren lediglich seine zwei Cousins und deren Frauen sowie sein Anwalt und guter Freund. Aus Lenas Familien- und Bekanntenkreis hatte niemand eine Einladung erhalten. Sie wollte die ganze Angelegenheit nicht an die große Glocke hängen, sondern sie so still und unauffällig wie möglich über die Bühne bringen. Nicht einmal ihren Vater hatte sie vorher informiert – wenn sie auch nicht daran zweifelte, dass er früher oder später alles erfahren würde.

Die beiden jungen Frauen, die schon bald ihre Schwägerinnen sein würden, strahlten glücklich, als sie langsam an ihnen vorbei auf den Pavillon zuschritt, vor dem Patrik zusammen mit dem Geistlichen auf sie wartete. Sie schienen sich ehrlich für Lena zu freuen – und das machte es, wenn überhaupt möglich, sogar noch schlimmer.

Mit jedem Schritt fiel es Lena schwerer, die Beherrschung zu wahren. Irgendwie schaffte sie es, ein Lächeln auf ihre Lippen zu zwingen, doch innerlich schrie sie.

Es war falsch, was sie hier machten. Abgrundtief falsch. Und doch hatte sie keine andere Wahl, als die Sache durchzuziehen. Es ging hier um mehr als nur ihr privates Glück.

Sehr viel mehr.

Sie musste an all die Menschen denken, für die Öberg Aktiebolaget die Existenzgrundlage bedeutete und die alles verlieren würden, wenn Patrik Ernst machte.

„Du siehst wunderschön aus", sagte er, als sie ihn fast erreicht hatte, und streckte ihr seine Hand entgegen, die sie zögernd ergriff.

Sein Lächeln wirkte so echt, dass sie beinahe glaubte, dass er es ehrlich meinte. Ein Teil von ihr *wollte* es glauben. Doch die Stimme ihrer Vernunft behauptete etwas ganz anderes. Es war lediglich ein Teil des schäbigen kleinen Theaterstücks, das er für alle Welt inszeniert hatte. Um die Klausel im Testament seiner Tante zu erfüllen.

Nicht weil er irgendetwas für sie empfand.

„Ist alles in Ordnung?" Fragend schaute er sie an. „Du bist so still und blass."

Ungläubig erwiderte sie seinen Blick. „Was erwartest du denn von mir?", entgegnete sie leise, sodass die wenigen Gäste ihre Worte nicht mithören konnten. „Soll ich mich jetzt auch noch freuen, weil du mich erpresst hast, dich zu heiraten?"

Seine Miene verfinsterte sich ein wenig, doch im nächsten Moment lächelte er auch schon wieder. „Du hast recht, das ist angesichts der Umstände wohl ein bisschen viel erwartet."

Sie nickte. „Also", sagte sie dann. „Bringen wir es hinter uns."

Der Pastor hielt eine lange, sehr emotionale Rede über die Liebe und die tiefe Bedeutung der Institution Ehe, die Lenas Stimmung noch weiter sinken ließ. Ihr wurde es kalt ums Herz.

Gab es denn wirklich keinen anderen Weg?

Musste sie Patrik tatsächlich heiraten?

Doch sie hatte in den vergangenen Tagen keine echte Alternative gefunden, sodass ihr nichts anderes übrig blieb, als „Ja" zu sagen, als der Geistliche die alles entscheidende Frage stellte.

Dann wandte er sich an Patrik. „Und wollen Sie, Patrik Södergren, die hier anwesende Lena Öberg zu Ihrer Frau nehmen? Wollen Sie sie lieben und ehren, in guten wie in schlechten Zeiten, so wahr Ihnen Gott helfe?"

„Ja", antwortete auch Patrik. „Ich will."

Es war beinahe faszinierend, wie echt und glaubhaft er es herüberbrachte – beinahe so, als würde er tatsächlich etwas für sie empfinden. Als würde ihm dieser Liebesschwur wirklich etwas bedeuten …

Der Pastor lächelte. „Nun, in diesem Fall erkläre ich Sie beide kraft meines Amtes zu Mann und Frau." Er nickte Patrik aufmunternd zu. „Sie dürfen die Braut nun küssen."

Dies war der Moment, vor dem Lena sich am meisten gefürchtet hatte. Patrik legte eine Hand auf ihren Rücken und zog sie ein Stück an sich. Dann versiegelte er ihre Lippen mit einem leichten, sanften Kuss.

Es war kein Feuerwerk der Leidenschaft damit verbunden, wie bei ihren vorhergegangenen Küssen, und doch setzte er Lena in Flammen, so wie noch kein Kuss je zuvor es getan hatte. Denn es lag so viel Zärtlichkeit und Zuneigung darin, dass sie das Gefühl hatte, zerfließen zu müssen vor lauter Sehnsucht. Und erst das leise Räuspern aus den Reihen der Hochzeitsgäste holte sie wieder in die Realität zurück.

Beinahe schon hastig löste sie sich von Patrik. Und als sie kurz darauf durch einen Regen aus Reiskörnern zurück in Richtung Leuchtturm gingen, wo das Hochzeitsbuffet aufgebaut war, musterte sie ihn aus den Augenwinkeln.

Warum hatte er das getan? War er wirklich ein so verflixt guter Schauspieler? Es hatte sich nämlich kein bisschen so angefühlt, als hätte er nur so getan.

Was mochte das bedeuten?

Es bedeutet überhaupt nichts, beantwortete sie sich ihre Frage selbst. Bilde dir nicht ein, dass Patrik etwas für dich empfindet – am Ende wird er dich nur enttäuschen, so wie er es schon einmal getan hat.

So, wie jeder Mann in ihrem Leben sie bisher enttäuscht hatte.

Ihr Vater mit eingeschlossen.

Sie schnitten die Hochzeitstorte an. Gemeinsam hielten sie das Messer, seine Finger lagen über ihren, und sofort fing ihr Herz wieder an, wie verrückt gegen ihre Rippen zu hämmern.

Das musste aufhören! Mit Patrik zu schlafen, war ein gewaltiger Fehler gewesen. Ihn erneut nah an sich heranzulassen, wäre absoluter Wahnsinn! Nicht umsonst hatte sie sich in den vergangenen Tagen von ihm ferngehalten, soweit es eben möglich war.

Aber wie sollte das auf Dauer funktionieren? Sie würden in den nächsten Monaten wie Mann und Frau Seite an Seite leben.

Nein, korrigierte sie sich. Nicht *wie* Mann und Frau.

Sie waren jetzt tatsächlich verheiratet.

In guten wie in schlechten Zeiten, bis das der Tod uns scheidet …

Ihr Herz setzte einen Schlag aus, nur um dann noch heftiger weiter zu hämmern. Dies war nicht irgendeine Gartenparty, deren Gastgeberin sie zufällig war. Und der Mann an ihrer Seite war nicht irgendein x-beliebiger Mann.

Sie war jetzt eine Ehefrau.

Kurz schloss sie die Augen und ballte die Hände zu Fäusten. Dann zwang sie sich, sich wieder zu entspannen. Niemandem wäre damit geholfen, wenn sie jetzt die Kontrolle verlor.

Es war zu spät, um noch umzukehren. Sie hatte den Punkt, an dem sie noch zurückgekonnt hätte, längst überschritten.

Der Hochzeitsempfang ging an ihr vorüber wie ein seltsamer Traum. Sie plauderte mit ihren frisch gebackenen Schwägerinnen Laura und Emma, so als würde sie sie schon ewig kennen. Wie es ihr gelang, die ganze Zeit über gute Miene zum bösen Spiel zu machen, konnte sie sich selbst nicht erklären.

Doch als die Gäste sich am Abend endlich verabschiedeten, fühlte sie sich wie erschlagen und am Ende ihrer Kräfte. Und so saß sie mit geschlossenen Augen am Küchentisch, vor sich eine Tasse Kräutertee, um innerlich ein wenig zur Ruhe zu finden, bevor sie schlafen ging.

Doch im Grunde wusste sie, dass es vergebliche Liebesmüh war. An Schlaf war überhaupt nicht zu denken. Sie wurde den

Gedanken einfach nicht los, dass dies ihre Hochzeitsnacht sein würde.

Nicht ganz so, wie sie es sich vorgestellt hatte.

„Ich finde, es war ein schöner Tag – trotz allem."

Sie blinzelte überrascht. Sie hatte gar nicht gemerkt, wie Patrik die Küche betreten hatte. Und normalerweise besaß sie ein recht gutes Gefühl dafür, ob sie allein war oder nicht. Nur Menschen, die ihr sehr vertraut waren, konnten sich ihr unbemerkt nähern. Aber das konnte auf Patrik ja wohl kaum zutreffen – oder?

Und obgleich seine Worte sicher freundlich gemeint waren, klangen sie in ihren Ohren wie purer Hohn.

„Findest du?" Sie hob eine Braue. „Das kann ich von mir nicht gerade behaupten. Ich habe mir den Tag meiner Hochzeit offen gestanden ein bisschen anders vorgestellt."

Er trat hinter sie und legte ihr seine Hände auf die Schultern.

Bei der Berührung durchzuckte es sie wie ein Blitz. Ihr Herz hämmerte, ihre Atmung beschleunigte sich. Es gab nichts, was sie dagegen tun konnte. Ihr Körper reagierte von ganz allein auf seine Nähe.

Sie kniff die Augen zusammen und atmete tief durch – mit dem Ergebnis, dass sein männlich-markanter Duft ihr in die Nase stieg und ihr für einen Moment fast die Sinne raubte.

Es war verrückt, wie heftig sie für ihn empfand, völlig verrückt. Konnte es denn wirklich sein, dass sie ihren Gefühlen einfach so ausgeliefert war?

„Nimm es nicht so schwer, Lena", sagte er, und der warme Klang seiner Stimme machte es ihr noch schwerer, die Kontrolle zu behalten. „Versuch einfach, es als Geschäft zu betrachten."

Sie schüttelte seine Hände ab, schob den Stuhl zurück und stand auf. „Du verzeihst hoffentlich, dass mir das nicht so leichtfällt wie dir."

„Natürlich – und ich verstehe es auch. Eigentlich hättest du eine echte Traumhochzeit mit weißem Kleid, Kutsche und Blumenmädchen verdient. Und ich bin sicher, dass du eines Tages genau so eine Hochzeit bekommen wirst. Es tut mir leid, dass ich nicht der Mann bin, der dir so etwas bieten kann."

Seine Worte rührten sie, obwohl sie sie kaltlassen sollten.

Sie hatte ihren Vater stets dafür verachtet, dass er Menschen behandelte wie Figuren auf einem Schachbrett. Doch im Grunde war Patrik keinen Deut besser als Johan Öberg. Er konnte einfach nur besser mit Worten umgehen.

„Ich gehe jetzt wohl besser zu Bett", sagte sie und ging zur Tür. Doch ehe sie ins Treppenhaus trat, drehte sie sich noch einmal zu Patrik um. „Du hast deinen Anwalt doch bereits angewiesen, mit dem Ankauf von Schuldverschreibungen aufzuhören, oder?"

Er nickte. „Natürlich – und du kannst dich darauf verlassen, dass dein Vater die, die sich bereits in meinem Besitz befinden, in den nächsten Tagen zurückerhalten wird." Mit zwei großen Schritten war er bei ihr und ergriff ihre Hand. „Ich pflege meine Vereinbarungen einzuhalten. Du kannst dich darauf verlassen, dass alles genau so ablaufen wird, wie wir es besprochen haben."

„Ich bin müde", sagte Lena und entzog ihm ihre Hand.

„Du bist wütend", stellte er fest. „Und im Grunde kann ich es dir nicht verübeln, allerdings …"

Sie hob eine Braue. „Ja?"

„Nun, es würde die Dinge für uns beide erheblich erleichtern, wenn wir einen Weg finden, freundschaftlich miteinander umzugehen."

Sie lachte hell auf. „Freundschaftlich?" Ungläubig starrte sie ihn an. „Wie stellst du dir das vor, Patrik? Wir haben miteinander geschlafen! Ich habe mich in dich …" Sie verstummte, als ihr klar wurde, dass sie kurz davorstand, zu viel zu sagen. „Ach, vergiss es!"

„*Nej!*", entgegnete Patrik, als sie sich zum Gehen wandte. „Was wolltest du da gerade sagen? Doch nicht etwa, dass du …"

Lena verharrte wie angewurzelt. Ihr Puls raste, das Blut rauschte ihr in den Ohren. Ihr Lachen klang schrill, als sie sich umdrehte. „Dass ich mich in dich verliebt habe? Bilde dir nicht zu viel auf deine Künste als Herzensbrecher ein!"

Wieder wollte sie gehen, doch er hielt sie zurück.

Schwer atmend blieb sie stehen. „Lass mich", stieß sie heiser hervor. „Bitte!"

Doch er umfasste ihre Schultern und drehte sie zu sich um. Als sie den Kopf senkte, legte er ihr einen Finger unters Kinn und hob ihr Gesicht an, sodass sie ihm in die Augen sehen musste – was sich fatal auf ihre Selbstbeherrschung auswirkte.

Er schien etwas sagen zu wollen, doch kein Laut entrang sich seiner Kehle. Stattdessen schaute er sie einfach nur an. Dann fuhr er ihr mit dem Daumen sanft über die Unterlippe, und um Lena war es geschehen.

Sie küsste seinen Finger und hörte, wie er scharf einatmete.

Danach überstürzten sich die Ereignisse.

Patrik küsste sie – und dieses Mal war es kein sanfter, zärtlicher Kuss. Hungrig verschloss er ihren Mund mit seinen Lippen, und nach kurzem Zögern gab auch Lena ihre Zurückhaltung auf und erwiderte seinen Kuss mit einer Leidenschaft, die seiner gleichkam.

Ihre Hände umfassten seine Schultern, glitten weiter seinen Rücken hinunter und umfassten seinen wohlgeformten Hintern, was Patrik ein leises Stöhnen entlockte.

Er löste sich von ihrem Mund und ließ seine Lippen ihren Hals und ihr Dekolleté hinunterwandern. Schauer reiner Erregung durchfluteten Lenas Körper, als er die Träger ihres Kleids über ihre Schultern zurückstreifte. Kurz darauf stand sie nur noch mit halterlosen Strümpfen und einem knappen Slip bekleidet vor ihm.

Er küsste und streichelte sie weiter. Es war intensiver als alles, was Lena je zuvor empfunden hatte, und sie legte den Kopf weit in den Nacken, um ihm besseren Zugang zu gewähren.

Schließlich ließ er von ihr ab, und sie machte sich daran, nun ihrerseits seinen Körper zu erkunden. Seine glatte, kühle Haut unter ihren Fingern zu spüren, war berauschend. Unwillkürlich schmiegte sie sich dichter an seinen muskulösen Körper.

„Du machst mich ganz verrückt, weißt du das?", presste er atemlos hervor, nur um sich im nächsten Moment herabzubeugen und mit den Lippen ihre Brüste zu liebkosen, die unter seinen Berührungen prall und schwer geworden waren.

Lena fühlte sich wie trunken vor Lust. Immer höher und

höher schwang sie sich empor. Sie spürte seine Zunge, die die Spitzen ihrer Brüste umschloss, und ihr wurde schwindelig vor Wonne.

Sie sehnte sich so sehr nach ihm, dass es beinahe wehtat. Ihr war egal, dass sie sich gerade erst geschworen hatte, niemals wieder mit ihm zu schlafen. Sie wollte ihn ganz spüren.

Wieder eroberte er ihren Mund. Dabei schob er sie zurück in Richtung Küchentisch. Er umfasste ihre Hüften und hob sie ein wenig hoch, sodass sie auf dem Rand des Tisches sitzen konnte. Dann spreizte er ihre Oberschenkel und ging vor ihr in die Knie.

Als er mit den Lippen ihre intimste Stelle fand, hatte Lena das Gefühl, vergehen zu müssen vor Lust. Sie warf den Kopf in den Nacken und stöhnte hemmungslos. Nichts und niemand hatte sie auf diese unglaublichen Empfindungen vorbereiten können, die Patrik in ihr auslöste.

Erst, als sie kurz davorstand, den Gipfel zu erreichen, ließ er von ihr ab.

Hastig zog er sich selbst aus, ehe er wieder zu ihr kam.

Als er in sie eindrang, stieß Lena einen Schrei purer Lust aus. Einen Moment lang verharrten sie atemlos und gaben sich ganz dem unbeschreiblichen Gefühl hin, miteinander vereint zu sein. Dann fing Patrik an, sich in ihr zu bewegen, und Lena passte sich ganz automatisch seinem Rhythmus an.

Gemeinsam erreichten sie den alles erlösenden Höhepunkt.

9. KAPITEL

*L*ena konnte nicht fassen, was geschehen war.

Hatte sie vollkommen den Verstand verloren? Sie war sich doch darüber im Klaren gewesen, dass es ein Fehler wäre, noch einmal mit Patrik zu schlafen. Und doch hatte sie sich vom Strudel der Leidenschaft mitreißen lassen, ohne auch nur ein einziges Mal an die Konsequenzen zu denken.

Nun, zumindest hattest du so deine Hochzeitsnacht, schoss es ihr in einem Anflug von Galgenhumor durch den Kopf, und sie konnte ein leises Kichern nicht zurückhalten.

„Was ist so komisch?", fragte Patrik, der gerade den Gürtel seiner Hose wieder zuzog. Er bückte sich, um ihr das Kleid anzureichen, in dem sie vor ein paar Stunden geheiratet hatte, und blickte zu ihr auf.

Sie streifte sich das Kleid über, dann schüttelte sie den Kopf. „Nichts", sagte sie. „Überhaupt nichts."

Und das entsprach der Wahrheit.

Es war nicht lustig, und es war auch kein harmloser Ausrutscher, sosehr sie auch versuchte, sich das selbst einzureden.

Wenn er sie so anschaute, merkte sie sogleich wieder, wie sie Herzklopfen und weiche Knie bekam.

Das hier war kein Geschäft, kein Deal. Und hier ging es um sehr viel mehr als die Firma ihres Vaters.

Ihr Herz stand auf dem Spiel – und sie zweifelte nicht daran, dass Patrik es ihr am Ende dieses Arrangements brechen würde. Anders konnte es gar nicht sein.

Sie atmete tief durch und zwang ein Lächeln auf ihre Lippen. „Es war ein langer Tag. Ich werde jetzt schlafen gehen, wenn du nichts dagegen hast."

„Natürlich habe ich nichts dagegen", entgegnete er stirnrunzelnd „Aber sollten wir nicht vielleicht lieber zunächst über das sprechen, was hier gerade passiert ist?"

Irgendwie schaffte sie es tatsächlich, die Fassung zu wahren. „Aus deinem Munde klingt das fürchterlich melodramatisch", sagte sie mit einem gekünstelten Schmunzeln. „Wir sind doch beide erwachsene Menschen, Patrik. Schön, wir haben miteinander geschlafen. Aber dass zwischen uns eine gewisse körperliche Anziehung besteht, ist uns beiden nicht neu. Wir sollten die Angelegenheit nicht überbewerten, findest du nicht?"

Mit diesen Worten ließ sie ihn stehen und ging nach oben auf ihr Zimmer. Als sie die Tür hinter sich geschlossen hatte, atmete sie auf. Doch wirkliche Erleichterung konnte sie nicht verspüren. Vor allem, als ihr klar wurde, dass im Eifer des Gefechts keiner von ihnen daran gedacht hatte, zu verhüten.

So wie schon beim ersten Mal, als sie miteinander geschlafen hatten – vor mehr als … Sie riss die Augen auf. Ihr erstes Mal lag schon mehr als fünf Wochen zurück, und erst jetzt fiel ihr auf, dass ihre Periode seitdem ausgeblieben war.

Bedeutete das etwa …?

Oh nein!

Sie fuhr sich mit den Fingern durchs Haar, dann barg sie das Gesicht in den Händen. Wie hatte ihr Leben bloß so aus dem Gleichgewicht geraten können? Inzwischen wusste sie schon gar nicht mehr, was richtig war und was falsch.

Fest stand nur eines: Sie liebte Patrik. Und jetzt sah es auch noch so aus, als würde sie ein Kind von ihm erwarten. Das machte die ganze Situation, wenn überhaupt möglich, sogar noch verfahrener.

Was sollte sie jetzt tun? Zu ihm gehen und ihm von ihrem Verdacht erzählen?

Unter normalen Umständen hätte sie dies sicher getan. Aber dies waren keine normalen Umstände – ganz und gar nicht. Sie war sich ziemlich sicher, dass Patrik ihre Gefühle nicht erwiderte. Und sie wollte auf keinen Fall, dass er sich verpflichtet fühlte, ihre Ehe nach Ablauf der vereinbarten Frist fortbestehen zu lassen, nur weil sie so gedankenlos gewesen war, nicht an Verhütung zu denken.

Aber wie sollte sie sechs Monate vor ihm verbergen, dass sie schwanger war? Das war so gut wie unmöglich!

Bleib ruhig, sagte sie zu sich selbst. Noch steht überhaupt nicht fest, dass du wirklich ein Kind erwartest. Morgen fährst du in den Ort und kaufst dir einen Test, danach sehen wir weiter.

Doch tief in ihrem Inneren kannte sie die Wahrheit längst.

Selten hatte Lena sich so allein, so verlassen gefühlt wie in den nächsten Tagen. Der Schwangerschaftstest hatte ihre schlimmsten Befürchtungen bestätigt. Sie war tatsächlich schwanger von Patrik.

Sie sehnte sich danach, jemandem ihr Herz auszuschütten, doch es gab auf der ganzen Welt niemanden, dem sie ihr Geheimnis anvertrauen konnte. Nicht mehr seit dem Verrat ihrer einstmals besten Freundin Thalia. Allerdings ahnte sie schon, welchen Rat das ehemalige Model ihr gegeben hätte, denn Thalia hatte mit Kindern nie viel anfangen können. Doch ein Schwangerschaftsabbruch kam für Lena nicht infrage.

Sie war Krankenschwester geworden, weil sie Leben bewahren wollte. Außerdem würde sie auf diese Weise, wenn Patrik ihrer überdrüssig wurde, zumindest etwas von ihm zurückbehalten. Einen lebenden, atmenden Teil von ihm.

Nein, sie würde dieses Kind bekommen, so viel stand fest. Auch wenn das bedeutete, dass sich die Zukunftspläne, die sie seit ihrer Ankunft in Schweden geschmiedet hatte, nicht realisieren lassen würden. Dummerweise warf ihre Entscheidung auch noch weitere Fragen auf, auf die sie im Moment noch keine Antwort besaß.

Sie hatte keine Ahnung, wie Patrik auf die unerwarteten Neuigkeiten reagieren würde. Am liebsten wollte sie ihm gar nichts davon sagen, doch das war schlichtweg nicht möglich. Früher oder später würde sich ihr Zustand nicht mehr verbergen lassen. Da war es besser, von Anfang an mit offenen Karten zu spielen. Außerdem hatte Patrik das Recht, die Wahrheit zu erfahren.

Das junge Leben, das in ihrem Bauch heranwuchs, war schließlich auch ein Teil von ihm.

Sie straffte die Schultern und stand auf. Vielleicht war es an der Zeit, die Dinge in Angriff zu nehmen.

Jetzt sofort.

„Aber Lena, das ist ja … ganz wunderbar!" Patrik strahlte übers ganze Gesicht. „Wenn wir nicht bereits verheiratet wären, ich würde dich auf der Stelle noch einmal vor den Traualtar bitten!"

Er umfasste Lenas Taille, hob sie an und drehte sich mit ihr im Kreis, bis sie laut jauchzte.

„Du bist ja verrückt!", stieß sie atemlos hervor, nachdem er sie wieder abgesetzt hatte. „Du … freust dich also wirklich?"

„Aber natürlich, was dachtest du denn?" Er stupste ihr mit dem Zeigefinger auf die Nasenspitze. „Außerdem – wir sind jetzt schließlich Mann und Frau. Da erwartet man von uns doch praktisch, dass wir eine Familie gründen."

Seine Worte versetzten Lena einen leichten Stich. Ja, vor dem Gesetz waren sie tatsächlich Mann und Frau. Aber in jeder anderen Hinsicht war ihre Beziehung zueinander alles andere als traditionell.

Rein körperlich gesehen stellten sie wohl das perfekte Paar dar, aber da hörten die Übereinstimmungen zwischen ihnen auch schon auf. Patrik hasste ihren Vater, weil er ihn für den Tod seines Bruders verantwortlich machte. Er selbst schreckte indes auch nicht davor zurück, andere Menschen zu manipulieren, um an sein Ziel zu gelangen.

Damit war er Johan Öberg gar nicht so unähnlich – und damit genau das, was Lena in ihrem Leben überhaupt nicht brauchen konnte. Sie sehnte sich nach einem Menschen, dem Ehrlichkeit, Liebe und Vertrauen etwas bedeuteten.

Aber waren ihre Wünsche und Träume jetzt überhaupt noch von Bedeutung? Sie erwartete immerhin Patriks Kind. War es da nicht am besten, sich mit den Gegebenheiten zu arrangieren?

So wie ihre Mutter es stets getan hatte?

Bei dem Gedanken zog sich ihr Magen schmerzhaft zu einem Klumpen zusammen. Ihre Mutter war die unglücklichste Frau gewesen, die Lena je im Leben gekannt hatte. Sie hatte stets im Schatten ihres übermächtigen Mannes gestanden, der sie nicht respektierte oder ehrte. Für Johan Öberg hätte sie ebenso gut unsichtbar sein können. Er hatte sich nie auch nur einen Deut um ihr Wohlergehen geschert. Und somit war es auch nur der Höhepunkt in einer langen Reihe von Demütigungen gewesen, dass er nicht einmal rechtzeitig ins Krankenhaus gekommen war, um von ihr Abschied zu nehmen.

Wäre Lena nicht gewesen – Silvia Öberg wäre mutterseelenallein gestorben.

Und damals, am Sterbebett ihrer Mutter, hatte Lena sich geschworen, dass sie so niemals enden wollte. Wenn sie jemals einen Mann fand, mit dem sie den Rest ihres Lebens verbringen wollte, dann musste sie sicher sein, dass er der Richtige war.

Kein Kuhhandel, keine Kompromisse.

Auch nicht eines Babys wegen.

„Was ist los?", fragte er. „Du wirkst plötzlich so bedrückt. Freust du dich denn gar nicht?"

Gedankenverloren strich Lena über ihren Bauch, der natürlich immer noch so flach war wie eh und je. Aber schon bald würde für alle Welt sichtbar sein, dass unter ihrem Herzen ein Kind heranwuchs, für das sie eine Verantwortung trug.

Wenn sie eine Entscheidung traf, dann würde es eine Entscheidung für sie beide sein.

„Doch", sagte sie. „Natürlich freue ich mich. Ich frage mich nur, wie es weitergehen soll."

„Du meinst, mit uns beiden?" Patrik lächelte. „Nun, normalerweise wäre der erste Schritt wohl, dass ich dir einen Heiratsantrag mache – aber da wir den schon hinter uns haben, würde ich vorschlagen, dass wir alles andere einfach auf uns zukommen lassen."

Lena schüttelte den Kopf. „Ich will nicht, dass du nur des Babys wegen bei mir bleibst." Sie brachte ein trauriges Lächeln zustande. „Du weißt doch genauso gut wie ich, wohin es führt, wenn Eltern nur aus Pflichtgefühl zusammen sind. Als Kind wäre ich wahrscheinlich glücklicher gewesen, wenn meine Mutter nicht um jeden Preis bei meinem Vater hätte bleiben wollen."

Beschwörend hob er die Hände. „Aber das muss doch noch lange nicht heißen, dass es bei uns genauso läuft."

„Doch", entgegnete Lena energisch. „Denn Liebe ist nichts, was man erzwingen kann. Und ich für meinen Teil möchte, das mein Kind in einer liebevollen Umgebung aufwächst."

„*Unser* Kind", korrigierte er sie sofort. „Und nichts anderes wünsche ich mir doch auch." Er trat auf Lena zu und ergriff ihre Hand. „Ich weiß, unser Start war alles andere als optimal, aber ... Kannst du dir nicht vielleicht doch vorstellen, mit mir glücklich zu werden? Wenn du mir eine Chance gibst, wirst du feststellen, dass ich gar kein so übler Kerl bin."

Seufzend fuhr sie sich übers Haar. „Das bezweifle ich doch gar nicht, aber ..." Sie schaute ihm tief in die Augen. „Wir wollen den Tatsachen ins Gesicht sehen: Du liebst mich nicht, Patrik. Und daran wird sich auch nichts ändern, ganz egal, wie viel Zeit vergeht."

Patriks Miene wurde weich. „Bist du dir da so sicher?", fragte er.

Ein Hoffnungsschimmer blitzte in Lena auf, heiß und heftig. Ihr Herz klopfte heftig, und ihre Kehle war wie zugeschnürt. „Was willst du damit sagen?"

Er zog sie zu sich heran und küsste sie sanft. „Geh nach oben und pack ein paar Sachen zusammen. Wir treffen uns in einer halben Stunde unten vor dem Turm."

Sie lachte erstaunt auf. „Was hast du vor?"

„Ich finde, wir sollten uns jetzt etwas Zeit nehmen, um uns über ein paar Dinge klar zu werden", entgegnete er. „Lass dich einfach überraschen."

Weiße Gischt spritzte auf, als das kleine Motorboot durch die Bucht in Richtung offenes Meer schoss. Lena reckte das Gesicht der Sonne entgegen. Der Wind zupfte an ihrem Haar und kühlte ihre erhitzten Wangen.

„Du bist wirklich verrückt!", stieß Lena lachend hervor.

„Gefällt es dir?", rief Patrik, der hinter dem Steuerrad stand.

„Es ist einfach wunderschön!"

Das stimmte.

Es war ein wunderbares Gefühl, mit Patrik unterwegs zu sein.

So wunderbar, dass Lena alle Probleme und Sorgen, die sie beschäftigten, beinahe vergessen konnte.

Sie war glücklich. Und das lag nicht zuletzt daran, dass sie mit Patrik zusammen war.

An ihren Gefühlen ihm gegenüber konnte nicht der geringste Zweifel bestehen. Doch noch immer wusste sie nicht, was er für sie empfand. Er hatte sie gebeten, ihm Zeit zu geben. Zeit wofür?

Es gab viele Dinge, die sich erst im Laufe von Monaten und Jahren entwickelten. Liebe gehörte ihrer Meinung nach nicht dazu. Entweder sie war da oder eben nicht. In Momenten wie diesem aber wünschte sie sich, an eine gemeinsame glückliche Zukunft glauben zu können. Wenn sie Patrik so ansah, wie ausgelassen und fröhlich er sein konnte, dann glaubte sie, dass in ihm ein ganz wunderbarer Vater steckte. Ihr Baby würde den besten *Pappa* auf der ganzen Welt bekommen – ganz gleich, wie die Dinge sich auch zwischen ihnen entwickeln mochten.

Vor einer kleinen Schäreninsel legten sie mit dem Boot an. Patrik krempelte die Hosenbeine hoch und kletterte über die Bordwand ins Wasser, das ihm bis über die Knie reichte.

Er fluchte unterdrückt. „Himmel!", keuchte er. „Ist das kalt!"

„Oje, du Ärmster!"

„Komm", sagte er und streckte die Arme nach ihr aus.

„Was hast du vor?" Sie lachte wieder. „Du willst mich doch nicht etwa tragen!"

„Du bist die Mutter meines zukünftigen Kindes – denkst du, ich lasse dich durch dieses eiskalte Wasser laufen?"

Lena war skeptisch, doch sie vertraute Patrik auch. Mehr, als sie je einem Menschen vertraut hatte. Sie wusste einfach, dass er nur das Beste für sie wollte. Dass er wollte, dass es ihr gut ging.

„Mein Gott, bist du schwer", stöhnte er theatralisch, als er sie in seinen Armen bis hin zum Ufer trug.

Lachend versetzte sie ihm einen spielerischen Klaps auf den Hinterkopf. „Jetzt werde nur nicht frech! Von meinem Ehemann kann ich ja wohl erwarten, dass er sich für mich ein wenig ins Zeug legt."

Nachdem er sie abgesetzt hatte, ging er wieder zum Boot und kehrte mit einem großen Korb zurück, aus dem er eine Picknickdecke hervorzog. Diese breitete er auf dem Boden aus und machte eine einladende Handbewegung. „Setz dich und lass dich verwöhnen."

„Wo hast du bloß all diese Sachen hergezaubert?" Staunend schaute Lena zu, wie Patrik allerhand Köstlichkeiten aus dem Korb nahm und auf der Decke ausbreitete. Die Bandbreite reichte von Lachshäppchen über verschiedene Obstsorten, Brote und Dips.

„Erinnerst du dich, als du vorhin am Hafen in der Drogerie warst? Nun, ich habe die Zeit genutzt, um ein paar Einkäufe zu erledigen. Na, Appetit?"

„Ich sterbe vor Hunger!"

Als Patrik zu guter Letzt noch eine Flasche Sekt aus dem Korb zauberte, runzelte Lena die Stirn. „Hast du da nicht etwas Wichtiges vergessen?"

Er grinste. „Wenn du damit meinst, dass du als werdende *Mamma* lieber keinen Alkohol trinken solltest – daran habe ich natürlich gedacht." Er reichte ihr die Flasche, sodass sie das Etikett lesen konnte.

„Alkoholfreier Sekt?" Sie lachte hell auf. „Man lernt doch wirklich nie aus. Ich wusste bisher gar nicht, dass es so etwas überhaupt gibt!"

Mit einem *Plopp* ließ Patrik den Korken aus der Flasche fliegen. Dann goss er die prickelnde Flüssigkeit in zwei Plastiksektgläser, von denen er eines Lena überreichte.

„Auf dein Wohl", sagte er und hob sein Glas.

Lena stieß mit ihm an. „Cheers." Sie nahm einen Schluck und blinzelte überrascht. „Gar nicht mal so schlecht", sagte sie. „Ein bisschen zu süß vielleicht, aber sehr viel besser, als ich erwartet habe."

Es wurde ein herrlicher Nachmittag. Sie aßen, dann legten sie sich hin, Lena den Kopf in Patriks Armbeuge geschmiegt, und genossen einfach nur die Wärme der Sonne auf ihrer Haut. In den Bäumen zwitscherten die Vögel, und der Wind fuhr raschelnd durch die Blätter. So schön war es, dass Lena zu träumen begann, dass es immer so sein könnte.

Warum eigentlich nicht? Was sprach dagegen, dass sie gemeinsam glücklich werden konnten?

Lena bezweifelte, dass es für ihre Mutter und ihren Vater Tage wie diesen gegeben hatte. Tage, an denen sie einfach nur die Seele hatten baumeln lassen und füreinander da gewesen waren. Vielleicht hatte sie Patrik zu früh in eine Schublade gesteckt. Er mochte bereit sein, Grenzen zu überschreiten, um Johan Öberg zur Rechenschaft zu ziehen. Aber es war nicht so, als könnte Lena ihn nicht verstehen. Sie kannte ihren Vater und wusste, wie skrupellos er vorging. Und Patrik hatte die vergangenen Jahre stets auf die richtige Gelegenheit gewartet, seine Rache umzusetzen. Sie konnte es ihm nicht einmal verübeln, dass er nun nicht einfach so, ohne jegliche Gegenleistung, davon abrückte.

Was nicht bedeutete, dass sie es sich nicht trotzdem wünschte.

Es dämmerte bereits, als sie sich auf den Heimweg machten. Sie sprachen nicht viel, aber das war auch gar nicht nötig. Sie verstanden sich ohne Worte.

Vielleicht, so überlegte Lena, bestand tatsächlich noch eine Chance. Vielleicht würde Patrik lernen, sie zu lieben. Eines Tages.

Sie beschloss, darum zu kämpfen. Immerhin war er der Vater ihres Kindes, und schon allein um des Babys willen musste sie alles in ihrer Macht Stehende tun, damit es funktionierte.

Lena glaubte fest daran. Denn Patrik war nicht wie Johan Öberg, der niemals Rücksicht auf andere Menschen nahm. Er hatte seinen Racheplan aufgegeben, als Lena ihn darum bat. Zwar nicht ohne im Gegenzug etwas dafür zu verlangen, aber trotzdem.

Es gab eine Chance für sie, und so gering sie auch sein mochte – sie würde sie mit beiden Händen ergreifen.

Gedankenverloren stand Patrik am Steuerrad des Motorboots. Zum Glück war nicht viel mehr vonnöten, um zum Hafen zurückzukehren, als den einmal eingeschlagenen Kurs zu halten. Anderenfalls wären sie vermutlich an der Küste Timbuktus gelandet, so unkonzentriert, wie er war.

Immerzu konnte er nur an Lena und das Baby denken, und daran, wie glücklich er darüber war, bald Vater zu werden.

Nie hätte er das für möglich gehalten. Die Vorstellung, dass er heiraten und eine Familie gründen würde, war ihm noch vor wenigen Wochen vollkommen absurd und unrealistisch erschienen. Doch nun, wo er mitten in diesem Abenteuer steckte, erschien es ihm gar nicht mehr so abwegig.

Ganz im Gegenteil.

Er konnte nicht erklären, wann es geschehen war, doch seine Gefühle für Lena hatten sich definitiv verändert. Längst war sie für ihn nicht mehr nur die Tochter ihres Vaters. Und er vermochte auch nicht mehr, die Dinge mit dem notwendigen Abstand zu betrachten, um seine Rache an Johan Öberg fortzusetzen.

Genau darüber wollte er noch heute Abend mit Friedjof sprechen.

Mit einem leisen Seufzen fuhr er sich mit einer Hand durchs Haar.

Warum musste das alles so furchtbar kompliziert sein?

Er war sich so verflixt schlau vorgekommen, als er Lena den Heiratsantrag machte, wohl wissend, was dies bedeutete.

Alles, was er jetzt tun musste, war, auf seinen frisch gebackenen Schwiegervater zuzugehen und sein Recht einzufordern. Laut Friedjof hatte der alte Öberg gar keine andere Wahl, als den Statuten seiner Firma entsprechend zu handeln und ihm auf der Stelle ein Aktienpaket über dreißig Prozent der Unternehmensanteile auszuhändigen.

Es wäre die ultimative Rache. Er würde seinen alten Feind genau dort treffen, wo es ihm am meisten wehtat, und darüber hinaus wie ein schmerzender Stachel in seinem Fleisch zurückbleiben. Denn wenn Lena und er zusammenblieben, würde ihm eines Tages ganz von selbst die Leitung von Öberg Aktiebolaget in den Schoß fallen.

Das Problem war bloß, dass Lena von alldem nichts ahnte. Sie glaubte, dass diese fingierte Hochzeit nur dazu diente, die Klausel im Testament von Tante Ingrid zu erfüllen. Was durchaus stimmte, aber eben nicht die ganze Wahrheit war.

Irgendwie musste er versuchen, dieses Chaos in Ordnung zu bringen, das er wegen seines Dursts nach Rache angerichtet hatte.

Denn er konnte Lena einfach nicht länger als die Tochter seines Feindes betrachten. Sie war mehr als das.

Seine Ehefrau.

Die Mutter seines Kindes.

Die Frau, die er liebte.

Es war das erste Mal, dass er diesen Gedanken bewusst zuließ, und sehr zu seiner eigenen Überraschung war es ungemein befreiend. Doch noch war die Situation nicht ausgestanden.

Er musste mit Lena reden. So schnell wie möglich.

Doch zuvor sollte Friedjof noch ein Dokument aufsetzen, in dem er auf sämtliche Vorteile verzichtete, die seine Heirat mit Lena ihm in Bezug auf Öberg Aktiebolaget gebracht hatte.

Er musste ihr zunächst beweisen, dass er sich geändert hatte. Dann würde man weitersehen …

Die Sonne war bereits untergegangen, als sie zum Leuchtturm zurückgelangten. Patrik entschuldigte sich mit der Erklärung, dass er noch ein paar wichtige geschäftliche Telefonate zu führen hatte, und so zog Lena sich auf ihr Zimmer zurück.

Auch sie musste ein wichtiges Telefongespräch führen. Eines, das schon längst überfällig war.

Sie atmete tief durch und wählte trotz der vorgerückten Stunde die Büronummer ihres Vaters, da sie nicht daran zweifelte, dass er noch auf der Arbeit war.

Tatsächlich klingelte es nur zweimal, ehe er sich am anderen Ende der Leitung meldete. „Ja?"

„*Hej, Pappa*", sagte sie.

„Ach, du bist es, Lena."

In Lenas Ohren klang es wie ein „Ach, du bist es *nur*" – und das nach allem, was sie für ihn und die Firma getan hatte. Aber warum wunderte sie sich eigentlich? Sie wusste doch, wie ihr Vater war. Dass sie alle Hebel in Bewegung gesetzt hatte, um die Firma zu retten, war für ihn eine Selbstverständlichkeit.

„Södergren hat tatsächlich aufgehört, meine Schuldverschreibungen aufzukaufen, und mir die, die sich bereits in seinem Besitz befanden, zukommen lassen. Irgendwie scheint es dir tatsächlich gelungen zu sein, ihn zu überzeugen." Er lachte leise. „Um ehrlich zu sein, ich habe nicht damit gerechnet, dass er sich umstimmen lassen würde. Wie hast du das bloß angestellt?"

Lena atmete tief durch. Er war gleich zu dem Thema gekommen, das sie ohnehin mit ihm hatte besprechen wollen. Allerdings war es ihr Plan gewesen, ein wenig behutsamer vorzugehen. Doch jetzt fragte sie sich, warum eigentlich. Ihr Vater hatte sie schließlich immer dazu gedrängt, endlich einen Mann zu heiraten, der eines Tages die Geschäfte der Firma weiterzuführen vermochte.

Patrik war vermutlich nicht unbedingt sein Traumkandidat, doch wenn ihre Wahl ihm nicht gefiel, konnte er sich ja auch nach einem anderen Nachfolger umsehen.

„Es war im Grunde gar nicht so schwer", antwortete sie. „Patrik hat nur eine einzige Bedingung gestellt."

„Und die wäre?" Argwohn und Misstrauen schwangen in Johan Öbergs Stimme mit.

„Ich musste mich einverstanden erklären, ihn zu heiraten."

Für einen Moment herrschte ungläubiges Schweigen am anderen Ende. Dann räusperte ihr Vater sich.

„Du hast aber doch hoffentlich abgelehnt."

Die Frage kam überraschend für Lena. Sie blinzelte irritiert. Hatte ihr Vater plötzlich seine weiche Seite entdeckt? Machte er sich tatsächlich Gedanken um sie?

„*Nej*, ich …" Sie schüttelte den Kopf. „Es war die einzige Chance, ihn von seinem Racheplan abzubringen, *Pappa*. Er brauchte dringend eine Ehefrau, um irgendeine lächerliche Klausel im Testament seiner Tante zu erfüllen und …"

„Er muss es gewusst haben", hörte sie ihren Vater murmeln und verstummte. „Aber woher? Woher?"

„Was soll Patrik gewusst haben? Wovon sprichst du eigentlich?"

„Hör gut zu, Lena, du wirst jetzt genau tun, was ich dir sage", entgegnete er, ohne auf ihre Frage einzugehen. „Du packst auf der Stelle deine Sachen zusammen, rufst dir ein Taxi und kommst zu mir ins Büro. Wir werden dann meinen Anwalt mit der Annullierung dieser Ehe beauftragen, damit …"

„*Nej!*" Wütend ballte Lena die freie Hand zur Faust. „Jetzt hörst du mir mal zu, *Pappa*! Ich werde Patrik nicht verlassen, und ich werde garantiert unsere Ehe nicht annullieren lassen, verstanden? Ich liebe ihn, und ich erwarte ein Kind von ihm!"

„Grundgütiger!", stöhnte Johan Öberg auf. „Das darf nicht wahr sein! Ich wusste ja schon immer, dass du naiv und leichtgläubig bist, Lena. Aber ich hätte es wirklich nicht für möglich gehalten, dass du auf ein so durchsichtiges Spiel hereinfallen würdest!"

Lena runzelte die Stirn. Ihr war plötzlich schrecklich kalt. „Was sagst du da? Was für ein Spiel?"

„Ich habe vor einigen Jahren, als mir klar wurde, dass du nicht dazu geeignet bist, meine Nachfolgerin zu werden, in aller Stille einen Zusatz in die Firmenstatuten aufgenommen."

„Und der besagt?"

„Ganz einfach – er besagt, dass der Mann, den du einmal heiratest, gleich nach der Eheschließung einen großen Teil des Aktienportfolios erhält. Weiterhin garantiert es deinem Ehemann, dass er meine übrigen Anteile bekommt, sobald ich mich dazu entschließe, meinen Rücktritt zu erklären, oder aus gesundheitlichen Gründen nicht mehr zur Führung der Firma in der Lage bin." Er machte eine kurze, dramatische Pause. „Begreifst du, was das heißt? Södergren wird seine Rache bekommen – und er hat dich dazu gebracht, ihm dabei zu helfen!"

10. KAPITEL

Wie betäubt ließ Lena sich auf den Rand ihres Bettes sinken. Sie hatte das Gefühl, neben sich zu stehen. Natürlich begriff sie, was das, was ihr Vater gesagt hatte, bedeutete. Durch ihre Heirat würde Patrik zunächst Teilhaber der Firma werden und diese dann, nach dem Abdanken ihres Vaters, übernehmen.

Was war noch besser, als das Lebenswerk seines ärgsten Feindes zu zerstören? Richtig, es in seinen eigenen Besitz zu bringen!

„Ich …" Sie schüttelte den Kopf. „Aber Patrik kann doch unmöglich davon gewusst haben, oder? Ich meine, deine Anwälte werden sehr diskret vorgegangen sein. Es kann schließlich kaum in deinem Interesse gewesen sein, dass alle Welt von dieser Regelung erfährt."

„Sagen wir es einmal so: Wir haben uns alle Mühe gegeben, die Angelegenheit unter Verschluss zu halten. Aber eine hundertprozentige Garantie, dass nicht doch etwas durchgesickert ist, besteht natürlich nicht."

Lena fühlte sich wie vor den Kopf gestoßen.

Sie wollte nicht glauben, worauf die Eröffnung ihres Vaters hindeutete. Hatte Patrik sie wirklich die ganze Zeit an der Nase herumgeführt? Hatte er sie nur benutzt, um am Ende ultimative Rache an ihrem Vater nehmen zu können?

In diesem Fall wunderte es sie nicht, warum er so erfreut über die Nachricht gewesen war, dass sie ein Baby von ihm erwartete. Es musste ihm wie ein Geschenk des Himmels vorgekommen sein. Denn durch ein gemeinsames Kind konnte er sie sehr viel effektiver an sich binden, als es sonst der Fall gewesen wäre.

„Also", ergriff Johan Öberg erneut das Wort. „Du tust jetzt einfach, was ich dir gesagt habe. Alles Weitere besprechen wir, wenn du bei mir bist."

Lena holte tief Luft. Was sollte sie jetzt tun? Wenn ihr Vater die Wahrheit sagte, dann konnte sie unmöglich auch nur einen Tag länger mit Patrik verheiratet bleiben. Aber noch war sie nicht bereit, alle Hoffnungen fahren zu lassen.

Vielleicht gab es ja doch eine andere Erklärung.

Sie musste mit Patrik sprechen.

Sofort!

Als Lena keine zwei Minuten später vor der Tür zu Patriks Arbeitszimmer stand, zögerte sie wieder. Sie konnte sich gut vorstellen, dass ihr Vater diese Behauptungen nur in die Welt gesetzt hatte, um sie zu verunsichern.

Patrik war mit Sicherheit nicht der Mann, den er sich eines Tages an der Spitze seiner Firma wünschte. Es war nicht unwahrscheinlich, dass er deshalb so auf sie einwirkte, damit sie einer Annullierung der Ehe zustimmte. Vermutlich glaubte er, dass er sie dann dazu bringen konnte, einen Kandidaten zu heiraten, der ihm besser in den Kram passte.

Doch Lena dachte nicht daran, sich von ihm manipulieren zu lassen. Sie war es leid, von ihm herumgeschubst und wie ein Mensch zweiter Klasse behandelt zu werden. Wenn sich herausstellte, dass er sie, was diese Angelegenheit betraf, belogen hatte, dann würde sie ihm den Rücken zukehren – ein für alle Mal.

Sie atmete tief durch und wollte gerade die Hand heben, um anzuklopfen, als aus dem Inneren des Arbeitszimmers Patriks Stimme an ihr Ohr drang und sie verharren ließ.

„*Förbannat!*", rief er aufgebracht. „Natürlich weiß ich, was es bedeutet, wenn du diese Erklärung aufsetzt, Friedjof. Immerhin war ich es, der auf die Idee gekommen ist, diese Heirat einzufädeln und damit zwei Fliegen mit einer Klappe zu schlagen."

Lena sank das Herz. Sie konnte nicht hören, was Patriks Gesprächspartner erwiderte – vermutlich telefonierte er mit ihm –, doch im Grunde wusste sie bereits genug.

Was Patrik gesagt hatte, konnte nur eines bedeuten: Er hatte von dem Zusatz gewusst, den ihr Vater den Firmenstatuten hinzugefügt hatte.

Zum Schein war er auf ihre Bitte eingegangen, von einer Übernahme von Öberg Aktiebolaget abzusehen. Doch in Wahrheit war es ihm immer nur um eines gegangen: Vergeltung. Und sie war nichts weiter für ihn gewesen als das Werkzeug, mit dem er seine Rache in die Tat umsetzen konnte.

Zutiefst enttäuscht wandte sie sich von der Tür ab und lief auf ihr Zimmer zurück. Unter Tränen packte sie ihre Koffer.

Dann verließ sie den Leuchtturm.

Sie hatte um Patrik kämpfen wollen – für sich selbst, für ihr Kind. Aber unter den gegebenen Umständen konnte sie einfach nicht mehr weitermachen.

Die Schlacht war verloren gewesen, noch ehe sie richtig begonnen hatte.

„Also schön, du setzt alle notwendigen Dokumente auf und lässt sie mir zur Unterschrift zukommen? *Tack ...* Ja, ich werde jetzt gleich mit ihr reden. Vielen Dank, Friedjof. *Adjö.*"

Erleichtert atmete Patrik auf, nachdem er das Gespräch mit seinem Anwalt und guten Freund hinter sich gebracht hatte. Zunächst war Friedjof verständlicherweise irritiert gewesen. Immerhin hatte Patrik die Heirat mit Lena ja nur deshalb forciert, weil er auf diese Weise die Firma ihres Vaters in seine Gewalt hatte bringen wollen.

Dass er jetzt plötzlich auf seine Rache verzichten wollte, hatte seinen Anwalt überrascht – jedoch kaum mehr, als es Patrik noch immer selbst überraschte.

Das, was er niemals für möglich gehalten hatte, war geschehen: Er hatte den einen Menschen gefunden, mit dem er den Rest seines Lebens verbringen wollte. Den Menschen, für den er bereit war, sein Herz zu öffnen. Der alle Schutzmauern, die er errichtet hatte, mühelos eingerissen hatte.

Lena.

Und um ihr genau das zu sagen, musste er jetzt zu ihr.

Er verließ sein Arbeitszimmer und lief, immer zwei Stufen auf einmal nehmend, die Treppe hinauf. Als er vor ihrer Tür stand, hämmerte sein Herz vor lauter Aufregung.

Wie würde Lena reagieren, wenn sie die Wahrheit erfuhr? Er hatte sich fest vorgenommen, dieses Mal wirklich alle Karten auf den Tisch zu legen. Lena verdiente nichts als absolute Ehrlichkeit. Lange genug hatte er sie mit Halbwahrheiten abgespeist, doch damit musste nun Schluss sein.

Er klopfte an, doch nichts rührte sich. Er versuchte es noch einmal – mit demselben Ergebnis.

Womöglich schlief sie ja schon. Sie hatte ziemlich erschöpft ausgesehen, als sie ihm eine gute Nacht gewünscht hatte. Kurz überlegte er, ob er das Gespräch, das er mit ihr führen wollte, lieber auf den nächsten Morgen vertagen sollte. Doch er entschied sich dagegen.

Es musste heute sein.

Erneut klopfte er, dieses Mal etwas energischer. Und als er wieder keine Antwort erhielt, drückte er versuchsweise die Klinke.

Die Tür war unverschlossen und schwang unter leichtem Druck auf. Im Inneren des Zimmers war es dunkel. Offenbar hatte Lena sich tatsächlich zu Bett begeben. Er öffnete die Tür ein Stück weiter und sah im Schein der Korridorbeleuchtung, dass der Kleiderschrank offen stand.

Patrik runzelte die Stirn.

„Lena?"

Er schaltete das Licht an und erkannte auf den ersten Blick, dass das Bett unberührt war. Dafür waren sämtliche Kleidungsstücke aus dem Kleiderschrank verschwunden. Und der Koffer, der auf dem Schrank gestanden hatte, war ebenfalls fort.

„Lena!" Er stürmte ins angrenzende Badezimmer, nur um es ebenfalls verlassen vorzufinden. Und mehr noch als das – alle privaten Dinge, die Lena mitgebracht hatte, waren ebenfalls weg.

Lena war fort.

Aber wohin? Und warum?

Auf dem Bett fand er einen Brief.

Lieber Patrik,
ich habe eingesehen, wie dumm ich war, an eine gemeinsame Zukunft für dich und mich und unser Kind zu glauben. Es war ein schöner Traum, doch er ist ausgeträumt.
Ich wäre bereit gewesen, dir alles zu verzeihen, was in der

Vergangenheit geschehen ist. Hättest du nur damit aufge-
hört, deine Rachepläne weiter zu verfolgen …
Ich kann das nicht, Patrik.
Förlåt
Lena

Die Erkenntnis, dass Lena tatsächlich fort war, traf Patrik wie ein Schlag in die Magengrube. Und er war schuld. Es konnte kein Zweifel daran bestehen, warum sie gegangen war: Sie musste ir- gendwie erfahren haben, dass er sie hatte benutzen wollen, um die Firma ihres Vaters in seine Hand zu bringen.

Warum nur hatte sie ihm nicht wenigstens eine Chance ge- geben, alles zu erklären? Es stimmte ja, dass er ihr Vertrauen lange Zeit missbraucht hatte. Doch er war bereit gewesen, sich zu ändern.

Für sie.

Aber so leicht würde Patrik nicht aufgeben. Er musste unbe- dingt noch einmal mit ihr reden. Versuchen, die Dinge wieder in Ordnung zu bringen.

Und ihm fiel nur ein Mensch ein, bei dem er es versuchen konnte.

Patrik zögerte keine Sekunde.

„Hatte ich also wieder einmal recht", sagte Johan Öberg, und der Triumph, der in seiner Stimme mitschwang, machte Lena einfach nur traurig.

Spürte er denn nicht, wie unglücklich sie war? Besaß er tat- sächlich so wenig Einfühlungsvermögen – oder war sie ihm ein- fach nur vollkommen egal?

Sie straffte die Schultern und blinzelte die Tränen, die ihr in die Augen getreten waren, fort. Sie war, nachdem sie Patrik ver- lassen hatte, nicht ohne Grund auf schnellstem Wege zu ihrem Vater gefahren – und zwar nicht etwa, weil sie hoffte, bei ihm eine starke Schulter zum Ausweinen zu finden. Nein.

Johan Öberg war im Augenblick der einzige Mensch, der ihr dabei helfen konnte, ein paar Dinge zu regeln, um mit der Vergangenheit abzuschließen. Ihr Partnerschaftsvertrag mit Thalia musste aufgelöst werden – sie würde ihre Anteile von *Faces* an ihre frühere Freundin und Geschäftspartnerin verkaufen.

Außerdem galt es, eine Ehe zu annullieren.

Lena unterdrückte ein Seufzen.

Es war absurd, aber die Vorstellung, bald schon nicht mehr mit Patrik verheiratet zu sein, zerriss ihr schier das Herz. Dabei waren die Umstände, unter denen diese Ehe geschlossen worden waren, alles andere als glücklich gewesen.

Du solltest froh sein, dass du die leidige Angelegenheit bald hinter dir hast, sagte sie zu sich selbst. Wenn die Annullierung erst einmal durch war, dann konnte sie ein neues Leben anfangen – mit wem und wo immer sie wollte.

Doch was bedeutete ihr das ohne Patrik?

„Ja", sagte sie. „Du hattest recht – wie immer. Auch wenn ich wünschte, dass es dieses Mal nicht der Fall wäre."

Ihr Vater hob eine Braue. „Du hast dich doch nicht etwa in diesen Windhund verliebt?", fragte er höhnisch.

„Er ist der Vater meines ungeborenen Kindes", entgegnete sie ausweichend, ohne wirklich auf seine Frage zu antworten. „Was erwartest du von mir?"

„Also schön", sagte Johan Öberg in dem gönnerhaften Tonfall, den Lena so an ihm hasste. „Ich werde meinen Anwalt anweisen, alle erforderlichen Dokumente aufzusetzen und …" Das Telefon auf seinem Schreibtisch fing an zu klingeln. Er runzelte die Stirn und nahm den Hörer ab. „Ja? … Ein Besucher? Um diese Zeit? … Er weigert sich zu verschwinden, ehe er mit mir gesprochen hat? Hm … Das könnte wirklich interessant werden. Schicken Sie ihn bitte hoch zu mir."

Fragend schaute Lena ihn an. „Was ist los?"

„Ein später Besucher", erwiderte er. „Er besteht darauf, mit mir zu sprechen. Du hast doch nichts dagegen, oder?"

Lena war irritiert, schüttelte aber den Kopf. Ihr Vater sollte tun, was er nicht lassen konnte – solange er ihr nur dabei half, alle Formalitäten abzuwickeln.

Allein fehlte ihr dazu einfach die Kraft.

Johan Öberg erhob sich, als es an der Tür klopfte. „Herein."

Ein wenig neugierig, um wen es sich bei dem späten Besucher wohl handeln mochte, stand Lena ebenfalls auf und drehte sich halb um.

Ihr blieb fast das Herz stehen vor Schreck, als sie die Person erkannte, die durch den Türrahmen trat.

„Patrik", stieß sie überrascht hervor. „Was tust du hier?"

Patrik hatte die Strecke vom Leuchtturm bis zu dem großen Glaspalast, in dessen Penthaus sich Johan Öbergs Büro befand, in Rekordzeit zurückgelegt. Die ganze Zeit über hatte er nur an Lena denken können.

War sie bei ihrem Vater? Und würde sie ihm eine Chance geben, alles zu erklären, wenn es so war?

Die ganze Fahrt über hatte er sich seine Worte sorgsam zurechtgelegt. Er war schon immer ein recht guter Rhetoriker gewesen. Es fiel ihm nicht schwer, andere Menschen zu überzeugen. Und nun hing alles, wirklich alles, davon ab, dass ihm dies auch bei Lena gelang.

Doch als er ihr jetzt gegenüberstand, war sein Kopf wie leer gefegt.

All die schönen Formulierungen – fort.

Sprachlos starrte er sie an. Sein Herz hämmerte wie verrückt.

Wie schön sie war. Und wie zart und verletzlich sie wirkte – und unglücklich.

Eine überwältigende Welle von Mitgefühl rollte über ihn hinweg. Mit wenigen Schritten war er bei ihr, zog sie in seine Arme und hielt sie einfach nur.

„Was für eine rührende Szene, Södergren!" Johan Öberg klatschte in die Hände. „Wirklich beeindruckend. Beinahe könnte man Ihnen tatsächlich abnehmen, dass Sie es ernst meinen."

Unwillkürlich spürte Patrik, wie der alte Hass erneut in ihm hochloderte. Doch er zwang sich, die Ruhe zu bewahren. Er war nicht hier, um seine alte Rechnung mit Johan Öberg zu begleichen.

Hier ging es um Lena.

„Es ist mir ernst", entgegnete er. Dann trat er einen Schritt zurück, hielt Lena bei den Schultern und schaute ihr tief in die Augen. „Es tut mir leid, Lena. Ich weiß, es war ein unverzeihlicher Fehler von mir, dass ich nicht von Anfang an ehrlich zu dir war. Aber ich habe eingesehen, dass es falsch war, mich allein von meinem Rachedurst leiten zu lassen. Sieh doch nur, wohin dieses Verhalten mich geführt hat. Ich hätte fast die Frau, die mein Kind unter dem Herzen trägt", er hob seine rechte Hand und strich ihr sanft mit dem Handrücken über die Wange, „die Frau, die ich liebe, verloren." Er zögerte kurz. „Das habe ich doch noch nicht, oder? Dich verloren?"

Ehe Lena antworten konnte, ergriff ihr Vater erneut das Wort. „Das ist doch lachhaft! Sie sind nur hier, weil Ihr schöner Plan nun doch nicht aufzugehen scheint, Södergren, das wissen Sie ebenso gut wie ich. Und ich kann Sie sogar verstehen. Ich an Ihrer Stelle würde vermutlich genauso handeln."

„Sie irren sich", entgegnete Patrik ernst. „Ich bin nicht wie Sie. Es mag sein, dass ich lange Zeit geblendet war von dem Wunsch nach Vergeltung. Aber inzwischen ist mir klar geworden, dass es im Leben wichtigere Dinge gibt." Er schaute Lena an, und sein Herz quoll über vor lauter Zärtlichkeit. „Sie werden das vermutlich nicht verstehen, aber ich liebe Ihre Tochter. Und ich werde um sie kämpfen – wenn sie mich noch will."

Er sah, wie sie heftig schluckte, und einen Moment lang wusste er nicht, wie sie reagieren würde.

Dann nahm sie seine Hand. „Komm", sagte sie und wandte sich zum Gehen.

„Wo willst du hin?", bellte Johan Öberg empört. „Wenn du jetzt gehst, brauchst du mir niemals wieder unter die Augen zu treten!"

Patrik spürte, wie Lena kurz zögerte. Dann ging sie, ohne sich noch einmal umzudrehen, mit ihm zur Tür hinaus.

Lena spürte, wie der kühle Abendwind ihre Tränen trocknete, als sie ins Freie hinaustraten. Die frische Luft war eine Wohltat, trotzdem schwirrte ihr noch immer der Kopf nach allem, was sich im Büro ihres Vaters zugetragen hatte.

Schließlich blieb sie stehen. „Hast du das vorhin wirklich ernst gemeint?"

„Du meinst, dass ich bereue, mich so lange von meinen Rachegefühlen habe leiten zu lassen?"

Mit einem scheuen Lächeln schüttelte sie den Kopf. „*Nej*", entgegnete sie. „Das andere." Sie atmete tief durch. „Dass du mich liebst."

Einen Moment lang schien die Zeit stehen geblieben zu sein – nur Lenas Herz klopfte so heftig, als ob es zerspringen wolle. Dann nahm Patrik ihre Hand und sank vor ihr auf die Knie.

„Du hast allen Grund, mich zu verachten, Lena", sagte er. „Ich war blind vor Hass auf deinen Vater. So blind, dass ich beinahe mit offenen Augen in mein eigenes Unglück gerannt wäre. Doch inzwischen habe ich begriffen, dass es ein Fehler ist, allein für seine Rache zu leben. Mein Bruder hätte das auch nicht gewollt. Er hätte sich gewünscht, dass ich glücklich bin." Er schaute sie direkt an, seine Iris schimmerte im sanften Mondschein in einem hellen Grünblau. „Ich weiß, dass ich eigentlich nicht von dir erwarten darf, dass du mir verzeihst, aber eines musst du mir einfach glauben: Das, was ich gerade im Büro deines Vaters gesagt habe, war die Wahrheit und nichts als die Wahrheit. Ich liebe dich, Lena. Ich liebe dich mit jeder Faser meines Herzens. Dich und unser gemeinsames Kind."

Um ein Aufschluchzen zu unterdrücken schlug Lena sich eine Hand vor den Mund. „Kneif mich, bitte", sagte sie, „damit ich glauben kann, dass dies nicht nur ein schöner Traum ist, aus dem ich jeden Augenblick erwachen kann."

Er lächelte. „Keine Sorge, ich werde mich nicht in Luft auflösen, wenn es das ist, was du befürchtest. Ganz im Gegenteil. Ich werde von nun an immer in deiner Nähe sein. Ich werde für dich sorgen und dir jeden Wunsch von den Augen ablesen – wenn du mich lässt." Sie sah, wie er tief durchatmete. „Lena, willst du mich noch einmal heiraten? Dieses Mal so, wie es eigentlich hätte sein sollen?"

Überglücklich lachte Lena auf. „Ja", schluchzte sie. „Ja! Natürlich will ich!"

EPILOG

Vier Monate später

Jn einer Kutsche, die gezogen wurde von vier prächtigen Schimmeln, fuhr Lena vor dem Leuchtturm vor.

Patrik und sie waren inzwischen in seine Villa am Strand – seinem eigentlichen Wohnsitz – umgezogen. Doch Lena hatte darauf bestanden, dass ihre zweite Hochzeit am Leuchtturm stattfinden sollte.

Dem Ort, an dem sie ihr Glück gefunden hatten.

Ihr Herz klopfte heftig, als sie all die Gäste sah, die in langen Bankreihen mit Blick auf den Pavillon saßen. So viele Menschen. Und sie alle waren hier, um sich gemeinsam mit Patrik und ihr an ihrer Liebe zu erfreuen.

Patriks Cousin Mattias erwartete sie bereits und half ihr, aus der Kutsche zu steigen. Johan Öberg hatte seine Drohung wahr gemacht und jeglichen Kontakt abgebrochen. Doch Lena konnte nicht behaupten, dass sie dies besonders bedauerte. Die Zeiten, in denen sie sich nach der Anerkennung ihres übermächtigen Vaters gesehnt hatte, waren vorbei. Ihr war klar geworden, dass er nur einen Menschen auf der Welt wirklich liebte: sich selbst.

„Du siehst wunderschön aus", sagte Mattias und bot ihr lächelnd seinen Arm. „Patrik kann sich wirklich glücklich schätzen, angesichts einer so bezaubernden Braut."

Anders als bei ihrer ersten Eheschließung, bei der sie lediglich ein schlichtes Etuikleid getragen hatte, war es dieses Mal ein richtiges Hochzeitskleid. Schulterfrei, und unter der Brust A-förmig auslaufend, kaschierte es das kleine Bäuchlein, das man mittlerweile schon deutlich sehen konnte.

Ein kurzer Schleier und ein Brautstrauß mit weißen Rosen komplettierten ihre Ausstattung. Es war genau so, wie sie es sich in ihren schönsten Träumen ausgemalt hatte, und sie fühlte sich wie eine Prinzessin.

Mit einem glücklichen Strahlen blickte Patrik ihr entgegen, als sie gemeinsam mit Mattias durch den breiten Gang zwischen den

Reihen der Gäste auf ihn zuschritt. Und sie sah Tränen in seinen Augen schimmern, als Mattias sie in seiner Rolle als Brautführer an ihn übergab.

Noch nie hatte Lena eine so ergreifende Zeremonie erlebt. Und obwohl es sich lediglich um eine Erneuerung ihres Ehegelübdes handelte, fühlte sich Lena in diesem Augenblick, als würde sie Patrik zum ersten Mal heiraten.

„Ja", antwortete sie, dieses Mal aus tiefstem Herzen, als der Pastor ihr erneut die alles entscheidende Frage stellte. „Ja, ich will."

Und als Patrik sie dieses Mal küsste und die Hochzeitsgesellschaft in frenetischen Jubel ausbrach, wusste Lena, dass es für immer war. Ihr Herz quoll über vor lauter Liebe zu ihm.

Endlich verspürte sie das Gefühl, nach dem sie sich schon so lange gesehnt hatte.

Sie war zu Hause angekommen.

In Patriks Armen.

– ENDE –

Lesen Sie auch:

Anna Gold

Verpissimo! –
Ein Sommer in Italien

Im Buchhandel erhältlich

Band-Nr. 25744
8,99 € (D)
ISBN: 978-3-95649-009-5

„Wir sind gleich da!", rufe ich, als ich sehe, dass es nur noch wenige Kilometer bis Alice Bel Colle sind.

Der Name unseres neuen Zuhauses klingt ein wenig nach *Alice im Wunderland*, und von den Weinbergen einmal abgesehen, ist das auch gar nicht so weit hergeholt. Die Dinge, die kurz vorm Ziel unseren Weg kreuzen, würden sich gut in einem Wunderland machen, zumindest in einem deutschen. Gerade bin ich beim Anblick einer Gruppe alter Opas, die so adrett gekleidet waren wie bei uns nur Großstädter mit eigenem Stilberater, vor Staunen fast gegen ein römisches Aquädukt gefahren, das hier einfach so auf der Straße rumsteht wie Kühe in den Bergen.

Himmel! Was kommt als Nächstes? Dinosaurier?

Schlafmützen-Mel schreckt hoch. „Oh mein Gott, wo sind wir? Dana, wo?"

„Kurz vor unserem neuen Wohnort."

„Das sieht aber ganz schön alt aus hier", stellt Mel leicht enttäuscht fest. Und auch genau in dem Moment gibt mein altes Navi seinen Geist auf.

„Bitte wenden ... bitte wenden ...", ist das Einzige, was es uns noch zu sagen hat.

Mel öffnet ihren Rucksack und holt seufzend einen Stapel Papier hervor.

„Ha, hier ist die Wegbeschreibung von meinem Makler."

Ich werfe einen Blick darauf. Der Gute hat sogar Fotos geschossen, die uns den Weg weisen sollen. Nur scheinen diese entweder überbelichtet oder nicht von hier zu sein. Es sieht aus, als wäre alles schneebedeckt.

„Hier kann es doch gar nicht schneien", schimpft Mel auch prompt, „mein Makler hat mir versichert, dass dies der sommerlichere Teil vom Piemont ist."

Sie stutzt, als ich das Auto über die momentan nicht mit Schnee bedeckte Brücke steuere. „Ja, und, Dana, du hast doch auch immer von karibischem Klima gesprochen, oder?"

Das klingt mir doch sehr nach einer rhetorischen Frage. Auf der anderen Seite hatte ich bei meiner übertriebenen Piemont-Promo vor Mel auch nie die Möglichkeit von Winter erwähnt.

Ganz einfach, weil ich nicht von so etwas ausgegangen (und ebenso wenig im Besitz von schneebedeckten Piemont-Pictures) war. Nein, in Gedanken war ich doch meist … bei Mickey *(schnief)*.

„Echt toll, Dana!", schimpft Mel und lässt die Wegbeschreibung angewidert auf mein Bein sinken.

„Hast du da vorher keinen Blick draufgeworfen?", frage ich und halte ihr das Winter-Wonderland erneut unter die Nase.

„Nein, nicht auf die Wegbeschreibung. Dana, du hast gesagt, das Piemont ist ein Paradies. Und ich kenne kein Paradies, in dem es schneit."

Ich auch nicht. Außerdem schneit es hier ja auch nicht, zumindest nicht im Moment. Die Sonne scheint. Trotzdem ziehen wir beide ein Schlechtwettergesicht sondergleichen. Und Mel beginnt schon wieder zu weinen.

„Mel, bitte! Lass uns jetzt erst einmal das Haus suchen", flehe ich meine beste Freundin an.

„Ohhhh…kay …", seufzt Mel.

Und so denken wir uns den Schnee auf den Fotos weg, fahren an unzähligen Tankstellen vorbei, dann durch Wälder und Weinberge, mitten durch eine aufblitzende Radarkontrolle und plötzlich durch eine antike Stadt, die wahrscheinlich schon seit Hunderten von Jahren nicht mehr bewohnt ist. Zumindest erblicke ich dort keinen einzigen Menschen, leider aber kurz darauf das Ortsschild: Alice Bel Colle.

„Scheiße!"

Mel spricht das aus, was ich denke.

Doch zum (Un-)Glück wohnen wir nicht in dieser Geisterstadt. Nein, laut Wegbeschreibung geht es noch weiter über den Hügel, hoch auf einen Berg, einen unglaublich hohen Berg, was der Sache einen noch derberen Beigeschmack verpasst.

Piemonte heißt „Fuß der Berge", kommt es mir in den Sinn. Ich beiße mir auf die Unterlippe.

„Wie soll unser Möbelwagen hier hochkommen?", fragt Mel, und ich kontere in Gedanken an die unzähligen Tankstellen: „An Benzin wird es ihm nicht mangeln."

Doch als die Fahrt auch Minuten später kein Ende zu nehmen scheint, frage ich mehr schockiert als im Scherz: „Jetzt mal im Ernst: Liegt das Haus echt auf dem Gipfel?"

„Nein, eigentlich nicht. Mein Makler sagte nur *above*", beschwichtigt mich Mel, und ich schaue sofort in den Himmel und bitte den Herrn um Verständnis dafür, dass ich Mel heute noch mit meinem Vokabelbuch verkloppen werde.

Wir fahren also weiter, einmal fast über ein einsam umherstreunendes Huhn, einmal fast in einen Graben. Und dann erreichen wir tatsächlich den Gipfel und blicken auf Mels Haus – oder auf unser Haus, das Mel bezahlt hat und für das ich ab sofort die Verantwortung übernehmen soll.

Ehrfürchtig stoppe ich das Auto, steige aus und atme tief ein.

„Bitte lass dieses Haus ein Traumhaus sein", bete ich leise vor mich hin, während ich die frische und angenehme Luft genieße.

Was für ein Pendant zur Großstadt …

„Machst du jetzt eine Pause? Wo wir schon fast da sind?", fragt Mel irritiert, und ich steige schnell wieder ein.

Kaum erreichen wir unseren Parkplatz, staune ich dann wie ein Städter im Dschungel. Wenn es so etwas wie die beste Lage geben sollte, dann hat unser Haus die auf jeden Fall. Wir befinden uns auf dem höchsten Weinberg, umrahmt von kleineren und einer traumhaften Geräuschkulisse aus plätschernden Bächen, feinstem Vogelgezwitscher und zirpenden Grillen. Ein kleines Kaninchen hüpft durch unseren Garten. Eidechsen sonnen sich auf den schön drapierten Steinen. In der Ferne erkenne ich ein Reh. Einfach märchenhaft.

„Das ist wirklich wunderschön", gebe ich fassungslos von mir.

„Wie kann man so etwas nur verkaufen?", fragt Mel, und ich kann ihr nur zustimmen.

„Lass uns dem gekauften Gaul mal ins Maul schauen", sage ich nach weiteren Minuten des starren Staunens und öffne die Tür, die zu meiner Überraschung noch nicht einmal abgeschlossen ist.

„Komisch. Eigentlich wollte der Makler uns den Schlüssel bringen", murmelt Mel, und ich werfe die Tür augenblicklich wieder ins Schloss.

Am Ende ist das gar nicht unser Haus ...

Ein Blick auf die Fotos und die Hausnummer verrät jedoch: Das ist unser Haus.

Also nähern wir uns wieder der Tür und stehen kurz darauf in einer komplett aufgebauten und obendrein eingerichteten Küche. Mel strahlt über das ganze Gesicht.

„Die muss nicht mal ausgetauscht werden."

„Nein, die muss nur mal ordentlich geputzt werden", sage ich mit Blick auf Staub und Dreck, öffne den Wandschrank und stelle fest: „Hier ist alles fix und fertig."

Ja, in den prall gefüllten Schränken wartet sogar schon antikes Geschirr auf seinen Einsatz.

„Das ist ja wie im Märchen", meint Mel mit Blick auf das uralte Kaffeeservice. „Dana, wenn jetzt nebenan noch ein frisch bezogenes Bett auf uns wartet, dann sind wir wirklich im Paradies."

„Und wenn es benutzt ist, dann sind wir bei den sieben Zwergen", kichere ich in Gedanken an die sieben Weinberge, die unser Haus einrahmen.

Im Nachbarzimmer befindet sich tatsächlich ein Bett, ein sogar bezogenes Bett samt Decken und Kissen, auch wenn es hier nicht ganz so frisch duftet. Nein, es stinkt eher nach einer Mischung aus vergammeltem Käse und verbrauchter Luft.

Mel öffnet flugs die Fenster und sagt fortan immer das Gleiche: „Paradies."

Ja, das hier kommt dem Paradies wirklich sehr nahe, auch wenn dort sicherlich ein anderes Aroma herrscht.

Nach ein paar Minuten gelangen wir zu dem Schluss, dass die Ferienwohnungen allesamt bezugsfertig sind und wir rein theoretisch nach einer nächtlichen Lüftungs- und anschließenden Putzaktion schon am folgenden Tag die ersten Gäste empfangen könnten.

„Da muss ich aber gleich morgen früh zur Gemeinde fahren, wir brauchen für so was ja eine Anmeldung", sagt Mel mit erhobenem Zeigefinger. Ja, das sollte sie tun. Die Betonung liegt auf dem *sie,* denn ich habe ja weder Geld noch einen Codice Fiscale und deshalb auch nichts zu melden. Die Zeit könnte ich dann für „la dolce vita" nutzen. Könnte ich, wenn ich nicht Vernunftwoman wäre, die Mel vor … ähem … dummen Entscheidungen bewahren muss. Nein, ich kann Mel unmöglich allein in eine italienische Behörde maschieren lassen. Das hätte Folgen – für Italien. Und vielleicht auch für Deutschland.

Jetzt aber kann ich es kaum erwarten, den Wohnteil des Hauses zu betreten, lasse aber dennoch meiner besten Freundin den Vortritt, da sie schließlich unser Gönner ist.

Mel läuft die Außentreppe nach oben, öffnet die ebenso wenig verschlossene Haustür und landet dann unsanft auf ihrem Hinterteil.

Warum muss der Boden auch komplett mit Planen ausgelegt sein? Sehr seltsam. Aber nur so lange, bis wir unzählige Farbeimer erspähen. Hier wurde kürzlich renoviert. Alle Wände erstrahlen in reinstem … Gelb. Sieht aber trotzdem ganz nett aus.

„Das muss gute Farbe sein", strahlt Mel. „Ich reagiere gar nicht allergisch."

Tatsächlich. Bis auf den Farbduft oben und den Käsemief unten scheint alles gut zu sein. Darüber freue ich mich und nehme nach und nach die anderen Zimmer in Augenschein. Sie sind allesamt wunderschön. Zudem ist unsere Wohnung mit einer ebenso funktionsfähigen Küche ausgestattet. Das Einzige, was hier fehlt, sind Betten, was aber nicht schlimm ist, da morgen unser Umzugswagen mit zwei Betten eintrifft.

„Bis dahin können wir auch in der Ferienwohnung übernachten", sage ich, und Mel fällt mir vor Freude in die Arme.

Weil alles so toll und allergenfrei ist, werden wir uns auch sofort einig, wer von uns welches Zimmer nach erfolgtem Einzug sein Eigen nennen darf, und auch sonst ist die Stimmung perfekt. Leider nur so lange, bis Mel sich urplötzlich erst die

Klamotten und dann das angeklebte Geld vom Körper reißt, um schließlich splitterfasernackt vor mir zu stehen. Während ich reflexartig zurückweiche, kommt Mel immer näher und haucht mir zu guter Letzt ins Ohr: „Weißt du, auf was ich jetzt Lust habe?"

Ich denke daran, dass sie mich vor ein paar Stunden zum ersten Mal geschlagen hat. Kein Wunder, dass ich etwas Panik vor ihren (neuartigen) Gelüsten bekomme.

„Auf ein Bad in unserem Pool", grinst Mel und schlüpft in ihr Bikinihöschen.

Unser Pool? Meine Güte, wie das klingt …

Ruck, zuck reiße auch ich mir das Geld vom Bauch, quetsche mich in meinen viel zu engen Bikini und folge Mel, die sich nicht die Mühe gemacht hat, ein Bikini-Oberteil anzuziehen. Das könnte ich mir schon aus Gründen totaler Blass-Brüste (im Einklang mit gerissenem Gewebe) nicht erlauben. Was ich mir aber erlaube, sind ein paar Ätsch-Gedanken an mein altes Leben, denn normalerweise würde ich um diese Zeit stocksteif im Amt sitzen.

Wöhöhö …

Oder auch nicht, denn heute ist Feiertag in Deutschland. Und im übertragenen Sinne auch hier bei uns. Ja, wir feiern unseren italienischen Einstand. In unserem Pool.

Wöhöhö …

„Dann lass uns mal unser neues Leben zelebrieren", rufe ich Mel wonnetrunken hinterher, die mit ihren endlos langen Gazellenbeinen und anscheinend schmerzfreien Fußsohlen in Sekundenschnelle den Pool erreicht, während ich nur mühsam und langsam durch den schmerzenden Kies hinterherstakse.

Am Pool angekommen, scheint Mel von Blüten, Pollen oder sonst einer Allergie in Empfang genommen worden zu sein, denn sie macht ein bedrücktes Gesicht.

„Dana, der Pool ist leer."

Tatsächlich. Das Einzige, was noch drin ist, sind ein paar ausgetrocknete Algen und Käfer in allen Formen, Farben und Formaten. Blöd, denn das erinnert meine beste Freundin garantiert an ihren Verflossenen. Ja, und Mel verzieht auch sofort das bedrückte Gesicht zu dem einer Heulboje.

„Dana, ich vermisse Klaus."

Ich vermisse Mickey auch. Aber es ist, wie es ist.

Und hey, dafür ist es richtig gut ...

„Lass uns lieber glücklich über unser neues Leben sein", sage ich und breite mein Handtuch neben dem Pool aus. „Dann ist unser erstes Bad hier eben ein Sonnenbad."

Mit diesen Worten mache ich es mir auf meinem Handtuch bequem und lächle meine beste Freundin auffordernd an.

Mel zuckt die Achseln und versucht tapfer, an etwas anderes als an Käfer, Käffer und Klaus zu denken. Nach ein paar mimosenhaften Minuten legt sie sich endlich neben mich und lässt sich die paradiesische Sonne auf den Körper scheinen.

Beinahe ehrfürchtig seh ich sie an. Mel ist wunderschön, gesegnet mit dem Körper eines Topmodels und der Haut eines Babys. Gut, ihre Stimme klingt ein bisschen herb-männlich, was vielleicht auch auf die intensive Natur-Zeit mit Klaus geschoben werden könnte, aber sonst? Sonst liege ich neben einer Frau, die wahrscheinlich bald ganz Piemont mit ihrer Erscheinung in den Wahnsinn treiben wird. In den hormonellen natürlich *(und hoffentlich)*. Bei mir bin ich da nicht so sicher. Einerseits bin ich so klein, dass ich schon unter den Kleinen oftmals übersehen werde. Andererseits ist das einzig Dünne an mir mein Haar, das ich aus diesem Grunde auch stets omahaft zusammenknote. Und als Letztes kommt mein unvorteilhaft verteiltes Körperfett hinzu, das mich laut Frauenzeitschrift in die Abteilung „Apfel mit Baumstammbeinen" einordnet. Missmutig sehe ich an mir hinunter, über meine gigantischen Brüste zu meinem noch gigantischeren Wohlstandsbauch, bis hin zu meinen unvorteilhaften, da recht kurz geratenen Stampfbeinchen. Das Einzige, was ich an mir mag, ist mein Gesicht mit den großen Kulleraugen, das auf Bildern immer recht hübsch zur Geltung kommt. Mickey sagt, es gibt nichts Niedlicheres als Danas „Strahlegesicht". Mel sagt, ich sehe aus wie Lieselotte Pulver – allerdings bevor die ihr Pulver verschossen hat. Ob das stimmt, weiß ich nicht, denn Mel sagt ja auch, dass Klaus fremdgeht. Das sehe ich anders. Klaus würde Mel niemals betrügen. Eher würden Schweine fliegen.

„Ein Schwein!", schreit Mel in dem Moment.

Tatsächlich erspähen wir zwischen den Reben ein rosafarbenes, zum Teil behaartes und hektisch umherhuschendes Etwas.

„Mel, hier gibt es keine Schweine."

Höchstens Wildschweine, aber das behalte ich lieber für mich. Blöd nur, dass ich das fleischfarbene Etwas auch sehe.

„Es geht weg …", ruft Mel erleichtert.

Es „geht". Tatsächlich. Ja, für einen Moment sah es so aus, als könne das Teil auf zwei Beinen laufen. Zehn Minuten blicken wir wie angewurzelt in Richtung rosa Sonstwas, legen uns dann aber wieder auf unsere Handtücher.

An ein paar neue Tiere gewöhnen wir uns sicherlich problemlos. Schließlich sind wir große Tierfreunde. Ich mehr auf praktischer, Mel eher auf finanzieller Ebene. Während ich mich seit Jahren vegetarisch ernähre und einmal die Woche fünf Tierheimhunde ausführe, überweist Mel unglaubliche Summen an PETA. Ja, wir lieben Tiere. Und selbstverständlich auch italienische.

Ich schließe die Augen, genieße die intensive Wärme und höre nebenbei, dass meine beste Freundin schon wieder im Land der Träume angekommen ist und dabei ganze Wälder zersägt. Gute Idee, denke ich noch, und schon schlafe auch ich.

Ein lautes *„Mamma mia!"* holt mich kurz darauf aus dem wohlverdienten Tiefschlaf. Zeitgleich öffnen Mel und ich die Augen und blicken in das von Sonne und Dreck gegerbte Gesicht eines alten, kleinen Mannes im rosa T-Shirt, der glasklar auf unsere Brüste starrt. Ungünstig, wenn man bedenkt, dass mein Bikini-Oberteil verrutscht ist und Mel gar keins trägt. Kreischend springen wir auf und fallen fast in den leeren Pool.

Komischerweise schreit der kleine Mann auch. Aber nicht vor Schreck, sondern vielmehr vor Wut. Ja, tatsächlich schimpft er uns aus. Allerdings auf Italienisch und in einem solchen Tempo, dass ich nicht einen Fetzen davon verstehe.

Während ich meinen Bikini zurechtziehe und mich in ein Handtuch wickel, fällt mir ein, dass Italiener zum Großteil katholisch sind. Vielleicht haben wir durch unsere Brustentblößung eine Kirchenregel gebrochen? Obwohl ... in unserem eigenen Garten? Können wir da nicht tun und lassen, wonach katholischen Priestern auch hinter ihren Mauern der Sinn steht?

Apropos, was treibt dieser respektlose Großvater eigentlich auf unserem Grundstück?

„Dana, bitte sag mal was, damit der mit dem Geschimpfe aufhört", fordert Mel, die ihren Traumkörper zwischenzeitlich auch in ein Handtuch gehüllt hat. Okay, Vernunftwoman ist gefragt, und die sollte es auch ohne Superkräfte zustande bringen, einen senilen Sack in dessen Schranken zu weisen.

„*Scusi ... Tedesco ...* ", rufe ich dann aber doch ziemlich unsicher. Warum auch immer verstummt der Alte daraufhin, als hätte ich ihm eine Knarre an den Kopf gehalten. Ja, er dreht sich sogar um, wandert vier Meter nach links und holt ... oh ... eine Heckenschere aus einem Holzeimer ...

Oh nein, der wird uns doch jetzt nicht allemachen?

Nein, tut er nicht. Stattdessen schneidet er ein paar Tomaten vom Strauch.

„Ist das vielleicht dein Gärtner?", frage ich Mel und erschrecke erneut, weil der Mörder doch letztes Endes immer der Gärtner ist.

„Ich habe keinen Gärtner!", schreit Mel panisch zurück.

„Aber was macht der dann hier?"

„Keine Ahnung ...", erwidert Mel, und mir wird angst und bange bei dem Gedanken, dass es sich bei diesem zerzausten Opa um Mels Supermakler handeln könnte.

„Und das ist auch nicht mein Makler. Giuseppe sieht anders aus. Ich habe ihn auf Bildern gesehen", erklärt Mel, so als könne sie meine Gedanken lesen. Das beruhigt mich keinesfalls. Nein mir wird ganz anders, ganz ... schlecht. Denn der alte Mann stinkt selbst auf sichere Entfernung wie jener Käse, den meine Mutter immer in luftsichere Tubberdosen packen musste, damit ich nicht auf den Frühstückstisch reierte. Schon wird der Geruch intensiver, denn er kommt zurück. Wir stehen noch immer mit umwickelten Handtüchern vorm ausgetrockneten Pool – wie Rollmöpse, deren Glas ausgelaufen ist. Oder wie Touristen, die den Strand nicht finden. Beim Stichwort Strand kommt mir eine gute Fluchtidee in den Sinn.

„Mel, lass uns doch *jetzt* nach Genua fahren. Zum Strand", schlage ich vor. „Und bei der Gelegenheit können wir dann auch noch ein Wörterbuch kaufen ..."

... denn meins befindet sich saublöderweise im Umzugswagen.

„Weiß nicht ...", sagt Mel.

„Babaaaa, Babaaaaa, Babaaaaa ...", gaggert der Gärtner.

Mel weiß nichts (wie immer), ich verstehe nichts, und der Alte scheint nicht ganz bei Verstand zu sein. Nicht die beste Basis.

Also ziehe ich den Fluchtweg vor und meine beste Freundin am Arm hinter mir her. Der Gärtner folgt uns. So was wie Respekt oder Ehrfurcht vor Hausbesitzern kennt der wohl überhaupt nicht. Nein, der kommt sogar mit ins Haus und brabbelt weiter auf uns ein.

Kaum stehen wir im Korridor, schnappt sich Mel ihre Klamotten und schließt sich im Klo ein, während mir das Handtuch vom Körper rutscht.

Bevor ich es aufheben kann, stellt sich der Gärtner vor mich und fasst in seine Hose.

Oh nein ...

Reflexartig schließe ich die Augen und bete, dass es nicht dieser kleine, übel riechende und uralte Mann ist, der mich heute noch vergewaltigen wird.

Es tut sich ... nichts, also öffne ich die Augen wieder und blicke auf ein paar tote Käfer, die auf einem verdreckten, viereckigen Fetzen Papier liegen, den mir der Gärtner unter die Augen hält und mit lautstarkem „Bababaaaa" unterstreicht.

Da ich nicht darauf reagiere, weil ich auch überhaupt keine

Ahnung habe, was das jetzt soll, fächert er wild mit dem bunten Papier vor mir herum, wodurch die Mehrheit der Käfer in mein Dekolleté kullert.

Puh, ich muss mich wirklich zusammenreißen.

Prompt hält er mir das käferfreie Pergament so nah an die Augen, dass ich wieder nichts erkennen kann.

Jetzt reicht's aber!

Ich reiße ihm den vergilbten Fetzen aus der Hand. Es ist ein Foto. Darauf zu sehen sind der Gärtner selbst und zwei gut aussehende Männer, ungefähr in unserem Alter, also in meinem, nicht dem vom Gärtner, der locker mein Opa sein könnte. Sie alle stehen in unserem Garten … ähem … in dem Garten, der zu diesem Haus gehört. Wild tippt der Gärtner auf den Abzug und sagt immer wieder: „Babaaaa, Baaaabaaaa, Baaaabaaaaa."

Basar? Ist der hier auf Brautschau, oder was?

Das alles verwirrt mich zusehends. Dazu ist es für jemanden wie mich sehr unangenehm, im Bikini vor einem (nach Fäulnis riechenden) Fremden zu stehen – mit modrigen Mistkäfern im Dekolleté und keinem blassen Schimmer, was das alles zu bedeuten hat.

Kraft Gedankenübertragung *(hoffe ich doch)* kommt just die mich erlösende Mel von ihrem WC- und Anzieh-Gang zurück.

„Und, was will er?", fragt sie, während ich mit einem Berg Bekleidung das befreiende Badezimmer aufsuche.

„Keine Ahnung, ich versteh ihn nicht", rufe ich, und der Gärtner wiederholt sein unverständliches „Baaaabaaaaaaa".

Ich werfe mich in meine erstbeste Garderobe, und meine beste Freundin gibt sich des Gärtners Gartengang. Nach ihrer Begutachtung meint Mel: „Das sind bestimmt seine Söhne, für die er noch Frauen sucht."

Den Gedanken hatte ich zwar auch schon, sage aber trotzdem: „Mel, wir sind hier in Italien – nicht in Indien."

„Außerdem sind die viel zu hässlich", stänkert Mel.

Finde ich überhaupt nicht. Ehrlich gesagt sehen die richtig hübsch aus. Aber da ich noch um Mickey trauere, verdränge ich den Gedanken an andere Männer schnell wieder.

Als hätten wir nicht schon genug Verständigungsprobleme, kommt nun auch noch ein zweiter Italiener anspaziert, allerdings im feinen Zwirn.

„Was für ein Glück", triumphiert Mel und fällt dem Anzug-Mann in die Arme.

Irritiert bleibe ich, wo ich bin.

„Dana, das ist Giuseppe, mein Makler."

„Wälkamme tu Italijaaaa, wälkamme tu Piehhhmonteeh!", quakt Giuseppe mit breitem Grinsen, während Mel ihm unzählige illegale Geldscheine in Gefrierbeuteln in die geöffneten Hände drückt.

Ja, das hat was vom „Paten". Erst recht, als Giuseppes Blick auf den Gärtner fällt.

Deutsche Originalausgabe

Band-Nr. 25671
9,99 € (D)
ISBN: 978-3-86278-727-2
eBook: 978-3-86278-776-0
400 Seiten

Pia Engström
Mittsommermärchen

Ein Rezept zum Glücklichsein? Das gibt es nicht, davon ist die Konditorin Agneta Holmquvist überzeugt. Ihr Mann geht fremd, der eintönige Job im Hotel engt sie ein. Da kommt das Angebot ihres Vaters gerade recht: Sie kann im idyllischen Küstenort Sjöråhamn die Zuckerbäckerei der Familie wieder aufbauen. Doch irgendjemand will das verhindern und legt Agneta andauernd Steine in den Weg. Nur gut, dass Jonas Arvidsson, ihr Jugendfreund, immer noch in Sjöråhamn lebt und ihr zur Seite steht. Ob er auch die Zutaten für ihr Liebesglück bereithält und der Zucker in ihrem Leben sein kann?

*Italienische Sprachkenntnisse
sind nur eine Frage der Einstellung!*

Deutsche Originalausgabe

Anna Gold
Verpissimo!
Ein Sommer in Italien

Auswandern nach Italien! Nix hält Dana und ihre allerbeste Freundin Mel in Deutschland: Ihre Jobs sind ätzend, ihre Freunde (Käfer-Klaus und Mickey) betrügerisch beziehungsweise Muttersöhnchen. Kurzentschlossen investiert Mel in eine Villa im Piemont, die ihr der italienische Makler am Telefon ans Herz gelegt hat. Eine Frühstückspension ist angedacht. Nur: Der schrullige Vorbesitzer (Müll-Mastro, die Altlast) weigert sich auszuziehen. Zahlende Gäste kommen entweder gar nicht oder sind Rocker. Oder Grufties. Meer ist weniger, und was um alles in der Welt ist die Kottize Fischikale?

Band-Nr. 25744
8,99 € (D)
ISBN: 978-3-95649-009-5
eBook: 978-3-95649-314-0
304 Seiten

Die Freundinnen sind mittendrin im dolce vita für Hartgesottene inklusive italienischer (Alb-)Traummänner …

*Eine heimliche Liebe, unversöhnlicher Hass,
ein Paar, durch ein Hotelerbe aneinander gebunden –
der neue große Liebesroman von Susanne Schomann!*

Deutsche
Originalausgabe

Susanne Schomann
Die Farbe des Mondes

Der Mond schimmert sil-
bern auf den See – und auf
Ben, der plötzlich vor Nora
steht. Wie Geschwister aufgewachsen, haben sie erbit-
tert gestritten und sich nie
versöhnt. Bis jetzt. Nora
spürt, dass alles zwischen
ihnen möglich ist. Doch der
Moment währt nicht länger
als der Schlag eines Schmet-
terlingsflügels … Erst Jahre
später stehen Nora und Ben
sich in Hamburg wieder

Band-Nr. 25740
8,99 € (D)
ISBN: 978-3-95649-002-6
eBook: 978-3-95649-306-5
448 Seiten

gegenüber. Denn Noras Vater hat ihnen beiden sein Luxushotel
an der Alster vermacht. Fünf Jahre müssen sie das „Brehlow" gemeinsam leiten, dann erst dürfen sie verkaufen. Und schon sind
auch diese verwirrenden Gefühle für Ben wieder da, die Nora
nur unter Kontrolle bekommt, wenn sie eiskalt zu ihm ist. Doch
die Zukunft hält noch einmal einen Moment im Mondlicht für
sie bereit …